Tanja Steinlechner
Die Tänzerin vom Moulin Rouge

Über die Autorin:

Tanja Steinlechner, 1974 in Heilbronn geboren, besuchte die Freiburger Schauspielschule im E-Werk. Sie hat an der Universität Hildesheim Kreatives Schreiben bei Dr. Hanns-Josef Ortheil studiert und war danach als Lektorin und Literaturagentin tätig.

TANJA STEINLECHNER

DIE TÄNZERIN VOM MOULIN ROUGE

ROMAN

LÜBBE

Dieser Titel ist auch als E-Book erschienen

Originalausgabe

Copyright © 2021 by Bastei Lübbe AG, Köln
Textredaktion: Anna Hahn, Trier
Umschlaggestaltung: Christin Wilhelm, www.grafic4u.de
unter Verwendung von Illustrationen von
© Trevillion Images: Ildiko Neer: © Bridgeman Images: Look and Learn;
© shutterstock: Nimaxs | Mott Jordan
Satz: Dörlemann Satz, Lemförde
Gesetzt aus der Adobe Caslon
Druck und Verarbeitung: GGP Media GmbH, Pößneck
Printed in Germany
ISBN 978-3-404-18411-8

2 4 5 3 1

Sie finden uns im Internet unter luebbe.de
Bitte beachten Sie auch: lesejury.de

Für Merlin Leander und Lucius Valerian,
meine beiden wundervollen Söhne, in Liebe

Kein Leben ist vorherbestimmt, und doch weisen nicht nur Herkunft und Stand, Geburtsort und -jahr einem aufgehenden Stern seinen vermeintlichen Platz zu, ein eigenwilliger Charakter, ein herausragendes Talent und allem voran eine mächtige, beinahe unheimliche Sehnsucht, die angestammte Welt hinter sich zu lassen, wirken im Geheimen und weben dort ihre unsichtbaren Schicksalsfäden.

PROLOG

Sie hatte nur kurz ins Zelt spähen und einen Blick auf die Wunder erhaschen wollen, die man sich vom fahrenden Volk erzählte. Im Zirkus sollte es dressierte Äffchen geben, die den Damen unbemerkt ihr Riechsalz und den Herren heimlich Kautabak und Klimpermünzen aus den Westentaschen stahlen. Vielleicht würde sie auch wilde Tiger zu Gesicht bekommen oder gar jene Schlangenmenschen, von denen ihr die Frauen in der Wäscherei erzählt hatten. Die konnten sich angeblich übermenschlich biegen und strecken. Louise würde das Geheimnis der Zirkusleute, der Luftakrobaten, Gaukler und Clowns schon herausfinden. Wenn sie erst einmal wüsste, welches Elixier sie trinken oder mit welchem Zauberöl sie sich einreiben müsste, damit sie im Zirkus auftreten durfte, würde sie es sich schon irgendwie beschaffen.

Louise musste diese Wunder unbedingt mit eigenen Augen sehen. Der Zirkus war so selten in der Stadt, die Chance würde sich so schnell nicht wieder ergeben. Immerhin war heute ihr Geburtstag, und den Eintritt hätte Maman sich niemals leisten können. Das Geld für ihr Geschenk, eine Tarte au Chocolat, hatte sie sich über Monate vom Mund abgespart. Louise war der Schlitz im Zeltstoff gleich aufgefallen. Sie schlich näher heran. Im Schutz der Dunkelheit und fernab der Lichter, die den Eingang erhellten, kauerte sie sich mit klopfendem Herzen auf die Erde. Durch den Riss im Zelt konnte sie die Tänzerinnen in ihren bunt schillernden Kostümen sehen. Zu den leichtfüßigen Rhythmen der Kapelle schwangen sie ihre Beine hoch in die Luft und wedelten dazu mit den Pompons. Wie gebannt verfolgte Louise ihren Auftritt, unfähig, sich von ihrem Anblick zu lösen. Als die Musik verstummte, trat eine ganz in Gold gekleidete Frau herein. Federn schmückten ihren Kopf und glitzernde Ketten wanden sich um ihren Bauch. Diese eine Nummer musste Louise noch sehen! So kniete sie weiter auf der harten Erde und verfolgte mit großen Augen die Vorstellung. Die eigentliche Sensation, das ahnte sie, schlummerte in dem Bastkorb, den der Flötenspieler in Pumphosen soeben ins Zelt schleppte. Er stellte ihn vor der Frau ab und hockte sich in einiger Entfernung von ihr auf ein ausladendes Bodenkissen. Dann begann er zu spielen. Unheimliche und zugleich sirrend leichte Doppeltöne entlockte er seinem Instrument, das eher nach einem verstimmten Schifferklavier als nach einer hellen Flöte klang. Die Frau öffnete den Deckel des Korbes. Der Kopf einer Kobra lugte hervor. Der Zauber der Musik und die Künste ihrer Beschwörerin hatten sie offenbar aufgeweckt. Elegant sah das Tier aus und gleichermaßen gefährlich. Die Frau bewegte ihre Hände zur Musik, und der Kopf der Schlange folgte ihnen.

Da schrak Louise auf einmal zusammen und sprang mit einem Schrei auf. Jemand hatte ihr von hinten auf die Schulter getippt. Sie war so in das Spektakel versunken gewesen, dass sie niemanden hatte kommen hören. Vor ihr standen eine Frau und ein Mann in prachtvollen Kostümen und blickten sie erstaunt an. *Merde!* Das würde bestimmt ein Donnerwetter geben. Doch der Mann beugte sich zu ihr herunter und fragte: »Gefällt dir die Vorstellung?« Er lächelte nicht, aber etwas Weiches lag in seiner Stimme. Louise nickte, sie brachte keinen Ton heraus.

»Du traust dich ja was, kleine Mademoiselle«, sagte die Frau. Sie hatte feuerrote lange Haare und unzählige Sommersprossen auf dem Nasenrücken.

»Was muss ich tun, wenn ich auch zum Zirkus will?«, wagte Louise zu fragen. Ihr Herz schlug wild. Dass die Zirkusleute sie für ihr Vergehen aber der Polizei übergeben würden, schien ihr inzwischen höchst unwahrscheinlich. »Ich könnte bestimmt lernen, auf einem Seil zu tanzen oder auf dem Rücken eines Elefanten zu reiten.«

Der Mann und die Frau tauschten amüsierte Blicke. »Du willst zum Zirkus?« Die Rothaarige sah sie prüfend an. »Das ist kein leichtes Leben und du bekommst nichts geschenkt. Täglich musst du üben und für die Vorstellungen proben. Abends tun dir oft sämtliche Knochen weh.«

Die Zirkuskünstlerin blickte versonnen in die Baumkronen, die über ihnen sacht im Wind rauschten. Dazu summte sie eine leise Melodie. Louise wartete darauf, dass sie weitersprach.

»Weißt du«, sagte die Frau. »Wir Zirkusleute nehmen all die Mühen und Strapazen nicht auf uns, um reich zu werden. Wir bekommen nur eine kleine Gage. Aber sieh mal!« Sie deutete auf den Riss im Zelt und Louise verstand, wozu sie sie aufforderte. Von drinnen ertönte der Schlussapplaus. Sie ging wieder in die Hocke und erhaschte einen letzten Blick auf die Gesichter der Zirkusleute. Sie machten einen erleichterten und zugleich glückseligen Eindruck. Und so ein himmlisches Glitzern lag in ihren Augen, nicht ganz von dieser Welt. Im Rampenlicht zu stehen, Träume sichtbar zu machen und am Ende der Vorstellung in Beifall zu baden, darum also ging es. Das war ihr eigentlicher Lohn.

Als Louise sich wieder erhob, war das Pärchen verschwunden. Was sie an jenem Abend aber erlebt hatte, hatte von da an in ihr fortgewirkt und eine tief in ihr schlummernde Sehnsucht wachgerufen. Zum ersten Mal hatte sie einen Vorgeschmack auf ein ungezähmtes und freies Leben gekostet.

ERSTER TEIL

KAPITEL 1

Clichy bei Paris, 1882

Louise öffnete das schmiedeeiserne Tor und trat auf den Vorhof der Wäscherei. In der Nacht hatte es kaum abgekühlt, und in die flirrende Sommerluft Clichys mengte sich der Gestank von Geflügelkot und Urin. Beides nutzten die Wäscherinnen, um das Linnen zu bleichen.

Sie rümpfte die Nase und beugte sich zu Minette hinunter, die ihr um die Beine strich und Köpfchen gab. Das waren die wenigen Minuten, die ihr ganz allein gehörten, in denen sie kein Feuer schürte, nicht über das brodelnd heiße Wasser gebeugt im Zober rührte, keine nasse Wäsche auswrang oder sie auf den Trockenboden schleppte, um sie dort auf die Leine zu hängen.

Das langsam anschwellende Schnurren, das den kleinen Katzenkörper ergriff, ließ sie einen Moment aufatmen. Doch dann krampfte sich ihr Magen zusammen. Heute früh hatte sie noch nichts runterbekommen. Am Morgen gab es ohnehin immer nur Brot und verdünnte Milch. Mehr konnten Maman und sie sich von dem spärlichen Lohn nicht leisten. Und gleich würde wieder die endlose Schleife zäh dahinkriechender Stunden beginnen, die sie im Halbdunkeln in der großen grauen Halle zubringen musste. Louise ignorierte das Ziehen in ihrem Bauch, das ihr zuflüsterte, sie möge sich umdrehen und diesen Ort so schnell wie möglich hinter sich lassen. Maman zählte auf sie, und sie hatte ja auch keine Wahl.

Noch einmal streichelte sie sanft Minettes Köpfchen, dann eilte sie über den Hof und schlüpfte durch die angelehnte schwere Tür in die Waschhalle. Von einem der Haken, an denen in Reih und Glied die grauen Schürzen der Arbeiterinnen baumelten, griff sich Louise ihre und band sie sich um. Sie kniete sich neben die Metallwanne, in der sie die Holzscheite sammelten, und schichtete so viele wie möglich in ihrer freien Armbeuge übereinander. Als sie aufstand, geriet sie ins Schwanken, und der Holzberg fiel krachend zu Boden.

Sie seufzte, kniete sich erneut hin, klaubte Scheit um Scheit auf und sammelte sie nun in ihrer Schürze. Abermals erhob sie sich, dieses Mal besonders vorsichtig, und balancierte das Holz bis in die hinterste Reihe mit Zobern, wo sie es absetzte und auf die erkalteten Feuerstellen schichtete.

Da legten sich auf einmal Hände von hinten auf ihre Schultern. Louise zuckte zusammen. Sie hatte die Vorsteherin nicht kommen hören, erkannte Betty aber gleich an den kalten Fingern und dem festen gleichbleibenden Druck, der ihr signalisierte, dass sie unter Beobachtung stand. Jedes Mal tauchte die Vorsteherin wie aus dem Nichts auf, und jedes Mal entlud sich ein Schwall Anschuldigungen und Forderungen. Sie drehte sie zu sich herum und griff schnell nach ihren Fingern, bevor Louise sie hinter dem Rücken verbergen konnte. »Du hast ja ganz schmutzige Nägel!« Betty schüttelte missbilligend den Kopf. »Wir garantieren höchste Sauberkeit. Schreib dir das hinter die Ohren, hörst du? Und wie deine Schürze wieder aussieht! Die wäschst du heute nach Feierabend. Sonst brauchst du gar nicht erst hier auftauchen. Bedauernswert, wer dich einmal zur Ehefrau nimmt.«

Louises Wangen glühten, mehr vor Zorn als vor Scham. Betty genoss es augenscheinlich, sie bloßzustellen.

»Nun steh hier nicht nur herum, Louise, entzünde endlich das Feuer unter den Zobern! Die Wäsche von Madame Dupont muss gefaltet werden, sie hat schon danach gefragt. Und vergiss nicht, die Borten und Spitzen extra zu behandeln. *Vite, vite!*« Mit diesen Worten verschwand die Vorsteherin Richtung Kasse, wo sie sich auf dem grün gepolsterten Stuhl niederließ. Dort verbrachte sie die meiste Zeit und nahm die Wünsche der Kundinnen entgegen.

Von ihrem angestammten Platz in der hinteren Reihe überblickte Louise gut, was in der Halle vor sich ging – und war vor allem so weit wie möglich von Betty und ihrer zeternden Stimme entfernt. Damit bloß keine der anderen Frauen ihr den Lieblingsplatz wegschnappte, eilte sie stets in aller Früh aus dem Haus und war fast immer als Erste in der Wäscherei. Mit den Streichhölzern, die Louise bei der Feuerstelle am hintersten Zober aufbewahrte, entzündete sie die Scheite. Wie herrlich die Flammen gleich darauf um das Holz züngelten und umeinander tanzten. Das Feuer loderte, ohne zu fragen, ob es dafür geboren war. Sie schloss die Augen und lauschte dem Knistern und Schnalzen. Ein weiterer gestohlener Augenblick, der nur ihr gehörte.

Die Kirchturmuhr schlug die volle Stunde an, und die Wäscherinnen betraten lärmend die Halle, um ihre Plätze einzunehmen. Begrüßungsfloskeln und der neuste Klatsch und Tratsch wurden ausgetauscht. Widerwillig löste sich Louise vom Anblick des Feuers und widmete sich dem großen Wäschekorb, der auf der Ablage hinter ihr stand. Dessen Inhalt zu sortieren hatte sie gestern nicht mehr geschafft. Die Beinkleider und Damenstrümpfe kamen auf einen Extrastapel. Beinahe flüssig fühlte sich die Seide der Strümpfe an, wenn Louise sie sich über die Hand zog, um sie zu wenden. In welchen Farben und Mustern es sie neuerdings gab. Neben den weißen hatten grüne Strümpfe mit roten Zwickeln Einzug gehalten, jede Frau von Welt besaß sie. Es gab auch welche mit Rauten- und Blumenmustern. Einmal hatte Louise roséfarbene Strümpfe mit Schmetterlingen darauf gesehen. Da hatte sie sich vorgestellt, wie es wäre, einmal zu Geld zu kommen und ein rotes Herz auf ihre Wäsche sticken zu lassen, das nur derjenige zu Gesicht bekäme, der …

»Du hast ja ganz rote Wangen, Louise. Bekommst du etwa Fieber?«

Ihre Freundin Lily musste, von ihr unbemerkt, hereingekommen sein. Sie war ausnahmsweise einmal nicht zu spät und hatte einen Platz in der Reihe vor ihr ergattert.

»Bestimmt nicht. Aber weißt du«, nun flüsterte Louise, »manchmal stelle ich mir vor, die feine Wäsche der Damen gehörte mir. Hast du dich auch schon mal gefragt, wie sich diese Schmetterlinge wohl auf der Haut anfühlen?«

Lily stieg die Röte ins Gesicht.

»Ich würde das zu gern nach Feierabend herausfinden.«

»Das ist verboten, Louise. So eine Idee kann auch nur von dir kommen.«

»Ach, nun sei kein Angsthase. Mach doch mit bei unserem kleinen Abenteuer.«

Die Vorsteherin drehte sich zu ihnen um und brüllte quer durch die Halle: »Lily, du arbeitest heute vorne bei mir. *Vite, vite*, die Dame. Das ist hier schließlich kein Kaffeeplausch!«

Zu Louise gewandt wisperte Lily im Vorbeigehen: »Ich würde wirklich gern, aber ehrlich, ich traue mich das nicht. Wenn wir erwischt werden, bekommen wir echt Ärger!«

Louise seufzte, beendete die Sortierarbeiten und griff sich die zwei Eimer, die unter der Ablage standen. Damit querte sie die Halle. Sie musste im Vorhof Wasser aus dem Brunnen holen.

Nur ein rascher Blick in den wolkenlosen Sommerhimmel, ein kurzes Durchatmen, dann tauchte sie erst den einen, dann den anderen Eimer ins trübe Nass, lief zurück zum Zober und füllte ihn damit auf. Einen dritten und vierten, einen fünften und sechsten Eimer befüllte Louise, schleppte alle durch die Halle und kippte das Wasser in die Kessel, unter denen bereits die Scheite brannten. Unter dem achten Kessel loderte kein Feuer. Dort weichte sie die Wäsche ein, die stärker verschmutzt war. Zuunterst kamen die Beinkleider und Strümpfe, darauf die Bettwäsche und schließlich die Halstücher, Manschetten und Kragen. Erst dann befüllte Louise diesen Zober mit kaltem Wasser. Einen gesonderten Kessel gab es für das feine Leben: die Damenwäsche mit Spitzenbesatz, die edlen Strumpfbänder, die verschiedenfarbigen Mieder und Unterröcke. Sie würde diese Stoffe später noch einmal extra behandeln müssen, um die Farbe aufzufrischen. Schimmerndes Grün gewann durch eine Lösung aus Essig und Alaun wieder an Glanz, zartes Lila verstärkte sie durch Backpulver, und die roten Pantalons einer gewissen Francine Duboise gab Louise in ein Bad aus Vitriol.

Der Duboise haftete ein zweifelhafter Ruf an. Wenn sie die Halle betrat, verstummten die Gespräche der Wäscherinnen augenblicklich, bis in den hinteren Reihen ein murmelndes Geflüster und Getuschel anhob. Vielleicht lag es an den blonden Locken, die selbst im trüben Licht der Waschhalle glänzten, oder an ihrem eleganten Gang, mit dem sie sich auf den hohen Absätzen über den holprigen Steinboden bewegte. Die anderen mochten bloß neidisch sein, wenn sie hinter vorgehaltener Hand *la poule*, die Bordsteinschwalbe, oder schlimmer noch *la putain*, die Hure, zischelten. Für Louise jedoch war dieser Augenblick, wenn die Tür aufschwang und Francine Duboise eintrat, der Höhepunkt des Tages.

Die Duboise trug stets äußerst extravagante Kopfbedeckungen, sodass sie sofort auffiel, wenn sie hereinrauschte, ungerührt von dem Getuschel um sie herum. Jedes Mal stellte sie energisch ihren Wäschekorb auf den Tresen und nahm dann ihren mit prunkvollen Schleifen verzierten Hut ab, eine Unsitte, die keiner Dame in der Öffentlichkeit gebührte. Des Weiteren tat sie nichts Ungehöriges, aber ihre gesamte Erscheinung umgab eine geheimnisumwitterte glanzvolle Aura, die für die spärlichen Minuten ihres Aufenthalts die ganze Wäscherei erfüllte.

Doch mit Francine, wie Louise sie heimlich nannte, war um diese frühe Stunde nicht zu rechnen. Stattdessen tönten die Stimmen der Arbeiterinnen durch die Halle. Ob Witwen mit gekrümmten Rücken oder taufrische Mädchen im heiratsfähigen Alter – sie alle einten die von der Arbeit wunden Hände und der grobe, schwere Stoff der Kleidung. Die Kluft hatte einen einzigen Zweck: Sie musste ihre Funktion erfüllen. In der Anschaffung günstig, bei hoher Temperatur waschbar sein und die weiblichen Reize nicht übermäßig zur Schau stellen. Eine Frau war eine gute Frau, wenn sie tugendhaft war, nicht, wenn sie Aufmerksamkeit auf sich zog, ganz egal, ob sich Louise danach sehnte oder nicht. Ihre Wangen glühten von der Anstrengung und der Hitze, die von dem lodernden Feuer ausging. Sie schüttete aufgelöstes Soda – nur eine Handvoll, keinesfalls mehr – in das heiße, aber nicht kochend heiße Wasser. Auf beides hatte sie achtzugeben, schließlich durfte weder Bekleidung noch Bettwäsche einlaufen und die Bleiche keine braunen Flecken auf dem Stoff hinterlassen. Louise nahm sich der vorbehandelten Halstücher, Manschetten und Kragen an und legte sie in den Zober, der nun genau die richtige Temperatur hatte, während sie einen dritten Kessel für die Kochwäsche anheizte. Ihre Hände waren schon jetzt gerötet, und die wunden Stellen der letzten Tage brannten. Sicher würden sich wieder Blasen bilden. Sie griff nach dem Holzlöffel, um die Waschsuppe umzurühren, ließ ihn aber mit einem schmerzvollen Aufschrei wieder los: Der Stiel war glühend heiß geworden. Sie lüpfte ihre Röcke, fand so endlich ein wenig Abkühlung und gönnte sich eine kurze Pause. Wie hielt Maman diese Schufterei bloß Jahr um Jahr aus? Wie ertrug sie diesen immer gleichen Gestank?

Ihre Mutter war im Elsass zwischen Rosmarin, Thymian und Lavendel aufgewachsen. Auch wenn Louise sich an das Häuschen ihrer Großeltern nur noch schemenhaft erinnerte, so lag ihr beim Gedanken daran augenblicklich der Geschmack weich gebutterten Käses auf der Zunge. Als Kind war sie dort oft zu Besuch gewesen und hatte besonders die grenzenlose Weite geliebt. Wenn sie auf die Äste des knorrigen alten Apfelbaumes kletterte, bot sich ihr eine schier unbegrenzte Aussicht über die Weinberge. Und niemals würde sie den fantastischen Garten vergessen. Inmitten von Apfelbäumen und Gemüsebeeten konnte Louise mit Vic, ihrer Schwester, herrlich toben. Jedes Mal, wenn sie am Gartentisch vorbeiflitzten, reichte ihnen Grandmaman eine süße Erdbeere, ein Stück Käse oder gab ihnen von ihrer selbst gemachten Limonade zu trinken. In jenen glücklichen Tagen überließen die Erwachsenen Louise und Vic sich selbst und ihrer kindlichen Fantasiewelt. Sie konnten tun, wonach immer ihnen der Sinn stand. Grandmaman war mit Kochen, Maman mit Unkrautzupfen beschäftigt, während Papa und Grandpapa sich um den Apfelbaumbeschnitt kümmerten. Häufig saßen sie alle, bis spät in die Nacht und bei Kerzenschein, um den langen Gartentisch herum, es war ein traumhaftes Leben. »Warum bleiben wir nicht für immer hier? Warum müssen wir zurück nach Clichy?«, fragte sie in die Runde. Papa leerte rasch sein Weinglas, seine Hand zitterte dabei leicht. »Wir sind nicht allein auf der Welt und nicht so frei, wie wir erhoffen.«

Damals hatte Louise nicht verstanden, was Papa damit meinte. Sie hatte nicht gewusst, dass er auf den Krieg anspielte, in den er wenig später ziehen würde.

* * * * *

»Wir fahren, wenn die Blätter sich bunt färben«, sagte Papa, als er auf Heimaturlaub in Clichy war und Louise ihn damit bestürmte, wann sie wieder ins Elsass reisen würden. Bis dahin musste sie es also mit Maman und ihrer Schwester Vic in der dunklen Wohnung in Clichy aushalten. Es ging ihnen ja nicht schlecht, sie hatten genug zu essen, und ein eigenes Bett besaß Louise auch. »Dafür musst du dankbar sein.«

Maman hielt sie und Vic stets an, ihr bei der Hausarbeit zu helfen. Sie mussten Geschirr abtrocknen, Wäsche zusammenlegen und zur Nacht beten, dass alles bliebe, wie es war. Einen unsinnigeren Wunsch konnte Louise sich nicht vorstellen. Zwar sprach sie die Gebete, die Maman von ihr verlangte, aber sobald diese das Licht gelöscht und ihr Zimmer verlassen hatte, sprang sie wieder aus dem Bett, kniete sich auf die kalten Fliesen und faltete erneut die Hände zum Gebet. »Lieber Gott, du weißt alles, da weißt du auch, dass ich vorhin lügen musste. Nichts soll bleiben, wie es ist, darum nur bitte ich dich. Mach, dass wir ins Elsass zu Grandmaman und Grandpapa ziehen. Und wenn das nicht geht, lass uns wenigstens in einer hellen Wohnung leben, mit weitem Blick über die Welt. Dann wird es beinahe wieder so sein, als wäre ich auf meinem Apfelbaum.«

Tatsächlich ging Louises Gebet in Erfüllung, nichts blieb, wie es war, aber anders, als sie es sich ausgemalt hatte. Die Blätter färbten sich bunt, doch der Besuch bei den Großeltern wurde verschoben. Papa verbrachte ein paar Tage bei ihnen und vertröstete Louise. »Wenn die ersten Schneeflocken fallen, mein Spatz, dann fahren wir los.«

Der Wind wurde rauer und fegte auch die letzten verbliebenen Blätter von den Ästen, bis sie kahl und gespenstisch in die Lüfte ragten. Die Temperaturen fielen und Papa schickte Geld. Maman erstand einen roten Kindermantel, über den Louise ganz aus dem Häuschen war, so sehr gefiel er ihr. Die Großeltern würden staunen, wenn sie ihr Enkelkind so sähen. Doch der erste Schnee kam und sie brachen immer noch nicht auf. Papa schrieb ihnen von den besonderen Umständen des Krieges und ließ sie wissen, dass er sie alle vermisste. Vermutlich wollte er sie mit seinen Zeilen aufheitern, aber Louise war zum Weinen zumute. Was nützte ein so herrlicher Mantel, wenn sie ihn nicht mit auf Reisen nehmen konnte.

Es brach das neue Jahr an, das sie nicht wie sonst zusammen mit den Großeltern begrüßten. Immerhin war Papa bei ihnen. Gemeinsam sahen sie aus dem Fenster in die Nacht, und als die Kirchturmglocken Mitternacht schlugen, griff Maman nach Papas Hand. »Hoffen wir, dass der Krieg bald ein Ende hat«, sagte sie.

Als die Sonne die ersten Blätter wieder zum Sprießen brachte, wagte Louise schon nicht mehr zu fragen, wann sie denn endlich fahren würden. Sie vermisste die Tage, die sie im Garten des windschiefen Hauses hatte verbringen dürfen, sie vermisste Grandmamans Kochkünste und Grandpapas ruhige Stimme, mit der er so gerne die Welt erklärte.

Nachdem die Kirschblüte vorüber war und der warme Wind die zarten Blätter längst von den Straßen gepustet und übers Land verteilt hatte, als sie abermals nicht ins Elsass aufbrachen, da sagte Maman Vic ihr endlich die Wahrheit. Sie klang dabei seltsam nüchtern. Louise erfasste dennoch sofort die ungeheure Tragweite ihrer Worte. Es lag nicht in erster Linie an dem, was Maman sagte, sondern daran, wie ihr Körper sich bei jeder wohl gewählten Formulierung wand, als leide er Schmerzen, die keiner bemerken durfte.

»Grandmaman und Grandpapa mussten flüchten.« Maman machte eine Pause, bevor sie weitersprach. »Die *boches*, die Deutschen, haben das Elsass erobert. Deshalb gehören das Haus und der Garten jetzt nicht mehr den Großeltern, sondern Fremden.«

Für Louise brach eine Welt zusammen. Das Paradies ihrer Kindheit war unwiederbringlich verloren. Nie wieder würde sie dort auf

Bäume klettern, nie wieder ihre Ferien dort verbringen. Sie weinte bitterlich.

Als Nächstes starb Papa im Krieg und ließ Maman allein mit ihnen zurück. Was für ein grausamer Gott musste das sein, der ihre Bitte, nichts möge bleiben, wie es war, so gründlich missverstanden hatte? Ins Elsass, zu den Großeltern, konnten sie nicht mehr, und die Wohnung in Clichy, die Papa von seinem Sold bezahlt hatte, mussten sie nach seinem Tod räumen, Maman konnte sie sich schlicht nicht mehr leisten. Also blieb ihnen nur der Umzug. Für Trauer hatte Maman keine Zeit, sie fluchte viel und schimpfte ständig mit Louise und Vic, die im Haushalt nicht mit anpackten und das Wenige, das sie besaßen, nicht ordentlich in den Koffern verstauten.

Louise lag stattdessen auf ihrem Bett und träumte sich fort auf ihren Apfelbaum. Und wenn er nun tatsächlich den *boches* gehörte und sie niemals mehr dorthin durfte, dann wollte sie wenigstens in ein luftiges Irgendwas ziehen, ein Schloss über den Wolken vielleicht, und wenn das zu viel verlangt war, dann sollte es doch wenigstens eine Wohnung sein, durch die das Licht fiel und die nicht im Erdgeschoss lag, sondern den Blick über die Dächer der Stadt freigab.

Aber sie zogen nicht in eine lichtdurchflutete Wohnung weit über der Stadt. Ganz im Gegenteil. Sie blieben in Clichy und kamen vorerst in einer Notunterkunft unter, die mehr eine Baracke als eine Herberge war. Doch dann fanden Maman und Vic Arbeit in der Wäscherei Noiset, und deren Vorsteherin Betty verschaffte ihnen ein ordentliches Zimmer. Während die beiden arbeiteten, war Louise sich selbst überlassen. In dem dunklen Zimmerchen gab es aber nichts weiter zu tun. Also streifte sie im Viertel umher. Sie drückte sich die Nase am Spielzeugladen platt, malte sich aus, dass Papa ihr sicher den ein oder anderen Wunsch erfüllt hätte und Grandpapa ihr bestimmt ein noch viel lebensechteres Holzpferd gebaut hätte, als es dort zu kaufen gab. Als sie wieder einmal vor dem Laden stand, tippte ihr jemand von hinten auf die Schulter. Sie drehte sich um und stand einem Mädchen gegenüber. Es war mager und hatte einen auffallend hellen Teint, der ihr ein beinahe aristokratisches Aussehen verlieh. Ihre Stimme klang zart, sie heiße Lily, erzählte sie, und fragte schüchtern, ob Louise mit ihr spielen wolle. Louise bejahte. Sie war dankbar, endlich nicht mehr allein zu sein und eine Freundin gefunden zu haben. Am liebsten spielten sie *Himmel und Hölle*. Das war ein Hüpfspiel, in dem es darum ging, einem Stein über mit Kreide auf den Boden gemalten Feldern hinterherzuspringen und den Himmel zu erreichen, ohne die Hölle zu streifen. Die Hölle lag nur ein Feld vom Himmel entfernt und es bedurfte einiger Konzentration und Geschicklichkeit, sie auf der Zielgeraden zu Gott nicht aus den Augen zu verlieren. Beim Spielen vergaß Louise oft die Zeit, und wenn Maman und Vic nach Hause kamen, verstand sie nicht, weshalb sie ihnen in das Zimmer folgen sollte, in dem nichts stand, außer zwei Betten, in denen sie zu dritt schliefen und wo nichts weiter zu erwarten war, als die Kohlsuppe, die es so oft zu essen gab.

Die Freundschaft mit Lily hatte über die Jahre gehalten und war immer enger geworden. Die Prinzessinnen- und Rittergeschichten hatten sie inzwischen hinter sich gelassen und waren stattdessen auf die jungen Männer zu sprechen gekommen. Häufig schlenderten sie zusammen am Seineufer entlang und beobachteten, wie Arbeiter nach und nach die Pont de Clichy wiederaufbauten, die im Deutsch-Französischen Krieg zerstört worden war. Sie sammelten Beeren und manchmal brachte eine von ihnen Butterbrote mit. Das waren kleine Feste, wenn sie mit Blick auf die Brückenarbeiten picknickten, die jungen Angler in ihren Booten betrachteten und sich darüber berieten, wem sie welche Punktzahl für Attraktivität, Gebaren und gesellschaftlichen Stand verliehen. Louise mochte immer jene Männer, die auf irgendeine Weise aus der Reihe tanzten. Lily zeigte ihr dafür oft einen Vogel. »Du landest noch in der Gosse, bei deinem Geschmack«, sagte sie und Louise antwortete: »Da sind wir längst, falls es dir nicht aufgefallen ist.«

Über solchen Plaudereien zogen sie in der Umgebung immer weitere Kreise. Nachdem die Brücke fertiggestellt worden war, spazierten sie zur Île de Robinson und am Uferweg der Île de Ravageurs entlang.

Manchmal ging es auch gleich in Richtung des Parks, in dessen Mitte ein Bach floss und wo im Frühjahr und Sommer die Buchfinken ihre Lieder pfiffen. War es warm genug, zogen sie an seinem Ufer Schuhe und Strümpfe aus und hielten ihre nackten Füße ins Wasser. Zu jeder Jahreszeit nutzten sie ihre kleinen Ausflüge aus dem tristen Alltag, um sich gegenseitig in ihre heimlichen Zukunftspläne und Träume einzuweihen. Louise war besonders gut darin, die Fantasiebilder der Freundin noch weiter auszuschmücken. Wünschte sich Lily einen treusorgenden und liebevollen Ehemann, der regelmäßig genug Geld nach Hause brachte, so erschuf Louise ein eigenes Häuschen ganz allein für Lily, mit einem weitläufigen Garten, duftenden Kräutern und hochstehenden Tannen. Lilys künftigem Ehemann dichtete sie neben der gewünschten Gutmütigkeit noch eine ordentliche Portion Charme und ein attraktives Äußeres an. An einem anderen Tag machte sie sie stattdessen zur Ehefrau eines modernen und jungen Professors, der sich schon während ihrer ersten Begegnung Hals über Kopf in sie verliebte und fortan ihrem Rat folgte. Ihre Erzählungen unterstrich Louise mit Vorliebe durch eine ausladende Gestik und Mimik, die fast schon kleinen Tanzeinlagen glich. Damit entlockte sie ihren Zuschauern immer ein Lächeln und erntete Bewunderung. Sie sprach aus, was Lily sich nicht zu träumen wagte, ja, wahrscheinlich nicht einmal vorstellen konnte. Doch was hatten sie schon anderes als ihre Träume?

Der laute Gong, der die Mittagspause ankündigte, riss sie aus ihren Gedanken. Eilig strömten die Arbeiterinnen aus der Wäscherei in den Hinterhof. Louise wollte ihnen gerade folgen, als plötzlich Francine Duboise hereinrauschte, in Begleitung einer Frau. Rasch schlüpfte Louise hinter den Kessel. Wenn die beiden sich unbeobachtet wähnten, hatte sie vielleicht die Chance, etwas mehr von Francines Welt mitzubekommen.

Die Hitze stand träge im Raum und aus den Zobern stieg der Dampf. Vereinzelt zischte es in den brodelnden Suden. Francine setzte ihren Wäschekorb ab, in dem sich, wie Louise wusste, reich verzierte Mieder, rot eingefärbte Spitzenwäsche und Strumpfbänder befanden. »Wir sind anscheinend ganz allein«, sagte sie zu ihrer Freundin und kicherte.

Louise traute ihren Augen kaum, als Francine ihrer Begleiterin, die sie zärtlich Aurélie nannte, über die Wange strich, ihre Hand einen Augenblick dort ruhen ließ und dann einen Schritt auf sie zu tat. Ihr Dekolleté bedeckte sie mit Küssen, während sie mit ihrer Hand Aurélies rundes Gesäß streichelte.

»Wenn wir heute Nacht zu zweit arbeiten, werden meine Blicke nur dir gelten und keiner der Herren wird ahnen, was uns verbindet. Sie alle werden glauben, ich tue es ihnen zuliebe. Und die Trinkgelder, Liebste, die werden fließen. Wenn wir genug beisammenhaben, hauen wir von hier ab und lassen den ganzen Dreck und Gestank hinter uns.« Francine schlang einen Arm um Aurélies Taille und flüsterte ihr etwas ins Ohr, das Louise nicht hören konnte. Dafür vernahm sie plötzlich Schritte, die langsam näher kamen. Francine küsste Aurélie. Zu lang für eine harmlose Freundschaftsbezeugung. Derart waren sie ineinander versunken, dass Francine ihre Lippen erst von Aurélies löste und den Kopf wandte, als die Vorsteherin laut nach Luft schnappte. »Gütiger Himmel.« Sie bekreuzigte sich und wankte dabei. Einen Moment sah es so aus, als fiele Betty auf die Knie, aber dann fing sie sich wieder und räusperte sich. »Wir sind eine öffentliche Blanchisserie und kein Freudenhaus, meine Damen. Wenn ich Sie also bitten dürfte …«

»Sie dürfen.« Aurélie ließ Francines Hand los, hob den Korb hoch und hielt ihn Betty entgegen.

»Meine Damen, solange ich hier Vorsteherin bin, gilt: Wir sind zwar arm, aber nicht ohne Moral.«

»Das glauben wir wohl, Madame Mouron. Gleiches gilt für uns.«

Die Arme vor der Brust verschränkt, reckte Betty das Kinn in die Höhe. »Sollte ich mich nicht deutlich genug ausgedrückt haben, wiederhole ich mich ein letztes Mal: Bitte verlassen Sie die Wäscherei. In der Blanchisserie Noiset dulden wir kein obszönes Verhalten, hier arbeiten ehrbare Frauen.«

Aurélie sah verschämt zu Boden.

»Aurélie, es ist auch dein Recht, wie eine anständige Bürgerin behandelt zu werden.« Francine griff in die Tasche ihres Rocks und zog ein ganzes Bündel Scheine hervor. »Vielleicht verstehen Sie jetzt«, sagte sie zu Betty gewandt und blickte sie eindringlich an. »Wir tun unsere Arbeit, wie Sie Ihre Arbeit tun. Und wir nehmen Ihnen, den *ehrbaren* Frauen …«, sie zog das Wort in die Länge, »… gewisse Unannehmlichkeiten ab.«

In Louises Nase kribbelte es. Oh nein, jetzt bloß nicht auffallen! Betty hatte schon die Lippen zur Gegenrede geöffnet und die Hände in die Hüften gestemmt, bereit, die beiden Störenfriede wenn nötig an den Haaren aus der Halle zu befördern. Dann aber fiel ihr Blick auf die Scheine, die Francine in gemächlicher Manier auf den Tresen blätterte. Just in diesem Moment musste Louise lautstark niesen. Die drei fuhren gleichzeitig zu ihr herum. Ein Grinsen schlich sich in Francines Gesichtszüge, und Betty murmelte: »Schon gut, schon gut, wir werden die Zeit finden, Ihren Sonderauftrag zu erledigen.« Hastig stopfte sie das Bündel Scheine in ihre Rocktasche und schob die beiden Frauen aus der Halle. Louise wusste, dass Betty die zusätzlichen Einnahmen ins Kassenbuch hätte eintragen müssen. Doch als sie einen Moment später zurückkam, schloss sie es mit Nachdruck und verstaute es in einer der vielen Schubladen am Tresen. Dann rief sie Louise zu sich und erklärte ihr, dass in diesem besonderen Fall die *Mademoiselles* ihrer christlichen Nächstenliebe dringend bedurften, denn nur so seien sie vielleicht noch vor Schlimmerem zu bewahren. Louise dürfe aber keinesfalls irgendwem davon erzählen, schon gar nicht ihrer Maman, Gott bewahre. Es sei ja überdies klar ersichtlich, dass sie durch diese Extraeinnahme auch die Wäscherinnen unterstützte. Als die Vorsteherin Luft holte, weil sie nach einer derart langen Erklärung ja auch einmal atmen musste, steckte sie Louise einen der Scheine zu. Sie handele bloß aus Barmherzigkeit und Mitgefühl, sagte Betty noch, und sicher verstünde Louise das richtig.

An jenem Tag lernte Louise, dass der Begriff der Moral dehnbar war und viele Auslegungsmöglichkeiten in sich trug.

KAPITEL 2

Schweißperlen standen Louise auf der Stirn, als sie den kühlen Hausflur betrat. Von der Wäscherei bis zu ihrer Wohnung waren es nur knapp zwanzig Minuten Fußweg, aber ihre Sohlen brannten vom stundenlangen Stehen am Zober, und ihre Arme schmerzten vom Gewicht der nassen Wäscheberge, die sie heute bestimmt an die fünfzehn Mal von der Halle nach oben auf den Trockenboden geschleppt hatte. Außerdem war ihr übel vom Gestank, dem lauten Stimmengewirr ihrer Kolleginnen und ihren eigenen Ausdünstungen. Louise tastete nach dem knisternden Geldschein in der Tasche ihres Rocks. Obst könnte sie davon kaufen und daraus Marmelade für die Wintermonate einkochen, zwei ordentliche Stücke Fleisch auf dem Markt erstehen, um sie in Rosmarin und Thymian einzulegen, oder das Geld sparen und Maman mit einem Weihnachtsgeschenk überraschen. Eigentlich gehörte der Schein ja gar nicht Louise, sondern Francine. Ob Maman es schätzen würde, wenn sie es sich auf Kosten einer anderen Frau – und gar einer Prostituierten – gut gehen ließen? Louise schob den Gedanken beiseite.

Im Treppenhaus vermengte sich der Geruch von Bratfett mit dem Mief, der aus den Gemeinschaftsklos herwehte. Darüber lag ein säuerlicher Film *Potée de chou blanc*. Kohlsuppe. Angewidert verzog Louise das Gesicht.

Als sie in die Wohnung trat, stand Maman über den Herd gebeugt, die eine Hand am Rücken, die andere fest um den Kochlöffel. Louise schloss die Tür hinter sich, band die Schnüre ihrer Stiefel auf und befreite die schmerzenden Füße. Auf Strümpfen näherte sie sich ihrer Mutter und umarmte sie von hinten. Deren Leidensmiene, die tiefe Furche auf ihrer Stirn, die von all den Sorgen rührte – sie sah alles vor sich, obwohl Maman ihr den Rücken zuwandte. An Mamans Härte und ihrer Schwermut war der Krieg schuld. Er hatte ihnen nicht nur Papa genommen, sondern auch zu ihrem Leben in Armut geführt.

Als Louise etwa vier Jahre alt gewesen war und der Krieg zwischen Frankreich und Deutschland ausbrach, hatte Maman auch gerade das Mittagessen gekocht. Papa war an diesem Tag früher nach Hause gekommen. Er hatte Maman den Kochlöffel aus der Hand genommen und die Arme um sie geschlungen. Dann hatte er gesagt: »Frankreich ist im Krieg mit den Deutschen.«

Nur mit Mühe hatte ihr Vater Maman an diesem Abend dazu bewegen können, sich zur Ruhe zu legen. Durch die geschlossene Tür des Elternschlafzimmers konnte Louise noch lange Mamans leises Schluchzen hören. Tagelang ging das so, bis Papa beschloss, in den Krieg zu ziehen. Bei seiner Soldatenehre hatte er ihnen geschworen, für seine Familie und für das Elsass zu kämpfen. Eigentlich hatte er keine Wahl gehabt, er meldete sich bloß freiwillig, bevor er ohnehin eingezogen worden wäre, aber das wusste Louise damals noch nicht.

Früher hatte Papa, mit ihr auf den Schultern und Vic an der Hand, häufig Sonntagsausflüge nach Paris in die *Ménagerie du Jardin des Plantes* gemacht. Sie lag am linken Seineufer im fünften Arrondissement und niemand musste Eintritt zahlen. Wegen der Forscher und reichen Unterstützer des Zoos gab es längst nicht nur einheimische Tiere zu sehen, sondern auch Elefanten, Bären, ein Affenhaus, Greifvögel und sogar ein nagelneues Reptiliengehege. Am liebsten aber war Louise die *Fauverie*, das Raubtierhaus. Davor saßen die Tiermaler, die versuchten, die Großkatzen auf ihre Leinwand zu bannen. Louise hätte die Löwen und Tiger Ewigkeiten anschauen können, so herrlich und kraftvoll waren diese wilden Tiere. Und doch wünschte sie sich nichts sehnlicher, als sie aus ihren Käfigen zu befreien. Niemand, schon gar nicht so mächtige und einzigartige Geschöpfe, sollte hinter Gittern sein Dasein fristen müssen. Doch auch wenn es sie betrübte, die Wildkatzen in den Käfigen zu sehen, waren es helle Sonntage.

Sie waren bis zum Rand angefüllt mit Glück. Papa nahm Louise an solchen Tagen oft bei den Händen und drehte sich so rasch mit ihr im Kreis, dass sie beinahe meinte, zu fliegen. Für Papa waren Glück und Tanzen ein und dasselbe. Er erzählte oft davon, wie er als junger Mann in Paris gewesen war und es dort gelernt hatte. Mit einem wilden Tanz habe er Maman für sich gewonnen, aber das würde sie natürlich nie zugeben. Seine Töchter lehrte er gegen Mamans Widerstand den Chahut. Wie hoch er seine Beine warf! Das wollte Louise auch können. Kamen sie von ihren Ausflügen nach Hause und spielte gerade einer auf der Straße die Drehorgel, sprang und hüpfte Louise zur Musik, auch wenn längst Schlafenszeit war. Und Papa war immer der Erste, der ihr Beifall klatschte. »Sie hat doch wahrhaftig ein ganz ungeheures Talent, unsere Louise«, sagte er dann zu ihrer Mutter, die das in ihren Augen ungehörige Treiben mit gerunzelter Stirn verfolgte.

Mit Kriegsbeginn hörten die Sonntagsausflüge auf und statt fröhlicher Tänze erfüllte nun eine eigenartige Stille die Wohnung. Dagegen half es, sich an die Vergangenheit zu erinnern und das Lachen, das die Sommertage begleitet hatte, wieder heraufzubeschwören. Louise lachte viel und ohne Anlass und vor allem, weil es sonst niemand tat. Wenn Papa auf Heimaturlaub zu Hause war und niedergeschlagen oder müde wirkte, brachte sie ihn fast immer dazu, vom Sofa aufzustehen, sie an den Händen zu fassen und wie früher mit ihr umherzuwirbeln. Er selbst hatte ihr schließlich gezeigt, wie sich das Glück anfühlte, wie man es wieder heraufbeschwor und an sich band.

Auch jetzt lachte Louise, nahm ihrer Mutter energisch den Kochlöffel aus der Hand und schob sie sacht vom Herd weg.

»Maman, setz dich bitte. Ruh dich aus. Das Kochen übernehme ich.«

Ihre Mutter kam der Aufforderung nach und ließ sich dankbar auf einen Stuhl sinken. Sie wirkte ungewohnt heiter und lächelte. »*Ma chérie*, es gibt gute Neuigkeiten.«

Louise hörte nicht richtig zu, ihr Blick ruhte auf dem gepökelten Speck, den Maman in die Kohlsuppe gegeben hatte, und den Majoranstängeln, die neben den kleinen Kartoffelschnitzen im heißen Fett schwammen. Sie hatten nicht das Geld, um unter der Woche Majoran und Speck zu kaufen. Überrascht drehte sie sich um und sah ihre Mutter fragend an.

»Speck und Majoran? Woher hast du das?«

Maman antwortete nicht, sie suchte nach einem Zeichen der Zustimmung in Louises Blick, doch der blieb streng. Für heute und morgen war die Mahlzeit zwar gesichert, aber was käme danach? Schnell wandte sich Louise wieder zum Herd und rührte weiter, die Suppe durfte auf keinen Fall anbrennen.

»Stell dir vor«, sagte Maman, »ich habe heute auf dem Markt Rémi getroffen. Er ist Kutscher wie dein Onkel Pierre. Erinnerst du dich an ihn? Er hat dich früher manchmal mit seiner Kutsche mitgenommen. Rémi ist so ein großzügiger und feiner Mensch! Er hat doch tatsächlich unsere Einkäufe bezahlt und verlangt keinerlei Gegenleistung. Und dann hat er am Ende auch noch gefragt, ob du ihn am Samstag auf einen Ausflug begleiten möchtest. Er lädt dich zu einer Kutschfahrt ein!«

»Maman!« Der Löffel fiel Louise in die Suppe. Die heiße Flüssigkeit spritzte hoch, und ein paar Rübenstücke landeten auf dem Holzboden. Ihre Mutter erhob sich schwerfällig vom Stuhl und hielt sich dabei den Rücken. Sie kam auf Louise zu, wohl um sie zu beschwichtigen, wich aber zurück, als Louise abwehrend die Hand hob. »Wie konntest du nur? Was interessiert es mich, ob er denselben Beruf wie Onkel Pierre hat? Ich kenne ihn nicht. Und selbst wenn. Du tauschst mich gegen ein bisschen Speck und ein paar Kartoffeln?« Vor Wut stampfte Louise mit dem Fuß auf. Maman machte noch einen Schritt auf sie zu und übersah dabei die auf dem Boden liegenden Rübenstücke. Sie rutschte aus, strauchelte und fiel mit einem Aufschrei rücklings auf die Dielen. Louise war sofort bei ihr und kniete sich neben sie. »Oh Gott, Maman! Hast du dich verletzt? So sag doch was!«

Ihre Mutter winkte ab, bat aber um einen kühlen Waschlappen. Louise nahm ein Tuch von der Wäscheleine, tauchte es in den Wasserkübel, wrang es aus und brachte es ihr. So hockten sie eine Weile nebeneinander auf dem Boden und schwiegen. Erst als die Suppe überzukochen drohte, sprang Louise auf und eilte zum Topf, der auf dem neuen Sparherd vor sich hin köchelte. Betty hatte dafür gesorgt, dass sie einen dieser Herde mit Backofen und einer Klappe bekamen, die sich schließen ließ. Auf diese Weise konnten sie Kohle sparen. Betty war stets an erster Stelle, wenn Not am Mann war, aber niemals uneigennützig oder ohne Hintergedanken. Sie suhlte sich in der Anerkennung, die ihr wegen ihrer christlichen Hilfbereitschaft in Clichy zuteilwurde.

Maman stand ächzend auf und setzte sich wieder an den Tisch. Louise drehte sich zu ihr um. »Weißt du noch, was Vic einmal gesagt hat? ›Wir dürfen nicht nur buckeln und dienen, Papa hätte das nicht gewollt. Er hat uns das Tanzen und die Freude gelehrt.‹«

Maman ging nicht darauf ein. Sobald die Rede auf ihre Schwester kam, verstummte sie. Als hätte Maman nichts gehört, redete sie einfach weiter. »Dieses Haus, mein Schatz, braucht wieder einen Mann, so viel steht fest, und mich …«, sie rang sich ein heiseres Lachen ab, »… mich will keiner mehr. Rémi hat mir seine Absichten deutlich offengelegt. Er würde dich auf der Stelle ehelichen. Anscheinend bist du ihm aufgefallen, als du mich letztens auf den Markt begleitet hast.« Sie zwinkerte Louise zu.

Louise wurde blass. Dieser Rémi war bestimmt schon ein alter Mann. Und überhaupt hatte sie nicht vor, so bald zu heiraten. »Aber wir haben doch uns«, antwortete Louise rasch und umarmte Maman fest. »Wir haben uns, und wir haben diese vermaledeite Kohlsuppe.«

* * * * *

In der sternenklaren Weite der Nacht war Louise mit sich und ihren Gedanken allein.

Früher waren es die Streitereien zwischen ihrer Schwester und Maman gewesen, deren enormes Gewicht ihr, nachdem die beiden Dickköpfe längst eingeschlafen waren, schwer im Magen gelegen hatte. Die Last fiel immer erst von Louise ab, wenn sie aus dem Bett aufstand und in ihre Schuhe schlüpfte. Sie musste einfach raus ins Freie.

Auch als Vic nicht mehr nach Hause kam und statt dem Gezänk eine traurige Stille bei ihnen einzog, schlich sich Louise nachts vor die Tür. Die kühle Luft tat ihr gut und machte ihr schweres Herz leichter. Sie hatte Maman gefragt, weshalb ihre Schwester nicht wiederkäme, doch die antwortete nur knapp: »Vic hat ein anderes Leben gewählt.« Mehr war aus Maman nicht herauszubekommen.

Aber Louise wusste sehr wohl, wohin Vic gegangen war, der Klatsch und Tratsch im Viertel blieben ihr schließlich nicht verborgen, und ihre Schwester hatte es tatsächlich geschafft, eine Zeit lang das Gesprächsthema Nummer eins zu sein. Ein einziges Mal gelang es Louise, ihre Mutter zu provozieren. »Vielleicht hat Vic recht? Vielleicht stimmt es ja und ein Leben als Tänzerin im Montmartre ist viel besser als unsere Plackerei?« Normalerweise überging Maman Louises Fragen bloß, aber damals fing sie sich eine Ohrfeige ein, und seitdem hatten sie die stille Übereinkunft getroffen, nicht mehr über Vic zu sprechen.

Maman und sie hatten vorhin noch gemeinsam einen Teller Suppe gegessen, die meiste Zeit schweigend. Nach dem Essen war ihre Mutter müde geworden und hatte sich ins Bett gelegt, wo sie sofort eingeschlafen war. Louise hatte noch einen Moment gewartet, war dann in ihre Stiefel geschlüpft und hatte leise die Tür hinter sich ins Schloss gezogen.

Wie herrlich die Nachtigall ihr Lied trällerte. Nur ein leiser Wind pfiff durch die Pappeln, die die Straße säumten. Kein sich sorgender Blick lastete auf Louise, keine Vorsteherin bedrängte sie mit Fragen. *Hast du schon die Schärpe von Mademoiselle Cunox gewaschen? Sei vorsichtig mit der Seidengaze und dem Atlasband. Hast du die Mantille schon auf den Trockenboden gebracht?*

Ganz ins Gespräch vertieft gingen zwei junge Männer an ihr vorbei, nahmen aber keine Notiz von ihr. Vielleicht lag es daran, dass sie sich im Halbschatten verbarg oder dass schlicht keiner der beiden damit rechnete, im hiesigen Viertel eine junge Frau zu dieser Zeit auf der Straße anzutreffen.

»Wenn sich die Dunkelheit über die Vorstadt legt, erwacht das Reich der Durstigen zum Leben«, hatte die Vorsteherin Louise oft gewarnt. »Bist ja noch so jung, Kind. Aber ich sag's dir jetzt und in aller Freundschaft, lass dich bloß nicht einlullen von einem dieser Ungehobelten, die hier in Clichy herumlungern und hübsche Mädchen wie dich in die Cafés und Tanzlokale am Montmartre einladen.« Die älteren Arbeiterinnen hatten über Bettys Worte nur gelacht und hinter vorgehaltener Hand von Bordellbetreibern, Schlägern und Huren getuschelt. Aber Louise hatte keine Angst. Sie war mit ihren sechzehn Jahren längst kein Kind mehr – und spätestens seit sie die fliegenden Akrobatinnen im Zirkus gesehen hatte, spürte sie den Sog, der von dieser anderen Welt ausging. Sie würde alles dafür geben, eines Tages Clichy und die Arbeiterwohnungen hinter sich zu lassen. Sie wollte im Rampenlicht stehen und Menschen Träume schenken, die sie beflügelten.

Zwar war Francine keine Artistin und sie dressierte auch keine Raubkatzen, aber wo sie auftauchte, zog sie die Blicke auf sich und schuf so ihre eigene Bühne. Sie scherte sich einen Dreck darum, was die Obrigkeit oder Menschen wie Betty von ihr dachten, und es kümmerte sie auch nicht, was die Leute über sie redeten. Sie tat, wonach ihr der Sinn stand und nahm sich, was sie begehrte – auch Aurélie, die Francine nie hätte begehren dürfen. Für sie zählte nur ihr Streben nach Glück. Wenn Louise nur ein bisschen wie sie werden könnte, böten sich ihr bestimmt bessere Zukunftsaussichten. Und wer sich verändern wollte, musste neue Erfahrungen sammeln, so viel stand fest.

Louise hatte ein paar Gesprächsfetzen der beiden jungen Männer aufgeschnappt, die aus unerfindlichen Gründen ihre Neugier geweckt hatten. So beschloss sie spontan, ihnen zu folgen, um die Unterhaltung weiter zu belauschen. Ihr würde schon nichts geschehen, wenn sie ihnen eine Weile nachging.

Die Herren debattierten angeregt. Offenbar fiel es ihnen nicht auf, dass Louise hinter ihnen herschlich.

Einer von ihnen war klein und untersetzt. Der andere, schlank und hochgewachsen, trug einen Vollbart und in der Hand hielt er einen Spazierstock. Seine warme Baritonstimme rutschte bei jedem Schritt, den er tat, ein wenig nach oben. »Weißt du, Thierry, was mir seit geraumer Zeit durch den Kopf geistert? Viel zu lange haben wir uns mit dem Lichteinfall befasst, weil wir beweisen wollten, dass Momente nur flüchtig sind und unsere Wahrnehmung alles, was wir sehen, kreiert. Dass es nichts gibt, nur das Flüchtige – und nun scheint mir auch das falsch.«

Thierry tat zwei Schritte und schnaufte von der Anstrengung, während sein Freund einen machte. »Ist dir deine Algerienreise etwa nicht bekommen? Erzähl doch, was hast du erlebt? Ich platze vor Neugier.«

»Es schließt sich doch nicht aus, dass sich Licht und Form beide verbinden. Der Tanz mit den Farben trotz erkennbarer Konturen. Es ist an der Zeit, mit den immer gleichen Erwartungen zu brechen, auch mit unseren eigenen.«

Louise presste die Lippen aufeinander. Von was sprach der Schlanke da? Und wo lag dieses Algerien? Es klang orientalisch, wie eine Stadt aus dem Märchen.

Thierry klopfte seinem Freund auf den Rücken. »Gehst du eigentlich absichtlich nicht auf meine Frage ein? Oder beschäftigt dich die Malerei tatsächlich auch mitten in der Nacht?«

Der Hochgewachsene schüttelte den Kopf. »Wie sollte sie mich nicht beschäftigen? Die Malerei und ich sind ohneinander nichts.«

Der sanfte Nachtwind fuhr über Louises Wangen, streichelte ihre Arme und Beine. Nur vereinzelt beleuchteten Gaslaternen den Weg. In flottem Tempo bogen alle drei um Häuserecken, passierten den Park, der ihr – ganz anders als bei Tage – aus der Finsternis still und unheimlich entgegensah, ein breiter und mächtiger Schatten. Dann wand sich der Weg noch zweimal links- und einmal rechtsherum, und schließlich kamen sie in einer abgelegenen, aber gepflasterten Straße an, die von der Gasglühbeleuchtung einer Brasserie erhellt wurde. Hier war Louise noch nie gewesen.

Die Schritte der beiden Männer verlangsamten sich und Streichhölzer glimmten auf, als sie ihre Zigaretten anzündeten. Sie flanierten vorbei an bunt geschmückten Frauen in Unterröcken und Miedern, die Lippen und Wangen rot bemalt. Die Dirnen lehnten schwatzend an den Häuserwänden und warfen den Vorbeischlendernden aufreizende Blicke zu. Eine trug das rot gelockte Haar hochgesteckt, über dem tiefen Ausschnitt einer anderen baumelte eine Kette mit einem schwarzen Kreuz. Dazu klimperten bei jeder ihrer Bewegungen Münzen in einem grünen Samtbeutel. Der Nächsten quollen die Brüste aus einem viel zu eng geschnürten Mieder hervor. Louises Knie fühlten sich merkwürdig weich an. Ihr Puls raste, und sie hielt den Atem an.

»Was glotzt du denn so?« Die Rothaarige hatte Louise entdeckt, und nun drehten sich auch die beiden Herren zu ihr um.

»Biste neu hier?«, fragte die mit dem großen Busen. »Wer schickt dich?«

Die Gespräche der Frauen waren verstummt. Einige taten es der Rothaarigen gleich, lösten sich aus der Reihe und kamen auf sie zu. Nach und nach bildeten sie einen dichten Halbkreis um sie.

»Sag schon. Hier ist nicht jede willkommen, hörste? Jeder ihr Gebiet, das ist Gesetz, und wehe du verpfeifst uns.«

»Ich, ich meine, das verhält sich alles ganz anders, als es jetzt scheint,« sagte Louise zaghaft.

»Soso«, die Rothaarige kicherte höhnisch. »Das sagen sie doch alle, nur nicht jede tut so fürnehm. Willste uns vergackeiern?«

Die Stimmen wurden immer lauter und aggressiver. Louise, die nicht erkennen konnte, wer von den Frauen gerade sprach, sah ängstlich zu Boden. Am liebsten hätte sie sich unsichtbar gemacht.

»Ham wir gern, so junge Dinger, keine sechzehn, habe ich recht? Nu antworte, oder ich schlag dir ein Veilchen!«

»Aber, aber, meine Damen, so beruhigen Sie sich doch.« Es war eine sanfte Männerstimme, die die aufgeregten Gemüter zu beschwichtigen versuchte.

Louise blickte auf. Die Frauen wichen etwas zurück, um einem Mann Platz zu machen, der ihr nun seine Hand anbot. Er trug ein

Jackett mit einer doppelten Knopfreihe, dazu halbhohe Schnürstiefel, und in der Hand hielt er ein offenbar prall gefülltes Portemonnaie.

»Niemandem soll wegen der jungen Dame irgendeine Unannehmlichkeit entstehen. Ganz im Gegenteil, ich lade Sie alle ein, gemeinsam mit uns diese sternenklare Nacht zu feiern.« Zu Louise gewandt flüsterte er: »Nun spielen Sie schon mit und reichen Sie mir Ihre Hand.«

Louise zögerte einen Augenblick, doch etwas an dem Fremden ließ sie Zutrauen fassen. Vielleicht lag es an seinem Blick. Der Mann betrachtete sie nicht anrüchig, sondern wohlwollend. Louise ergriff wortlos seine Hand.

»Na, wenn das so ist«, sagte die Rothaarige. »*Mes puces*, folgen wir Augustes Einladung. Lasst uns feiern.« Sie zwängte sich zwischen Louise und den Mann, zwinkerte ihm zu und hakte sich dann bei ihnen unter. Ein wenig zog sie sie zur Seite und raunte: »Was Auguste schätzt, werde ich nicht mit Füßen treten, Täubchen. Aber lass bloß die Finger von ihm. Man nennt mich übrigens Belle.«

Louise erwiderte nichts. Verwundert über die unerwartete Wendung des Abends folgte sie mit klopfendem Herzen dem sich in Bewegung setzenden Grüppchen in Richtung der erleuchteten Brasserie am Ende der Straße. Der Kellner schien die Herren und ihr weibliches Gefolge zu kennen. Er nickte ihnen zu und winkte seinem Kollegen, der ihm unverzüglich half, die kleinen Bistrotische aneinanderzurücken und die Kerzen auf den Tischen zu entzünden. Beide trugen lange weiße Schürzen, Handschuhe und schwarze Westen. Jeder Handgriff saß, sie arbeiteten geschwind, aber gleichzeitig unauffällig. Louise gefiel es, so umsorgt zu werden und Teil dieser kleinen Gesellschaft zu sein. Auch wenn sie sich vor Belle, die das Sagen zu haben schien, ein wenig fürchtete.

Der Fremde, der Louise soeben aus der misslichen Lage gerettet hatte, kam auf sie zu und lüpfte seinen Hut. »Mademoiselle, darf ich mich Ihnen vorstellen. Ich bin Auguste Renoir, Porzellanmaler und Künstler. Und Sie sind?«

»Louise Weber – Wäscherin wider Willen.«

Auguste lachte und setzte sich an den Tisch. Louise straffte die Schultern und atmete tief ein. So forsch, wie sie gerade getan hatte, fühlte sie sich nicht. Im Gegenteil, ihr klopfte das Herz immer noch bis zum Hals. Belle setzte sich galant auf Augustes Schoß, wie um ihren Besitzanspruch klarzustellen. Louise ließ sich neben Auguste auf einem der geflochtenen Korbstühle nieder. Die anderen verteilten sich um die beiden Herren herum.

Männliche Servierkräfte in Hemd und Frack rollten auf Anweisung des Oberkellners zwei Beistelltische mit Kübeln darauf herbei, in denen jeweils eine Flasche Champagner auf Eis ruhte. Auf Silberplatten wurden verschiedene Sorten Käse gereicht. Manche davon kannte Louise vom Markt. Maman kaufte sie nie, sie waren zu teuer.

»Ein Camembert de Normandie«, sagte der Kellner, und deutete auf einen weiß ummantelten Laib, »daneben ein Brie de Meaux, sehr mild und cremig auf der Zunge. Und in direkter Nachbarschaft der Brie de Melun, kräftiger und stärker gesalzen. Den Hartkäse haben wir für die Herrschaften bereits gewürfelt.« Er zeigte auf die andere Platte, sprach von einem Beaufort AOP, dem König der Gruyère, einem Tomme d'Abondance aus der Haute-Savoie, den Bleus mit ihrem herrlich würzigen Schimmel, den Roqueforts. Neben dem würzigen Käseduft stiegen Louise weitere Gerüche in die Nase – frisch gebackenes Brot, schwarze Oliven und tiefroter Wein wurden aufgetischt.

Gläser wurden gefüllt und geleert, die Frauen lachten. Sie griffen nach den Leckereien, ließen es sich schmecken, streichelten über Arme und Oberschenkel der beiden Männer und mit ihren von Brotkrümeln verklebten Mündern küssten sie deren Wangen. Louise rieb sich den Nacken und biss sich leicht in die Innenseite der Wange. Das tat sie immer, wenn sie nervös war. Sie bewunderte die Raffinesse, mit der die Frauen die Männer umwarben, lauschte ihren lockenden Stimmen und verfolgte aufmerksam ihre wohldosierten Gesten. Das beiläufige Streicheln einer Wange, der auf eine Stirn gehauchte Kuss, die Traube, die sie mit dem Herrn ihres Herzens teilten. Sosehr Louise bewunderte, wie gut die Frauen die Kunst des Werbens beherrschten, sosehr schauderte sie deren Berechnung. Und doch, eines faszinierte Louise: Die Frauen hatten zwar eine Rolle zu spielen, aber wie sie diese ausfüllten, war offenbar ganz ihnen überlassen. Jede hatte ihren eigenen Stil. Belle machte auf zuckersüß bei den Herren, ließ sich dabei aber niemals die Butter vom Brot nehmen. Sie klimperte mit ihren langen Wimpern und schraubte ihre Stimme mindestens eine Tonlage höher, als sie von Natur aus war, sobald sie mit Auguste sprach. Die Frau, die auf Thierrys Schoß saß, gab sich unbeeindruckt von ihm und emotional unnahbar, schaukelte aber auf seinem Knie, und eine Dritte schnalzte ständig mit der Zunge, lachte andauernd viel zu laut und hauchte oder sang ihre Worte mehr, als dass sie sie sprach.

Louise nippte an ihrem Glas. Das erste Mal in ihrem Leben trank sie Champagner. Und als der seine Wirkung entfaltete, traute sie sich endlich und schob sich ein Stück Brie in den Mund. Wie der Käse auf der Zunge schmolz und wie der Perlwein im Mund prickelte! Sie schloss die Augen, um diesen Geschmack ganz in sich aufzunehmen. Als sie sie wieder öffnete, bemerkte Louise, dass Auguste sie beobachtete. Nichts Lüsternes lag in seinem Blick, vielmehr Neugierde.

»Sie sind zum ersten Mal hier, habe ich recht?«, fragte er.

Louise nickte. Ihre Wangen wurden mit einem Mal warm, und sie senkte den Blick, als hätte man sie bei einer Lüge ertappt. Für diese Nacht hatte sie keinen anderen Plan parat, außer dass sie die Chance, die sich ihr bot, nutzen wollte. Nur einmal den Geschmack eines anderen möglichen Lebens kosten – im wahrsten Sinne des Wortes. Aber das war gründlich schiefgegangen. Auguste hatte sofort gemerkt, dass sie nicht dazugehörte.

Louise erhob sich, um zu gehen, doch er griff nach ihrer Hand.

»Nicht doch, bitte bleiben Sie. So habe ich das doch nicht gemeint. Ich bin nur von Natur aus neugierig, und Sie wecken aus einem Grund mein Interesse, den ich selbst noch nicht kenne.« Er lachte.

Louise ließ sich wieder auf den Stuhl sinken. Sie verstand nicht recht, was dieser Auguste da redete.

Der sah sich offenbar zu weiteren Erklärungen genötigt. »In Ihnen glüht etwas, ich weiß noch nicht, was es ist, aber es zeichnet Sie aus. Nicht, dass ich das Bett mit Ihnen teilen will, es gibt andere Mädchen, die sind dafür wie gemacht. Aber Ihre Ausstrahlung ist einfach außergewöhnlich. Sie haben etwas Besonderes an sich, das ich gern näher ergründen würde. Als Maler habe ich dafür einen Blick. Bestimmt haben Sie ein verborgenes Talent.« Prüfend sah er sie an. Dann zog er ein Zigarettenetui aus der Tasche seines Jacketts und öffnete es. Als er Louise eine anbot und diese ablehnte, nahm er sich selbst eine und zündete sie an.

»In den Arbeiterwohnungen in Clichy entfaltet man kein Talent, selbst, wenn man eines hätte.«

Er schwieg eine Weile. Dann sagte er: »Ich war einmal wie Sie.« Er nahm einen tiefen Zug. »Meine Eltern gehörten der Arbeiterklasse an. Nur meine Begabung ermöglichte mir das Studium der Malerei bei Charles Gleyre. Für solche von höherem Stand hätte ein Talent womöglich nicht viel bedeutet, für mich war es die Eintrittskarte in eine neue Welt. Mein Traum war es, Maler zu werden. Wonach verlangt es Sie?«

»Ich weiß nicht, was ich kann, aber ich will jedenfalls keine Wäscherin sein, auch wenn Maman und ich unser klägliches Dasein damit fristen. Ich sehne mich so sehr nach einem anderen Leben. Vielleicht bin ich Ihnen deshalb gefolgt.«

In ihrem Inneren ballte sich ein Gewitter zusammen. Auguste hatte sich selbst befreit, er hatte getan, wovon sie nur träumte. Wie sie stammte er offenbar aus einem Milieu, in dem man kein Glück fand. Wenn es ihm ähnlich wie ihr ergangen war, dann waren es nicht allein die Armut oder die harte körperliche Arbeit, die ihn geschreckt hatten, sondern dass immerfort andere über ihn bestimmt hatten. Wer leben wollte, was er wirklich war, musste einen Ort in der Welt finden, wo er sich nicht erklären musste, wo Ausreden nichts galten und ein Herz zum anderen sprach.

Auguste lehnte sich zurück und sah hinauf in den Nachthimmel. Louise folgte seinem Blick. Ein so voller Mond stand am Firmament und über ihr spannte sich das Sternenzelt.

»Manche dieser Lichter sind längst erloschen, Louise. Wir sitzen hier andächtig und bewundern das Untergegangene. So sind wir Menschen, voller Sehnsucht nach dem Unerreichbaren.«

»Die Sehnsucht«, entgegnete sie leise, »hält zumindest mich am Leben. Wenn ich nur ein bisschen wäre wie einer dieser Sterne, dann wäre mein Leben nicht verschwendet.«

Belle, die den Platz gewechselt hatte und auf den Beinen von Augustes gedrungenem Begleiter Thierry schaukelte, hob zu einem Lied an, das Louise bekannt vorkam, aber sie erinnerte sich nicht, wo sie es schon einmal gehört hatte.

Auguste erhob das Glas zum Toast. »Auf das große Leben, das in uns allen schlummert«, sagte er feierlich, »möge es zum Vulkan werden und die Erde überziehen, möge es Niedergang bedeuten und Aufstieg dieses neuen Jahrhunderts. Wir sind die Kinder an seiner Brust, wir sind seine Boten. Lasst uns Untergang und Neubeginn feiern, solange es uns eben möglich ist. Verschwenden wir keine Zeit, denn diese ist die unsrige.«

Von der Wirkung des Alkohols mutig geworden, stand Louise spontan auf und klatschte Beifall. Sie hatte nur eine vage Ahnung, wovon Auguste eben gesprochen hatte, aber es klang so schön feierlich in ihr nach. Belle jauchzte und Augustes Begleiter beugte sich zu der Frau neben ihm und versank mit ihr in einem tiefen Kuss. Louise griff nach den Trauben und einem großen Stück Brie. Sie schenkte sich selbst Wein nach, der ihr ein federleichtes Gefühl gab, und lauschte den angeregten Gesprächen. Schweigend saß sie da, und nahm doch alles um sich herum intensiv wahr. Wie Belle ihr Glas umklammerte, als habe sie Angst, dass es ihr jemand wieder wegnähme. Wie die Kellner sich zurückzogen und darauf warteten, dass die Gesellschaft zu einem Ende fände. Wie einer der Ober den Kopf auf den Tisch legte. Wie ihre Finger klebrig wurden von der Süße der Trauben und dem Fett des Käses.

Auguste wandte sich wieder an sie. »Möchten Sie uns am Samstagabend begleiten? Ein Freund von mir wird Belle fotografieren, wie Gott sie schuf. Vielleicht ergeben sich auch Möglichkeiten für Sie?«

Was meinte er mit Möglichkeiten? Hatte er sie gerade dazu aufgefordert, sich vor einem Fotografen zu entblößen?

»Sie sehen aus, als hätten Sie einen Geist gesehen, Louise.« Auguste lehnte sich im Stuhl zurück. »Es ist nur so ein Einfall. Ich musste eben an ein Erlebnis denken. Es geschah an einem frühen Junimorgen, auf einem meiner Spaziergänge. Die Sonne ging gerade auf und fiel hinter das Blattwerk einer üppigen Rotbuche. Sie beleuchtete es so, dass all seine feinen Konturen zutage traten. Ich musste innehalten, um das Bild, das sich mir bot, nur ja nie wieder zu vergessen. Ein Maler muss sich erinnern, das ist unsere Profession, verstehen Sie? Als ich meinen Weg fortsetzte, wurde mir etwas bewusst: Die Möglichkeit zu diesem Zauber hat die Rotbuche immer schon in sich getragen. Ich Trottel hatte es nur nie bemerkt. Auf diesen einen Augenblick habe ich warten müssen, auf den richtigen Sonnenstand oder eine besondere Klarheit der Luft, damit ich diesem Schauspiel beiwohnen durfte. Seitdem habe ich mir geschworen, genauer hinzuschauen. Nun sind Sie da, Louise, und tragen einen ähnlichen Zauber in sich wie dieser Augenblick. Sie wissen es selbst vielleicht noch nicht, aber ich bin nicht blind. Allein wie Sie sich bewegen. Sie steuern auf etwas Großes zu, mit einer zielgerichteten Kraft, und das Beste ist, Sie wirken kein bisschen angestrengt dabei. Das fällt sogar Thierry auf, nicht wahr, Thierry?«

Thierry war damit beschäftigt, eine Silbermünze in den grünen Samtbeutel der Frau neben ihm zu werfen und dafür weitere Küsse zu ernten. Auguste winkte ab. »Ist nicht so wichtig, alter Freund. Mach einfach da weiter, wo du aufgehört hast.«

Louise rückte näher an Auguste heran und beugte sich zu ihm vor. Die Frage, die ihr im Kopf umherschwirrte, wollte sie nicht vor den anderen stellen. Sie mussten nicht wissen, dass Louise Augustes Angebot irritierte, mehr aber noch reizte. »Sie meinen, ich soll mich für ein Foto entkleiden?«

»Sie kommen einfach mit und dann hören wir, was Paul, das ist der Fotograf, dazu sagt. Vielleicht schauen Sie erst einmal nur zu und dann sehen wir weiter? Für eine Aktfotografie zahlen die Käufer erstaunlich gut. Und danach gehen wir noch ins *Le Chat Noir*. Dieses Café ist ein besonderer Ort. Sie werden die Menschen dort lieben! Begleiten Sie uns also?«

Louise sah noch einmal hinauf in den Nachthimmel. Diese unzähligen Sterne, die Generationen vor ihr schon erblickt hatten und die die Geschichten aller Menschen kannten.

Ein Akkordeon erklang. Louise blickte hinter sich, dorthin, wo die Musik herkam. An der Gaslaterne lehnte ein junger Musiker und spielte auf. Er sang von Aufbruch und Neubeginn angesichts einer vergehenden Liebe und ließ sich von der Melodie, die nun Fahrt aufnahm, mittragen.

»Dass Sie an mich glauben, Auguste, ist ein Wunder. Darf ich Sie noch etwas fragen?«

»Aber ja doch, nur zu.«

Louises Wangen glühten. Sie musste sich einfach trauen. Es war unangenehm und herrlich zugleich. Unangenehm, weil mit jeder Frage, die sie stellte, noch offenkundiger wurde, wie naiv und unerfahren sie war. Herrlich aber, weil sie sich selbst auf einmal so unglaublich lebendig fühlte. Sie in dieser Brasserie unter dem Sommerhimmel, mit dem bis eben noch fremden Auguste neben ihr und einem Leben, das mit einem Mal ganz andere Möglichkeiten bot.

»Finden Sie es nicht verwerflich, wenn eine Frau sich für ein Bild entkleidet?«

»Sind Sie etwa der Meinung, dass die Modelle sich für ihre Nacktheit schämen sollten?« Auguste klang entrüstet, lächelte Louise aber nachsichtig an.

Statt auf die Frage zu antworten, schenkte Louise sich erneut Wein nach und trank das halbe Glas in einem Zug leer. Auguste beobachtete sie dabei, sichtlich amüsiert. »Aber, aber, Louise, kein Grund, so schnell zu trinken.«

Und ob sie einen Grund hatte. Der Wein löste ihre verworrenen Gedanken auf und machte sie mutig, auch wenn ihre Zunge davon schwer wurde. »Verstehen Sie mich bitte nicht falsch. Ich bin ganz anders, als Sie glauben. Sie kennen mich noch nicht wirklich.«

»Da bin ich ganz Ihrer Meinung«, entgegnete Auguste.

»Ich werde versuchen, am Samstag zu kommen.«

Er erhob sich, verbeugte sich formvollendet vor Louise und küsste ihre Fingerspitzen. »Dann ist es abgemacht. Am Samstag treffen wir uns hier – pünktlich um zehn Uhr abends. Ich hoffe sehr, Sie wiederzusehen.«

Mit diesen Worten verschwand Auguste mit Belle in einem der Hinterzimmer der Brasserie.

* * * * *

Louises neue Eindrücke ließen sie mehr nach Hause schweben denn gehen. So fühlte sie sich also an, die Freiheit. Wie perlendes Stimmengewirr der Tafelgesellschaft, wie Belles wieherndes Lachen und Augustes Einladung. Ein anderes Leben war auf einmal in greifbare Nähe gerückt. Sie musste nur den Mut aufbringen und ihre neuen Bekannten am Samstagabend in das Künstlerviertel Montmartre begleiten, ohne dass Maman es mitbekam. Lily musste sie natürlich einweihen, sie würde Louises Wunsch sicher verstehen.

Sie bog in ihre Straße ein. Von den Dachfirsten gurrten die Tauben, die ihr Eintreffen mit schiefgelegten Köpfen beäugten.

Für einen Moment hielt sie inne und schloss die Augen. An dieses Gefühl würde sie sich erinnern, das schwor sie sich. Etwas in ihr, klüger und schneller als ihr Verstand, wusste, dass in dieser Nacht die Weichen ihres Lebens in eine andere Richtung gestellt worden waren.

Sie öffnete die Augen und bestaunte noch einmal den in der Morgendämmerung blasser werdenden Mond, dann richtete sie ihren Blick wieder auf die Straße, ging die letzten paar Meter bis nach Hause und sperrte die Eingangstür auf.

Sie hatte ihn nicht kommen hören. Er musste sich angeschlichen haben und ihr in den dunklen Hausflur gefolgt sein. Louise spürte seinen heißen Atem im Nacken und drehte sich um.

»Wer sind Sie?«, stammelte sie. »Was wollen Sie …?«

Der fremde Mann achtete nicht auf ihre Worte, sondern drängte sie unsanft mit dem Rücken gegen die Wand. Er roch nach Schweiß und billigem Fusel. Übelkeit stieg in ihr hoch. Sie versuchte, flach zu atmen, um sich nicht übergeben zu müssen. Der Mann drückte sich an sie und legte eine Hand um ihre Hüfte. Sie öffnete den Mund, aber kein Laut drang aus ihrer Kehle. Aus irgendeinem Grund schaffte sie es nicht, ihre Füße zu heben, die schienen fest mit dem Boden verwachsen. Nur ihre kalten Hände spürte sie noch und das Hämmern ihres Herzens. Der Mann umfasste ihren Po. Da endlich stieg blanke Wut in ihr hoch und riss sie aus ihrer Lähmung. »Nehmen Sie gefälligst Ihre dreckigen Pfoten weg!« Louise versuchte, ihn von sich zu drücken. Es gelang ihr nicht. Er war viel stärker als sie. Durch die Glasscheiben der Haustür fiel das frühe Licht der Morgendämmerung.

»Na, wer ist mir denn da ins Netz gegangen? Mädchen, du kannst ja kämpfen wie eine Löwin.« Er lachte, als hätte er einen guten Witz gemacht, und sperrte dabei seinen Mund weit auf. Ein Goldzahn blitzte im Halbdunkel auf. »Hat euch der Speck in der Suppe gemundet?«

Sein Atem roch faulig. Was redete er bloß? Louise schüttelte es. War der Mann ganz bei Sinnen? Da dämmerte ihr plötzlich, wen sie vor sich hatte, niemand Geringeren als diesen Kutscher, von dem Maman so geschwärmt hatte. Wie war noch gleich sein Name? Irgendwas mit R. René, Richard, … Rémi. Genau, Rémi. Der hatte Mamans Markteinkauf bezahlt und zum Dank dafür sollte Louise ihn auf einen Ausflug begleiten. Sie kämpfte mit den Tränen. In was für eine Lage hatte Maman sie nur gebracht? Sie musste sich jetzt zusammennehmen, das begriff sie intuitiv. Rémi durfte auf keinen Fall erahnen, wie widerwärtig er ihr eigentlich war. Nur wenn er glaubte, er hätte eine Chance bei ihr, käme sie hier vielleicht heil heraus. Sie schluckte gegen die Übelkeit an, setzte ein gespieltes Lächeln auf und sagte: »Sie müssen Rémi sein. Mutter erzählte mir, dass Sie mich zu einem Ausflug einladen wollen?«

Sie musste Haltung bewahren, darauf kam es jetzt an.

Rémi löste tatsächlich die Hand von ihrem Hintern, nahm einen gebührenden Abstand ein und deutete eine Verbeugung an.

»Mademoiselle Louise, ich wollte Ihnen bloß Gesellschaft leisten. Eine Dame, die allein durch die Nacht spaziert, könnte falsch verstanden werden. Verzeihen Sie, wenn ich Sie erschreckt habe.«

»Mitnichten.« Und in einem Anflug von Übermut fügte sie hinzu: »Sie wollten mir ja nur Ihr Geleit anbieten.« Sie drückte sich an ihm vorbei ins Stiegenhaus und hoffte schon, seinem Zugriff entkommen zu sein, als er erneut ihre Hand ergriff. Wie kalter Froschlaich, der auf ihrer Haut zu liegen kam, fühlte sich das an.

»Am Sonntag hoffe ich auf Ihre Gesellschaft. Ich zeige Ihnen das Schloss Fontainebleau. Und danach gehen wir im angrenzenden Wald spazieren. Ich hole Sie mit meiner Kutsche ab. Bei helllichtem Tage versteht sich, und nach dem Kirchgang, ganz wie es sich gehört.« Er grinste.

Vielleicht hatte er Louise in einer dunklen Ecke aufgelauert, um sie einzuladen. Hatte er gesehen, wie sie Auguste und dessen Freund gefolgt war? War er ihr womöglich nachgegangen und hatte sie den ganzen Abend lang beobachtet? Keinesfalls durfte er Maman davon berichten – und erst recht durfte die Vorsteherin keinen Wind von der Sache bekommen. Gerüchte nahmen in Clichy geschwind ihren Lauf, die hielt dann niemand mehr auf.

Was blieb ihr anderes übrig? Maman in eine unmögliche Lage bringen, womöglich riskieren, dass die Vorsteherin sie beide hinauswarf – und was dann? Zurück in die Baracke, die sie seit Jahren hinter sich gelassen hatten? Niemals! Es war nur ein Ausflug mit einer Kutsche. Ein kleines Versprechen, ein winziges Zugeständnis zu ihrer aller Gunsten. Rémi Morel war ein angesehener Bürger, einer, der selbst vor Maman seine Absichten offengelegt hatte. Er würde Louise auf der Stelle heiraten, wenn sie es nur zuließe.

Sie seufzte, nickte und schüttelte seine Froschhand ab. Dann eilte sie zur Wohnung hinauf und nahm dabei mit jedem Schritt zwei Stufen.

Ob er ihr und Maman tatsächlich ein besseres Leben bieten

könnte? Sie würde schwanger werden. Schon beim Gedanken daran, was dafür nötig wäre, schüttelte es Louise. Immerhin, ihre Kinder hätten eine Schulbildung und ein Auskommen. Maman und sie müssten nicht mehr in der Wäscherei arbeiten. Maman könnte ihre Gelenke schonen, auf einem gepolsterten Sessel sitzen mit einem Zierkissen im Rücken, ein hübsches, teures, aus dem *Le Bon Marché* vielleicht, und dort Mützchen und Overalls aus bunter Wolle für die Kleinen stricken. Sie würden in ein besseres Stadtviertel ziehen, in ein Haus mit einem kleinen Garten, in dem sie, mit einer Limonade in der Hand, ihre Freundin Lily empfangen könnte. Ein Leben zwischen zu bewässernden Rosen, Kindergebrüll und fad schmeckenden Küssen. Rémi war dreiundvierzig Jahre alt. Wie alt er wohl werden würde? Ob sie bald eine glücklich trauernde Witwe wäre? War es verwerflich, noch vor der Eheschließung solche Gedanken zu hegen? Das teigige Gesicht des Kutschers und seine weit nach vorn gestülpten Lippen lösten Abscheu und Widerwillen in ihr aus. Zudem wirkte der Kutscher seltsam wächsern auf sie, er sah ungesund aus. Arbeitete er womöglich von früh bis spät, schlief wenig und trank häufig einen über den Durst? Ob er zu cholerischen Ausbrüchen neigte? Vielleicht würde er seine zukünftige Frau regelmäßig schlagen und dies als Erziehungsmaßnahme begreifen, wenn er sie bei jedem Fehler anherrschte. Louise schüttelte es bei der bloßen Vorstellung.

In dieser Nacht war aber auch etwas anderes geschehen, etwas derart Bedeutsames, das auch die missliche Begegnung mit dem Kutscher nicht zerstören konnte: Louises Sehnsucht hatte Flügel bekommen.

KAPITEL 3

An jenem Freitagabend blieb Louise länger als üblich in der Blanchisserie. Der Vorsteherin entging das natürlich nicht. Argwöhnisch beäugte sie Louise.

»Seit wann arbeitest du freiwillig länger als nötig?« Misstrauen schwang in Bettys Frage mit, als witterte sie, dass sie ein Geheimnis hatte. So wenig Louise sie mochte, sosehr musste sie ihr zugestehen, dass sie eine untrügliche Nase besaß. Vor ihr ließ sich nur schwer etwas verbergen.

»Maman hat Schmerzen. Ihr setzt die schwere Arbeit mehr zu als mir. Ich will sie ein wenig entlasten.«

Die Vorsteherin zog die Stirn kraus, sah sie durchdringend an und blieb ihr auf den Fersen. »Das ist doch nicht alles, Louise, ich kenn dich doch. Du führst etwas im Schilde, ich weiß nur noch nicht, was es ist. Keines der jungen Dinger bleibt länger in der Blanchisserie als ihre Freundinnen. Und du schon dreimal nicht.«

Louise hielt ihrem Blick stand und nahm die schweren Laken, um sie zum Trocknen auf den Dachboden zu schleppen. Sie fluchte innerlich, denn natürlich hatte Betty recht. Freiwillig hätte sie sich die Plackerei nie angetan. Aber für einen ausgeklügelten Plan musste man eben Opfer bringen.

Dass Louise derart unter Beobachtung stand, hätte ihrem Vorhaben beinahe einen Strich durch die Rechnung gemacht. Als sie aber vom Dachboden zurück in die Wäscherei kam, musste die Vorsteherin das Örtchen im Hof aufsuchen – und das war Louises Chance. Sie zählte innerlich bis zehn, um sicher zu sein, dass Betty nicht plötzlich unter einem Vorwand kehrtmachte. Danach stopfte sie hastig das weiße Korsett der Duboise, das sie für sich ausgesucht hatte, und ein zartes hellblaues Mieder für Lily in ihre Tasche; dazu drei Seidenstrümpfe und Bänder. Stehlen wollte sie die edle Kleidung nicht, nur für diesen einen Abend ausleihen. Ob sie ihre Freundin tatsächlich überreden konnte, sie zu begleiten, würde sich zeigen. Sie hatten ausgemacht, sich am Sonntagabend, wenn die Turmuhr neunmal schlug, aus dem Haus zu schleichen. Bei der Rotonde vor dem Parc Monceau würden sie sich treffen. Louise brauchte Lilys Hilfe, um das Korsett zu schnüren.

Doch erst einmal musste sie den Ausflug mit Rémi hinter sich bringen. Seit sie Maman am Samstagmorgen mitgeteilt hatte, dass sie die Einladung des Kutschers annehmen würde, war ihre Mutter wie ausgewechselt. Den ganzen Tag über summte sie vor sich hin und strahlte dabei über das ganze Gesicht. Selbst zur Kirche Saint Vincent de Paul ging sie ausnahmsweise nicht vornübergebeugt, sondern hielt sich gerade, und ganz gegen ihre Gewohnheit stand sie auf dem Kirchplatz vor dem Glockenläuten in einer kleinen Runde mit einiger Kundschaft der Wäscherei zusammen und plauderte fröhlich. Während der Predigt sang Maman aus voller Kehle und sah Louise dabei mit einer Mischung aus Stolz und Dankbarkeit an. Wie gut es tat, von Maman so angesehen zu werden. Mit der Zusage an den Kutscher hatte Louise ihr einen Wunsch erfüllt – und was sprach schon dagegen, sich auf den Ausflug einzulassen?

Während Louise dem Ave Maria lauschte, das der Kantonist anstimmte, bahnten sich Erinnerungen ihren Weg: Maman, die Louise unermüdlich *ma petite princesse* nannte, obwohl sie in ihren von den Waldausflügen schmutzstarren Leinenkleidchen nie wie eine Prinzessin ausgesehen hatte. Maman, die stets tat, was man von ihr verlangte, und sich – im Vertrauen auf eine bessere Zukunft – niemals beschwerte. Maman, wie sie Tag für Tag in der Wäscherei schuftete, mit wunden Fingern und einem immer krummer werdenden Rücken.

Doch nun schien ihre Mutter innerlich zu leuchten. Und wie glockenhell ihr Lachen erklungen war, draußen auf dem Kirchplatz. Louise hatte ganz vergessen, dass sie so lachen konnte.

Wie verabredet holte Rémi Louise nach dem Kirchgang ab. Er

zog höflich den Hut vor ihr und nuschelte »Schönen Tag«. Louise hatte beschlossen, es ihnen beiden nicht zu schwer zu machen. Es war schließlich nur ein Ausflug, und wenn sie sich um gute Laune bemühte, würde sie das Schloss und seine Umgebung vielleicht sogar genießen können. Wann kam sie sonst schon mal aus Clichy heraus? »Ein ganz passabler Tag ist das heute.« Sie versuchte, ein Lächeln anzudeuten, aber es gelang ihr nicht.

»Wie sehr sich meine Louise auf den Ausflug heute gefreut hat.« Maman ließ es sich nicht nehmen, Rémi zu begrüßen. »Sie ist eine anständige Mademoiselle und trägt deshalb ihre Gefühle nicht auf der Zunge. Ich hoffe, Sie sehen ihr das nach.«

Louise schwieg verärgert. Wenn sie eines auszeichnete, dann ja wohl, dass sie immer ehrlich zeigte, was in ihr vorging.

»Ich wünsche Ihnen einen herrlichen Ausflug.« Sie legte Rémi vertraulich eine Hand auf die Schulter und umarmte Louise zum Abschied.

Obwohl sie dem Ausflug sehr widerwillig entgegengesehen hatte, besserte sich Louises Stimmung nun mit jedem Haus, das sie hinter sich ließen. Und als sie die Tore Clichys passierten und der Kutscher *Sur le pont d'Avignon* zu trällern begann, fiel auch der letzte Rest Anspannung von ihr ab, und sie stimmte mit in das Lied ein.

Es gefiel ihr auch, wie Rémi wenig später einige lustige Geschichten zum Besten gab und sie damit zum Lachen brachte. Der Kutscher war gar nicht so ernst und nüchtern, wie Louise gedacht hatte. Und so schlimm, wie sie sich den Ausflug ausgemalt hatte, war er bisher auch nicht.

Die Hufe der Pferde klapperten auf dem Stein, als sie die umliegenden Dörfer passierten, und waren schließlich nur noch gedämpft zu vernehmen, als sie auch diese hinter sich ließen. Sie querten einen langen Feldweg, an dessen Rand Franzosenkraut in voller Blüte stand. Vorbei an Bienenbäumen ging es, um deren fette Dolden die Hummeln schwirrten, und in den Bäumen zwitscherte es munter. Die Eindrücke des morgendlichen Kirchgangs und die Choralgesänge verblassten immer mehr, je weiter sie die Vorstadt hinter sich ließen und frische Landluft schnupperten. Der Klang des heiteren Vogelgezwitschers, die Aussicht, für einen ganzen Tag der Enge Clichys zu entfliehen – auf einmal genoss Louise es sogar, im Zentrum von Rémis Aufmerksamkeit zu stehen. Bestimmt war er bei seinem nächtlichen Überfall nicht er selbst gewesen.

»Vielleicht eignet sich so eine Kutschfahrt tatsächlich dazu, sich besser kennenzulernen. Was meinen Sie?«

»Ja, das mögen die Frauen. Ich kenne das Land. Ist nichts Neues für mich.«

»Sie schätzen also auch das Neue?«, fragte Louise und ein kleiner Funke Hoffnung entbrannte in ihrer Brust. »Es tut so gut, den Alltag mal hinter sich zu lassen, finden Sie nicht?«

Er zwinkerte ihr zu, lächelte sogar schief. »Ja, schon.«

Mehr sprach er nicht, sondern stimmte ein Lied nach dem anderen an. Louise war es recht, denn ein Gespräch, wie das zwischen ihr und Auguste, das über eine bloße Plauderei hinausreichte und echte Fragen aufwarf, wollte sich nicht so recht entwickeln.

Nach bald zwei Stunden Fahrt auf holprigem Grund wusste sie noch immer nichts weiter über ihn, als dass er Kutscher war und offenbar gerne und laut sang. Vielleicht lag es an ihr? Also lieh sie sich einen Satz, den sie an jenem Abend in der Brasserie eine der Frauen zu Auguste hatte sagen hören. »Ich gefalle nicht nur, ich bin auch wahrhaftig.«

Rémi sah, für einen Augenblick irritiert, von der Landstraße auf, nickte dann und grinste breit. »Auf der Rückbank, in dem großen Korb, sind belegte Brote von deiner Maman. Magst du uns eines auspacken? So ganz wahrhaftig?«

Als Schloss Fontainebleau endlich in Sicht kam, stoppte Rémi die Pferde auf dem Droschkensammelplatz vor dem Palais. Er half Louise aus der Kutsche, schaute in den Himmel und runzelte die Stirn. »Allzu viel Zeit bleibt uns nicht, da rollt etwas auf uns zu.«

Auch Louise blickte gen Himmel. Er war beinahe wolkenlos.

»Wenn wir noch einen Spaziergang machen wollen, muss die Schlossbesichtigung warten, Loulu.«

Hatte er sie gerade allen Ernstes Loulu genannt? Niemand nannte sie so. Es klang, als riefe man sein Kind zur Ordnung.

»Und die Gärten erkunden wir eben ein anderes Mal.«

Sie hatte sich so darauf gefreut, einmal wie eine Schlossherrin durch die Parkanlagen zu streifen. Rémi ergriff ihre Hand. Womöglich weil sie sie nicht rasch genug zurückzog, wertete er dies als Einverständnis und zog sie mit sich in Richtung Wald, wobei er seine Schritte beschleunigte. Auf ihre Schuhe, die für hügelige Wege aus Sand und Sandstein nicht gemacht waren, und auf ihr langes Kleid, das bis zum Boden reichte, achtete er nicht. So stolperte sie neben ihm vorwärts, gut zwanzig Minuten lang, bis sie ganz außer Puste war und keuchend innehielt. »Warum beeilen wir uns denn so? Wollen Sie mir etwas Bestimmtes zeigen?«

Der Wind frischte auf und eine dunkle Wolkenfront braute sich über ihnen zusammen. Spaziergänger kamen ihnen entgegen oder packten hastig ihre Picknickkörbe und Decken zusammen, aber auf Louises Frage hin nickte Rémi bloß und zog sie weiter, immer tiefer hinein in den Forst. Die ersten dicken Tropfen lösten sich aus den Wolken und fielen schwer auf sie nieder. Es donnerte. Ungerührt zerrte er Louise mit sich hinter eine Dornenhecke. Der Saum ihres Kleides riss und sie schrie leise auf. Er nahm keine Notiz davon, sondern zog sie an sich und drückte seine kühlen Lippen auf ihren Mund. Louise schmeckte das Salz seines Schweißes. Ekel stieg in ihr hoch.

»Du musst keine Angst haben.« Rémis Stimme klang rau. »Hier sind wir sicher vor zudringlichen Blicken.« Er lachte heiser und beugte sich weit über sie, sodass sie das Gleichgewicht auf dem unebenen Boden verlor und er auf ihr zu liegen kam. Anstatt sich zu entschuldigen, blieb er, wo er war. Sein Geschlecht drückte gegen Louises Schenkel und seine Zunge stieß gegen ihre Lippen, die sie beharrlich geschlossen hielt. Durch sein Gewicht bekam sie nur schlecht Luft. Sie keuchte. Ein unangenehmer Geruch nach altem Schweiß, Pferdestall und Dung ging von ihm aus, den auch der leichte Tabakduft, der ihn umgab, nicht übertünchen konnte. Er umfasste ihre Schultern und drückte Louise zu Boden, bis er schwer atmend zwischen ihren

Schenkeln lag. »Lassen Sie mich los!« Sie schrie, doch er machte weiter, als hätte er nichts gehört. Sie presste die Beine zusammen und versuchte sich seitlich wegzudrehen, aber es gelang ihr nicht. Rhythmisch stieß er seinen Unterleib gegen den ihren. Je mehr sie sich unter ihm wand, desto mehr schien er das als Ermunterung zu verstehen.

Mit einem gezielten Tritt zwischen seine Schenkel riss sie sich von Rémi los. Er fluchte laut und krümmte sich vor Schmerzen. Das verschaffte ihr die nötige Zeit. Sie befreite sich endlich aus seiner Umklammerung, kam auf die Beine und eilte forschen Schrittes Richtung Droschkensammelplatz. Ihre Wut war größer als die Angst, er könne sie einholen und sich gewaltsam nehmen, was sie ihm verwehrt hatte.

Es dauerte nicht lange, da vernahm Louise seine schmatzenden Stiefelschritte hinter sich. Sie beschleunigte ihr Tempo. Vor dem Schlossplatz holte er sie ein, zog sie an der Schulter zu sich heran und hielt sie am Handgelenk fest. Es gelang ihr nicht, seinen Griff abzuschütteln. »Ich habe falsche Schlüsse gezogen«, sagte er. »Es tut mir aufrichtig leid. Sieh mich an.» Er verstärkte den Druck auf ihr Handgelenk. Widerwillig hob Louise den Kopf und blickte ihn an. Neben dem Gefühl von Scham und der Angst überwog immer noch eine unbändige Wut darüber, gegen ihren Willen von diesem Ekel angefasst worden zu sein. Und das bereits zum zweiten Mal. Wie konnte er nur? Sie hätte platzen können vor Groll und Zorn, sie hätte bleich werden und zittern können, die Heidenangst vor ihrem Gegenüber saß ihr in den Gliedern, aber solch einen Triumph würde sie diesem Rémi nicht gönnen. Keinerlei starkes Gefühl würde sie ihm zeigen.

»Schau, Loulu, wir heiraten so oder so bald, da kommt es also nicht mehr darauf an. Aber ich bin ja bereit, mich an die Regeln zu halten.«

Was faselte er da? Sie schüttelte sich und rieb sich die kalten Oberarme. Rémi verstand das als Aufforderung und legte ihr sein Jackett um, das nach ihm roch. Und nach billigem Kräuterschnaps. Sie musste würgen.

»Du bist noch so jung, Loulu.« Er kam auf sie zu, aber sie wich instinktiv vor ihm zurück. Das schien ihn zu amüsieren. »Gute Reflexe, Kindchen. Wie ein scheues Reh. Du wirst mir viel Freude machen.

Ich schätze deinen kleinen Widerstand. Das ist umso verführerischer in der Hochzeitsnacht.« Er lachte heiser.

Louise war gleichzeitig kalt und warm. Ihr Magen rebellierte und ihr Kopf dröhnte. »Ich möchte nach Hause. Es geht mir nicht gut«, sagte sie leise. Mehr brachte sie nicht heraus.

»Dann steig endlich ein, wir fahren. Kannst in der Kutsche ein bisschen die Augen zumachen. Ich tu dir schon nichts.«

Louise stand noch immer da, hielt sich den schmerzenden Unterleib, und rührte sich keinen Millimeter vom Fleck.

»Na komm, deine Maman erwartet uns bestimmt schon. Ich werde ihr noch einmal ganz offiziell meine Aufwartung machen.«

Louise überlegte fieberhaft, was sie tun sollte. Alle Fiaker waren bereits aufgebrochen und außer mit Rémis Kutsche gab es keine Möglichkeit, zurück nach Clichy zu gelangen. Sie atmete tief durch, gab sich einen Ruck und stieg in die Kutsche. Wenn sie ihrer Mutter nachher erzählte, was geschehen war, würde es ihr sicher leidtun, sie in solch eine Lage gebracht zu haben. Gemeinsam würden sie den blöden Kutscher dahin schicken, wo der Pfeffer wuchs. Etwas Besseres als ihn fände sie allemal.

* * * * *

Maman kam ihnen aus dem Haus entgegengeeilt, als sie eintrafen. Louise gab ihr unmissverständliche Zeichen, sie möge wieder reingehen bei diesem Unwetter, aber sie achtete nicht darauf. Vielmehr wirkte sie so aufgedreht, als habe ihr jemand Prickelwasser zu trinken gegeben. »Hast du den Ausflug genossen?«, fragte sie, bevor Louise überhaupt aus der Kutsche gestiegen war. Der Starkregen hatte sie bis nach Clichy verfolgt. Es donnerte und grollte, der Himmel war rabenschwarz. In der Ferne sah Louise einen hellen Blitz. Maman streichelte ihr über die Wange. »Wie schade, dass euch der Wettergott nicht hold war. Das macht er wieder gut am Hochzeitstag.«

Rémi machte eine tiefe Verbeugung und küsste Mamans Hand. Er wurde wie sie alle tropfnass.

»Wollen Sie nicht einen Augenblick hereinkommen, Rémi?«

»Ich habe leider noch zu tun, Madame Weber. Ein andermal sehr gerne. Darf ich Ihnen bald erneut meine Aufwartung machen?«

Maman sah seligdumm aus mit ihrer an den Seiten gerüschten rosa Haube, die einmal Grandmaman gehört hatte, und die längst aus der Mode gekommen war. Louise war ihr Verhalten peinlich. Niemand musste sich so anbiedern. Rémi verbeugte sich abermals und stieg dann endlich wieder in die Kutsche. Maman winkte ihm trotz des strömenden Regens nach, bis die Kutsche außer Sichtweite war.

In der Wohnung riss sich Louise die Kleider vom Leib. Sie brauchte dringend trockene Sachen. Maman tropfte den Boden voll und lächelte immer noch versonnen. »Zieh dich um, Maman. Du wirst noch krank werden.«

»Mach dir keine Sorgen um mich, Kind. Nun wird endlich alles gut.«

»Nichts wird gut, Maman. Gar nichts. Er hat versucht, mich zu entehren, dein guter braver Rémi. Verstehst du? Er ist ein Scheusal.« Louise zitterte, dann kamen die Tränen. Ob aus Wut auf Rémi oder weil sie sich Maman so fern fühlte, hätte sie nicht sagen können.

»Er hat es nur versucht, sagst du?«

Auf Louises Nicken hin führte Maman sie zum Bett und legte ihr zärtlich die Decke um die Schultern. »Du ruhst dich jetzt erst mal aus. Das wird schon, Kind, das wird schon. Es ist im Leben wie beim Waschen: Hässliche braune Flecken lassen sich mit dem richtigen Bleichmittel leicht entfernen. Dann sieht sie keiner mehr. Die üblen Begleiterscheinungen wie der Gestank gehören eben dazu. Du kennst das ja.« Sanft strich sie ihr über die Wange. Louise wischte sich die Tränen mit dem Handrücken fort.

»Du bist schon bald kein Kind mehr, Louise. Ich habe dich immer beschützt, aber jetzt musst du uns beschützen. Wir Frauen unterscheiden uns nun mal von den Männern. Aber es ist nichts falsch daran, dass dein zukünftiger Ehemann dich begehrt.«

Louise wich vor ihr zurück.

»Es ist genau andersherum, Maman. Nichts ist richtig daran. Rémi hält mich schon jetzt für seinen Besitz. Man kann einen Menschen aber doch nicht besitzen!«

Ihre Mutter seufzte. Als wäre Louises Gedanke schon tausendmal von anderen, Klügeren als ihr, gedacht, belächelt und als nebensächlich befunden worden. Maman machte einen Schritt auf sie zu und legte ihr beide Hände auf die Schultern. »Es tut mir leid, dass er dich überrumpelt hat. Dein Erschrecken ist ganz natürlich für eine junge Frau. Er wird dir das nicht nachtragen.«

Hatte Maman ihr überhaupt zugehört? Wie konnte sie, was sie ihr eben anvertraut hatte, einfach ignorieren! Dachte sie nur an sich selbst und ihre Vorstellung von der Zukunft? War sie dafür etwa bereit, ihre Tochter zu opfern?

»Er hat mich nicht überrumpelt. Was ich wollte, war ihm ganz egal. Ich war ihm ausgeliefert, Maman. Was, wenn es mir nicht gelungen wäre, mich loszureißen?«

Maman löste ihre Hände von Louises Schultern, seufzte noch einmal, dieses Mal lauter, ging zum Fenster und öffnete es mit einem Ruck.

Die Dämmerung hatte sich über die Vorstadt gesenkt. Die Stimmen der heimkehrenden Wochenendausflügler klangen von der Straße zu ihnen hinauf. Maman fächelte sich Luft zu. Durch das Unwetter war die Temperatur zumindest draußen ein wenig gesunken. Ein leichter Windzug drang in die Stube. Er reichte aber nicht aus, um die abgestandene Schwüle, die sich über den Tag im Zimmer angesammelt hatte, zu verjagen.

»Was willst du denn noch, Louise? »Er ist eben auch nur ein Mann. Er hat sich doch im Griff gehabt und sich sogar bei dir entschuldigt, nicht wahr?«

Was sollte sie darauf antworten? Waren es Sätze wie diese gewesen, die Vic vertrieben hatten? War ihre Schwester deshalb von einem auf den anderen Tag verschwunden?

»Rémi hält offenbar an seinem Vorsatz, dich zu ehelichen, fest.« Maman zwinkerte ihr zu. »Schau, auch wenn sein Verhalten damit vielleicht nicht gänzlich zu entschuldigen ist, so ist es doch ein Kompliment an deine Schönheit. Wenn der Mann deines Herzens dich so sehr begehrt, begehrt er auch keine andere. Du weißt, was das bedeutet, oder?« Sie klatschte in die Hände. »Wir feiern bald Hochzeit.«

Schon bei dem Gedanken, ihn beim Jawort küssen zu müssen, wurde Louise übel. »Auf keinen Fall nehme ich dieses Monster zum Mann.« Louise hatte nur geflüstert, sich selbst ein Versprechen gegeben.

»Was hast du gesagt? Da du bald eine Ehefrau sein wirst, musst du dringend ein paar Höflichkeitsgebote lernen. Dazu gehört auch, sich verständlich zu äußern.«

Louise hatte das Gefühl, ihr Schädel könnte jeden Augenblick platzen. Mamans Worte hämmerten auf sie ein, dabei sprach ihre Mutter in gewöhnlicher Lautstärke. Auf einmal vermisste sie ihren Vater unglaublich. Niemals hätte Papa es zugelassen, dass Maman sie an diesen alten Kutscher verschacherte! Niemals wäre er so gleichgültig geblieben, wenn sie ihm erzählt hätte, wie Rémi ihr an die Wäsche gewollt hatte! In diesem Moment wünschte sie sich nichts sehnlicher, als wieder ein Kind zu sein und sicher auf Papas starken Schultern zu sitzen. Sie beide hatten eine Geheimsprache gehabt, die ohne Worte funktionierte. Wenn sie mit dem rechten oder linken Fuß zuckte, bog Papa in die jeweilige Richtung ab. Tat sie es zweimal, beschleunigte er das Tempo. Hielt sie ihm eine Hand vor die Stirn, stoppte er. So konnten sie auf gemeinsamen Spaziergängen Clichy erkunden. Wenn sie außer Haus waren, benahm sich Papa oft selbst wie ein Kind. Mit Vorliebe spielte er Verstecken oder Fangen mit ihr, und drehten die Leute die Köpfe nach ihnen um, streckte er ihnen frech die Zunge heraus, wenn sie nicht hinsahen. »Die gönnen einem gereiften Mann wie mir einfach keinen Spaß«, sagte er dann, als müsse er sich ihr erklären. Louise war wie er: impulsiv, wild und viel zu schnell für eine Sache entflammbar. Sie sprang durch die Wohnung, auch wenn es sich nicht schickte, schon gar nicht im ersten Trauerjahr. Sie kletterte auf Bäume und zerriss sich dabei die Kleidchen, die Maman ihr aus den hässlichen Stoffresten nähte, die Betty ihr geschenkt hatte. Louise besaß keinerlei Talent dafür, sich anzupassen. Sie hasste es, sich zu verstellen und Betty gegenüber Dankbarkeit zu heucheln oder auch nur höflich zu sein. Ohnehin hatte sie nur deshalb angefangen, in der Wäscherei zu arbeiten, weil sie wusste, dass ihr keine Wahl blieb. Und seit ihre Schwester Vic sich Hals über Kopf in ein anderes Leben gestürzt hatte, fühlte sie sich für Maman verantwortlich.

Louises Blick fiel auf die Pralinenschachtel, die Rémi ihnen geschenkt hatte. Wie fühlte es sich an, wenn man sich verkaufte? Louise sprang vom Bett auf und ging zum Tisch herüber. Sie riss die Packung auf, griff sich erst eine, dann rasch eine zweite Praline. Beide gleichzeitig stopfte sie sich in den Mund. Der Schokoladenmantel verklebte ihr die Lippen und legte sich als herb-süßlicher Film auf ihre Zunge.

Maman lächelte ihr aufmunternd zu. »Schmecken die nicht herrlich? Wie er uns verwöhnt, der gute Rémi!«

Immer noch kauend wischte sich Louise die Schokolade mit dem Handrücken vom Mund. »Du hast recht. Pralinen sollte man viel öfter essen.«

Sie verstand ja, dass Maman sich ein anderes Leben herbeisehnte. Ihr selbst ging es nicht anders. Bis vor wenigen Tagen hatte sie jedoch fest daran geglaubt, dass es ihre Aufgabe war, ihr Leben so zu akzeptieren, wie es nun einmal war. Sie hatte daran nicht zu rütteln. Auch wenn sie sich manchmal heimlich eine Zukunft im Zirkus ausgemalt hatte, war ihr immer klar gewesen, dass das ein Traum war. Die Schwingen eines Trapezes trugen eben nur jene, die vom Schicksal auserwählt worden waren.

Louise hätte sich Maman nicht auch noch aus dem Herzen reißen können, nachdem schon Papa gestorben war und Vic sie verlassen hatte. Aber vielleicht war Maman ihr doch nicht so unähnlich? Vielleicht wollte Maman, dass sie heiratete, weil sie sich, wie Louise, nach echtem Leben und ein bisschen Genuss verzehrte? Daran war nichts Schlechtes. Sie mussten sich nur gegenseitig besser verstehen.

Louise reichte Maman eine Praline mit Marzipanmantel, aber die schüttelte den Kopf. »Magst du etwa kein Marzipan?« Abermals griff sie in die Packung. Eine Champagnertrüffelpraline. Die würde Maman sicher schmecken. Aber Rémi hatte die teuren Süßigkeiten angeschleppt, sie waren durch seine Hände gegangen. Louise musste auf einmal würgen. Sie schluckte dagegen an. Wieder kamen ihr die dummen Tränen, nur halfen die ihr auch nicht weiter.

Maman nahm Louise die Praline aus der Hand und legte sie zurück in die Schachtel. Dann führte sie sie erneut zum Bett. »Nun leg dich endlich hin, *mon chou*. Ruh dich aus.«

Louise schüttelte den Kopf, ließ sich aber widerstandslos zu Bett bringen. Sie musste dringend nachdenken, sich selbst aus diesem Irrsinn befreien, wenn es kein anderer tat. Warum nur sah Maman einzig und allein in einer Heirat den Ausweg für sie beide? Louise presste die Finger gegen ihre Schläfen. Sie musste besser nachdenken. Das Schicksal hatte ihr schließlich ein Ass in die Hand gespielt. Sie musste es bloß ausspielen. Maman drückte sie sanft aufs Bett, zog ihr die Schuhe aus und verfrachtete ihre Beine auf die Matratze. Sie nahm ihr die Decke von den Schultern und breitete sie über ihr aus.

Was bedeuteten schon ein paar Fotos gegen eine lebenslange Ehe mit diesem Kutscher?

Maman gab ihr einen sanften Schubs, sodass sie aufs Kissen sank. »Schließ jetzt die Augen, Louise. Morgen sieht die Welt schon wieder anders aus.«

Sie dachte gar nicht daran, zu schlafen. Sie war klug. Sie würde weiterhin in der Wäscherei arbeiten und das zusätzliche Geld beiseitelegen. Und wenn sie erst einmal genug Geld zusammen hätte, würde Maman sicher keine peinlichen Fragen mehr stellen. Oder besser gesagt: Hoffentlich würde sie überhaupt keine Fragen stellen.

Die Turmuhr schlug neunmal. Louise setzte sich im Bett auf und schlug die Decke zurück. Hastig stand sie auf, griff sich die Tasche, in die sie Francines Wäsche gepackt hatte, schlüpfte in die Schnürstiefel und zog die Tür ins Schloss, bevor Maman sie zurückhalten konnte. Im Treppenhaus hörte Louise ihre Stimme: »Wohin gehst du denn jetzt noch?«

Sie antwortete nicht. Sie hatte ein Ziel vor Augen und nur darauf kam es an.

KAPITEL 4

Ihre Schritte hallten laut auf dem Straßenpflaster wider. Sie ging rasch, ohne sich umzusehen. Die Nacht schluckte alle Geräusche, nur um sie der Welt, vielfach verstärkt, zurückzugeben. Ihre Sinne waren bis aufs Äußerste gespannt. Jedes Rascheln hinter einer hohen Hecke oder in einer Nebenstraße kam Louise ganz nah vor und ließ sie zusammenzucken.

Eine Schar Eintagsfliegen tanzte im Schein der Straßenlaterne, gab sich ihrer Balz hin. Surrend opferten sie ihr Leben für die nächste Generation, bevor ihres erlosch.

Beinahe schlafwandlerisch fand Louise den Weg; vorbei am Postamt, der kleinen Buchhandlung und dem Spielzeugladen, an dessen Fenster sie sich als Kind die Nase plattgedrückt hatte. Als sie endlich den Park erreichte, legte sich gräserner Hopfenduft um sie und sie fühlte sich frei. Die Abenteuerlust hatte sie gepackt. Sie hatte sich tatsächlich auf den Weg gemacht und folgte der Einladung Auguste Renoirs.

War sie wie Vic? Selbstsüchtig hatte Maman ihre Schwester einmal geschimpft. Selbstsüchtig, eitel und nur um ihr eigenes Wohlergehen besorgt. Danach hatte sie Vic nie wieder erwähnt. Für Maman war sie in dem Moment gestorben, als das Geflüster sie erreichte, ihre Tochter träte in einem der Varietés im Montmartre auf.

Im Mondlicht erkannte sie Lilys zarte Gestalt. Wie verabredet saß sie auf der Parkbank, die Hände unter die Oberschenkel geschoben, und schlenkerte mit den Beinen. »Hallo, mutige Schönheit«, rief Louise Lily zu. »Du bist ja tatsächlich gekommen.«

Ihre Freundin hob den Blick. »Was hast du denn gedacht? Ich würde dich doch niemals im Stich lassen.« Lily stand auf und umarmte sie. Louise war froh, dass Lily bei ihr war, auch wenn sie bereits wusste, dass ihre Freundin sie nicht zu Auguste und dem Fotografen begleiten würde. Sie hatte immer wieder auf sie eingeredet, doch Lily war hartnäckig geblieben, für ein solches Abenteuer war sie einfach nicht gemacht. Aber als Freundin stand sie Louise treu zur Seite. Sie würde ihr beim Ankleiden helfen. Ein wenig mussten sie sich eilen, wollte Louise herausgeputzt und pünktlich am Treffpunkt sein.

»Du glaubst nicht, was Rémi mir antun wollte!« Die Worte sprudelten aus Louise heraus, ohne dass sie es vorgehabt hatte.

Lily wurde bleich. Erschrocken hielt sie sich die Hand vor den Mund. Nachdem Louise ihr letzte Woche schon von Rémis zudringlichem Verhalten im Hausflur berichtet hatte, war ihr offenbar sofort klar, was Louise andeuten wollte. »Du meinst, er hat versucht, dich …«

»Genau« unterbrach Louise sie. »Und er will mich unbedingt ehelichen. Das ist auch Mamans Wunsch. Lily, er ist ein altes Scheusal, niemals werde ich diesen widerlichen Kerl heiraten!«

»Was hast du jetzt vor?« Lily legte ihre Hand auf Louises Arm. Sie klang besorgt.

Louise mochte Lilys betulichen Ton nicht. Sie brauchte kein Mitleid von ihr, ganz im Gegenteil. Mitleid half ihr nicht; ihr Abenteuer hingegen würde sie den schrecklichen Tag vergessen lassen und hoffentlich die Erinnerung an Rémis grapschende Hände auslöschen. Sie schüttelte sich bei dem Gedanken daran, was hinter dem Gebüsch geschehen war.

»Was ich vorhabe? Ein Abenteuer erleben. Spaß haben. Das Leben genießen.« Übermütig drehte sie sich einmal um sich selbst. »Willst du nicht doch mitkommen, Lily? Du verpasst etwas, ich habe das im Blut.«

Lily schüttelte den Kopf. »Nein, ich meinte, was du wegen Rémi vorhast. Wegen seiner Heiratsabsichten …«

In dem nur dämmrig beleuchteten Park gingen sie nun still nebeneinanderher, bis Louise sagte: »Ich habe einen Plan, du wirst schon sehen.«

Ihre Freundin schaute sie neugierig an, fragte aber nicht weiter nach. Sie kannte Louise lange genug, um zu wissen, dass sie jetzt ohnehin nicht mehr aus ihr herausbekommen würde. Louise lachte, als sie Lilys Blick bemerkte. Ausgelassen schlenkerte sie mit den Armen und verfiel dann in einen leicht hüpfenden Schritt, bis sie schließlich in die Luft sprang wie eine Tänzerin.

Hinter der hohen Rosskastanie machten sie halt. Louise knöpfte sich hastig die Bluse auf. Dann öffnete sie ihre Tasche und zog das Korsett, die hellen Strümpfe und das passende Band hervor.

»Diese duboische Unterwäsche ist anbetungswürdig, nicht wahr, Lily? Aber du kannst den Mund wieder zumachen. Ich habe nämlich eine Überraschung für dich.«

»Schau.« Louise streichelte Lily über die Wange. »Für den Fall, dass du doch mitkommen willst, habe ich für dich auch etwas Passendes eingesteckt. Willst du es dir nicht noch mal überlegen? Es ist ja nur für diesen einen Abend. Nun komm schon, sag Ja!«

Lily stand da wie festgefroren und starrte Louise einen Moment lang bloß an. Dann aber besann sie sich und schnürte Louise mit geschickten Fingern das blütenweiße Korsett. Ihre Freundin hielt Wache, während Louise im Dämmerlicht des Mondes in die feinen Strümpfe schlüpfte. Die Unternehmung war geglückt. Niemand hatte Notiz von ihnen genommen.

Rasch machte Louise sich zum Ausgang auf. Lily hatte Mühe, mit ihr Schritt zu halten.

»Ich kann unmöglich in das Studio eines Aktfotografen mitkommen. So gern ich dich auch begleiten würde, Louise. Mal ehrlich, hast du keine Angst, dass dir etwas zustoßen könnte?«

Louise hob die Augenbrauen und grinste. »Wenn ich sie hätte, würde ich sie tief in mir verbergen. Hand aufs Herz, ich kann doch so einer klitzekleinen Angst nicht all das Wunderbare opfern, das da vielleicht auf mich wartet.«

»Ich hoffe, du hast recht«, sagte Lily. Sie zog die Schultern nach oben und wirkte reichlich angespannt. »Das hoffe ich wirklich sehr. Lily drückte ihr einen warmen Kuss auf die Wange. »Viel Glück. Und pass auf dich auf.« Dann ging sie in die entgegengesetzte Richtung davon.

* * * * *

Ein Meer von Stimmen drang an ihr Ohr, lautstarkes Johlen und Klatschen. Ein Mädchen mit violetter Feder auf dem Hut kippte ihrem Freier ein Glas perlenden Weißwein ins Gesicht. Was der wohl angestellt hatte, um sie derart in Rage zu versetzen? Gläser klirrten und Kellner huschten flink von Tisch zu Tisch. Auch ein Akkordeonist spielte wieder auf. Ganz in der Nähe des Bistros lehnte er an der hoch aufragenden Kastanie. Alles war wie beim letzten Mal und doch auf seltsame Weise glänzend und neu. In einer Fensterscheibe des Bistros erkannte Louise ihr eigenes Gesicht. Die Lippen tiefrot, die Augenlider schwarz umrandet, trug sie einen waschechten Turban um die Haare gewunden. Für einen Moment hing sie diesem Fantasiebild nach. Alle hätten aufgemerkt, wäre sie tatsächlich in einer derartigen Aufmachung hier erschienen. Aber woher hätte sie auch einen Turban bekommen sollen? Nicht einmal ihre Lippen hatte sie rot gefärbt. Aber vielleicht waren Fantasie und Sehnsucht doch eine Art Begabung, und Auguste hatte recht gehabt? Vielleicht trug sie etwas in sich, dass sie von den anderen in Clichy maßgeblich unterschied? Ja selbst von Lily. Es war doch seltsam, dass Lily Louises Hoffen auf ein anderes Leben zwar teilte, diese Hoffnung ihre Angst aber nicht überflügelte. Nur ein einziger Mensch fiel Louise ein, deren Mut sich mit einer Vorstellungskraft vereinte, die ausreichte, dem ihr zugewiesenen Leben zu entkommen: ihre Schwester. Sie glich ihr darin. Wenn Louise gleich mit Auguste zum Montmartre fuhr, wenn sie die Bars und Cabarets besuchten, vielleicht würde sie dann auch Vic finden?

Louise ging schneller Richtung Boulevard, wo die Kutschen im trüben Schein der Straßenlaternen warteten. Ihr Herz hämmerte wild. Mit jedem Schritt kam sie Vics Welt näher. Mit jedem Schritt näherte sie sich ihrer eigenen Zukunft, auch wenn Louise nicht wusste, wie genau die aussehen sollte. Furcht regte sich in ihr, gepaart mit einer eigentümlichen Vorfreude. Im Gegensatz zu Vic würde Louise aber zu Maman zurückkehren und sie unterstützen, das schwor sie sich.

Auguste und sein Freund Thierry warteten schon bei den Kutschen. Belle war auch da und winkte ihr zu. Auguste trug ein schwarzes Smoking-Jackett mit einem Zierknopf auf Bauchhöhe. Über sein Hemd hatte er eine passende Weste mit aufwendigen Stickereien gezogen. Thierry hingegen trug einen Frack und ein glänzendes, langes Schalrevers. Sie hatten sich beide für diesen Abend herausgeputzt. Belle flüsterte Auguste etwas ins Ohr, das Louise aus der Entfernung nicht hören konnte. Dann lief sie, so gut es ihre hohen Stiefelchen zuließen, auf Louise zu, hakte sich bei ihr unter und drehte mit Schwung – und sie mit sich ziehend – in die entgegengesetzte Richtung ab. Louise öffnete den Mund, um zu protestieren. Sie wurde erwartet und wollte nicht unpünktlich sein.

»Auguste nimmt sich die Zeit, Täubchen. Also zieh keine Schnute. Halt dich einfach an mich.«

Louise warf einen Blick zurück zu Auguste, der sich eine Zigarette angezündet hatte und mit Thierry sprach. Sie wollte sich losmachen, doch Belle hielt sie mit festem Griff und blieb so abrupt stehen, dass Louise ins Stolpern geriet. »Auguste hat dich wirklich gern, Täubchen.« Belle schnalzte mit der Zunge. »Ich verstehe zwar beim besten Willen nicht, was er an dir findet …«, ihr Blick maß Louise von Kopf bis Fuß, »aber das ist seine Sache. So, und nun hör mir gut zu.« Sie hielt Louise mahnend einen Zeigefinger vor die Nase. »Gleich kommt die Kutsche und fährt uns zum Fotografen. Also erstens, wer mit mir arbeitet, muss auch was tun. Also kümmerst du dich um Augustes Freund. Einmal ist immer das erste Mal. Das wird schon gut gehen. Ich mach jedenfalls keine doppelte Arbeit, auch wenn der Herr das vielleicht lieber sähe. Irgendwas hast du an dir, was Auguste schützen will. Aber hier ist mein Revier und wenn ich sage, du kümmerst dich um seinen Freund, dann machst du das auch. Haste verstanden, Kindchen?«

Louise nickte. Sie war sich nicht sicher, was Belle damit meinte, wenn sie von »kümmern« sprach. Aber wie sie es sagte, ließ sie vermuten, dass kein ehrbares Mädchen so etwas getan hätte. Louise würde diesem Versprechen also niemals Folge leisten.

»Zweitens, Kindchen, wenn wir ankommen, setzen die erst mal mich in Szene. Wehe, du verdirbst das mit deiner rehäugigen Pummeligkeit. Soll ja Männer geben, die darauf stehen. Also hältst du dich schön im Hintergrund. Ganz allein mein Auftritt, verstehste?«

Wieder wartete sie Louises Nicken ab, ehe sie weiterredete.

»Und sollten die dich wirklich fragen, ob du Fotos machen willst, sagte Nein. Du verdirbst mir nicht mein neues Geschäft, klar?«

Louise war erleichtert, als sie das Klappern von Hufen hörte und kurz darauf Augustes Rufen, dass ihre Kutsche nun eingetroffen sei.

»Wir kommen«, flötete Belle und kniff, während sie sich auf den Weg machten, Louise in die Seite. Sie tat das so geschickt, dass niemand etwas davon bemerkte. Auch Auguste nicht, dem Louise, als sie sich gegenüberstanden, schüchtern die Hand gab. »Guten Abend«, sagte sie leise.

»Ich freue mich, Sie wiederzusehen. Um ehrlich zu sein, ich hatte nicht damit gerechnet.« Er reichte ihr ebenfalls die Hand. »Nach Ihnen, mutige Dame.« Sie stieg in die Kutsche. Augustes Freund folgte ihr, und Auguste schloss die Wagentür hinter ihnen. »Belle und ich kommen mit der nächsten Kutsche nach«, sagte er. »Thierry wird sich gut um Sie kümmern.«

Im Inneren der Kutsche flackerte eine Lampe und spendete diffuses Licht. Louise hatte sich getäuscht. Niemand tat jemals etwas aus selbstloser Absicht. Auch nicht ein Auguste Renoir, so verzaubert und mondbeschienen ihr erstes zufälliges Treffen auch gewesen sein mochte. Dabei hatte er nicht einmal gelogen, er selbst wollte sie nicht entehren. Er überließ sie stattdessen ohne Skrupel der Gesellschaft seines Freundes. Der Kutscher setzte die Pferde in Bewegung. Sie fuhren los. Louise rechnete damit, Thierry auf Abstand halten zu müssen, und ging in Gedanken sämtliche Verteidigungsstrategien durch, die ihr zur Verfügung standen. Sie könnte ihn höflich bitten, den Anstand zu wahren, aber wahrscheinlich würde er sich vor Lachen nur so schütteln. Sie könnte einen unverschämt hohen Preis verlangen, den er niemals bereit wäre zu zahlen. Aber sie hatte natürlich keine Ahnung, welche Forderung angemessen war. Woher sollte sie wissen, was ein Kuss von ihr wert war? Im schlimmsten Fall würde er freudig in den Handel einschlagen, weil sie viel zu wenig gefordert hätte. Es blieb also nur, abzurücken, und wenn er das nicht verstünde, sich notfalls körperlich zur Wehr zu setzen, sodass der Kutscher aufmerksam würde und hoffentlich begriff, dass sie keine von denen war.

Doch Thierry blieb auf seinem Platz sitzen und machte keine Anstalten, sich Louise zu nähern, er suchte nicht einmal das Gespräch mit ihr. Erleichtert sank sie in den Sitz zurück. Ihre Anspannung ließ allmählich etwas nach. So holperten sie schweigend über das löchrige Pflaster und bei jedem Schlagloch, das sie durchfuhren, flackerten die Kutschenlaternen auf.

Nach einer kleinen Ewigkeit kramte Thierry plötzlich in der ledernen Tasche, die er bei sich trug, und zog einen kleinen Stapel mit Postkarten hervor. »Schauen Sie, Louise, schauen Sie nur.« Er reichte ihr die Bilder. Aktfotografien. Neugierig nahm sie sie in die Hand und betrachtete sie. Ihre Wangen fühlten sich mit einem Mal recht warm an. Wie herrlich die hüllenlosen Frauen anzusehen waren, wie unterschiedlich ihre Körper. Auf einer Postkarte war eine Frau von hinten abgelichtet. Sie lehnte sich gegen eine Säule und entblößte die Nackenpartie. Sie hatte stämmige Beine und einen üppigen Po. Auf einer anderen Fotografie lachte Louise eine junge Frau mit knabenhaftem Körper und kleinen, festen Brüsten entgegen. Sie hatte anscheinend keinerlei Scheu, sich dem Fotografen zu offenbaren. In Louise regte sich das starke Bedürfnis, sich einmal selbst auf einem solchen Foto betrachten zu können. Wie gern hätte sie eine der Frauen befragt, wie es sich anfühlte, fotografiert zu werden. Hatte es ihnen Angst bereitet oder sie beschämt zurückgelassen? Oder hatte es ihnen womöglich gefallen, zum Blickzentrum des Fotografen zu werden, wenn er Licht und Schattenwurf austarierte? Die Frau auf der dritten Fotografie hatte sehr langes, dichtes Haar und lag auf einem Sessel. Ein Bein schwang sie über die Lehne, das andere stand fest auf dem Untergrund. Sie hielt den Kopf überstreckt und ihr offenes Haar ergoss sich bis auf den Boden.

»Mögen Sie die Bilder?«, fragte Thierry.

»Ich fühle mich den Frauen seltsam nah«, sagte sie und spürte, wie ihre Wangen noch wärmer wurden. Das war eine unangemessene Antwort gewesen, aber der Satz war ihr rausgerutscht.

»In Ihnen steckt ja ein echter weiblicher Casanova. Wenn ich das Auguste erzähle …« Thierry klopfte sich lachend auf die Schenkel.

»Oh nein, tun Sie das bitte nicht.«

»Was ist schon dabei, Louise? Was anderen verpönt ist, ist uns Künstlern willkommen. Wir gestatten uns selbst, wovon andere nur träumen. Wir leben unseren eigenen Traum. Nur deshalb strömen die jungen Burschen und die Edelmänner in den Montmartre und bezahlen noch dafür. Sie wollen endlich einmal leben dürfen, alles abstreifen, was ihnen lästig ist. Sie wollen wahrhaftig sein, und wir gaukeln ihnen vor, wir wüssten, was das sei.«

»Sie wissen es also auch nicht?«

Er nahm die Fotografien wieder an sich und winkte ab. »Wie sollten wir? Wir leben in der Erprobung. Kein Tag ist wie der andere, wir haben kein festes Programm. Wir selbst zimmern unsere Welt. Reizt Sie das nicht auch?«

Ja, das tat es. Sie würde sich nicht mit dem Vorhandenen zufriedengeben. Sie hatte Träume, und sie war gut darin, sich diese in den buntesten Farben auszumalen.

»Ich kann gar nichts Besonderes«, flüsterte sie.

»Wir werden sehen.«

Die Kutsche hielt an. Thierry stieg aus und half ihr, es ihm gleichzutun. Dann bat er sie um einen Augenblick Geduld, während er zum Kutscher ging, um die Rechnung zu begleichen.

Louise wartete im lauen Sommerwind, die Weite der Nacht über ihr. Aus den nahen Tanzdielen, den *bastringues*, drangen fröhliche Akkordeonklänge. Von den schmalen Terrassen der Lokale her hörte sie Geschirr, Besteck und Gläser über einem beständig rauschenden Stimmenteppich klirren und klappern, und vor einer der *caboulots*, einer Spelunke, standen sich zwei Hitzköpfe gegenüber und brüllten sich an. Auf der Anhöhe aber, die sich unter dem sternenbehangenen Himmel erhob, ragte ein mächtiges Gerüst in die Höhe.

Augustes Kutsche kam dicht hinter ihrer zu stehen. Er und Belle stiegen aus. Auguste reichte seiner Begleiterin die Hand und kam langsam auf Louise zu. Er musste ihren Blick bemerkt haben und ihm gefolgt sein. Als er neben ihr stand, richtete auch er sein Augenmerk auf den Gipfel des Pariser Hausberges. »Die Regierenden wollen ein Zeichen setzen auf dem *butte*«, sagte er zu Louise. »Ein klares Symbol ihrer Macht, die wieder Ordnung schaffen soll im Maquis, im Elendsviertel. Deswegen nehmen sie so viel Geld in die Hand, nur deswegen bauen sie die Sacré-Cœur. Hier im Westen, auf dem Boulevard de Clichy, schlägt das Herz des Montmartre. Bis hierhin hat uns die Kutsche gefahren. Der Maquis, auf der Nordseite, weiter oben am Hang, mit seinem berüchtigten Volk und den Machenschaften der Gesetzlosen, ängstigt die Fahrer. Die Machthaber wollen die Kontrolle über das eingemeindete Arrondissement zurückerlangen. Besonders auch die Rue Coulain auf der Nordwestseite des Hügels, dieser Straßenzug mit den *lupanars*, den Freudenhäusern, von der aus man auf den Maquis blicken kann, ist ihnen ein Dorn im Auge.« Er schwieg, und als er Louise ansah, hoffte sie, dass er ihren inneren Aufruhr nicht erkannte. Da war die helle Freude darüber, endlich etwas zu erleben, das nichts, aber auch gar nichts mit der tristen Atmosphäre der Wäscherei, dem Geschwätz der Waschweiber und ihren ausgelaugten und farblosen Wünschen zu tun hatte. Da war Neugier, das schnelle Pochen ihres Herzens. Und da war auch ein wenig Beklemmung. Was, wenn diese Leute ihr Böses wollten? Sie straffte die Schultern. Und wenn schon. Sie konnte auf sich aufpassen.

Weiter oben am Hang, erzählte Auguste, wären die Wege nicht befestigt. Von Hütten ohne Gas, ja von der Müllhalde der Pariser sprach er. All das würde sie mit eigenen Augen sehen. Ihre Aufregung und Ungeduld nahmen zu.

»Hier«, er zeigte auf die Brasserien und Bistros, die sich dicht an dicht aneinanderreihten, »treffen sich alle. Und niemand fragt, wo man die letzte Nacht zugebracht hat. Ob Dieb oder Dirne, Edelmann oder Künstler, was die Menschen auf dem *butte* eint, ist ihr Wunsch, sich dem Leben vollkommen hinzugeben. Die Mittel mögen verschieden sein, der Absinth tut seine Wirkung bei allen gleich. Wir haben einen Aufstieg vor uns, der uns durch den Maquis führen wird. Aber machen Sie sich keine Sorgen, ich werde gut auf Sie achtgeben.«

Louise nickte und tat einen tiefen Atemzug. »Was für eine Nacht«, entgegnete sie.

Belle indes zog ein Gesicht wie drei Tage Regenwetter. Auguste verstand dies als Aufforderung, nun endlich seinerseits den Kutscher zu bezahlen und sich dann aufzumachen.

»Wir sind ja nicht zum Spaß hier«, maulte Belle.

Auguste nahm ihre Hand und zog sie an sich. »Ach, nicht?«

Da musste auch Belle lächeln.

Das Atelier des Fotografen lag weit oben am Hang. Auguste schnaufte und fluchte, dass er die Sinne zwar schätze, dass ein Maler aber ein Poet des Lichts und kein Bewegungskünstler sei; wer sich das eigentlich ausgedacht habe, dem Ort der Lust und des Vergnügens eine solche Anstrengung voranzustellen. Immer wieder legte er Pausen ein. Er verharrte auf einer der Steinstufen, zündete sich die Pfeife an und bestand darauf, die Aussicht über die Stadt genießen zu wollen. »Schau mal, Louise, da unten ist der Place Pigalle mit seinem Brunnen.« Er deutete mit dem Zeigefinger in die Richtung. »Siehst du ihn?«

Louise nickte. Was war an dem Platz so besonders?

»Ich wohne nicht weit von hier entfernt in der Rue St. Georges. Komm mich jederzeit besuchen, wenn du magst.«

Belle verzog verächtlich den Mund und spuckte – ganz undamenhaft – aus. Sie schmiegte sich an Auguste, der nicht zu bemerken schien, welche Eifersucht seine an Louise gerichtete Einladung in Belle auslöste.

»Haben wir uns nicht eine herrliche Gegenwelt geschaffen?«, plauderte er weiter. »Unweit vom Zentrum, mit freien Geistern und ihrem regen Treiben und doch an vielen Ecken noch voller Charme.

Ich liebe die Windmühlen und bedaure, dass sie nach und nach abgerissen werden.«

Thierry ließ eine kleine Schnapsflasche herumgehen, die er aus seiner Ledertasche hervorholte. Eine kleine Ewigkeit genossen sie die Aussicht über die Stadt, tranken und grüßten die Vorüberziehenden, bis Thierry schließlich seine Taschenuhr zückte, und meinte, sie müssten sich nun wirklich eilen, sonst hätte Paul womöglich keine Lust mehr, sie zu empfangen oder sei vielleicht selbst schon losgezogen und in irgendeiner Bar oder einem Café-concert gestrandet. Auguste seufzte und so setzten sie ihren Weg fort.

Der Mann, der ihnen wenig später die Tür öffnete, war von kleinem Wuchs. Paul trug einen Malerkittel und eine Baskenmütze, und sein Blick wirkte verschleiert. Ob vom Alkohol, einer Droge oder dem Rausch des Schaffens vermochte Louise nicht zu sagen. Er blies ihr Qualm ins Gesicht und hustete. »Kommt herein, Freunde. Ich habe noch eine angebrochene Flasche Merlot im Haus, ansonsten müsst ihr Wasser saufen wie die Kühe.« Er lachte und entblößte dabei einen schiefen Eckzahn. Dann verschwand er, kam kurz darauf mit besagter Weinflasche unterm Arm zurück und hieß sie in den Nebenraum eintreten.

Das Atelier war randvoll mit Leinwänden. Sie stapelten sich auf dem Boden oder lehnten an der Holzvitrine und einem schmalen Schränkchen. Einige wenige standen auf Staffeleien, die überall im ansonsten leeren Raum verteilt waren. An ihnen wurde noch gearbeitet, es roch nach Terpentin und frischer Farbe. Obwohl Paul nach Alkohol und Zigaretten stank, mochte Louise ihn auf Anhieb. Vielleicht, weil er ihr keinerlei Avancen machte. Für ihn war sie wohl schlicht Teil der Gruppe.

»Das ist mein Erprobungsraum«, sagte Paul. »Hier konzipiere, gestalte und skizziere ich, mische und rühre Farben an. Ihr bekommt zu Gesicht, was die Öffentlichkeit noch nicht gesehen hat, und was sie vielleicht nie sehen wird, weil ich es vorher verwerfe«, sagte Paul.

Dieser erste Blick auf ein Werk, das noch in Auseinandersetzung mit sich selbst stand, das unvermittelt Rohe und Unfertige, rührte

Louise an. Wie in Trance führten ihre Beine sie zu den Gemälden, die an der Fensterseite lehnten. Auf den Bildern herrschte buntes Treiben: Da waren die in den Berg gemeißelten Steinstufen zu sehen, die sie hinauf zum Montmartre genommen hatten. Bistrotische standen dicht beieinander, darauf Wein und Wasserflaschen und hier und da auch ein Brotkorb mit Baguettes, Kräuterbutter und Oliven. Ein Akkordeonspieler saß im Hintergrund des Bildes. Über all dem schien ein leichter Wind zu rauschen. Louise machte ihn an der angedeuteten Bewegung der Blätter aus. Ein Herr las eine Zeitung, fand jedoch keine Ruhe dazu, denn die Straßenzüge vor den Cafés waren ordentlich gefüllt, kaum ein Platz war frei geblieben. Louise kam es vor, als befände sie sich inmitten der Szenerie und könnte sie leibhaftig durchwandern. Unglaublich, dass ein so statischer Gegenstand wie ein Gemälde in der Lage war, eine derartige Wirkung zu entfalten.

Auf einem anderen Bild kamen sich Paare beim Tanz näher. Sie lachten. Ein Mann trat einer Dame mit Stola auf die Füße. Die Wangen einer anderen Frau waren gerötet. Ob von der Anstrengung oder dem Annäherungsversuch des Gentlemans, der ihr eine Rose reichte, vermochte Louise nicht zu sagen.

»Gefallen sie dir?« Paul stand dicht neben ihr und beobachtete sie. Louise nickte. »Ich kann in ihnen spazieren gehen.«

Pauls Gesichtszüge wurden mit einem Mal weich. »Magst du mir gleich Modell stehen?« Er deutete auf die freie Wand rechts von ihr. Dort stand auf einem Stativ ein großer Apparat.

Es war alles, wie es sein sollte, und dagegen würde auch Belle nichts unternehmen können. Louise sah ihn mit großen Augen an. Auguste legte Paul eine Hand auf die Schulter und flüsterte ihm etwas zu, das ihn zum Lachen brachte. Paul wandte sich um. Er suchte wohl den Raum nach Belle ab, die vor einer der Leinwände stand, die Hände in die Hüfte gestemmt, den Blick feurig und zum Kampf gewappnet.

»Doch, doch, hübsch ist sie, aber auch gewöhnlich, Auguste, das musst du zugeben. Aus ihr wird kein Meisterwerk.«

»Was flüstert ihr denn da?« Belle war mit wenigen Schritten bei ihnen.

»Entschuldige, Belle, wir reden über dich wie über einen Gegenstand. Versteh mich nicht falsch. Ich meine nicht dich, vielmehr mich selbst; also das, was ich in der Lage bin, zu sehen. Das heißt gar nichts. Nur so viel: Ich will, dass sie«, er deutete auf Louise, »mir gleich Modell steht. Wenn die Muse einmal da ist, muss ich ihr folgen. Vielleicht hilfst du deiner Freundin, sich zu entkleiden? So ein Korsett ist hübsch fürs Auge, aber nicht für den Fotografen, der hinter die Fassade blickt.«

Auguste beförderte ein Taschentuch aus seiner Hosentasche, tupfte sich damit hastig die Schweißtropfen von der Stirn, nahm Louises Hand und führte sie hinter den Vorhang im Atelier. Sicher ahnte er schon, was für ein Donnerwetter ihn gleich erwarten würde. Bekam Belle nicht, was sie wollte, konnte sie bestimmt zur Furie werden. Auguste atmete tief durch, schenkte Louise etwas, das wie ein aufmunterndes Lächeln wirken sollte, dabei aber einigermaßen verzweifelt geriet, und zog dann den Vorhang zu.

Da stand Louise nun und wartete auf den Wirbelsturm. Und der Wirbelsturm kam, allerdings nicht, wie angekündigt zu ihr hinter den Vorhang, vielmehr belauschte sie das Spektakel, das im Atelier wütete. Zum Auftakt riss eine Leinwand, dann barst Holz, womöglich ein Rahmen. Ein schriller Aufschrei, den Louise eindeutig Belles sich überschlagender Stimme zuordnete, dann deren Heulen, eine auf- und abklingende Sirene und zum krönenden Abschluss des Aktes schlug die Wohnungstür krachend zu. Applaus gab es keinen, aber es wurde gefährlich still. Louise schob vorsichtig den Vorhang beiseite und lugte ins Atelier. Auf dem Boden neben einer der Staffeleien hockte Paul, den Kopf in den Händen geborgen. Aus seiner Kehle drang ein unterdrücktes Schluchzen. Auf Pauls Schoß lag das Gemälde mit den tanzenden Paaren. Der Herr mit der Rose war von seiner Dame getrennt worden, ein tiefer Riss zog sich durch das Bild. Der Holzrahmen war entzweigegangen.

»Eine ganze Woche Arbeit«, presste Paul unter Tränen hervor,

»und sogar einen solventen Käufer hatte ich dafür schon gefunden. All das wegen deiner verrückten Vorlieben, Auguste. Das Schlimmste ist, der Wein ist auch schon geleert und von dem guten Käse habe ich auch keinen mehr im Haus. Ich werde hungern müssen, bis ich das nächste Bild verkaufe.«

Auguste zückte sein Portemonnaie. Es klingelte und raschelte, als er darin nach einem Schein suchte, den er, als er ihn endlich gefunden hatte, Paul schuldbewusst hinstreckte. Der aber schlug ihn fort.

»Du bist mein Freund, Auguste, und von Freunden nehme ich nichts an.« Er stand auf, klopfte sich den Staub von der Hose und begann lauthals zu lachen. »Das hier ist das Leben. Es wird sich schon alles fügen. Und nun machen wir, was wir am besten können.« Er sah zu Louise und rief: »Vorhang auf für meine neue Muse!«

Louise wollte den Kopf gerade wieder zurückziehen, aber da war Paul schon bei ihr und riss den Stoff zur Seite. »Du stehst ja da wie eh und je, weshalb bist du immer noch angekleidet?« Er schüttelte den Kopf. »Auguste! In Abwesenheit deiner Gespielin musst du wohl tätig werden. Das Mädchen kann die Schnüre des Korsetts nicht allein lösen. Wie heißt meine neue Muse überhaupt?«

Auguste warf das Tuch wieder über die Stange, trat zu Louise und führte sie hinter den neu improvisierten Vorhang. »Verzeihung. Ich wollte Ihnen nie zu nahetreten. Nur befürchte ich, wir können Paul nur beruhigen, wenn ich Sie aus diesem Monstrum befreie«, murmelte er.

»Es ist ein edler Stoff und die Mode unserer Zeit. Francine Duboise trägt es.« Sie schlug sich die Hände vors Gesicht und spürte die rissige Haut an den Fingern. So schnell war ihr das wohlgehütete Geheimnis also über die Lippen gekommen.

»Wer ist Francine?«, fragte Auguste, während er sich mit den Schnüren abmühte und leise vor sich hin fluchte.

»Eine Freundin.« Louises Herz hatte zu rasen angefangen bei dieser Lüge, doch Auguste hörte gar nicht richtig hin. Just in diesem Augenblick gelang es ihm nämlich, die Verknotung der Schnüre zu lösen und das Korsett öffnete sich über ihrer Brust. Ganz Edelmann wandte er den Blick von ihr ab. Als er sich umdrehte, stolperte er, kam auf dem Tuch zum Stehen und riss es dabei erneut von der Stange. Unversehens stand Louise mit halb entblößtem Oberkörper vor Paul und Thierry.

»Habt ihr es also endlich geschafft«, murmelte Paul, der Louises nackter Haut keine besondere Beachtung schenkte, sondern sich stattdessen über eine eigenartige Vorrichtung aus Draht und Blasebalg beugte.

»Ich brauche noch einen Augenblick«, sagte Louise und gab Auguste zu verstehen, dass er das Tuch wieder über die Stange werfen solle. Dann verschwand sie ein weiteres Mal hinter dem Vorhang. Sie hörte Paul Anweisungen geben. Wie die Gemälde zu verschieben seien, wo der Tisch hinkäme, den sie umständlich hinter dem Tuch hervorzogen und ins Atelier schoben. Sie besah sich ihre rauen Hände und den rotbraunen Schorf, der sich über den wunden Stellen gebildet hatte. Dieser Makel durfte auf der Fotografie auf keinen Fall zu sehen sein. Mit einem Seufzer schlüpfte Louise aus dem Rock und wand sich aus dem bereits geöffneten Korsett. Einen Moment zögerte sie, dann aber schlüpfte sie auch aus den Stiefeln und stieg aus den Unterhosen, bis sie nichts mehr weiter am Leib trug als die seidenen Strümpfe der Duboise, die von spitzenumsäumten nachtblauen Strumpfbändern gehalten wurden.

Von dem Augenblick an, als sie vor das Tuch trat, lief alles wie von selbst. Ein unsichtbarer Regisseur hatte das Wesen, das bis dahin verborgen in ihr geschlummert hatte, zutage gefördert. Im flackernden Schein der Petroleumleuchten betrat sie ihre Bühne, die nichts weiter war als ein freigeräumter Platz mit einem Tisch und einem Stuhl. Paul drückte Thierry einen Blasebalg in die Hand, der mit dieser seltsamen Drahtvorrichtung verbunden war. Der Künstler wirkte hochkonzentriert und hielt eine Art Kassette, die er am Ende des Fotoapparats befestigte. »Du darfst nur ja nicht erschrecken«, sagte er zu Louise gewandt. »Lass dich nicht irritieren von dem hellen Licht. Es darf deinen Ausdruck nicht verstellen. Stell dir vor, du bist hier ganz allein mit deinem Liebsten – und nur für ihn posierst du.«

Vehement schüttelte Louise den Kopf, um ihr Missfallen zum Ausdruck zu bringen. Unterdessen prüfte sie die Stabilität des Holztisches, an dessen Platte sie ruckelte. »Nein, so ist es nicht.«

Thierry seufzte und Paul wollte gerade etwas erwidern, da kletterte Louise auf den Holztisch, stellte sich ganz undamenhaft und breitbeinig darauf und erklärte selbstbewusst: »Ich lass mich doch nicht für einen Einzigen fotografieren, ich will von allen gesehen werden.«

»Wenn das nicht die Worte meiner neuen Muse sind.« Paul zog hastig an der Kassette in der Apparatur und nickte Thierry zu. Louise verbarg ihre Hände hinter dem Rücken. Mit einem Mal wurde es blitzhell.

»Nicht bewegen«, rief ihr Paul noch zu.

Ein beißender Geruch verbreitete sich, in Louises Nase kribbelte es wie tausend Ameisen, aber sie lachte in die Kamera und wandte den Blick auch dann nicht ab, als ihre Augen von dem weißen Licht brannten. Während sie ausgeleuchtet wurde, versank alles andere um sie herum in tiefer Dunkelheit. Eine kleine stille Ewigkeit. Paul schloss die Kassette wieder und entnahm sie vorsichtig der Apparatur.

»Machen wir noch eins?«, fragte Louise.

»Aber ja, zwei Schüsse haben wir noch. Einen Augenblick, bitte.«

Für das nächste Bild bat Louise um Handschuhe.

»Warum sollte eine nackte Frau ausgerechnet Handschuhe tragen?«, fragte Thierry irritiert.

Paul betrachtete Louise nachdenklich. Etwas an ihrem Anblick fesselte seine Aufmerksamkeit. Er trat näher zu ihr heran. Vorsichtig griff er nach ihrem Unterarm, den sie – wie ihre Hände – hinter ihrem Rücken versteckte. Wenn Paul erst ihre Hände sah, würde er sie sicher nach Hause schicken. Eine wie sie blieb für immer eine Wäscherin, an deren Anblick sich niemand ergötzen mochte. Paul nahm ihre zur Faust geballte Hand in seine und öffnete sie. Nun würde er begreifen, dass sie ihn getäuscht hatte. Für einen Moment schloss Paul die Augen und schwieg. Dann öffnete er sie wieder, setzte sich in Bewegung und verschwand hinter dem Vorhang. Louise hörte etwas quietschen, es klang wie das Scharnier einer Truhe. Kurz darauf schwang Paul den Vorhang zur Seite und kam auf sie zu. In der Hand hielt er zwei halblange weiße Damenhandschuhe, die er ihr wortlos reichte. Louise zog die kühlende Seide über ihre Hände. Seitlich streckte sie sich auf dem Tisch aus, den Ellbogen angewinkelt, sodass ihr freier Oberkörper und ihre lang ausgestreckten Beine zur Geltung kamen.

Zu Thierry gewandt, sagte Paul: »Meine Muse beweist Geschmack. Nackte Schönheit und Eleganz sind eben kein Widerspruch.« In Louises Richtung fragte er: »Bereit?«

Thierry und sie bejahten im Chor und Paul brachte die nächste Kassette an, zog sie nach oben, auf dass der Film, wie er Louise später erklärte, belichtet werden könne, und Thierry quetschte erneut den Blasebalg. Auguste, den die Dunkelheit geschluckt hatte und den Louise deswegen mehr hörte als sah, erklärte ihr, dass durch den Blasebalg der Sauerstoff mit dem Magnesium reagieren könne und so der Docht abbrenne, damit Louise ordentlich ausgeleuchtet im Licht stünde.

Es pochte an der Tür. Auf leisen Sohlen schlich Auguste in den Flur und öffnete. Ein wohlbekanntes Poltern und Stampfen waren zu hören und das Rauschen eines Rocks.

»Fass du mir nur ja nichts mehr an, Mädchen«, brummte Paul, der sich erst gar nicht die Mühe machte, sich nach Belle umzudrehen und ihre Konturen im flackernden Licht der wenigen Lampen auszumachen.

Belle gab keine Antwort. »Und die da soll den Geschmack der feinen Leute treffen?« Sie lachte bitter. »Louise ist eine Wäscherin, nichts weiter, kommt aus der Gosse und schläft bestimmt noch mit ihrer Maman in einem Bett voller Wanzen. Sie weiß nichts, schon dreimal nicht, wie man den Herren Vergnügen bereitet.«

»Sei still, mein Engel«, flüsterte ihr Auguste zu, aber Louise vernahm seine Worte. Ihre Augen hatten sich wieder an die Dunkelheit gewöhnt. Augustes Schatten umfasste Belles, der sich wehrte, wild gegen seinen Brustkorb hämmerte und endlich seinem drängenden Kuss nachgab.

»Auf die Versöhnung zwischen Mann und Weib«, sagte Thierry und klatschte dazu in die Hände.

Paul, von der Szene gänzlich unbeeindruckt, schimpfte, den Rohrspatzen vor der Wäscherei gleich: »Können wir jetzt endlich das letzte Bild machen? Niemand in diesem Raum, außer meinem Modell natürlich, schenkt der geheiligten Kunst die Beachtung, die sie verdient.« Er reichte Louise ein Glas Wasser, raunte ihr zu, sie möge sich vorstellen, sie wäre schon die Berühmtheit, die sie ganz gewiss einmal werden würde, und sie trinke selbstverständlich nichts anderes als den besten französischen Champagner, den das Land hergäbe.

Die Vorstellung fiel ihr leicht. Sie hörte aus der Ferne Applaus, ein Orchester spielte ein paar Takte, und in einer Art Manege trat sie aus dem Schatten ins Scheinwerferlicht. Wie die Freude und Aufregung darüber, im Mittelpunkt ihrer eigenen Geschichte zu stehen, in ihr perlte. Noch dazu würde sie für dieses Glück bezahlt werden, sollte Paul ihre Fotografien tatsächlich unters Volk bringen. Das war so viel einfacher als das Schuften in der Wäscherei. Für den Erfolg mit den Bildern musste sie ausschließlich Pauls Gesichtszüge lesen können und seine Anweisungen umsetzen.

Wie er eins wurde mit seinem Apparat, wenn sie eine Bewegung machte, die ihm vielversprechend schien. Sein Brustkorb hob und senkte sich jedes Mal in leicht beschleunigtem Tempo, kurz bevor er Thierry das Signal gab, den Blasebalg zu betätigen. Das war Louises Zeichen, in ihrer Pose zu verharren. Sie verschmolz mit all den Mädchen, die sie auf der Kutschfahrt hierher betrachtet hatte. Das geschwungene Bein und die Beweglichkeit der einen nahm sie zum Vorbild und das Geheimnisvolle der anderen Frau trug sie in sich selbst und vermochte es auf diese Weise zum Ausdruck zu bringen.

Bestimmt würde am Ende auch Maman ihre Beweggründe verstehen, denn Louise würde mit ihrem zusätzlichen Verdienst dafür sorgen, dass das Leben ihrer Mutter leichter würde. »Wie viel werden die Leute für mein Bild zahlen?«

Paul wog den Kopf. »Das weiß man nie so genau. Die Aktfotografien gehen aber gut, jeder will welche davon unter seinem Kopfkissen haben.«

»Kann ich von den Erlösen ein Zimmer mieten und Tanzstunden nehmen?«

»Wer weiß das schon«, murmelte Paul. »Erst musst du arbeiten, dann reden wir über Geld.«

»Ich sorge schon dafür, dass er dich anständig entlohnt.« Auguste meldete sich zu Wort. »Du bist ein echtes Naturtalent, Louise.«

Belles Antwort auf Augustes Kompliment war eine schallende Ohrfeige. Sehr bedacht legte Paul die Kassette, die er eben noch in Händen gehalten und die er für die dritte Fotografie am Ende des Apparats hatte befestigen wollen, auf den Tisch und drehte sich betont langsam um. An Auguste gewandt sagte er mit fester Stimme: »Tut mir leid, alter Freund, sie hat es nicht anders gewollt.« Dann packte er Belle, die augenblicklich in lautes Kreischen verfiel, am Ellbogen und zog sie, entgegen ihres erbitterten Widerstandes zur Tür. Sie zappelte und wand sich, doch er schob sie ungerührt hinaus ins Stiegenhaus. Krachend fiel die Tür hinter ihr ins Schloss. Belle polterte mit den Fäusten gegen das Holz und tobte und schrie wie eine Wilde.

»Beachte sie gar nicht, Louise«, sagte Paul, als er wieder ins Atelier trat. »Solche wie Belle braucht niemand. Von Frauen wie ihr bekommt die Nachwelt nur Albträume.«

»Aber«, setzte Auguste an, »du kannst doch nicht …, sie ist immerhin meine Begleiterin.«

»Und ob ich kann. Das ist mein Atelier, alter Freund, und wer meine Freunde abschätzig behandelt, der verdient meine Gastfreundschaft nicht. Such dir bessere Gesellschaft, Auguste.«

Paul griff wieder nach der Kassette auf dem Tisch, befestigte sie am Ende der Kamera und flüsterte Louise zu: »A votre santé.« Sie hob das Glas, während Thierry erneut den Blasebalg betätigte und es noch einmal gleißend hell um sie herum wurde. Wie eine berühmte Schauspielerin kam sie sich vor, mit dem Glas an den leicht geöffneten Lippen und dem ernsten Blick auf den Apparat gerichtet.

Die Dummen entmachteten sich selbst. Von Belles Gesellschaft jedenfalls war sie für den weiteren Abend befreit.

KAPITEL 5

Auf ihrem Weg, den sie sich den *butte* hinabbahnten, stolperten sie über Geäst, stiegen über Steine, die mitten auf den holprigen Pfaden ruhten und die Louise in der Dunkelheit kaum erkannte. Sowohl Auguste als auch Thierry boten ihr einen Arm an und so hakte sie sich links und rechts bei ihnen unter. Paul ging voraus. An windschief zusammengezimmerten Hütten liefen sie entlang, über ihnen die hin- und hereilenden Rufe der Nachtigallen. Louise wehte der Geruch nach herb-würzigem Thymian an, der hier wild wuchs. Darüber aber lag ein leiser Duft nach Verwesung. Offenbar hatte, wie Auguste vorhin bereits erklärt hatte, die Pariser Kommune tatsächlich nicht nur die Bewohner des *butte* vergessen, sondern auch ihre Müllberge, die sich zwischen Natur und menschengemachten Behausungen auftürmten. Ihr Dreck war nicht entsorgt worden.

Im Unterholz raschelte etwas. Womöglich waren das die Füchse, Ratten und Würmer, denen der menschliche Abfall ein Festmahl bedeutete. Ein Mit- und Nebeneinander von Stadt und Land, von Abseits und Diesseits. Und über dieser Gemengelage sollte sich also einmal die Sacré-Cœur erheben. Dabei war auf diesem Fleckchen Erde nichts heilig.

»Meine Muse muss unsere Hymne kennenlernen!«, rief Paul auf einmal.

»Eure Hymne?«, fragte Louise.

Als Antwort begann Paul eine schwungvolle und sehnsüchtige Melodie zu summen. Erst ohne Text, dann besang er eine schwarze Katze, Louise hatte keine Ahnung, warum.

»*Ich suche Glück, rund um die schwarze Katze, im Mondlicht, am Montmartre. Ich suche Glück, rund um die schwarze Katze, im Mond-*

licht, abends am Montmarte«, trällerte er. Auguste stimmte mit ein, und schließlich auch Louise. *»Au clair de la lune, à Montmarte, je cherche fortune, autour du Chat Noir, au clair de la lune, à Montmartre, le soir.«*

»Solange wir singen«, sagte Paul, »lassen die Diebe uns in Ruhe. Sie wissen dann, unsere Taschen sind leer wie die ihren.«

»Eine schwarze Katze soll Glück bringen? Verhält es sich nicht genau andersrum?«

»Das ist es ja eben, Louise«, sagte Auguste. »Von der schwarzen Katze habe ich Ihnen doch jüngst in der Brasserie erzählt.«

»Die Dinge verhalten sich auf dem *butte* anders, als sie den Spießbürgern und braven Leuten erscheinen«, fiel ihm Paul ins Wort. »Eine schwarze Katze kann eine schillernde Nacht lang das ganz große Glück bedeuten. Du wirst es mit eigenen Augen sehen, Louise. Aber lass uns weitersingen, damit wir auch heil ankommen.«

Je weiter sie den Hügel hinabstiegen, desto heller wurde es – und als sie den Boulevard de Rouchechouart erreichten, wichen endlich auch die unbefestigten Pfade und Wege einer Straße, die leicht begehbar war und von Gaslaternen erleuchtet wurde. Vor ihrem Ziel, der Hausnummer achtundvierzig, brannte eine flackernde Laterne.

Dichtes Gedränge und Gegröle. Louise glitt an Thierrys und Augustes Arm durch die Menge. Die feinen Herren der Gesellschaft waren leicht zu identifizieren. Sie trugen Anzug und Zylinder, hielten ihren Gehstock umklammert oder schauten auf ihre edlen Taschenuhren, die sie mit weißen Handschuhen aus ihren Hosentaschen hervorzogen und die an scharlachroten Bändern befestigt waren. Die einfachen Männer aus dem Volk trugen keine aufwendigen Accessoires bei sich. Ihre Oberhemden, Beinkleider und Jacketts mussten genügen.

Die Menschentraube murrte, als sie an ihnen, Richtung Eingang, vorbeizogen. Einzelne erhoben ihre Stimme und forderten sie dazu auf, sich wie ordentliche Menschen in die Schlange für das *Le Chat Noir* einzureihen. Paul verlachte sie. »Das ist unser angestammtes Territorium. Hier gewährt der Gardist uns bevorzugt Einlass, während die feinen Herren und Damen der Gesellschaft darauf hoffen müssen, ausnahmsweise nach uns an die Reihe zu kommen.« Er wandte sich an einen Mann in seltsamer Uniform, der den Durchlass regelte. »Habe ich nicht recht?« Dessen weiße Hosenbeine steckten in schwarzen Stiefeln. Sein Oberkörper war in Rot-Schwarz gewandet und auf seinem Kopf trug er einen Helm mit rotem Federbausch. In der Hand hielt er eine Pike. Er stand – seiner Rolle als Türwächter gemäß – stocksteif vor ihnen, zwinkerte Paul aber zu und trat zur Seite, als der lauthals die Hymne zu schmettern begann.

Ein Mann stürmte aus der Menge auf Auguste, Paul und Thierry zu und fiel den dreien nacheinander um den Hals. Dabei lachte er, klopfte ihnen auf die Schultern und umarmte sie dann gleich noch einmal. »Wer meine Lieder anstimmt, gehört zur Familie. Aber wen habt ihr denn da bei euch?« Der Fremde nickte in Louises Richtung. Er wirkte, im Gegensatz zu Paul, wohlgenährt, trug einen Hut mit auffallend breiter Krempe und – trotz der sommerlichen Temperaturen – ein Samtjackett nebst einem roten Schal. In seinen tiefliegend dunklen Augen wohnte der Schalk in nächster Nachbarschaft zur Melancholie. Er strahlte eine Wärme und tiefe Menschlichkeit aus, die Louise, ohne groß nachzudenken, unverstellt auf seine Frage antworten ließ. »Nur eine Wäscherin, die in dieser Nacht zum ersten Mal Akt für eine Fotografie gestanden hat.«

»Kann ich das Bild mal sehen?«

»Die Fotografien!« Paul schlug sich die Hände vor den Mund. »Kinder, ich darf die nicht zu lange liegen lassen. Die Abzüge müssen noch heute entwickelt werden. Gut, dass du mich erinnerst, Aristide.«

»Es war nie mein Ansinnen, dich zu erinnern, Paul.« Aristide grinste. Eine Spur Unverschämtheit lag darin. »Habe die Ehre. Wir sehen uns nach meinem Auftritt.« Er warf sich das eine Ende des roten Schals über die Schulter, schob sich an ihnen vorbei und stieg zügig die Treppe in den Keller hinab.

»Aristide, du komischer Vogel, du singst uns und Louise später die Hymne, hast du gehört?«, rief ihm Paul nach, aber da war er schon in der Menge abgetaucht.

Mehr Männer als Frauen hatten sich im *Le Chat Noir* versammelt. Auf der Treppe und dem schmalen Durchgang staute es sich und auch im Bauch des Kellertheaters drängten sich die Menschen. Die Glücklichen, die einen Sitzplatz ergattert hatten, saßen Schulter an Schulter mit dem Rücken zur Wand an Tischchen, ein Glas Wein oder Bier in einem schweren Steinkrug vor sich.

»Die meisten von ihnen sind Stammgäste«, erzählte Auguste. »Schauen Sie dort, Louise, der Mann mit dem geschwungenen Schnauzer und dem Spitzbart! Das ist Émile Goudeau, ein enger Vertrauter von Rodolphe Salis, dem der Laden hier gehört. Mit ihm zusammen hat Émile einen Dichterkreis, *Les Hydrophates*, ins Leben gerufen. Man sagt, sie treffen sich im Hinterzimmer.« Er deutete neben sich auf eine Tür. »Was aber sicher ist, die *Les Hydrophates* geben das *Le Chat Noir* heraus. Wenn ich das Magazin später in die Finger bekomme, zeige ich es Ihnen.«

»*Les Hydrophates*, die Wasserleidenden?« Hatte Louise sich etwa verhört?

»Die Herren Dichter verwehren sich nicht nur dagegen, Wasser zu saufen, und verlangen nach Wein oder Absinth«, mischte sich Paul ein, »sie stellen auch echt was auf die Beine: Ihr Magazin ist voll von lüsternen Geschichten und pikanten Zeichnungen, die kannst du dir nicht im Traum ausdenken.«

Ein Mann winkte ihnen vom Keller aus zu. Er hielt einen Bierkrug in der Hand und lächelte überschäumend. Über der Brust stellte er offen einen Säbel zur Schau und trug über einer alten Hose ein halb offenes zerrissenes Hemd und auf dem Kopf eine schäbige Kappe.

»Das ist Rodolphe, wie er leibt und lebt.« Auguste setzte sich endlich wieder in Bewegung, die Treppe hinab. Louise schmerzten noch immer die Füße vom Stehen in der Wäscherei. Aber hier hatten sie wohl kaum eine Chance, Sitzplätze zu ergattern. Auguste zog sie mit sich, hinein ins Stimmengewirr der Kellerbar. Die Luft war schwer von Tabak und Ausdünstungen.

Rodolphe eilte ihnen entgegen. Der Bierkrug, den er in der Hand trug, schwappte dabei über, sodass sein ohnehin schon zerrissenes Hemd nun auch noch ein fetter Fleck zierte. Aber es kümmerte ihn scheinbar nicht. Er stellte sich Louise mit einer angedeuteten Verbeugung als Besitzer des Lokals vor und rief kurz darauf, ohne erkennbaren Anlass, in die Menge: »Was ist der Montmartre?«

Paul, Thierry und Auguste antworteten im Chor: »Nichts!« und Rodolphe schrie: »Was will er sein?« Wieder brüllten die drei wie aus einer Brust: »Alles!« und dann lagen auch sie sich in den Armen. Ob das im *Le Chat Noir* eine Art alternative Begrüßung war, die anzeigte, dass man zum engeren Kreis gehörte?

»Wieder ein herrlicher Abend mit meinen Freunden im *Le Chat Noir*«, sagte Rodolphe. »Ich sehe, ihr habt eine Dame mitgebracht?«

»Keine Dame«, erwiderte Louise.

»Meine Muse«, meinte Paul.

»Eine hochinteressante Gesprächspartnerin.« Thierry zwinkerte ihr zu.

»Eine Freundin«, sagte Auguste.

»Sie müssen eine interessante Begleiterin sein.« Rodolphe verbeugte sich noch einmal vor ihr, dieses Mal tiefer. »Die erste Runde geht auf mich. Einmal Hypocras für alle. Setzt euch doch, setzt euch.« Er scheuchte ein paar Menschen auf, hieß sie, sich woanders einen Platz zu suchen, und wies auf die freien Stühle, dann verschwand er in der Menge. Was es hier alles zu sehen gab! Die Wände waren mit grünem Samt ausgekleidet und reich an Zeichnungen und Gemälden. In Nischen im Mauerwerk gab es Skulpturen zu entdecken und von der Decke baumelten Laternen. Auf der Bühne stand ein Piano und über dem reich verzierten Ausschanktisch thronte eine bizarre schwarze Katze. Natürlich war auch sie ein Kunstwerk. Täuschend echt wachte sie über das Geschehen. Paul vertiefte sich in ein Gespräch mit Auguste und Thierry.

Linker Hand neben Louise saß ein Maler. Auf seinem Schoß ruhte ein Skizzenblock und in seiner Hand hielt er einen Stift, mit dem er zeichnete; einen Pierrot mit weißer Halskrause, einer schwarzen Kappe auf dem Kopf und Lackschuhen. An seinen Beinen rieb sich eine schwarze Katze den Kopf.

»Die sind hier ja überall«, sagte Louise. Der Abend war zu herrlich, um keine neuen Bekanntschaften zu machen, und der stille Mann, der inmitten des Trubels ganz für sich allein war, nur konzentriert auf den Schwung seiner Linien, weckte ihre Neugier. Er sah nicht auf, lächelte zwar, aber mehr wie zu sich selbst. »Ich mag Katzen«, setzte sie nach. »Und Pierrots.« Keine Antwort, doch so schnell gab Louise nicht auf. »Malen Sie häufiger Katzen?«

Der Mann hob, sichtlich irritiert, den Blick. »Manchmal.« Eine weiche fliehende Kinnpartie, sanfte Augen. Er wirkte fern, selbst dann noch, als er sie endlich wahrnahm. In ihm spiegelte sich, was er sah und in diesem Spiegel verschwand er selbst. Er passte so gar nicht in das wilde Treiben dieser Kellerbar.

»Vielleicht können Sie damit etwas anfangen?« Er bückte sich und fischte eine Ledertasche unter seinem Sitz hervor, öffnete sie, kramte eine Mappe heraus und schlug sie auf. Eine Zeichnung kam zum Vorschein, die eine Frau zeigte. Der Wind fuhr ihr unters Kleid und legte ihre Brüste frei. In einem klapprigen Holzwagen schob sie ein Kind vor sich her. Der wirbelnde Wind auf dem Papier fuhr nun auch über Louises Haut. Sie schüttelte sich. Der Maler blätterte weiter. Das neue Bild zeigte wieder eine Frau. Sie war beinahe nackt und lag in den Pranken eines aufrecht sitzenden Mischwesens aus Mann und Tier. Louise betrachtete lange und schweigend die Zeichnung, bis ihr Gegenüber hastig die Mappe zuschlug.

»Sie sind ja bleich wie ein fahler Mond am Oktoberhimmel. Dabei leben wir am Montmartre in einem endlosen Sommer. Verzeihen Sie, ich wollte Sie nicht erschrecken. Mir war nur mit einem Mal so, als könnten die Bilder zu Ihnen sprechen.«

»Tun sie ja auch.« Louise senkte den Kopf. Ihre Wangen glühten vor Scham. So hatte es sich nicht einmal angefühlt, als sie in Unterwäsche und mit blankem Oberkörper vor Pauls Linse gestanden hatte. Da war alles gut gewesen – und nun wusste sie nicht, wie sie in Worte fassen sollte, was beim Anblick der Bilder dieses Fremden in ihr vorging. Es wäre ja absurd gewesen, ihm begreiflich machen zu wollen, dass ihr beinahe übel wurde, wenn sie die Frau betrachtete, die den Karren auf dem ersten Bild zog. Nicht etwa, weil sie das Bild oder die Frau darauf abstieß, sondern weil Louise verstand, was die Por-

84

trätierte durchmachte. Nie und nimmer wollte sie wieder in den Pranken eines solchen Ungeheuers liegen.

»Einmal den Hypocras, unsere Spezialität des Hauses. Für dich auch, Adolphe?« Auf einem Tablett über den Köpfen der Menge hinweg, balancierte Rodolphe fünf Gläser mit Gewürzwein. »Im *Le Chat Noir* soll mir keiner nachsagen, dass er auf dem Trockenen sitzt.« Rodolphe verteilte die Gläser und stellte dann erst fest, dass für ihn keines übrig geblieben war, um mit seinen Freunden anzustoßen. »Ich ende noch wie unser Ludwig der Dreizehnte, die Götter mögen ihm selig sein. Sein Schädel macht sich auf dem hübschen Tellerchen gut, nicht wahr, Freunde?«

Louise sah sich um, konnte aber weder besagten Teller noch den Schädel entdecken.

»Eine Nachbildung, bloß eine Nachbildung, Louise«, raunte ihr Auguste zu.

»Du machst all meine Geschichten und Mären zunichte, Auguste. Und so jemand will ein wahrer Künstler sein. Du kommst mir hier nicht mehr hinein, ohne den Schalk im Nacken oder eines deiner Gemälde.«

»Lass ihn reden, den alten Räuber.« Paul erhob sich und hieß Rodolphe, aus seinem Glas mitzutrinken. »Es soll auch der Seigneur von Chatnoir-Ville nicht auf dem Trockenen sitzen. Insbesondere nicht, wenn er uns gleich durchs Programm führen soll. Apropos, müsstest du nicht langsam mal auf die Bühne?«

Rodolphe nahm einen kräftigen Schluck von Pauls Hypocras. Von der Bühne her tönte eine Weise, die so gar nicht zu der aufgebracht munteren Stimmung im Raum passte. Der Mann am Klavier, so viel erkannte Louise auch aus der Entfernung, hatte trotz seines relativ jungen Alters bereits eine hohe Stirn mit Geheimratsecken. Ein aus der Welt Gefallener, wie alle hier. Auch das verband die Gemeinschaft der Feierwütigen auf dem *butte*. Rodolphe wünschte ihnen einen genussreichen Abend mit dem Pianisten-Sonderling auf der Bühne und beschwor sie, abzuwarten, es käme ja gleich auch Aristide. Diesen Satie, diesen weltabgewandten Komponisten, den brächte er, der Seigneur von Chatnoir-Ville, schon noch zum Erblühen, dafür würde er sorgen. Talent habe er nämlich. Zu Saties federnden Sonntagsnachmittagsklängen schritt Rodolphe durch die Menge, die sich für ihn auftat und ihm, ihrem Gastgeber und Conférencier, applaudierte. Auf der Bühne legte Rodolphe seine Räuberverkleidung ab und zog seinen Theateranzug samt Zylinder, weißen Handschuhen und Gehstock an.

»Willkommen, *Mesdames et Messieurs* im *Le Chat Noir*!«

Brandender Applaus. Paul pfiff durch die Finger. Einige der Gäste taten es ihm gleich, manche trampelten dazu noch mit den Füßen.

»Hier, in unserer schummrig schönen Kellerbar, treffen wir wieder aufeinander, liebe Freunde. Hier frönen wir dem Leben jenseits von geltendem Gesetz und bürgerlicher Moral. Die Edelmänner, die wir eingelassen haben und die heute unserem Treiben beiwohnen dürfen, mögen also mitspielen oder den Saal umgehend verlassen und auf ewig schweigen.«

Satie unterstrich Rodolphes Worte mit drohenden Pianoklängen, um sogleich wieder in seine gewohnt leichtfüßig-melancholische Begleitung zu fallen.

»Am Klavier erlebt ihr heute unsere Neuentdeckung, den wild verträumten Eric Satie. Er wird unseren Höhepunkt des Abends musikalisch begleiten. Freunde, ihr wisst, wer das Programm eröffnen wird, habe ich recht?«

Lautes Johlen im Publikum. »Aristide, Aristide, Aristide!« Der ließ sich nicht lange bitten und trat auf die Bühne. Mit Begrüßungen hielt er sich nicht groß auf. Er verbeugte sich tief und dann hob er zu singen an. Zum ersten Mal lauschte Louise seiner Stimme und wie er *La Rose Blanche* schmetterte. So unverfälscht klang er, als erzähle er seinem Publikum, was ihm eben widerfahren sei und welche Schlüsse er daraus zöge. Einer wie er kannte die Armut genauso wie die Sehnsucht nach einem anderen Leben, mit der auch Louise rang. Einer wie er wusste um das Glück, das die Fähigkeit zu träumen mit sich brachte. *Idioten haben nie das letzte Wort*, hörte Louise Aristide Bruant flüstern, bis sie bemerkte, dass es nur ihre eigene innere Stimme war, die sich zu Wort meldete. Rémi würde nie das letzte Wort haben, ganz genau.

Auch Maman nicht, die sich von ihrem vermeintlichen Schwiegersohn Erlösung erhoffte. Erlösung aus ihrer Armut und ihrem tristen Leben. Maman, die dabei übersah, dass sie ihren Wünschen die eigene Tochter opferte. Die sich sicher war, sie erwiese Louise damit noch einen Gefallen.

Idioten haben nie das letzte Wort.

Hier war Unglaubliches im Gange. Ihr Schicksal hatte sie, Louise Weber, an diesen Ort geführt. Es kam ihr vor, als singe Aristide für sie allein. Nein, für jeden aus seinem Publikum sang er allein. Für jeden eröffnete sich, allein durch seine Darbietung, eine verborgene innere Welt. Wenn jeder davon erzählte, malte oder sänge, bliebe kein Stein auf dem anderen. Dann begänne das vielfach beschworene neue Jahrhundert, von dem sich sogar die Waschfrauen erzählten.

Louise stieß Auguste, der zu ihrer Rechten saß, sanft an. »Victorine Weber, haben Sie je von ihr gehört? Ist sie mal in dieser Gegend aufgetreten? Vielleicht trägt sie auch einen Künstlernamen oder hat sogar geheiratet? Ich muss sie finden, Auguste.«

Er beugte sich zu ihr. »Aristide sorgt immer für Aufruhr in der Seele, habe ich recht? Ich habe Sie zu ihm geführt, also verspreche ich, bei allem was mir heilig ist, Sie bei Ihrer Suche zu unterstützen. Sehen Sie mich fortan als Ihren ergebenen Freund.«

Der Maler zu ihrer Linken beugte sich zu ihr hinüber und flüsterte: »Ich habe da eine Idee.« Er griff erneut in seine Mappe. Die Frau hinter ihnen zischte: »Seid doch still! Ich will Aristide lauschen, nicht euch.«

Schließlich zog er ein Gemälde hervor und zeigte es Louise. Die Porträtierte hatte Vics Grübchen an Kinn und Wangen. Sie schwang einen plissierten Rock, unter dem Strümpfe und darüber nackte Beine zum Vorschein kamen. Die Frau war schmal und wirkte beinahe ausgezehrt, aber ganz anders als Maman. Ihre Wangen waren nicht eingefallen, sondern vielmehr rosig; vom Wein vielleicht oder der Anstrengung. Lebensfreude tanzte durch ihren schmalen Körper und ihre Augen glänzten. Sie lebte; ihre Schwester war am Leben.

»Wo haben Sie Vic gesehen?«

»Gleich nebenan, im *Bal Élysée*. Das ist noch gar nicht lange her. Ich bin übrigens Adolphe Willette.« Er reichte ihr die Hand und sie schlug ein. Seine Fingerkuppen waren vom Zeichnen schwarz.

»Ich werde herausfinden, ob diese Frau wirklich Ihre Schwester ist und wo wir sie finden.«

Louise war nicht ganz wohl dabei. Was, wenn sich herausstellte, dass er nichts anderes mit ihr im Sinn hatte als Rémi?

Auguste hatte ihrer Unterhaltung offenbar gelauscht. »Ich begleite Sie ebenfalls, wenn Sie Wert darauf legen«, sagte er.

Jetzt war auch Paul aufmerksam geworden und mischte sich ein. »Also eine Art Familienausflug, nur unter Freunden und mit einem geheimen Auftrag obendrein. Fantastisch, und danach, schlage ich vor, mache ich noch mehr Aufnahmen von meiner neuen Muse.«

Louise wog zögerlich den Kopf.

»Wenn deine Schwester nur halb so viel Esprit hat wie du, Louise, darf sie mit dir vor meine Linse. Wenn sie mag, versteht sich.«

»Haltet endlich eure Klappe. Wir wollen Aristide hören.« Die Reihe vor ihnen hatte sich geschlossen erhoben und vereinzelt drehten sich Leute zu ihnen um, die ihnen verärgerte Blicke zuwarfen. Auf der Bühne verstummte Aristide nun und auch das Piano hielt inne. Paul stand seinerseits auf und ballte die Fäuste in Richtung der Gäste vor ihm.

»Du wolltest doch, dass ich euch die Hymne singe?«, rief ihm Aristide von der Bühne aus zu.

Paul ließ die Fäuste wieder sinken, blieb aber stehen. »Lass hören, alter Freund.«

Das Piano setzte wieder ein. Dieses Mal erhob sich das gesamte Publikum von den Sitzen. Die Menschen fassten sich an den Händen und sangen unaufgefordert, egal ob schief und krumm oder tonsicher, den Refrain mit: *Je cherche la fortune, autours du Chat Noir, au clair de la lune, à Montmartre! Je cherche fortune, autour du Chat Noir, au clair de la lune, à Montmartre, le soir.*

KAPITEL 6

Am nächsten Morgen stolperte Louise gerade noch pünktlich in die Waschhalle, band sich hastig eine Schürze um und musste mit einem Platz in der ersten Reihe vorliebnehmen. Gesprächsfetzen umstehender Arbeiterinnen surrten in Louises Ohr. Immer ging es um dasselbe, auch wenn die Frauen stets neue Variationen fanden, die gleichen Inhalte zum Ausdruck zu bringen: die drückende Hitze, ihre Ehemänner, über die sie sich aus den verschiedensten Gründen lautstark beklagten. Der eine brachte zu wenig Geld nach Hause, der andere versoff alles, und so mancher Lüstling hatte eine Geliebte, der er eine Schar Kinder angehängt hatte. Wie auch immer die einzelnen Schicksale der Frauen aussahen, keine ihrer Bindungen schien glücklich zu sein, keine wusste von Sehnsucht oder gar Liebe zu erzählen. Und doch ging es immer weiter im ewig gleichen Trott, trotz drückender Armut und der Hoffnung auf ein Morgen, das nicht kam. Die immer gleichen Themen wurden noch einmal in neuem Gewand diskutiert: Das Arrangement für die Töchter, das die Zeitenwende einläuten würde, irgendwann, irgendwo. Die Arbeit, die nicht aufhörte, auch zu Hause nicht. Wenn es gut lief, vorher die dicken Bäuche. Die brodelnden Kessel, das Stampfen und Sieden der Kleidung in der milchigen Lauge, das Schleppen und Hieven der klammen Stücke auf den Waschboden, das Mangeln unter dem Dach, das korrekte Falten, Eck auf Eck, ja, sogar der an faule Eier erinnernde Gestank. An diesem Morgen aber perlte alles Verhangene und Trübe an Louise ab. Ihre eigene Geschichte trug nun eine fremde Haut, die sie vor den anderen abschirmte und vor dem Abgrund an Bedeutungslosigkeit schützte.

Sie summte leise vor sich hin – Aristides Melodie im Kopf, im

Herzen und nun auch auf den Lippen. Das Getratsche der Arbeiterinnen rauschte über ihren Kopf hinweg, sie nahm es kaum noch wahr. Alles in ihr war heiter.

Immer wieder gingen ihr die Bilder des vergangenen Abends durch den Kopf: die Kutschfahrt, der Aufstieg auf den *butte*, wie sie sich im Schein der Kamera gezeigt und später das dicht gefüllte Le Chat Noir besucht hatte. Das Beste aber war: Sie hatte Adolphe Willette kennengelernt, der sie zu Vic führen würde. Maman hatte zum Glück tief und fest geschlafen, als sie mitten in der Nacht nach Hause gekommen war. Ihr kleines Abenteuer war noch einmal gut ausgegangen.

Die eintönige Arbeit ging Louise heute ausnahmsweise leicht von der Hand. Vom Schauplatz ihres Lebens war ihr die Wäscherei über Nacht zum Hintergrundrauschen geraten. Sie war nicht mehr und nicht weniger als ein Übergang in eine andere Zeit, eine Brücke, die Louise in ein besseres Leben führen würde.

Noch aber stand sie unter Beobachtung. Betty folgte mit ihrem Blick jedem noch so kleinen Schritt, den Louise unternahm, bis zur Tür ruhte er auf ihr, wenn sie am Brunnen im Hof Wasser holen ging, und er fing sie sogleich wieder ein, wenn sie – mit zwei vollen Eimern beladen – die Wäscherei betrat. Die Vorsteherin sah dann stets hoch zur Uhr, aber Louise bummelte nicht. Im Gegenteil.

Die Vorsteherin erhob sich von ihrem Pult und trat zu ihr an den Kessel. »Die Gesellschaft des Kutschers scheint dir zu bekommen, Mädchen.« Sie legte Louise eine Hand auf die Wange und tätschelte sie. »Wenn ich nicht glauben würde, dass dein Verhalten der baldigen Verlobung geschuldet wäre, könnte ich meinen, du gerietest auf Abwege.«

Louise lächelte und nickte, um Zeit zu schinden und nicht antworten zu müssen. Sie dachte an Francines Strümpfe und deren Mieder, die sich beide noch in ihrer Tasche verbargen. Sie musste sie dringend waschen.

»Aber was rede ich da, du machst deine Sache gut, Mädchen. So flink habe ich dich ja selten erlebt. Wenn du so weitermachst, lasse ich dich früher nach Hause und du nutzt die freie Zeit, um Rémi zu besuchen. Vielleicht wird er dir dann schon heute seinen Antrag machen. Deine Maman würde das freuen und eure Mietzahlung wäre gesichert, auch wenn ihr Rücken der schweren Arbeit hier einmal nicht mehr standhält.«

Ein freier Nachmittag klang verlockend. Nur würde Louise Francines Sachen dann nicht waschen können. »Ich bleibe lieber noch und arbeite. Das tut Maman schließlich auch.«

Betty stemmte eine Hand in die Hüfte und lachte laut und gackernd auf. »Deine Maman ist mit mir einer Meinung, da bin ich mir sicher. Wenn ich dir also sage, du hast einen halben Tag frei, damit die Verlobung besiegelt werden kann, dann hast du einen halben Tag frei, Mädchen.«

Louise senkte den Kopf. Hierauf waren keine Widerworte möglich. Aber ihr würde schon etwas einfallen, wie sie Francines Mieder und die Strümpfe gewaschen bekäme – und neue Sachen für heute Abend beschaffte. Von der Vorsteherin würde sie sich garantiert keinen Strich durch die Rechnung machen lassen.

»Die Ehe wird dir gut zu Gesicht stehen. Rémi ist eine gute Partie.« Betty tätschelte abermals ihre Wange. »Ein Wunder, dass er dich überhaupt haben will. Da sieht man doch, dass es keiner schadet, für die Wäscherei Noiset zu arbeiten!«

Louise nickte, sah dabei aber vom Boden auf und Betty in die Augen. Es war entschieden, sie würde einen halben Tag freinehmen. Rémi, diesen Widerling, würde sie natürlich nicht besuchen. »Kann ich Rémi etwas von Ihnen ausrichten?«

Louise fing Bettys irritierten Blick auf, beobachtete, wie sie innehielt, nach Luft schnappte und ihr dann doch freundlich zunickte. »Meine besten Glückwünsche zur Verlobung, die richtest du ihm aus. Also flugs, Mädchen. Dieses Laken mangelst du noch, und dann gehst du zu ihm.«

Maman und Betty steckten also unter einer Decke, sie hatten die gleichen Absichten. Für Betty zählte vor allem anderen ihr tadelloser Ruf, der der Wäscherei Noiset vorauseilte. Dort, so erzählte man sich in Clichy, arbeiteten nur ehrbare Frauen und die Vorsteherin kümmere sich eigenhändig um deren Nöte. Wenn Betty jemandem half und ihm entschlossen unter die Arme griff, tat sie es aber stets aus Eigennutz. Ihre guten Taten verhalfen nicht nur der Wäscherei zu einigem Ansehen, ihre Meinung hatte auch in der Kirchengemeinde großen Einfluss. Louise mühte sich, gegen diese Erkenntnis anzulächeln, doch es kam nur ein grimassenhaftes Grinsen dabei heraus. Ihre Wut brodelte unter der Oberfläche. Louise hätte am liebsten mit den Fäusten gegen einen der Zuber getrommelt, so sehr schmerzte der Verrat.

In der hinteren Reihe war Lily auf sie aufmerksam geworden, sie sah zu ihr herüber. Als Louise mit einem Korb feuchter Bettwäsche Richtung Trockenboden ging, hechtete Lily ihr hinterher. »Was ist denn passiert?« Lily hielt sich eine Hand an die Taille und keuchte vor Anstrengung. »Nun sag schon. Bitte, Louise! Was ist gestern Nacht geschehen?«

Aber Louise war nicht in der Stimmung, mit ihrer besten Freundin zu plaudern, stattdessen ließ sie ihre Wut auf Betty und Maman an Lily aus. »Du wolltest ja nicht dabei sein. Es interessiert dich ja doch nicht, was ich erlebe. Du bist auch bloß wie die anderen.«

Lily legte eine Hand auf Louises Schulter und streichelte ihren Oberarm. Sie widersprach ihr nicht, obwohl es sicher eine Menge Argumente gegeben hätte, die sie hätte ins Feld führen können. Doch Lily schwieg und streichelte sie, bis Louises Wut den Tränen wich. Lily nahm sie in den Arm und Louise ließ es geschehen.

»Was ist passiert? Haben sie dir etwas angetan? Sag schon, Louise!«

»Nichts dergleichen.« Sie nahm das Taschentuch entgegen, das Lily ihr reichte, schniefte lautstark und wischte sich damit Nase und Augen. »Es war das Gegenteil von dem Leben hier, weißt du? Alle waren nett zu mir. Niemand hat mich kommandiert. Ich stand für Paul, den Fotografen, im Licht, Lily, und nichts daran war falsch.«

»Was soll das heißen, im Licht stehen?«

Offenbar begriff ihre Freundin nicht, wovon sie sprach. »Er hat mich fotografiert, beinahe nackt.«

Lily wurde blass. Erschrocken sah sie Louise an. »Hat er dich etwa entehrt?« Sie flüsterte. »Das musst du Betty melden oder gleich der Sitte.«

»Den Teufel werde ich tun! Verstehst du denn nicht?« Louise schüttelte Lilys Schultern. »Was sie uns erzählen, ihre ganze falsche Moral, das ist nichts als heiße Luft. Rémi ist der Bösewicht, *er* hat mich bei unserem Ausflug beinahe entehrt, so ist es nämlich gewesen. Und Maman will nichts davon hören. Sie ist getrieben von dem Gedanken, dass ich endlich unter die Haube komme. Gestern aber war ich frei. Du kannst dir die leuchtenden Farben nicht vorstellen, mit denen die Künstler auf dem *butte* malen. Die wissen, was Armut ist und wie man sie durch die Malerei überwindet. Ich habe gesehen, was alles möglich ist. Wir können diesem Elend entkommen. Wir müssen uns nur an die richtigen Leute halten.«

Lily ließ sich, was gegen die Vorschrift war, auf den Boden neben den Wäschekorb sinken. Sie rang sichtlich um die passenden Worte. »Weißt du, ich bin tatsächlich anders, Louise. Ich verstehe davon nichts und meine Träume reichen an deine nicht heran. Mir genügt es, wenn mich irgendwann jemand zur Frau nimmt, der es gut mit mir meint. Wenn wir Kinder bekommen und einigermaßen für uns gesorgt ist. Aber du bist meine Vertraute und das wird auch immer so bleiben. Jetzt hast du einen Glanz in den Augen. Der führt dich fort von hier, fort von mir, ich weiß das und ich will das nicht.«

Louise ging in die Hocke und nahm die Hand ihrer Freundin. »Wir verlieren uns nicht, Lily. Du kommst einfach mit mir.«

Sie schwiegen. Die Geräusche aus der Waschhalle drangen wie aus weiter Ferne nach oben. Louise ließ sich neben Lily nieder, streckte die Beine aus und legte ihren Arm um sie. Irgendwann sank Lilys Kopf auf ihre Schulter und so saßen sie minutenlang nebeneinander, während sich ihre Brustkörbe synchron hoben und senkten. So war es immer gewesen. So würde es nie mehr sein. Louise nahm Abschied von etwas, das sie nicht verstand, wohl aber fühlte. Sie umfasste Lilys Gesicht und wischte deren Tränen fort. Lilys warmer Atem, ihre innige Umarmung, die Louise plötzlich nicht mehr freigeben wollte, ihre Lippen auf Louises Stirn, ihren Wangen und dann auf ihrem Mund. Nach einer Weile schob Louise die Freundin sanft, aber bestimmt von sich. Sie stand auf und wartete, bis Lilys Atem sich beruhigt hatte. »Würdest du mir helfen?«

»Alles.« Lily nickte. »Ich würde alles für dich tun.«

»Ich brauche den Zweitschlüssel zur Wäscherei. Ich will heute Nacht wieder ausgehen und brauche was Feines zum Anziehen.«

Lily nickte abermals. »Mach dir darum keine Sorgen, ich beschaffe ihn dir.«

»Wir treffen uns beim zehnten Glockenschlag vor der Wäscherei. Wenn du es dir bis dahin anders überlegt hast und mich begleiten willst, stell ich dich Paul vor.«

* * * * *

Louise stand vor dem verschlossenen Tor der Wäscherei und wartete. Nur von Lily war noch immer nichts zu sehen. Die Kirchturmuhr schlug zur vollen Stunde. Wo blieb nur Lily mit dem Schlüssel?

Pferde trabten heran und zogen eine Droschke hinter sich her. Sie hielten schnaubend vor der Wäscherei. Auguste streckte den Kopf aus dem Wageninneren ins Freie und lüpfte seinen Zylinder. »Ein herrlicher Abend ist das. Kommen Sie, Louise, steigen Sie ein.«

Sie trat ans Droschkenfenster und flüsterte Auguste zu: »Ich konnte mich nicht umziehen. So kann ich nicht ausgehen.«

»Papperlapapp.« Paul streckte nun seinen Kopf durch die kleine Luke. »Eine Frau wie dich entstellt nichts. In meinem Atelier stört sich niemand an deiner Aufmachung. Da brauchst du keine Verkleidung. Apropos Verkleidung: Deine Schwester lässt ausrichten, dass sie sich freut, dich zu sehen.«

»Vic? Ihr habt sie gefunden?« Louise strahlte. Ohne weiteres Zögern stieg sie in die Kutsche und nahm gegenüber von Adolphe Platz, dem dritten in der Männerrunde.

»Wohin fahren wir eigentlich?«, fragte sie.

»Auf unseren Hausberg natürlich, wohin sonst?« Paul entkorkte eine Rotweinflasche und trank einen Schluck daraus, ehe er sie an Louise weitergab. »Und dann geht es gleich ins *Élysée*. Dort tanzt heute nämlich Victorine Weber.«

Vic. Ihre über alles geliebte Schwester, endlich würden sie sich wiedersehen.

Die Rotweinflasche machte noch ein paarmal die Runde, da hielt die Kutsche auch schon wieder, sie stiegen aus. Wie voll es nachts auf den Boulevards im Montmartre war! Es herrschte ein Betrieb, wie Louise ihn sich bei Tag nicht geschäftiger hätte vorstellen können.

Vor dem *Élysée* standen die Menschen, hübsch hintereinander, in ordentlichen Schlangen an und hofften auf Einlass. Ein leichter Sprühregen, der mehr erfrischte als störte, fiel vom Himmel.

»Kommt mit. Wir nehmen einen anderen Eingang.« Paul eilte voraus. In einer Seitenstraße stoppten sie vor einer schmalen Eisentür. Paul klopfte mit der Faust dagegen, dreimal kurz und zweimal lang. Eine Tänzerin mit einem Federbausch auf dem Kopf und einem kurzen Baströckchen öffnete ihnen. Sie nickte Paul zu und trat zur Seite. »Hereinspaziert, schnell, ich führe euch zu Vics Garderobe.«

Sie passierten gespenstisch leere Gänge mit verschlossenen Türen zu jeder Seite. Die Baströckträgerin trippelte auf Zehenspitzen voraus. Vor einer der Türen blieb sie stehen. »Hier ist es«, sagte sie.

»Wir warten hier auf dich, einverstanden?« Auguste duzte sie zum ersten Mal, erklärte sich aber nicht.

Louise nickte nur. Vor Aufregung brachte sie kein Wort heraus. Es war so lange her, seit sie ihre Schwester das letzte Mal gesehen hatte. Sie holte tief Luft, dann drückte sie die Klinke herunter und betrat die Garderobe.

Eine Frau saß mit dem Rücken zu ihr vor einem übergroßen Schminkspiegel. Mehrere flackernde Petroleumlampen tauchten den Raum in ein schummeriges, seltsam unwirkliches Licht. Auf Rollständern an den Wänden hingen aufgereiht die Kostüme für die Vorstellung. Grüne Federröcke, ein roter Anzug, eine Perücke mit langer blonder Lockenmähne, ein blauer Pferdeschweif zum Umbinden, eine Teufelsfratze. Dazwischen Mieder in Kobaltblau und warmem Rot, bauschige Unterröcke und bestimmt zehn Paar Damenschuhe mit Absätzen und Riemchen über dem Spann. Der sollte es wohl möglich machen, in ihnen zu tanzen. Die Frau wandte sich zu ihr um. Vic. Es war tatsächlich ihre Schwester. Sie blieb stocksteif sitzen, minutenlang, wie es Louise schien. Dann sprang sie auf und schlug sich die Hand vor den Mund, ein erstickter Laut drang aus ihrer Kehle, und Tränen rannen ihre Wangen herab. Louise ging langsam auf sie zu, wie hypnotisiert von ihrer Schönheit und Fremdheit. Sofort zog Vic sie an ihre Brust und drückte sie fest an sich. Ihr lautes Schluchzen hallte in dem schmalen Zimmer wider. So standen sie eine ganze Weile da, hielten einander umschlungen und Louise genoss die Freude über das langersehnte Wiedersehen.

Vics Haar roch wie früher, und trotz der ganzen Schminke war sie Louise so vertraut, als wären sie keinen Tag getrennt gewesen. Da endlich kamen auch ihr die Tränen und sie schmiegte sich weinend in Vics Arme.

In diesem Moment stürzte das Bastrockmädchen herein. »Es geht gleich los!«, rief sie.

Vic ließ Louise los und tupfte sich mit einem Taschentuch die Tränen ab. »Wir sehen uns nach der Vorstellung. Du wartest auf mich, ja?« Sie gab ihr einen Kuss auf die Stirn und wandte sich dem Spiegel zu, um etwas Schminke nachzulegen, damit keiner sah, dass sie geweint hatte.

»Bis später. Viel Glück.« Louise winkte ihrer Schwester zu und verließ die Garderobe. Vor der Tür stand Paul, der nach Louises Hand griff und sie durch die Gänge und Flure hinter sich herzog, den Freunden nach, an einem Kostümfundus vorbei und durch einen grünen Vorhang, bis sie auf der Hinterbühne standen. Am Orchester vorbei ging es den Seitengang hinunter in den Theatersaal. Lüster schaukelten an der Decke, von hohen Säulen gestützt. Die Geiger stimmten ihre Instrumente, ein weiß behandschuhter Pianist klimperte eine leichtfüßige Melodie.

»Kommt schon.« Adolphe ging voraus. Er steuerte auf zwei runde

Tischchen auf dem Balkon zu. »Von hier aus hat Louise alles im Blick.«

»Und wir auch.« Das war Paul. »Ich will die Röcke beim Cancan fliegen sehen. Nur zu schade, dass ich meinen Fotoapparat nicht aufstellen kann. Da fällt mir ein, ich habe etwas für dich.« Aus seiner ledernen Umhängetasche holte er einen Umschlag hervor, den er Louise reichte. Sie nahm ihn in die Hand und öffnete ihn neugierig. Darin befand sich eine Fotografie, und die Frau, die so selbstsicher in die Kamera lächelte, war sie – und doch auch wieder nicht. Fasziniert betrachtete Louise die Aufnahme. Paul verstand sein Handwerk, so viel stand fest. Er hatte einen Wesenszug in ihr zum Vorschein gebracht, der wohl da sein mochte, in ihrem bisherigen Leben aber nie gefragt gewesen war. Mithilfe seines geschulten Blickes und seines Fotoapparates hatte er Louise so in Szene gesetzt, wie es ihrem Wesen entsprach.

»Wir werden dein Bild nachher unter die Leute bringen und wenn du hübsch dazu lachst, beflügelt das vielleicht die Fantasie der feinen Herren und wir werden ein ordentliches Sümmchen dafür bekommen.« Er zwinkerte ihr verschwörerisch zu.

Ein Kellner ging an ihnen vorüber. Auguste sprach ihn an und orderte Absinth für alle.

Ein Tusch erklang und im Saal ging die Beleuchtung aus. Im Dunkeln mussten sie an der Balustrade entlang nach freien Stühlen tasten. Das Licht auf der Bühne ging wieder an, der große Vorhang öffnete sich. Dann ein Jauchzen. Eine Tänzerin trat nach vorne und warf ihren Rock so hoch, dass ihre Unterwäsche zu sehen war. Ein wohliges Raunen ging durch die Reihen der Herren. Nur Adolphe gab keinen Laut von sich. Er hatte Louises Hand genommen und streichelte sie. Sein Griff fühlte sich gleichzeitig fest und warm an, ganz anders als die flüchtigen Berührungen von Auguste und Paul, wenn sie Louise zufällig streiften oder ihr in die Kutsche halfen. Noch ein Jauchzen und dann noch eines und noch eines. Mehr und mehr Tänzerinnen traten ins Rampenlicht und gesellten sich zu der ersten. Sie schwangen ihre Röcke in die Höhe, und für einen heiligen

Augenblick war alles zu sehen, zu hören, zu tasten: das Geheimste und Schönste und Wahrste. Ein geflüstertes Versprechen im Rausch der sich hoch aufschwingenden Töne. Weiter und weiter ging es, das Leben ein glänzendes Fest, ein nächtlich bunter Traum, der durch die Straßen torkelt, der überall aufschimmert und nirgends verweilt. Keine Zeit, Atem zu holen. Das Rascheln der Stofflagen, die das Ereignis, den Wurf des Rockes ankündigten, das Jauchzen der Frauen und der Moment der Erlösung, lagen dicht beieinander. Die Herren klatschten in die Hände. Die Musik endete und die Männer sprangen von ihren Sitzen auf, brüllten »Zugabe« und immer wieder »Zugabe«. Adolphe hielt es als Einzigen auf seinem Platz. Er saß ganz still da und sah Louise mit verträumtem Blick an.

Ob es jeder Frau gelingen konnte, Männer mit einem Bann zu belegen, wie sie ihn zufällig auf Adolphe ausübte? Die Tänzerinnen hatten diese Kunst augenscheinlich perfektioniert, auch wenn einige von ihnen vermutlich geübter darin waren als andere. Louise überlegte, vom wem die Tänzerinnen ihr Handwerk wohl gelernt hatten. Denn es war offensichtlich, dass diese Profession über die Beherrschung der Tanzschritte und eine gewisse Gelenkigkeit weit hinausging. Sie musste unbedingt Vic danach fragen. Louise ließ Adolphes Hand los und wandte sich an Auguste: »Was genau fesselt dich an ihrer Darbietung?«

Das Orchester setzte erneut ein und übertönte den anhaltenden Applaus. Die Tänzerinnen stellten sich wieder in Position.

»Ich weiß nicht, was genau mich anzieht«, flüsterte Auguste ihr zu, »und ich habe keine Ahnung, wie ich dir als Frau von der Schönheit deines eigenen Geschlechts erzählen soll.«

Die Tänzerinnen drehten ihnen den Rücken zu und schwangen ihre Unterröcke. Um ihre Schenkel spannten sich Strapshalter. Mit ihren Hinterteilen in reiner weißer Wäsche wogten und wippten sie sich in die Herrenträume.

»Ihr Zauberwerk geht an mir auch nicht vorbei«, raunte Louise Auguste zu. »Obwohl ich selbst eine Frau bin.«

Die Tänzerinnen formierten sich in einer Reihe und hakten sich gegenseitig unter. Auguste sah abwechselnd zwischen Louise und den Tänzerinnen hin und her. Ob er verstanden hatte, dass sie einige der Frauen auf der Bühne begehrenswert fand? Dass sie sich genauso angesprochen fühlte wie er?

Er betrachtete Louise lange, die unausgesprochene Frage auf den Lippen. »Ich will wissen, wie ihr Männer begehrt und wie sich eure Fantasien von meinen unterscheiden«, sagte sie.

Er sah sie an und nickte dann nachdenklich. Offenbar begriff er nicht, wovon sie sprach oder es gab eine Dissonanz zwischen dem, was Frauen zu sagen erlaubt war und was Louise tatsächlich gesagt hatte.

»Ich verstehe nur noch nicht ganz, wie es ihnen gelingt, euch Männern allein durch ihren Tanz derart einzuheizen. Erklär mir das! Ich möchte das nämlich auch gerne können.«

Der Kellner brachte den Absinth. Auguste reichte Louise wortlos ein Glas, setzte seines an die Lippen und leerte die grüne Fee in einem einzigen Zug. Sie tat es ihm gleich. Der Alkohol rann ihr heiß die Kehle hinab. Er brannte.

»Sieh mal, Louise, du hast nicht nur mich, sondern auch Paul und Adolphe für dich eingenommen. Dabei sind wir alle vollkommen unterschiedlich. Daher verrate ich dir ein Geheimnis. Weißt du, was ich denke? Du bist ein Spiegel, Louise, ein Spiegel, in dem wir sehen, was du uns glauben machst und was wir glauben wollen.«

Auguste war ihr geschickt ausgewichen und hatte ihre Frage nicht wirklich beantwortet.

Wieder Applaus und noch ein Tusch des Orchesters. Der schwere Vorhang fiel. Paul war sofort auf den Beinen, griff nach Louises Hand und führte sie in den Saal, wo er auf einen Tisch in der ersten Reihe zusteuerte, an dem sich eine reine Herrengesellschaft befand. Die Männer lüpften ihre Hüte.

»Darf ich vorstellen?«, sagte Paul. »Das ist meine neue Muse.«

Ein Raunen ging durch die Runde.

»Ich bin Vics Schwester. Also die Schwester von Victorine … äh, … Weber, der Tänzerin.« Warum stotterte sie auf einmal? Sie musste sich zusammenreißen. Doch Louises Hände fühlten sich feucht an vor Aufregung und zitterten ein wenig. Sie griff nach einem der Sektkelche, die auf dem Tisch standen. Kleine Bläschen perlten von seinem Boden an die Oberfläche. Sie setzte das Glas an die Lippen und leerte es in einem Zug.

»Eine kleine Diebin ist das«, sagte einer der Männer und zwinkerte ihr dabei zu. Er trug einen Schnurrbart.

»Wenn sie immer so durstig ist, könnte mir das schon gefallen«, ließ ein Mann verlautbaren, dessen Bauch über seinen Hosenbund quoll.

»Hast du eine Fotografie von ihr?«, fragte ein Brillenträger. »Darf ich die mal sehen?«

»Warum reden die Herren über mich, als wäre ich gar nicht da, Paul?« Louise sprach laut und für alle deutlich vernehmbar. Sie nahm ein zweites Glas Prickelwasser vom Tisch und leerte auch das in einem Zug.

»Sie wissen schon, dass es Champagner ist, den Sie hier so schnell herunterkippen? Was bieten Sie im Gegenzug dafür?« Ein hochgewachsener Mann sah belustigt auf Louise herab. Sie aber reichte ihm die Hand und deutete einen Knicks an. »Wie schön, dass ich nun Ihre volle Aufmerksamkeit genieße. Paul, zeig den Herren doch mal, was wir anzubieten haben.« Der Alkohol löste rasch ihre Zunge.

Maman hätte sich in Grund und Boden geschämt für ihr Verhalten. Aber von Louises nächtlichen Ausflügen und ihrer Wiedervereinigung mit Vic konnte sie ja zum Glück nichts ahnen.

Die Herren jedenfalls amüsierten sich prächtig über sie. »Da ist dir aber ein gieriges kleines Vögelchen ins Haus geflattert, Paul. Säuft sie dir auch alles weg? Wir sollten sie wohl besser bei Laune halten und ordentlich füttern.« Das war Louises Stichwort. »Einen großen Teller mit Ihrem besten Käse«, rief sie einem Kellner hinterher, der an ihnen vorbeieilen wollte. Sie ließ sich an dem großen runden Tisch neben Paul nieder. »Könnten Sie uns dazu auch süße Trauben bringen?« Der Kellner hielt inne, nickte und sah die Herrenrunde fragend an.

»Wie die Dame wünscht«, sagte der Hochgewachsene. »Tischen Sie ruhig auf, und bringen Sie mehr von dem Champagner. Sie sehen ja, wir sind durstig.«

»Paul«, flüsterte Louise, »würdest du rasch hinter die Bühne gehen und Vic ausrichten, dass ich hier bin?« Laut sagte sie: »Ich nehme doch an, dass die Herren nichts gegen die Gesellschaft meiner tanzenden Schwester haben?«

»Aber nein, keinesfalls«, bestätigte der Mann mit der Brille. »Wenn Ihre Schwester so packend und lebendig ist wie Sie, dann ist sie selbstverständlich ebenso unser Gast.«

Paul beugte sich zu Louise und flüsterte zurück: »Kann ich dich wirklich allein lassen? Auguste reißt mir den Kopf ab, wenn dir etwas zustößt.«

»Aber natürlich. Nun geh schon und hol Vic hierher.«

Paul legte ihr die Hand auf die Schulter und sagte: »Ich eile«, dann verschwand er in der Menge.

Louise wandte sich an die Herrenrunde. »Ich habe eine Idee. Wer mir am meisten imponiert mit seinem Gebot, bekommt meine Aktfotografie. Es ist die Erste, die jemals von mir gemacht worden ist.«

»Dürfen wir denn sehen, was hier überhaupt zu Gebote steht?« Der Wohlbeleibte hakte nach.

Louise machte einen Schmollmund, klimperte dazu mit den Augen und zuckte mit den Schultern. »Leider, leider war das schon das Aus für Sie. Wie schnell man sich selbst aus dem Spiel manövriert.«

Verärgert sprang der Angesprochene auf, doch die anderen klopften sich auf die Schenkel vor Lachen. Sein Brillenträger-Freund erhob sich und tätschelte ihm beschwichtigend den Rücken. »Nun hab dich nicht so. Setz dich und warte lieber auf ihre Schwester, vielleicht ist die mehr nach deinem Geschmack.«

Widerwillig ließ sich der Dicke wieder am Tisch nieder, auf dem Stuhl, auf dem Louise eben noch gesessen hatte. Aber was störte sie das. Sie war aufgesprungen, um ihre Schwester zu umarmen, die soeben an Pauls Seite eingetroffen war. Paul schob drei weitere Stühle an die Tafel. Der Kellner brachte Platten mit Käse und Trauben, knusprigen Baguettestangen, Kräuterbutter – und noch mehr von dem Prickelwasser.

»Ist das etwa auch für uns?«, fragte Vic.

Der Korpulente füllte erst ihr Glas, dann Pauls und zu guter Letzt auch Louises, als sie ihm ihres unter die Nase hielt. »Dann will ich mal nicht so sein.«

»Trink nicht so schnell, Louise«, raunte ihr Paul zu. Er wirkte ein wenig besorgt.

Louise schenkte seiner Ermahnung keine Beachtung. Sie trank und aß wie ausgehungert. Das Leben hatte ihr ein Aufgebot bestellt und es kam nicht in Form eines übel riechenden Ehemanns daher. Der Schampus rann tröstend ihre Kehle hinab, floss durch ihre Venen und erfüllte ihr Herz mit pochender Freude. Durfte sie den Summen, die die Herren für eine einzige Fotografie von ihr boten, wirklich glauben?

»Für das Geschäftliche ist Paul zuständig. Zur Wahl stehen fünfunddreißig Franc von diesem herrschaftlichen Mann, der durch sein Brillenglas zu schätzen weiß, was ihm meine Fotografie unter dem Kopfkissen bedeuten könnte, gegen fünfzig Franc von unserem geschätzten Freund.« Sie deutete auf den hochgewachsenen Mann. »Außerdem, und das ist ein unverschämt hoher Preis, mir wird fast ein bisschen schwindlig, wenn ich daran denke, haben wir ein Gebot über achtzig Franc, von diesem galanten Ehrenmann.« Louise wies auf den Schnurrbartträger. »Er will, dass ich ihm auf die Rückseite der Fotografie folgende Worte schreibe: *Ich bin durstig nach dir und allem, was das Leben zu bieten hat.* Was meinst du, Paul? Soll ich ihm seinen Wunsch erfüllen?«

Vic griff unter dem Tisch nach Louises Hand und drückte sie einmal kurz und fest, wie um ihr zu sagen, dass sie das gut machte.

Paul wog den Kopf und brummte: »Ich weiß nicht so recht, Louise. In diesem Fall …«

»Aber ich, Paul.« Sie fiel ihm ins Wort. »Ich weiß ganz genau, was zu tun ist. Überraschung! Ich verkaufe an den Höchstbietenden.«

Der Mann mit dem Schnurrbart grinste. »Sie wissen gar nicht, was mir das bedeutet. Immer schon habe ich von einer lebenslustigen jungen Frau geträumt und jetzt bekomme ich dieses Foto von einer leibhaftigen *Goulue*.«

Goulue. Ja, dieses Wort passte. Wie kein anderes beschrieb es, wer Louise Weber war. Unverstellt gefräßig und mit diesem großen Hunger nach Leben. Von Anfang an hatte sie mehr gewollt als das Leben, in das sie zufällig hineingeboren worden war. Sie besaß die Kraft dazu, etwas daraus zu erschaffen, das mehr bedeutete als die immer gleiche graue Routine des Arbeiterinnenalltags. Aber sobald sich Teile ihrer Sehnsucht erfüllten, kam mit Sicherheit eine neue hinzu. Doch eines stand fest: Eine echte *Goulue* wählte die Freiheit, immer.

KAPITEL 7

Der Morgen kam zu schnell. Er war grell und riss sie aus ihren wilden Träumen. In der schaukelnden Kutsche und an Adolphes Schulter gelehnt hätte sie ewig weiterschlafen mögen. Aber sie hielten in einer Nebenstraße, unweit der Wäscherei. Paul rüttelte sie unsanft wach. »Täubchen, wir sind da. Gestern hast du mich angefleht, dich rechtzeitig abzuliefern – *et voilà*, hier bin ich und tue, was du von mir verlangst.«

»Ist es schon Tag?« Louise rieb sich die brennenden Augen.

»Die Werktätigen strömen jedenfalls in Scharen zu ihren Arbeitsstätten.«

Jemand griff nach ihrer Hand. Das war Adolphe. Wann war er zu ihnen gestoßen? Louise erinnerte sich nur noch daran, wie er ihr zu später Stunde geholfen hatte, vom Tisch hinabzusteigen. Dort hatte sie im Schneidersitz zwischen den Herren gesessen, sich Champagner und Käsestückchen reichen lassen und jeden Mann für jeden einzelnen Happen auf die Wange geküsst. Ein Gejohle war das gewesen. Louise hatte gelacht und getrunken und kleine Geschichten aus der Wäscherei zum Besten gegeben, die sie ordentlich ausschmückte, sodass sie mit der Wahrheit nicht mehr viel gemein hatten, dafür aber die Herrenrunde gut unterhielten und für viel Gelächter sorgten.

Der Abend hätte nie enden dürfen, so sehr badete Louise in der Aufmerksamkeit der Männer. Erst als Adolphe ihr auf die Füße half und der feste Boden unter ihr schwankte, hatte sie begriffen, dass es Zeit war, aufzubrechen. »Wo ist Auguste?«

»Die Liebe oder der Wahnsinn haben ihn getrieben. Er ist wieder einmal zu Belle gegangen. Wenn ich nicht irre, wird er zwischen ihren

Schenkeln nach einer Antwort suchen, die sie ihm schuldig bleiben wird. So oder so, er lässt dich grüßen«, sagte Paul.

Die Kirchturmglocke schlug siebenmal. Louise zuckte zusammen. Paul öffnete die Droschkentür. »Wir sehen uns heute Nacht. Selbe Zeit, selber Ort?«, fragte Paul.

Sie nickte.

»Du musst zwischendurch ein bisschen Schlaf nachholen. Heute Nacht wird gefeiert – und ich will noch mehr Aufnahmen von dir machen. Die Herren verlangen schon jetzt Nachschub.«

»Und was bekomme ich dafür?«

Paul griff in seine Hosentasche und zog ein Bündel Scheine hervor. Viel mehr, als sie in einem ganzen Monat bei Betty verdient hätte. Ungläubig starrte sie auf die Scheine und schüttelte den Kopf. Paul grinste. »Du bist eine gute Geschäftsfrau – und eine echte *Goulue* noch dazu. Der Mann, der dich gestern so getauft hat, hat wahr gesprochen.« Louise konnte ihren Blick immer noch nicht von den Scheinen abwenden. Wenn sie mit all dem Geld in der Wäscherei aufschlüge, würde Betty glauben, sie hätte ihren Körper in einem Edelbordell zu Markte getragen. Und läge sie damit in gewisser Weise nicht richtig? Das Fotografieren und der Verkauf des Bildchens hatten Louise einen Heidenspaß bereitet.

»Nun steh hier nicht herum, Louise, und pack die Scheine weg. Wie sehen uns heute Abend.«

Adolphe winkte ihr zu, dann schloss Paul die Wagentür und sie stand allein in der schmalen Gasse vor der Wäscherei. Hinter einem hohen Strauch lüpfte Louise ihren Unterrock und klemmte die Scheine unter das Strumpfband, das eigentlich der Duboise gehörte. Sie würde die Sachen später waschen.

Gerade rechtzeitig schlüpfte sie noch vor Schichtbeginn in die Waschhalle. Zwei Plätze waren frei, ein Platz in der ersten Reihe und ein zweiter, weiter hinten, neben Lily. Nun würde sie endlich erfahren, weshalb ihre Freundin gestern nicht zum vereinbarten Treffpunkt gekommen war. Sie sah zu Lily herüber, doch diese wich Louises Blick aus und schaute stumm zu Boden. Louise versuchte, durch Winken auf sich aufmerksam zu machen, aber das einzige Interesse, das sie dadurch auf sich zog, war das der Vorsteherin.

»Wird das heute noch was oder bedarf es einer extra Einladung, Mademoiselle?« Bettys keifende Stimme. Louise seufzte und gab sich geschlagen, ehe sie sich auf den Weg zu Lily machen konnte. Sie bezog den Platz in der ersten Reihe und hoffte, Betty würde es dabei bewenden lassen. Aber das war natürlich bloß Wunschdenken. Die Vorsteherin steuerte direkt auf Louise zu. »Wo kommst du denn jetzt her? Wo hast du gesteckt? Deine Maman ist ganz krank vor Sorge. Wie konntest du so früh aus dem Haus eilen, ohne dich zu verabschieden oder eine Nachricht zu hinterlassen? Was geht nur heutzutage in den Köpfen von euch jungen Dingern vor?«

Louise wollte etwas erwidern, doch Betty schüttelte den Kopf und hob die Hände zum Himmel. »Jedenfalls habe ich deine Maman nach Hause geschickt – und da gehst du jetzt auch hin. Die Stunden wirst du ein andermal nacharbeiten, du brauchst nicht zu meinen, dass ich ein solches Verhalten auch noch belohne. Ich hatte mir wirklich mehr von einer jungen Frau versprochen, die bald heiraten wird. Hoffentlich liest deine Mutter dir ordentlich die Leviten. Und jetzt geh mir aus den Augen, Louise Weber!«

Was für ein Geschenk! Es tat gut, die Wäscherei und ihren Seifengeruch hinter sich zu lassen. Schon der zweite Tag in Freiheit. Das Geld, das Louise dabei verlor, zählte nicht. Unter ihrem Strumpfband knisterten die Scheine. Sie würden ausreichen, Maman und sie für einen ganzen Monat über Wasser zu halten. Dabei würden sie noch nicht einmal bloß von Kohlsuppe leben müssen.

Louise schlug den kleinen Umweg zum Park ein. Ein kurzer Spaziergang, bevor sie sich notgedrungen die Standpredigt von Maman abholen würde. An einem Strauch hingen reife Himbeeren. Louise pflückte ein paar und steckte sie sich in den Mund. Ein paar Schritte links, ein paar Schritte rechts. Die auf- und abhüpfende Melodie des Cancans, der sie gestern gelauscht hatte, begleitete Louise. Sie probierte eine klitzekleine Drehung, nicht ganz so rasant, wie sie Vic gestern auf der Bühne geglückt war, dazu fehlte ihr die Übung. Sie machte einen gewagten Schritt nach links und schwang das Bein in die Höhe. Dabei jauchzte sie, wie die Tänzerinnen auf der Bühne es getan hatten.

Wie gerne hätte sie sich einen Moment am Bach niedergelassen, sich auf dem weichen Gras ausgestreckt und die Füße aus den Schuhen befreit. Den Wolken am Himmel zugesehen, wie sie über sie hinwegzogen. Doch sie musste sich beeilen, Maman erwartete sie sicher längst.

Die Sonnenstrahlen wärmten ihr das Gesicht. Louise stand eine Weile still da und lauschte ihren Gedanken. Damals, in den guten Zeiten, hatte Papa ihr den Cahut beigebracht, dessen Kern auch im Cancan zu finden war. Und sie würde auch den Cancan tanzen, schneller noch als die Tänzerinnen, die sie letzte Nacht im *Élysée* gesehen hatte. Das Geld, das Paul ihr für die Fotografien gegeben hatte, konnte sie in Tanzstunden investieren, eines Tages würde sich die Investition doppelt bezahlt machen. Maman musste nur noch ein klein wenig Geduld haben, dann würde Louise ihnen ein gutes Leben bieten können. Sie brauchte dazu nur die richtige Lehrerin. Bestimmt konnte Vic ihr weiterhelfen. Von irgendwem musste sie das Tanzen ja schließlich auch gelernt haben.

* * * * *

Maman saß auf dem Bett und weinte, als Louise das Zimmer betrat. Sie hob den Kopf nur kurz und sah sie an. Ahnte sie, wo Louise gewesen war und was sie vorhatte? Doch sie sagte nichts. Louise trat näher zu ihr heran und setzte sich neben sie. »Es gibt keinen Grund, zu weinen, Maman. Sieh mich an, mir geht's gut.«

Ihre Mutter schluchzte noch einmal laut auf, dann wischte sie sich die Tränen mit dem Handrücken fort und stand auf. »So geht das nicht weiter.« Plötzlich klang Mamans Stimme fest und hart. »Wo warst du heute früh? Wage es nicht, mich anzulügen.«

Louise blieb auf dem Bett sitzen und sah Maman nicht an. Sie schwieg. Jede erfundene Geschichte hätte Maman durchschaut. Dafür kannte sie Louise zu gut. Die Wahrheit aber würde sie nicht verkraften.

»Steh gefälligst auf, wenn ich mit dir rede.«

Louise tat das Gegenteil. Sie ließ sich auf die Matratze fallen, drehte sich auf die Seite, schlang die Hände um die Knie und zog sie dicht an den Oberkörper. So verharrte sie eine Weile und lauschte der Stille zwischen ihren eigenen Atemzügen, wartete darauf, dass der Moment vorüberginge. Maman packte sie harsch am Ellbogen und zog sie auf die Füße. »Willst du mir wohl sagen, was für ein Spiel du mit deiner Maman spielst? Wo warst du die letzten zwei Nächte?«

Louise gab keine Antwort. Sie blickte auf die Dielen und stellte sich vor, mit deren Maserungen zu verschmelzen.

Mamans Schlag kam unerwartet. Er traf Louise ins Gesicht, brannte sich in ihre Haut ein und hinterließ dort einen Abdruck.

»Wer nicht spricht und nicht arbeitet, bekommt auch nichts zu essen. Ich werde dafür sorgen, dass du schnell unter die Haube kommst. Dein Zukünftiger wird dir dein dreistes Verhalten schon austreiben. Ich bin es leid, Louise.« Maman wischte sich die restlichen Tränen fort. »Betty hat uns gedroht. Um genau zu sein, sie hat *mir* gedroht! Wenn du noch einmal negativ auffällst, Louise, habe ich die Wahl. Dann muss ich dich entweder fortschicken, will ich meine Stellung und die Wohnung behalten, oder aber Betty setzt uns beide vor die Tür. Verstehst du, was das bedeutet?« Maman schrie. Von unten klopfte einer der Nachbarn, vermutlich mit einem Besen, gegen die Decke. Nebenan stimmte der Säugling der Familie Frederic mit ins Gebrüll ein.

»Ich sorge schon für uns, Maman!« Louise hob die Stimme gegen das Geschrei an. »Wir müssen uns nichts befehlen lassen.«

Maman lachte, ein schrilles Geräusch, das einem in den Ohren wehtat. Louise griff sanft ihren Oberarm. Maman aber lachte lauter und lauter – wie eine Wahnsinnige. »Maman!« Louise schüttelte sie an den Schultern. »Sei still! Wenn du mir nicht glauben willst …« Louise stellte ihr Bein auf die Bettkante und hob ihren Rock an. Zum Vorschein kam das dicke Bündel Scheine unter dem fremden

Strumpfband. Ihre Mutter hörte abrupt auf zu lachen. Von einem Augenblick auf den anderen verlor ihr Gesicht sämtliche Farbe. Sie schwankte. Louise musste sie stützen, sonst wäre sie zu Boden gesunken. So standen sie eine Weile da, Maman, an ihre Schulter gelehnt und um Fassung ringend, weinte. Ein stiller, ruhiger Tränenfluss, den niemand imstande gewesen wäre, aufzuhalten.

»Ich habe es für uns getan, das Geld ist ja nicht für mich. Ich werde für dich sorgen. Es wird uns gut gehen und wir müssen nicht mehr ständig Kohlsuppe essen, hörst du? Ich werde auch nicht heiraten müssen. Wir haben doch uns.«

Maman antwortete nicht.

Eine Ewigkeit verging. Die Sonne sank und Schatten krochen ins Zimmer. Maman löste sich von ihr, griff nach einem karierten Küchentuch, in das sie sich schnäuzte, und legte sich dann – schweigend und mit Schuhen – aufs Bett.

»Maman«, flüsterte Louise. Mamans Atem ging schneller und erneut kamen ihr die Tränen. Also ließ Louise es dabei bewenden. Morgen war auch noch ein Tag. Morgen würden sie in Ruhe miteinander reden, und dann würde sie ihre Mutter nach deren Wünschen fragen. Auch wenn es Louise davor ängstigte, dass Rémi und die Hochzeit mit ihm in Mamans Zukunftsplänen noch immer die Hauptrolle spielen könnten. Denn dann würde sie ihre Mutter enttäuschen müssen, so wie Vic es getan hatte, sie würde Rémi niemals heiraten. Louise wusste natürlich, dass eine gute Tochter sich den Wünschen ihrer Eltern stets zu fügen hatte. Sie wusste aber auch, dass sie das unmöglich konnte, lieber würde sie sterben. Sie setzte all ihre Hoffnung darauf, dass Mamans Lebensplan neben Louises Heirat und dem ewigen Schuften in der Wäscherei noch eine Alternative für sie beide bereithielt. Aber besser Louise sprach erst einmal nicht weiter über die Heirat. »Ich habe Vic gefunden«, sagte sie plötzlich einem Impuls folgend. »Willst du sie nicht sehen? Vermisst du sie nicht? Sie ist deine Tochter, wie ich deine Tochter bin, und sie ist meine Schwester.«

Maman richtete sich im Bett auf und sah Louise aus leeren Augen an. »Wir werden sehen, ob ich wenigstens noch eine Tochter habe, wenn die Glocken zur Hochzeit läuten.« Sie faltete die Hände über ihrem flachen Bauch und blickte zur Decke.

Louise zog ihr die Schuhe aus und deckte sie mit einem Laken zu.

»Ich mache einen Spaziergang.« Mit diesen Worten zog Louise die Tür hinter sich ins Schloss. Es war zwar erst später Vormittag, aber sie hatte nicht vor, heute noch mal zurückzukehren.

* * * * *

Vic hatte ihr passende Kleidung geliehen und so stand Louise einige Stunden später hinter ihrer Schwester im Proberaum des *Élysées* an der Ballettstange und begann zu üben. Auf der Suche nach Louise war auch Paul im Laufe des Abends hier aufgekreuzt. Er saß im hintersten Winkel des Raums auf einer schmalen Bank und ließ eine gut gefüllte Schnapsflasche von der einen in die andere Hand plumpsen.

»Wir sind endlich wieder vereint«, sagte Vic und klatschte in die Hände. »Mach mir die Bewegungen einfach nach, Schwesterherz. Es ist gar nicht so schwer.« Sie warf Louise eine Kusshand zu. »Also, Position eins und beugen, Position zwei und beugen. Gerader Rücken, Louise! Du siehst bezaubernd aus. Ein wenig mehr lächeln und die Herren fressen dir aus der Hand. Wenn du noch etwas mehr übst, stelle ich dich dem Direktor vor. Er wird begeistert sein, zwei Schwestern im selben Programm zu haben.«

Paul runzelte die Stirn, schraubte die Flasche auf und genehmigte sich einen Schluck daraus.

»Dass du mir ja nicht die gesamte Zeit meiner neuen Muse verplanst, Victorine. Sie ist doch jetzt schon hundemüde. Diese dämliche Pute aus der Wäscherei lässt sie nie ausruhen. Dabei müsste Louise tagsüber mal schlafen, dann wäre sie nachts auch wieder ansehnlich.«

»Ich bin ansehnlich«, warf Louise entrüstet ein. »Außerdem habe ich geschlafen.« Das stimmte. Nachdem Louise die Wohnung verlassen hatte, war sie zurück in den Park gegangen, wo sie sich auf die Wiese neben den Bach gelegt hatte. Nicht lange, und ihr waren die

Augen zugefallen. Als sie wieder aufwachte, stand die Sonne schon hoch am Himmel, und sie hatte den spontanen Entschluss gefasst, bei Vic vorbeizuschauen. Geld für eine Kutsche hatte sie nun ja.

»Jetzt sei still, Paul, und lass uns proben. Sie ist meine Schwester. Wir haben uns eben erst wiedergefunden.«

»Und wem habt ihr das zu verdanken?« Paul erhob sich und sah auf seine Taschenuhr. »Ich bin in zwei Stunden zurück, spätestens dann brauche ich Louise im Atelier.«

»Seit gestern heiße ich nicht mehr Louise. Man nennt mich jetzt *La Goulue*. Ein Künstlername hat schließlich noch niemandem geschadet.«

Paul winkte ab, zog den Hut und verließ eilig den Probenraum.

»Endlich allein.« Louise ließ sich auf einem der weichen Bodenkissen nieder.

»Nichts da, Schwesterherz, ausruhen kannst du später. Jetzt wird geprobt.«

»Aber nur, wenn du singst! Ich tanze nicht ohne Musik.«

»Kapellmeister!«

Tatsächlich, da saß ein älterer Mann mit grauen Haaren zusammengesunken auf einem Holzstuhl in der Ecke. Vics Ausruf ließ ihn hochschrecken, offenbar war er eingenickt. Er richtete sich auf, schlurfte zum Klavier und stimmte ein C an. Dazu summte er eine leichte Melodie, die er kurz darauf auch seinem Instrument entlockte.

Vic legte das rechte Bein auf der Ballettstange ab. Sie dehnte ihren Oberkörper im fünfundvierzig Grad-Winkel in Richtung ihres Beins. Dann kam das linke an die Reihe. Louise tat es ihr nach. Ganz so leicht wie Vic fiel es ihr nicht. Aber ihre Schwester meinte, so habe sie damals auch angefangen, das würde schon werden, Louise müsse nur täglich üben. Vic zeigte ihr die wichtigsten Arm- und Fußpositionen im Ballett. In *petit, demi, grand* und *double* ging das, klein, mittel, groß und doppelt ausgeführt, *à la barré*, an der Stange, *à terre*, auf dem Boden, *au milieu*, in der Mitte, und sogar *en l'air*, in der Luft. Ihre Schwester brachte ihr *Ports de bras*, schöne fließende Armbewegungen bei; sowohl *en bas*, unten, *en avant*, vorne, als auch *en haut*, oben.

Louise lernte, wie das eine Bein das andere im *Chassé* zu jagen hatte, dass sie auf der halben Spitze tanzen sollte, wenn Vic einen *Échappé relevé* forderte und dass Pirouetten, egal ob *en dehors*, rückwärts, oder *en dedans*, vorwärts, zwar schwer, aber nicht ganz so schwer umzusetzen waren wie ein *Grand jeté*, ein Spagatsprung. Die Zeit floss nur so dahin und einzig das Tempo des Klaviers gab den Takt vor. Am Ende der Stunde lagen Vic und sie atemlos nebeneinander auf dem Boden, den Kopf zur Decke gewandt und hielten sich bei den Händen. Wie damals auf dem Teppich ihres Kinderzimmers im Elsass.

»Du bist wie gemacht fürs Tanzen«, sagte Vic und drückte Louises Hand. »Und noch mehr bist du gemacht für die Bühne! Du strahlst so von innen heraus, wenn du tanzt, dass man dich einfach immerzu ansehen möchte.«

Es tat gut, einmal zu hören, was sie konnte, und nicht immer nur, worin sie versagte. »Hast du das ernst gemeint, mit dem Direktor, Vic? Meinst du, ich hätte wirklich eine Chance? Ich weiß nicht, wie lange ich noch … Ich meine, ich habe Maman von dir erzählt.«

Vic setzte sich auf, zog Louise zu sich heran und bot ihr – wie früher – ihren Arm. Louise kuschelte sich an ihre Schwester.

»Der *butte* verstößt seine hübschen Kinder nicht, hörst du? Das war bei mir nicht anders. Und heute habe ich auch Fenocci, meinen Ehemann.«

Darauf lief also auch hier alles hinaus, immer nur darauf. Die Ehe. So hätte sie Vic gar nicht eingeschätzt. »Wenn du glaubst, dass ich heiraten werden, bist du falsch gewickelt!« Wut schwang in Louises Stimme mit. Sie befreite sich aus Vics Umarmung und sprang auf die Füße. In Vics rechtem Mundwinkel zeichnete sich ein Grübchen ab. »Lachst du mich etwa aus?«

»Aber nein!« Rasch war Vic bei ihr und legte Louise wieder den Arm um die Schultern. »Du Dummerchen! Ich bin nicht Maman, dass das mal klar ist. Ob du irgendwann heiratest oder nicht, ist ganz allein deine Sache. Ich würde dir Fenocci nur gerne bald vorstellen. Nicht nur weil er meine große Liebe ist, sondern auch weil er einen Beruf hat, der dich interessieren wird: Er ist stolzer Besitzer einer

Wandermenagerie und Italiener obendrein, voller Lebensgier und Temperament.«

»Er ist Besitzer einer Wander…, einer was?«

»Du liebst doch den Zirkus, oder nicht? Ich erinnere mich noch daran.«

Louise nickte.

»Na siehst du. Eine Wandermenagerie ist etwas ganz Ähnliches, nur ohne Artisten!«

»Ohne Artisten? Wem gefällt denn so was?«

»Warte es ab. Neben Äffchen, sprechenden Papageien und einer Riesenschlange besitzt er vor allem Raubtiere. Nicht nur diese widerliche Hyäne, die so grässlich lacht, sondern auch eine elegante Gepardin. Also sag schon, willst du meinen Fenocci und seine Tiere nicht kennenlernen?«

»Meinst du, ich könnte Maman fragen, ob sie mich begleiten will? Du bist jetzt schließlich verheiratet, dann ist doch alles gut, nicht wahr?«

Ihre Schwester umschloss Louises Hände und sah sie an. »Es geht mich ja nichts mehr an. Aber wenn ich dir einen Rat geben darf: Hör besser auf, an Wunder zu glauben! Maman hat mich verstoßen und bei dir wird es nicht anders sein. Wenn du mein Leben wählst, statt diesen Rémi zu heiraten, bist du nicht länger ihre Tochter, so einfach ist das. Die Moral wiegt für sie schwerer als ihre Mutterliebe«, sagte Vic bitter.

Traurig sah Louise sie an. Tief im Inneren wusste sie, dass ihre Schwester recht hatte.

Vic seufzte und zuckte mit den Schultern. »Du wirst dich entscheiden müssen, für mich und Paul, für die Menschen hier und das bunte Leben oder für Maman und ihresgleichen. Sie werden dich verachten, wenn du zum fahrenden Volk, zu den Schauspielerinnen und Tänzerinnen gehörst. Und damit meine ich nicht nur Maman, sondern all die …«, sie spuckte das Wort beinahe aus, »die Normalen.«

»Kapellmeister!«, rief Louise. Es funktionierte, der alte Mann spielte noch einmal seine Melodien. Musik war schließlich auch eine

Antwort. »Zeig mir die Choreografie noch einmal! Ich muss sie so schnell wie möglich einstudieren, damit du mich dem Direktor vorstellen kannst.«

* * * * *

Das erste zufällige Aufeinandertreffen mit Auguste hatte eine Kette an Ereignissen in Gang gesetzt, die Louise sich in ihren wildesten Träumen nicht auszumalen gewagt hätte. Jeder Tag brachte neue Ideen oder eine Zufallsbekanntschaft mit einem der vielen Künstler auf dem *butte* mit sich. Ihr Leben spannte sich zwischen den zäh dahinfließenden Tagen in der Wäscherei, wo Lily ihr nach wie vor auswich, wenn sich Louise um ein Vieraugengespräch bemühte, und den quirligen Nächten, die alles boten, was sie im dörflichen Clichy vermisste: wilde Gelage, Fotosessions mit Paul, tiefsinnig-weinselige Unterhaltungen mit ihm oder Auguste und nicht zuletzt die gemeinsamen Proben mit ihrer Schwester.

Vic stellte Louise tatsächlich dem Theaterdirektor vor und der bat sie um eine kurze Darbietung ihrer Kunst. Danach kam er auf sie zu, zwickte sie in den Po, tätschelte ihre Wange und brüllte: »Das Mädchen ist gekauft! Aber sie braucht Unterricht!« Dabei schnaubte er durch die Nase, es klang wie ein angestachelter Stier, der diesen Kampf für sich entscheiden würde. »Grille d'Égout!« Wenig später tauchte besagte Grille d'Égout im Theater auf. Sie war eine echte Erscheinung, wenn auch ganz anderer Art als die Duboise. Grille war das genaue Gegenteil von Louise. Nichts an ihr wirkte hungrig nach Leben, sie wirkte vielmehr steif, in sich ruhend und konzentriert. Sie war groß und hager, trug ein schwarzes, hochgeschlossenes Kleid, das ihre Fußspitzen bedeckte, Handschuhe, die keinen Zentimeter Haut erkennen ließen und sie verzog keine Miene, als sie Louise die Hand reichte. Nichts an ihr war freundlich. »Das also ist Ihre neuste Entdeckung?«, fragte sie an den Direktor gewandt, zog dabei eine Augenbraue nach oben und musterte Louise streng.

»Das Mädchen hat Feuer im Blut, eine Besessenheit fürs Tanzen und eine Leidenschaft für alles Lebendige. Wenn sie loslegt, geht es um alles, Madame. Das Mädchen tanzt, um am Leben zu bleiben.«

Grille d'Égout stemmte die Hände in die Taille. »Ich werde sehen, was ich tun kann.«

Louise schluckte gegen die aufsteigende Übelkeit an. Doch sie ballte die Hände zu Fäusten und murmelte: »Einmal, da bin ich größer als die d'Égout, dann werden alle nach meiner Pfeife tanzen.«

»Schön, schön. Bis dahin aber bist du mir unterstellt, Mädchen«, sagte die dürre Grille d'Égout, die Louises Worte sehr wohl gehört hatte. »Wenn du täglich übst, verlierst du auch den Babyspeck.«

»Ich bin eine *Goulue*«, sagte Louise und reckte trotz ihres Herzklopfens das Kinn in die Höhe. »Und genau dafür weiß man mich schon jetzt zu schätzen.«

KAPITEL 8

Seitdem waren einige Wochen ins Land gezogen. Louise probte, wann immer es ging, mit Grille d'Égout, die sie so manches Mal in die Verzweiflung trieb mit ihren Vorträgen über wahre Tanzkunst und Manieren, denen auch eine Kokotte auf dem *butte* zu folgen hatte. Sie triezte sie dann nur noch härter mit Dehnübungen und Sprüngen. Ihre gestrenge Tanzlehrerin konnte ja nicht wissen, dass sie Louise ausgerechnet mit dieser Schinderei das Leben rettete. Immer wenn Louise schwitzte und sprang, sich streckte und Choreografien umsetzte, rückte ihr Leben in Clichy in den Hintergrund und verschwand schließlich ganz, umso mehr Louise zur *Goulue* wurde. An Schlaf war seitdem nicht mehr zu denken. Das erste Mal aber, seit ihre Großeltern verschwunden und Papa gestorben war, fühlte Louise sich gesehen, und daher hätte sie mit nichts und niemandem tauschen mögen. Ihr Leben hatte eine Wendung genommen, die ihr ausgesprochen gut gefiel, und sie hätte mit Fug und Recht behaupten können, endlich das Glück gefunden zu haben, wären da nicht ein paar Hindernisse gewesen: Maman, die sich in Schweigen hüllte und alles daransetzte, um die Hochzeitsfeier vorzubereiten. Betty, die jeden ihrer Schritte mit Adleraugen überwachte, und vor allem Lily, deren Ausweichmanöver verhinderten, dass sie sich mit ihrer Freundin aussprechen konnte.

Dass das Glück in ihrem Fall ein Ausbruch war und voraussetzte, dass sie das alte Leben endgültig hinter sich ließ, darüber dachte sie erst wieder nach, als Maman ihr verkündete: »Dein Hochzeitstermin mit Rémi steht fest. Ich werde die Einladungen für die Feier schreiben und du wirst sie am Sonntag nach dem Kirchgang verteilen. Rémi hat das Gasthaus schon verständigt.«

Louise wurde bleich, ihre Hände zitterten und ihr Magen rebellierte. Sie setzte zu einer Entgegnung an, aber Maman schnitt ihr das Wort ab: »Keine Widerrede. Jetzt wird endlich einmal alles so gemacht, wie ich es sage.« Sie sah sie mit einer Strenge im Blick an, die überdeutlich machte, dass jeder Versuch, sich zur Wehr zu setzen, erfolglos bleiben würde. »Die nächtlichen Ausflüge müssen enden, hörst du. Nicht, dass uns das Gerede der Waschweiber noch einen Strich durch die Rechnung macht. Und dass du mir ja nicht auf die Idee kommst, deine Schwester einzuladen. Wir alle wissen, was sie treibt.«

Louise erwiderte nichts. Sie sah Maman voller Abscheu an und hätte ihr am liebsten vor die Füße gespuckt. Wie konnte man bloß so werden wie sie, zur Verräterin an der eigenen Familie! Und das nur wegen ein bisschen Anerkennung und einem vagen Versprechen auf ein besseres Leben. Solche Hoffnung war teuer erkauft und erbärmlich noch dazu. »Liebst du mich eigentlich?«, fragte Louise plötzlich.

Ihre Mutter zuckte mit den Achseln und stemmte die Hände in die Hüften. »Als ob es darum ginge …«

»Liebst du mich, Maman?«

»Was ist das für eine Frage? Jede Mutter liebt ihr Kind.«

Es war zwecklos, sie verstand Louise nicht. »Ich will nicht wissen, ob du das Kind liebst, das du dir gewünscht hast. Ich will wissen, ob du *mich* liebst.«

Maman drehte sich um, nahm ein Küchenmesser und eine Handvoll Kartoffeln und begann, sie zu schälen. »Im Leben geht es nicht um Liebe, es geht darum, unsere Pflicht zu erfüllen und dem Herrgott auf Erden zu dienen.« Sie reichte Louise ein weiteres Messer und eine Kartoffel.

»Ich habe keinen Hunger. Und außerdem habe ich noch etwas vor. Ich werde gleich Raubkatzen bei ihrer Fütterung erleben.«

»Ist schon gut, Kind.« Maman zwinkerte ihr zu und lächelte, das erste Mal seit Wochen. »Du musst keine Geschichten erzählen, Louise. Du wirst auch so im Mittelpunkt jeder Gesellschaft stehen. Ich weiß nicht, woher du deine Ausstrahlung nimmst, aber sie ist da.«

Wärme breitete sich in Louises Brustkorb aus. Hatte Maman ihr gerade ein Kompliment gemacht? »Danke.« Sie griff nach Mamans Hand und drückte sie.

»Es steht einer Frau aber gut zu Gesicht, wenn sie sich in Bescheidenheit übt.«

Wie einen Schlag fühlte sie Mamans Worte auf ihrer Wange brennen. Nur ihrer Mutter gelang es, sie in einer Sekunde den Himmel fühlen zu lassen und sie in der nächsten zum Abschuss freizugeben.

Ohne Abschiedsgruß wandte sie sich ab und eilte zur Wohnungstür.

* * * * *

Sie hatte ihr Cape vergessen und fror bereits nach kurzer Zeit. Im Frühherbst kühlte es rasch ab, sobald die Sonne hinter den Häuserdächern verschwand. Louise ging schneller, damit ihr warm wurde.

An der nächsten Straßenecke hielt sie eine Kutsche an und sagte dem Fahrer die Adresse, die Vic ihr genannt hatte. Der gleichmäßige Trab der Pferde beruhigte Louise. Alles auf der Welt gehorchte einem eigenen Rhythmus. Wer sich ihm widersetzte, würde nie seine Bestimmung finden. Deshalb musste sie beherzt handeln und noch vor dem angesetzten Hochzeitstermin aus der Vorstadt verschwinden. Was blieb ihr anderes übrig? Rémi, diesen Widerling, würde sie jedenfalls nicht noch einmal küssen, ihm unter keinen Umständen ihr Jawort geben und erst recht nicht das Bett mit ihm teilen. Es schüttelte Louise allein bei dem Gedanken daran. Im Gegensatz zu Maman hatte sie eine Wahl und die würde sie für sich treffen.

Ihren Schwager hatte Louise erst einmal bei einer gemeinsamen Probe mit Vic gesehen, aber sie erkannte ihn sofort an seinen kupferroten Haaren und den schmalen, aber aufgeweckten Augen. Als die Kutsche am Boulevard de Ménilmontant hielt, war er sofort bei ihr und half ihr auszusteigen. Dann umarmte er Louise wie eine lange vermisste Verwandte. Dabei schien es ihm vollkommen gleichgültig zu sein, dass sie einander erst einmal begegnet waren. »Man sieht, dass Vic und du aus einer Familie kommen. Dieselbe Kraft, dasselbe Funkeln.« Bei Fenoccis ungebremstem Redefluss kam man kaum zu Wort. Louise holte mehrmals Luft, um in den kurzen Pausen, die ihr Schwager zum Atemholen benötigte, etwas zum Gespräch beizutragen, aber sie erhielt keine Chance, ihn zu unterbrechen.

»Vaju ist übrigens auch von edlem Geblüt, wie du und deine Schwester.«

Louise schüttelte den Kopf. Wer auch immer dieser Vaju sein mochte, Fenoccis Vergleich hinkte gewaltig. Ihre Schwester und sie entstammten keinesfalls dem Adel. Doch ehe sie etwas erwidern konnte, sprach Fenocci schon weiter.

»Ich weiß, was du sagen willst.« Er winkte ab. »Aber wen schert schon die Realität, Louise?«

Sie dachte an Maman und was sie wohl auf Fenoccis Frage entgegnet hätte.

»Das ist die erste Lektion, die du beherzigen musst, wenn du willst, dass dein Publikum dich liebt: Niemand interessiert sich für schnöde Tatsachen. Nicht deshalb finden sie ihren Weg zu uns. Warum zum Beispiel bist *du* hier, Louise?«

Sie wusste, dass ihr Schwager keine Antwort erwartete, und so ging sie schweigend neben ihm her zur Menagerie. Die blitzte am anderen Ende des Platzes zwischen zwei Holunderbüschen und einem Kastanienbaum hervor.

Louise ließ ihren Schwager stehen und hielt weiter auf die Menagerie zu. Sie war hierhergekommen, um exotische Tiere zu sehen, und nicht, um Nachhilfe in Philosophie zu erhalten. Keuchend hechtete er ihr nach. Obwohl Fenocci außer Puste war, hob er schon wieder zu sprechen an. Ihr Schwager war ein Mann mit einem enormen Redebedürfnis und, wie Vic behauptete, einem Herz aus Gold. Auch wenn seine viel zu hohe Stimme, seine rot wippenden Locken und seine Geschwätzigkeit nicht Louises Geschmack trafen, er meinte es sicher nur gut mit ihr. Vic hatte seine Liebe bestimmt nicht ohne Grund erwidert.

»Hat Vic dir schon von Artemis erzählt? Nein, nein, sag nichts.

Ich weiß, sie ist eine beeindruckende Erscheinung – von unheimlicher Eleganz und Raffinesse. Ein großes Miezekätzchen, das es in sich hat. Aber gleich wirst du sie ja mit eigenen Augen bewundern dürfen. Bist du aufgeregt? Das musst du nicht, ich beschütze meine Schwägerin, sei ganz unbesorgt. Ach, und schau, was ich dir noch geben wollte.« Er drückte ihr eine Tüte mit an den Rändern braunen Apfelstücken, Nüssen und undefinierbarem Grünzeug in die Hand. »Die sind für Vaju.«

Louise hielt sich die Tüte unter die Nase und verzog das Gesicht. Es roch widerlich – nach einer Mischung aus Seetang, Fruchtsäure und abgestandener Luft.

»Die Tüte ist nicht für dich, dass wir uns da nicht missverstehen. Weiblichen Familienmitgliedern schenke ich für gewöhnlich Blumen oder Pralinen. Außerdem würde Vaju dir das nie verzeihen, wenn du ihm seine Belohnung wegschnappen würdest.« Er überholte sie und eilte mit großen Schritten voraus, über den Platz hinweg. Nun musste Louise sich bemühen, mit ihm Schritt zu halten. Vor einer Bretterbude blieb er stehen. Ein Eisbär mit einem Spazierstock in der Tatze war auf die Holzverkleidung gemalt. Neben ihm sah man eine Dame in glitzernder Pumphose und grün-goldenem Federschmuck auf dem Kopf. Sie stand inmitten einer Manege, umgeben von drei weißen Pferden, und schwang eine Peitsche. Offenbar zeigte das Bild eine Dressurnummer. Auf dem Gemälde daneben gründelten Flamingos in einem Teich. Kokospalmen wuchsen hoch in den sommerhellen Himmel. Im Vordergrund saß ein Mann im Schneidersitz vor einem geflochtenen Schlangenkorb. Mit seinem Flötenspiel beschwor er eine Kobra.

»Nicht, dass du glaubst, diese Tiere wären hier alle zu sehen. So ein Flamingo ist schwer zu bekommen und noch viel schwerer am Leben zu halten. Einem Eisbären möchte ich lieber nicht begegnen und statt einer Kobra bin ich stolzer Besitzer einer zahmen Abgottschlange. Sie heißt Persephone.«

»Und was ist mit Raubtieren? Die mag ich am liebsten.«

»Die Raubtiere, du hast ja recht! Die Könige der Tiere! Mit Löwen kann ich nicht aufwarten, aber ich habe etwas viel Besseres. Das Raubtier, von dem ich spreche, kannst du ungestraft streicheln. Artemis liebt es, wenn Frauen sie verwöhnen. Mit Männern hat sie es nicht so. Die Natur hat mir einen Streich gespielt. Ich könnte deine familiäre Unterstützung also sehr gut gebrauchen.«

Louise stapfte neugierig voran in die Bretterbude.

»Gemach, gemach«, rief Fenocci hinter ihr, aber da schoss auch schon im Sturzflug ein blaugefiedertes Ungetüm auf sie zu. Gerade noch rechtzeitig vor ihrem Kopf flog es eine Kurve und umkreiste unschlüssig Louises Haupt.

»Deine Hand, du musst deine Hand ausstrecken!«

Da war es schon zu spät. Vaju machte Louises Haupt als Zielobjekt aus und ließ sich darauf nieder. Mit seinen Krallen suchte er Halt auf ihrem Haar. Ein warmer Gurgelton kam aus seiner Kehle, dann ein Pfeifen. Ihr Schwager nahm Louise die Nüsschen ab und hielt Vaju seine rechte flache Hand hin. Der Blauara gab einen Laut von sich, der eher dem Schnurren von Minette glich als Vogelgesang. Der Papagei flatterte auf und wechselte von der Aussichtsplattform ihres Kopfes auf Fenoccis Hand, wo er sich eines der Apfelschnitze aus der Tüte schnappte, die ihr Schwager ihm hinhielt. Von einiger Entfernung war der Ara hübsch anzusehen, von geradezu majestätischer Gestalt und beeindruckend groß. Einen guten Meter hoch schätzte Louise den Vogel.

»Darf ich vorstellen: Vaju. Ein blaublütiger Hyazinth-Ara aus den Tiefen des Dschungels Brasiliens, mir überantwortet.«

Der Vogel klammerte sich mit seinen Krallen an Fenoccis Zeigefinger und ließ sich kopfüber herabhängen.

»Das macht er gerne. Er ist ein kleiner Athlet.« Fenocci reichte die Tüte wieder an Louise und schob die frei gewordene Hand unter die Flügel des Aras. Der löste seine Umklammerung und ruhte so in Fenoccis Hand. »Das zeigt, dass er mir vertraut. Vaju kann ganz schön Wind machen, wenn er fliegt, aber er ist ein sanfter Riese, sehr zutraulich. Auch wenn er über einen messerscharfen Schnabel verfügt.«

Louise neigte den Kopf zur Seite, in dieselbe Position wie der

Ara. Sie bewegte die Arme, auf und ab wie Flügelschläge. Eine sanfte Drehung nach rechts, die Arme über dem Kopf schließen, ein Ausfallschritt, *Port de bras* und ein Sprung durch die Lüfte.

Fenocci klatschte und Vaju flog gezwungenermaßen auf. Er krächzte laut, als er sich in einigem Abstand auf einem der Käfige, die in einem Halbrund hinter ihnen angeordnet waren, niederließ. »Vielleicht könnten wir so etwas einstudieren?« Fenocci klang euphorisiert. »Ich sehe Vaju und dich in einem gemeinsamen Tanz, einem einzigen Flug. Wir werden die Darbietung ›Magie der Lüfte‹ nennen.«

Sie zwinkerte ihrem Schwager zu. »Warten wir ab, was Vic dazu sagt.«

»Natürlich, natürlich. Es war bloß so eine Idee. Komm, jetzt ich zeig dir die anderen Zauberwesen.«

Louise folgte ihm, einen vorsichtigen Schritt vor den anderen setzend. Die Bretterbude war nicht groß. In einer Ecke hoch über ihren Köpfen hockte ein kleines Äffchen und schaukelte an einer Lampe.

»Das ist Brigitte. Sie ist noch jung und ein bisschen zurückhaltend. Sie beobachtet lieber erst mal alles aus der Ferne. Ich glaube nicht, dass sie sich zu uns gesellen wird.«

Ein hölzernes Podest, mit einem Flatterband von der Zuschauertribüne abgetrennt, war wohl als Miniatur-Vorführraum gedacht. Fenocci hob das Band an und Louise duckte sich darunter durch. Dahinter ging es zu den Käfigen. Nun erst bemerkte sie, wie sehr es in der Menagerie stank. Die Futtertüte für Vaju war nichts dagegen gewesen. Fenocci hatte sie ihr wieder in die Hand gedrückt, nun legte sie sie auf dem Podest ab. Anders als in der Wäscherei, lag kein Bleichmittelduft über dem Kot- und Pissegeruch.

»Das ist Persephone, meine Abgottschlange aus der Unterwelt.«

Louise starrte mit großen Augen auf den riesigen zusammengerollten Körper hinter Glas. Ihr Schwager nahm einen winzigen Schlüssel aus der Hosentasche, entriegelte damit das Schloss und schob die beiden Glasscheiben auseinander. Er zog Handschuhe über und griff nach dem wuchtigen Schlangenkörper. Vorsichtig hob er ihn hoch und legte sich Persephone um Schultern und Nacken.

»Persephone ist eine Albino-Boa constrictor. Sie kann bis zu fünfundzwanzig Jahre alt werden. Ihre Lieblingsspeise sind Nagetiere wie Mäuse und Ratten. Die gibt es hier gratis und zuhauf.«

Die Schlange erwachte aus ihrer schläfrigen Lethargie und hob den Kopf. Sie züngelte.

»So erkennt sie mich am Geruch«, sagte Fenocci.

Es schüttelte Louise – und doch zog sie das fremde Wesen an. Persephone war anders als alles Lebendige, das sie kannte.

»Komm ruhig näher. Du kannst sie anfassen. Sie hat keine Giftzähne – und hungrig dürfte sie nicht sein. Erst heute früh habe ich zwei fette Ratten an sie verfüttert.«

Zaghaft streckte Louise eine Hand aus und berührte den Schlangenkörper. Er fühlte sich warm und weich und überhaupt nicht glitschig an. Fenocci nahm Persephone von seinen Schultern. Louise hätte zurückweichen können. Es hätte sicher genügt, damit Fenocci das Tier zurück in seinen Käfig gelegt hätte. Aber sie tat einen Schritt auf ihren Schwager und die Abgottschlange zu. Ohne ein Wort zu sagen legte er ihr Persephone wie selbstverständlich um die Schultern. Als wäre es immer schon so gewesen. Ihre Angst löste sich auf und an ihre Stelle trat ein angenehm wohliger Schauer. Es war merkwürdig: Louise spürte, wie die Kraft, die in dem Tier wohnte, ihr unter die Haut kroch. Sie durfte Teil haben an dieser Stärke, weil die Schlange es zuließ. Da war noch immer die Gefahr, die von Persephone ausging, da war aber auch diese eigentümliche Gewissheit, dass sie Louise nichts zuleide tun würde. Persephones Energie durchströmte ihren Körper. Züngelnd erkundete das Tier Louises Gesicht. Sie schloss die Augen.

»Sie kann zwar beißen, aber sie wird dir nichts tun. Du musst nicht zur Salzsäure erstarren«, sagte Fenocci, nahm ihr Persephone wieder von den Schultern und setzte sie in den Käfig, den er sorgfältig verschloss. Ehe Louise in Zeit und Raum zurückfand, ehe sie die Augen öffnete und sich langsam wieder rührte, mussten Minuten vergangen sein. Vajus Flügelschlag rauschte im Hintergrund, er zog seine Kreise unter der Zeltplane. Die Lampen, an denen das Äffchen

Brigitte schaukelte, quietschten. Nur Fenocci blieb, bis auf sein gelegentliches Räuspern, ausnahmsweise still. Er wartete wohl darauf, dass sie das Wort ergriff. Louise lauschte in sich hinein. Es war einen Versuch wert, Worte für das Erlebte zu finden. »Eine Schlange um den Hals zu spüren ist fast besser, als im Rampenlicht zu stehen. Ich war eins mit ihr und mir. So ist es sonst nur, wenn ich tanze.«

Fenocci musste lachen. »Wenn ich tanze«, sagte er, »trete ich ständig auf fremde Füße und falle über meine eigenen. Mein Körper und ich sind so uneins wie nur eben möglich. Frag mal Vic, die kann ein Lied davon singen.«

Louise sah zu Boden. Er hatte nicht begriffen, was sie ihm versucht hatte, zu beschreiben.

»Entschuldige. Für mich ist das ganz anders, aber ich verstehe, was du meinst. Wirklich, Louise. Ich habe gleich gewusst, dass du zu uns gehörst!«

»Ich gehöre nirgendwohin.«

»Das glauben wir alle, aber es stimmt nicht. Komm mit, ich will dir jemanden vorstellen.« Er hob das schwere, blau gefärbte und mit silbernen Sternen bemalte Tuch an. Sie schlüpfte durch den Spalt. Dahinter lag Finsternis. Ein Fauchen, etwas schlug gegen Metall.

»Keine Sorge, gleich haben wir Licht.« Ihr Schwager entzündete eine Petroleumlampe und hielt sie hoch, sodass Louise ihre Umgebung erkennen konnte. Sie stand in unmittelbarer Nähe eines Raubtierkäfigs. Eine übergroße Katze mit schwarzen Punkten auf goldgelbem Fell drückte sich gegen die Gitterstäbe und beäugte sie. Senkrechte Streifen verliefen unter ihren Augen. Es sah aus, als ob sie weinte. »Sie mag nicht hier sein«, sagte Louise.

»Das täuscht. Artemis will bloß deine Aufmerksamkeit. Sie hasst es, wenn ich sie länger allein lasse.«

Das Katzenmädchen tigerte hinter den Streben des Käfigs auf und ab.

»Sie ist noch jung und doch schon zahm«, sagte Fenocci. »Ich habe ein Faible für edle Tiere – und beim Publikum machen Geparden was her.«

Während ihr Schwager weitersprach, näherte sich Louise dem Käfig. Das Katzenmädchen verharrte vor dem Gitter. Sie trat noch einen Schritt auf es zu. Das Katzenmädchen setzte sich und schob die Nase zwischen die Stäbe. Ganz langsam streckte Louise ihre Hand hin. Es schnupperte.

»Vorsicht«, brüllte Fenocci. »Du kannst doch nicht …« Das Katzenmädchen schleckte ihre Hand. Ihr Schwager zog sie sacht, aber bestimmt vom Käfig weg. »Das war pures Glück.«

Louise schüttelte den Kopf. »Sie mag mich. Du hast es selbst gesagt. Artemis will bloß meine Aufmerksamkeit.«

»Ich meinte damit aber nicht, dass du dich kopflos in Gefahr stürzen sollst.«

»Ich war zu keiner Zeit in Gefahr.«

Fenocci fluchte leise, bückte sich nach einem Korb, der zu seinen Füßen stand, kramte darin, fand offenbar nichts Passendes und griff dann nach einem gold glitzernden Reifen, der unweit des Käfigs auf dem Boden lag. »Meine Vic hat es gleich gesagt: ›Louise ist aus demselben Holz geschnitzt wie ich. Nur dass sie nicht nur Menschen, sondern auch Tiere bannt.‹« Fenocci seufzte. Er hielt Louise den goldenen Reif hin. »Auf deine eigene Gefahr.« Er öffnete die Käfigtür.

Louises Atem ging schneller. Artemis war von einzigartiger Schönheit und einer ungeheuren Wendigkeit. Eine Raubkatze brachte den Tod, wenn sie ihre Beute im Visier hatte. Vielleicht waren Frauen aber nicht ihre bevorzugte Beute, vielleicht war Artemis auch nicht hungrig. Auf keinen Fall durfte die Gepardin jedoch ihre Angst wittern. Angst würde ihre Instinkte entfachen. Louise atmete ruhig ein und aus und konzentrierte sich darauf, ihren Impulsen zu vertrauen. Zulassen, was sie empfand: diese Anziehung, die von der Macht, die das Tier über sie hatte, ausging. Wie betörend diese natürliche Eleganz war. »Wie du will ich auch sein.« Sie legte den Reifen weg und schritt ohne Hast und ohne zu zögern durch die Käfigtür. Die Raubkatze näherte sich ihr langsam. Louise blieb stehen. Artemis beschnupperte sie, umrundete sie einmal und setzte sich dann vor sie.

Wieder streckte ihr Louise die Hand entgegen und wieder schleckte Artemis sie ab. Das Raubtier war viel größer als Minette, die Wäschereikatze. Sicher war es auch schneller und viel weniger an den Kontakt mit Menschen gewöhnt. Aber im Grunde war es ebenso eine Katze wie Minette eine war. Und wie Minette würde Artemis es bestimmt lieben, wenn man sie hinter den Ohren kraulte.

»Was tust du da?« Fenocci hatte das Gitter hinter Louise geschlossen und beobachtete sie staunend. »Bei mir springt Artemis durch den Reifen. Bei mir hört sie auf Befehle. Und bei mir erwartet sie eine Belohnung für jedes Kunststück, das sie zeigt. Von dir aber lässt sie sich streicheln, dich schleckt sie ab, dich scheint sie zu lieben.«

Artemis legte sich auf die Seite und streckte Louise den Bauch zum Kraulen hin.

»Ich glaub das einfach nicht. Artemis hat sich dir freiwillig untergeordnet. Kein Kampf, kein Spiel, keine Machtdemonstration. Du bist ein seltsames Mädchen, Louise – und ich hoffe, du verstehst das als Kompliment.«

Louise setzte sich neben Artemis auf den Boden und kraulte das Tier. Was für einen kleinen Kopf diese Großkatze im Verhältnis zu ihrem Körper und dem langen Schwanz hatte. Sie schnurrte – ein wohlig vibrierendes Geräusch, das ihren ganzen Körper in Schwingung versetzte und Louise augenblicklich entspannen ließ.

Das waren stets jene Minuten gewesen, die nur ihr gehörten, wenn sie Minette kraulte. Bevor sie die Waschhalle betrat. Doch schon früher, auf dem Land bei den Großeltern, hatte Louise eine tiefe Verbundenheit mit den freien Katzenwesen gespürt. Es gab sie in allen Farben, Mustern und Formen. Keines glich dem anderen. Sie unterschieden sich auch in ihren Temperamenten. Mal waren sie mehr, mal weniger kratzbürstig. Das eine leidenschaftlich entbrannt für das Spiel und die Liebe, das andere beharrte aufs Alleinsein. Katzen gehörten nur sich selbst und kamen und gingen, wann immer es ihnen beliebte. Niemals bettelten sie um Zuneigung und bekamen sie doch im Übermaß geschenkt. Per Geburt stand ihnen ein Anrecht auf dieses freie Leben zu und niemandem wäre es jemals in den Sinn gekommen, sie dessen zu berauben. Louise vergötterte diese Tiere. »Kann ich mit ihr an die frische Luft?«

Fenocci sah sie fassungslos an. »Wie bitte? Willst du die Menschen in Angst und Schrecken versetzen?«

Louise legte den Kopf schräg, wie sie es vorhin bei Vaju beobachtet hatte, machte große Augen und einen Schmollmund. »Bitte«, sagte sie. »Ich werde auch ein gutes Wort bei Vic einlegen. Dann lässt sie mich dir vielleicht mit der Menagerie helfen.«

Er schmunzelte. »Es gäbe vielleicht eine Möglichkeit«, sagte er nachdenklich. »Ich habe eine Leine. Ein Gepardenmädchen ist natürlich kein Hund, aber Artemis ist bereits gut abgerichtet, wer weiß, vielleicht lernt sie, an der Leine zu gehen? Das wäre eine echte Sensation, Louise. Aber wir müssen das erst üben. Wir können es nicht einfach darauf ankommen lassen und womöglich eine Massenpanik auslösen.«

»Einverstanden«, sagte Louise.

»Heute fangen wir erst einmal langsam an. Wir gehen einmal über den Platz und wieder zurück und wenn uns jemand begegnet ...«

Louise öffnete schon die Käfigtür. »... dann sagen wir einfach, Artemis wäre eine große Katze.« Sie grinste.

Fenocci wühlte im Korb nach einem Halsband, das er Artemis umlegte. Er kettete eine Leine daran und dann schritten sie, eine Raubkatze im Schlepptau, hinaus auf den Vorplatz.

Der Regen hatte aufgehört, und ein warmer Wind strich durch die Baumkronen. Mit dem Gepardenmädchen an ihrer Seite schien Louise alles möglich. Es hätte sie nicht gewundert, wenn auch Vaju ihnen ins Freie gefolgt und sich in die Lüfte erhoben hätte. Aber Vaju konnte ihnen nicht folgen. Louise hatte die Kette an seinem Fuß sehr wohl bemerkt. Der Gedanke daran fügte sich nicht in ihr neues Gefühl von Freiheit, das sie auf einmal empfand.

Artemis duckte sich. Sie nahm Witterung auf und schlich zögerlich voran. Es war kein Problem, sie an der Leine zu führen. Sie eilte nicht voraus, sondern schnupperte, bevor sie einen Schritt tat. Die Ohren hatte sie angelegt, die Schnurrhaare bebten vor Aufregung und der Schwanz ging auf und ab. Louise verlangsamte ihre Schritte und Fenocci tat es ihr gleich, aber die Leine spannte sich dennoch.

»*Allez, allez,* komm, du Schöne.« Louise versuchte, das Tier zu locken. Aber anstatt vorwärtszugehen, ließ es sich auf dem kalten Stein nieder und machte keinerlei Anstalten, wieder aufzustehen. Vereinzelt zogen Passanten an ihnen vorüber. Ein Mann in Sakko und Hut kam, wohl in der Absicht, das imposante Kätzchen zu streicheln, auf sie zu. Als er erkannte, dass es sich bei der etwas groß geratenen Katze um ein echtes Raubtier handelte, wich er erschrocken zurück. »Himmel! Sind Sie von allen guten Geistern verlassen?« Er ließ sich nicht beruhigen. Auch nicht, als Fenocci ihm erklärte, dass er eine Menagerie betriebe und dass Artemis harmlos sei. Ein Paar schaute indes gebannt und mit gebührendem Abstand ihrem Treiben zu.

Während Fenocci immer nervöser wurde, je mehr Menschen stehen blieben und sie beobachteten, genoss Louise ihren Auftritt vor spontanem Publikum.

»Nächstes Mal nehmen wir Eintritt«, brummte ihr Schwager. »Und nächstes Mal zeigen wir uns nicht auf dem Vorplatz.«

»Aber klar doch, unbedingt tun wir das. Wenn wir Artemis zeigen, rennen dir die Leute in Scharen die Bude ein. Deine Attraktion darfst du doch nicht verstecken.«

Artemis fauchte, ohne Grund und in die Stille der Nacht hinein. Es hatte wieder zu tröpfeln begonnen. Ein leiser, zart fallender Regen. Die Gepardin erhob und schüttelte sich. Sie rieb ihre Wange an Louises Knie, wartete, bis sie sich ihrer Aufmerksamkeit sicher war, und wandte sich dann zum Zelt um. »Sie möchte freiwillig zurück in ihren Käfig?«

Fenocci nickte. »Auch wenn das für dich kaum vorstellbar ist. Sie ist nämlich eine Katze und wie es in der Natur aller Katzen liegt, mag sie keinen Regen.«

Sie folgten Artemis, die an der Leine in Richtung Menagerie und Käfig zog, ließen sie, wieder angekommen, zurück in ihre schmale Gitterbehausung, deren Tür Fenocci verschloss, und belohnten sie mit zwei fetten Mäusen.

»Und nun die Preisfrage, Louise: Was ist besser, das Theater oder die Menagerie?«

Sie breitete die Arme aus und drehte sich im Kreis. »Ich weiß es noch nicht, aber ich werde es herausfinden.«

KAPITEL 9

Louise stand mit gesenktem Kopf vor Betty und hätte sich am liebsten in Luft aufgelöst.

»Ich habe alles darangesetzt, aber ich kann es zum Teufel noch mal nicht beweisen. Trotzdem bin ich mir sicher: Du hast Mieder und Strümpfe, Unterröcke und Bänder geklaut. Es fehlen mehrere Sachen, und mein Gefühl täuscht mich nie.«

Louise wollte zu einer Verteidigung ansetzen, wusste jedoch, dass es zwecklos war. Die Vorsteherin packte sie am Arm und schleifte sie unter lautem Fluchen in den Hinterhof. Louise stolperte ihr hinterher.

»Aber …« Mehr brachte Louise nicht heraus. Ihre Stimme zitterte. Tränen stiegen ihr in die Augen, sie wischte sie rasch weg.

»Erspar uns das Theater und mach, dass du fortkommst, Kind! Hurtig, bevor ich mich vergesse. Deine Maman hat so eine undankbare Tochter nicht verdient. Wir alle haben das nicht verdient. Auf uns und unsere Ehrbarkeit fällt dein Verhalten zurück.«

Louise wandte sich ruckartig um und verließ den Hof. Mit großen Schritten stapfte sie am Brunnen und zwei Spatzen vorbei, die sich um einen fetten Brotkrumen zankten. Sie stieben auf, als sie sie hinter sich ließ.

»Das ist also dein Dank?« Sie hörte die Vorsteherin hinter sich her brüllen. »Du willst dich nicht mal entschuldigen und aufrichtig bereuen? Sei froh, wenn ich dich nicht anzeige!«

Louise ging weiter, bis zum Tor und durch es hindurch in die Freiheit. Sie drehte sich nicht wieder zu Betty um. Minette lag auf dem kleinen Mauervorsprung in der Sonne und hob das Köpfchen, als Louise vorbeieilte. Ihr Herz pochte wild gegen die Brust, mehr vor Aufregung als vor Scham. Warum sollte Louise sich vor Betty schämen? Weil die Vorsteherin recht hatte? Louise hatte Francines Wäsche nur geliehen, nicht gestohlen. Sie war nur noch nicht dazu gekommen, sie zurückzugeben. Und es war einfach ungerecht, sie für etwas zu beschuldigen, ohne Beweise dafür zu haben. Doch während sie noch wütend darüber war, dass Betty mal wieder einen Grund gesucht hatte, um ihre schlechte Laune an ihr auszulassen, wurde ihr eines schlagartig klar: Sie gehörte nicht länger nach Clichy und zu den Waschweibern. Mit einem Mal wusste sie, dass dies der endgültige Abschied war. Nie wieder würde sie sich Bettys Willkür und Mamans Strenge aussetzen.

Louise musste in die Wohnung und die wenige Kleidung holen, die ihr gehörte, sowie das Bündel Scheine, das sie zwischen ihren Strümpfen versteckt hatte. Ihre Füße trugen sie den ganzen Weg nach Hause, obwohl sie ganz weiche Knie hatte und das Geklapper der Pferdewagen, das Gemurmel der Passanten, ja selbst das helle Lachen der Kinder, die auf den Straßen und am Wegrand spielten, nur gedämpft zu ihr drangen. Sie kreuzte den Eingang zum Park und ließ ihn hinter sich. Ihr blieb keine Zeit, eine Pause einzulegen und nachzusinnen, denn sie durfte der Angst, die unter der Scham und der Wut lauerte, nicht nachgeben. Wenn sie nur schneller liefe, weg vom grauen Einerlei, würde sich die Angst vielleicht auflösen.

Auguste, Adolphe und Paul hatten es wieder und wieder laut vor ihr bezeugt. »Du gehörst nicht nach Clichy, Louise. Du bist wie gemacht für das Künstlerviertel Montmartre.« Ihre Schwester hatte sie beinahe angefleht, das Leben in Clichy endlich hinter sich zu lassen. »Du kannst ganz groß werden, Louise, du musst dich nur trauen.« Und sogar der Theaterdirektor, der sie noch nicht lange kannte, stimmte Vic zu, wenn er Louise im Vorübergehen bei den Proben den Hintern tätschelte oder lachend hineinkniff.

»Du bist keine Wäscherin, Louise Weber«, flüsterte sie sich nun selbst zu. »Du fühlst, was Maman nicht fühlen kann oder nicht fühlen will. In dir ist Leben.«

Wolken zogen auf, es wurde windiger. Louise beschleunigte ihre

Schritte. Hoffentlich war Maman nicht zu Hause, sodass sie unbemerkt verschwinden konnte. Sie hatte nicht vor, ihrer Mutter Sorgen zu bereiten, das war das Letzte, was sie wollte. Sie würde einfach eine Weile ein anderes Leben führen, und wenn sie genug Geld verdient hätte, würde sie zurückkommen und Maman eine bessere Existenz bieten.

Sie hörte Mamans Stimme schon beim Eintreten. Wegen ihrer Schluchzer verstand Louise nicht, was sie sagte und mit wem sie sprach. Sie schlich näher, so gut sie das mit den quietschenden Dielen unter ihren Sohlen vermochte.

»Madame, so beruhigen Sie sich doch!«

Die gleiche Stimmfarbe und das gleiche wiegende Vibrato wie sonntags in der Kirche.

»Sicher lässt sich alles aufklären. Ihre Tochter hat es ohne Vater nicht leicht gehabt. Sie wird die Beichte ablegen und Reue zeigen. Die Dinge werden sich zum Guten wenden, Sie werden sehen.«

Louise presste sich gegen die Flurwand und spähte ins Zimmer. Maman hatte Kaffee gekocht und tischte Kekse dazu auf. Woher nahm sie das Geld für solchen Luxus? Sie schenkte dem Pfarrer nach. Er griff nach einem Zuckerkringel, Krümel blieben in seinem Bart hängen. Laut schmatzend kaute er und rieb sich den Bauch. »Eine ehrbare Frau wie Sie hat auch eine ehrbare Tochter.« Noch während er den Satz zu Ende sprach, entdeckte er Louise in ihrem Versteck. Er stand auf, kam auf sie zu und reichte ihr formvollendet die Hand. Sie rührte sich nicht vom Fleck. »Sie schämen sich, Louise, habe ich recht? Sie wollen Ihre Sünde abstreifen und hinter sich lassen, nicht wahr?«

Louise machte einen Schritt an ihm vorbei und trat ins Zimmer. »Ihr Herrgott hat Ihnen ja alles schon zugeflüstert. Dann wissen Sie es ja. Ich habe nichts zu beichten.«

»Wer Schuld auf sich geladen hat, Louise, dem wird vergeben werden.«

Galt das auch für Rémi? Würde ihm auch vergeben werden?

»Sie müssen vor der Hochzeit beichten, am besten gleich jetzt; also nach dem herrlichen Kaffee und den Keksen.«

»Ich werde nicht heiraten.«

Mit geweiteten Augen starrte Maman Louise an und schüttelte langsam den Kopf.

»Der Kutscher ist ein Ungeheuer. Ich heirate kein Ungeheuer.« Sie quetschte sich an dem Stuhl vorbei, auf dem der Pfarrer sich wieder niedergelassen hatte, fischte unter dem Bett nach ihrem Koffer und stopfte Unterwäsche, Strümpfe und Kleidung hinein. Dann bückte sie sich noch einmal und kramte im Innenfutter nach dem Geldbündel. Einen Augenblick lang glaubte sie, es wäre fort und Maman hätte es für die Versorgung des Pfaffen ausgegeben, aber dann spürte sie die Scheine zwischen ihren Fingern knistern. »Wir brauchen den Kutscher nicht, Maman.« Wenn Louise von einer Sache überzeugt war, dann davon. »Rémi ist nicht wie Papa, du musst mir glauben. Er hat nicht um Erlaubnis gefragt und mich dennoch geküsst.« Der Pfarrer schmunzelte dümmlich und biss in den Zuckerkringel. Louise starrte den Kirchenmann an. »Er hat mich hinter einen Busch gezerrt und sich auf mich geworfen. Er ist ein Monster, kein ehrenhafter Mann.«

»Sei doch still vor dem Herrn Pfarrer, Louise!«

Der Pfarrer schluckte. Sein Kehlkopf trat hervor. »Ich fasse mal zusammen, Kind. Sie haben Ihren Verlobten verführt und er will sie dennoch ehelichen. Wohlanständig, der Kutscher. Ein wahrer Edelmann.« Der Pfaffe stürzte den Inhalt seiner Kaffeetasse hinunter, nickte Maman zu und gab ihr zu verstehen, dass sie noch einmal nachschenken möge. Auch das leere Sahnekännchen hielt er ihr hin. »Madame, ich hoffe, ich bin nicht zu dreist …«

»Sicher nicht, Herr Pfarrer. Sie haben so recht und sind so verständig mit meiner Louise. Ich bitte Sie, könnte dieses unerfreuliche Gespräch unter uns bleiben?«

Der Pfarrer tätschelte Mamans Hand. »Ihnen zuliebe, Madame.« Er wandte sich an Louise. »Sie beichten am Sonntag um elf Uhr, mein Kind. In der Woche darauf darf dann die Hochzeit stattfinden.« Bevor cr sich erhob, kippte er die dritte oder vierte Tasse Kaffee hinunter, nahm sich noch einen Zuckerkringel vom Teller und stand schnaufend vom Stuhl auf.

»Vic und ich haben eine Anstellung. Wir werden dich aufnehmen, Maman, und für dich sorgen«, sagte Louise.

Maman zischte etwas Unverständliches in ihre Richtung und geleitete den Pfarrer hinaus.

»Vic vergibt dir!«, schrie sie ihr hinterher, sodass auch der Pfaffe ihre Worte hören musste. »Wir könnten bei ihr wohnen, bis wir etwas Besseres gefunden haben. Du brauchst auch nicht mehr arbeiten.«

Die Tür fiel ins Schloss und Maman schlurfte zurück ins Zimmer. Leiser wiederholte Louise ihre Worte. Etwas Flehendes lag darin. »Wir werden dich aufnehmen und für dich sorgen, Maman.«

Da schlug Maman zu. Mit der Wucht ihrer Rückhand schlug sie ihr ins Gesicht. Sie trug Papas Ehering mit dem scharfen Stein. »Du machst, was der Herr Pfarrer sagt, oder ich habe keine Tochter mehr.«

Louises Wange schmerzte. Der Abdruck des Steins musste auf ihrer Haut zu sehen sein. Er brannte anders als die heiße Scham oder der vermaledeite Wunsch, von Maman geliebt zu werden.

»Betty kündigt mir und wirft uns aus der Wohnung, wenn du hierbleibst und die Heirat ausschlägst.« Maman flüsterte wie zu sich selbst. Ihre Mutter hatte Louise das Leben geschenkt und sie und Vic durchgefüttert, hatte sich nie darüber beschwert. Dass Louise nicht aufbegehrte, so wie auch sie sich stets in ihre Rolle gefügt und ihrem Schicksal ergeben hatte, verlangte sie selbstverständlich. »Ich bin eine ehrbare Frau, Louise. Ich habe anständig und aufrichtig gelebt und mich nie gehen lassen. Ich würde eher sterben, als meinen Töchtern dabei zuzusehen, wie sie sich Tod und Teufel verschreiben.«

Wie stolz Maman gewesen war, als Louise ihr zugesichert hatte, Rémi ihr Ja-Wort zu geben. Louise tat es unsagbar leid, ihre Mutter enttäuschen zu müssen, aber es ging nicht anders, der Preis war zu hoch. Sie griff nach ihrer Tasche und steckte das Bündel Geld zwischen ihre Strumpfhalter. Um Haltung bemüht, kämpfte sie gegen die aufsteigenden Tränen an. »Danke, Maman, für alles. Sosehr ich mich auch anstrenge, ich würde nicht genügen, ich wäre nie, was du dir wünschst.«

Louise drückte Maman rasch einen Kuss auf die Wange, murmelte

Leb wohl und drehte sich zum Gehen um. Als die Tür ins Schloss fiel, kamen die Tränen. Sie wischte sie nicht fort. Mit dem Koffer in der Hand stürmte sie aus dem Haus in Richtung der großen Straße, so lange, bis sie hinter dem Tränenschleier eine Kutsche ausmachen konnte. Louise hielt sie an und stieg ein. »Zum *Bal Élysée*, bitte.«

* * * * *

Bis zu Vics Vorstellung blieben ihr noch gut zwei Stunden Zeit. Sie wollte ihre Schwester nicht im Vorfeld mit der Bitte, sie bei sich aufzunehmen, überfallen. Gleich neben dem Theater lag in einer Seitengasse Agostines Bistro. Adolphe hatte sie bei einem ihrer nächtlichen Ausflüge auf die unscheinbar wirkende Kaschemme aufmerksam gemacht. »Wenn du einmal nicht mehr weißt, wohin mit dir, dann leiht dir Agostine ihr großes Herz und ihr aufmerksames Ohr.« Sie hielt auf das Bistro zu. Es war die Zeit der Übergänge. An den Mittagen wärmte die Sonne noch. Sie hatte Louise vorgegaukelt, dass es so schlimm schon nicht kommen könne, doch als der Abend zur Nacht wurde, legte sich auf ihre Seele eine Vorahnung auf den nahenden Winter – und spätestens dann bräuchte sie einen Unterschlupf. Was sie vorhin gegenüber Maman so frank und frei behauptet hatte, nämlich dass Vic sie aufnehmen und für sie sorgen würde, war mehr Hoffnung als Gewissheit.

Die Glöckchen über der Tür bimmelten hell, als Louise in Agostines Bistro eintrat. Es dauerte eine Weile, bis sich ihre Augen an das Dämmerlicht gewöhnt hatten. Draußen stand noch ein letzter glühender Rest Abendsonne am Himmel, bis hier hinein reichte das Abschiedslicht des Tages aber nicht aus. Ein paar Kerzen flackerten wild auf den Holztischen. Niemand nahm Notiz von Louise. Rechts von ihr spielten in einer abgeschiedenen Ecke zwei Männer Karten. Leere Schnapsgläser stapelten sich vor ihnen. Gleich neben dem Eingang lehnte eine Frau mit einem abgewetzten blauen Stoffhut den Kopf an einen glatzköpfigen Herrn. Er schien zu schlafen, vielleicht träumte er bessere Tage für sich und seine Begleiterin herbei? Zu deren Füßen döste ein weißer Spitz und schnarchte leise. Sein stetes rhythmisches Brummen, die aneinanderstoßenden Gläser, das Zischen des Bierhahns und das Blubbern des Spülwassers hießen Louise auf ihre ganz eigene Art willkommen.

»Biste hier, kommste rin und schließte die Tür.«

Wer hatte da gesprochen? Louise sah niemanden hinter dem Tresen, obwohl die Stimme von dort gekommen war.

»Es wird kalt, Kindchen.«

Louise tat wie geheißen.

Da tauchte auf einmal eine Frau hinter dem Tresen auf, die sie herzlich anlächelte. Sie hatte einen roten Lockenkopf, das Gesicht voller Sommersprossen, eine blaue Hyazinthe im wuscheligen Haar. Das musste Madame Agostine sein, Adolphe hatte sie ihr beschrieben. Louise setzte sich zu ihr an den Tresen und orderte einen Humpen Bier.

»Bier für die Dame von Welt«, sagte Agostine. »Kommt sofort.«

»Danke«, murmelte Louise.

»Dich hab ich hier noch nie gesehen. Was haste vor?«

Louise schwieg und sah sich um. Das Bistro war noch nicht gut gefüllt. An den Wänden hingen Kunstwerke, die signiert waren. Die Bildmotive, in verschiedenen Größen, Formen und Stilen, zeigten das Bistro, Agostine und ihre Gäste, aber auch Ansichten von Paris, Tänzerinnen, die ihre Röcke schwangen und die Abgehängten der Gesellschaft: Schnapsdrosseln, leichte Mädchen, Straßenkinder. Das ganze Elend, aber auch der Glanz des Montmartres strömte aus diesen Pinselstrichen. Die Gemälde hingen wild und für Louises Gefühl gänzlich ungeordnet durcheinander. Auf einem der kleinen Bilder, in goldenem Rahmen, regnete es. Über die Seine spannte sich dort eine menschenleere Brücke. Louises Blick blieb an der Miniatur hängen.

»Sind schön, oder? Wenn meine Stammgäste mal wieder nicht zahlen können, tausche ich auch mal ein paar Schnäpse oder Bier gegen eines ihrer Kunstwerke. Vorausgesetzt, mir gefällt, was sie malen. Gibt aber kein Anrecht drauf. Dass de das also nicht rumerzählst, hörste?«

Louise nickte.

»Magste erzählen? Agostine kannste dich anvertrauen, Kleines.«

»Selber Kleines«, sagte Louise. Sie deutete auf den Hocker, auf dem Agostine stand, um den Überblick über das Bistro zu behalten.

Sie lachte. »Hast ja recht. Ich bin klein, aber nicht weniger stark als die Großen. Und du? Wer bist du und was führt dich hierher?«

»Ich habe soeben mein altes Leben hinter mir gelassen.«

Agostine zog eine Augenbraue hoch. Sie sagte nichts. In ihrem Blick schien etwas Spöttisches zu liegen, das gleich darauf wieder verschwand, als sie sah, dass Louise weinte.

Sie hatte die Tränen nicht mehr zurückhalten können. Nun legte sie den Kopf auf dem hölzernen Tresen ab und schluchzte hemmungslos in ihre Armbeuge. Agostine griff schweigend nach Louises Hand und streichelte sie. Auch als Louises Tränen nach einer Weile langsam versiegten, nur noch das Nachbeben ihren Körper erschütterte und sie vorsichtig den Kopf hob, sagte Agostine noch immer nichts. Sie drückte Louises Hand noch einmal, dann ließ sie sie los. Unter dem Tresen musste sie einen Vorrat an Stofftaschentüchern gestapelt haben. Sie griff nach einem und reichte es Louise. Lautstark schnäuzte sie sich.

»Wohl bekomm's«, sagte Agostine und stellte das Bier vor sie hin. Louise setzte den Humpen an die Lippen und leerte die Hälfte in einem einzigen Zug.

»Ich hab das im Gefühl, wir beide werden noch Freunde.« Agostine lächelte und Louise wurde warm ums Herz. Wie eine Verdurstende erzählte sie Agostine ohne Punkt und Komma, was sie in den letzten Wochen erlebt hatte und was ihr zugestoßen war: von der ersten Begegnung mit Auguste und Belle, vom Wiedersehen mit ihrer Schwester, von Adolphe und dem *Élysée*, von ihrem Unterricht bei Grille d'Égout und ihrem baldigen ersten Auftritt, zu dem sie Agostine spontan einlud. Sie sprach von Rémi und seinem Übergriff in Fontainbleau, berichtete von der gemeinen Betty, der eifersüchtigen Belle und ihrer Freundin Lily. Sie schwärmte von dem Freiluftzirkus ihres Schwagers und ihrer jüngsten Begegnung mit Artemis, der Gepardendame. Zuletzt gestand sie Agostine, dass sie Maman zurückgelassen hatte, dass ihr nichts anderes übrig geblieben war. Dabei geriet Louise ins Stocken, fand die Worte nicht, die das ausdrückten, was sie fühlte. Bei all dem Denken und gleichzeitigen Sprechen musste Louise schließlich doch Luft holen. Darüber versiegte die sprudelnde Quelle ihres Erzählflusses. Sie fühlte sich gleichermaßen ermattet wie erleichtert.

»Jetzt habe ich tatsächlich gebeichtet, aber nicht dem ollen Pfaffen, sondern dir, Agostine.«

»Da biste nicht die Einzige.« Ihr Lachen klang warm. Es galt all den Gescheiterten und Suchenden, die sich in ihrem kleinen Bistro versammelten.

»Schau mal dort, Louise, da hinten in der Ecke neben dem Fenster, das ist Toulouse-Lautrec. Ich glaube, er malt dich.«

»Er tut *was*?« Louise stemmte die Hände in die Hüften und rutschte vom Barhocker. Sie schwankte ein wenig von dem Bier auf leeren Magen. Agostine folgte ihr, ein mit Rotwein randvolles Glas in der Hand.

»Was malen Sie da?«

Der Mann hob den Blick von seinem Skizzenblock und zog den Hut zum Gruß. Seine Wangen waren rot vom Alkohol und der Wärme in der Bar. Für einen ausgewachsenen Mann war er ungewöhnlich klein, er wirkte eher wie ein gealtertes Kind, obwohl er nicht viel älter als zwanzig sein konnte, denn sein Gesicht wies keinerlei Falten auf. Seine Augen glitten an Louises Gestalt entlang, als erfreue er sich daran, sein Modell so nah zu Gesicht zu bekommen. Agostine stellte das Weinglas auf dem Bistrotischchen vor dem Mann ab und lächelte ihm zu.

»Setzen Sie sich doch zu mir«, sagte er zu Louise gewandt. »Und du natürlich auch, Agostine. Vielleicht bringst du uns noch zwei Gläser Merlot? Für die Dame und für dich, meine ich.«

»Glauben Sie, dass ich mit einem mir völlig fremden Mann trinken werde?«

Er lachte schallend und zuckte mit den Achseln. »Niemand zwingt

Sie. Ich dachte, Sie hätten ein Anliegen. Schließlich sind Sie an meinen Tisch gekommen.«

Agostine verschwand, wohl um die gewünschten Getränke zu holen, und Louise ließ sich, zur Erheiterung des Künstlers, auf die Bank neben ihm nieder und lugte auf seine Zeichnung. Schön fand sie nicht, was sie da sah: schmale Lippen, ordinäre blonde Locken, die rötlich schimmerten, ein volles Gesicht. Dazu kleine blaue Augen, die hinter Schlupflidern skeptisch in die Welt schauten.

»Habe ich Sie gut getroffen?«

»Das soll ich sein? Dass ich nicht lache!«

Agostine kam mit zwei leeren Weingläsern und einer Flasche Merlot zurück. Sie goss Louise und sich zuerst ein und füllte dann das Glas des Malers auf.

»Ist das in deinem Etablissement so üblich, ungefragt gemalt zu werden, Agostine? Das da auf dem Bild, das bin nicht ich! Da sehe ich aus wie ein Trauerkloß, der zu viel Schminke aufgetragen hat.«

Agostine lachte nur und ging zurück Richtung Tresen, um einen Gast zu bedienen, der soeben hereingekommen war.

Louise beugte sich zu dem Künstler herüber, griff nach seinem Skizzenblock, riss das oberste Blatt vom Bogen ab, zerknüllte es und warf es ihm vor die Füße. Wer in so einem edlen Anzug, wie er ihn trug, und mit Zylinder eine Bar wie diese besuchte, kam bestimmt aus besserem Haus! Der machte sich nur lustig über sie. Es war eine Unverschämtheit, dass er sie ungefragt porträtierte. Womöglich würde er die Bilder anschließend auch noch zum Verkauf anbieten.

»Kunst soll das Gemüt wärmen, hören Sie? Sie soll verzaubern. Was Sie da tun, weiß ich nicht, jedenfalls nicht verzaubern.«

»Sie finden sich nicht schön? Bevorzugen Sie immer die Fassade?«

Louise erhob sich und leerte das Weinglas im Stehen. Sie holte einmal tief Luft, bevor sie sagte: »Ich weiß gar nicht, von was Sie da sprechen, werter Herr. Jedenfalls bin ich die *Goulue*, und eine *Goulue* ist stets vom Glück geküsst, in welche Umstände sie auch immer geraten mag. Und wer sind Sie?«

Der junge Mann erhob sich ebenfalls. Alles an ihm war seltsam.

Die nach vorne gewölbten Unterlippen, die wie bei einem Fisch aus seinem Gesicht hervorstachen, seine in die Höhlen zurückgezogenen großen Augen, die doch staunend die Umgebung aufsaugten, seine fleischige Nase, seine hohe Stirn. Der Mann war ganz und gar nicht schön, und er reichte Louise gerade mal bis zu den Schultern.

»Ich bin Henri de Toulouse-Lautrec. Aber nennen Sie mich bitte nur Henri. Es tut mir aufrichtig leid, sollte ich Ihre Gefühle verletzt und Sie gekränkt haben. Sie haben schon beim Eintreten meine Aufmerksamkeit gebannt, Mademoiselle. Nur deshalb habe ich Sie gemalt.«

Er musste bemerkt haben, dass sie ihn musterte.

»Sagen Sie nichts, ich sehe ja, wie Ihre unbeantworteten Fragen Sie quälen. Mein Kleinwuchs beruht auf einer erhöhten Brüchigkeit meiner Knochen. Die zumindest sind sensibler und empfindsamer, als ich es zu sein scheine. Nochmals, ich bitte aufrichtig um Entschuldigung. Nichts liegt mir ferner, als eine Dame, noch dazu eine Erscheinung wie Sie, zu brüskieren.«

Louise hatte mit Verteidigung oder gar Wut gerechnet, ganz sicher aber nicht mit einer formvollendeten Entschuldigung, die noch dazu gänzlich außer Acht ließ, dass sie soeben sein Kunstwerk zerstört hatte. Sie schwankte ein bisschen, das schnelle Trinken war ihr zu Kopf gestiegen. Beinahe bedauerte sie, dass sie den Mann so angegangen war. Sie sah auf die leise vorwärtstickenden Zeiger der Wanduhr. Kurz vor halb sieben! Sie musste sich eilen, wenn sie rechtzeitig im *Élysée* sein wollte.

»Schwamm drüber«, murmelte sie, winkte Agostine zu und machte sich auf, hinaus in die frische Nachtluft und hinüber zu Vic. In wenigen Minuten würde die Vorstellung beginnen.

* * * * *

Unbekannte Verehrer ihrer Schwester und ein paar Theaterleute und Künstler, die Louise vom Sehen kannte, drängten in Vics Garderobe. Louise schob sich an der Schlange vorbei. Hinter ihr beschwerte sich ein Mann mit einem riesigen Blumenstrauß im Arm lautstark über ihr Benehmen. Ihre Schwester stand, von einer Menschentraube umringt, am anderen Ende der schlauchförmigen Garderobe, am gekippten Souterrainfenster. Draußen liefen Passanten vorbei. Louise sah die ornamentgeschmückten Schnürstiefel der Damen, sicher klapperten ihre Absätze auf dem Straßenbelag, was in der hiesigen Geräuschkulisse aber nicht zu hören war. Die Herren vor dem Fenster schritten größer aus, dabei aber langsamer, um ihren Begleiterinnen nur ja nicht vorauszueilen. Auch von ihnen bekam Louise nicht mehr zu Gesicht als edle Gamaschen, Lackschuhe und Reitstiefel.

Auf Vics Schminktischchen und dem Garderobenboden schmiegten sich bauchige und hohe Vasen voller weiß-roter Bukavurosen, den Lieblingsblumen ihrer Schwester, aneinander. Louise schnäuzte sich und stellte den Koffer neben sich ab. Vic winkte ihr, über die Köpfe der Besucher hinweg, zu. Eine Unbekannte drückte ihr ein Glas mit perlender Flüssigkeit in die Hand, stieß mit ihr an und verschwand dann wieder. Louise trank gegen ihren Hunger an, ihr Magen grummelte, Häppchen gab es keine.

Sie würde auf eine bessere Gelegenheit warten müssen und bis dahin in der Menge mitschaukeln, die lachte und grölte, fabulierte und frohlockte und sich um ihre Schwester scharte. Louise hätte in die Unterhaltung einsteigen, mit irgendwem anbändeln können, bestimmt erwartete man das von ihr als künftiger Tänzerin des Hauses. Aber eine ungewohnte Schwere hatte sich auf sie gelegt, die es ihr unmöglich machte, sich den Feiernden anzuschließen. Sie wollte Vic endlich von Maman erzählen und davon, was geschehen war, aber die war anderweitig beschäftigt. Louises Augen brannten. Sehnsüchtig wanderte ihr Blick zu dem Sofa in der Ecke, nur ein kurzes Nickerchen im Sitzen, das würde keinem auffallen. Sie wand sich durch die Menge und ließ sich auf dem Sofa neben einem Händchen haltenden Paar nieder. Das schaute irritiert auf, als sie sich ungefragt zu ihnen setzte und den Koffer vor sich abstellte, aber schon bald darauf widmeten sich die beiden wieder ganz sich selbst. Louise konnte endlich die Augen schließen. Das Feiergemurmel geriet zum Hintergrundrauschen und die Worte gelangten nur noch aus weiter Ferne an ihr Ohr. Niemand beachtete sie, auch dann nicht, als sie den Kopf auf die Kissen sinken ließ, die Beine an den Körper zog und sich zu einem kurzen Nickerchen zusammenrollte. Das Pärchen neben ihr gab gurrende Geräusche von sich, zwei Turteltauben im Kuss, dann glitt sie hinüber in einen traumlosen Schlaf.

* * * * *

Grelles Sonnenlicht weckte sie. Vic hatte die Vorhänge aufgezogen und rüttelte sanft an ihrem Oberarm. »Aufwachen, du Schlafmütze! Wir müssen arbeiten.«

Louise schlug die Augen auf. Sie hielt sich die Hand vor den Mund, gähnte und streckte die Arme in die Höhe. »Ist es schon Morgen?«

»Es ist halb zehn. Hast mich gestern ganz allein feiern lassen, Schwesterherz. Was war denn nur los mit dir?«

Louise blinzelte gegen das noch immer grelle Sonnenlicht an, kratzte sich am Kopf und fuhr sich mit den Fingern durch das ungekämmte und an einigen Stellen verknotete Haar. »Hast du eine Bürste? Ich kann so unmöglich proben!«

Vic nahm eine Bürste vom Schminktischchen und setzte sich neben sie aufs Sofa. »Darf ich?«, fragte sie. »Ich kämme dich, wenn du mich lässt. Weißt du noch, wie wir das früher gemacht haben?«

Louise erinnerte sich genau. Wenn es Streit zwischen den Eltern gegeben hatte oder sie krank gewesen war. Wenn sie den Teller leer essen musste, obwohl sie den Kohl, der so säuerlich im Hals brannte, verabscheute. Wenn ihr die Tränen liefen, weil sie Bissen für Bissen der Widerwärtigkeit hinunterwürgen musste, und andererseits nie genug bekam von den Zauberdingen wie Limonade, Karamellbonbons und Sahnekuchen. Wenn sie nicht mehr ein noch aus wusste, und auch Papa sie nicht beruhigen konnte, rief sie unter Tränen nach ihrer Schwester. Immer war Vic da. Und immer hatte sie ihr beruhigend das Haar gekämmt.

Vic nahm eine Strähne in die Hand, setzte die weiche Bürste an Louises Scheitel an und strich behutsam durch ihr Haar.

»Maman hat ...«, begann Louise, wurde aber harsch von Vic unterbrochen.

»Das ist meine einzige Bedingung: Wir sprechen nicht über unsere Mutter.«

Louise griff nach der Bürste, die Vic noch immer in der Hand hielt, und kämmte sich allein weiter. »Das, was ich dir sagen will, ist aber wichtig. Hör mir bitte kurz zu, und dann reden wir nie wieder über Maman, versprochen.«

Widerwillig nickte Vic und wartete, dass Louise weitersprach.

»Maman hat mich gestern rausgeworfen, Vic, für immer. Ich kann nicht zurück nach Clichy.« Louise fröstelte. Sie stand auf und schnappte sich Vics Morgenmantel, der auf dem Fenstersims lag. »Ich darf doch?«

Wieder nickte Vic. Als Louise sich abermals zu ihr aufs Sofa setzte, nahm sie sie in den Arm und strich ihr über den Rücken.

»Ich weiß nicht, wo ich schlafen soll«, flüsterte Louise an Vics Ohr. »Kann ich erst mal bei dir unterkommen?« Louise biss sich auf die Lippen. Sie befreite sich aus der Umarmung ihrer Schwester und zeigte auf den Koffer, der vor dem Sofa stand, an derselben Stelle, wo sie ihn gestern Abend abgestellt hatte. Vic nestelte an einem losen Faden ihres Kleides. »Grundsätzlich, ich meine, sicher kannst du das, du bist ja schließlich meine Schwester. Nur im Moment, ich meine, so lange bin ich noch nicht verheiratet, und wir haben ja nur ein Zimmer, und ... du verstehst sicher ...«

»Es wäre nur vorübergehend.«

»Ja, nur vorübergehend, natürlich. Aber, also, es ist so, Louise, es stapeln sich in unserer kleinen Mansarde die Kisten und wir haben nur ein Bett. Es ist wirklich sehr eng.« Vic fasste sie an der Schulter und streichelte ihre Wange.

Louise zitterte. Doch sie fröstelte nicht nur wegen der Kälte hier unten. Ihre Schwester wollte allein sein mit ihrem Mann. Sie konnten sie nicht in ihrer Wohnung gebrauchen. Vic würde sie also nicht auffangen, wie sie es immer getan hatte. Vic hatte alles hinter sich gelassen, auch ihre Schwester. Zumindest, wenn die ihre Freiheit einschränkte – und sei es auch nur für ein paar Tage.

»Du schaust so düster drein, Schwesterherz. Mach dir keine Sorgen. Wir Theaterleute sind eine große Wahlfamilie. Zur Not klaue ich den Schlüssel zum *Élysée* und du übernachtest in meiner Garderobe. Eine ordentliche Decke besorge ich dir noch. Du wirst schon sehen, der Zusammenhalt hier ist groß. Und ein paar hübsche Liebhaber finden sich auch immer.«

Louise stöhnte. »Von Männern hab ich genug. So wie du von Maman. Also lass uns nicht weiter über das Thema sprechen.«

Ihre Schwester runzelte die Stirn, entgegnete aber nichts darauf. »Komm, jetzt blas nicht länger Trübsal und zieh dich um! Wir müssen proben. Die d'Égout hat heute keine Zeit, du Glückspilz, ich darf sie vertreten. Der Direktor will um Punkt zwei das Ergebnis unserer Arbeit sehen. Immerhin geht es auf die Premiere zu.«

Vic hielt Louise einen Becher herrlich duftenden Kaffees hin und wedelte mit einem Croissant vor ihrer Nase. Das war genau, was Louise brauchte. Den lauwarmen Kaffee stürzte sie in wenigen Zügen die Kehle hinunter. Das Croissant verschlang sie so hastig, dass bald auf dem Boden vor ihr lauter abgeblätterte Stückchen herumlagen.

»Entschuldige, ich fege das später weg.«

Vic zwickte sie sacht in die Seite. »Deinem Bühnennamen machst du jedenfalls schon alle Ehre, meine kleine große *Goulue*.«

Kapitel 10

Auch im Theater folgten die Tage einer Struktur, nur dass die mit Louises altem Leben nichts gemein hatte. Vic schälte sich selten vor zehn Uhr am Vormittag aus dem Bett und tauchte vor elf nie im *Élysée* auf. Mit Grille d'Égout probte Louise täglich und manchmal zusätzlich noch mit Vic. An diesen Tagen huschte sie in der Pause mit ihrer Schwester über die Straße zu Agostine und oft aßen sie dort zu Mittag. Am Nachmittag probten sie gemeinsam bis in die frühen Abendstunden, und Louise schaute sich von Vic den ein oder anderen Schritt ab, der der d'Égout zu obszön erschien. Abends sah Louise Vic vom Zuschauerraum aus zu oder sie stattete Paul in seinem Atelier einen Besuch ab, um sich fotografieren zu lassen. Das Geschäft mit ihren freizügigen Bildern lief gut und sie hatte sich inzwischen an das Nacktsein gewöhnt und fand es kein bisschen ungehörig. Im Gegenteil, sie genoss es, ihren Körper zu zeigen und sich in Pauls Bewunderung zu sonnen. Er hielt sie für ein Naturtalent und hörte nicht auf, sie als seine Muse zu bezeichnen.

Neben all diesen Dingen, die beinahe zur Routine geworden waren, spielte sich das wahre Leben im Montmarte aber erst nach Sonnenuntergang ab. Die Nächte waren lang, Vergnügen und Arbeit kaum zu trennen. Nur wer sich sehen ließ, gehörte dazu, und nur wer dazugehörte, kam an Aufträge, sei es auf der Bühne oder in den Ateliers. Trotz der Einnahmen, die Louise über den Verkauf ihrer Fotos erzielte, reichte ihr Geld häufig gerade so bis zum Monatsende. Von Agostine erfuhr sie, dass auf dem Blumenmarkt an der Rue de la Goutte d'Or eine Verkäuferin gesucht wurde. Sie fuhr noch am selben Nachmittag dorthin und stellte sich vor. Agostines Empfehlung wirkte. Unter beinahe zwanzig anderen Bewerberinnen bekam sie die Stelle. Auch wenn Grille d'Égout moserte, dass die Vormittagsstunden für die gemeinsamen Proben dann wegfallen würden, setzte Louise sich durch. Sie hatte niemanden an ihrer Seite, keinen Dichter wie die d'Égout ihren Rochefort, der ihr eine Wohnung mietete und etwas zu essen kaufte. Louise musste selbst für sich sorgen. Fortan würden sie eben am späten Nachmittag üben müssen. Grille d'Égout gab schließlich nach, sie schien etwas in ihr entdeckt zu haben und sprach gelegentlich sogar davon, mit ihr gemeinsam auftreten zu wollen.

Louises Arbeitstag begann früh am Morgen. Bei Agostine bekam sie stets einen Kaffee mit viel Milch und Zucker und ein Croissant. Agostine behauptete, dieser Lautrec übernähme die Kosten dafür, der Vorfall mit dem Bild würde ihm leidtun, und er bemühe sich, Louises Züge künftig besser zu treffen. Seitdem lächelte Louise dem Maler zu, wenn sie ihn sah. Auf dem Blumenmarkt ging es meist hektisch her. Im Akkord musste Louise Sträuße aus den letzten Rosen vor dem Herbsteinbruch binden. Deren Dornen stachen ihr in die Finger, und sie fluchte oft laut vor Schmerz. Just in einem solchen Moment, sie hatte sich mal wieder an einer besonders spitzen Dorne gepikst, vernahm sie eine leider nur allzu vertraute Stimme. »Na, da hat es die Mademoiselle ja weit gebracht, von der Wäscherin zur Blumenverkäuferin, hört, hört!«

Louise hob den Kopf und erkannte ihre ehemalige Vorsteherin. Deren Gesichtszüge hatten sich seit ihrem letzten Treffen noch verhärtet. Verächtlich schüttelte Betty den Kopf und drückte die breite Krempe ihres Hutes herunter, wohl um im Gegenlicht der frühen Sonne ihre Umgebung besser ausmachen zu können. »Und viel geschickter als in der Wäscherei stellst du dich beim Blumenbinden auch nicht an.« Sie deutete auf Louises blutenden Finger. »Nun still endlich die Blutung, du ruinierst sonst noch die prachtvollen Blumen.«

Louise hatte nichts bei sich, um die paar lächerlichen Tropfen Blut aufzufangen, also nahm sie ihren Finger in den Mund.

»Was sollen bloß die Kunden von dir denken?« Betty schnalzte mit der Zunge. Einige Passanten waren stehen geblieben und sahen dem Schauspiel, das sich ihnen bot, aus einiger Entfernung zu.

Neben Louise war nun ihr Chef aufgetaucht, ein muskulöser Mann mittleren Alters, der tagein, tagaus grobschlächtiges Schuhwerk und strapazierfähige Hosen trug, mit einem Bäuchlein ausgestattet, das ihn durch die Welt schaukelte, und runden kleinen Augen, mit denen er Betty musterte. Er hatte von dem Vorfall wohl Wind bekommen. »Was sollen sie schon denken, Madame?« Er wandte sich an Betty. »Das«, er deutete auf Louise, »ist meine beste Verkäuferin. Ihr mag mal ein kleines Malheur passieren, aber sie hat Charme und Witz, was man, bei allem Respekt, von Ihnen kaum behaupten kann.« Er reichte Louise ein zerknittertes Stofftaschentuch, das er aus seiner Hosentasche friemelte. »Madame müssen bei uns nicht einkaufen, wenn ihr nicht gefällt, wie wir arbeiten.«

Betty stemmte empört die Hände in die Hüften, sah sich dann, nach Zustimmung heischend, um, aber die Passanten, deren Aufmerksamkeit sie zuvor noch auf sich gelenkt hatte, waren bereits weitergezogen. Niemand beachtete sie mehr. Sie stieß hörbar erzürnt Luft durch die Nase, ihr Oberkörper versteifte und ihre Stirn kräuselte sich. Die scharfen Worte aber, die sie sonst immer parat hatte, fehlten ihr offenbar. Mit halb offenem Mund wandte sie sich ruckartig ab, ohne noch einen weiteren Ton von sich zu geben.

* * * * *

Mit Vic sollte Louise bald schon im Doppelpack auftreten. Von *den Wiedervereinten* munkelte man schon jetzt, *dem Duo der Hungrigen mit der Gazelle, den zwei tanzwütigen Schwestern.* Louise hatte es mit eigenen Ohren gehört. Sie waren in aller Munde. Für eine gewisse Bekanntheit in einschlägigen Kreisen sorgte Louise schon dadurch, dass sie während und nach Vics Vorstellungen mit den feinen Herren anbändelte, ihre Champagnergläser leer trank oder von der Lust getrieben, im Mittelpunkt des Geschehens zu stehen, ihren Unterrock ein klein wenig höher schwang als die anderen Frauen, die ganz offiziell im Licht standen. Grille d'Égout verabscheute ihr Verhalten und redete Louise bei jeder Gelegenheit ins Gewissen. »Es geht um die Anerkennung unserer Kunst und unseres Berufszweigs und nicht um zweifelhaften Ruhm«, sagte sie. Louise zuckte mit den Schultern. Sie wollte gesehen werden, auf eine Eintragung in irgendwelchen Geschichtsbüchern, am besten noch post mortem, konnte sie verzichten. Weil ihr Geld noch nicht für Bühnenkostüme reichte, borgte ihr Vic heimlich Wäsche aus dem Kostümfundus. Im Gegensatz zu Grille d'Égout wählte sie ihre Strümpfe so, dass sie an den Oberschenkeln einen kleinen Streifen Haut freilegten. Die d'Égout wetterte darüber, wenn sie solche Unverfrorenheiten, wie sie es nannte, bei anderen Tänzerinnen entdeckte. »Eine Frau zeigt niemandem nackte Haut. Das ist obszön und unter eurer Würde«, sagte sie. Würde war ein Wort, mit dem Louise – zumindest in diesem Zusammenhang – nichts anzufangen wusste. Ihrer Meinung nach besaß jeder Körper eine natürliche Schönheit, und wo Schönheit war, war auch Würde.

Kleine Grenzübertritte nannte Louise ihre nächtlichen Eskapaden, wenn sie Auguste davon berichtete, der an manchen Abenden derart von Belle vereinnahmt wurde, dass sie ihm sogar verbot, mit seinen Freunden umherzuziehen. Louise meinte es so, wenn sie zu Auguste sagte: »Das Leben ist zu kurz, um in der Menge unterzugehen. Wenn der Montmartre sich an mich erinnert, soll ihm der Unterleib vibrieren.« Mittlerweile hatte sie sich ein ganzes Arsenal an Sprüchen und Entgegnungen zugelegt, die bestens funktionierten, wenn jemand glaubte, ihr Vorschriften machen zu wollen. Ein loses Mundwerk schützte sie vor der Vereinnahmung Fremder.

In den meisten Nächten war Louise mit ihren Freunden unterwegs. Mit Adolphe, der sie auf Händen trug und den sie dennoch spüren ließ, dass für mehr als Händchenhalten und ein paar flüchtig getauschter Küsse kein fester Platz in ihrer hart erkämpften Freiheit war. Dann war da Auguste, der sie oft bis vor das *Élysée* begleitete. Die Gespräche mit ihm drehten sich von Kunst über Philosophie bis hin zu echten Herzensangelegenheiten. Einmal nahm sie all ihren Mut zusammen und sprach bei einem nächtlichen Spaziergang über seine unmögliche Liebe zu Belle, ohne jedoch eine befriedigende Antwort darauf zu erhalten, was er an ihr fand. Paul wiederum war nach wie vor verrückt nach Louise, seiner einzigen Muse, wie er sie nannte. Kein Wunder, die Nachfrage nach seinen Fotografien war, seit sie für ihn Modell stand, in die Höhe geschnellt, und die Preise für Louises Akte stiegen weiter an. Was Paul Louise zahlte, reichte, um ihre Ausgaben für eine warme Mahlzeit bei Agostine und das ein oder andere Getränk am Abend zu begleichen. Meist fütterten die Herren, mit denen Louise tanzte und denen sie den Abend versüßte, Vic und sie aber mit Käse, Kanapees und Weintrauben. Wenn sie Glück hatten, luden Louises Verehrer sie zu einem Menü in eines der besseren Lokale am Montmartre ein. Für den Fall, dass sie sich zu viel von ihrer Einladung versprachen, hatte Louise mit Vic ein Zeichen vereinbart. Eine von ihnen gab dann vor, auf die Toilette zu müssen, und die andere ließ den einladenden Herren kurz darauf wissen, sie habe das Gefühl, es ginge der Schwester vielleicht nicht gut, sie sei schon so lange fort, sie wolle nur rasch nach ihr sehen. Diese Ausrede nutzte sie oft, um mit Vic das Weite zu suchen und mit gefüllten Mägen weiterzuziehen; in ein noch unentdecktes Café-concert, ins *Le Chat Noir* oder gleich ins fünfte Arrondissement, ins *Bal Bullier*, um dort das Tanzbein zu schwingen. So auch an jenem Abend.

Louise eilte vorher noch rasch in Vics Garderobe, die mittlerweile ihr nächtliches Zuhause geworden war – so lange zumindest, bis sie genug Geld zusammenhatte, um ein kleines Zimmer anzumieten. Sie warf ihren Mantel ab und legte ein wenig Schminke nach. Sie hatte wieder einmal bei Agostine gesessen und dabei die Zeit vergessen. Wieder war dieser kleinwüchsige Mann zugegen gewesen war, dieser Toulouse-Lautrec, den angeblich auch Auguste zu seinen Freunden zählte. Lautrec malte zwar scheußlich, aber eine gewisse Kraft war seinen Gemälden durchaus zu eigen und sie waren interessant, da eine eigentümliche Traurigkeit in ihnen lag, auch wenn Farbwahl und Motive das Gegenteil erzählten. Louise tauschte ihr Alltagskleid gegen eines, das glitzerte, enger anlag und ihr Dekolleté zur Geltung brachte. So hässlich wie die Damen auf den Gemälden von Lautrec war sie sicher nicht. Ansonsten würde Paul ihre Akte doch nicht derart gut an den Mann bringen. Um die Hüften herum hatte Louise zwar zugelegt, aber die meisten Herren hatten gerne etwas zum Anfassen. Sie trat auf die Straße, nahm die nächste Kutsche ins Quartier Latin und ließ sich unweit des *Bal Bullier* absetzen. Einen Augenblick nur wollte sie für sich allein sein, bevor sie sich wieder von der Musik und den Stimmen berieseln lassen würde. An jenem Abend ging alles seinen gewohnten Gang. Nichts unterschied diese Nacht von den Nächten davor. Nur eine besondere Note lag in der schon kühler werdenden Abendluft. Ein wildwürziger Maroniduft, der über das Viertel zog – wo auch immer der Ende September herkommen mochte. Das Laub der Bäume roch nach dem Regenschauer vorhin angenehm erdig. Der Herbst kam. Auf dem Weg zum *Bal Bullier* stapfte sie absichtlich durch die Pfützen und sprang einmal mitten hinein. Das Wasser spritzte hoch, ein paar Tropfen blieben an ihren Strümpfen hängen. Wie damals als Kind. Sie legte den Kopf in den Nacken und sah hinauf in den bewölkten Himmel, der sich über ihr aufspannte. Alles war möglich, unabhängig von Herkunft oder Geschlecht, es bedurfte nur eines festen Willens, einer ordentlichen Portion Widerständigkeit und einer Kraft, die die Träume einlud, zu verweilen.

Im *Bal Bullier* war Louise als die frechere der beiden Tanz-Schwestern bekannt. Sie hatte sogar munkeln hören, dass man von ihr auch als der Begabteren sprach. Aber Vic würde sie solche Gerüchte lieber nicht auf die Nase binden. Von *La Goulue*, wie man sie nun nannte, erwartete das Publikum Überraschungen: zum Beispiel, dass sie den Herren – oder manchmal auch einer Dame, die es ihr besonders angetan hatte – das Glas leer trank, während sie tanzte. Es erstaunte Louise, dass aus einer Laune binnen weniger Wochen ein nachgerade gefordertes Ritual werden konnte.

Vic erwartete sie bereits im Saal. »Warum brauchst du nur immer so lange? Ich habe mir die Beine in den Bauch gestanden.«

Louise zog ihre Schwester mit sich auf die Tanzfläche und ignorierte ihre Frage. Sie war niemandem Erklärungen schuldig, auch Vic nicht. »Morgen ist es endlich so weit«, sagte sie und wandte sich an einen hochgewachsenen schlaksigen Mann neben ihr, »dann gebe ich meinen Einstand im *Élysée*.« Der Mann entgegnete nichts darauf, reichte Louise aber die Hand zum Tanz. Sie ergriff sie spontan – und kam wenig später aus dem Staunen nicht mehr heraus. Im Gegensatz zu den meisten anderen Männern setzte dieses Exemplar seine Füße geschwind, fand stets den richtigen Einsatz und ließ Louise Figuren tanzen, von denen sie weder gewusst hatte, dass es sie gab, noch dass sie sie beherrschte. Der Unbekannte verschlang sie nicht mit seinen Blicken, jedenfalls nicht so, wie sie das von anderen Männern gewohnt war. Wohl aber nahm er sie und ihre Bewegungen wahr. Mit einer unheimlichen Präzision erspürte er, welche Figuren sie tanzen wollte, und schuf den Raum dafür. Er war ungemein gelenkig und trotz seines androgynen Körperbaus spürte Louise Muskelpartien, die bei anderen Tänzern gar nicht vorhanden waren. Aktion und Reaktion, Takt und Einsatz, Musik und Interpretation. Sie tauschten kein überflüssiges Geplänkel miteinander, und doch kommunizierten sie mittels ihrer Körper. Ihr nonverbales Gespräch glich dem eigenen Atemfluss, wortreiche Erklärungen oder klar umrissene Vereinbarungen waren nicht nötig.

Die Musik ebbte ab und die anderen Paare verließen die Tanzfläche, um etwas zu trinken oder sich zu unterhalten. Der Fremde und sie blieben, wo sie waren, und warteten darauf, dass das Orchester erneut aufspielte. Jede Absprache war überflüssig. Ihr Tanz war organisch, er brach genauso wenig ab, wie Gespräche nicht plötzlich, mitten im Fluss, abreißen. So lange würde es mit ihrem Tanz weitergehen, bis einer, weil es spät geworden war, das *Bal Bullier* verließe oder man sich verausgabt hatte. Takt um Takt, rasche, fordernde und sanft-wiegende Rhythmen probierten sie miteinander. Louise vergaß Zeit und Raum. Nicht etwa, weil sie sich Hals über Kopf verliebt hatte. Den unbekannten Tänzer und sie verband keine zukünftige Geschichte und keine gemeinsame Erzählung. Die Unmittelbarkeit und Leichtigkeit aber, mit der sie durch den Tanz – und ohne sich zu kennen – miteinander sprachen, knüpfte ein unsichtbares Band zwischen ihnen. Louise genoss jeden einzelnen Schwof mit dem Fremden, die eng umschlungene Nähe, wenn sie ein melancholisches Stück interpretierten, heiter und rasant, wenn die Kapelle anhob und von ihnen erwartete, dass sie schnell aufeinander abgestimmte Schritte fanden. Das Eigenartige war, dass das Unterfangen fast immer gelang – und wenn es nicht glückte, lachten sie und weiter ging es auf den Flügeln der Nacht. Ein Rausch, ein Fest.

Als das letzte Lied verklang, verbeugte sich der Hochgewachsene vor Louise und küsste ihre Hand. »Es war die reine Freude, mit Ihnen zu tanzen. Mein Name ist Valentin le Désossé. Ich werde morgen Ihrer Premiere beiwohnen und hoffe, danach mit Ihnen sprechen zu können. Nun muss ich eilen, es ist spät.« Wie bei Hofe ging er rückwärts von der Tanzfläche, und verschwand in Richtung Ausgang.

Einen Moment stand Louise da wie versteinert, dann kam wieder Leben in sie und sie folgte ihrer neuen Bekanntschaft nach draußen. Doch dort war weit und breit nichts von Valentin zu sehen. Louise seufzte. Sie ärgerte sich, dass sie nicht schneller reagiert hatte.

»Hast du Bekanntschaft mit unserem Knochenlosen gemacht?« Vic war ihr gefolgt. »Er ist der geheimnisvolle Andere. Niemand weiß so recht, woher er kommt, aus gutem Hause, scheint es. Es heißt, er vermietet Wohnungen und er soll außerdem eine Weinhandlung in der Rue Coquillière betreiben. Doch abends gehört er zu uns Theaterleuten. Er ist Ballettmeister im *Élysée* und tanzt dort ohne Gage. Valentin, so heißt er, lehnt sie regelmäßig ab. Hast du gesehen, wie biegsam er ist? Jeden Abend taucht er wieder auf. Aber niemand weiß, wo der Knochenlose danach hingeht. Er spricht mit keinem darüber.«

Louise kramte in ihrem Retikül nach ihrem Zigarettenetui und den Streichhölzern, zündete sich einen Glimmstängel an und blies kleine Rauchwölkchen in die Nacht. »Willst du auch eine?« Vic nickte und Louise reichte ihr die Zigaretten und die Streichhölzer. »Hast du jemals mit ihm getanzt?«

Vic lachte. »Du musst lernen besser zuzuhören, Schwesterchen. Ich sagte doch schon, er ist Teil des *Élysées* – und unser Ballettmeister.«

Louise lehnte an der Wand des Theaters, ein Bein über das andere geschlagen und sah verträumt in den Nachthimmel.

»Es sah schön aus, wie ihr getanzt habt. Ihr beide harmoniert perfekt«, sagte Vic.

Louise nickte bloß. Sie war auf einmal unglaublich müde. Das entging auch Vic nicht. »Schluss für heute«, meinte sie. »Wir halten jetzt eine Kutsche für dich an und du schläfst dich mal richtig aus.«

Louise war zu erschöpft, um Widerstand zu leisten. Sie wollte nur noch die Augen schließen und schlafen.

* * * * *

Es regnete schon den halben Nachmittag auf das Zeltdach der Wandermenagerie ihres Schwagers. Louise kraulte die Gepardendame, die zu ihren Füßen lag, hinterm Ohr. Sie genoss die Streicheleinheiten und schnurrte hörbar. Anfänglich hatte Louise dieses Schnurren für Einbildung gehalten, bis ihr Schwager ihr erklärt hatte, dass Geparden die einzigen Großkatzen seien, die dazu in der Lage wären.

»Na, ihr beiden Hübschen!« Ihr Schwager balancierte zwei Tassen Kaffee auf einem schmalen silbernen Tablett. Er stellte es neben ihr auf dem Holzboden ab. Die heiße Flüssigkeit schwappte ein wenig über und rann über den Tassenrand. »Warum sitzt du auf dem blanken Boden?« Aus dem kleinen Holzregal reichte er Louise eines der roten Sitzkissen, die eigentlich für Gäste bestimmt waren, die während der Darbietungen nicht die ganze Zeit stehen mochten. Louise schob sich das Kissen unter den Po. Die Gepardendame hob leicht den Kopf. »Schon gut, ich höre nicht auf, dich zu streicheln, nur weil ein Mann unsere Kreise stört.«

Fenocci verstand ihre Worte offenbar als Einladung. Er schnappte sich ebenfalls ein Kissen und setzte sich neben Louise. »Ich bin ja nicht irgendein Mann, sondern der Mann, der dich den Umgang mit Raubtieren gelehrt hat.« Über ihnen krächzte es. Vaju zog seine Kreise unter der Zeltplane, bevor Fenocci ihn über Nacht in seinen Käfig stecken würde. Die Würgeschlange musste immer hinter Schloss und

Riegel ausharren, es sei denn, es war Vorstellung. Brigitte, das Kapuzineräffchen, durfte manchmal in der Menagerie herumtollen, aber an diesem Abend hatte Fenocci sie bereits eingeschlossen. Sie saß auf dem Boden des Käfigs und legte den Kopf schief, während Louise und ihr Schwager sich unterhielten. »Einem Blauara musst du selbst in der Gefangenschaft das Gefühl von Freiheit geben, sonst stirbt er«, sagte Fenocci. Er rückte ein Stück näher an Louise heran und legte ihr den Arm um die Schultern. »Hat dir eigentlich schon mal jemand gesagt, wie talentiert du bist? Du kommst gut beim Publikum an, bist halt bildhübsch. Und Artemis liebt dich auch. Schon deshalb darfst du Vic und mich nicht allein lassen, hörst du?«

Louise hatte ihm keinen Anlass gegeben, zu glauben, seine körperliche Annäherung gefiele ihr, aber sie rückte auch nicht sofort von ihm ab.

»Wie geht es eigentlich Vic?«, fragte Louise. Seit sie neben den Proben mit Grille d'Égout an ihren freien Abenden auch noch mit Fenocci für die Vorstellung in seiner Wandermenagerie übte, bekam Louise ihre Schwester oft nur noch im *Élysée* zu Gesicht. Dort hasteten sie von einer Probe zur nächsten, und wenn sie sich nach der Vorstellung trafen, waren sie selten allein. In letzter Zeit war Vic längst nicht zu jeder Revue erschienen. Und wenn sie kam, war ihr oft übel. Eine anstrengende Probe, Schweißgeruch oder zu laute Musik reichten dafür aus. Vic begleitete Louise auch nicht mehr zu Agostine. Von dem Geruch gemahlener Kaffeebohnen musste sie sich neuerdings übergeben. Es war eine Ewigkeit her, seit Louise allein mit ihrer Schwester gesprochen hatte.

»Bin ich dir etwa unangenehm oder warum fragst du mich ausgerechnet jetzt nach Vic?«

War sie von ihm abgerückt, ohne es zu merken? Fenocci war nicht dumm und verstand schnell.

»Ich bin dein Schwager, ich würde dir nie zu nahetreten.« Empörung schwang in seiner Stimme mit. Doch er entfernte sich nicht etwa von ihr, stattdessen rückte er noch näher an sie heran. Louise konnte seinen Tabakduft, unter den sich ein beißender Geruch mengte, auf der Zunge schmecken. »Ich habe Vic seit ein paar Tagen nicht mehr im *Élysée* gesehen.«

Er schmunzelte. »Ganz prächtig geht es ihr. Sie wird zu einem reifen Apfel, wenn du verstehst, was ich meine. Da kann sie sich eben nicht mehr die Nächte um die Ohren schlagen wie ihre jüngere Ausgabe.« Er zwinkerte ihr zu.

Louise hatte keine Ahnung, wovon er redete. Sie runzelte die Stirn.

»Mit einem Kind wird ein Mädchen erst zu Frau. Das sagt man doch so, oder etwa nicht?«

»Vic bekommt ein Baby?« Louise löste sich aus Fenoccis Umarmung und sprang auf. »Warum erfahre ich das jetzt erst? Das müssen wir feiern! Bringst du mich gleich zu ihr?«

»*Wir*«, sagte er mit Betonung auf dem Wir, »wir bekommen ein Kind, ganz genau.«

Sie überhörte seine Berichtigung. Sie würde Tante werden. Bald schon würde sie ein warmes weiches Bündel in ihren Armen wiegen dürfen. Und das Schönste war: Es würde in Freiheit aufwachsen – das neue Jahrhundert stand schon in den Startlöchern und würde dem Kind Pate stehen. Tränen traten ihr in die Augen. »Das ist so wunderbar!« Louise fiel ihrem Schwager in die Arme. Sie hatte so falsch gelegen, es gab allen Grund zur Hoffnung. Fenocci erwiderte ihre Umarmung. Als Louise sie aber lockern wollte, ließ er nicht los. Er zog sie enger zu sich heran. »Zwei Schwestern, wie sie bezaubernder nicht sein könnten.«

Sein feuchtwarmer Atem traf ihre rechte Wange. Es schüttelte sie. Das Gesicht ihres Schwagers näherte sich dem ihren. Louise legte ihren Kopf auf seiner Schulter ab, um seinen Lippen auszuweichen. Artemis erhob sich, setzte sich neben Fenocci und knurrte ihn an. Der ließ von Louise ab, so schnell, dass sie rückwärts stolperte. »Manchmal bist du einfach zu stürmisch, Louise. Aber ich verspreche dir, der kleine Zwischenfall bleibt unser Geheimnis. Vic würde sich nur aufregen. Und im Moment darf sie das auf keinen Fall. Habe ich recht?«

Louise stand der Mund offen. In ihrem Bauch rumorte es. Waren denn am Ende wirklich alle Männer gleich?

Fenoccis Blick fiel auf Artemis. »Wenn diese Gepardendame nicht lesbisch ist, fresse ich einen Besen!« Ihr Schwager lachte. Es klang falsch und viel zu laut. »Oder vielleicht sollte ich eine besondere Attraktion anbieten und eine zweite Gepardendame dazukaufen? Dann wären wir bestimmt in aller Munde. Wie, glaubst du, Louise werden sie es miteinander treiben? Man munkelt ja, du hättest selbst Erfahrung mit der Damenwelt. Stimmt das?«

Die Gepardendame fletschte die Zähne und fauchte in Richtung ihres Schwagers. »Verstehe.« Fenocci tätschelte Artemis den Kopf. »Du verteidigst dein Frauchen, was?« Nun ja, ein Edelmann genießt und schweigt. So wollen wir es gegenseitig halten, Louise.«

Louise schlang den Mantel um ihren Körper. Sie würde Vic ganz bestimmt nichts von Fenoccis Annäherungsversuchen erzählen. Dabei konnte sie nur verlieren. Vics Vertrauen zuallererst. Louise sah auf die Gepardendame zu ihren Füßen. Artemis würde ihr fehlen. Raubtiere faszinierten sie genau wie der Cancan, in beiden wohnte pures Leben. Ihr Auskommen würde Louise mit dem Tanzen und dem Blumenverkauf bestreiten können. Hauptsache, sie wäre unabhängig von Männern wie Fenocci oder Rémi. Hauptsache, sie verdiente ihr eigenes Geld. Sie streichelte Artemis sanft über ihr drittes Auge und flüsterte ihr einige Abschiedsworte ins Ohr. Die Gepardin legte den Kopf schief und schmiegte sich in die Kuhle ihrer Hand, als begriffe sie, dass sie sich nicht wiedersehen würden. »Richte Vic meine Glückwünsche aus.« Fast verhaspelte sie sich, so schnell sprach sie die Worte, die ihr nur schwer von den Lippen gingen. Dann eilte sie davon. Sie sah sich nicht mehr nach ihrem Schwager und auch nicht mehr nach Artemis um, mit der sie so gerne noch mehr Zeit verbracht und einige Nummern einstudiert hätte. Vaju fegte über Louises Kopf hinweg und ihr hinterher ins Freie, als sie die Plane zur Seite schob.

»Das darf doch nicht wahr sein. Wer hat denn vergessen, die Kette zu schließen?« Sicher meinte Fenocci den Ara, der gemeinsam mit Louise in die Nacht entwischt war. Louise rannte. Der Regen fiel in Strömen auf sie herunter. Er durchweichte ihr Kleid und kroch – nach und nach – durch das weiche, durchlässige Leder ihrer Schuhe. Sie lief durch Pfützen. Das Wasser stieb auf und verfing sich in ihrem Rocksaum. Louise rannte weiter. Vorbei an leer stehenden Jahrmarktsbuden und dem alten Kastanienbaum. Sie rannte, bis sie auf eine Droschke stieß. Dem Fahrer, der gerade ein Nickerchen auf dem Kutschbock gehalten hatte, rief sie ihre Adresse zu. Er erwachte aus seinem kurzen Dämmerschlaf und sah sie einen Augenblick entgeistert an. Sie hatte ihn wohl ziemlich unsanft aus seiner Traumwelt gerissen. Louise stieg ein und schloss die Wagentür hinter sich. Just in diesem Moment schoss Vaju an ihrem kleinen Ausguck vorbei. Er hatte sich die Freiheit erkämpft, auch wenn der Vogel für die Kälte in ihren Breitengraden nicht geschaffen war. Hoffentlich würde er da draußen allein überleben. Die Kutsche fuhr an. Louise schloss die Augen und überließ sich ihrem Schaukeln.

KAPITEL 11

Wochenlanges hartes Training mit Grille d'Égout lagen nun hinter ihr. Die dürre Tänzerin mit den harschen Ansichten über das Leben als Frau, die dasselbige in den Dienst eines Mannes zu stellen hatte, trieben Louise an den Rand des Wahnsinns. Grille d'Égouts Beziehung mit Rochefort, dem Talentiertesten unter den Dichtern Frankreichs, wie Madame nicht müde wurde zu erwähnen, zog sie stets aufs Neue als leuchtendes Beispiel heran. Wer etwas gelten wolle, müsse sich darauf verstehen, die richtigen Männer zu bezirzen. Louise verzog das Gesicht. Sie konnte und wollte diese Leier nicht mehr hören. Sie küsste, wenn ihr danach zumute war und sie vergaß die Liebe, wenn sie sie vergessen wollte. Nur sie selbst entschied, worauf sie sich einließ, und wenn ihr Herz für Stunden Feuer fing, wusste sie selbst am besten, wie es zu löschen war. Die d'Égout und ihre Auffassung scherte sie einen feuchten Dreck. Dennoch musste sie Madame bei Laune halten, damit die sie an ihrer Kunstfertigkeit teilhaben ließ. Sonst wären alle Mühen umsonst gewesen. Louise durfte nicht riskieren, dass der Direktor es sich noch anders überlegte und Madame ihr so den Einstand im *Élysée* verhagelte.

»Wollen wir tanzen?«, fragte Louise, um einzulenken.

Grille d'Égout schlug die Hände über dem Kopf zusammen. Zunächst einmal müsse sie lernen, ihr nicht ständig ins Wort zu fallen. Es fehle ihr außerdem an Technik und Grazie, sie sei viel zu derb und geradeheraus für den Tanz. Eine gewisse Musikalität und einen Hang zum Dramatischen könne sie ihr aber nicht absprechen. Deshalb, aber nur deshalb gebe sie ihr Unterricht. Für solche Unterweisungen und die harsche Kritik, die Louise in schöner Regelmäßigkeit von Grille d'Égout einsteckte, hatte sie wöchentlich und aus eigener Tasche eine

Unmenge hingeblättert. Was wiederum nur möglich gewesen war, weil sie für die Aktaufnahmen Geld von Paul bekam.

Nun war es aber endlich so weit. Hinter der Bühne trippelte Louise aufgeregt auf und ab.

»Du machst mich ganz nervös«, sagte Vic. »Wenn du tanzt, wie du in den Proben getanzt hast, wirst du umwerfend sein. Außerdem kennt dich mittlerweile bestimmt die Hälfte des Publikums. All die Männer, die dich und deine Fotos lieben. Sie werden dich schon nicht fressen, Schwesterchen.«

Wenn sie Vic nur hätte einweihen können. Aber sie hatte ganz sicher sein müssen, dass ihr Vorhaben nicht nach außen drang und niemand im gesamten Ensemble wusste, was sie für ihren Einstand plante. *La Goulue* sollte für Überraschung stehen, und eine solche Überraschung hielt Louise unter ihren vielen Lagen Röcken parat. Wenn alles so liefe, wie sie es sich ausgemalt hatte, dann wäre sie mit ihrer Aktion schon morgen das Gesprächsthema von ganz Paris. Vielleicht würde etwas Berühmtheit ihr auch bessere Einnahmen bringen. Die brauchte sie dringend für Madames Unterricht, und der Direktor bestand weiterhin darauf, dass sie regelmäßig mit der d'Égout probte. Außerdem brauchte sie auch endlich ein eigenes Zimmer. Sie konnte doch nicht ewig im Theater hausen. Schließlich war sie ja kein Gespenst, das durch die Flure spukte, und früher oder später würde sie ohnehin auffliegen.

Tata, von der man sagte, sie sei schon mit der Puderquaste in der Hand geboren, hielt nun auf sie zu. Sie wischte ihr mit dem Pinsel über Kinn und Wangen. »Wir wollen ja, dass ihr alle hübsch ausseht«, sagte sie, die Stimme des Direktors imitierend, der Tata nachkam, und scherzend den Zeigefinger hob.

»Na, na, na, sei nicht so frech, Tata.« Louise zwickte er, wie er es stets tat, ins Hinterteil, und so setzte sich das Spielchen bei jeder Tänzerin fort. Erst das Gepudere, dann der erhobene Zeigefinger und einen Klaps auf den Po oder einen gewagten Blick in den Ausschnitt. Wenn eine Tänzerin nicht seinen persönlichen Vorlieben entsprach, tätschelte er ihr die Wange. Das allerdings kam selten vor.

»Daran werde ich mich nie gewöhnen«, flüsterte ihr Vic zu.

»Ach was, solange es dabei bleibt, ist der Direktor doch nur ein Klacks gegen irgendeine Heirat mit einem fürchterlichen Widerling oder der Sklavenarbeit in der Wäscherei.«

»Wo du auch wieder recht hast.« Vic seufzte.

Aus dem Orchester ertönte die helle Flöte – der Auftakt zum Cancan.

»In Position, die Damen«, rief Tata und das Ensemble versammelte sich hinter dem Vorhang. Wie in einem Bienenkorb summten und vibrierten die Schritte der Tänzerinnen auf dem Boden. Endlich! Es ging los. Und Louise war dabei.

Der Vorhang öffnete sich zum durchdringenden Ton der Triangel. So oft hatte sie Jacques Offenbachs *Orpheus in der Unterwelt* nun gehört. Wieder und wieder, auf der Probebühne und vom Zuschauerraum aus. Fetzen der Melodie verfolgten sie nachts in ihren Träumen, beim Aufwachen geisterten sie ihr durch den Kopf oder sie sprangen sie, spätestens beim Zähneputzen, aus dem Hinterhalt an. Der Cancan, der Inbegriff einzigartigen Taumels. Der sich langsam steigernde und anschwellende Klang. Über die Schritte und die Aufstellung in der Gruppe musste Louise nicht mehr nachdenken. Mitten in der Riege der anderen Tänzerinnen stand sie und schwang das Bein. Da! Der Erste hatte das rote Herz auf ihrem Hintern entdeckt. Er johlte, genau in dem Moment, da Louise sich umwandte und es sichtbar wurde. Sie hatte das Herz nachts, als ihre Hände schon müde waren und ihre Augen im Kerzenschein nur noch Schemen erkannten, aufgestickt. Nun sprang noch ein anderer Mann von seinem Platz auf, kramte nach seinem Opernglas und spähte hindurch. Deutete Louise sein Verhalten richtig? Galt die ganze Aufmerksamkeit wirklich ihr? Seine Sitznachbarn erhoben sich und streckten ihm die Hände entgegen. Baten sie etwa darum, durch sein Opernglas schauen zu dürfen? Der Mann reichte es seinem Nachbarn, und wieder ein anderer riss es diesem aus der Hand. Hinter ihnen gröhlte die Menge. Sie sollten sich endlich hinsetzen, in den hinteren Reihen wolle man schließlich auch etwas sehen! Doch niemand scherte sich darum. Also erhoben sich auch die hinteren Reihen. Sie kletterten auf die Stühle, um über die vorderen hinwegschauen zu können. Wenn das kein Ansporn für Louise war! Höher warf sie das Bein und höher, verließ die Formation der Mädchen – was so natürlich nicht abgesprochen gewesen war – und hakte sich bei Vic unter. Mit ihrer Schwester wirbelte sie im Kreis herum, und wieder und wieder schwang sie dazu den Unterrock. Wieder und wieder grölte die Menge, die nun sämtlich von ihren Sitzen aufgesprungen war. Viele standen auf Stühlen und Tischen, andere stürmten auf die höher gelegenen Plätze und griffen sich unter lautem Protest fremde Operngläser. Louise löste sich von Vic und tanzte ganz nach vorn an den Bühnenrand. Schneller und schneller wirbelte sie herum und zum Crescendo von Offenbach traute sie sich endlich. Sie tat einen Sprung in die Luft, ein *Grand Jeté*, und landete, wie sie es lange geübt hatte, im Spagat. Das Publikum jubelte ihr zu und applaudierte. *Goulue, Goulue, Goulue*, riefen sie, dann fiel der Vorhang.

Louise trat zum Applaus zurück in die Reihe. Vic schubste sie nach vorn und da schwoll auch das Klatschen aus dem Publikum wieder an. Einen verhaltenen Knicks machte Louise zuerst, aber sie wusste genau, weshalb. Aus dem Knicks und der tiefen Verbeugung nahm sie nämlich Schwung, drehte sich, warf ihren Oberkörper nach vorne und mit ihm, ein letztes Mal in die Höhe, den Rock. Sie musste unbedingt Paul fragen, wie man diese Pose für ein Foto in Szene setzen konnte. Der donnernde Applaus hörte gar nicht mehr auf. Mit den Füßen stampfte das Publikum, so außer sich war die Menge. Der Direktor kam auf die Bühne, verscheuchte die Riege der anderen Tänzerinnen und reichte Louise einen Strauß langstieliger Rosen. Sie verbeugte sich tief. »Ich werde deine Gage erhöhen müssen, Louise Weber«, flüsterte er ihr ins Ohr.

Goulue, Goulue, Goulue, brüllte der Chor aus dem Zuschauerraum. Der Direktor lächelte, als wäre Louise seine persönliche Entdeckung und ihr rotes Herz auf der Unterhose sein Einfall gewesen.

* * * * *

»Woher hattest du die Idee?«, fragte Vic Louise, als sie wenig später gemeinsam in ihrer Garderobe standen und sich abschminkten. Vic hatte abschließen müssen. An die Holztür klopften – mal verhalten, mal hämmernd – Louises zahlreiche neue Verehrer. »Warum hast du mir nichts davon erzählt?«

Louise zuckte mit den Schultern. »Sie kam mir selbst erst gestern und du interessierst dich ja ohnehin nur für deinen Fenocci.«

Vic runzelte die Stirn. »Darf ich dich daran erinnern, dass du noch immer in *meiner* Garderobe schläfst, Herzchen? Außerdem sind wir doch Schwestern!«

Augenblicklich tat es Louise leid. »Ich bin fürchterlich«, sagte sie und warf sich Vic in die Arme. »Ich verdanke dir alles.« Das stimmte so zwar nicht ganz, aber ohne Vic wäre sie wahrscheinlich längst mit dem Kutscher, diesem Scheusal, verheiratet, schliefe in den Gassen von Paris oder läge Auguste auf der Tasche. Vic war ihre einzige Familie. »Du verzeihst mir doch, oder?«

»Ist schon gut, Kleines. Lass uns sehen, welche Premierengeschenke es gibt.« Noch bevor Louise sich vorsehen konnte, öffnete Vic die Garderobentür. »Du musst Autogramme geben«, sagte sie leise, und Louise, die nur noch *La Goulue* war, kritzelte auf jeden Zettel, den man ihr hinhielt, ihren Künstlernamen. Sie nahm Pralinen, Blumen und Weinflaschen entgegen, gab hier ein Küsschen links und dort ein Küsschen rechts, schüttelte Hände und sah leicht belustigt zu, wie zahlreiche Herren sich vor ihr verbeugten und ihren Hut zogen. Es hätte nur noch gefehlt, dass einer vor ihr niederkniete, um ihr einen Antrag zu machen, so sehr hatte sie der männlichen Spezies den Kopf verdreht. Und das nur mit ihrem Hinterteil. Sie musste grinsen.

Doch nachdem sie ihren letzten Verehrer verabschiedet hatte, war sie froh, die Garderobentür endlich schließen zu können. Da sah sie im hintersten Winkel des Flures auf dem kalten Steinboden eine junge Frau sitzen, die sie mit weit aufgerissenen Augen anstarrte. Louise trat einen Schritt aus der Garderobe heraus und blickte sich um. Sonst war keiner mehr zu sehen. »Kann ich Ihnen helfen?«

»Ich weiß nicht.«

Die Stimme der jungen Frau klang weich und warm und – im Gegensatz zum Ausdruck auf ihrem Gesicht – seltsam sicher. »Ich wollte Ihnen unbedingt sagen, wie sehr mich Ihr Auftritt beeindruckt hat. Ich meine damit nicht das Herz auf Ihrem Po.« Die Frau erhob sich vom Boden und kam auf Louise zu. Sie reichte ihr die Hand. Louise schüttelte sie, trat – einem Impuls folgend – zur Seite und bat die Frau zu sich in die Garderobe. »Schade eigentlich«, entgegnete sie und lächelte die Unbekannte freundlich an. »Was hat Sie denn beeindruckt?«

Ihre Schwester blickte irritiert drein, als Louise mit der Fremden im Schlepptau hereinspazierte, und schüttelte den Kopf, als sie das junge Ding auch noch ersuchte, auf dem Kanapee Platz zu nehmen. »Ich lasse euch besser allein. Aber vergiss nicht, Schwesterherz, der schillernde Mittelpunkt des Abends muss sich seinem Publikum nach der Vorstellung zeigen. Lass dir also nicht zu lange Zeit, wenn du den Direktor nicht verärgern willst.«

Louise winkte ab und Vic rauschte davon. Sie wandte sich erneut an die junge Frau. »Also, beginnen wir noch einmal von vorn, was wollten Sie mir sagen?«

»… dass ich Ihren Mut bewundere. Sie tun, was Sie für richtig halten, und bitten niemanden um Erlaubnis. Wie wird man so unerschrocken?«

»Danke für die Blumen, aber ich habe keinen besonderen Mut. Ich tue bloß, was ich nicht lassen kann.« War sie wirklich zu einem Vorbild geworden? Sie hatte den Männern in Erinnerung bleiben wollen und nun stand eine Frau vor ihr. »Ein kleines bisschen, so hoffe ich, mögen Sie aber auch mein Herz?« Sie probierte einen kecken Wimpernaufschlag.

Auf die Wangen der Unbekannten trat eine zarte Röte. Zögernd erhob sie sich und sah zu Boden. »Ich wollte Sie nicht belästigen.« Sie war ein paar Zentimeter kleiner als Louise und lächelte mit gesenktem Kopf von unten zu ihr herauf. Dann wandte sie sich zum Gehen. Louise griff nach ihrer Hand und hielt die Fremde zurück. »Wie heißen Sie?«

»Verzeihen Sie, wie unhöflich, mich Ihnen nicht vorzustellen. Ich bin Mimi. Bitte duzen Sie mich.«

Louise erhob sich ebenfalls vom Sofa, noch immer hielt sie Mimis Hand umfasst. Sie tat einen Schritt auf die junge Frau zu. Ganz dicht standen sie nun voreinander. Die Fingerspitzen der jungen Frau fühlten sich kalt an. Von ihrem Körper ging ein leichtes Zittern aus. Trotz einer schmalen Taille war ihre Gestalt eher füllig, und trotz der Fülle haftete ihr etwas Durchscheinendes an. Mimi wirkte, als wollte sie ihr etwas von Bedeutung mitteilen, aber das war natürlich Einbildung, sie kannten sich ja gar nicht. »Also gut, ich bin Louise. Verrate aber bloß niemandem, dass das mein wahrer Name ist. Für die anderen bin ich *La Goulue*.«

* * * * *

Mit Mimi an der Hand eilte Louise kurz darauf aus der Garderobe. Eine ruhige Ausstrahlung ging von ihrer Begleiterin aus und gab Louise, die gefühlt ein paar Zentimeter über dem Boden schwebte, Erdung. Kurz darauf betraten sie den Tanzsaal und waren gleich umringt von einer Trauben Menschen. Der Direktor hatte offenbar schon auf sie gewartet, Vic hatte recht gehabt. Er wies Louise an, zwei jungen Männern und ihm an einen der Seitentische zu folgen, möglichst weit von der Tanzfläche entfernt. »Die Herren wollten Sie für ihre Zeitung interviewen«, raunte er ihr zu.

»Du kommst doch mit, Mimi?«, flüsterte Louise ihr zu und die bis eben noch Fremde nickte.

Louise nahm gegenüber dem Direktor und neben den zwei jungen Journalisten Platz. Zwar ließ sie Mimis Hand derweil los, sorgte aber dafür, dass ein Stuhl dazugestellt wurde und ihre Begleiterin sich zu ihnen gesellen konnte.

»Und das ist?«, fragte der Direktor und die beiden Männer zückten synchron ihre Bleistifte.

Louise antwortete ihm nicht, griff aber über den Tisch erneut nach Mimis Hand und streichelte sie. Dem Hübscheren und Blonderen der beiden Männer schenkte Louise ihr charmantestes Lächeln, zu dem anderen sagte sie: »Wie schön es ist, hier mit Ihnen zu plaudern. Ich hoffe, Sie haben die Vorstellung ebenso genossen wie ich?« Der Kleinere, der einen Schnauzbart trug, nickte eifrig und machte sich einige Notizen. Louise antwortete auf seine Fragen, wie sie zum Tanzen gekommen sei und ob sie eine Ahnung habe, was ihren Erfolg ausmache, keck und entwickelte erst beim Erzählen ihre Geschichte. Auch wenn sie keine rechte Begabung für die richtige Wortwahl hatte, zeigten ihr die Reaktionen der Journalisten, welche Wendungen gut ankamen und welche weniger. Schimpfworte und Tabubrüche wirkten zum Beispiel nach, auf sie war Verlass. »Wir beide, Vic und ich«, und dabei sah sie Mimi an, »haben schon getanzt, bevor wir sprechen konnten.« Sie las Erstaunen aus der Mimik der Männer, und das befeuerte sie, weiterzureden. »So erzählte es uns unser leider früh verstorbener Vater.« Mitgefühl war auf ihren Gesichtern zu lesen. Die Männer ahmten ihre Körpersprache nach, und das war gut so. Mitgefühl erzeugte sicher den Wunsch, der Geschichte der *Goulue* eine positive Wendung zu geben und mit ihrem Bericht ihre Karriere zu befeuern. »Wir hatten einen Garten und dort tanzten wir mit den Schmetterlingen um die Fische im Teich herum, und wir lernten von der Grazie der Libellen.« Einen Garten hatten nur die Großeltern besessen und sie war nie mit Libellen um einen Fischteich getanzt. Ein bisschen viel Kitsch, aber die Leser würden das sicher lieben. Ein bisschen zu viel von allem, ein bisschen Pompon und Trallala tat denen wohl, die dem eigenen Leben in eine bessere Geschichte entfliehen wollten. »Als Papa von uns ging, war es damit vorbei. Wir mussten arbeiten, hart arbeiten, und wir taten es gern. Aber wir hatten unsere Seelen schon lange dem Tanzen verschrieben. Vic war die Erste, die es von zu Hause fort auf die Bühne zog. Sie ist ja auch ein wenig älter als ich.« Sie zwinkerte dem Schnurrbartträger zu. »Was bin ich froh, meine Schwester endlich wiedergefunden zu haben.« Die Herren hingen an ihren Lippen, das Unterfangen hatte seinen Zweck erfüllt.

»Ist das Vic?«, fragte der Hübschere und deutete auf Mimi.

Louise beugte sich zu ihm herüber und flüsterte ihm ins Ohr.

»Nein, Vic ist das nicht, aber hübsch ist sie, nicht wahr?« Auf dem Hals des jungen Mannes bildeten sich kleine rote Flecken. Sein Mund stand leicht offen. Auszusprechen, was andere nur dachten, weil die Moral verbot, Anzüglichkeiten zu äußern, reichte aus, das männliche Geschlecht zu irritieren und in Staunen zu versetzen.

»Und wer ist die Dame dann?«, fragte der mit dem Schnauzer, der offenbar gute Ohren hatte.

Louise runzelte die Stirn und legte ihre Hand auf dem rechten Oberschenkel des Journalisten ab. »Wie ich bereits sagte, sie ist meine Begleiterin. Man wird uns von nun an häufiger zusammen sehen.« Louise zwinkerte Mimi zu. Das würde ein Spaß, die Fantasie der Herren zu beflügeln, ohne sie je einlösen zu müssen. Der Direktor stand auf und verscheuchte die Umstehenden, die ihr Gespräch neugierig belauschten. »Sie können das alles morgen im *Gils Blas* lesen.«

Das Akkordeon spielte auf und der Pianist setzte mit ein. Da war er wieder, dieser charakteristische Montmartre-Klang, den Louise so sehr liebte. Die Tanzfläche füllte sich mit Paaren. Heute war Dienstag und damit Festtag im *Élysée*.

»Wenn ich dann all Ihre Fragen beantwortet habe, würde ich meine Begleiterin nun gern zum Tanz auffordern. Sie können ja auch das Tanzbein schwingen – und später tauschen wir die Partner. Ich schulde niemandem was, aber Ihnen immerhin einen Tanz.« Unter dem Tisch trat der Direktor Louise auf den Fuß. »Aber, aber, Herr Direktor! Was wollen Sie mir zu verstehen geben? Nehmen Sie doch bitte kein Blatt vor den Mund!« Der Direktor beachtete Louise nicht, sondern erhob sich vom Tisch. Die Herren taten es ihm gleich. Er verbeugte sich vor ihnen, wünschte noch einen wunderbaren Abend im *Élysée* und verschwand Richtung Hinterbühne. Morgen würde er Louise bestimmt eine Strafpredigt halten, aber das war ihr egal. Nach ihrem Erfolg würde der Direktor sie schon nicht aus dem Ensemble werfen.

Louise ließ die Herren einfach stehen. Natürlich nicht, ohne ihnen zum Abschied ein verführerisches Lächeln zu schenken. Mimi bot Louise ihren Arm und so schritten sie gemeinsam auf die Tanzfläche. Louise legte Mimi eine Hand auf den Rücken, leicht oberhalb ihrer Taille, die andere kam auf ihrem Schulterblatt zu ruhen. Wange an Wange tanzten sie, Mimis Atem an ihrem Ohr. Es hätte ewig so weitergehen mögen, doch da klopfte ihr jemand von hinten auf die Schulter. Louise sah sich um. Hinter ihr stand der Hübschere der beiden Zeitungsmänner und bat sie, ihr Versprechen einzulösen. »Nur einen Tanz«, sagte er. Er lächelte so schelmisch, dass sie ihm für die Störung kaum böse sein konnte. Außerdem stand der andere schon bereit und verbeugte sich vor Mimi. Ihre schöne Begleiterin blieb also nicht allein zurück, alles fügte sich. Louise willigte ein und der Mann, der sich ihr als Charles vorstellte, wirbelte sie zum Takt der Musik herum. Er machte seine Sache gut. Sicher schwang er das Tanzbein nicht zum ersten Mal. Es war leicht, sich in seine Arme zu schmiegen, auch wenn es sich anders anfühlte als vorhin mit Mimi. Immer wenn sie sich von ihm löste und sich umschaute, blickte Mimi zu ihr herüber. Ihre neue Freundin vergaß sie also nicht.

In den Tanzpausen trank Louise. Sie behielt ihr Glas auch auf dem Parkett in der Hand, schließlich musste sie ihrem Künstlernamen Ehre erweisen. Das Prickelwasser floss ihre Kehle hinunter und belebte sie. Mitten in der Menge tauchte plötzlich Valentin auf. An ihn hatte Louise seit ihrer gestrigen Begegnung im *Bal Bullier* nicht mehr gedacht. Der Knochenlose, wie Vic ihn nannte, erkannte sie offenbar sofort wieder und bahnte sich seinen Weg über das Parkett zu ihr. Seine Größe verfehlte seine Wirkung auf ihren Tanzpartner Charles nicht, dessen Lippen ihr immer nähergekommen waren. Doch als Valentin plötzlich vor ihnen stand und sich vor Louise verbeugte, schreckte er zurück und räumte das Feld.

Es brauchte nur wenige Schritte und alles fügte sich. Louise nahm intuitiv und ohne nachzudenken vorweg, welche Bewegung Valentin im Sinn hatte. Im Gegenzug erspürte er mit einer bemerkenswerten Sicherheit die Richtung ihrer Bewegungen, noch bevor sie sie in die Tat umsetzte. Niemand führte, niemand folgte. Sie waren wie ein einziger Körper, der sich über das Parkett bewegte. Um sie herum leerte sich der Tanzboden. Das Akkordeon spielte nur für sie, und sie lösten sich auf – im Glanz der Lichter, im Rausch der Musik waren sie eins. Erst als das Lied verklang, kam Louise langsam wieder zu sich. Ein Kreis hatte sich um sie gebildet. Die Zuschauer klatschten und brüllten »Zugabe«. Valentin nahm sie bei der Hand, duckte sich unter der Menge hindurch und stürmte mit ihr aus dem Saal und durch die Halle nach draußen. »Das war Magie«, flüsterte er. »Noch nie zuvor habe ich so etwas erlebt, und ich tanze schon lang.«

»Das muss an dir liegen.« Dass sie sich nun duzten, bedurfte, genau wie ihr Tanz, keiner Erklärung. Wie ihr Tanz, so musste sich die wahre Liebe anfühlen. Louise sah den großen Mann staunend an. Er hatte einen breiten Mund und eine schmale Nase, seine Augen lagen tief in den Höhlen. Auf klassische Weise schön war er nicht – und nichts an ihm zog sie besonders an. Aber was zählte das schon, wenn sie so miteinander schwebten, wenn Louise sich so sicher an seiner Seite fühlen konnte und man ihnen applaudierte? Er machte keine Anstalten, sie zu küssen. Er stand einfach da und schaute mit unergründlichem Blick in die Nacht. Louise trat aus dem Schatten und stellte sich dicht vor ihn.

»Willst du etwa hier mit mir tanzen?«, fragte er.

Dieser Valentin verstand wohl nichts von Frauen. Sie öffnete leicht die Lippen, aber er stand weiter bloß da, stocksteif, den Blick in die Wipfel der Kastanienbäume gerichtet. Sie schien er gar nicht wahrzunehmen. »Tanzen mag ich jetzt nicht. Aber küssen könnten wir.«

Verwundert hob er eine Augenbraue, was beinahe komisch aussah. Zärtlich nahm er ihr Gesicht in beide Hände und beugte sich zu ihr hinunter. Sie musste sich auf die Zehenspitzen stellen, um den Größenunterschied auszugleichen. Mit seinen weichen Lippen, die ihr kaum Widerstand boten, liebkoste er sie. Fast war es, als flögen sie – wie vorhin im Tanz – noch ein wenig weiter. Aber sie lösten sich nicht ineinander auf. Vielmehr schärfte dieser Kuss ihren Blick auf sie selbst. Louise kam es vor, als sehe sie sich dabei zu, wie sie sich Valentin entgegenstreckte. Der sanfte Riese konnte nicht wissen, warum sie ihn gebeten hatte, sie zu küssen. Vorsichtig löste er seine Lippen von ihren. Nichts regte sich in ihr, keine Erleichterung, dass es vorbei war, kein Sehnen, er möge weitermachen.

»Vielleicht ähneln wir uns einfach zu sehr«, sagte Valentin und nahm ihre kleinen Hände in seine großen.

»Wie meinst du das?«

»Ich kann Frauen küssen, aber ich muss es nicht für mein Glück. Vielleicht kannst du Männer küssen, aber musst es ebenso wenig.«

Sie löste ihre Hände aus seinen. Valentin war seltsam. Erst verscheuchte er ihren Tanzpartner, dann ließ er sie schweben und nun wies er sie zurück. Vielleicht hatte er sie mit Mimi beobachtet und zog die falschen Schlüsse? Oder wollte er ihr auf diese Weise mitteilen, dass er Frauen nicht begehrte? Warum hatte er sie dann geküsst? Etwa nur, weil sie ihn darum gebeten hatte? Warum bewegte sie sein Verhalten überhaupt so sehr? Mit einem Ruck wandte sie sich von ihm ab. Sollte Valentin ruhig vor dem *Élysée* stehen bleiben, in die Nacht starren und für immer darauf warten, dass sich die Magie, die sie im Tanz verspürt hatten, mit jemand anderem einstellte.

»He!« Er hatte tatsächlich die Stirn, sich ihr in den Weg zu stellen. Sie versuchte, an ihm vorbei, zurück in den Saal zu gelangen, aber er ließ sie nicht passieren.

Sie hätte ärgerlich sein müssen. Aber erstens beugte er sich zu ihr herab und kitzelte sie, und zweitens war, wenn sie ehrlich war, längst alles gut. Sie hatte keine rechte Freude dabei empfunden, ihn zu küssen, und der Abend war schon verwirrend genug. Erst ihre Premiere und das rot aufgestickte Herz auf ihrer Wäsche, über das nun der halbe Montmartre sprechen würde. Dann der Direktor mit den beiden Journalisten im Schlepptau und die zauberhafte Mimi, mit ihren Rehaugen und ihrem Lachen, das Louise seltsam berührt hatte. »Was muss ich tun, damit du mich freilässt?«

»Sprich mir nach«, artikulierte Valentin überdeutlich. »Ich, Louise Weber, verzeihe dir, Valentin le Désossé.«

»Also gut, ich verzeihe dir«, sprach sie ihm lustlos nach.

Aber noch immer gab er sie nicht frei.

»Du hast versprochen, mich gehen zu lassen.«

»Noch sind wir nicht fertig.«

Louise seufzte. »Es wäre wirklich außerordentlich freundlich, wenn du mich wieder hineingehen ließest. Bitte.«

Die ersten Tänzer verließen soeben das *Élysée*, um sich auf den Weg nach Hause oder in die angrenzenden Bars und Café-concerts zu machen. Darunter auch Agostine. Sie war ihrer Einladung zur Premiere tatsächlich gefolgt und beäugte sie beide, mehr belustigt als irritiert. »Ich sehe, du bist beschäftigt«, rief sie Louise im Vorübergehen zu. »Nur soviel, aus dir wird einmal eine ganz große Berühmtheit. Denk an Agostines Worte. Bei so etwas scherze ich nie.« Sie winkte Louise zu und war kurz darauf auch schon wieder verschwunden.

Mit ihrem langen roten Haar und ihrer frechen Art war Agostine eine einnehmende Erscheinung. Sie hatte Valentin kurz abgelenkt, aber offenbar hatte diese kleine Zerstreuung ihn nicht vergessen lassen, was er von Louise wollte. »Erst musst du mir etwas schwören! Wiederhole also: Ich, Louise Weber alias *La Goulue* …«

Er machte eine Kunstpause, wohl in der Erwartung, dass sie seine Worte tatsächlich wiederholte. Sie tat es. Leise, um ja keine unnötige Aufmerksamkeit auf sie zu ziehen.

»Du flüsterst, Louise Weber, du musst deine Worte laut und deutlich in die Welt hinausrufen, damit sie Gehör finden. Also noch einmal: »Ich, Louise Weber alias *La Goulue*, schwöre, mit dem heutigen Tage, Valentin le Désossé auf ewig als Tanzpartnerin verbunden zu sein.«

Ja, das wollte sie auch. Dieses Gelöbnis gab sie ihm nur zu gern. Laut und deutlich wiederholte sie also den geforderten Satz und Valentin trat zur Seite, verbeugte sich vor ihr und fragte: Willst du, Louise Weber, meine *Goulue*, auf immer und ewig und aus freien Stücken mit mir tanzen?«

»Ja, ich will.« Da erst sah sie die beiden jungen Männer, diese Tunichtgute von Journalisten, die sie im Halbdunkel belauscht hatten und die nun die Beine in die Hand nahmen, als sie bemerkten, dass Louise sie entdeckt hatte.

»Wagt es ja nicht, hierüber zu schreiben«, schrie sie und rannte den beiden hinterher.

Kapitel 12

»Schläfst du etwa noch?« Energisch riss Vic die Vorhänge auf. »Hier muss dringend mal Staub gewischt werden.« Helles Morgenlicht fiel herein. Louise schlug sich schützend die Hände vors Gesicht. Da hatte sie einmal ausschlafen wollen, einmal ihren kleinen Erfolg genießen. Ihren Dienst auf dem Blumenmarkt hatte sie ausnahmsweise abgesagt, und nun tauchte Vic ausgerechnet an ihrem freien Morgen hier auf. Louise setzte sich auf und schlug die Bettdecke zurück. Sie streckte sich und gähnte herzhaft. »Warum bist du so früh schon auf den Beinen?«

»Willst du etwa sagen, dass ich sonst faul bin, oder passt dir mein Erscheinen nicht in deinen Plan? Mit deiner ausgezeichneten neuen Gage kannst du dir ja jetzt eine angemessene Unterkunft suchen, Herzchen.« Vic rang sich ein künstliches Lächeln ab.

Louises gute Laune sank im Sturzflug. Was war geschehen? Vic sah sie nicht an, sondern griff nach einem Staubtuch und wischte damit die Fenstersimse. Ihre Augen waren gerötet und die Schminke von gestern verlaufen. »Da mach ich dich höchstpersönlich im Theater mit allen bekannt und dann fällst du mir mit deiner Aktion gestern in den Rücken.«

Bestürzt blickte Louise ihre Schwester an. »Vic, so war das doch nicht …«

Vic unterbrach sie barsch. »Ich bin weg vom Fenster, Louise. Alt, abgehangen und verbraucht.«

»Das ist doch Blödsinn, was red…«

»Immerhin verdienst du nun ja dein eigenes Geld, und ich könnte meine Garderobe endlich wieder für mich haben.« Vics Stimme bebte.

»Was ist denn passiert? Lass mich bitte noch ein paar Tage bleiben, ja? Nur so lange, bis ich ein Zimmer gefunden habe.« Louise mühte sich, ein Gähnen zu unterdrücken, aber Vic bemerkte es.

»Bin ich dir etwa zu langweilig?« Vic sah sie zornig an. Ihre Augenbrauen zogen sich zusammen und auf ihrer Stirn bildeten sich Falten. Sie weinte. Die Tränen liefen erst zögerlich, dann ganz ungehemmt ihre Wangen hinab.

»Wer behauptet denn so was?«

Vic, die sie immer beschützt hatte, zitterte am ganzen Körper und schluchzte laut auf. Louise war sofort bei ihr. Sie schloss ihre Schwester fest in die Arme.

»Es ist nur … Der Direktor hat anordnen lassen, dass ich die Garderobe räumen soll. Für dich, Louise. Du bist der neue Stern an seinem Himmel. Und Fenocci ist gestern Nacht nicht nach Hause gekommen. Er sagt, er habe in der Wandermenagerie geschlafen, seine Gepardin sei seltsam unruhig gewesen. Angeblich wollte er nicht das Risiko eingehen, dass sie randaliert. Dass ich nicht lache! Bei dieser neuen Tänzerin war er, dieser Madeleine aus dem *Bal Bullier*. Chloe hat es mir erzählt. Aber ich sage nichts. Ich bin still, putze dir nur noch die Fensterbänke, Herzchen, und dann verschwinde ich.« Vic wischte und wischte, als ginge es dabei um Leben und Tod. Nie zuvor hatte Louise ihre Schwester so verzweifelt gesehen, selbst nicht in den Zeiten, als sie täglich mit Maman gestritten hatte. Vic wehrte Louise ab, die ihr das Tuch aus der Hand nehmen wollte, und fing an, sich selbst zu beschimpfen. Richtige Hasstiraden ließ sie los und gab sich die Schuld an allem, was schiefgelaufen war. »Vic, hör auf damit! Du warst für mich da, als ich gar nichts hatte. Ich bestehe also darauf, dass wir uns die Garderobe weiterhin teilen. Das werde ich auch dem Direktor sagen. Wir sind Geschwister und ich bestehe darauf, auch künftig mit dir als Duo aufzutreten. Und was diese Madeleine angeht, so stimmt das vielleicht gar nicht, und diese Chloe hat unrecht. Du und Fennoci, ihr bekommt doch ein Kind zusammen, das ist alles, was zählt.« Louise trat näher an Vic heran und lehnte den Kopf an ihre Schulter.

Hatte sie auf eine Annäherung oder gar eine Versöhnung gehofft, so wurde sie enttäuscht. Aber immerhin legte ihre Schwester das Staubtuch weg und wischte sich die Tränen mit dem Handrücken fort. »Also gut, wenn du darauf bestehst«, sagte sie. »Ich bin einverstanden.« Unwillkürlich glitt ihre Hand an ihren Bauch, dessen Rundung sich unter dem Kleid bereits deutlich abzeichnete. Aber sie sagte sonst nichts mehr.

Nach dem Debakel war Louise wach. Sie wusch sich notdürftig in der Waschschüssel und kleidete sich für ihre erste offizielle Probe nach dem Einstand mit dem Ensemble um. Der Direktor hatte ihr gestern Abend noch mitgeteilt, dass sie fortan in der ersten Reihe tanzen sollte, etwas mehr Geld bekäme, aber es auch keine Extrawürste mehr gäbe. Am Wochenende, dienstags und donnerstags waren Aufführungen. Dazwischen hatte sie Einzelstunden bei Grille d'Égout. Blumen würde Louise nur noch am Montag, Freitag und Mittwoch verkaufen können, wenn die Proben bei der d'Égout das zuließen. Morgens und nachmittags galt Anwesenheitspflicht bei der Probe. Am Abend hatte sie bei den Aufführungen mitzuwirken und danach sah man es gern, wenn sie sich unter die Gäste mischte.

»Das geht nie lange gut«, sagte Vic. »Irgendwann wird der Direktor sauer, wenn du ein Stelldichein mit einem Liebhaber hast oder fremdtanzt.«

Louise amüsierte die Bezeichnung fremdtanzen.

»Lach nicht, Schwesterchen, das ist in unseren Kreisen ein gängiger Ausdruck.« Vic klang streng, stimmte aber kurz darauf in Louises Lachen ein.

Sie schmiegte sich an ihre Schwester und endlich nahm die sie in den Arm. »Darf ich also noch ein bisschen bleiben, bis ich ein Zimmer gefunden habe?«

Vic nickte. »Die Garderobe wird ja nicht offiziell untervermietet.« Zwar war der sarkastische Ton in ihrer Stimme nicht zu überhören, aber Louise kommentierte ihn nicht weiter. Vic würde sich schon wieder beruhigen.

* * * * *

Im Proberaum roch es schon nach Schweiß, als sie eintraf. Sie hatte sich verspätet, weil sie länger als gedacht bei Vic geblieben war.

»Mademoiselle, was für eine Überraschung. Gedenken unsere neue Berühmtheit sich auch mal zur Arbeit zu bequemen?« Der Direktor schüttelte missbilligend den Kopf und zwickte Louise im Vorbeigehen in den Allerwertesten. Durch die Reihen der Tänzerinnen ging ein leises Raunen. Louise glaubte, sie tuscheln zu hören. *Glaubt die, sich alles leisten zu können? Sie ist viel zu fett, um eine von uns zu sein – von Grazie keine Spur! Aus der wird nie eine echte Bühnengröße!* Waren ihre Kolleginnen derart eifersüchtig auf sie, dass sie so über sie redeten?

Louise biss sich auf die Lippen und bezog ihre Position an der Ballettstange. Es waren sicher nur Einzelne, die sich gegen sie wendeten, und die konnten ihr gestohlen bleiben.

»Wir beginnen nicht an der Ballettstange, sondern vor dem Spiegel. Außerdem sind wir mit dem Aufwärmen schon fertig«, rief eine der Tänzerinnen; die Mädchen schwirrten in die Mitte des Saals und versammelten sich dort im Pulk.

»*Silence*, die Damen«, schrien Grille d'Égout und der Direktor im Chor. Das Tuscheln der Menge erstarb. »Wir proben die erste Aufstellung aus dem Orpheus. *Goulue* in die Mitte, Francine und Melanie neben sie. Francine, zeigen Sie Louise bitte noch einmal, wie eine ordentliche Tänzerin ihre Röcke hebt.«

Francine war ein Allerweltsname, aber diese Francine, die nun neben ihr Aufstellung bezog, hätte Louise aus vielen Metern Entfernung und aus Hunderten Gesichtern wiedererkannt. Sie allerdings erkannte Louise nicht. Wenn sie wüsste, dass Louise im Besitz ihrer Unterwäsche war! »Hast du einen Geist gesehen?«, fragte Francine.

»Du bist Francine Duboise, habe ich recht?«

Francine wirkte sichtlich irritiert. »Woher weißt du …?«

Der Direktor schlug mit dem Taktstock mehrmals auf den Boden und der Korrepetitor am Klavier setzte ein. Francine hob in einem eleganten Schwung ihre viellagigen Rüschenröcke vor dem Spiegel und Louise sollte es ihr nachtun. Sie trug einen von Vics Röcken, der ungenutzt in der Garderobe gehangen hatte.

»Das darf doch nicht wahr sein!« Die d'Égout schlug die Hände über ihrem Kopf zusammen.

Louise verstand nicht, was sie falsch gemacht hatte.

»Unsere Elevin hat wohl noch nie vom ersten unverbrüchlichen Gesetz der professionellen Tänzerinnen gehört! Ich sage das nur ein Mal und werde mich unter keinen Umständen wiederholen, Louise Weber. Nur wer reinweiße Rüschen trägt, darf im *Élysée* auftreten.« Die d'Égout trat einen Schritt auf sie zu und inspizierte kopfschüttelnd ihre Beinkleider. »Ich will nie wieder Risse sehen, keinen Hauch Grau, nur blütenweißen Stoff.« Grille d'Égout verzog die Lippen und schüttelte sich, als ekele es sie vor Louise.

»Ich … ich habe mir den Rüschenrock aus dem Kostümfundus geliehen.« So schlimm konnte das doch nicht sein, sie probten doch nur. Die Reihe der Mädchen hinter ihr kicherte geschlossen.

»Seien Sie still.« Louise war unsicher, ob Grille d'Égouts Worte ihr oder dem Ensemble galten. »Ab morgen sehe ich Sie im eigenen glänzenden Rock tanzen oder Sie brauchen gar nicht erst wiederzukommen. Haben Sie das begriffen?«

Irgendwie überstand Louise die Probe, auch wenn sie mehrmals patzte. Dass die Tänzerinnen in der zweiten Reihe tuschelten und über sie herzogen, bildete sie sich bestimmt nur ein. Dass die bewunderungswürdige Duboise sie an die Wäscherei und an Maman denken ließ, war allerdings nicht zu leugnen. Als Grille d'Égout endlich die Pause einläutete, ignorierte Louise Francine, die ihren Blick suchte. Wahrscheinlich wollte sie wissen, woher sie ihren Namen kannte und ob sie sich schon einmal begegnet waren. An den Eklat mit Betty erinnerte sie sich bestimmt noch.

Louise warf sich einen Rock und ein Oberteil über und rannte aus dem Proberaum. Es waren nur wenige Monate ins Land gezogen, seit sie das erste Mal einen Fuß auf den Montmartre gesetzt hatte, und nur einige Wochen, seit das Kanapee ihrer Schwester zu ihrer Schlafstatt geworden war. Seitdem gehörte auch die Freundschaft zu Lily der Vergangenheit an und Louise vermisste ihre Freundin und die Gespräche mit ihr sehr. Im Montmartre war Louise mittlerweile zwar mit vielen Menschen bekannt. Vertraute hingegen, mit denen sie über die jüngsten Ereignisse hätte sprechen mögen, gab es kaum. Vic hatte ihre eigenen Sorgen, Valentin und Mimi kannte Louise noch zu wenig, Paul und Auguste waren oft beschäftigt, blieb also nur Agostine. Auch wenn die Wirtin keine Freundin war, so war sie doch die gute Seele des Cafés *La Nouvelle* und hatte stets ein offenes Ohr für ihre Gäste.

Mit voller Wucht stieß Louise die Tür vom *Élysée* auf und ließ die milde Frühherbstluft in ihre Lungen strömen. Dann spurtete sie los. Sie rannte – ohne nach links und rechts zu sehen – über die viel befahrene Straße hinüber zum *La Nouvelle*. Eine Kutsche bremste kurz vor ihr, das Pferd scheute und der Fahrer stieß einen Fluch aus. Sie lief einfach weiter.

»Erinnerung ist doch niemals die ganze Wahrheit«, sagte Agostine wenig später und schob Louise ein frisch gezapftes Bier über den Tresen. Louise schüttelte den Kopf, aber die Wirtin wollte nichts davon wissen. »Du trinkst besser, Mädchen, sonst hältst du den ganzen Unsinn nicht aus. Glaub das einer lebenserfahrenen Bistrobesitzerin. Ich sehe meinen Lieblingen auf zehn Meter Entfernung an, wenn sie was Stärkeres brauchen. Und du bist so ein Fall. Also sag schon, welche Laus ist dir über die Leber gelaufen?«

Bevor Louise mit dem Erzählen loslegen konnte, nötigte Agostine sie, einige Schlucke Bier zu trinken und ein paarmal tief ein- und auszuatmen. So schnell wie die Worte anschließend aus Louise heraussprudelten, konnte sie kaum reden. Sie erzählte Agostine alles, was sie in den letzten Wochen erlebt hatte und ihr auf der Seele lastete. Ganz zuletzt, nachdem sie den letzten Schluck aus dem bauchigen Bierhumpen getrunken hatte, sprach sie von dem Neid der anderen Tänzerinnen und der Begegnung mit Francine Duboise, die schmerzhafte Erinnerungen an Clichy ausgelöst hatte.

Agostine reichte ihr ein Taschentuch. »Puder dir mal die Nase, Kindchen. Alles wird nur halb so heiß gegessen, wie es gekocht wird. Du gehst jetzt zu eurem Chef und machst ihm schöne Augen. Sagst, du brauchst dcinen Schönheitsschlaf. Wenn er das schluckt, Kindchen, dann tust du genau das. Du schläfst dich mal gehörig aus. Du wirst sehen, die Welt sieht heute Abend schon ganz anders aus. Dann bist du wieder bereit für die große Bühne und den Rest der Welt.«

* * * * *

Kurz darauf war Louise zurück im *Élysée*. Nach dem Gespräch mit Agostine war ihr Trübsinn urplötzlich verflogen. Wie herrlich sie es doch hatte! Wie frei sie doch war! Ein Dummkopf, wer sich da beschwerte. Sie hatte entschieden zu tanzen, und sie tanzte. Sie tat, was sie wollte und wofür sie geboren war. Und seit Kurzem hatte sie ein Engagement und musste nur noch nebenbei Blumen verkaufen. Sie selbst hatte sich dieses Leben gestattet, nicht Maman, nicht Betty, nicht Lily und auch sonst keiner. Sie war auf dem Weg, bekannt zu werden, und das würde sie sich ganz sicher nicht von ein paar eifersüchtigen Tänzerinnen ruinieren lassen.

Im Ballettsaal schlug sie pünktlich auf die Minute auf.

»Das will ich aber auch gemeint haben«, sagte die d'Égout und der Direktor lachte unterdes. Grille d'Égout sah auf ihre Taschenuhr. »An die Ballettstange, Mesdames, und aufwärmen.«

Mit dem Einsetzen des Pianos und der beruhigenden Gleichmäßigkeit der gewohnten Tonabfolgen war schlagartig alles in ihr ruhig. Es war angenehm, die Gedanken mit dem Fluss der Bewegungen in den Hintergrund treten zu lassen. Erste Position. Die Fersen berührten sich, die Zehen zeigten nach außen. *Demi plié*. Louise achtete darauf, nicht ganz in die Knie zu gehen. *Port de bras*, hübsche Arme machte sie und lächelte. Der Direktor schien zufrieden mit ihr. Er zwinkerte ihr zu. Grille d'Égout gab den Wechsel in die zweite Position vor. »Schön auf einer Linie stehen, Mesdames, im richtigen Abstand auf Hüft-, und Schulterhöhe, *s'il vous plaît*.« Dasselbe Spiel wieder in der dritten, vierten und fünften Position. Danach kamen die *Ronds de jambe*, die kreisförmigen Bewegungen des Beines, rechts und links, am Boden und *en l'air*. Dann das Dehnen und Strecken. Nach vorn zu dem Bein, das auf der Stange ruhte, dann den Rücken nach

hinten beugen. Dort stand Francine Duboise. »Ich habe dich schon
einmal gesehen«, raunte sie ihr zu. »Ich kann mich nur nicht erinnern,
wo das war.« Louise beugte sich sehr weit nach hinten, der Direktor sagte: »Wundervoll, wundervoll«, und sie flüsterte Francine zu:
»Dafür weiß ich es noch genau. Du hast meinem Leben eine neue
Richtung gegeben. Dafür danke ich dir!« Bei jeder Übung, auch als
sie sich in der Mitte platzieren sollten und dort die Choreografie noch
einmal durchgingen, war Louise ganz bei sich und immer auf dem
Punkt. Niemand tuschelte mehr hinter ihrem Rücken. Die anderen
erkannten Louises Talent, und das brachte sie zum Schweigen.

Nach der Probe lief sie auf dem Weg nach draußen beinahe in
Francine Duboise hinein und nur zehn Minuten später konnte sie
nicht mehr erklären, wie es zu dem Kuss zwischen ihnen gekommen
war. Der Moment ihrer Begegnung hatte sich so ungeheuer leicht angefühlt, so beschwingt, wie es eigentlich nur im Frühling hätte möglich sein können. Dabei war es längst Herbst und vor dem Theater
braute sich ein ordentliches Gewitter zusammen. Der Himmel hatte
sich zugezogen und war beinahe schwarz. Die bewunderungswürdige
Duboise hielt sie am Arm fest. »Wie hast du das vorhin gemeint? Wie
soll ich dein Leben verändert haben? Ich verstehe nicht …«

Sie standen sich in der Düsternis gegenüber und Francine, die
damals die Stirn gehabt hatte, ihre Geliebte gegenüber Betty zu verteidigen, hielt sie noch immer fest.

Louise spürte Francines Atem auf ihrer Wange. Von einer plötz-
lichen Lust getrieben, einmal etwas zu tun, was sie sich sonst nur
ausmalte, stellte sie sich auf die Zehenspitzen und küsste ihre Lippen.
Niemand beobachtete sie. Sie waren allein im Treppenhaus. Francine
wich nicht vor ihr zurück. Sie erwiderte ihren Kuss aber auch nicht.
Erst als die anderen Tänzerinnen aus der Umkleide ins Treppenhaus
drangen und sich an ihnen vorbeischoben, trat sie ein klein wenig zurück. Louise warf ihr einen tiefen Blick zu, bevor sie der Meute folgte.

Die Tänzerinnen hatten sich in der großen Halle gesammelt.
Eine fragte Louise, ob sie sie ins Café begleiten wolle. Sie würden
alle zusammenlegen und sie einladen, als Wiedergutmachung. Ihr

Herz hüpfte. Nur zu gerne hätte sie die Einladung angenommen, alles fühlte sich so leicht an. Francine zu küssen, einen Impuls zu spüren und ihm zu folgen. Einfach das zu tun, was sie umtrieb und nichts, gar nichts von sich zurückzuhalten. Die Begegnung mit Francine aber tat noch etwas anderes: Sie spülte Louises Vergangenheit nach oben und die Erinnerungen schlugen auf einmal wie eine riesige Welle über ihr zusammen. Louise stand wieder in der Waschhalle. Stickiger Dampf durchströmte ihre Lungen, sie sog den Soda-Geruch ein. Aus den Ecken kroch der Uringestank. Sie hörte Bettys Finger auf das Holz des Empfangstresens trommeln. Lily blickte sie fragend an. Jemand rief ihren Namen, das war Mamans Stimme. Wie es ihr wohl ging?

Louise musste es mit eigenen Augen sehen. Maman durfte nicht leiden. Ob sie ihre Wohnung und ihre Arbeit behalten hatte? Ob ihr Rücken der Schufterei noch standhielt? Louise fühlte, wie die Schwere zurück in ihre Glieder sackte. Wochenlang hatte sie ihr altes Leben verdrängt, doch das gelang ihr nun nicht mehr. Sie würde nach Clichy fahren, augenblicklich. Sie vertröstete die Tänzerinnen und erklärte, dass sie noch etwas Wichtiges zu erledigen habe. Sie nickten ihr freundlich zu. Eine lieh Louise ihren Schirm. »Es regnet«, sagte sie. »Du sollst dich nicht erkälten. Du bist jetzt Teil unseres Ensembles – und das Ensemble ist unsere Familie.«

Draußen prasselten dicke Tropfen auf Louise nieder. Sie war dankbar für den Schirm, den sie aufspannte. Auf diese Weise gelangte sie trocken zum Boulevard und der Kutschstation. »Wie lange brauchen wir von hier nach Clichy und wieder zurück?«, fragte sie einen Kutscher. Sie musste unbedingt rechtzeitig zurück im Theater sein. Die braune Stute, die der Kutsche vorgespannt war, schüttelte ihre Mähne und der Kutscher tätschelte ihr den Hals. Louise war den Weg nicht erst einmal gefahren und viele Male gelaufen. Sie konnte also durchaus abschätzen, wie lange es ungefähr dauern würde. Ihre Frage war mehr ein Suchen, ein Hoffen auf eine Zusicherung, die über eine bloße Zeitangabe hinausreichte.

Der Kutscher deutete eine Verbeugung an. »Mademoiselle, wir haben alle Zeit der Welt.«

Sie schüttelte den Kopf und legte Nachdruck in ihre Stimme: »Mir ist es ernst mit meiner Frage. Ich kann nur fahren, wenn ich sicher bin, dass wir rechtzeitig zur Abendvorstellung zurück sind.«

Der Fahrer schwang sich auf den Kutschbock. »Ich verspreche es hoch und heilig.«

Louise stieg ein. Aus dem kleinen Kutschenfenster heraus sah sie sich nach den Tänzerinnen um, die lachend die Köpfe unter den Regenschirmen zusammensteckten und durch den strömenden Regen hinüber ins Café eilten. Die kleine Meute würde ihren Spaß haben. Sie aber fuhr freiwillig in die Höhle des Löwen zurück. Doch es ging nicht anders, etwas Unentdecktes in ihr selbst trieb Louise an. Sie brauchte die Vergewisserung, dass Maman zurechtkam. Sie war nicht wie Vic, die die Erinnerungen an früher einfach weggepackt und vor sich selbst gut verborgen hatte. In ihrer Schwester brodelte die Wut auf Maman und die war größer als die Sehnsucht nach ihr. Für Louise verhielt es sich genau umgekehrt.

Der Montmarte geriet langsam außer Sicht. Sie fuhren über holpriges Kopfsteinpflaster und der Kutscher saß vorne auf dem Bock und sang ein Lied von Liebe und Verrat und Vergebung. Louises Magen zog sich erneut zusammen. Die Angst, sich in etwas zurückzuverwandeln, das sie mühsam abgestreift hatte, hielt sie fest im Griff. Sie wollte nicht zurück in die Vorstadt, auch nicht auf eine Stippvisite. »Du musst dich Maman nicht zeigen«, murmelte sie wie ein Mantra vor sich hin. »Es reicht, wenn du sie siehst.« Die Kutsche hielt an einer vielbefahrenen Kreuzung und der Kutscher wandte sich zu ihr um. Er winkte ihr kurz zu, dann ging die Fahrt weiter. Mit jedem Meter, den sie sich ihrem alten Leben näherte, kamen auch die Scham und der Schmerz zurück. Die Wagenräder rollten über das Pflaster, unaufhörlich ihrem Ziel entgegen. Sie wollte gleichsam so rasch wie möglich ankommen und den Kutscher bitten, sofort wieder zu wenden. Aber Louise blieb bei ihrem einmal gefassten Entschluss.

Der Regen hatte nachgelassen. Der große Park tauchte still und feucht glänzend am Horizont auf. Sie passierten die Brauerei und dann die alte Kastanie vor der Wäscherei. Louise hielt Ausschau nach Minette, aber sie war nirgends zu entdecken. Das mit Clichy verbundene Gefühl stellte sich wieder ein. So war es also gewesen, hier zu leben. Die Orte, Dinge und Menschen, die Louise kannte, hatten sich über viele Jahre und die stete Wiederholung ihrer Erfahrung mit ihnen, zu einem gesicherten Bild in ihr gefestigt, zu einer inneren Landschaft. Louise wusste um deren Beschaffenheit und um die befestigten Pfade, die morschen Brücken und die Anhöhen, von denen sie alles überblicken konnte. Sie kannte die Ab- und Umwege genauso wie die Verstecke, die sich hier boten. Nichts würde sie hier überraschen können.

Als die Pferde in Clichy eintrabten, fühlte sie sich wie damals als Kind: unsicher, falsch geraten und deshalb im steten Widerspruch zu ihrer Umwelt. Dass sie Maman allein gelassen hatte, war bloße Überlebensstrategie. Zwei Querstraßen von Mamans Wohnung entfernt stieg sie aus der Kutsche. Es hatte aufgehört zu regnen. Louise drückte dem Fahrer sein Geld in die Hand und bat ihn, an Ort und Stelle auf sie zu warten. Sie würde nicht lange brauchen. Ob es ihr gelänge, Maman abzupassen, wenn sie von der Wäscherei nach Hause kam? Es würde ihr ausreichen, einen kurzen Blick auf Maman zu erhaschen. Es wäre beruhigend, wenn Maman Einkäufe dabeihätte, dann konnte Louise sicher sein, dass sie nicht hungern musste. Wenn Maman nicht käme, wollte Louise sich zur Wohnungstür schleichen und nachsehen, ob ihr Name noch dort stand. Vielleicht würde sie gegen die Tür klopfen, so lange, bis Maman öffnete. Sie würde ihre Schritte hören, die sich näherten. Louise würde Zeit genug haben, sich zu verbergen. Maman sollte sie auf keinen Fall sehen oder zur Rede stellen. Vielleicht gelänge es ihr auch, ihr einen Umschlag mit Geld und ohne Absender unter der Türschwelle hindurchzuschieben?

Alle Sinne bis aufs Äußerste gespannt huschte sie durch die Straßen wie ein Dieb in der Nacht. Niemand, den sie von früher kannte, durfte sie sehen. Sie schlug die Kapuze ihres leichten Mantels tief ins Gesicht. Am Ende der Straße, höchstens noch zwei Minuten entfernt, lag Mamans Wohnung. Louise blieb an der Häuserecke unter einer Trauerweide stehen. Ihr Herz schlug schnell gegen ihre Brust. Sie hatte die Zeit nach Mamans Arbeit genau abgepasst.

Eine ganze Weile geschah nichts von Bedeutung. Louise beobachtete ein paar Fußgänger, sie hörte einen Hund bellen, sah Kindern dabei zu, wie sie mit Kreide auf den Boden malten und von Kästchen zu Kästchen sprangen. Sie berührte die weichen Blätter der Weide, unter der sie stand, und hielt den Blick fest auf die Häuserwand gegenüber gerichtet. Sie war so in ihre Gedanken vertieft, dass sie furchtbar erschrak, als Maman tatsächlich in die Straße einbog. Sie ging, vornübergebeugt, ihr Rücken war offenbar schlimmer geworden. Betty war bei ihr. Am freien Arm trug die Vorsteherin einen Korb voll mit frischem Gemüse und Kartoffeln. Eigentlich hätte dieser Eindruck Louise ausreichen müssen. Sie hätte beruhigt sein können und den Rückzug antreten sollen, so wie sie es sich geschworen hatte. Betty kümmerte sich um Maman. Wahrscheinlich gewann die Vorsteherin mit ihrem sozialen Engagement für ihre Arbeiterin hohe Anerkennung in der Kirche und der Gemeinde. So steigerte sie ihr Ansehen, wenn sie ausgerechnet der armen, vom Schicksal geschlagenen Frau half, deren Kinder so herzlos gewesen waren, sie allein zurückzulassen. Aber ganz egal, was die Leute in Clichy über Louise und Vic dachten, es sah immerhin so aus, als würde Betty sich um Maman sorgen und sie unterstützen. Jemand, egal wer, kümmerte sich um sie. Das war die Hauptsache.

Die Sonne stand schon tief am Himmel, Louise musste dringend zurück zur Kutsche. Aber sie konnte nicht fort, solange Maman noch so präsent und in ihrer unmittelbaren Nähe war. Wie gern wäre sie aus dem Schatten getreten und hätte sie umarmt. Wie gern hätte sie ihr ein bisschen von ihrem Ersparten gegeben, aber sie wusste, dass ihre Mutter das Geld nicht annehmen würde, schließlich hatte sie es in deren Augen auf höchst unmoralische Weise verdient.

Betty schloss die Wohnungstür auf und just in diesem Moment blickte sich Maman plötzlich um. Sie sah genau in Louises Richtung. Maman würde auf die Entfernung nur Schemen ausmachen können, ihre Augen waren nicht mehr gut. Als habe sie einen Geist gesehen, lauschte sie bewegungslos in die Stille. Sie rührte sich auch dann nicht von der Stelle, als Betty ihr sanft über den Rücken strich und sie vorsichtig in Richtung Hauseingang schob. »Was ist denn, Madeleine?« Maman schüttelte den Kopf, genau wie Louise eben den Kopf geschüttelt hatte, wohl über sich selbst. Sie blieb Betty eine Antwort schuldig. Was hätte sie ihr auch sagen sollen? *Ich bin mir nicht sicher, aber ich glaube, meine Tochter verbirgt sich im Schatten einer Trauerweide?* Doch sie hob, beinahe unmerklich, eine Hand, wie zum Gruß, dann wandte sie sich um und ging ins Haus.

Es hatte wieder zu tröpfeln begonnen. Warme kleine Tropfen, die den vergangenen Sommer beweinten und Louises nackte Arme und ihr Gesicht benetzten. Mit hängenden Schultern stahl sie sich durch die dämmrigen Gassen zur Kutsche zurück.

»Was ist geschehen?«, fragte der Kutscher, als sie wieder eintraf. »Siehst ja aus, als hättest du ein Gespenst gesehen.« Louise zuckte nur mit den Achseln. »Fahren wir«, sagte sie.

An diesem Abend aber tanzte sie, wie sie noch nie getanzt hatte.

KAPITEL 13

In den folgenden Wochen ereignete sich nichts Besonderes. Die Tage waren angefüllt mit Proben, und abends zog Louise fast immer mit Paul und Auguste durch das Quartier, häufig war auch Adolphe, der sie nach wie vor vergötterte, mit von der Partie. Auch Valentin oder Francine begleiteten sie regelmäßig. Zwischen Valentin und ihr war inzwischen eine echte Freundschaft entstanden und mit Francine hatte man immer eine Menge Spaß, sie nahm wie Louise kein Blatt vor den Mund und stieß so manchen Herrn mit ihrem Verhalten vor den Kopf. Louise hatte ihr nicht erzählt, woher sie sie kannte. Dieses kleine Geheimnis wollte sie für sich behalten.

Manchmal pries Louise den nächtlichen Bistrogästen ihre eigenen Aktaufnahmen an, das Geld konnte sie nach wie vor gut gebrauchen. »Weißt du«, sagte sie zu Paul. »Die alte d'Égout nimmt mich richtig aus. Für eine Stunde bei ihr muss ich ein halbes Vermögen blechen. Ich kann ja auch nicht ewig in der Garderobe hausen. Irgendwann fliege ich auf und spätestens dann ist der Spaß hier vorbei.«

Paul verschluckte sich fast an seinem Glas mit Absinth. »Die will auch noch Geld von dir? Dafür, dass sie dich so anblaffen darf? Na, danke auch.« Er kramte in seiner Hosentasche und holte einen kleinen Zettel heraus, den er Louise reichte.

Neugierig nahm sie ihn in die Hand und las, was darauf stand. In der Rue de Steinkerque wurde ein Dienstmädchen gesucht.

»Das ist gleich hinter dem *Élysée*«, erklärte Paul. »Frag mich aber besser nicht, was ich da zu suchen hatte.«

»Meinst du etwa das Bordell? Glaubst du im Ernst, ich lasse mich für die Liebe bezahlen? Ich entscheide selbst, mit wem ich die Nacht verbringe, das weißt du ganz genau.«

»Sie suchen wirklich ein Dienstmädchen. Und du triffst dort interessante Menschen. Sieh nur mich an.« Paul schnäuzte sich in ein Taschentuch.

»Überaus interessant. Vielleicht werde ich mal dort vorbeischauen. Ich muss Zaster verdienen, und nachts in der Halbwelt fühle ich mich wohler, als tagsüber die Wäsche der feinen Pinkel zu waschen.«

In solchen Nächten machte Louise sich selten allein auf den Heimweg durch die schmalen Gässchen des Montmartre. Sie blickte auf die Überreste der Mühlen, die fast alle abgerissen worden waren. Sie küsste Fremde, Männer wie Frauen. Leidenschaft, so hatte sie herausgefunden, überlagerte und dämpfte den Schmerz, der sie, seit sie Clichy verlassen und Maman und Lily verloren hatte, begleitete.

Anfang November 1884 fielen die ersten Schneeflocken. Es war ungewohnt still am Montmarte, die Akkordeonklänge des Sommers hatten sich in die hintersten Winkel der Theater, Cabarets und Bars zurückgezogen. Die Geräusche des herrlich bunten Lebens drangen nicht mehr bis auf die Straßen und Wege. Hin und wieder begegnete Louise einem Passanten, der den Mantelkragen hochgeschlagen hatte, um sich vor der Kälte zu schützen. Oder sie traf auf ein Pärchen, das durch den Neuschnee stiefelte. Die Menschen hinterließen Spuren im Weiß. Die ursprüngliche Dunkelheit, die den Winter ausmachte, schimmerte hell. Es war eine Herausforderung, sich so anzuziehen, dass Louise draußen nicht fror und in den warmen Innenräumen dennoch ihre Reize zeigen konnte. Vor allem durfte ihre Kleidung nicht feucht werden. Sonst bibberte sie den ganzen Abend vor Kälte und dann war alle Vorfreude auf die Nacht schnell dahin. Oder die d'Égout hielt ihr wieder Vorträge über die duftende Reinheit weißer Rüschen und ihre Bedeutung beim Tanz, wenn sie Louise zu fassen bekam. Sie kannte ihre immergleiche Leier schon auswendig. Die hörte sich ungefähr so an: »Ein gebildeter Mann kann eine professionelle Tänzerin von einer, die unsere Kunst nie erlernt hat, an der Farbe ihrer Spitzen zwischen den Volants erkennen. Die müssen von bestechendem Weiß sein. Du solltest das wissen, du warst doch mal eines der Waschmädchen, *n'est-ce pas?*«

An jenem Abend sollte im *Alcazar d'hiver* eine Legende auftreten, eine singende Komödiantin namens Thérésa. Auguste hatte Louise erzählt, dass die Künstlerin reichlich verdiene und mit bürgerlichem Namen Eugénie Emma Valadon hieße. Er hatte dazu mit den Unterarmen gewedelt wie ein Entchen und Quakgeräusche nachgeahmt. Was auch immer das bedeuten sollte. Louise ließ sich überraschen. Vielleicht würde diese Thérésa Louise einen Tipp geben können, wie sie es schaffen konnte, ein sorgenfreies Leben zu leben und Kutsche zu fahren, wann immer sie wollte? Mehr Geld bedeutete mehr Freiheit.

Louise war spät dran. Valentin kam ihr mit Paul und Auguste im Schlepptau entgegen. Die Freunde führten sie an einen großen runden Tisch, den Auguste für sie alle reserviert hatte.

»Wo habt ihr denn Adolphe gelassen?«, fragte Louise.

»Sprichst du von Adolphe Willette, dem jungen Maler, dem du das Herz gebrochen hast?« Valentin hob fragend eine Augenbraue und darüber musste sie lachen.

»Ihr habt gut lachen«, sagte Paul. »Der Arme liegt im Bett und steht seit Wochen nicht mehr auf. Und das nicht etwa, weil er Fieber hat. Du hast ihm ordentlich zugesetzt, Louise. Er malt nur noch bei heruntergelassenen Rollos im Schein einer einzelnen Kerze und zelebriert seine tiefe Melancholie.«

Louise seufzte. Es tat ihr wirklich leid um Adolphe. Aber was konnte sie dafür, dass sie nicht in ihn verliebt war – und es ganz sicher auch nie sein würde? Seit sie ihm das in aller Deutlichkeit klargemacht hatte, zürnte er ihr, anstatt mit ihnen die Nächte zu genießen. Sie ließ sich neben Valentin am Tisch nieder und orderte Wein und Wasser für alle. Auguste, der zu ihrer anderen Seite saß, beugte sich zu ihr und flüsterte: »Adolphe ist einer der guten Männer, dafür lege ich meine Hand ins Feuer. Verletz ihn also bitte nicht.«

Sie zuckte mit den Achseln. Nichts lag ihr ferner, als Adolphe zu verletzen. Sie schätzte ihn als Maler genauso wie als Menschen. Aber sie hatte sich entschieden. Nie mehr würde sie abhängig sein, schon gar nicht von einem Mann. Am Schluss waren immer die Frauen die

Leidtragenden. Und Adolphe wollte sie nur ganz oder gar nicht. »So ist das mit euch Männern«, sagte sie. »Entweder ihr nutzt uns Frauen für eure Zwecke aus, oder aber ihr wollt uns besitzen. Für beides stehe ich nicht zur Verfügung.«

Auguste sah sie irritiert an. »Du hast dich in der letzten Zeit verändert, Louise. Wo ist die Träumerin hin, mit der ich in dem kleinen Bistro über den Mond philosophiert habe?«

Sie nahm seine Hand und sah ihn an. »Du weißt, dass das nicht stimmt. Nur bin ich für die kleinen Träume nicht gemacht und bereit, für die großen Opfer zu bringen. Einen Mann brauche ich dazu aber sicher nicht.«

Er schwieg und ließ ihre Hand los.

»Nun schau nicht so dramatisch, Auguste. Wir sind hier, um zu feiern und um deine Entenfrau zu hören.«

»Habe ich da etwa ›Entenfrau‹ gehört? Wer wagt es, so über mich herzuziehen?« Die Frau, die an ihren Tisch getreten war, hatte dickes braunes Haar mit einem Stich ins Rötliche, das einen schönen Kontrast zu ihrem gelben, eng anliegenden Kleid bildete. Sie war üppig gebaut und der Stoff spannte sich über ihren Rundungen. Fransen zierten ihren Ausschnitt. Ein bisschen glich sie einer Ente, die mit ihrem Sterz wackelte.

»Und Sie sind Madame Valadon?« Louise erhob sich und reichte ihr die Hand. »Auguste hat schon viel von Ihnen erzählt.«

Thérésa betrachtete sie, als bemühe sie sich, durch eine von einem leichten Schmutzfilm überzogene Glaskugel zu blicken. Sie zog die Stirn kraus und schmunzelte dabei. »Sie müssen sich vor mir nicht verstellen, ich habe genau gehört, was Sie vorhin zu Auguste gesagt haben.« Sie schnalzte mit der Zunge. »Entenfrau. Sie werden schon sehen, was ich zu bieten habe. In diesem Kostüm hat mich 1876 Edgar Dégas verewigt, zu dieser Zeit waren Sie noch grün hinter den Ohren.« Sie lachte, mit ihrem breiten Mund, überraschend offen und ohne Hinterhalt. Einer wie ihr konnte Louise nichts vormachen.

»Sie haben recht, so sprach man von Ihnen. Von der Entenfrau mit dem breiten Mund, der *Rigolboche des chansons*, auch von der Frau, die wie keine andere jodelt. So wurden Sie oft karikiert. Mir ist das gleich. Ich will Sie auf der Bühne erleben. Sie sind eine waschechte Berühmtheit, haben Bewunderer und verdienen reichlich Geld. All das will ich auch erreichen.«

Thérésa griff nach dem Glas Rotwein, das neben Louise stand, und hob es zu ihren Lippen. »Ich darf doch, oder?« Sie leerte es in einem Zug. »Ich sehe schon, wir verstehen uns. Das Siezen können wir jetzt auch sein lassen. Also gut, sieh mir zu und lerne.« Sie legte Louise eine Hand auf die Schulter. Auf der Bühne kündigte man sie derweil bereits an. Als habe sie auf einmal einen unsichtbaren königlichen Mantel übergeworfen, ging sie gemessenen Schrittes und ohne jede Eile zur Bühne. Trotz Thérésas Körperfülle und ihrer eher plumpen Gesichtszüge wirkte alles an ihr schwerelos, sobald sich alle Augen auf sie richteten. Keine überflüssige Sekunde lang musste ihr Publikum darum bangen, ob Thérésa sie mit sich forttrüge. Die Bühne und Thérésa waren eins. Mit ihrer beinahe unheimlich anmutenden Präsenz nahm sie die Bretter für sich ein und die Herzen der Zuschauer flogen ihr nur so zu. Eine derartige Verwandlung eines Menschen in eine Kunstfigur hatte Louise noch nie erlebt. Das wollte sie auch können. Thérésa öffnete den Mund und ein erster Ton erfüllte den Saal. Ihr ganzes Dasein floss in den Vortrag des Liedes. Nichts anderes zählte mehr als die Musik, auf deren Phrasen und Bögen ihre Stimme tanzte. Mit all der Diskrepanz, die zwischen Sehnsucht und schnöder Realität lag, entblößte sich Thérésa. Ob sie die unsichtbar verlaufende Grenze zur Lächerlichkeit hin überschritt, war ihr egal. Sie gab sich vollkommen preis. Mit ihrem Schmerz und ihrer Angst, die sich unter der sichtbaren Oberfläche eingenistet hatten. Sie waren Teil ihrer Darbietung und gehörten dazu.

Thérésa stimmte das Entenlied an. Sie schlug mit ihren üppigen Ärmchen, als versuche sie zu fliegen. Die Spitzen an ihrem Ausschnitt und dem Saum ihres Trägers flatterten dazu und ihre Stimme schraubte sich in ungeahnte Höhen. Das ganze Publikum grölte vor Lachen, auch Louise konnte nicht mehr an sich halten. Auguste stupste sie in die Seite. »Und, habe ich zu viel versprochen?« Paul klopfte sich auf die Schenkel, so sehr amüsierte ihn die Vorstellung. Selbst Valentin, der stets um Fassung bedacht war, konnte das Lächeln, das sich in seinen Mundwinkeln abzeichnete, nicht verbergen.

Als Thérésa schließlich von der Bühne abging, war sie sogleich umringt von Bewunderern.

»Ich habe eine Überraschung.« Valentin stand auf und erhob sein Glas. »Ich lade euch ein, mich heute Abend in den *Nouveau Cirque* zu begleiten. Er hat unlängst erst eröffnet. Und eine zusätzliche Karte habe ich auch noch anzubieten. Wenn wir zum Beispiel die Entenfrau mitnehmen wollen …«

»Du bist ein Genie.« Louise riss Valentin den Stapel Karten aus der Hand. »Was hat sie denn jetzt schon wieder vor?«, hörte sie Paul sagen. Da bahnte sie sich schon ihren Weg durch die Menge zu Thérésa. Auguste, der sich wohl am Wein verschluckt hatte, hustete. »Thérésa!«, rief sie über die Köpfe ihrer Verehrer hinweg. Für die anderen sollte es klingen, als würden sie sich schon ewig kennen. Thérésa blickte sich nach ihr um, aber Louise stand inmitten der Menge und war unsichtbar für sie. Sie musste handeln, ganz egal, ob sich das geziemte oder nicht. Also stieg sie auf den nächstbesten Stuhl und wedelte mit den Zirkuskarten. »Begleitest du uns in den *Nouveau Cirque*?« Erstaunen lag in Thérésas Blick, gleich darauf aber erschallte ihr warmtönendes Lachen. »Hast du immer noch nicht genug von der Entenfrau?«

»Komm mit uns, bitte. Es wird unvergesslich.« Sie hatte nicht damit gerechnet, Erfolg zu haben, aber Thérésa schien Gefallen an ihrer Einladung zu finden. Sie durchschritt die Menge, die ihr Platz machte, und hielt auf Louise zu. Als sie vor ihr stand, flüsterte sie ihr ins Ohr: »Ich zieh mich nur eben um. Wartet draußen bei den Kutschen auf mich. Es muss nicht jeder wissen, wo ich mich aufhalte.« In die Menge rief sie: »Genug. Für heute habe ich genug gesungen.« Louise sah ihr nach, wie sie hinter der Bühne verschwand.

* * * * *

In der Kutsche war Thérésa ganz still. Sie saßen sich im Dämmerlicht des Wagens gegenüber. Alles Laute war von Thérésa abgefallen, ihre Lippen ruhten ernst aufeinander. Sie sah hinaus in die Nacht, in der die Lichter des Montmartre auf und ab hüpften. Immer in Bewegung. In der Kutsche hingegen herrschte einen Augenblick lang stille Zeitlosigkeit. Selbst Paul hielt die Augen geschlossen. Hinter der Bühnenfigur Thérésa verbarg sich eine andere Person. Hinter deren Lachen wohnte etwas anderes. Ob Thérésa nur erschöpft von ihrem Auftritt war? Oder bereute sie es, Louises Einladung angenommen zu haben? Louise nahm das Gespräch zu ihren Freunden wieder auf, und gab vor, sich bestens zu amüsieren. Bloß keine Pausen entstehen lassen. Besser zu viel lachen als zu wenig. Die Kutsche hielt vor dem *Nouveau Cirque* und sie stiegen aus, Thérésa als Letzte. Auch jetzt gab sie sich keine Mühe, sich zu verstellen. Der Schimmer einer Straßenlaterne fiel auf sie. Ihre Schminke war unter den Augen ganz verlaufen. Sie starrte in eine Leere, weit hinten am Horizont.

»Was ist los?«, flüsterte Louise ihr zu. »Du siehst so verändert aus.«

»Nichts, gar nichts.« Thérésa lief rasch voraus Richtung Eingang. Louise bemühte sich, sie einzuholen. Paul, Auguste und Valentin blieben hinter ihnen zurück. »Warte doch«, rief sie ihr nach und Thérésa hielt tatsächlich inne. Sie wandte sich zu Louise um. In ihren Augen standen Tränen. »Was ist geschehen?«, fragte Louise noch einmal.

»Davon lässt sich nicht mal eben so erzählen. Ich war jedenfalls schon einmal hier, ganz in der Nähe. Da gab es den Zirkus noch nicht.« Ihre Erzählung stockte. Thérésa hing wieder ihren Gedanken nach.

Louise kam diese Abwesenheit bekannt vor. So ähnlich verhielt auch sie sich, wenn eine Erinnerung anklopfte, die sie mit niemandem teilen mochte, weil sie nicht zu teilen war. Weil Louise sich mit jeder weiteren Erzählung nur noch mehr von den gut gehüteten inneren Bildern entfernte und sie eben dadurch unschärfer wurden. Worte riefen immer neue Bilder wach, in jeder Geschichte lauerte schon die nächste und verdrängte die ursprüngliche Gestalt. Nichts blieb beim

Alten, gar nichts. Jede Form wuchs in eine andere hinein und wenn sie was taugte, negierte sie ihren Anfang.

»Du magst nicht erzählen, habe ich recht?«

Thérésa griff nach ihrer Hand und nickte. »Du bist schlauer und mitfühlender, als ich dachte.«

Paul, Auguste und Valentin hatten aufgeholt und kamen auf sie zugeeilt. »Nun wartet doch auf uns«, rief Paul und fuchtelte wild mit den Armen in der Luft. »Valentin dreht schon am Rad.«

»Das stimmt so zwar nicht, aber wir sollten uns wirklich nicht verlieren. Immerhin sind es Karten für den *Cirque Nouveau* und der *Cirque Nouveau* ist ein echter Geheimtipp.« Valentin klang, als deklamiere er einen gewaltigen und tiefschürfenden Monolog. Diese Eigenart war, so weit Louise ihn kannte, seine einzige Schwäche. Wenn Valentin glaubte, etwas Neues in Erfahrung gebracht zu haben, musste er ihnen alle Hintergründe und Zusammenhänge en détail darlegen. Und das konnte dauern.

»Ein gewisser Joseph Oller hat den *Cirque Nouveau* gegründet. Sie haben dieses Kleinod erst vor Kurzem eröffnet. Eine echte Sensation! Ich habe nämlich herausgefunden, dass …«

»Warum sehen denn alle wie aus dem Ei gepellt aus?« Paul fuhr sich durchs Haar und sah an sich hinunter. »Komme ich da überhaupt hinein, so ohne Anzug und Jackett? Da sind lauter Edelmänner, Valentin.«

»Du hast mich unterbrochen, Paul. Soeben wollte ich mit meinen Ausführungen fortfahren, wir wären sicher noch vor dem Einlass zur Kleiderordnung gekommen.«

»Lass Valentin das mal regeln«, zischte Auguste Paul zu.

»Wir haben doch überall unseren Spaß!«, entgegnete Paul »Wir könnten auch ins *Flinke Kaninchen* oder ins *Gasthaus zur Strafkolonie*. Oder zu Madame Palmyre in *Die Maus*, falls dir heute der Sinn nach Damen steht, Louise.« Paul sah sie – um Zustimmung heischend – an. Louise trat zwischen ihn und Valentin und hakte sich bei den beiden Männern unter. »Denk doch nur, Paul, sie sollen echte Löwen im Programm haben.«

Paul schüttelte sich und sah sie entsetzt an. »Ich wollte noch eine Weile weiterleben und meine alten Tage mit der neuen Muse an meiner Seite genießen.«

»Papperlapapp, von wegen alt und so.« Louise kitzelte Paul unter den Achseln. Er bog sich vor Lachen.

»Die Käfige für die Raubtiere befinden sich unter dem Zuschauersaal«, sagte Valentin. »Mit der Raubtierdressur wirbt das Etablissement auf all seinen Plakaten, aber sie haben auch …«

»Ist gut, Valentin, gönn uns doch die Überraschung während der Vorstellung.« Louise nahm seine Hand. »Was die Löwen angeht, wisst ihr eigentlich, dass ich neulich mit einer Gepardendame spazieren war? An der Leine versteht sich. Mein unmöglicher Schwager meinte später, das Tier hätte sich unsterblich in mich verliebt. Es wollte nicht mehr fressen, seit ich weg war.«

»Wer verliebt sich wohl nicht in dich?«, fragte Thérésa.

»Du übertreibst doch wieder. Und brichst mir das Herz, weil du nicht von meinem Wissen profitieren möchtest.« Valentin stemmte, ein gespieltes Entsetzen in seiner Mimik, seine langen Arme in die Hüften. Ein wenig komisch sah das aus. Seit ihrem Kusszwischenfall liebte Louise Valentin – wenn auch nicht auf die übliche Art und Weise. Es fehlte ihnen beiden an jener unheimlichen Anziehungskraft für den anderen, aber er war ihr Gegenstück und Louise zählte auf Valentins fragloses Verständnis, wie er auf das ihre zählen durfte. Sie liebte ihn, wie nur Freunde einander lieben und sich nah sein können. Seine warme Zugewandtheit, wie er ihr stets voller Konzentration lauschte und sogar seinen Hang zum Dozieren. Und stundenlang hätte sie ihm dabei zusehen können, wie er seine Gliedmaßen verrenkte.

»Glaubt ihr mir etwa nicht?«

Außer Valentin und Thérésa wussten alle, dass Louise in der Gepardensache nicht flunkerte, aber niemand antwortete ihr. Die Einlassdame hielt ihre Gruppe an und Valentin nannte seinen Namen. Er bestürmte die Frau mit Fragen zur Hintergrundgeschichte des Gebäudes und der Geschäftsidee des *Cirque Nouveau*. Pauls Aufzug geriet darüber ganz in Vergessenheit. Die Einlassdame wusste nichts auf Valentins Fragen zu erwidern und wollte ihn nur so rasch wie möglich durchwinken. Sie musste die Menschenmenge abarbeiten, die zur Vorstellung drängte. So gelang es Louise mitsamt ihrer bunten Freundesgruppe zu passieren, auch wenn sie, Valentin und Auguste mal ausgenommen, lange nicht so ordentlich gekleidet waren wie sicherlich erwartet. Sie stiegen eine Treppe nach oben in den Saal. Dort wurden sie von einem der Anweiser zu den mit rotem Samt bezogenen Klappsitzen geleitet, die im Halbrund um die Manege angeordnet waren.

Louise verspürte Durst. Um diese Zeit aß und trank sie meist mit den *Moulin-Rouge*-Gästen. Aber anders als dort wurde hier nicht serviert. Die Zuschauer tuschelten aufgeregt durcheinander. Alle warteten sie auf den Beginn der Vorstellung.

»Und, gibt es hier nun Löwen?« Thérésa beugte sich zu ihr hinüber.

Louise zwinkerte ihr zu und sah verschmitzt zu Valentin. »Das scheint den Horizont meiner Begleitung leider zu übersteigen.«

Valentin gab vor, beleidigt zu sein, musste dann aber lachen und winkte ab.

Louise wandte sich wieder Thérésa zu. »Du siehst, er wird uns nichts über die Löwen erzählen.«

»Vielleicht interessiert es euch ja, dass es ein Wasserbecken für diese Vorstellung geben soll. Sie können es nach Belieben hinauf- und herunterfahren«, sagte Valentin.

Auguste reichte Louise und Thérésa ein Bonbon. Louise nahm es, wickelte es aus und steckte es sich in den Mund. Es schmeckte nach Anis und duftete ein wenig nach Lavendel. Im Saal wurde es dunkel. Die Manege war nur noch mit kleinen runden Lämpchen beleuchtet. Louise saß zwischen Thérésa und Valentin und genoss die Spannung, die sich zwischen Thérésa und ihr aufgebaut hatte. Valentin war das nicht entgangen. »Lass die Finger von Thérésa«, flüsterte er. »Sie ist mindestens eine Nummer zu groß für dich. Lass uns später lieber in der Rue Pigalle vorbeischauen.« Wie er sie immer durchschaute. Valentin schnitt komische Grimassen und Louise musste grinsen. Das

Leben im Montmartre war ein Traum. Jeder Tag brachte Neues mit sich.

»Es ist herrlich, hier bei euch zu sein.« Louise küsste Valentin auf die Nasenspitze. Sie hätte ihr Bekenntnis zu ihrer Freundschaft am liebsten herausgeschrien, aber in Anbetracht der Löwen, die vielleicht irgendwo unter ihnen auf die Geräusche hier oben lauschten, wiederholte sie ihre Worte nur flüsternd. »Valentin, Paul, Auguste! Ihr wisst doch, wie froh ich bin, dass wir uns gefunden haben, oder?«

In Augustes Augen spiegelte sich das Licht der Manege. Er lächelte versonnen.

»Wie geht es eigentlich Belle?«, fragte Louise.

Er winkte ab. »Sie gibt sich wahrscheinlich gerade einem reichen und betörenden Mann hin.« Er versuchte, die Worte lässig dahinzusagen, aber das Zittern in seiner Stimme verriet ihn.

»Was kann betörender sein als Ihre Bilder?«, fragte Thérésa.

»Ziehen Sie mich ruhig auf, ich habe es nicht anders verdient. Da will man ein Mann sein und findet höchstens durch die Kunst ein bisschen erotische Anerkennung.«

»Pst!« Ein Herr mit Zylinder, in der Reihe vor ihnen, drehte sich um. »Ihr Privatleben interessiert hier niemanden.«

Louise streckte dem Mann frech die Zunge heraus und er wandte sich entrüstet ab.

Endlich ging es los. Auf einem Trapez schaukelte nun eine zierliche junge Frau. Sie schwang sich durch die Lüfte und wurde auf der anderen Seite von einem Artisten aufgefangen. Ein trauriger, weiß geschminkter Clown mit roter Nase und stilisierter Träne trat danach in die Manege. Ein Zauberer kam hinzu und holte roséfarbene Kaninchen und weiße Tauben aus seinem Hut.

Dann war es endlich so weit! Aus den Tiefen und mit einer Hydraulik versehen, die Louise nicht verstand, kam das von Valentin viel beschworene gefüllte Wasserbecken zum Einsatz. Wunderschöne Mädchen in Badekleidern plantschten darin mit Sechunden, als sich plötzlich ein Mann aus dem Publikum erhob. Er trug eine Anzughose, ein Jackett und ein weißes Hemd mit roter Fliege. Seine

Lackschuhe waren seltsam geformt. Vorne waren sie sehr lang. Ein Wunder, dass er nicht darüber stolperte. Ein bisschen sahen sie aus wie Clownsschuhe. Er kletterte in die Manege und setzte sich auf den Beckenrand des Bassins. Niemand hielt ihn zurück. Durch den Saal ging ein Raunen. Der Mann gehörte doch sicher zum Ensemble, oder etwa nicht?

»Wartet, gleich fällt er hinein«, murmelte Valentin. Und genauso geschah es. Die Damen im Publikum schlugen sich die Hände vor das Gesicht und die Herren wedelten ihnen mit ihren Fächern und Taschentüchern Luft zu.

»Musst du uns immer die Überraschung verderben!« Louise war nun doch ein bisschen sauer. »Hättest du nicht verraten, was geschehen würde, wäre ich vielleicht endlich auch einmal erschrocken.«

»Als ob man dich so leicht erschrecken könnte«, sagte Thérésa.

»Probier es doch aus!«

»Das wird dann wohl nichts mit unserem Besuch in der *Wilden Maus*, habe ich recht?« Valentin flüsterte Louise ins Ohr und nickte in Thérésas Richtung.

»Eher nicht. Ich gedenke, die Entenfrau auf irgendeiner Anhöhe um den Verstand zu küssen.« Louise machte sich gar nicht erst die Mühe, leise zu sprechen.

»Träum weiter«, sagte Thérésa.

Beinahe geschlossen drehte sich die vordere Reihe zu ihnen um, blickte grimmig drein und ein besonders arroganter Mann sagte: »Wenn ich Sie bitten dürfte, Ihre vulgären Gespräche nicht mehr vor meinen Schwestern fortzuführen.«

Das Publikum applaudierte wild und rief Zugabe, als der dumme August auf den Schultern der Wasserballettdamen auftauchte und dann erneut ins Becken fiel. Louise tauschte rasch einen Blick mit Thérésa, die ihr zuzwinkerte. Wenn das keine Aufforderung war. Die Vorderreihe drehte sich geschlossen wieder zurück. Nur der Mann nicht. Louise zog Thérésa im Halbdunkel an sich und küsste sie auf ihre breiten, warmen Lippen.

»Du spinnst doch«, raunte Thérésa, aber ihre Stimme klang, im Gegensatz zu ihren Worten, zärtlich.

Der Mann erhob sich. »Das wird ein Nachspiel haben, verlassen Sie sich darauf.« Er hieß seine beiden Schwestern, ihm zu folgen. Die Kleinere der zwei leistete ihm keinen Gehorsam. Er packte sie am Arm und zerrte sie gewaltsam mit sich nach draußen.

»Es tut uns leid«, rief Thérésa dem Mädchen zu.

»Verderben Sie den Mädchen nicht den Spaß. Gleich kommen doch die Löwen«, sagte Louise, aber der Mann ließ sich nicht aufhalten.

Valentin schüttelte den Kopf. »Seltsame Menschen gibt es.«

Er meinte damit sicher den Mann, der vor ihnen geflohen war, aber seine Sitznachbarn verstanden ihn offenbar falsch. Sie nickten ihm, um Bestätigung heischend, zu.

Damit wäre der kleine Skandal auch schon wieder vergessen gewesen. Aber im Saal saß auch einer der beiden Journalisten, den Louise im *Élysée* getroffen hatte. An diesem Abend erkannte sie ihn in der Menge nicht und ahnte daher auch nicht, dass er über sie und Thérésa berichten würde. Sie hatte die Entenfrau geküsst. Nur das zählte. Ihre Lippen hatten weich und voll geschmeckt und Louise wollte mehr davon kosten. Aber erst hatten die Löwen ihren Auftritt.

* * * * *

Auf Valentins Bitte hin und weil Thérésa die *Wilde Maus* und ihre legendäre Besitzerin Madame Palmyre unbedingt kennenlernen wollte, zogen sie zu später Stunde noch weiter und auch dort stand Thérésa bald im Mittelpunkt.

Die vielen gut aussehenden, oft noch jungen Männer mit ihren vom Wein geröteten Lippen und ihren Lachfältchen um die Augen klatschten in die Hände und Thérésa nutzte die Gelegenheit, sich ihnen als Sängerin vorzustellen. Sie gab auch eine kleine Kostprobe und alle applaudierten ihr. Wie sie auch danach an ihren Lippen hingen. Geschichten von glitzerndem Erfolg hörte man hier gern. Thérésa bestellte Champagner für alle, aber den hatte Madame Palmyre nicht vorrätig. Stattdessen gab es einen vollmundigen Rotwein. Thérésa legte einen Arm um Louises Schultern und flüsterte: »Mein Engel!« Louise gefiel es, im Zentrum von Thérésas Aufmerksamkeit zu stehen. So rasend schnell eroberte sie die Herzen gänzlich Fremder. Louise bewunderte sie dafür. Thérésa hatte auch keine Scheu davor, Unbekannten intime Fragen zu stellen. »Hast du immer schon Männer geliebt oder liebst du nur ihre Physiognomie? Könntest du dir vorstellen, zum Schein zu heiraten? Wer weiß von deinem Liebsten? Wo treibt ihr es?« Ein Mann im Matrosenanzug, der Louise zuraunte, er sei gar kein Matrose, aber mit der Uniform auf dem Leib könne er anderen leichter schöne Augen machen, legte ihr seine Hand auf die Wange, weil sie ihn darum bat. Sie musste mit Thérésa mithalten, sie wenigstens ein bisschen irritieren. Schau her, mir gelingt es sogar, Männer in meinen Bann zu ziehen, die sich nichts aus Frauen machen. Aber Thérésa nahm keinerlei Notiz von ihr.

Normalerweise verhielt es sich andersherum. Männer scharten sich um Louise und sie hatte die Wahl. Selbst die Frauen hingen an ihren Lippen, und bei den meisten gelang es ihr, sie mit ihrem frechen Charme und den kleinen Zärtlichkeiten und Schmeicheleien zu verführen. Thérésa aber war die Königin, wenn eine hier die Kunst des Verführens beherrschte, dann war es wohl sie.

Paul und Auguste waren bereits gegangen, und Valentin knutschte derweil in einer dunklen Ecke mit einem Bärtigen. Wie er solche Bärenmänner attraktiv finden konnte, war Louise ein Rätsel. Er war ganz versunken im Kuss und nahm die Welt um sich herum nicht mehr wahr. Madame Palmyre sah Louise mitleidig an und schob ihr noch ein Glas Rotwein hin. »Mädchen, wo die ist, da kommste, wenn das Glück dir hold ist, in ein paar Jahren hin. Die ist schon wer, du musst erst was werden.« Sie deutete mit einer Kopfbewegung in Thérésas Richtung.

»Herzlichen Dank auch«, murmelte Louise und stieß den Matrosen sanft von sich. »Kannst aufhören, Clement, sie nimmt mich gar nicht wahr.«

Thérésa war von einer Schar Männer umgeben, und wenn Louise richtig hörte, gab sie ihnen gerade eine zweite Kostprobe ihres Könnens. Es störte Thérésa offenbar nicht, dass Madame Palmyre sich nun dem Geschirr widmete und es dabei ordentlich schepperte, dass am Fenstertisch Karten gespielt wurde und die Gruppe über jedes Ass grölte. Wo Thérésa war, war Bühne. Die Traurigkeit, die Louise in der Kutsche wahrgenommen hatte, war vollends verschwunden, als hätte es sie nie gegeben. Hatte sie sich das alles etwa nur eingebildet? Hatte ihre Unterhaltung gar nicht stattgefunden und hatte sie Thérésa etwa nicht vor aller Augen geküsst? Natürlich war das wirklich geschehen, alles hatte sich genau so ereignet, nur vermochte Thérésa die Vergangenheit mit jedem neuen Atemzug, den sie tat, wegzuwischen. Es existierte immer nur und ausschließlich der Moment. Clement schmunzelte und Madame Palmyre schob Louise eine Praline über den Tresen. »Mir hilft dieses süße Schmelzgefühl immer gegen Kummer«, sagte sie. »Ist auch nicht so viel anders als die Liebe.«

Missmutig nahm Louise die Praline und sah sie an.

»Du bist Tänzerin?«, wollte Madame Palmyre wissen.

Louise nickte.

»Und du liebst Frauen?«

»Ich küsse sie genauso gern wie Männer. Das eine ist mit dem anderen nicht zu vergleichen.«

Madame Palmyre nahm ihr die Praline aus der Hand, wickelte sie aus und sagte: »Mach die Augen zu, Mädchen.«

Louise gehorchte und wartete, aber nichts geschah.

»Siehst du, das ist dein Fehler.«

Louise öffnete die Augen wieder. Gerade noch rechtzeitig, um zu sehen, wie Madame Palmyre den Mund öffnete und sich die Praline genüsslich auf die Lippen legte.

»He, was soll das?« Louise beugte sich über den Tresen und Madame zog schnell ihr Gesicht an das ihre. Sie hatte kecke, forsche Lippen, die ein wenig kitzelten, als Louise sie berührte. Sie schob die warme Köstlichkeit auf Louises Zunge. Dann löste sie sich sanft von ihr und schubste sie sacht zurück auf ihren Stuhl. »Soll keiner sagen, bei Madame Palmyre kämen die jungen Dinger nicht auf ihre Kosten«, posaunte sie in die kurzzeitig verstummte Menge. Irgendjemand johlte, es wurde leise gekichert und erneut geklatscht. Anschließend hob das Gemurmel wieder an.

»Du bist knallrot«, stellte Clement fest. »Nicht nur deine Wangen, auch dein Dekolleté.«

»Was geht dich mein Dekolleté an?«

Er schmunzelte wieder. So richtig böse konnte sie ihrer neuen Bekanntschaft nicht sein. Immerhin nahm er sie wahr, im Gegensatz zu Thérésa. Sie folgte dem Drang, aufzustehen und sich nach der Sängerin umzusehen.

»He«, zischte Madame. »Wenn ich dir einen guten Rat geben darf: Was lernst du aus meinem Küsschen?«

Louise hatte keine Lust, weiter mit der Besitzerin zu plaudern. Es reichte jetzt. Sie hatte Thérésa den Gefallen getan, aber sie mochte nicht länger zusehen, wie sie ihr entglitt. In dieser Nacht wollte sie nicht allein sein wie in all den Nächten davor. Dieses Mal wollte sie ihre Begleiterin nicht mit schmalen, fein gesetzten Worten loswerden. Heute wollte sie ausnahmsweise kein Ende, bevor der Tag anbräche.

»Erstens«, sagte Madame Palmyre, »du musst immer hinschauen, wenn du etwas willst. Mach die Augen auf! Zweitens: Scheu dich nie, dir zu nehmen, was du brauchst, und dafür auch zu kämpfen. Keine falsche Scham vor niemandem sage ich immer. Und drittens: Wenn du mal nicht bekommst, was du willst, dann sieh genauer hin. Vielleicht spielt das Leben nur mit dir, um dir so zu zeigen, was du nicht auf den ersten Blick erkennst.«

»Dämliche Kalendersprüche, zum Beispiel. Die brauche ich auf keinen Fall. Ich hole mir genau jetzt, was ich haben will, du wirst schon sehen.« Von dem ganzen Wein war Louise mittlerweile ordentlich betrunken. Schwankend stand sie auf.

»Ah, seht, wer jetzt seinen Auftritt hat, habe ich es euch nicht prophezeit?«, rief Thérésa und alle wandten sich zu ihr um.

Von was sprach sie da? Etwa von ihr? Louise streckte die Hand nach ihr aus. Einen Augenblick hing sie in der Luft, dann ergriff Thérésa sie und zog Louise an sich. »Mein Engel.« Sie strich ihr übers Haar. Louise war schummrig, die Farben leuchteten viel zu intensiv. Sie wollte allein mit Thérésa sein. Nur raus hier, endlich raus. Die Menge grölte. Sie verstand nicht, warum. Die Augen hatte sie geschlossen. »Bitte«, flüsterte sie. »Bring mich hier raus.«

Tatsächlich standen sie nur wenig später vor der *Wilden Maus*. Thérésa ließ ihre Hand los. Die kühle Nachtluft tat gut, auch wenn Louise sicher bald frieren würde. Thérésa lehnte sich an die Hauswand des Lokals und Louise tat es ihr gleich. Sie entzündete eine Zigarette und reichte sie Louise. Dabei streifte sie leicht ihre Hand. Thérésa saß in einem Kokon, den sie, in der Zurückgezogenheit der Nacht, ganz allein bewohnte. Louise war unaufgefordert darin eingedrungen. Thérésa sah sie jedoch an, als erwarte sie, dass sich Louise verabschiedete. In ihren Augen stand eine Mischung aus angespannter Gereiztheit und dem Wunsch, Louise klein zu sehen. Thérésa wollte offenbar allein sein. Seit sie nach draußen gegangen waren, war die Stimmung gekippt, und Louise konnte sich nicht erklären, woran das lag. Was hatte sie falsch gemacht? Sie sah Thérésa von der Seite an und bemühte sich dabei, möglichst lässig zu wirken. Es gelang ihr nicht. Wie sehr ihr die eigene Not doch ins Gesicht und den Körper eingeschrieben war. Louise hasste nichts mehr als diese Bedürftigkeit, sie machte unfrei und unattraktiv. Ihre Hand zitterte, sie hatte keinerlei Kontrolle darüber. Irgendetwas an dieser Frau war anders als an den anderen, die sie geküsst hatte. Louise konnte Thérésa nicht einschätzen, wusste nicht, was sie dachte oder fühlte, konnte sie nicht im Mindesten berechnen.

Thérésa hätte sich zu ihr beugen und sie küssen können oder einfach wortlos in der Nacht verschwinden. Beides war dieser Dämonin zuzutrauen, die mit Leichtigkeit von ihr Besitz ergriffen hatte. Louise schüttelte es innerlich. Die Lust, die Lippen dieser Frau auf ihren zu spüren, ließ aber keinen Moment nach. So kannte Louise sich gar nicht. Sonst waren es immer die anderen, die sich so töricht verhielten wie sie jetzt. Sie hätte augenblicklich die Füße in Bewegung bringen müssen, nur weg von hier. Aber sie blieb, wo sie war, und wandte sich Thérésa mit ihrem ganzen Körper zu.

»Wartest du auf was?«

Louise schüttelte den Kopf.

»Ich werde dich nämlich nicht küssen, falls es das ist, was du willst. Obwohl du so schön schimmerst und so durchscheinend bist. Bewahr dir das, wenn du kannst.« Sie fuhr Louise mit dem Zeigefinger die Lippen nach. Dann beugte sie sich vor und küsste sie doch – sacht. Minutenlanges Schweben, gedehnte Sekunden in der Zeit. Thérésa öffnete ihre Lippen nicht, sie verharrte ruhig und still, und Louise gab sich dieser Berührung hin, ganz dem Bann der Sängerin erlegen.

»Bitte geh nicht«, flüsterte sie.

Thérésa löste sich von ihr und schickte sich an, in Richtung des Droschkenplatzes zu laufen. Sie schwieg, hielt Louise an der Hand, und zog sie mit sich zu den Kutschen.

»Geh nicht«, sagte Louise noch einmal, mit zitternder Stimme, obwohl sie wusste, dass Flehen sie noch nie weitergebracht hatte.

»Wie lautet deine Adresse?«, fragte Thérésa.

Louise antwortete stammelnd. Thérésa ging auf eine Kutsche zu, teilte dem Fahrer das gewünschte Ziel mit und hieß Louise einzusteigen. Ihr Körper wehrte sich, erfüllt von einer Sehnsucht, die fast wehtat.

»Alles wird gut«, sagte Thérésa und schloss die Droschkentür hinter Louise. Sie winkte ihr nicht, sondern verschwand, ohne weiteren Gruß, in der Tiefe der Nacht.

* * * * *

Am Morgen darauf flog Louise auf. Der Direktor marschierte mit hochrotem Kopf in ihre Garderobe. Statt einer Begrüßung zog er seinen Hut und schleuderte ihn wie eine Wurfscheibe einmal quer durch den Raum. Er verfehlte nur knapp Louises Kopf und knickte die Pfauenfeder auf der Kopfbedeckung der Ankleidepuppe hinter ihr um. »Das ist eine Garderobe und kein Hotelzimmer!«, brüllte er.

Louise spähte unter der Bettdecke hervor. Es war nur eine Frage der Zeit gewesen, bis herauskam, dass sie hier nächtigte. Sie war unendlich müde, aber es half ja nichts. Louise schlug die Decke zurück, erhob sich von ihrer improvisierten Schlafstatt und ging, nur mit ihrem Spitzennachthemd bekleidet, auf den Direktor zu. Sie lehnte den Kopf an seine Schulter und verdrückte ein paar Tränen. Auch wenn er für seine cholerischen Ausbrüche bekannt war, wusste sie, dass er ein großes Herz hatte und sich wie ein Vater um seine Tänzerinnen sorgte. Ein wenig unbeholfen tätschelte er Louise den Rücken. »Ist ja schon gut. Nun hören Sie auf, zu weinen, Kind. Bitte. Sie bleiben einfach so lange, bis Sie ein Zimmer gefunden haben. Was meinen Sie?«

Louise nickte, löste sich von ihm und wischte sich eine Träne fort. Gleich darauf strahlte sie wieder wie der hellste Sonnenschein. Einen Kuss auf die Wange bekam der Herr Direktor auch noch für seine Milde, dann bat Louise ihn, sie allein zu lassen. Sie müsse sich ankleiden und nach zusätzlichen Verdienstquellen suchen. Sie verspreche, sehr, sehr bald ziehe sie aus der Garderobe aus. Tatsächlich hatte sie das ja schon lange vorgehabt, nur war immer wieder etwas Wichtigeres dazwischengekommen. Ein glitzernder Ball, auf dem sie tanzen wollte, eine unverschiebbare Unterrichtsstunde bei Grille d'Égout, ein Besuch bei Agostine oder die Kutschfahrt zu Maman, die Louise nun regelmäßig unternahm. Auch wenn sie bloß heimlich und aus der Ferne an Mamans Leben Anteil nahm, sie tat es, wann immer es ihr Zeitplan zuließ. Immer nur in der Dämmerung fuhr sie dorthin und immer verbarg sie sich im Schatten der Trauerweide vor ihrer alten Wohnung. Ihre Kutschfahrten summierten sich so zu einer hübschen Summe.

»Das will ich hoffen«, sagte der Direktor und ließ sich sanft von Louise aus der Garderobe geleiten. »Ich vertraue auf Ihre Worte.«

Der Zettel mit der Adresse des Bordells, das ein Dienstmädchen suchte, fiel Louise zufällig wieder in die Hände, als sie mit zittrigen Fingern nach dem Garderobenschlüssel fischte. Sie hatte losziehen wollen und in den Bistros und Cafés um Arbeit bitten. Das handbeschriebene Papierchen aber hatte die ganze Zeit über hinter der

Blumenvase am Fenster unter einem Stapel alter Zeitungen gelegen. Es war zerknüllt und die Schrift beinahe unleserlich und verblichen. *2, Rue de Steinkerque* stand darauf. Louise griff sich den Zettel, trug rasch noch ein wenig Lippenstift auf, steckte sich die lockigen Haare hoch und schlüpfte dann in ihre bordeauxroten Schuhe, bevor sie die Garderobe verließ. Wahrscheinlich war die Stelle längst vergeben, aber nachfragen schadete ja nicht.

Das Bordell lag hinter einer einfachen hölzernen Eingangstür. Louise klopfte mit dem eisernen Ring, den ein Löwenkopf in seinem Maul hielt, an. Schritte näherten sich, ihr wurde aufgetan. Eine schlanke, hochgewachsene Frau mit dunklen Haaren und auffallend grünen Augen lächelte sie freundlich an. Sie trug ein bodenlanges, mit dunkelblauen Blüten besticktes Gewand, das ihr bis zu den Knöcheln reichte und den Blick auf ihre nackten schmalen Fesseln und die Füße freigab.

»Was kann ich für Sie tun?«, fragte die Frau, als sie zur Seite trat, um Louise einzulassen. Im Flur wandte sie sich von ihr ab und ging, sicher, dass Louise ihr folgen würde, voraus bis in ein großzügiges Empfangszimmer. Dort rückte sie einen schweren Polsterstuhl zurecht und bot Louise an, Platz zu nehmen. Der dunkelblaue Samtstuhl stand wie die anderen ohne erkennbares Ordnungsprinzip im Raum verteilt. Auf dem Boden lagen flauschige flaschengrüne Sitzkissen. Runde Marmortischchen mit Aschenbechern standen in den Ecken und von der Decke baumelte ein ausladender, mit buntem Kristall behangener Kronleuchter. Ein frischer Duft lag in der Luft, den Louise nicht genau einordnen konnte, er ließ sie an italienische Hügellandschaften denken auf denen Zitronenbäumchen wuchsen. »Sie suchen ein Dienstmädchen, hat mir ein Bekannter gesagt.« Ihre Stimme zitterte ein wenig. Louise verfluchte sich dafür. So vieles schon hatte sie gesehen, warum sollte sie ausgerechnet ein Bordell aus der Fassung bringen. Zumal es bei der Anstellung ja nicht darum ging, die feinen Pinkel zu bezirzen. Die Frau nahm sich eine Zigarette aus einem Stoffetui, das auf einem der Tischchen lag, fläzte sich auf einen der Polsterstühle neben Louise und zog sich einen Hocker für die Füße heran. »Ganz recht.« Sie bot Louise eine Zigarette an, die sie dankend annahm. Die Frau gab ihr Feuer. »Setz dich und entspann dich. Ich würde nämlich sagen, heute ist dein Glückstag. Wir sind noch nicht fündig geworden und deshalb bist du unsere erste Wahl. Es schadet übrigens nicht, wenn du Freude am Feiern hast. Die hast du doch, oder?« Die Frau war mühelos vom Sie zum Du übergegangen. Louise setzte sich, zog sich wie die Frau einen Hocker für die Füße heran und nahm dieselbe Haltung ein. Einmal hatte sie Auguste über eine Szene in irgendeinem Kunstwerk sprechen hören. Er hatte davon geredet, wie sehr es Menschen mochten, wenn man sie spiegelte. Im Gespräch, mit Gestik und Mimik, ja sogar mittelbar, durch ein Bild. Dem anderen einen Spiegel vorzuhalten sollte Sympathien wecken. Die Frau beobachtete sie, stutzte einen Augenblick, rang nach Worten und lachte dann los. »Du bist mir ja ne Marke. Tust erst so schüchtern, aber hast es faustdick hinter den Ohren.«

»Eine Marke will ich allerdings werden«, entgegnete Louise.

Die Frau lachte wieder. »Kannst du ein bisschen kellnern und Betten frisch beziehen und das vor allem nachts?«

»Ich habe vorher in einer Wäscherei gearbeitet, klar kann ich das. Und nachts bin ich gerne auf den Beinen.«

»Und was tust du jetzt?«

Louise kickte den Hocker zur Seite, stand auf, nahm ihr Bein und hob es, wie sie es von der d'Égout gelernt hatte, bis an den Kopf. Sie hüpfte einmal im Kreis um sich selbst. »Ich bin Tänzerin. Ich lerne noch.«

Die Frau klatschte ihr Beifall. »Bravo, bravo! Du bekommst die Stelle. Du wirst den Herren gefallen. Sie werden sich die Finger nach dir lecken.«

»Damit das klar ist, ich bin kein leichtes Mädchen, Madame. Ich verabscheue es, wenn einer glaubt, über mich oder meinen Körper bestimmen zu können.«

Die Frau grinste und nickte. »Eine wie dich hat uns gefehlt. Wir sind keine Sklaventreiber. Wir zwingen unsere Mädchen zu nichts, wie sie das in den ollen Kaschemmen tun. Niemand muss mit den Kunden in Separées verschwinden. Es sollen alle ihren Spaß haben. Nur so kann das Geschäft funktionieren. Die Männer wollen doch der Illusion erliegen, dass sie begehrt werden. Umso besser, wenn das nicht nur vorgespielt ist.«

»Das verstehe ich, ich will nichts anderes«, sagte Louise.

Es war schummrig schön hier, sie hätte gut und gerne noch bleiben mögen. Aber ihr Gegenüber erhob sich, das war Louises Zeichen zu gehen. »Wir sehen uns schon heute. Komm eine Stunde vor Mitternacht. Dann geht es hier erst richtig los.«

Mit einem Handschlag schlug Louise in das Geschäft ein. Sie würde noch eine Welt neben den ihr bekannten Welten kennenlernen. Wenn jemand darüber zu berichten wüsste, dann wäre das Francine. Sie musste sie finden und mit ihr sprechen.

* * * * *

Francine war im gesamten Theater nicht zu entdecken. Louise fragte sogar die Frau, die den Kostümfundus betreute, nach ihr, suchte Francine im Proberaum und löcherte den Korrepetitor nach ihrem Aufenthaltsort, der aber wusste nicht einmal, welches der vielen Mädchen Louise meinte. Als es zu dämmern begann, gab sie es schließlich auf. Sie trat vor das *Élysée*, um Luft zu schnappen, und da stand sie und winkte ihr. Nicht Francine, sondern Thérésa, die Entenfrau. Sie kam auf Louise zu und blieb dicht vor ihr stehen. Doch weder streckte sie die Arme nach ihr aus noch küsste sie sie flüchtig auf die Wange. Dennoch stieg Louise die Röte ins Gesicht, sie bemerkte es augenblicklich und hasste sich dafür. Auf der Stelle hätte sie einerseits umkehren und andererseits Thérésa in die Arme sinken mögen. Wie konnte jemand, den sie kaum kannte, eine solche Macht über sie ausüben? So sehr Louise das Gefühl widerstrebte, sich derartig ausgeliefert zu wissen, so sehr faszinierte es sie.

»Bist du stumm geworden?«, fragte Thérésa anstelle einer Begrüßung.

206

Louise wäre nicht Louise gewesen, hätte sie ein solcher Angriff nicht herausgefordert. »Ich komme gerade frisch von meinem ersten Bordellbesuch.«

»Schade drum, ich habe es mir nämlich überlegt. Lippen wie deine sollten nicht ungeküsst bleiben.« Louise schaute Thérésa mit offenem Mund an. Dann fing sie sich wieder und sagte: »Das trifft sich gut, dann habe ich also eine Gratis-Unterkunft für die Nacht? Der Direktor mag mich nämlich nicht mehr länger in seiner Garderobe beherbergen.«

Thérésa griff nach ihrer Hand und umschloss sie. »Ich wohne in Asnières. 6 rue Venis-Papin. Du kannst eine Weile bei mir bleiben. Erwarte nur nichts von Dauer.«

* * * * *

In der Rue de Steinkerque herrschte Feierlaune. Von ihrem ersten Tag an war Louise Teil der großen Steinkerque-Familie geworden. Auch wenn sie sich niemals mit einem der leichten Mädchen identifizierte, tat es ihrer Vorstellung von sich selbst keinen Abbruch, küssen und lieben zu dürfen, wen sie eben begehrte. Daran änderte auch die neuerliche Begegnung mit Thérésa nichts. Louise folgte deren Einladung nicht am ersten und auch nicht am zweiten Tag nach ihrem Wiedersehen. Vielmehr trank sie im Bordell mit einer Vielzahl geistreicher Männer und Frauen Champagner, lag in Dutzenden Armen und verdöste die Nächte bei Schummerbeleuchtung und hinter geschlossenen Jalousien.

Die Betten bezogen weiterhin die anderen Mädchen und Louise schenkte auch nie Getränke aus. Auch wenn sie eigentlich als Dienstmädchen angestellt worden war, hatte sie eine Sonderstellung unter den Damen. Von ihren Liebhabern ließ sie sich ebenfalls nur höchst selten bezahlen. Was Louise schenkte, schenkte sie freiwillig. Lust und Nähe genoss sie wie die Männer auch. Da unterschieden sie sich kaum. Caroux, so nannte sich die Chefin, machte das nichts aus. »Solange der Champagner fließt und das Geschäft brummt, bist du jederzeit willkommen«, sagte sie. »Wir finden schon noch geeignetere Dienstmädchen als dich. Du hast andere Talente.«

So hatte sie also ein weiteres Zuhause neben der Garderobe gewonnen. Weil der Direktor sie aber mit Argusaugen beobachtete, packte sie am Morgen des dritten Tages ihren Koffer und verkündete lauthals: »Ich wohne fortan bei Thérésa.« Sie verließ das Theater erhobenen Hauptes und stieg vor dem *Élysée* in eine Kutsche, um sich wieder mal in eine Vorstadt fahren zu lassen. Diesmal nicht nach Clichy, zu Maman, sondern nach Asnières zu Thérésa.

Die stand – ungeachtet der Jahreszeit – mit einem Sommerhut und in einen dicken Mantel gehüllt, in ihrem Garten vor dem Haus und harkte das letzte Laub zusammen. »Bevor die Raunächte kommen, will ich fertig sein«, sagte sie, als Louise aus der Kutsche stieg. Eine Begrüßung war nicht nötig. Thérésa hatte sie eingeladen und Louise war ihrer Einladung gefolgt, mehr gab es dazu nicht zu sagen.

Thérésa ließ es sich nicht nehmen, den Kutscher zu bezahlen. »Ich habe genug Geld, und du hast wenig davon. Es ist müßig, sich darüber zu unterhalten.« Dann schloss sie die Haustür auf. Louise stellte den Koffer in der Diele ab und trat dann gleich wieder in den Garten, wo sie Thérésa beim Harken zusah. Kräftige Hände, die nicht zurückscheuten vor dem Leben und liebten, was sie taten. Diese Hände konnten arbeiten und heute Nacht würden sie hoffentlich Louises Haut streicheln.

Thérésa machte keinen Unterschied zwischen den banalen Dingen des Alltags und den Zärtlichkeiten, die das tägliche Einerlei durchbrachen. Alles hatte für sie gleichermaßen seinen Wert und seinen Platz in der Welt. Harken und liebkosen. Tee kochen und küssen. Singen und sich wieder abwenden. Nie hielt Thérésa sich an vorgezeichnete Pfade. Sie war wie ein wilder Strom, gab sich dem Rauschen und Fließen hin, sang und wütete und küsste, ganz wie es ihr gefiel. Wie Thérésa wollte Louise sein, genauso frei und ungestüm.

Mit ihr war kein Tag wie der andere, und sie gab einen feuchten Kehricht auf irgendwelche Konventionen. So feierten sie beide das Weihnachtsfest mit Wein und Champagner in Thérésas Garten, ohne

Festmahl und in dicke Decken gehüllt. Während Familien unterm Christbaum die Bescherung einläuteten oder sich um eine reich gedeckte Tafel versammelten, während die Glocken Saint-Rémis zur Christmette riefen, saß Louise auf einem Gartenstuhl und ließ sich von Thérésa den Nacken kneten. Später stand Thérésa auf, trat hinter Louise und bedeckte ihre Schultern mit vielen klitzekleinen Küssen. Louise fiel es schwer, still zu sitzen, so glücklich war sie. Vielleicht gab es kein fortdauerndes Glück, schon gar nicht in der Liebe, vielleicht verscheuchte Thérésa sie bald wieder aus ihrem Haus, dann aber blieben Louise die schillernden Glücksmomente, die sie bis dahin geteilt hätten.

Es war so anders mit Thérésa. Vom ersten Augenblick an hatte Louise mit ihr zusammensein wollen. Und nun war Louise tatsächlich bei ihr, ohne dass sie etwas dafür getan hätte. Die Küsse zwischen ihnen waren einfach geschehen, wie selbstverständlich. Alles war gut, hier in diesem Garten. Auch wenn Louise ahnte, dass sie bald weiterziehen musste, dass Thérésa nicht in dieser Ewigkeitsschleife verharren würde. Ewigkeit und Leben schlossen sich aus. Ihre Ewigkeit war nicht mehr als eine Atempause auf dem Weg zu sich selbst. Thérésa hatte das vor ihr gewusst. Wie hätte sie ihr deshalb gram sein können.

In den Raunächten nach Heiligabend zeigte ihr Thérésa ein paar Kunststücke und Zirkusnummern. Louise übte jonglieren und Teller auf Stäben zum Drehen zu bringen. Wenn es dunkelte, sang Thérésa und tanzte dazu die Quadrille. »Weißt du, warum ich diesen Tanz so liebe?«, fragte sie Louise. »Vier Paare tanzen die Quadrille, manchmal sind es nur Frauen. Jede kann zeigen, was sie ausmacht. Zwar gibt es eine feste Abfolge und bestimmte Figuren, die getanzt werden sollen, aber jede kommt mal an die Reihe und darf in der Mitte ihr Solo zeigen. Wenn du beweglich bist – was du bist«, sie zwickte Louise sacht in die Seite, »umso besser. Die Quadrille gibt es schon länger als den Cancan. Und das Beste an ihr ist die Enthutung des Mannes. Ihr krönender Abschluss sozusagen. Was für ein Spaß! Sag mal, hörst du mir überhaupt zu?«

»Ein herrlicher Spaß«, wiederholte Louise, weil sie sich diesen

Teil gemerkt hatte. Sie wollte Thérésa an sich ziehen und küssen, aber Thérésa wich einen Schritt zurück. »Es geht nicht, dass du dich in mir verlierst«, sagte sie ernst. Sie ließ Louise stehen und verschwand im Haus.

Louise stand noch lange am Gartenzaun und sah hinauf in den weiten Himmel. Sie ignorierte den eisigen Wind, der ums Haus pfiff, und schlang ihren Schal dichter um den Körper. Es half nichts. Sie konnte unmöglich die ganze Nacht hier ausharren, also schlich sie sich in die Wohnung, zog die Schuhe aus und tapste so leise wie möglich zu Thérésa ins Schlafzimmer. Sie lauschte, in der Hoffnung, sie schnarchen zu hören. Dann hätte sie sich unbemerkt ein letztes Mal neben die geliebte Freundin legen, sie ansehen und ihre Nähe genießen können. Thérésa aber war wach und setzte sich auf. Sie hielt Louise eine Decke hin und bat sie, unten in der Küche neben dem Kamin zu schlafen. »Morgen wäre es gut, wenn du dir einen anderen Unterschlupf suchst. Keine Sorge, ich werfe dich nicht raus, Herzchen, aber so langsam brauche ich wieder Zeit für mich.« Als wäre damit alles gesagt, rollte Thérésa sich auf die Seite und beachtete sie und ihren Kummer nicht weiter.

Louise trollte sich, wie Hunde sich trollen. Von Anfang an hatte sie gewusst, dass ihr Glück nur geborgt gewesen war – und doch hatte sie es nicht wahrhaben wollen. Hatte sie ernsthaft für möglich gehalten, eine Falte in der Zeit zu finden, in der Thérésa und sie sich unsichtbar machen konnten? Wer überleben wollte, durfte keine Frist versäumen, der musste in Bewegung bleiben und weiterziehen, wenn die glücklichen Tage dunkelten. Sie musste diese Lektion endlich begreifen. Sie hatte sich mal wieder die Sinne vernebeln lassen für ein flüchtiges Glück.

Am nächsten Tag, als der Frühnebel noch über den Feldern lag, stahl sich Louise davon. Sie wollte fort sein, ehe Thérésa erwachte. Louise erwischte den gleichen Kutscher, der sie zu Thérésa gefahren hatte. »Madame Thérésa bekommt häufig Besuch von schönen Frauen. Aber keine ist bisher so lange geblieben wie Sie. Wie war noch Ihr Name? Arbeiten Sie nicht im *Élysée*, Mademoiselle?«

Louise antwortete nicht. Sie ließ sich in der Rue de Steinkerque absetzen und hoffte darauf, dass keine der Frauen wissen wollte, wo sie in der letzten Zeit gewesen war.

»Einen schönen Jahreswechsel und mögen die Sterne Ihnen schenken, wonach Sie suchen«, rief der Kutscher ihr hinterher, als Louise ausstieg. Es schneite schon wieder in dicken Flocken. Hätte der Kutscher es nicht erwähnt, Louise hätte glatt vergessen, dass sie morgen schon das Jahr 1885 schreiben würden.

Caroux wirkte aufgedreht, als Louise eintrat. »Du kommst wie gerufen«, sagte sie und eilte ihr mit offenen Armen entgegen. »Wir haben heute Abend eine Männerrunde, eine recht illustre Gesellschaft. Zwölf Herren wollen sich 1884 noch einmal bestens amüsieren und bis zum Jahreswechsel feiern. Zwölf Herren, Louise, und ich habe keine einzige Dame für sie. Keines meiner Mädchen will ihnen die Silvesternacht versüßen. Verstehst du, was ich durchmache? Die Herrenrunde zahlt wirklich hervorragend, aber sie werden absagen, wenn ich ihnen keine weibliche Gesellschafterin anbieten kann. Sei nicht herzlos, Louise.« Caroux sank erschöpft auf einen ihrer hübsch geplosterten Sessel. Louise tat es ihr gleich. »Bemüh dich gar nicht erst. Ich habe heute Nacht nichts Besseres vor. Ich will mich bloß amüsieren und vergessen, was ich vergessen muss. Ich nehme mal an, an Champagner wird es nicht mangeln? Und an hübschen kleinen Köstlichkeiten? Die *Goulue* ist nämlich zurück.«

»Die *Goulue*?«, fragte Caroux. »Was soll das heißen?«

»Die *Goulue*, das bin ich, das ist mein Bühnenname.«

»Wenn es weiter nichts ist, ich nenne dich, wie du willst, solange du heute Abend für mich übernimmst.«

So grässlich der Tag auch begonnen hatte, Louise war nicht gewillt, 1884 so zu Ende gehen zu lassen. Papa hatte immer behauptet, die Sterne sähen, in welcher Stimmung sich ein Hausstand zum Jahreswechsel befände. Um jedes Heim erstrahle um Mitternacht ein bestimmter Farbkranz, der Rückschlüsse auf die jeweilige Stimmungslage zulasse. Dieser Marker sei ein Zeichen für das gesamte kommende Jahr. Wer zum Jahreswechsel glücklich sei, der wäre es auch für die kommenden zwölf Monate.

Caroux begann mit den Vorbereitungen für das Fest. Louise streckte sich noch einmal im Sessel und erhob sich dann, um sich für den Abend zurechtzumachen. In Carouxs Ankleidezimmer bediente sie sich an ihren Farben und zog die Augenbrauen nach. Dazu setzte sie zwei ausdrucksstarke Lidstriche. Die Lippen malte sie sich knallrot an. Dann huschte sie unbemerkt ins *Élysée* und lieh sich dort aus ihrer Garderobe ein türkisfarbenes, spitzenbesetztes Kleid mit Puffärmeln, aufgestickten altrosa Blüten und einem strahlend weißen Unterrock mit herrlichen Spitzen zwischen dem Volant. Louise musste an Vic denken und wie alles angefangen hatte. Sie würde sich bald bei ihrer Schwester melden, die bestimmt schon kugelrund war. Fürs Erste aber musste ein knapper Zettelgruß genügen. *Bin heute in der Rue de Steinkerque gleich hinterm* Élysée, schrieb sie. *Komm vorbei oder hast du Lust auf einen Neujahrsspaziergang morgen Nachmittag? Küsse von Deiner Louise.* Den Zettel klemmte sie hinter den Spiegel.

KAPITEL 14

Bist du sicher, dass du die zwölf Männer allein unterhalten kannst?«
Caroux schien nervös.

»Sie werden mich wohl nicht alle reihum besteigen wollen, oder?«
Es hatte bloß ein Scherz sein sollen, aber Caroux sah zu Boden.
Sie wisse nicht genau, was die Runde sich von dem Abend verspräche.
Louise wäre aber nicht allein, die Dienstmädchen wären da und sie
selbst bliebe auch, schon wegen der Bar.

»Wir werden das Schiff schon schaukeln.« Louise klopfte Caroux
auf die Schulter. Sie meinte es so.

Der Anfang des Abends verlief sehr gesittet. Caroux nahm den
Herren die Mäntel ab, die Dienstmädchen servierten Champagner
und Louise langweilte sich bei den Gesprächen, die um geschäftliche
Abschlüsse, lohnenswerte Immobilienkäufe und langweilige Fami-
lienangelegenheiten kreisten. Die Zeit steuerte schon auf Mitternacht zu und noch immer saßen alle recht steif beieinander und be-
trieben auf Höflichkeit bedachte Konversation. Da erhob sich Louise
von ihrem Sessel, auf dem sie beinahe eingedöst war, und stellte sich
mittig und breitbeinig in den Saal. »Das hier ist zwar keine Bühne,
aber wo die *Goulue* ist, geht es nicht so öde zu wie hier!«

Die Herren unterbrachen ihre Gespräche. Sie verstummten. Alle
Blicke ruhten auf ihr. »Wollt ihr wirklich den Abend aller Abende
mit derselben Leier zubringen, wie ihr sie zu Hause zwischen Haupt-
gang und Nachspeise abspult? Wollen wir nicht lieber gleich mit der
Nachspeise beginnen?«

Keiner tat einen Muckser.

»Ihr müsst schon sagen, worauf ihr Lust habt! Bring mal noch ne
Runde Schampus, Caroux!«

»Wir wollen mehr von dir sehen«, raunte einer von ihnen. Louise ging auf ihn zu, beugte sich zu ihm und fasste ihm unters Kinn: »Dein Wunsch ist mir Befehl.« Sie trat wieder in die Mitte des Raumes, summte eine leichte Melodie, zog sich die Schuhe aus und tanzte barfuß wie die männermeuchelnde Salome. Einen Gast nach dem anderen winkte sie zu sich und einer nach dem anderen durfte ihr einen Kuss geben. Dem einen hielt sie nur die Wange hin, dem anderen das Ohr, dem nächsten den Mund. Einen, der hatte dunkles Haar und eine Iris, die zwischen blau und grün schimmerte, hielt sie länger fest als die anderen. Er durfte sie dreimal auf den Hals küssen. Minutenlang tanzte sie eng an seinen Körper geschmiegt. Als die Zeiger der Standuhr fünfzehn Minuten vor dem Zeitenwechsel anzeigten, ließ sie ihren Auserwählten los und stürmte – zusammen mit den Männern – auf die Straße. Als eine Art Mini-Prozession marschierten sie Seite an Seite zur Seine. Sie nahmen die gesamte Breite des Weges ein. Menschentrauben trieben zum Ufer. Halb Paris schien auf den Beinen zu sein. Ein paar Musiker hatten sich hier versammelt und spielten auf. Immer neue Paare formierten sich und tanzten eng aneinandergeschmiegt zu ihren Liedern. Was das neue Jahr wohl alles mit sich im Gepäck führte?

Wenn Louise die Augen schloss, sah sie wieder Thérésa vor sich, die allein in ihrem Garten saß und das unendlich sich erstreckende Firmament betrachtete. Dann wackelte das Bild und löste sich auf. Thérésa würde Silvesterbesuch empfangen, einen Mann. Sie würde ihn innig umarmen, bevor sie ihn küsste. Verehrer hatte sie zur Genüge. Die Eifersucht nagte an Louise, derweil Boote in der Silvesternacht schaukelten und es nach Schnee roch, der noch nicht gefallen war. Vor der Männerrunde ließ Louise sich nichts von ihrem Kummer anmerken. Manche der Boote waren mit eigenen Lichterketten geschmückt, andere wurden vom Ufer aus angestrahlt. Früher war Louise einmal abends mit Papa spazieren gegangen, an derselben Stelle, aber es war vollständig dunkel gewesen. Es hatte keine künstlichen Lichtquellen gegeben, nur der Vollmond hatte über der Stadt gehangen. Später hatten vereinzelt Straßenlaternen das Gestade gesäumt und nun war halb Paris erleuchtet. Menschen vollbrachten Wunder und manche von ihnen würden die ganze Welt verändern.

Um Mitternacht bat Louise den Jüngsten der zwölf zum Tanz. Er war kaum größer als sie, hatte schmale Schultern und eine Taille, die jeder Frau Konkurrenz gemacht hätte. Er bewegte sich elegant, ohne dabei aufdringlich zu wirken. Etwas an ihm gefiel ihr, er unterschied sich deutlich von den anderen, und sie wusste, was der Grund dafür war.

»Kannst du auch singen?«, flüsterte sie. Er antwortete nicht gleich. Sie raunte ihm zu: »Lass mich raten: Du kommst aus gutem Hause und sollst bald heiraten. Du magst dein Leben, wie es ist. Dieses Leben in Freiheit willst du nicht aufgeben. Und du begehrst nicht nur die Frauen, habe ich recht?«

Er sah sie fassungslos an wie eine Märchengestalt, die sich in der Wirklichkeit verirrt hatte, eine Hexe vielleicht, die aussprach, was andere nur dachten.

»Nun schau nicht so verdattert drein und küss mich, vielleicht werde ich ja über Nacht zum Prinzen.«

Er küsste Louise nicht, aber sie küsste ihn. Dafür erntete sie den Applaus und die Pfiffe der Umstehenden. Seine Lippen waren weich und seine Zunge tastete vorsichtig in ihrem Mund. Er roch nach Minze und einer Frische, die nicht an ihr kleben blieb. Vielleicht blieb sie deshalb in seiner Nähe. Er gab ihr all das, was an jenem Abend möglich war, und untergrub die Grenzen, die ihr der Kummer steckte. Was ein paar zugewandte Berührungen doch vermochten. Die zarte Süße, die mit ihm in der Luft lag, legte sich wie eine Salbe auf ihre offene Wunde. Die Gesellschaft zerstreute sich gegen zwei Uhr. Die restliche Nacht verbrachte Louise in einem privaten Separée des Bordells, die einem Piratenschiff nachempfunden war. Sie schlief an der nackten Brust ihres Auserwählten. Der ruhte zwischen den Schenkeln eines älteren kräftigen Matrosen, der nur Augen für ihn hatte.

* * * * *

Louises Augen brannten noch von der Nacht, als Caroux mit einem viel zu lauten Lachen, Milchkaffee und Croissants am Neujahrsmorgen ins Bordell stürmte. Sie legte die Zeitung auf eines der Beistelltischchen im Empfangszimmer und zwitscherte wie ein Vögelchen zu Frühlingsbeginn: »Steh endlich auf und lies das. Ich sage nur so viel, wir beide sind nun stadtbekannt.«

Louise blinzelte zwischen ihren schweren Lidern hervor. Sie legte den Arm des blond gelockten Jünglings sacht zur Seite und schlüpfte an ihm vorbei aus der Schiffskoje in den Empfangssaal. »Kaffee, wie wunderbar. Du bist meine Retterin aus höchster Seenot.«

»Papperlapapp, du hast keine Rettung nötig. Jetzt lies schon.«

Louise schlug die Zeitung auf und blickte auf eine Karikatur, die eine üppige Frau in einer illustren Herrenrunde zeigte. Einer der Männer kniete zwischen den Schenkeln der Frau. Darunter stand: »Mit zwölf bin ich einverstanden, aber dreizehn bringen Unglück.«

»Die meinen dich damit, *Goulue*, und unsere wunderbare Silvesterfeier gestern.«

Louise nahm einen großen Schluck von dem heißen Gebräu. Wenn einer von der Journaille über die *Goulue* schrieb, dann war sie wer. Jetzt war es an Thérésa, eifersüchtig zu sein. Louise kicherte. Sollte noch mal jemand sagen, die *Goulue* wäre anhänglich. Nein, sie wusste sich abzulenken, Liebeskummer hin oder her. Aus der Koje schwankte jetzt der Jüngling. Er war immer noch alkoholisiert.

»Na, tanzt das Gesöff von gestern noch in deinen Adern?«, fragte sie ihn. Nach der Zeitungslektüre war Louise bestens gelaunt.

Der muskulöse Mann drückte dem blonden Jüngling einen Kuss auf die Stirn und verabschiedete sich von den Damen mit einem Winken.

»Schätzchen, Reisende soll man nicht aufhalten, hörst du«, rief Louise dem Jungspund zu, dessen Augen sich gefährlich wässrig eintrübten. Ob vom Schlaf oder einem Kummer, war nicht auszumachen. »Komm schon«, sagte Louise. »Trink erst mal deinen Kaffee, und dann schlagen wir uns noch mal in die Koje. Dann machst du mich zu deinem Prinzen.«

Caroux lachte. »Hast du noch immer nicht genug?«

»Nie«, sagte Louise. »Wenn ich einmal genug habe, bin ich sicherlich tot.«

* * * * *

Im Zimmer brannte das Funzellicht der Gaslampe, die über ihrem Kopf hin und her baumelte. Louise lag auf ihrer Matratze, starrte zur Decke und versuchte sich, trotz ihrer Wut, auf ihre Atemzüge zu konzentrieren. Gestern erst war sie im *Élysée* ihrem Schwager nach längerer Zeit über den Weg gelaufen und der hatte es nicht lassen können, ihr wieder schöne Augen zu machen. Dessen ungeachtet war aber in den ersten beiden Wochen des noch neuen Jahres alles reibungslos verlaufen. Sie hatte es endlich geschafft und war in ihrer Mansarde im Montmartre eingezogen. Diese beherbergte viel zu viele Grünpflanzen für einen Raum, der mit gerade mal dreizehn Schritten leicht zu durchmessen war. Eine Matratze mit Kuhlen lag ohne Rost auf dem nackten, knarzenden Dielenboden. Immerhin war es Louises Matratze. Sie musste sie mit niemandem teilen, und die Mansarde hatte sie selbst angemietet. Was sie erreicht hatte, würde sie sich von niemandem kaputt machen lassen. Schon gar nicht von einem Mann wie ihrem Schwager, der zwei Gesichter hatte: Fenocci gab vor, seine Frau zu lieben, und schreckte nicht davor zurück, sie mit ihrer eigenen Schwester zu betrügen – mit ihr, der einzigen Verwandten, die Vic geblieben war. Für Fenocci war ihre Schwester austauschbar, für Louise nicht. Bald würde Vic ihr Baby zur Welt bringen. Bei diesem Gedanken setzte Louise sich mit Schwung auf der Matratze auf, nahm ein sich wächsern anfühlendes Blatt des Gummibaums zwischen Daumen und Zeigefinger und strich darüber.

Sie erhob sich ganz und trat nur mit einem Unterrock und einem Hemdchen bekleidet an das Doppelfenster, dessen Holzblenden sie öffnete. Ihr Zimmerchen lag im dritten Stock. Hoch genug, um nicht ungefragt Teil des Geschehens zu werden, und nah genug, um mitzu-

bekommen, was auf der Straße vor sich ging und einige Gesprächsfetzen aufzuschnappen.

An diesem Dienstagabend war nicht viel los. Die Feierwütigen
hatten sich am Wochenende schon verausgabt und nur ein paar
Hartgesottene und Vereinsamte zog es in die schummrigen Bars. Bei
Agostine brannte noch Licht, das sah Louise, aber die Kneipe war zu
weit weg, um erkennen zu können, was sich im Schankraum abspielte.

Kurz entschlossen ging sie zum Kleiderschrank, zog ein warmes
Wollkleid an und darüber einen ziemlich mottenzerfressenen Mantel. In der Dunkelheit dieses nasskalten Februartages würde Letzteres hoffentlich niemand bemerken. Vielleicht würde sie bei Madame
Agostine auf ein bekanntes Gesicht treffen – wenn sie Glück hatte,
sogar auf Valentin. Ihn könnte sie in ihrer momentanen Verfassung
noch am besten ertragen. Mit ihm war alles besser auszuhalten, das
Gute wie das Schlechte. Sie musste nichts sein und vor allem nichts
vorgeben, was sie nicht war. Bis sie Valentin kennengelernt hatte,
hatte Louise jedem freimütig einen Vogel gezeigt, der von wahrer
Freundschaft zwischen Mann und Frau gefaselt hatte. Aber so war es
nun zwischen ihnen gekommen. In einer anderen Welt wären sie das
perfekte Paar gewesen, nicht nur im Tanz. Aber das mit dem Küssen
hatte auch beim zweiten Anlauf nicht funktioniert.

Agostines Bistro war prall gefüllt, als Louise eintrat. An diesem
Ort machte es keinen Unterschied, welcher Wochentag oder welche
Uhrzeit war. Alle liebten sie Agostines Gastfreundschaft und wer sich
auskannte, trank lieber hier als anderorts. »He, *Goulue!*«, rief ihr jemand von der Bar zu und winkte. Soviel sie erkennen konnte, war
das der Mann, der damals ihren ersten Akt von Paul erstanden hatte.
Wie lange das schon her war! In der Zwischenzeit war viel geschehen.
Sie winkte zurück und schenkte dem Mann ein breites Lachen, auch
wenn ihr so gar nicht danach zumute war.

»Louise, kommst du mit an unseren Tisch?« Neben ihr tauchte
plötzlich Francine auf und küsste sie zur Begrüßung auf die Wange.
»Der halbe Corps de Ballet ist da. Wir schließen Wetten darauf ab,
wer sich morgen zum Vortanzen bei Oller traut.«

»Welches Vortanzen? Welcher Oller? Warum habe ich nichts davon mitbekommen?«

Francine zuckte mit den Achseln. »Die Einladung hing am Schwarzen Brett, schon eine ganze Weile lang. Oller sucht Tänzerinnen für seine Kompanie. Er soll gutes Honorar zahlen und ein kreativer Kopf sein. Es hat noch keiner geschadet, für ihn zu arbeiten. Im Moment munkelt man, er habe wilde Ideen für ein neues Projekt. Also probierst du es auch? Wir treffen uns morgen um neun Uhr auf der Probebühne im *Cirque Nouveau*.«

»Im *Cirque Noveau*«, wiederholte Louise.

»Weißt du, wo das ist?« Francine klopfte ihr sanft auf die Schultern und drückte ihr einen Kuss auf die Nase. »Wenn ich es nicht besser wüsste, Louise, würde ich sagen, du hast Fieber oder bist verliebt.«

An Louise zogen Francines Worte vorbei wie Nebel. Sie starrte auf die Tür, durch die erst Valentin und kurz danach Mimi schlüpfte. Jene Mimi, die sie am Abend ihrer Premiere kennengelernt und nach dem Interview mit den Herren Journalisten und einigen wenigen Tänzen verloren hatte. »Ich bin morgen dabei«, sagte sie zu Francine und lief dann geradewegs zu Valentin und warf sich in seine Arme. Nur er durfte ihre Tränen bemerken. Sie wischte sich die feuchten Augen an seinem Jackett trocken, bevor sie sich wieder von ihm löste und Mimi anlächelte.

Mimi lächelte schüchtern zurück.

»Ich dachte schon, wir hätten uns damals verloren. Wie dumm von mir. Im Montmarte finden jene, die sich noch eine Geschichte schuldig sind, immer wieder zusammen.«

Über Mimis Gesicht ging ein Strahlen. »Ich habe fast alle Vorstellungen mit dir gesehen, so viele, wie ich mir geradeso vom Mund absparen konnte.«

Louise stemmte die Hände in die Hüften. »Du hättest in meine Garderobe kommen müssen.«

Mimis Wangen färbten sich rot, ob von der Wärme und weil sie noch immer ihren Mantel trug oder aus einem anderen Grund, vermochte Louise nicht zu sagen.

»Ich hätte dich schon in den Saal geschmuggelt. Du musst unserem Direktor das Geld nicht in den Rachen werfen, hörst du.«

»Ich probiere mein Glück morgen beim Vortanzen für Joseph Oller, auch wenn ich mir keine Chancen ausrechne«, sagte Mimi.

Louise nahm Mimis Hand in ihre und zog sie mit sich an einen Tisch am Fenster, der gerade frei geworden war. Valentin folgte ihnen in einigem Abstand. »Dann sind wir schon zu zweit, wir beide tanzen morgen zusammen vor Oller, ja?«

»Aber …« Mimi senkte die Lider. »Ich kann dir nicht das Wasser reichen, ich blamiere dich doch nur.«

Louise beugte sich zu Mimi. »Papperlapapp.« Dann lachte sie laut und flüsterte ihr zu: »Es wird dein Schaden nicht sein, vertrau mir! Und wenn du magst, übernachtest du heute bei mir.« Louise wartete Mimis Antwort nicht ab. Sie wandte sich Valentin zu, bekam aber Mimis Reaktion aus dem Augenwinkel genau mit. Falls es überhaupt noch möglich war, waren Mimis Wangen noch röter geworden. Sie hielt den Kopf gesenkt und warf Louise nur manchmal von unten einen raschen, glühenden Blick zu. So schauten Verliebte. Mimis Hände zitterten leicht, wenn sie das Glas Wein umfasste, das Louise für sie bestellt hatte. Sie war so hübsch, so offen zu lesen und dabei so unschuldig. Ihre Art berührte Louise und brachte sie ein wenig aus dem Konzept, das war seltsam genug. Wie nebenbei streichelte sie Mimis Hand. Valentin sah, was sie tat, aber kommentierte es nicht. Sie drei waren, zumindest für diese Nacht, eine eingeschworene Gemeinschaft, die sich gegenseitig sein ließen, wie sie waren und nicht aneinander zerrten.

* * * * *

Louise erwachte von einem Klirren. Schwerfällig hob sie ihren Kopf vom Tisch. Sie musste eingeschlafen sein. Genau wie Agostines Wolfshunde, die zu ihren Füßen dösten und leise schnarchten. Wie spät es wohl war? Die Bar war beinahe menschenleer. Agostine trocknete die gespülten Weingläser und stellte sie danach fein säuberlich auf das Regal hinter der Theke. Valentin war verschwunden. Neben ihr saß Mimi, den Kopf an den kleinen Vorsprung gelehnt, der aus der Wand herausragte. Sie rieb sich die Augen und gähnte. Sie hatte die ganze Zeit, in ihren Mantel gehüllt, neben ihr ausgeharrt. Eine fast abgebrannte Kerze flackerte vor ihnen auf dem Tisch. Vor dem Fenster wurde es schon wieder hell.

»Ich mach euch beiden Hübschen nen Vorschlag«, rief Agostine von der Theke zu ihnen herüber. »Bevor ich abschließe, bekommt ihr noch nen schönen Café au lait und zwei Buttercroissants. Was haltet ihr davon?«

»Charmanter bin ich jedenfalls noch nirgends rausgeworfen worden«, entgegnete Louise und griff nach Mimis Hand. »Wie spät ist es denn, Agostine?«

»Kannste de die Uhr lesen, biste im Vorteil.« Agostine grinste breit und wies auf die unübersehbare Standuhr im Eingangsbereich.

»Wie lange brauchen wir von hier bis zum *Cirque Nouveau*?«, fragte Mimi. »Ich bin auf ein Vortanzen nicht vorbereitet. Wir wollten doch noch proben.« Vorsichtig entzog sie Louise die Hand, nicht ohne sie zuvor zart zu drücken.

»Du frühstückst jetzt erst mal mit mir. Wir werden eine Einladung doch nicht ausschlagen.«

Mimi schälte sich seufzend aus dem Mantel und biss in eines der Croissants, die Agostine ihnen gebracht hatte. Dann nippte sie am Milchcafé. Louise beobachtete sie dabei und fuhr ihr mit den Fingernägeln sanft den Rücken hinunter. Mimi schien die Berührung zu genießen.

Natürlich entließ Agostine sie nicht wie angekündigt in die Kälte. Sie konnten bleiben, bis es an der Zeit war, die Kutsche zu rufen, die sie zum Vortanzen bringen würde. Mimi zierte sich, sie wollte unbedingt laufen. Wahrscheinlich reichte ihr Geld nicht für die Fahrt. Louise versicherte ihr mehrfach, sie wäre sowieso Kutsche gefahren und bestimmte schließlich, dass Mimi mit ihr käme und sie keine Gegenrede duldete.

So holperten sie, in der warmen Geborgenheit der Kutsche und

Hand in Hand, zu Oller. Als sie eintrafen, entdeckte Louise zu ihrer Freude Vic in der Schlange. Mit ihrer Schwester hatte sie nun wirklich nicht gerechnet. »Ich freue mich so, dich zu sehen. Aber bist du sicher, dass du in deinen Umständen vortanzen willst?« Ihr Blick fiel auf Vics deutlich gerundeten Bauch.

Vic zuckte mit den Achseln. Sie sah Mimi abfällig an. »Du hast wohl schon für meinen Ersatz gesorgt. Keine schlechte Wahl. Sie sieht mir in gewisser Weise sogar ähnlich, nur ist sie wesentlich jünger und bestimmt auch gelenkiger als ich.«

Mimi schaute mit gesenktem Kopf zu Boden und tat, als hätte sie Vics Worte nicht gehört.

»Darf ich euch einander vorstellen? Mimi, das ist Vic, auch die Gazelle genannt. Sie ist meine Schwester und Tanzpartnerin. Das, liebste Vic, ist Mimi, eine Freundin, die heute mit mir vortanzen wird. Ich wusste bis gestern Nacht nicht einmal, dass dieses Vortanzen stattfindet. Du hast mir nichts davon erzählt.«

»Das war offenbar auch nicht nötig. Du kommst ja bestens ohne mich zurecht. Und alle, wirklich alle lieben dich.«

»So wie dich. Wir sind aus dem gleichen Holz geschnitzt. Bitte Vic, lass uns nicht um Nichtigkeiten streiten. Wir beide, wir haben nur uns – und bald ein Baby.«

Vic lächelte zaghaft.

»Komm schon, ich werde für das Kind da sein, wie ich für dich da bin und du für mich. Wie eine Schneekönigin freue ich mich auf das, was da kommen wird. Wir beide gegen den Rest der Welt, Vic. Das haben wir uns doch geschworen.«

»Ich liebe dich auch, Schwesterherz. Auf eine komische seltsame Weise, wie man dich eben lieben kann. Aber ich tue es und deshalb werden wir dir wohl verzeihen müssen, Tantchen.«

»Weißt du was, Vic? Mimi und ich holen uns jetzt diesen gut bezahlten Job bei Oller. Dann musst du selbst nicht tanzen und bist vor allem auf Fenocci nicht mehr angewiesen.«

»Was hast du gegen meinen Mann? Sind wir nicht alle von irgendeinem Mann abhängig? Denk nur an deinen Theaterdirektor.«

Louise warf Mimi einen verführerischen Seitenblick zu. »Nein, angewiesen sind wir keinesfalls auf die Herren der Schöpfung. Wir sind wohlgeformter als sie, sinnlicher und zu Geld kommen wir auch allein.«

Vic streichelte ihren Bauch.

»Und was das Kind angeht«, Louise deutete auf Vics Bauch, »manche sind besser darin, Tante zu sein als Mutter.«

Vic öffnete die Arme und Louise ließ sich hineinfallen. Für den Augenblick war alles gut.

* * * * *

In Joseph Ollers Augen wohnte der Schalk, gleich neben dem Genuss und der Freude an allem Lebendigen. Einen Mann wie ihn konnte Louise sich – auch bei Aufwendung all ihrer Vorstellungskraft – nicht in blinder Wut vorstellen. Er war Louise auf Anhieb sympathisch. Begleitet von seinem vollen Bariton, rief er Mimi und sie auf die Bühne.

»Und was tun wir jetzt? Wir haben nichts vorbereitet«, flüsterte Mimi ihr zu.

»Überlass das einfach mir.«

Ganz so einfach, wie Louise sich ihren Auftritt vorgestellt hatte, war es dann doch nicht. Oller blieb zwar höflich und charmant, aber er fragte dennoch: »Was haben die Damen vorbereitet?«

Mimi wurde knallrot. Louise ergriff das Wort: »Wir haben erst gestern Nacht erfahren, dass Sie Tänzerinnen suchen. Wir haben nichts, was wir bieten könnten, außer uns. Aber sehen Sie uns an, wir leben ausschließlich für den Augenblick und den Tanz. Sie verpassen etwas, wenn Sie uns wegschicken, nur weil wir nichts einstudiert haben. Proben Sie mit uns. Sie werden es nicht bereuen!«

Oller sprang von seinem Sitz auf, klatschte in die Hände und rief: »Donnerwetter! Das muss man sich erst einmal trauen.« Weiter nichts. Das Dunkel des Saals verschluckte ihn.

Da standen sie nun beide im Rampenlicht und hofften, dass das ausreichen würde. Doch es war augenscheinlich, dass Mimi am liebsten im Boden versunken wäre. Sie erhob ihr kleines Stimmchen, das bebte, während sie zum Sprechen ansetzte. Unter allen Umständen musste Louise vermeiden, dass Mimi alles verpatzte. Sie durften keinesfalls klein und bedürftig wirken. Aber genau das würden sie, sollte Mimi zitternd das Wort an den Direktor richten. Mimis Schüchternheit würde alles zunichte machen. Es gab nur eine Lösung. Louise zog Mimi, den Überraschungseffekt auf ihrer Seite, an sich heran, schlang ihren Arm um sie und küsste sie auf ihren weichen, noch immer bebenden Mund.

»Donnerwetter«, rief Oller abermals aus dem Zuschauerraum. Dann lachte er – schallend und laut. »Also gut. Sie haben mich. Langweilig sind Sie jedenfalls nicht. Es knistert auf der Bühne und Knistern ist gut. Probieren wir also ein paar Schritte. Gehen Sie bitte beide hinüber zur A-Gruppe. Sie studieren eine kleine Choreografie mit Noom ein, meinem Assistenten. Wir sehen uns heute Nachmittag bei der Endauswahl.«

Die Einrittskarte in Ollers Welt hatten sie in der Tasche, jetzt mussten sie sich nur noch anstrengen, um zu seiner Kompanie zu gehören. Darum aber musste Louise sich keine Sorgen machen. Hart arbeiten konnte sie, zumindest wenn es um etwas ging, für das es sich zu arbeiten lohnte. Mimi suchte während der Proben mit Noom immer wieder Blickkontakt mit ihr. Dafür war aber weder Zeit noch Raum. Wenn Louise sich auf ein Ziel fokussierte, musste alles andere in den Hintergrund treten. Neben ihr in der Reihe tanzte auch Francine. Offenbar sah man in ihnen direkte Konkurrenz. Immer wieder ließ Noom sie beide parallel dieselben Soloparts vorführen. Er war streng und forderte ihnen alles ab. Zwei kleine Getränkepausen gab es, ansonsten mussten sie alle an der Ballettstange ihr Handwerk und ihre Präzision unter Beweis stellen. Noom testete ihre Beweglichkeit, verlangte ihnen Sprünge ab, die Louise nicht kannte, und machte sich Notizen, wie viele Abläufe die Tänzerinnen in welcher Zeit behalten und umsetzen konnten.

Um die Nachmittagszeit war Mimi dran. Sie trat im Corps de Ballet vor Oller auf. Sie war ganz außer sich vor Aufregung. Als sie erfuhr, dass sie tatsächlich Teil der Kompanie werden würde, fiel sie Louise um den Hals und wollte sie küssen. Louise wandte den Kopf ab und so erwischte sie nur ihre rechte Wange. Ihre Prüfung stand noch bevor. Sie durfte sich von niemandem ablenken lassen, auch nicht von Mimi. Es war klar, worauf das Vortanzen hinauslief. Nur sie und Francine durften ein Solo vor Oller tanzen. Ausgerechnet gegen die bezaubernde Francine musste sie antreten. Gegen Francine, die Louise immer bewundert und mit der ihr Aufbruch begonnen hatte. Was für eine Chance hatte Louise schon gegen die duboisesche Präsenz, gegen ihr unvergleichliches Charisma? Louises einzige Chance bestand darin, Oller auf irgendeine Weise zu überraschen. Sie würde ihm zeigen, was ihm entging, wenn er sie nicht bei sich aufnahm.

Als die ersten Töne erklangen, marschierte Louise wild entschlossen auf die Bühne. Sie warf dem verdutzten Oller nicht nur einen Kuss zu, sondern hielt ihm ihre Hand hin und zog ihn zu sich auf die Bretter, die ihr die Welt bedeuteten. Sie tanzte um ihn herum, schwang das Bein so hoch, dass es ihm ein Leichtes sein musste, unter ihre Röcke zu blicken. Die Choreografie, die sie den ganzen Tag über einstudiert hatte, zeigte sie auch – mit zwei kleinen, aber bedeutenden Abweichungen: Sie tanzte nur für Oller und dabei war sie ihm so nah, dass ihre Präsentation eher einer Privatvorstellung beim Stelldichein gleichkam als einer Bühnenvorführung. Zum Schluss drehte sie sich um und lüpfte die Röcke. Sie streckte ihm ihr pralles Hinterteil entgegen.

»Wenn Sie sich für mich entscheiden, trage ich bei der nächsten Vorstellung ein Höschen mit einem aufgestickten Herz an einer ganz besonderen Stelle.«

Oller applaudierte ganz außer sich, rief lautstark, obwohl er so nah bei ihr stand, dass das nicht nötig gewesen wäre: »Sie werden meine erste Tänzerin, hören Sie, wem muss ich Sie abkaufen?«

»Mein Monatsgehalt beträgt zweihundert Francs plus freies Essen und Trinken. Sprechen Sie mit dem Direktor vom Élyséetheater.«

»Einverstanden, einverstanden mit allem.«

Erst da bemerkte Louise, dass im Saal, der nun beleuchtet war, ein junger Mann saß, der eifrig etwas in sein Heft notierte. »Wer ist das?«, fragte sie Oller. Ehe der Direktor antworten konnte, sprang der Mann von seinem Sitz auf, legte das schmale Notizheft auf den Stuhl und war in wenigen Schritten auf der Bühne. Louise besaß ein ausgezeichnetes Gedächtnis für Gesichter. Mit diesem Mann hatte sie getanzt, nachdem sie seine Fragen nach ihrem ersten Auftritt im *Élysée* recht provokant beantwortet hatte. Und er war es auch gewesen, der sie und Valentin an jenem Abend belauscht hatte, an dem dieser ihr das Versprechen abgerungen hatte, dass sie auf ewig Tanzpartner sein würden.

»Sie schon wieder!«

»Das nenne ich eine Begrüßung! Ich hatte gehofft, Sie auf einen Kaffee einladen zu dürfen.«

Mimi winkte Louise von der Hinterbühne aus und warf ihr Kusshände zu.

»Sind Sie wieder mit derselben Dame hier?« Der Journalist hatte Mimi ebenfalls bemerkt. Louise konnte jetzt keine Schlagzeilen gebrauchen, die etwa lauteten: *Haben bei der neuen ersten Tänzerin des* Cirque Nouveau *Männer überhaupt eine Chance?* So ging sie nur lachend über seine Frage hinweg, hakte sich bei ihm unter und sagte laut und vernehmlich: »Ich habe Hunger. Wenn Sie mich ausführen wollen, dann in ein Restaurant, in dem sie hervorragenden Wein servieren und ein ordentliches Steak mit in Butter geschwenkten Kartoffeln und zartem Gemüse dazu.«

Er wurde rot, nickte jedoch und führte sie an Mimi vorbei zum Hinterausgang.

Louise versuchte Mimi ein Zeichen zu geben und hoffte, sie verstünde, dass diese Verabredung für ihr Fortkommen wichtig war. Journalisten musste man sich zu Verbündeten machen, und außerdem wäre Mimi auf diese Weise vor der Klatschpresse geschützt. Louise machte es nichts aus, fremde Lippen zu küssen, Männer zu verführen und sie mit dieser Erinnerung in einen kalten Februarmorgen zu entlassen. Bei Mimi war sie sich da nicht so sicher.

* * * * *

Charles, so hieß der Journalist, hatte offenbar bestens geschlafen. Ohne die Hand vor den Mund zu halten, gähnte er herzhaft und streckte sich ausgiebig neben ihr im Bett. Von seinen Achseln ging ein saurer Schweißgeruch aus und er hatte leichten Mundgeruch. Als er Louise in seine Arme ziehen wollte, drehte sie sich instinktiv weg. Um ihren Ekel vor ihm zu verbergen, kicherte sie dabei und sprang, als wäre sie eine dieser Frühaufsteherinnen, von der Matratze auf.

»Komm zurück.«

Sie zwinkerte ihm zu, ging aber nicht weiter auf seine Bitte ein. Er hatte bekommen, was er wollte. »Ich hoffe, du tust gleich deine Arbeit und schreibst eine sagenhafte Lobeshymne über den neuen aufsteigenden Stern am Montmartre-Himmel.« Sie kämmte sich die Haare und gab frisches Wasser in die Waschschüssel. Den Schmutz der letzten Nacht musste sie von der Haut waschen. Louise hatte noch immer den Geschmack seines Geschlechts im Mund. Sorgfältig putzte sie sich die Zähne und gurgelte mit Mundwasser. Sie spürte seinen Blick auf ihrem Körper. Er stierte auf ihre nackten Brüste.

»Was bekomme ich dafür?«, fragte der Journalist.

Louise wandte sich zu ihm um, fuhr sich über ihr Dekolleté und sah ihn dabei unverwandt an. »Wir sprechen darüber, wenn wir uns wiedersehen. Hilfst du mir derweil mit meinem Mieder?«

Er nickte und erhob sich. Sie drehte sich von ihm weg. Bei Tag und ohne wenigstens ein Glas Wein im Leib wollte sie ihn in seiner unverhüllten Natur nicht betrachten müssen. Wenigstens musste sie sich so nicht allein mit dem Mieder abmühen. Angekleidet hatte sie einen guten Grund, zu einer angeblich vergessenen, wichtigen Probe aufzubrechen. Joseph Oller erwartete sie heute so oder so, da konnte sie auch ein wenig früher auftauchen. Und vorher würde sie noch schnell bei ihrer Schwester vorbeischauen. Sie bugsierte den Herrn Journalisten also geschwind vor ihre Wohnungstür, verabschiedete sich höflich mit Handschlag und mit dem Hinweis, in die gegensätzliche Richtung zu müssen, von ihm. Bei der schnellen Abfertigung war es wichtig, ihm eine Krume hinzuwerfen, an der er sich festhalten konnte, wollte er sie wiedersehen. Und das wollte er, da war sich Louise sicher.

»Ich wünsche keine Blumen, wenn wir uns treffen, ich wünsche eine Hymne, schwarz auf weiß. Es schadet nicht, wenn die Zeitung weithin bekannt ist.« Sie flüsterte ihm ihre Abschiedsworte ins Ohr. Der Journalist spitzte die Lippen zum Kuss, aber Louise ließ ihn einfach stehen. Einmal musste auch genug sein. Es fühlte sich leicht an, so ganz ohne Anhang, zu Vics Wohnung zu schlendern. Sie lag unweit von Louises Mansarde und in unmittelbarer Laufnähe. Erst als Louise vor Vics Haustür angekommen war, fiel ihr Fenoccis Annäherungsversuch wieder ein. Eine Schwere ging mit der Erinnerung einher, die sich wie ein kratzender, vom Regen durchnässter Wollschal um ihre Schultern legte. Louise schüttelte sich.

Vic war allein, sie trug noch ihr Nachthemd und hatte rot geweinte Augen. Eine einzelne Rose, wo auch immer die mitten im Winter herkam, stand in einer leeren Flasche auf dem Küchentisch. »Er hat gepackt«, sagte Vic. »Hat mir diese Rose gebracht, mich geküsst und gesagt: ›Dieses festgefahrene Leben ist nichts für mich. Die Menagerie ist eine Wandermenagerie, verstehst du? Mich zieht es in südlichere Gefilde.‹ Dann hat er seinen Rucksack geschultert und sich nicht mehr nach mir umgesehen. Ich bekomme doch ein Kind, Louise. Was mache ich denn jetzt?« Vics Stimme zitterte. Sie sah verzweifelt aus. Louise schloss ihre Schwester fest in die Arme und streichelte ihr über den Rücken. »Ich werde bei Oller gut verdienen. Du und das Kind werden nicht hungern, und du kannst mir helfen, meine Karriere voranzutreiben.«

Vic weinte nur noch bitterlicher. »Vielleicht hatte Maman ja doch recht. Vielleicht wäre es uns besser gegangen, wenn …«

Louise legte ihr rasch den Zeigefinger auf die Lippen, nahm den Mantel vom Haken und drängte ihre Schwester, sie in den Park zu begleiten. Etwas frische Luft würde ihr guttun. »Die Dinge verändern sich und das ist gut so. Nicht mehr lang und dann beginnt ein neues Jahrhundert. Wie viele Menschen haben das Glück, es heraufbrechen zu sehen, Vic?«

»Ich will doch nur Fenocci wiederhaben. Wir waren glücklich zusammen. Ich will das Kind nicht allein großziehen. Und ich will raus aus dem Dreck und Gestank, irgendwohin aufs Land.« Vic schniefte.

Louise hielt ihr ein Taschentuch hin und sah hinauf zum Himmel. Bei Tag sah man sie nicht, aber in der Nacht leuchteten über dem Montmartre Abertausende von Sternen. Denen war ihr Schicksal einerlei. Sie leuchteten ungefragt für jeden von ihnen, über jedem Ort der Welt. Sogar über die Zeiten spannten sie sich mühelos hinweg.

»Es wird schon gut werden«, sagte Louise und dann musste sie auf einmal lachen. Es sprudelte nur so aus ihr heraus und klang selbst in ihren Ohren unangemessen laut. Vic starrte sie an wie eine Fremde.

KAPITEL 15

Mit Joseph Oller wurde Louise schnell ein Herz und eine Seele. Er empfing sie, wie man einen guten Freund empfängt, am Nachmittag bei Gebäck und heißer Schokolade. Sie saßen mit Blick in den Garten eines unweit des *Cirque Nouveau* gelegenen Bistros. Louise wärmte sich die Hände an der heißen Schokolade. Oller war beides, ein Träumer und ein Nachtschwärmer. Einer, der das Cabaret liebte und ihm sein Leben gewidmet hatte, aber er war auch ein Geschäftsmann. Einer, der mit Zahlen umzugehen wusste, der sie nur einmal hin- und herdrehen musste, und schon schien er zu wissen, wie man aus einer kleineren Summe eine größere machte. Wenn man dazu auch noch Ollers Natur besaß, diesen Schalk, der zu ihm gehörte wie eine zweite Haut, diesen Drang nach Neuerung und eine gewisse Begabung zur Erfindung, dann konnte nicht viel schiefgehen. Louise entspannte sich augenblicklich. Sie hatte es im Gefühl. Sie war zur richtigen Zeit am richtigen Ort, und Oller hatte einen Narren an ihr gefressen.

»Sie sind wie ich, wenn ich eine Frau wäre. Wir sind wesensgleich.«

Louise wog den Kopf und löffelte das letzte bisschen Sahne von ihrem Kakao. »Bringen Sie meiner neuen Berühmtheit vom Montmartre mehr Schlagsahne«, rief er der Kellnerin zu. Die huschte aufgeregt davon.

Ein paar Gäste starrten Louise an, aber das hielt nicht lange vor, nur wenige erkannten sie. Die Leute befassten sich schnell wieder mit ihren begonnenen Gesprächen oder wandten sich ihrer Zeitung oder ihren Getränken zu.

»Wenn wir Glück haben, steht morgen ein Artikel über mich im *Le Figaro*«, sagte Louise, um überhaupt etwas Sinnvolles zur Unterhaltung beizusteuern.

Oller brummelte wohlwollend etwas in seinen Bart, erhob sich dann und verabschiedete sich mit dem Hinweis, er habe einen Termin, ein gewisser Zidler erwarte ihn. Er würde seinem Kompagnon gleich von ihr erzählen. Sie hätten noch viel zu erledigen, vor der Zeitenwende. Er beabsichtige nicht nur erfolgreich zu sein, sondern *sehr* erfolgreich zu werden. Die *Goulue* spiele in seinen Plänen eine wichtige Rolle. Man würde sich an sie erinnern, und zwar nicht nur in Paris und nicht nur zu ihrer Zeit. Dafür würde er schon Sorge tragen. »Auf zwei Dinge kann ich mich stets verlassen, verehrte Louise. Ich habe ein untrügliches Gespür für Talent und eine goldene Nase für die richtigen Unternehmungen zur richtigen Zeit.« In ihrem Jahrzehnt wollten die Leute sich amüsieren, führte er weiter aus. Sie suchten das Glück im Vergnügen. Einer wie er verurteile das nicht, ganz im Gegenteil, er verstünde nur zu gut, dass das bisschen Leben ausgekostet werden müsse bis zum letzten Tropfen.

Nach dieser bedeutungsschweren, aber dennoch seltsam beschwingten Rede, lüpfte er den Hut, orderte einen zweiten Kakao für sie und zahlte die Rechnung. Auch wenn Louise keinesfalls fand, dass sie beide wesensgleich waren, ließ sie Oller gern in dem Glauben. Es sprach ja ganz und gar nichts dagegen, Teil seiner Vision zu sein, gerade in diesen Tagen, wo Paul nicht nur sie, sondern viele andere junge Frauen fotografierte, und Auguste sein Glück gefunden zu haben schien und daher nur wenig Zeit für Louise erübrigen konnte. Er hatte Belle endlich hinter sich gelassen und Aline Charigot, die ihm nach Paris gefolgt war, eine Chance gegeben. Aline war schwanger, im Frühjahr sollte ihr Kind zur Welt kommen. Kinder veränderten das Leben so vieler Frauen um sie herum. Einige der talentiertesten Tänzerinnen wurden schwanger und gaben, zu Louises Erstaunen, beinahe widerstandslos ihre Freiheit auf. Wie schnell sie bereit waren, sich in ihr Schicksal zu fügen und zu heiraten. Als hätten sie nur darauf gewartet. Wie glücklich Louise sich schätzte, dass ihr noch kein Unfall passiert war, dass sie Schwangerschaften zu verhindern wusste. Kinder passten einfach nicht zu ihrem Lebensstil. Auch wenn sie sich wahnsinnig auf Vics Nachwuchs freute, sie war nur die Tante, sie musste das Kind nicht wickeln, stillen und baden. Sie konnte sich weiterhin die Nächte um die Ohren schlagen und das Leben genießen. Obwohl Vic sie nicht verstand, beharrte Louise darauf, auch dann in ihrer Mansarde wohnen zu bleiben, wenn Fenocci, wie abzusehen war, nicht zu Vic und dem Nachwuchs zurückkehrte.

Der 30. April 1885 aber änderte ihre Pläne. Ihre Schwester hatte nach ihr schicken lassen. Als sie an jenem Tag von der Probe mit Oller zu Vic nach Hause stürmte, war die Hebamme schon vor Ort und die Geburt in vollem Gange. Louise durfte sich ans Kopfende zu Vic setzen, der der Schweiß aus allen Poren kroch und die unter den Schmerzen der Wehen stöhnte. Die Hebamme legte ihr kühle Tücher auf die Stirn, überprüfte die Herztöne des Kindes und fühlte Vics Puls. Ihre Schwester klammerte sich an Louises Hand fest, sodass sie unmöglich aus dem Raum rennen und die Tür hinter sich schließen konnte, wie sie es am liebsten getan hätte. Leben und Tod, das spürte sie überdeutlich, berührten sich, alles konnte geschehen. Louise betete, lautstark und in einer Art Singsang für Vic und das Kind.

Als Vic ihren Neffen dann wahrhaftig aus dem Geburtskanal presste, die Hebamme ihn hochhielt und er seinen ersten Schrei tat, war Louise sich sicher: Gemeinsam würden sie alles schaffen. Dieses zauberhafte kleine Wesen würde ihnen die nötige Kraft dazu geben und sie immer wieder daran erinnern, wofür sie die täglichen Strapazen auf sich nahmen.

Vic nannte ihren Neffen Louis, nach ihr, und Louise brachte es fortan nicht mehr übers Herz, stur zu bleiben und darauf zu bestehen, dass sie weiterhin ihren Freiraum brauchte. Sie konnte und wollte Vic nicht allein lassen und Louis musste sie einfach jeden Tag sehen. Es durfte ihr nichts in seiner Entwicklung entgehen. Louis war ihr Sonnenschein, er hatte den Frühling im Gepäck und das Schöne war, Louise musste ihn nicht wickeln und ankleiden, musste nachts nicht aufstehen, wenn der Kleine sich die Seele aus dem Leib schrie, weil er Bauchschmerzen hatte oder zahnte. Sie hatte alles bekommen, ein Zuhause, eine Zukunft und die Freiheit. Die Nächte schlug Louise sich wie immer um die Ohren. Tanzen musste sie ohnehin, wer wenn nicht Vic hätte das verstanden. Louise brachte das Geld nach Hause, während Vic ihren Sohn stillte, badete und ankleidete, während sie ihn tröstete und im Kinderwagen mit ihm durch den Montmartre fuhr. Wenn Louise nach Hause kam, hatte Vic schon gekocht und die Wohnung geputzt und gewienert, sodass kein Staubkorn mehr zu finden war. War etwas für Louises Karriere zu organisieren, kümmerte Vic sich auch darum. In den ersten beiden Maiwochen zog Louise schließlich ganz bei Vic ein. Sie musste dreimal tief durchatmen und sich ein letztes Mal in dem Mansardenzimmer umsehen, in dem sie sich so wohlgefühlt hatte. Erst dann brachte sie es über sich, die Tür hinter sich zu schließen und den Schlüssel bei der Portiersfrau abzugeben.

Auguste und Paul transportierten fröhlich singend und pfeifend ihre Matratze und hinter ihnen her lief Valentin, der einen Korb mit Louises Kleidung trug. Louise selbst hatte nur ihren Koffer in der Hand, mehr Habseligkeiten besaß sie nicht. Ihre kleine Gruppe sah aus wie eine Prozession, fand sie. Valentin musste etwas Ähnliches gedacht haben. Sie lachten beide darüber.

Von Oller bekam Louise ein anständiges Honorar. Ihre Gage, zusammen mit den Einkünften aus Pauls Fotografien, reichte, um ihren Neffen, Vic und sie selbst nicht nur durchzubringen, sondern das Leben und seine Möglichkeiten auch auszukosten. Von dem Geld, das Louise verdiente, nahm sie außerdem weiterhin Unterricht bei Grille d'Égout, die sie zwar noch immer nicht leiden konnte, von der sie sich aber viel abschaute. Die d'Égout war eine der bekanntesten Tänzerinnen ihrer Zeit. Sie hatte das Handwerk des Tanzens perfektioniert, auch wenn sie Louise viel zu prüde und viel zu verbiestert war, um ihr persönlich etwas abzugewinnen oder sich gar mit ihr anzufreunden. So wenig sie Grille d'Égout mochte, so sehr schätzte sie ihr Können. Gegensätzlicher hätten ihre Persönlichkeiten kaum sein können. Das sah wohl auch die d'Égout so, als sie Louise bat, mit ihr aufzutreten. Grille d'Égout mochte recht unattraktiv und wenig leidenschaftlich sein, dumm war sie keinesfalls. Sie erkannte, dass Louise neben einem ungeheuren Talent auch über Charisma verfügte und sagte ihr das auch. »Wir beide werden durch unsere Gegensätzlichkeit das Publikum anlocken. So kommen wir uns auch nicht in die Quere.«

Louise war stolz darauf, mit der großen Grille d'Égout auftreten zu dürfen. Wo die d'Égout mit Technik glänzte, brillierte sie mit Leidenschaft und Feuer, und zusammen harmonierten sie durch diese Unterschiedlichkeit auf das Beste.

Wann immer Louise nach den Proben oder vor den Auftritten Zeit fand, durchstöberte sie die Spielzeugläden für ihren Neffen. Vic schüttelte darüber nur den Kopf und murmelte etwas von unnützen Ausgaben und unangemessener Verwöhnung. Aber Louise nahm sich keine der Bemerkungen ihrer Schwester zu Herzen und überging sie. Regelmäßig brachte sie auch frische Blumen vom Markt mit. Ihren Pflanzen-Dschungel hatte sie in der Mansarde zurückgelassen, Vic hatte darauf bestanden, aber nach und nach wurde auch aus Vics kleiner Wohnung ein exotisches Paradies.

Die Nächte verbrachte Louise mit wechselnden Liebhabern. Oft kam sie gar nicht erst nach Hause. Sie erwies sich als extrem geschickt darin, die richtige Gesellschaft auszuwählen. Sie lauschte Gesprächen, erkundigte sich bei ihren Freunden und Bekannten über Herkunft und Beruf jener Männer, die für sie infrage kamen. Danach genügte gesunde Menschenkenntnis. Die Richtigen waren jene, die ihre Bekanntheit zu nutzen wussten, um von der wahren Louise Weber, der einzigen *Goulue*, in einer anerkannten Zeitung zu berichten oder in ausgewählten Kreisen von ihr zu erzählen. Bald war die *Goulue* in aller Munde und galt als Geheimtipp. Der Journalist Charles, mit dem sie damals eine Nacht verbracht hatte, war nur ein erster kümmerlicher Auftakt, eine Art Probe für die Uraufführung gewesen.

Ungeachtet dieser zusätzlichen Chance, sich einen Namen zu machen, arbeitete Louise hart und unnachgiebig an sich und ihrem Körper. Dem Erfolg ordnete sie jede private Vergnügung unter, auch Vic und sogar Louis mussten dahinter zurückstehen. Louise lebte zwar mit Vic zusammen und sie liebten und schätzten sich sehr, aber hätte jemand von außen ihre Beziehung betrachtet, wäre er wohl zu dem Schluss gekommen, dass sie sich voneinander entfernt hatten und sich fremd geworden waren, wie es häufig bei Elternpaaren geschieht, wenn ein Kind in ihr Leben tritt. Vic kochte und machte die Wäsche, sie war die Frau im Haus, die das Kind spazieren fuhr und auf dem Markt einkaufte. Louise fiel die männlich besetzte Rolle des Verdieners zu, der für den Lebensunterhalt seiner Liebsten sorgte, und wenn sie überhaupt einmal nach Hause kam, war sie meist zu erschöpft für lange Gespräche und fiel in einen traumlosen Schlaf. Und obwohl Vic in ihrer Mutterrolle aufging und Louis abgöttisch liebte, hatte Louise durchaus bemerkt, dass sie manchmal gereizt und unausgeglichen war, so als reiche das reine Muttersein nicht aus, um sie ausfüllen. Dazu kam noch Louises zunehmender Erfolg. Vic gönnte ihr ihn zwar von Herzen, doch auch sie war nur ein Mensch, und daher nicht gefeit vor Gefühlen wie Neid und Eifersucht, die manchmal über sie hereinbrachen, besonders nach einer Nacht, in der sie wegen des Kindes wenig Schlaf bekommen hatte.

Louise jedoch war zufrieden, wie sich ihr Leben entwickelte. Nacht für Nacht tanzte sie den Cancan und bekam mehr und mehr Applaus.

»Ich lege meine Hand dafür ins Feuer«, sagte Oller in schöner Regelmäßigkeit vor der morgendlichen Probe. »Die Leute strömen in Scharen herbei, weil sie meiner *Goulue* nah sein wollen!«

Wirklich nah fühlte sie sich aber nur Valentin. Der verstand sie auch ohne viel Worte. Er hatte seine Geliebte an den Freitod verloren. Erst neulich hatte er ihr davon auf der Pont de Coulaincourt, der modernen Metallbrücke, erzählt. Brücken waren die richtigen Orte für solche Gespräche. Auf einer Brücke stand man im Nirgendwo zwischen Geisterreich und Diesseits. Auf einer Brücke konnte man sich alles anvertrauen und die Geheimnisse dort belassen. Valentin war ein Versehrter, wie sie selbst eine Versehrte war. Sie mussten nicht reden, um zu wissen, was sie verband, aber sie vermochten es, wenn ihnen danach war. Valentin holte Louise nach jeder Vorstellung ab und nie musste sie befürchten, dass er etwas von ihr begehrte, was die

Bande zwischen ihnen hätte brüchig werden lassen können. Valentin war besser als jede erotische Liebe. Er verscheuchte das leise Glück nicht, auf ihn war Verlass.

* * * * *

»Die wievielte Anzeige es dieses Jahr schon ist, wage ich nicht zu beziffern.« Rodolphe Salis, der Besitzer des *Le Chat Noir*, umarmte erst Paul, dann Louise, Adolphe und Valentin. »Wenn unsere prominenten Gäste uns nicht vor der Obrigkeit schützen würden, wir wären schon mehrfach dem Tode geweiht gewesen.« Rodolphe deutete auf einen Herrn und winkte ihm dann zu. Der Herr saß bestens platziert unter einem fliegenden Fisch, der an der Decke angebracht war. Er winkte ihnen frohgemut und in bester Feierlaune zurück.

Seit dem Umzug des *Le Chat Noir* in die neuen Räumlichkeiten hatte Louise das Cabaret nicht mehr besucht. Was sie aber am neuen Ort zu Gesicht bekam, damit hätte sie in ihren kühnsten Träumen nicht gerechnet.

Sie brauchte einen Augenblick, um sich zu sammeln. »Habt ihr einen Schatz gefunden oder warum könnt ihr euch das leisten? Das ist ja ein richtiger Festsaal!«

Rodolphe strahlte sie an. Er war sichtlich stolz darauf, was er aus der neuen Lokalität gemacht hatte.

Adolphe klopfte seinem Freund auf die Schulter. »Ich habe es euch doch gesagt: Ihr habt wahrhaftig etwas verpasst. Schon der Umzug war ein Fest – und all das verdanken wir Rodolphe. Er war und ist der kreative Kopf hinter all dem.«

»Papperlapapp. Habt ihr draußen das neue Emaille-Schild gesehen? Die schwarze Katze, die auf dem Mond hockt und deren Haare sich sträuben? Das ist Willettes Werk.«

Adolphe deutete eine Verbeugung an, die Rodolphe belustigt zur Kenntnis nahm, ungeachtet dessen aber fuhr er fort: »Ihr hättet das erleben sollen. Bei unserem Umzug haben vier Hellebardiere Adolphes Bild, den *Parce Domine*, gut sichtbar vor sich hergetragen. Bei

Mondschein hat es eine kleine Parade gegeben. Das hat jede Menge Schaulustige angezogen. Die Hellebardiere haben die *Marseillaise du Chat Noir* gesungen. Victor Meussy hat sie extra für uns komponiert. Habt ihr sie schon gehört? Wir haben euch vermisst, Freunde. Was habt ihr die ganze Zeit getrieben? Wenn ich euch erinnern darf, wir schreiben bereits Januar 1886! Aber außer Willette habe ich niemanden von euch zu Gesicht bekommen. Traut ihr euch etwa nicht, weil wir jetzt in einer Villa residieren? Das muss ab sofort anders werden.«

Valentin zog Louise am Mantelärmel. »Lass uns hier mal umschauen.«

»Wollt Ihr mich etwa schon wieder loswerden?« Adolphe baute sich vor ihnen auf und stemmte die Hände in die Hüften. »Kommt, ich zeige euch Rodolphes neues Domizil und wo meine Kunst zu sehen ist. Vielleicht erweiche ich so doch noch Louises Herz?« Er lachte, auch wenn eine Spur Melancholie in seinen Augen aufblitzte. Für Louise war das ein gutes Zeichen. Ihre Freundschaft war stärker, als sie geglaubt hatte. Sie hatte sogar Adolphes Verliebtheit überlebt. Immerhin scherzte er über seine Vernarrtheit, auch wenn seine Aufmerksamkeit sich noch immer an Louise heftete, sobald sie sich sahen. Louise hakte sich freundschaftlich bei Adolphe unter.

»Na schön«, sagte Valentin. »Dann eben eine Privatführung vom berühmt-berüchtigten Maler Adolphe Willette.«

Adolphe verstand das offenbar als Aufforderung und hob gleich an zu erzählen. »Die Villa hat mehrere Stockwerke. Ist das nicht fantastisch? Wir konnten in die Rue Laval ziehen, weil Rodolphe sich mit einem gewissen Stevens gut gestellt hat. Wenn ihr mich fragt, diese Bekanntschaft war überlebenswichtig für uns. Wir mussten umsiedeln, nachdem einer unserer Kellner ermordet worden war. Die Stimmung war brandgefährlich im Quartier. Man munkelt sogar, Rodolphe habe sich höchstpersönlich mit dem Mörder angelegt. Aber so genau weiß das niemand.«

Louise ließ sich an Adolphes Arm zurück in den ersten Saal geleiten. Unweit davon lag der Eingang. Nachdem die Gäste Eintritt bezahlt hatten, gelangten sie also hierher. Heute war wenig Publikumsverkehr. Valentin folgte ihnen.

»Das ist der Saal Francois-Villon. Es ist das Herzstück, unser eigentliches Cabaret. Meine Zeichnungen befinden sich hier in bester Gesellschaft. Da hängt zum Beispiel Theophile Steinlen, seht ihr? Wie sagt man dazu, Pech in der Liebe, Glück im Beruf?«

Louise ignorierte seine Anspielung und löste sich aus seinem Arm. Irgendwann würde auch Adolphe verstehen, dass es Menschen wie sie gab. Menschen, die ihr Vorankommen in der Welt nicht der ach so allmächtigen Liebe unterordneten. Längst war ihr klar geworden, dass die Liebe nur die Männer erhöhte, während sie den Frauen bloß ihre Freiheit nahm. Zumindest wenn sie sich derart einspinnen ließen, dass sie heirateten. Louise schlenderte weiter in den nächsten Raum, den *Salle des Gardes*, wie Adolphe erläuterte. Der Kaminofen war von Säulen und einem Wappen gesäumt. Sie trat näher heran, um zu lesen, was darauf geschrieben stand: *Montjoye und Montmarte*.

»Unser Leitspruch, erinnerst du dich?«, fragte Adolphe.

Sie erinnerte sich nicht. Sie war nur gelegentlich im *Chat Noir* gewesen und hatte den Ort ganz gemieden, nachdem Adolphe so anhänglich geworden war.

»Zeig uns lieber die erste Etage, den Saal der Dichter und Denker«, sagte Valentin und bot Louise seinen Arm. Louise hakte sich bei ihm ein. Sie stiegen in die erste Etage. Im mit Samt ausgelegten Versammlungssaal hing Adolphes *Parce Domine*, auf den er so stolz war. Louise näherte sich seinem Bild. Vorsichtig strich sie über die schwarzen Seidenstrümpfe der Frau, die auf einem Panther in die Menge des Gauklervolkes hineinritt. Was das Leben für eine Frau, die Panther betörte oder bezwang, wohl bereithielte? War das ihr Aufstieg oder ihr Untergang, dem sie da sehenden Auges entgegenritt? »Du bist prophetisch«, sagte sie zu Adolphe. Er hielt in der Bewegung inne, beinahe versteinerte er. Er sah sie unverwandt an, bis Valentin sich wieder in Bewegung setzte und Louise mit sich zog; fort von Adolphes Bild und der Frau auf dem Panther, fort von der Verdichtung der Zeit im Gemälde und fort von ihrem Verehrer.

»Mach es ihm doch nicht immer wieder so schwer, Louise. Er tut mir wirklich leid. Merkst du denn gar nicht, was du da anrichtest?«, flüsterte ihr Valentin zu.

»Ich war ganz versunken. Die Frau auf dem Panther hat wirklich etwas Prophetisches.«

»Mag schon sein.« Valentin schüttelte den Kopf und zog sie weiter in den zweiten Stock.

Es dauerte eine ganze Weile, bis Adolphe ihnen nachfolgte. Er war schweigsam und hielt den Blick auf den Boden gerichtet, als gäbe es dort mehr zu sehen als hier im Schattentheater. Auf dem Rahmen eines Bildes hockte eine schwarze Katze, die sich an einer Erdkugel festkrallte.

»Sie verscheucht das Spießertum, habe ich recht?«, fragte Valentin. Er wandte sich an Adolphe, der noch immer nicht hochsah, aber nickte.

»Rivière ist auf die Idee gekommen«, sagte Adolphe. »Manchmal ist es Zufall, dass das eine aus dem anderen heraus geboren wird. So, wie dieses Schattentheater aus dem ursprünglichen Marionettentheater entstanden ist. Es war ja nicht viel nötig, nur ein Tuch in der Bühnenöffnung. Und nun seht, was wir daraus gemacht haben. So verhält es sich oft auch mit der Liebe, Louise. Aus einem Keim wächst etwas Großes. Du selbst wärest ja gar nicht hier, hätten deine Eltern daran nicht geglaubt.«

»Was weißt du schon über meine Eltern und was sie geglaubt haben!« Sie stemmte ihre Hände in die Hüften. »Deine ganze Träumerei ist doch vollkommen haltlos. Soll ich Rodolphe vielleicht erzählen, dass einer seiner Vorzeigekünstler im Herzen ein waschechter Spießer ist?« Ihre Wangen glühten, ihr war in ihrem Mantel ganz heiß geworden. Sie griff in die Manteltasche, in der sich ihre Aktfotografien befanden. Einen ganzen Stapel davon fischte sie heraus, besah sich jedes einzelne Bild und entschied sich dann für ein besonders Frivoles, das sie gänzlich nackt zeigte. Den Mantel ließ sie sich langsam von der Schulter gleiten. Sie trat dicht an Adolphe heran und streichelte ihm zart über den Unterarm, während sie ihm tief in die Augen blickte.

Seine Seele lag offen und verwundbar vor ihr, ausgebreitet wie ein entrollter Teppich, auf den sie nur treten musste. Er legte es darauf an. Louise drückte ihm die Fotografie in die halb geöffnete Hand. »Wir beide werden nie sein, was du erhoffst. Wenn du also mal wieder vor Sehnsucht nicht schlafen kannst, dann schau dir mein Bild an, und denke daran, du bist nicht der Einzige, der es in dieser Nacht betrachtet.«

Wie ein geschlagener Hund, der den Schwanz einzog, wich er vor ihr zurück.

»Du bist grausam«, murmelte er. »Wie kann eine Frau nur so grausam sein! Was habe ich dir getan?« Er wischte sich eine Träne fort, hob ihren Mantel auf und reichte ihn Valentin. »Pass auf sie auf, mein Freund. Ich bitte dich. Sie meint es nicht so. Ich habe in ihre Seele gesehen.«

Louise lachte schallend auf. »Wenn es dich beruhigt, dann dichte mir ruhig eine empfindliche Seele an.«

Adolphe stiefelte mit hängenden Schultern aus dem Saal und ließ sie mit Valentin allein.

* * * * *

Später vermochte Louise sich nicht zu erklären, was in sie gefahren war. Adolphe hatte sie nie bedrängt wie Rémi. Er hatte nie um ihre Hand angehalten, auch wenn sie das immer befürchtet hatte, und sie stets mit Respekt und Würde behandelt. Er hatte nicht einmal versucht, sie zu irgendetwas zu drängen – und ausgerechnet ihn musste sie so erniedrigen. Was war nur in sie gefahren? Sie hatte ihn weggebissen und weggetreten wie Menschen, die sie verachtete, nach kranken oder räudigen Hunden traten. Sie war widerwärtig zu ihm gewesen, und das ganz ohne Grund.

»Was ist denn los?« Valentin betrachtete sie lange. Anstatt weiter in sie zu dringen, ihr Vorwürfe zu machen oder sie zu nötigen, sich für ihr Benehmen augenblicklich zu entschuldigen, bot er ihr seinen Arm an. Louises Unterlippe bebte, sie zitterte am ganzen Körper, und dann kamen auch schon die Tränen. Sie suchte Schutz in Valentins Umarmung. Er sagte nichts. Er war nur da, streichelte sanft ihren Rücken und küsste mit Bedacht ihre Stirn. »Vielleicht bin ich für die Liebe einfach nicht geschaffen. Manchmal muss man akzeptieren, was einem gegeben ist und wofür es sich nicht lohnt zu kämpfen.«

Er lächelte sanft. »Die Liebe kündigt sich nur selten an, sie hat ein Faible für Überraschungen.«

ZWEITER TEIL

KAPITEL 16

Die Zeit flog nur so dahin. Während die Deutschen, die ihr einst Papa und das Haus ihrer Großeltern genommen hatten, ein unheimliches dreirädriges Gefährt mit Gasantrieb öffentlich zur Schau stellten und mit ihm ausfuhren, lernte Louis, ihr wunderbarer Neffe, nicht nur laufen, sondern auch sprechen. Im Sommer 1886 ertrank aus ungeklärten Umständen der Märchenkönig der Deutschen im Würmsee. Louise las davon in der Zeitung, vor ihrer morgendlichen Probe. Das Zeitunglesen hatte sie sich auch deshalb angewöhnt, weil sie hoffte, ein paar Schlagzeilen über sich selbst zu finden. Die Deutschen hatten also ihren Ludwig den Zweiten verloren. In New York, so las Louise, stand nun eine Freiheitsstatue, die ein gewisser Frédéric Auguste Bartholdi, ein Landsmann, gebaut hatte. An Bord des Dampfers *Isère* war sie in Einzelteile zerlegt in zweihundert Kisten nach New York verschifft worden und würde dort am 28. Oktober 1886 eingeweiht werden. Louise hätte gern eine Statue von sich selbst gesehen. Doch so weit hatte es sie noch nicht gebracht. Nur ein Haufen Aktfotografien waren im Umlauf und ein paar Gemälde. Sie war nicht niemand, aber noch lange nicht da, wo sie hinwollte. Deswegen war es auch von großer Bedeutung, dass im November das *Folies Bergère* in Paris seine Tore öffnete. Sie durfte dort zusammen mit Thérésa die Quadrille tanzen. Auch wenn ihre gemeinsame Zeit vorbei war, Thérésa hatte ihr beruflich immer die Steigbügel gehalten, und dafür war sie ihr dankbar. Was für eine Freude es war, auftreten zu dürfen! Eine Freude, für die sie obendrein reichlich entlohnt wurde. Die Menschen liebten das Cabaret und die teuren Revuen. Paul Derval, der Direktor, hatte jede Menge Mut zum Risiko bewiesen. 10000 Francs oder mehr, munkelte man, habe er in seine Revue gesteckt. Es waren sicher nicht nur die Löwenbändiger, die Kraftprotze und Ringkämpfer, die für den enormen Erfolg sorgten. Und bestimmt lag es auch nicht nur an der großartigen Elefantendressur oder den Kleinwüchsigen, die als Attraktion galten und mit denen die Zirkusleute vor dem grölenden Publikum kegelten. Sie fielen in dieselbe Kategorie wie die Frauen, denen – warum auch immer – ein langer Bart wuchs und die ebenfalls ihre eigene Nummer in der Revue hatten. Louises Theorie war, dass der Erfolg dieser bunten, abwechslungsreichen Mischung geschuldet war und dass er natürlich auch an den leichten Mädchen lag, die sich unter das Volk mischten und mit denen man im *Folies* zwar nicht direkt zur Sache kommen konnte, aber anbahnen ließ sich zwischen Revue, Getränken in der Pause und Toilettengang so einiges. Louise fand das Geschäft mit den Zwergen zwar fragwürdig, aber sie urteilte nicht darüber. Auch mit der Anwesenheit der leichten Mädchen hatte sie kein Problem. Sollte doch jede die Arbeit machen dürfen, die sie wollte, die ihr Geld oder Ruhm einbrachte. Prostitution war immerhin eine Möglichkeit, dem Mief eines kleinbürgerlichen Lebens zu entkommen. Es sollte ja außerdem Frauen geben, die sich dem Gehorsam gegenüber ihrem Ehemann widersetzten. Diese Frauen genossen Louises Bewunderung, auch wenn sie oftmals eher zu den Privilegierten zählten. Zum Beispiel diese Bertha Benz. Sie war, ohne das Wissen ihres Mannes und mit beiden Kindern, mit seinem Wagen die 106 Kilometer von Mannheim nach Pforzheim gefahren. Damit brach sie nicht nur einen Rekord und fuhr die erste Überlandfahrt in der Geschichte, sondern trug mit dem aufsehenerregenden Ausflug auch dazu bei, die Vorbehalte vieler Kunden gegen das Automobil auszuräumen. Womöglich hatte sie dem Unternehmen ihres Mannes damit sogar einen Gefallen getan und ihre mutige Aktion würde dessen Erfolg mitbestimmen. Louise war jedenfalls gespannt, ob sich diese neue Möglichkeit der Fortbewegung durchsetzen würde.

Ein Jahr später vermeldete die Zeitung im September, ein Mann namens Emil Berliner habe ein großartiges Patent angemeldet. Louise fand die Erfindung um einiges aufregender als dieses Automobil, um das alle Welt so einen Wirbel machte. Es handelte sich um ein Gerät, das Musik abspielen konnte. Sein Erfinder nannte es Grammofon. Wie er auf den Namen gekommen war, wusste Louise nicht mehr. Aber man stelle sich das nur einmal vor: Käme das Gerät in Umlauf und wäre es für jeden erschwinglich, hätte man die Möglichkeit, sich auch abends noch, nach einem Ball, im eigenen Zimmer auf den Schwingen der Musik forttragen zu lassen. Was Zauberhafteres konnte Louise sich kaum vorstellen.

Ihr Neffe war Louises Ein und Alles, wann immer sie Trost suchte, wann immer ihr die Welt zu viel wurde, besuchte sie ihn. Wenn sie Zeit mit ihm verbrachte und mit ihm spielte, konnte sie alles um sich herum vergessen – auch ihre Sorgen, die sich immer noch häufig um fehlendes Geld drehten. Jetzt im Winter hatte Louise wieder ihren alten, mottenzerfressenen Mantel hervorholen müssen. Sie brauchte endlich einen neuen. Aber vor dem Mantelkauf musste sie sich unbedingt ein neues Kostüm und Spitzenwäsche in der Rue d' Osel leisten. Sie war froh, dass sie dort alles aus zweiter Hand und somit günstiger bekam.

Zwar war es schon wieder Januar und Louise hasste den Winter in Paris, dafür lief für sie als *Goulue* alles wie am Schnürchen. Louise konnte es selbst kaum fassen. Der Zirkus Fernando hatte ihr in der Revue *En Selle* die Rolle eines Klatschweibs angeboten, sie durfte also nicht nur tanzen, sondern auch Theater spielen. Am 12. Januar 1889 war es endlich so weit. Sie feierten Premiere und die *Goulue* stand im Zentrum der Aufmerksamkeit. Sie fluchte und schimpfte und tratschte, wie sie es von den Waschweibern aus der Blanchisserie Noiset nur allzu gut kannte. Das Ganze versah Louise noch mit ein paar deftigen Flüchen und fertig war die Rolle, mit der sie zum Gespräch auf dem *butte* wurde. Im *Moulin de la Galette* sang sie in einer Revue von Victor Douailhac und Henri Weill. Und beinahe jeden freien Abend tanzte sie im *Élysée Montmartre*, im *Alcazar d'hiver* und wo immer sich ihr neue Möglichkeiten auftaten. Und die taten sich auf. Man kannte nun die *Goulue* und wer Bekanntheit genoss, dem öffneten sich Tür und Tor. Louise genoss die neue Freiheit, die ihr ihre Aufträge einbrachten. Sie konnte wählen, welche sie annahm und welche sie ablehnte. Zwischen ihren Auftritten pflegte sich Louise mit Vorliebe im öffentlichen Dampfbad, das sie regelmäßig besuchte. Und vor Kurzem hatte sie sich einen Wunsch erfüllt und sich einen Königspudel namens Fantome gekauft, der sie überallhin begleitete. Fantome durfte bei ihr im Bett schlafen, und damit er genauso sauber wie sie war, sollte er ruhig auch mit ihr im Dampfbad schwitzen. Ein bisschen Bestechung in Form einer Tändelei und ein paar Scheinen war nötig gewesen, aber nun winkte der Mitarbeiter, der den Einlass betreute, Louise und Fantome stets durch. Für sie war es selbstverständlich, sich zu holen, was sie wollte und was andere sich nicht einmal erstritten.

Im Frühling des Jahres 1889 strömte die ganze Welt nach Paris. Es war Expo und ihre Stadt genoss zweifelhafte Berühmtheit. Nicht überall in Europa stießen die Feierlichkeiten zum hundertjährigen Jubiläum der Französischen Revolution auf Gefallen. Anderorts herrschten teils noch immer Monarchen. Auf dem *Champ de Mars*, dem Marsfeld, erhob sich als Eingangsportal und Aussichtsplattform zur Weltausstellung eine riesige Eisenkonstruktion, die Gustav Eiffel entworfen und die im Vorfeld für einiges Aufsehen und sogar Proteste gesorgt hatte. Louise verstand die Aufregung nicht. Im Gegenteil: Sie liebte das, wofür der Eiffelturm stand: die Moderne, das neue, das bessere Leben.

Wie so viele andere Pariser hatte Louise Billetts für die Weltausstellung ergattert. Sie hatte sich nicht darum bemühen müssen, ihre Verehrer schenkten sie Louise in der Hoffnung, sie begleiten und mit ihr über das Gelände streifen zu dürfen. Louise hatte die Eintrittskarten dankend angenommen, den schenkenden Liebesblinden einen Kuss auf die Wange gedrückt und statt ihrer Valentin, Paul, Auguste und Mimi zu einem Tagesausflug eingeladen.

An jenem Sonntag im Mai blühten an der Esplanade de Invalides, wo sie auf die Bahn zur Weltausstellung warteten, in üppigem Weiß und Rosé die Kirsch- und Apfelbäume. Ein zarter Wind umspielte einzelne Blütenkränze, pflückte sie von den Ästen und jagte sie in einem lustigen Katz- und Mausspiel durch die Lüfte. Die Sonne schien und der Himmel war strahlend blau.

Was es auf dem Ausstellungsgelände nicht alles zu sehen geben würde! Louise war voller Vorfreude. Ihre Verehrer hatten ihr von einem lebensechten Negerdorf erzählt, hinter vorgehaltener Hand von Schlangenbeschwörern geflüstert und ihr von der einzigartigen Möglichkeit vorgeschwärmt, auf Kamelen und Elefanten zu reiten. Louise nahm die Erzählungen auf und gab sie an ihre Freundin Mimi weiter, die sich vor Staunen die Hand vor den hübschen Kirschmund hielt.

»Wo hast du deinen Neffen gelassen?«, fragte Paul, der wusste, wie sehr sie Louis liebte und dass sie ihm fast nie einen Wunsch abschlug.

»Vic und er sind aufs Land gefahren. Außerdem will ich selbst staunen und ausnahmsweise nicht auf den Kleinen achtgeben müssen. Nicht auszudenken, wenn er zwischen all den Menschen verloren ginge.«

An der Station war der Teufel los. Menschen drängten sich dicht an dicht. Zwischen Nachfragen in ihrer Muttersprache stahlen sich fremdartige Wort- und Klangfetzen, die Louise nur zum Teil verstand. *It's spectacular, those elephants, impressive the Eiffel-Tower, pabellon de la India, heiren, esposizione mondiale.* Sie sog die unbekannten Sprachen in sich auf und genoss es, sich ein bisschen wie ein Kosmopolit zu fühlen. Wie gerne würde sie einmal die Welt bereisen und andere Länder und Kulturen kennenlernen.

Als ihr jemand von hinten auf die Schulter klopfte und sie sich umdrehte, rutschte ihr das Herz in den Magen. »Thérésa!« Auch nach all der Zeit und der gemeinsamen Auftritte geriet sie unvermittelt in eine Art emotionalen Ausnahmezustand, wenn sie diese Frau traf. Sie ärgerte sich über sich selbst, konnte aber an ihrer körperlichen Reaktion nichts ändern. Sie wartete, ob die Freundin die Arme ausbreiten und sie an sich drücken würde. Die aber wandte sich ab, als sie die Decauville-Bahn herannahen hörte, und stieg, nachdem diese schnaufend angehalten hatte, als Erste in den offenen Sommerwagen.

Neunzig Hektar Ausstellungsfläche waren zu Fuß unmöglich zu bewältigen. Zwar hatte Louise vorher schon einen ersten Eindruck von der Weltausstellung bekommen, weil sie in der Wild-West-Show *Buffalo Bill* mitspielte, aber es war doch etwas ganz anderes, sich als Besucherin über das Ausstellungsgelände treiben zu lassen und die Attraktionen zu betrachten. Louise stieg nach Thérésa in die Bahn und hinter ihr kamen Mimi, Auguste, Paul und Valentin.

»Ich will unbedingt in die Maschinenhalle«, sagte Thérésa. »Die soll eindrucksvoll zeigen, was unser neues Zeitalter zu bieten hat.«

»Auf jeden Fall hat Bartholdi den Brunnen vor der Maschinengalerie gestaltet.« Auguste hatte Thérésa nun auch entdeckt und mischte sich ins Gespräch ein. »Das gute Stück muss ich einfach sehen.«

»Und wer begleitet mich zum Phonographen?« Man soll dort seine eigene Stimme aufzeichnen und hören können.» Louise sah nur Thérésa an. Die jedoch blickte auf einen unbestimmten Punkt hinter dem Ausstellungsgelände, wo sich die noch unbebauten freien Flächen abzeichneten. Mimi legte ihre Hand auf Louises. »Ich begleite dich. Diese neue Entdeckung ist sicherlich magisch.« Mimis Stimme zitterte ein wenig. Thérésa wandte ihnen den Rücken zu. »Lohnt sich bestimmt nicht.« Sie sah weiterhin aus dem fahrenden Wagen. »Wir dürfen doch immer nur an den Anfängen der technischen Neuerungen teilhaben. Dafür ist mir die knappe Zeit zu schade. Außerdem soll die eigene Stimme durch den Phonographen ganz blechern klingen. Magie wird dabei eher nicht aufkommen.«

»Das sagt die Königin der Anfänge.« Es war Louise unmöglich, nicht auf Thérésas Provokation zu reagieren. Sie versuchte, sich an Paul vorbeizudrängen, um neben ihr stehen zu können. Aber der verharrte eisern an Ort und Stelle und schnäuzte sich geräuschvoll in sein Taschentuch.

»Wer nie weitergeht, über das leicht Vorstellbare hinaus, bleibt eben immer bloß eine Prinzessin«, sagte Louise. Die Bahn hielt mit einem kräftigen Ruck an.

»Avenue de Suffren«, rief der Schaffner.

Sie stiegen aus. Ohne sich mit den anderen weiter abzusprechen, führte Auguste die Gruppe Richtung Eiffelturm. Thérésa war augenscheinlich ohne Begleitung unterwegs, sie schloss sich ihnen an.

»Ich lade die Damen in die dritte Etage unseres neuen Wahrzeichens ein, und euch beide natürlich auch.« Auguste nickte Valentin und Paul zu.«

»Der Fahrstuhl führt direkt in den Himmel«, meinte Paul und seufzte. »Es tut mir so leid, da muss ich Angsthase passen. So wundervoll der Blick über Paris auch sein soll, ich bin nicht schwindelfrei. Fahrt ihr ruhig allein. Ich warte am Fuß des Turmes, bis ihr zurück seid.«

Mimi bot an, Paul derweil Gesellschaft zu leisten, doch das schlug er vehement aus. »Ich bringe dich doch nicht um das Erlebnis deines Lebens.«

Im Fahrstuhl Richtung oberste Plattform stand Louise zwischen Mimi und Thérésa. Unterschiedlicher hätten zwei Frauen gar nicht sein können. Die eine um kein Wort verlegen, loderte und glühte noch immer in Louise nach, während die andere ihr das Gefühl gab, auf einem ruhigen, sonnenbeschienenen Meer dahinzuschippern. In Thérésas Gegenwart hämmerte Louises Herz aufgescheucht und wie im Galopp. Zu keinem Gedanken war sie mehr fähig. Als gelte es, sie einzuholen, mit ihr gleichzuziehen, sie einmal noch zu küssen, wild und verschlingend, sich einmal noch bittersüß in ihr zu verirren. Umso mehr Thérésa Louise links liegen ließ, umso mehr entfachte sie ihr Feuer. Mimi hingegen war einfach da. Sie nahm Louise den Schmerz von den allzu schweren Schultern und löste die Traurigkeit mit ihrem perlenden Lachen auf. Valentin schien das alles genau zu spüren, denn er schirmte Louise mithilfe seiner Körpergröße von Thérésa ab. Immer wieder stand er zwischen ihnen, immer nahm er mal Thérésa, mal Louise die Aussicht auf jenes Paris, das sich, von hier oben gesehen, in Miniaturgröße vor ihnen erstreckte.

»Da, seht ihr, da liegt das Herz der Stadt, da liegt unser Montmartre«, sagte Auguste. »Und dort drüben im Norden seht ihr die Avenue de Champs-Élysée, dann den Arc de Triomphe, und östlicher den Louvre-Palast mit dem Tuileriengarten und den Obelisken von Luxor.«

»Wie geht es dir und deiner Familie?«, fragte ihn Louise. »Wie läuft es mit Aline und mit Pierre? Wie alt ist dein Sohn jetzt? Wir haben uns viel zu lange nicht gesehen.«

»Ich dachte, wir amüsieren uns und lauschen nicht dauernd deinem wehmütigen Klagen, *Goulue*.« Thérésa hatte Louise vorher noch nie bei ihrem Künstlernamen genannt.

»Für dich immer noch Louise. Du weißt, wer ich bin, wenn ich nicht auf der Bühne stehe.« Sie hatte Thérésa nicht zeigen wollen, wie sehr sie sich darüber ärgerte, dass es nach all der Zeit, die seit ihrer Liebelei vergangen war, ja sogar nach den gemeinsamen Auftritten, noch immer eine Chemie der Anziehung zwischen ihnen gab, die Thérésa Macht über sie verlieh. Viel mehr als über Thérésa ärgerte sich Louise über sich selbst und darüber, wie angreifbar sie ihre Besessenheit von dieser Frau machte. Sie hasste es, sich derart klein und abhängig zu fühlen und deshalb konnte sie nicht länger an sich halten. »Augenscheinlich hast du aber keinen Schimmer, worüber ich eben mit Auguste sprechen wollte. Tiefere Beziehungen interessieren dich ja von Hause aus eher nicht.«

Valentin hatte für einen kurzen Moment den Blick über die Stadt schweifen lassen und nicht aufgepasst. Alarmiert von dem Schlagabtausch, drehte er sich um und führte Thérésa galant auf die andere Seite der Plattform. »Was ich Ihnen noch zeigen wollte …«, hörte Louise Valentin zu ihr sagen.

»Was um alles in der Welt ist zwischen euch vorgefallen?«, fragte Auguste, als Valentin und Thérésa außer Hörweite waren.

»Halb so schlimm, wir stürzen uns schon nicht gegenseitig vom Eiffelturm, Auguste. Erzähl mir also lieber von deinem Sohn und Aline.«

Keinesfalls würde Louise Thérésa auch noch die Genugtuung gönnen, zum Zentrum ihres Gesprächs mit Auguste zu werden. Der laue Frühlingswind streichelte ihre Haut und Mimi gab ein hübsches Bild ab, wie sie da an die Brüstung gelehnt stand und ihren Hut umklammerte, damit der nicht wegflog. »Sieh doch mal, Louise, dort unten fließt die Seine, wie wunderschön.« Sie trat neben ihre Freundin und gemeinsam genossen sie den herrlichen Blick.

Auch nachdem sie die Aussichtsplattform des Eiffelturms längst verlassen und wieder festen Boden unter den Füßen hatten, verstrickte Valentin Thérésa in ein Gespräch. Louises einstige Geliebte lachte viel und schaute augenfällig oft in ihre Richtung. Auguste und Valentin aber bewegten sich so geschickt zwischen ihnen, dass es bis zum Abend zu keinem weiteren quälenden Schlagabtausch kam. Sie hatten die Pavillons Venezuelas, Boliviens und Nicaraguas, die unweit am Fuße des Eiffelturms lagen, besucht und von dort aus weitere Kreise gezogen. Das japanische und das chinesische Haus hatten sie gequert und waren dort zwischen den vielen Besuchern und Ständen umhergestreift. Im Javanesischen Dorf hatten leicht bekleidete Frauen für sie getanzt, betörend schön, wie Louise fand. Auch wenn die Musik anders als in Paris geklungen hatte, so spürte Louise doch eine gewisse Verwandtschaft mit den Tänzerinnen und hatte sie besonders für ihre enorme Körperbeherrschung bewundert. In der Rotunde zwischen Efeuranken und Tischkerzen hatten sie schließlich eine Pause eingelegt. Thérésa lud alle zum Kaffee ein, den sie bei einem indischen Kellner im Sari bestellten.

»Wären wir später geboren, wer weiß, was noch alles möglich würde? Vielleicht könnten wir wie Zugvögel über die Kontinente fliegen und wären überall auf der Welt zu Haus? Vielleicht läge unsere Heimat unter dem Meeresspiegel oder dort oben auf einem der Sterne?«, sagte Louise.

»Ja, ja, die Sterne.« Auguste holte tief Luft und rührte mit einem schmalen Silberlöffel in seinem Mokka. Louise betrachtete ihren alten Freund. Sie musste daran denken, wie sie sich kennengelernt hatten. Ein halbes Jahrzehnt lag zwischen damals und heute. Damals hatten sie auch den Himmel betrachtet, den Nachthimmel, der sich über der kleinen Brasserie in Clichy aufgespannt hatte, und Louise hatte zum ersten Mal Champagner getrunken. Belle, genauso besitzergreifend wie leidenschaftlich, war Augustes heimliche große Liebe gewesen. Einen Sohn aber hatte ihm nun Aline geboren. Geografisch war Louise nicht weit von ihrem einstigen Zuhause entfernt. Und doch wusste sie nur aus heimlicher Beobachtung – und ohne dass irgendjemand sonst etwas davon geahnt hätte –, wie es Maman ging. Nicht einmal Vic hatte sie etwas von ihren heimlichen Ausflügen nach Clichy erzählt. Es wäre ihr peinlich gewesen, zuzugeben, dass sie sich hinter der mächtigen Trauerweide versteckte, ohne aus den Schatten und Maman direkt gegenüberzutreten und nach ihrem Befinden zu fragen. Noch immer sorgte sie sich um Maman, auch wenn die ihrerseits nie Mitleid mit Louise gehabt hatte. Louise hatte es dennoch geschafft. Sie tanzte, lachte und war frei. Keine Vorsteherin würde je wieder über ihr Leben bestimmen, keinem Mann würde sie unterstehen und keiner falschen Moral. Im *butte* war sie als die *Goulue* bekannt. Sie hatte so viel erreicht. Aber noch immer machte sich diese verdammte Sehnsucht in ihr breit. Wenn Louise nur präziser hätte formulieren können, wie dieses eigenartige Gefühl, das binnen Sekunden ihren Körper fluten konnte, beschaffen war und was es von ihr wollte. Wenn sie diese Zusammenhänge verstand, würde die Sehnsucht vielleicht von allein verschwinden und zurück bliebe nur Leichtigkeit und helle Freude. Wahrscheinlich ging es einfach darum, weiterzumachen, immer weiterzumachen. Und wenn es Louises Schicksal sein sollte, niemanden im Leben an sich binden zu können, weil sie frei sein musste, für das Spiel und die Kunst, dann wäre es doch schön, wenn die Menschen sich später wenigstens an sie erinnerten. Als eine Art Legende.

»Wenn wir ins Weltall fliegen könnten, würde ich mich freiwillig melden. Ich hätte keine Angst, zu sterben, wenn ich dafür einmal alles von oben sehen könnte.« Louise zeigte zum Himmel, der sich langsam orange und rot und rosa färbte.

»Immerhin konnten wir ja Paris vom Eiffelturm aus sehen«, sagte Mimi.

Über ihnen schwebten zwei mit Gas gefüllte Fesselballons. Thérésa bezahlte und gab reichlich Trinkgeld. Kurz darauf erhoben sie sich und flanierten weiter über die Ausstellung. Vorbei am überdimensionierten Eichenfass von Mercier, das harzig und leicht bitter roch, und, wie die Firma behauptete, zweihunderttausend Flaschen Champagner enthalten sollte. Louise griff nach Mimis Hand und lenkte die Freundin Richtung Phonograph. Sie hatte sich den Standort des Gerätes im Vorfeld erklären lassen und ihn sich gut eingeprägt. In der Halle angekommen, stimmte sie gemeinsam mit Mimi ein kleines Mondscheinduett an. Die Schlange, die sich um die Sprechmaschine gebildet hatte, lichtete sich. Die Menschen ließen sie beide vor. Ein paar von ihnen hatten die *Goulue* vielleicht erkannt und machten ihr deshalb Platz. Der Phonograph zeichnete ihr kleines Liedchen auf und die anderen klatschten ihnen Beifall. Mimi lächelte warm. Louise hatte so ein Lächeln noch bei niemandem sonst gesehen. Bei anderen steckte doch immer eine Spur Absicht dahinter, wenn schon kein geradlinig geformter Wille, dann zumindest ein Wunsch zu wirken, der sich um die Mundwinkel herum veräußerte. In Mimis Lächeln konnte Louise beim besten Willen nichts dergleichen erkennen.

Am Ende des Tages, der Mond leuchtete schon durch die Bäume, war Louise ganz erfüllt von all den faszinierenden und neuartigen Dingen, die sie gesehen hatte. Sie fühlte sich euphorisch, war aber gleichzeitig unendlich müde und wollte sich nur noch in eine Kutsche fallen lassen, um nach Hause zu schaukeln. Da griff Thérésa nach ihrem Handgelenk. »Komm mit.« Thérésa hatte mindestens vier Gläser Rotwein intus. Sie lallte und ihre Finger drückten eine Spur zu grob zu. Louise wollte sich aus ihrer Umklammerung lösen, aber Thérésa gab nicht nach. Das Erstaunliche aber war, nach all ihren giftigen Worten war Louise noch immer daran gelegen, sich auszusprechen, sodass all das Ungesagte zwischen ihnen ans Licht kam. In Thérésas Augen lag offenkundig der Schmerz und der machte Louise das Atmen schwer. Doch Thérésa sagte kein Wort, nur ihr Griff wurde noch fester. Louise verlor die Geduld, sie riss sich von Thérésa los und schrie: »Bist du vollkommen verrückt geworden?« Dann rannte sie, so schnell sie in ihren Stiefeln und ihrem Kleid rennen konnte, Richtung Seine. Valentin holte Louise dort ein und umarmte sie fest. Er ließ sie erst los, als ihr Zittern langsam abflaute. Schweigend gingen sie eine Weile nebeneinanderher. Er stellte keine Fragen, das war nicht nötig. Später sagte er leise, mehr zu sich selbst als zu Louise: »Es geht nicht um Thérésa. Euch verbindet etwas, eine Art Magnetismus, den ihr nicht beeinflussen könnt. Wenn ihr euch zu nah kommt, kreist ihr umeinander. Thérésa ist immer in Bewegung, genau wie du, und wenn du bei ihr bist, vergisst du ganz, wer du eigentlich bist und was du dir vom Leben erhoffst. Du verwandelst dich dann in eine Art Schatten-Ich. Ich verstehe, dass dich so ein Phänomen in Erstaunen versetzen kann. Aber das Ganze ist bloß ein fauler Zauber, Louise. Keine Magie, wie sie die Sterne beherrschen.«

»Jetzt fang du auch noch mit den Sternen an.« Da musste Valentin lachen und Louise fühlte sich zumindest ein wenig gelöster. Sie machten sich an der Seine entlang auf den Weg zurück Richtung Kutschstation. Thérésa, Paul und Auguste waren schon fort. Mimi aber stand, in ihrem viel zu luftigen Sommerkleid, noch immer da und bibberte. »Ich soll dich von allen grüßen«, sagte sie. »Ich konnte einfach nicht fahren, ohne zu wissen, dass du wohlauf bist.«

»Ach, Mimi«, sagte Louise. Sie glaubte, ein leises Rauschen zu hören, das Mimis Worte merkwürdigerweise begleitete, ein sanftes Schaukeln der Satzmelodie vielleicht, aber sicher bildete sie sich das nur ein.

* * * * *

Das große Ereignis, das alles ändern sollte, geschah an einem gewöhnlichen Dienstagabend, etwas mehr als eine Woche nach ihrem Besuch der Weltausstellung. Valentin klopfte, mit Mimi und Oller im Schlepptau, an Louises Garderobentür im *Élysée*. Oller hatte eine Flasche Champagner unter den Arm geklemmt und Mimi und Valentin balancierten jeweils drei Schampusgläser.

»Was gibt es denn zu feiern?«, fragte Louise, trat zur Seite und ließ ihre Freunde eintreten.

»Du wirst staunen!« Oller tönte in einer Lautstärke, die noch in den anliegenden Garderoben zu hören sein musste. »Gleich kommen noch Zidler und Thérésa Valadon.«

Louise runzelte die Stirn.

»Zidler und ich haben den ganz großen Coup gelandet und ihr –

also du, die *Goulue* mit Valentin, Mimi alias Môme Fromage, einige andere Künstlerinnen und Künstler und hoffentlich auch Thérésa – ihr alle werdet dabei sein, wenn wir das *Moulin Rouge* eröffnen.«

»Das ist die große Neuigkeit? Das *Moulin Rouge*, die *Rote Mühle*? Was soll mich daran bitte schön umhauen?« Louise winkte ab. Sie kannte Oller mittlerweile gut. Dass seine Wangen glühten, war allerdings ein eindeutiges Zeichen. Immer wenn er bisher rot angelaufen war, hatte ein Durchbruch kurz bevorgestanden. Noch dazu lief Oller wie ein Tiger im Käfig in ihrer Garderobe auf und ab und schwang dabei energisch die Arme. Auch das war ein untrügliches Zeichen. Als Oller endlich zu sprechen anhob, betrat aber Zidler, mit Thérésa im Schlepptau, die Garderobe.

Mit ihrem blauen Paillettenkleid, das ihr bei jedem Schritt um die Knöchel raschelte, war sie eine imposante Erscheinung. Erhobenen Hauptes kam sie herein und nahm augenblicklich den Raum für sich ein. Mimi zog sich eingeschüchtert in die hinterste Zimmerecke zurück, wohl in der Hoffnung, mit dieser zu verschmelzen. Die Sektflöte in ihrer Hand zitterte und die perlende Flüssigkeit bekam, als Valentin ihr einschenkte, leichten Seegang.

»Das *Moulin Rouge*«, sagte Oller endlich und erhob sein Glas, »ist der Ort, an dem alle Träume Wirklichkeit werden, der Ort, an dem Wunder geschehen.«

»Und wie wollen wir die Zuschauer dorthin locken? Es gibt doch schon alles auf dem *butte*. Ein Lokal mehr oder weniger wird daran nichts ändern.« Es war Valentin, der die Frage gestellt hatte.

»Das ist es ja eben! Du sagst es. Es gibt bereits alles. Cafés, in denen getrunken wird, Cabarets, die das Publikum zum Lachen bringen, und Bordelle, die die Sinne beflügeln. Mein Theater aber wird nichts von alldem sein, mein Theater beherbergt all diese Attraktionen in einem, es erfüllt alle Wünsche auf einmal. Das *Moulin Rouge* wird ein Knallbonbon, dem niemand widerstehen kann. Ihr werdet schon sehen. Die Proben beginnen übrigens ab morgen früh um zehn Uhr. Seid pünktlich!« Bevor er die Garderobe verließ, lüpfte Oller noch einmal den Hut, lächelte in die Runde und sagte zu Louise: »Ich zahle besser als alle anderen und du wirst nicht nur der Star meines Hauses sein, die anderen Tänzerinnen sind dir auch unterstellt. Sollte dich das alles noch nicht vollständig überzeugen, dann höre und staune: Du bekommst deine eigene Loge im Theater!«

Statt einer Antwort, hob Louise das Bein bis unter die Achseln. »Jawoll, mein Held«, rief sie. Dann ließ sie ihre Freunde samt Thérésa einfach stehen, stürmte aus ihrer Garderobe und lief zur Probebühne des *Élysée*. Dort rauschte sie mitten in Grille d'Égouts Unterricht. Sie nahm kaum Notiz von diesem Umstand, fiel Vic um den Hals und hob ihre Schwester dann hoch, um sie einmal um sich selbst zu wirbeln. »Schwesterchen, ich werde im *Moulin Rouge* tanzen. Und ich werde eine Menge Francs für einen Abend bekommen. Ich werde meine eigene Loge kriegen und dort meine Verehrer empfangen. Zusammen mit einem Ziegenbock, den ich mir kaufen werde. Der soll mich anstatt eines Mannes stets begleiten. Herrlich meckern, sodass es immer etwas zu kichern gibt, kann so ein Tier ganz bestimmt.« Sie lachte ausgelassen. »Was sagst du dazu?«

Die d'Égout schlug dreimal donnernd mit ihrem Stock auf den Boden und machte ein finsteres Gesicht. Die Reihe der Mädchen, in der auch Francine mittanzte, kicherte erst und applaudierte Louise dann. »Ja, bist du jetzt von allen guten Geistern verlassen?«, kiekste die d'Égout in einer Stimme, die sich in für sie nicht erreichbare Höhen verstieg.

Louise war in derart heiterer Stimmung, dass sie Grille d'Égouts Ausbruch nicht anrührte. Sie hüpfte um ihre Lehrerin und Bühnenpartnerin herum, winkte ihrem Publikum aus dem Corps de Ballet, das dazu geschlossen und im richtigen Takt in die Hände klatschte, und sang im Stil eines Chansons: »Das mag, das mag schon sein. Und wer zuletzt, wer zuletzt lacht, hat mehr Freude, mehr Freude. Die *Goulue* kauft einen Ziegenbock, den nennt sie Harry. Komm schon Vic, wir gehen auf den Tiermarkt.« Louise winkte den Mädchen unter donnerndem Applaus zu, hakte sich bei der erstaunten Vic unter und zog ihre Schwester mit sich aus dem Tanzsaal.

So heiter und unvorhersehbar, wie der Tag sich bis dahin gezeigt hatte, so ging er auch weiter. Es klopfte an ihre Tür und ein fremder Mann mit einem seltsam aussehenden Hut und einem Gewand, dessen weite, schlackernde Hosenbeine eher einem Kleid als einer Hose glichen, verlangte die *Goulue* zu sprechen. Das sei sie und keine andere, sagte sie. Wer er denn sei und was er um diese Uhrzeit von ihr wünsche? Der Mann verbeugte sich vor ihr, beteuerte, er sei der Bote des Schahs von Persien, der im Grand Hotel in Bahnhofsnähe residiere. Der Schah verlange ihre Künste zu sehen und schicke nach ihr. Es müsse gleich jetzt sein. Der Schah habe kaum noch Zeit, er reise schon bald wieder ab. Nun aber habe er von den Beinen der *Goulue* gehört und von ihrer Gelenkigkeit wolle er sich nun mit eigenen Augen überzeugen, bevor er Paris wieder verlasse. Louise sei eine hübsche Belohnung sicher. Nun aber müsse man sich eilen.

»Unter diesen Umständen werde ich den Kauf meines Ziegenbocks wohl verschieben müssen, hörst du, Vic, der Schah von Persien verlangt mich zu sehen. Da kann ich ja schlecht Nein sagen.«

Der Bote erschrak. »Sie sagen Nein?«

»Ich sage nicht Nein, ich sage zu. Und das, obwohl mein Ziegenbock schon auf mich wartet.«

Vic sah Louise mit großen Augen an. »Mensch, Louise, der Schah von Persien, ich beneide dich.«

Der Bote wirkte bei der Erwähnung des Wortes Ziegenbock sichtlich irritiert. Wohl auf der Suche nach einer Terrasse, auf der der erwähnte Bock stehen könnte, spähte er in die Stadtwohnung, aber Louise schlüpfte an ihm vorbei und schloss hinter sich ab. Sie folgte dem Boten in die Kutsche, die draußen wartete und wenig später vor dem neu erbauten Grand Hotel *Terminus Saint-Lazare* hielt. Der Kutscher stieg von seinem Bock, half Louise wie einer Adligen aus dem Wagen und verbeugte sich vor ihr. Die Hotelangestellten erwarteten sie schon und hielten ihnen die schwere doppelflügelige Eingangstür auf, die zur prächtigen Empfangshalle führte. Louise legte den Kopf in den Nacken. Bestimmt drei Stockwerke war das Gebäude hoch, und jedes der Stockwerke hatte eine eigene Galerie, auf der Gäste lustwandeln und in die Tiefe schauen konnten.

»Der Schah erwarten Mademoiselle schon«, sagte der Bote und eilte ihr voraus ins Foyer, wo bereits eine kleine Bühne aufgebaut worden war. Man hatte nicht nur sie hierherbestellt, sondern auch ein vollständiges Orchester. Der Schah saß auf einem Sessel, dessen Lehnen verschnörkelt und vergoldet waren. Einige Bedienstete hatten sich um ihr Oberhaupt versammelt und fächelten ihm mit großen Palmwedeln Luft zu. Der Schah verzog keine Miene. Das konnte ja heiter werden.

Louise hatte keine Angst vor dem Monarchen und keine besondere Sorge, die Vorführung zu verpatzen. Allerdings konnte sie Menschen nun einmal nicht leiden, die glaubten, andere nur deshalb einbestellen zu können, wie es ihnen beliebte, weil sie das nötige Geld dafür besaßen. Eine warme und überwältigende Sympathie hingegen empfand Louise für das Grand Hotel selbst. Es glich einem lebendigen Organismus, der den Atem anhielt, um den Geschehnissen in seinem Inneren besser lauschen zu können, ohne je über sie urteilen zu wollen. Er war ein totenstiller und unbestechlicher Zuhörer der Geschichten, die ohne ihn nie geboren und gelebt worden wären. Wenn die vielen vergoldeten Ornamente und blitzenden Spiegel Louises spontaner Zuneigung auch keinen Abbruch taten, so waren sie aber eigentlich nur irisierendes Beiwerk, um die Gäste zu zerstreuen. Das Grand Hotel war ausschließlich dazu da, an der Zukunft der Metropole zu weben. Hier schwieg die Vergangenheit. Noch war an diesem Ort nichts geschehen, was Unheil hätte heraufbeschwören können – und Louise wollte keinesfalls dazu beitragen, dieser sonderbar reinen Atmosphäre auch nur eine kleine, unterschwellige Wut oder einen Tropfen bitterer Enttäuschung beizumengen. Sie würde den Schah nicht nur zufriedenstellen, sie würde ihn nachhaltig begeistern.

Erst in dem Moment, als sie vor den Musikern stand, wurde Louise klar, dass sie ganz allein zu dem großen Orchester tanzen sollte. Wer war dieser Mann, dass er sie derart vorführen durfte? Die Hotelgäste hatten wohl mitbekommen, dass etwas Größeres im Gange war. Die Neugier trieb mehr und mehr von ihnen im Foyer zusammen. Kleine Menschentrauben bildeten sich heraus. Manche Gäste tuschelten hinter vorgehaltener Hand miteinander. Louise musste nicht für den Schah auf seinem Thron antreten, sie würde einfach für die Hotelgäste tanzen und sie überraschen. Wie gut, dass auf die Musik immer Verlass war. Die ersten Töne von Offenbachs *Orpheus in der Unterwelt* erklangen und es geschah von ganz allein. Louises Körper hatte offenbar nicht nur die Abfolge der dazu passenden Bewegungen gespeichert, sondern auch die Höhen, die Tiefen, die Geschwindigkeit und die Freude, die allein im Vorwärtsstreben des Rhythmus lag. Alles war plötzlich wieder da. Vorwärts. Unaufhaltsam weiter. Höher und schneller. Rauschend, die Schellen und Flöten. Bei dieser Musik konnte es doch wirklich niemanden auf seinem Sitz halten.

Der arme Schah. Er musste sitzen bleiben, durfte ihr nur zuschauen und vielleicht einmal verhalten in die Hände klatschen. Sie würde es ihm schwer machen, seine staatstragende, unnahbare Rolle auszufüllen. Höher, immer höher schwang Louise das Bein. Sollte der arme Mann ruhig auch einmal etwas zu sehen bekommen. Louises Inbegriff von Paris war der Montmartre und dort zahlte man nun einmal in der Währung knisternder Spitzen, schwarzer Atlasseide oder roséfarbener Strumpfbänder. Davon wusste der Schah natürlich nichts. Louise würde ihn staunen machen. Wenn er von seiner Reise zurückkäme, sollte er bezeugen können, was so eine französische *Goulue* auf dem Kasten hatte. Er würde, ob ihm ihre Darbietung gefiele oder nicht, anerkennen müssen, dass sie das Bein schwang wie keine andere, dass sie Rhythmus im Blut hatte und trotz ihrer unübersehbaren Körperfülle unglaublich gelenkig und wahnsinnig biegsam war. Der Schah aber verzog, soweit Louise das sehen konnte, noch immer keine Miene. Er wippte nicht mit dem Fuß, trommelte mit den Fingern keinen Takt auf dem Tischchen vor ihm und pfiff auch nicht. Er lief nicht rot an, als Louise, zum Höhepunkt des Stücks, das Herz auf ihrem Po, dem schönsten Hintern von ganz Paris, entblößte. Er klatschte nur höflich in die Hände. Auch beim zweiten Stück blieb er fast bewegungslos auf seinem Sessel sitzen. Er hielt sich aufrecht, sein Gesicht verriet keine seiner Emotionen. Wenn ihm das, was er gesehen hatte, gefallen hatte, war davon nichts zu erkennen. Kein

Funkeln lag in seiner tiefbraunen, fast schwarzen Iris. Nicht einmal den Kopf bewegte er.

Erst am Ende der Aufführung, nach den rund fünfzehn Minuten also, die der Bote ihnen zugebilligt hatte, brachte der Schah ein zaghaftes Lächeln zustande, und zwar genau in dem Augenblick, als Louise – so hoch sie konnte – sprang und von dort in den Spagat rutschte. Er klatschte zwar nicht, wie die Umstehenden, die immer wieder *Goulue*, *Goulue* riefen und eine Zugabe forderten. Aber er ließ ihr von seinem Diener in gebrochenem Französisch verkünden, er werde sie reichlich zu entlohnen wissen. Er wäre überaus angetan von ihrer Gelenkigkeit und Biegsamkeit. Etwas Derartiges hätte er nicht für möglich gehalten. Der Schah erhob sich, als sein Diener seine Übersetzung beendet hatte, und der Bote drückte Louise einen Umschlag in die Hand. Sie fuhr mit den Fingern darüber. Darinnen knisterten Scheine. Der Bote brachte sie bis zur Kutsche und wies den Kutscher an, die einzigartige *Goulue* sicher nach Hause zu fahren. Dies sei ein Befehl des Schahs von Persien höchstpersönlich.

KAPITEL 17

Wie hatte Oller sie mit etwas derart Lächerlichem nur locken können! Die Herrschaft über einen Haufen Tänzerinnen innezuhaben war kein Privileg, es war vielmehr eine Zumutung. Das war kein Ensemble, beileibe nicht, sondern eine aufgescheuchte Schar Hühner. CriCri zum Beispiel spielte die Dauerbeleidigte, wenn sie nicht im Mittelpunkt stand. Pomme d'Amour hingegen tat immer so fein und hielt die Nase dabei so hoch, als sei sie Grille d'Égout, die, auch wenn Louise sie von Herzen nicht ausstehen konnte, immerhin schon allerhand in ihrem Leben erreicht hatte. Pomme d'Amour besaß weder die Erfahrung der d'Égout noch ihre harsche Disziplin sich selbst gegenüber. Trotzdem tat sie ständig so, als müsse man ihrer verlogenen Bescheidenheit und ihrem künstlichen Augenaufschlag huldigen. Bescheiden war keine von ihnen, da nahm sich Louise nicht aus. Vielleicht war sie etwas weniger auf ihren Vorteil bedacht als die anderen, und das schlug nicht einmal positiv zu Buche. Keine der Frauen mochte sie deshalb lieber – oder anders gesagt: Sie gingen ihr alle gehörig auf die Nerven. Wie halbherzig die Mädchen die Beine zum Cancan schwangen, wenn sie sie nicht anfeuerte.

»Pause!«, brüllte Louise durch die heiligen Hallen des *Moulin Rouge*, das am heutigen Abend seine Eröffnung feiern sollte. »Ich brauch dringend fünfzehn Minuten Ruhe vor euch Waschweibern.« Sie stampfte entschlossen die Stufen zu ihrer Loge hoch und ließ das aufgebrachte Gekreische der anderen Tänzerinnen hinter sich. »Waschweiber, hat sie uns wirklich Waschweiber genannt?« Das war diese dumme Gans Aicha. Die hatte runde Hüften wie keine andere, und eine gewisse Sinnlichkeit konnte auch Louise ihr nicht absprechen. Umso mehr hasste sie diese Frau. Sie würde den Männern den

Kopf verdrehen, und wenn besagte Herren mehr auf schwarze Haare und rassige Schönheit standen, würde Louise mit ihren langweiligen blonden Locken gegen sie verlieren.

Als sie die Logentür aufstieß, sprang Fantome, ihr Pudelchen, aus seiner Schlafposition auf und rannte schwanzwedelnd auf sie zu. Louise streichelte über seinen Kopf und bedauerte, dass Oller ihr trotz ihrer stetig wachsenden Bekanntheit eine Varietékatze untersagt hatte. Ihr Pudelchen, eine Siamesin und Harry, ihr Ziegenbock, hätten ein herrliches Trio Infernal abgegeben. Aber Oller beharrte darauf, dass der Bock stinke und er nicht noch mehr Viecher in seiner Vergnügungsstätte dulden könne. Er hatte ja recht, Harry köttelte, wo er stand, und ließ ungehindert seinen Urin fließen, wenn ihm danach war.

»Den Gestank und die Flecken bekommen wir nie wieder aus dem weichen Samt heraus.« Wenn Oller jammerte, klang er wie ein altes Klageweib. Dabei hatte er das Potenzial des Ziegenbocks nur noch nicht erkannt. Dass sie, alias *La Goulue*, die feinen Damen verspottete, wenn sie mit ihrem Bock Harry an der Seite behauptete, der guten Sitte Genüge zu tun, sich stets mit einem Herren in der Öffentlichkeit zu zeigen. Ihre kleinen, feinen Seitenhiebe auf die gut bürgerliche Gesellschaft waren längst Stadtgespräch, und mit jeder Übertretung der guten Kinderstube erhielt sie ihren Ruf. Das stand doch außer Frage. Seit der Schah von Persien sie hatte tanzen sehen, reichte ihre Bekanntheit über Frankreich in die ganze Welt hinaus. Nur Oller machte sich Sorgen wegen eines Ziegenbocks.

Da unten stand er ja und winkte zu ihr hinauf. Harry lehnte indessen mit dem Kopf auf der Hutablage, die sonst Operngläsern und Champagnerkelchen vorbehalten war, und blickte mit Louise in die Tiefe.

»Schau, wen ich mitgebracht habe«, rief sie Oller zu. »Ich bin eine feine Dame der Gesellschaft, hörst du, und meinen Kerl habe ich immer an meiner Seite.« Louise zeigte auf den Ziegenbock. »Niemand kann sich über mein unmoralisches Verhalten beschweren.«

Oller lachte, aber es klang künstlich. Er war sichtlich nervös.

Louise konnte es ihm nicht verdenken. Harry graste über die Ablage und fegte alles, was nicht niet- und nagelfest war, hinunter. Ein Teil fiel zu Louises Füßen auf den Logenteppich, ein paar Tuben und Tiegel aber hagelten auf Oller hernieder, der nur haarscharf ausweichen konnte. »Gottverdammmichnochmal«, fluchte er und ballte die Fäuste in Louises Richtung. Sie duckte sich, sodass sie vom Saal aus nicht mehr zu sehen war, und streichelte Fantomes Lockenfell. Es war ja wirklich nicht Harrys Schuld, er hatte in der Loge tatsächlich zu wenig Platz. Sie musste Zidler bei Gelegenheit dringend um eine größere bitten. »Aber du musst trotzdem achtgeben, Harry, und nicht all meine hübschen Tiegelchen und Fläschchen umwerfen«, meckerte Louise nach Ziegenbockart. Böse war sie ihm nicht. Er war schließlich kein Mensch und verstand sie nicht auf diese Weise. Sie tätschelte ihm den Rücken und holte aus ihrer eigens hierfür eingenähten Tasche im Kleid eine Möhre und eine halbe Salatgurke. Für Fantome hatte sie zwei Würstchen mitgebracht. Er machte gleich Männchen und sprang im Kreis einmal um Louise herum. »Wie oft hab ich dir gesagt, dass du das lassen sollst? Ich will kein dressiertes Zirkustier. Wenn der Zidler das sieht, musst du dein Kunststückchen auf der Bühne zeigen. Sei also ein schlaues Hündchen und lass deinen Zauber hübsch stecken.« Fantome jaulte bitterlich. Louise war schon wieder milde gestimmt und tätschelte ihm mit der freien Hand das Köpfchen. Mit der anderen sprühte sie ihr Lieblingsparfüm auf Handgelenke und Dekolleté. Valentin sollte heute Abend keinen Ziegengeruch ertragen müssen, wenn er mit ihr tanzte. Doch Valentin wusste ihre Einzigartigkeit wenigstens zu schätzen. Er war ein echter Freund. Ohne ihn an ihrer Seite hätte sie dem dauerlauten Treiben im *Moulin Rouge* nicht so viel abgewinnen können. Die schnatternden Entchen auf der Bühne hielten Louise jedenfalls nicht hier, und auch Oller ertrug sie mehr, als dass sie ihn schätzte. Sein Kompagnon Zidler war ein echter Mistkerl, der, ohne mit der Wimper zu zucken, durchsetzte, was immer er glaubte, durchsetzen zu müssen. Zum Beispiel nahm er sich die Frechheit heraus, all seine *Mädchen*, wie er sie nannte, vor der Aufführung genaustens zu inspizieren. Er überprüfte, ob sie sich bei den Kämpfen um die Vorherrschaft, die sie untereinander ausfochten, den einen oder anderen Kratzer zugezogen hatten. Und wenn er fündig wurde, bekam diejenige, so lange bis die Schramme verheilt war, nur die Hälfte der vereinbarten Gage auf die Kralle.

»Valentin!« Louise hatte ihn im Ballsaal gesichtet. Er schaute sich suchend um und brauchte einen Augenblick, um sie in ihrer Loge ausfindig zu machen. Als er Louise entdeckt hatte, winkte er ihr zu. »Ich komme zu dir hoch.«

Wenige Augenblicke später klopfte es an Louises Logentür. Sie drückte ihm zur Begrüßung einen fetten Lippenstiftkuss auf die Stirn. Valentin küsste sie seinerseits auf die Nasenspitze. Harry trabte zu ihm und suchte in seiner Manteltasche nach Futter, während ihm Fantome auf den Arm zu springen versuchte. »Was dieser Pudel nicht alles kann. Wir sollten ihn in unsere Nummer einbauen.«

Louise stemmte entrüstet die Hände in die Taille, aber Valentins Zwinkern verriet ihr, dass er bloß gescherzt hatte.

»Ich dressiere gleich dich«, entgegnete sie deshalb nur und ließ es dabei bewenden. »Ach Valentin, wenn wir die ganze Nacht hier oben sitzen bleiben könnten, um von hier aus das Treiben zu beobachten, wäre mir wohler.«

Valentins langer schmaler Körper schüttelte sich vor Lachen. »Das will ich mit eigenen Augen sehen. Dass das Publikum ausgerechnet bei der Eröffnung des *Moulin Rouge* Aicha bewundern und beklatschen soll statt dich, und du dabei ungerührt von deiner Loge aus zusiehst.«

* * * * *

Aicha! Diese blöde Pute hatte doch tatsächlich ihren Part geklaut. Sie stand nun dreist vor dem versammelten Corps de Ballet und gab Anweisungen. »Wir proben später«, sagte Louise zu Valentin. »Du siehst ja, da unten muss ich zeigen, wer das Sagen hat.« Louise schlug die Logentür krachend hinter sich zu, und brüllte bereits auf dem Weg Richtung Bühne los. »Ich habe dir nicht erlaubt, meine Aufgabe zu übernehmen.« Louise stieß Aicha in die Seite. Niemand würde ihr und Valentin die Show stehlen. »Wag es nicht, die Königin des *Moulin Rouge* anzugehen.«

Aicha war keine Frau der großen Worte. So schnell wie sie zuschlug, konnte Louise gar nicht schauen. Aicha riss an ihrer Turmfrisur, an der Louise stundenlang gesessen hatte, damit ihre Kopfform auch wirklich an die Helme der Soldaten erinnerte. In dem Moment, da Louise sie zurückschubsen wollte, verbiss Aicha sich in ihrem Arm. Irgendjemand im Saal applaudierte allen Ernstes. Wäre Tremolada, der Assistent von Zidler, nicht auf die Bühne gehinkt und hätte sich zwischen sie beide gestellt, der Kampf wäre nicht so jäh abgebrochen. Louise wollte dem weißhaarigen, gebrechlichen Alten nicht wehtun.

»Ich bin schon jetzt ganz verliebt in dein neues Theater«, sagte jemand. »Wenn das Haus zur Eröffnung nicht rappelvoll wird, liegt das bloß an diesem hässlichen Plakat, das überall in der Stadt hängt.«

Louise lag gänzlich erschöpft und rücklings auf der Bühne. Sie hatte von Aicha abgelassen. Sie konnte den Mann, der im Saal mit Zidler sprach, nicht sehen, aber seine Stimme kam Louise vage bekannt vor.

»Was haben Sie nur gegen ein langbeiniges Mädchen auf einem Esel? Haben Sie schon unseren Lustgarten gesehen? Da wird heute Nacht die Hölle los sein. Und leicht bekleidete Mädchen auf Eseln wird es auf jeden Fall geben. Da verspreche ich nicht zu viel.«

Der Mann knallte sein Glas auf den Tisch. »Ich meine es doch nur gut. Ich hab ja nichts gegen den Esel, aber reicht nicht der Ziegenbock in *Goulues* Loge? Das *Moulin Rouge* ist doch kein Zirkus. Und das Plakat ist leider auch nicht gelungen. Den Zauber des Cancans kann man darauf jedenfalls nicht erkennen.«

Louise setzte sich auf der Bühne auf. »Wo er recht hat, hat er recht.« Sie nahm die kleine Seitentreppe in den Saal und streckte dem Mann die Hand entgegen: »Ich bin die *Goulue* und der strahlende Stern dieses Hauses. Das Plakat müsste mich und Valentin beim Tanzen zeigen.«

»Heute also darf ich Ihre Hand schütteln?«

Sie musste sich zu ihm herabbeugen, so klein war er. Das war doch der Mann, der ihr bis zum heutigen Tag jeden Morgen einen Kaffee bei Agostine ausgab. Sie waren sich seltsamerweise nicht mehr über den Weg gelaufen, seit Louise vor Jahren das Porträt, das er von ihr gemalt hatte, vor seinen Augen zerrissen hatte. Wegen seines auffälligen Aussehens erkannte sie ihn jedoch sofort wieder.

»Ausnahmsweise bin ich einmal sprachlos«, sagte Louise.

»Sie beide kennen sich?« Zidler lief in kleinen konzentrischen Kreisen um sie herum, aber weder der Maler noch Louise schenkten ihm Beachtung.

»Aber nein, ich stehe noch immer in Ihrer Schuld. Vielleicht beginnen wir noch einmal von vorn? Ich könnte Sie porträtieren.«

Zidler schlug sich auf die Schenkel und nickte begeistert. »Sie haben es unter Zeugen zugesagt, Lautrec, mein Freund. Sie werden also mein nächstes Plakat malen. Selbstverständlich werde ich Sie gut dafür bezahlen.«

»Geld, als ob es immer um Geld ginge, wenn wir über Kunst reden. Da ich das aber bin, ein ernst zu nehmender Künstler, werde ich mich nicht dazu hinreißen lassen, schnöde Plakate zu entwerfen. Nicht einmal für Sie und ihr zauberhaftes *Moulin Rouge*, mein lieber Zidler.«

Der viel zu klein geratene Mann war Louise plötzlich sympathisch, ganz anders als er ihr damals bei ihrer ersten Begegnung vorgekommen war. Da war ihr der Zwerg mit den tiefliegenden dunklen Augen wie ein arroganter Schnösel ohne Talent erschienen. Vielleicht waren ja beide Eindrücke wahr. Es lag durchaus etwas Überheblichkeit in seiner Feststellung, gleichzeitig stellte er damit seine Ansichten bezüglich Kunst über den eigenen Profit. Dieser Haltung zollte Louise Respekt. Er schien sich im *Moulin Rouge* bereits heimisch zu fühlen. Jedenfalls orderte er bei Sarah, der Thekenfrau, Champagner.

»Wie war noch mal Ihr Name?«, fragte Louise.

»Henri de Toulouse-Lautrec. Aber waren wir nicht schon beim

Du?« Er reichte ihr die Hand und bat sie zu sich an den Tisch. »Trinken wir! Auf die Kunst und die Eröffnung des *Moulin Rouge*.«

* * * * *

Was für ein herrlicher Budenzauber! Das *Moulin Rouge* hatte sich herausgeputzt. Kleine bunte Lämpchen leuchteten im Lustgarten, den die Gäste zuerst betraten, wollten sie ins Varieté oder in den Ballsaal. Auf der schmalen Bühne begleitete Yvette Guilberts verspielt bewegter Gesang das Eintreffen der Gäste. Aber auch draußen gab es jede Menge zu entdecken. Louise schlenderte am Arm von Valentin und in heiterer Stimmung im Lustgarten umher. Endlich konnte sie den riesigen Stuckelefanten aus Gips, von dem Oller immer gesprochen hatte, einmal aus der Nähe bestaunen. Das Tier war mindestens lebensecht in seiner Größe, wenn nicht noch gewaltiger. Kein Wunder, dass Zidler im Vorfeld gleichwohl ein Geheimnis und ein Brimborium um den Riesen veranstaltet hatte.

Einige Gäste saßen schon auf Gartenbänken und Stühlen um die Tische verteilt und warteten auf die nächste Darbietung. Komiker, Soubretten und Tenöre, Kleintierdressuren, Clowns und Akrobaten, die Herren Oller und Zidler hatten sie alle im Programm. Letztere traten gerade nach der Guilbert in Gestalt der Morellis auf. Wenn Louise sich nach der Quadrille beeilte, würde sie hoffentlich rechtzeitig zu Joseph Pujols Vorstellung zurück sein. Er war eine der Sensationen im *Moulin Rouge*, und sie hatte ihn leider noch nie *Au claire de la lune* oder gar die Marseilleise furzen gehört. Wie *Le Pétomane*, so nannte er sich, sein Kunststück bewerkstelligte, darüber schwieg er sich aus. Nini, ihre Kollegin, sprach von einer monströsen Maschine, die Gase produzieren sollte, und die Joseph heimlich nutzte. Das klang derartig aberwitzig. Sie wusste nicht, ob sie an diese Geschichte glauben sollte.

Abends wurde es schon früh dunkel, und wenn der Mond, wie an jenem Abend, hoch und voll über dem *butte* stand und sich die roten Mühlenflügel drehten, konnte Louise sich keinen Ort auf der Welt vorstellen, an dem sie lieber gewesen wäre. Sie hielt Ausschau nach Vic, erspähte sie aber nicht. Wahrscheinlich hielt sich ihre Schwester hinter den Kulissen auf und bereitete sich auf ihren Auftritt vor. Vic hatte jüngst ein Kindermädchen engagiert, das sich nun häufig um Louis kümmerte. Seitdem trat sie wieder regelmäßig auf und hatte deutlich bessere Laune. Und Louis gedieh dennoch prächtig. Maman allerdings schien es nicht gut zu gehen. Bei Louises letztem heimlichen Besuch in Clichy hatte sie wieder einmal hinter dem Kastanienbaum ausgeharrt und von dort aus Betty belauscht. Die Vorsteherin hatte mit dem Dorfpfarrer gesprochen und sich beklagt, dass Maman außer ihr niemanden mehr habe. Auch wenn sie wegen ihres Rückenleidens nicht mehr in der Wäscherei zu gebrauchen sei, trüge sie natürlich Sorge für ihre ehemalige Arbeiterin. Sie sei schließlich eine wahre Christin. Ihre beiden Töchter, Vic und Louise, hätten sich der Sünde anheimgegeben. Dass Louise ihre Maman für die Sünde verlassen habe, das habe ihrer Mutter das Herz gebrochen. Es könne, so glaubte Betty, nicht mehr lange gut gehen. Sei der Lebenswille erst dahin, könne man nichts mehr tun als für das Notwendigste zu sorgen.

Louise hätte ihre Maman gern ins *Moulin Rouge* eingeladen, aber niemals hätte die einer solchen Einladung Folge geleistet. Außerdem war sie offenbar krank. Maman würde sie und Vic wohl nie wieder tanzen sehen. Es war wohl nur ein frommer Wunsch, Maman in die Arme zu fallen und sich endlich mit ihr auszusöhnen. *Entschuldige,* würde sie schon murmeln können, auch wenn es ja nichts zu entschuldigen gab. Vielleicht würde sie sich nach einer Aussöhnung endlich vollkommen frei fühlen. Und womöglich würde auch ihre Sehnsucht aufhören, wenn sie von Maman eine Art Absolution für ihren selbst gewählten Weg bekäme. Aber tief in ihrem Inneren wusste sie, dass das nur ein Wunschtraum war. Mamans rigide Moralvorstellungen hinderten sie daran und waren augenscheinlich stärker als die Liebe zu ihren Töchtern.

»Du weißt schon, dass wir heute die Besten sein müssen?«, fragte Louise Valentin.

»Hegst du daran Zweifel, meine Königin?« Valentin verbeugte sich tief vor ihr und bot ihr den Arm zum Tanz.

»Eine fantastische Idee, Valentin. Dass ich darauf nicht selbst gekommen bin.« Sie lachte. »Wir verausgaben uns einfach schon vorher. Vielleicht sollten wir auch schon mit dem Trinken beginnen?«

Oller schlüpfte neben ihnen aus einer kleinen unscheinbaren Tür im Fuß des Elefanten. Diese Tür war Louise vorher gar nicht aufgefallen. »Was verbirgt sich dahinter?« Sie zupfte Valentin aufgeregt am Ärmel.

»Komm, ich zeig es dir.« Er ging voran. »Der Zutritt für Frauen ist eigentlich streng untersagt. Es sei denn, du heißt Aicha und beherrschst Bauchtanz. Oder du bist in ein inniges Gespräch mit einem männlichen Besucher vertieft, der dich hernach in den Elefanten einlädt, ohne dass es jemand merkt.«

Louise zog beide Augenbrauen nach oben. »Das ist nicht euer Ernst, dass wir draußen bleiben müssen. Nicht mit mir.«

Valentin zog seinen Zylinder tief ins Gesicht. »Ich weiß ja selbst nur davon, weil ich im Bauch des Elefanten mein Opium bekomme.«

Louise schlüpfte zu Valentin hinter seinen Hut. »Zeigst du mir also die Geheimnisse des Elefanten?«

Im Inneren des Riesen war es schummrig, bis auf die bunt leuchtenden Lämpchen, die im Hohlraum des Tieres den Weg markierten. Eine blaustichige Nebelwolke waberte von oben die Wendeltreppe hinab. Valentin ging voran. Auf der halben Treppe drehte er sich zu Louise um und winkte ihr, ihm zu folgen. Eine Frauenstimme sang zu Trommelklängen und Rasseln auf der kleinen Bühne hinter den Stuhlgruppen – diese Göttin, die eine gewisse Ähnlichkeit mit Aicha hatte, schwang anmutig ihre Hüften und ihren nackten festen Bauch. Wie eine Brücke dehnte sie ihren Rücken, bis er sich schließlich ganz nach hinten bog. Das war kein Tanz, keine Aufforderung zur ausgelassenen Ekstase, wie es der Cancan war. Es wirkte vielmehr wie die eigentliche Verführung unmittelbar vor dem Geschlechtsakt. Wovon der Cancan lautstark kündete, stand hier kurz vor der Vollendung. Beim Cancan erhaschte der Zuschauer Einblicke, die seine Fantasie anregten und die Champagnerkorken knallen ließen. Hier aber lag das Begehren schon frei. Für Louise stand schnell fest: Wer den Elefanten betrat, betrat das Heiligste des *Moulin Rouge*. Naturgegeben war der Einlass daher nur wenigen Auserkorenen vergönnt.

Ein Herr am Rand schmauchte an einer Zigarre. Daher rührte also der blaue Nebel, dem Louise gefolgt war. Die tanzende Göttin blieb in Bewegung, solange die Trommeln schlugen. Eine wohldosierte Kraft lag in jeder ihrer Drehungen und in jedem Muster, das ihr Handgelenk in die Luft zeichnete. Ihr Armreif wippte im Rhythmus ihres selbstvergessenen Tanzes. Bald wurden die Trommeln leiser, und die Göttin, die Aicha so sehr glich, verbeugte sich vor jedem Zuschauer einzeln. Ein strassbesetzter Gürtel hielt ihren Rock unterhalb der Taille fest. Die Herren steckten ihr Scheine unter die Gürtelschnalle. Zum Dank setzte sie sich auf Männerschöße, küsste Hände, Wangen, Ohren und Füße. Im Elefanten herrschte die Göttin, im Saal des *Moulin Rouge* jedoch die *Goulue*.

Sie musste lange so dagestanden haben, wie hypnotisiert ins Halbdunkel starrend. Valentin sprach mit ihr, sie nahm seine beruhigende Tonfarbe wahr, nicht aber, welchen Inhalt seine Worte transportieren sollten. Irgendwann umfasste Valentin ihre Schultern, drehte Louise um und lief vor ihr wieder die Wendeltreppe hinunter. Erst als er die kleine Geheimtür im Fuß öffnete und ein schmaler Streifen Licht von der üppigen Gartenbeleuchtung in den Elefanten fiel, erwachte Louise aus ihrer Trance. Sie setzte sich langsam in Bewegung, die Treppe hinunter und drängte sich durch die unauffällige Tür in die altbekannte Welt aus heiteren Chansons, vollmundigem Wein und munteren Gesprächen.

Im Lustgarten spielte das Orchester zum Tanz auf. Obwohl die Abende im frühen Oktober schon empfindlich kalt waren, saßen die Besucher in ihre Mäntel gehüllt auf Bierbänken, schunkelten und sangen.

»Da bist du ja endlich!« Oller stellte sich ihr in den Weg. Er hielt ein Glas Orangensaft in der Hand. »Zidler sucht dich schon ganz verzweifelt.« Oller hielt ihr den Saft hin. »Du siehst ganz benebelt aus. Wo hast du nur gesteckt? Trink das besser.«

»Ach, wir waren, Valentin wollte mir nur eben etwas zeigen, im El...« Valentin stupste Louise in die Seite. »Wir haben geprobt, Monsieur Oller. Alles ist in bester Ordnung. Sagen Sie Herrn Zidler, er wird auf seine Kosten kommen.«

KAPITEL 18

In der Nacht des 6. Oktobers 1889 feierten sie die Eröffnung des *Moulin Rouge* ganz nach der Devise: Vergessen und Genießen. Während solche Lebensart für die meisten Gäste nur ein prickelnder Ausnahmezustand war und für viele ihrer Kolleginnen eine Herausforderung bedeutete, war das *l'oubli et plaisir*, das Henri de Toulouse-Lautrec bei jeder neuen Trinkrunde ausrief, immer schon Louises Überlebensmotor gewesen. So gut wie möglich hatte sie stets vergessen, welche Fesseln sie banden, welcher Herkunft sie entronnen war und dass sie sie doch immer mit sich trug. Es musste einen hohen Preis zahlen, wer dem zu entkommen gedachte.

Doch wer vergaß, konnte das Glück greifen. Was scherte den, der solche Magie erlebt hatte, der Stachel der Vergänglichkeit. Es zählten nur Begegnungen, Ekstase und jene Augenblicke, da die Menschen einen Atemzug lang innehielten, sich im anderen erkannten und alle Dämme brachen. Grenzen galten nichts mehr. Man überdauerte die langen mühseligen Stunden, Tage und Wochen, die der Alltag vorankroch und nichts geschah, sich nichts bewegte und man nur auf bessere Tage wartete. Zu jener Zeit im *Moulin Rouge* war Louises Leben mit ihren Wünschen, ihrem Sehnen, Denken, Hoffen, Träumen, Lieben und Tun beinahe deckungsgleich. Sie hatte das Gefühl, angekommen zu sein.

Gemeinsam mit Valentin erntete sie tosenden Applaus, der nicht zu enden schien. Sie hatte es tatsächlich geschafft. Von der Notunterkunft, über das gemeinsame Zimmer mit Maman, der Theatergarderobe im *Élysée*, dem ersten eigenen Mansardenzimmer und dem Umzug zu Vic und Louis in ihr eigenes Reich. Ihr kleines Haus hatte sie mithilfe von Valentins Bruder gekauft. Der war Notar und verstand sich auf Immobilien als Geldanlagen. So sehr Louise die Nächte schätzte, in denen sie ihr zweites Leben zelebrierte, so sehr war sie auch dankbar für die Momente des Rückzugs, die ihr das eigene Häuschen bot. Hier hätte sie Maman einen gut gepolsterten Sessel ans Fenster stellen können, auf dem sie den Rest ihrer Tage hätte zubringen und in den Himmel schauen mögen.

Auch die Presse meinte es gut mit ihr. »Wenn die Tänzerinnen hochspringen, wird die Schwerkraft über die Mühle geschickt«, hatte Charles jüngst in einer Rezension geschrieben. An dieser Erfolgsgeschichte des *Moulin Rouge* waren sie und Valentin nicht unschuldig. Ohne sie beide hätte Zidler sicherlich das gewisse Etwas in seiner Vorstellung gefehlt. Denn niemand außer ihr hätte danach erst die eigentliche Show beginnen lassen. Als *La Goulue* hatte Louise nämlich ihre Rituale. Liebend gern aß sie nach ihrem Auftritt knackige Äpfel, die Oller ihr in einem hübsch geflochtenen Weidenkorb reichte. Den hängte sie sich über den Arm und biss herzhaft in einen Apfel, während sie die Tischreihen entlangmarschierte. Dabei hielt sie Ausschau nach einem Herrn, der ihr besonders gut gefiel. Ihm spuckte sie die Kerne auf den Tisch. Für den betreffenden Mann bedeutete ihre Wahl eine Ehre. Er hatte die *Goulue* dann zum Champagner einzuladen und wenn er sich nicht gar zu dumm anstellte, bekam er den einen oder anderen Kuss von ihr.

Nur selten nahm Louise aber jemanden mit zu sich nach Hause. Nicht, dass sie besonders auf einen moralisch einwandfreien Ruf bedacht gewesen wäre, aber Liebesnächte mit Männern versprachen weit weniger Überraschungen, als eine Nacht im *Moulin Rouge* bereithielt. Ein gutes Essen und eine Flasche Rotwein passten ihr oft besser in den Kram als erotische Tändeleien. Den meisten Männern fehlte auch schlicht die Fantasie, und was die Frauen betraf, so trauerte Louise noch immer Thérésa hinterher. Eine andere Frau ihres Kalibers war auch weit und breit nicht auszumachen. Louise war zwar durchaus nicht entgangen, dass zwischen ihr und Mimi ein Prickeln in der Luft lag, wenn sie sich begegneten, doch sie hätte einen Teufel getan und wäre dieser Versuchung erlegen. Gegen wilde Nächte und

Rausch hatte sie nichts einzuwenden, aber so war Mimi einfach nicht gestrickt. Louise würde sich nicht noch einmal einer Illusion hingeben. Auch wenn seit dem Intermezzo mit Thérésa mittlerweile mehrere Jahre vergangen waren. Was zählten Jahre schon in der Liebe! Für die ganz großen Gefühle war sie einfach nicht gemacht. Auguste hatte recht, sie wurde, wenn sie nicht nur begehrte, sondern liebte, zu ihrem Schatten-Ich, und das konnte Louise, wenn sie auf der Bühne scheinen und glitzern sollte, keinesfalls gebrauchen. Sie mochte es drehen und wenden, wie sie wollte, stets kam sie zu demselben Schluss: Frauen wie Männer versprachen für sie nun mal kein Liebesglück.

Was in der Liebe aber nicht funktionierte, befeuerte Louises zweites Leben. Dort konnte sie eine andere sein, dort genoss sie es, hofiert und beklatscht zu werden, die gierige, unfassbar lebenshungrige Frau zu sein, die aus der Armut in den Olymp der Halbwelt aufgestiegen war. Zidler und Oller wären Idioten gewesen, hätten sie riskiert, dem *Moulin Rouge* ihre Energie, ihr Talent und ihre nie endende Leidenschaft zu nehmen. Und da sie trotz ihrer Makel keine Idioten waren, genoss Louise weiterhin ihre Sonderstellung im Haus.

Es warf daher auch nur einen kleinen Schatten auf Louises Glück, dass sie sich ständig mit Aicha darüber in den Haaren lag, wer eigentlich das Sagen hatte in ihrem einzigartigen Palast, in ihrer eigenen kleinen Welt, dem *Moulin Rouge*.

Wenn Toulouse-Lautrec, den sie bald nur noch Henri nannte, sie zum Beispiel in einem Streit mit Aicha anfeuerte, und wenn Louise sich dann nach der Vorstellung und nach Mitternacht auf die Brücke neben dem *Moulin Rouge* schlich, um sich einen echten Kampf mit Aicha zu liefern, sah Zidler am nächsten Morgen großzügig über ihre Kratzer und Blessuren hinweg. Er tat das nur in ihrem Fall, bei den anderen entging ihm nie etwas, und hatte Zidler einmal schlechte Laune, zahlte im Zweifel Aicha für die Folgen ihrer nächtlichen Auseinandersetzung.

Henri fütterte Aicha und sie beide gleichermaßen mit Champagner und Käse durch. Für den kleinen Mann waren die Zwiste zwischen den Damen des Ensembles der Himmel auf Erden, vielleicht weil dabei stets alles in Bewegung blieb. Er liebte es auch, die beiden Streithähne auf Papier zu skizzieren und sich durch sie Anregungen für neue Motive zu holen.

Wenn sie nicht gerade probte oder auf der Bühne stand, dann grub Louise mit Vorliebe im Garten ihres Hauses in ihren Beeten. Ihre Hände versenkte sie in dem kühlen Gemisch aus Torf, Sand und Mull. Dort pflanzte sie neue Blumenzwiebeln. Sie erntete Tomaten von den Sträuchern, buddelte Kartoffeln aus oder pflückte reife Kirschen vom Baum. Oftmals kam Valentin zu Besuch. Gemeinsam lagen sie dann auf den beiden Sonnenliegen, schwiegen und sahen den Zitronenfaltern bei ihrem Flug zu, oder sie brühte Tee für sich und ihren Freund oder rührte heiße Schokolade mit viel Zucker im Topf an. Valentin, der genau wusste, was sie liebte, brachte Zitronentarte oder mit frischen Erbeeren belegten Biskuit mit, beides buk er selbst. Auch Himbeer-, Apfel- oder Pflaumentartelettes aßen sie häufig, und nur selten blieb davon etwas übrig. Süßem Gebäck oder Kuchen konnte Louise nie widerstehen. Sie aß nicht ein oder zwei Stücke und gab sich dann zufrieden. Meist verspeiste sie eine halbe Torte und am Abend ließ sie sich zum Nachtisch die Reste schmecken. *Nimmersatt* nannte Valentin sie liebevoll und Louise strich ihm mit der Hand, die noch vom Butterfett glänzte, über die Wange. »Nur Idioten kosten das Leben nicht in allen Facetten aus. Anmaßend ist, wer Maß hält und langweilig, wer nie Grenzen überschreitet.«

Sie sprachen nicht viel in jenen Herbsttagen. Der Umschwung der Jahreszeit machte Louise diesmal weniger aus als in den Jahren zuvor, vielleicht wegen des Gartens. Die taufeuchten Blätter glitzerten am Morgen in der milden Herbstsonne. Sie zelebrierten noch einmal das luftige Leben unter freiem Himmel, bevor sie trocken wurden und brachen. Dann kam der Winter über das Land, riss die letzten Blätter von den Bäumen und ließ sie karg und schmucklos zurück. Doch das Glück umschwirrte Louise in ihrem eigenen Haus und Valentin war ihres Glückes Bote. An manchen Tagen fuhren sie gemeinsam, jeder ein Fischernetz über der Schulter, hinaus zum See. Valentin holte Louise mit seiner Kutsche ab. Am See ließ sich ebenso gut schweigen

wie unterm Kirschbaum in Louises Garten, der noch ein paar übrig
gebliebene dunkle Früchte trug. Die milden Sonnenstrahlen kitzelten Louises Nacken und wärmten sie auch so spät im Jahr noch. Sie
saßen ganze Tage lang am Steg und verbummelten sich beim Fischen.
Machten sie in solchen Stunden einen guten Fang, reichte der für
ihr Abendessen. Valentin sammelte für ihr Mahl noch ein paar Pilze
im Wald. Einfache Champignons, Röhrlinge mit Judasohren oder –
wenn sie besonderes Glück hatten – fand er einen echten Reizker
mit lachsfarbenem Hut, den die Maden noch nicht für sich entdeckt
hatten. Die Köstlichkeiten brieten sie vor ihrer Vorstellung und der
nächsten langen Nacht im *Moulin Rouge* mit Butter in Louises Küche. Sie verspeisten sie bis auf den letzten Bissen mit einem Stück
Baguette und einem leichten Weißwein. Manchmal kamen auch
Vic und Louis dazu. Dann wurden solche frühen Abende zu kleinen
Festen. Vielleicht schmeckten jene Tage deshalb im Nachgang sogar
süßer und reifer als die Zitronenlimonade, die es einst bei Louises
Großeltern gegeben hatte.

Still und gemählich begannen die frischen Tage und heiter, trun-
ken und wild rauschten die Nächte. Die Gäste im *Moulin Rouge*
kamen und gingen, unter ihnen auch zahlreiche Berühmtheiten wie
ein gewisser Doktor Freud, dem man nachsagte, Menschen in die
Seele schauen zu können, wie gewöhnliche Ärzte mithilfe eines Mi-
kroskops ins Innere eines Körpers blickten. Freud besaß zwar ebenso
ein Mikroskop, Louise hatte ihn bei ihrem Kennenlernen danach gefragt, aber er hatte abgewunken. Er brauche keine Geräte für seine
Form der Therapie, die Arbeit an der Psyche des Menschen. Nur die
Couch bräuchte es, auf der seine Patienten während seiner Behandlung lägen. Sie müssten entspannt sein, egal ob sie ihm beim freien
Assoziieren etwas aus ihrer Vergangenheit anvertrauten, ihn daran
teilhaben ließen, was sie hier und heute bewegte oder noch viel mehr,
wenn er sie in Hypnose versetzte.

»Ihre Patientinnen strecken sich auf Ihrer Couch aus?«, fragte
Louise und lachte kehlig. »Bei Ihnen in der Praxis muss es ja zugehen
wie bei uns im *Moulin Rouge*.«

Doktor Freud rückte seine Nickelbrille zurecht und betrachtete sie eingehend. Nicht mit Abscheu oder Widerwillen, wie Louise fand, vielmehr schien er eine Art wissenschaftliches Interesse an ihr zu hegen.

»Sie sind mir ja ein Paradiesvogel. Aber darum bin ich ja hier, um einmal das Paradies auf Erden zu erleben.«

Der feine Herr Doktor Freud hatte Humor, er nahm ihr offenbar nicht krumm, was sie gesagt hatte, geradeheraus und genauso, wie sie es dachte. Ihr Gespräch stockte dennoch und nahm keine rechte Fahrt auf. Andauernd machte dieser Freud sich Notizen, anstatt ihr in die Augen oder aufs Dekolleté zu schauen. Als dann einer seiner jungen Kollegen hinzukam, vertiefte er sich in ein Gespräch mit ihm. Doktor Freud war immer in Bewegung, genau wie sie selbst, nur fand seine Bewegung offenbar in seinem Inneren statt und äußerte sich in komplizierten und nüchternen Sätzen und Zusammenhängen, die Louise kaltließen. Doktor Freud hatte offenbar keinen rechten Sinn für pralle Hüften und wippende Brüste, auch wenn er kein Blatt vor den Mund nahm und diese Dinge beim Namen nannte. Vielleicht aber hatte sie ihn auch nur auf dem falschen Fuß erwischt. Umso überraschter war Louise, als er ihr zum Abschied die Hand reichte und sie fragte: »Was ist Ihr Motor fürs Tanzen? Warum machen Sie weiter? Sie sind doch schon eine Legende.«

»Noch bin ich nicht tot wie Ihre Legenden. Und solange ich lebe, werde ich auch tanzen.« Louise hatte ihre Stimme erhoben.

Dr. Freud runzelte die Stirn. »Habe ich Sie verärgert? Ich wollte Ihnen nicht zu nahetreten, aber wenn Sie mir eine Bemerkung erlauben – Sie erinnern mich an eine meiner Patientinnen. Sie litt unter einer Hysterie. Das ist eine psychische Erkrankung, eine …«

»Hysterisch? Sie halten mich für hysterisch? Was erlauben Sie sich?« Louise sprang auf, die Hände in die Taille gestemmt. Sie las oft genug die Zeitung, um eine Ahnung zu haben, wovon er da sprach. Anscheinend hielt er sie für verrückt.

Freud sprach ungerührt weiter. »Ich forsche seit einiger Zeit auf dem Gebiet, und Ihr Fall scheint mir sehr interessant. Wissen Sie, es ist so, dass eine Hysterie im Laufe des Lebens erworben werden kann, beispielsweise durch eine traumatische Erfahrung in der Kindheit.«

Louise starrte ihn fassungslos an. Da saß dieser Arzt und hielt ihr einen Vortrag über Hysterie, als befände er sich auf einem medizinischen Kongress und nicht etwa im *Moulin Rouge.* »Traumatische Erfahrung in der Kindheit? Was soll das sein?«, fragte sie mürrisch.

»Nun, das kann alles Mögliche sein. Der frühe Tod eines Elternteils, ein großer Verlust, Gewalterfahrungen oder auch eine lieblose Mutter.«

Sie zuckte zusammen, als hätte man sie geschlagen. »Entschuldigen Sie mich, ich muss jetzt wirklich gehen.«

»Warten Sie!«, rief Freud ihr hinterher. »Lassen Sie uns in Ruhe darüber sprechen, ich bin noch die ganze Woche in Paris …«

Doch Louise rannte unbeirrt hinter die Bühne in ihre Garderobe, die sie sorgfältig hinter sich abschloss. Dieser Freud stellte wirklich komische Fragen – sie waren viel intimer, als es Hände oder Lippen sein konnten. »Lieblose Mutter«, wiederholte sie, während sie sich im Spiegelbild ansah, und dann trommelte sie wieder und wieder gegen die Scheibe: »Du bist ein Nichts, Louise, du bist nichts wert. Nicht mal deine eigene Mutter liebt dich.« Tränen rannen ihre Wange herunter, die sich nicht aufhalten ließen. Wie hatte dieser blöde Doktor Freud sie derartig aus dem Konzept bringen können?

Es klopfte an ihrer Garderobentür. War das etwa dieser Irrenarzt? »Gehen Sie weg, lassen Sie mich in Ruhe!« So zu tun, als wäre sie nicht hier, hatte ohnehin keinen Zweck. Sie musste einen Riesenlärm veranstaltet haben. Der ganze Boden war mit Glassplittern übersät, und in der Mitte des Raums hatte sie – ohne sich zu erinnern, wann genau das geschehen war – in ihrer Raserei einen riesigen Berg Kostüme aufeinandergeschichtet. Sie hielt ein Streichholz in der Hand. Ihr linker Daumen blutete. Die Schminke unter ihrem Auge war verlaufen. Sie sah es in dem kläglichen Rest, der von dem Spiegel noch übrig war. Sie glich einem Monster.

»Mach auf, Louise.« Das war Valentins Stimme. Er schlug erneut gegen die Tür und lenkte dabei sicher die Aufmerksamkeit des Ensembles auf sich.

»Ist jemand bei dir?«, fragte Louise.

Einen Augenblick blieb es still. »Bloß ich, Mimi.«

Louise drückte sich das Stofftaschentuch gegen die blutende Handfläche, es hatte offenbar doch nicht nur den Daumen erwischt, schlich zur Tür und spähte durch den Spalt. »Ich komme gleich zu euch.«

»Wie siehst du denn aus? Lass uns rein!«

Louise trat zur Seite. Sie hatte keine Kraft für eine Auseinandersetzung.

»Mein Gott. Wir brauchen Verbandszeug!« Mimi sah auf Louises Hand. Sie stürmte an ihr vorbei in die Garderobe. Zwischen Tiegeln und Tuben kramte sie und riss die Grundierung für die Haut zu Boden, dass es schepperte. Sie fluchte leise. »Setz dich mit Louise aufs Sofa, Valentin.«

»So viel Wirbel ist wirklich nicht nötig. Ist doch nichts geschehen«, sagte Louise, aber ihre Stimme zitterte. Valentin schüttelte den Kopf, sah zwischen dem Kleiderhaufen und ihr hin und her. Mimi schnitt aus einem Handtuch ein Stück Stoff heraus und band es Louise um die Wunde. »Was ist passiert?« Sie legte ihre Hand auf Louises. Valentin sprang auf und bückte sich nach dem Streichholz, das neben den Kleidern lag. Sie musste es dort verloren haben, als sie zur Tür gegangen war.

»Das ist nicht dein Ernst, Louise! Wolltest du uns alle anzünden?« Er betrachtete die halb leere Flasche Wein, die auf dem Boden stand. »Teufelszeug.« Er nahm sie und schüttete die Reste ins Waschbecken. »Ich weiß schon, warum ich nicht trinke.«

»Ist doch nichts passiert. Hast du etwa keinen Sinn für Dramatik?«

»Im Ernst, jetzt erzähl endlich, was los ist. Komm schon. Ich bin doch dein Freund.«

»Und ich deine Freundin«, fügte Mimi hinzu.

»Freud hält mich für hysterisch«, sagte sie nach einer Pause.

»Freud? Ist das nicht dieser Arzt, der sich mit der Seele des Menschen beschäftigt?« Valentin mit seinem unendlichen Wissensdurst wusste natürlich, von wem die Rede war.

»Genau der«, sagte Louise trocken. »Und in meine Seele hat er soeben einen Blick geworfen.« Das Übermaß an widerstreitenden Gefühlen in ihr ließ sich einfach nicht stoppen. Daran war dieser Freud schuld. Sie hatte um keine Behandlung gebeten und doch hatte er etwas, das sie nicht näher beschreiben konnte, in ihr ausgelöst und dieses Etwas brach sich nun Bahn. »Es ist alles nur, weil Maman mich nicht liebt.« Sie schluchzte.

Valentin schwieg. Mimi streichelte über ihre Fingerspitzen, die unter ihrem Verband hervorlugten.

»Wisst ihr, mein Papa war ganz anders. Er hat mir das Tanzen beigebracht und mich auf seinen Schultern getragen. Ich war seine Königin. Aber dann starb er, und ich musste Maman an seiner Stelle glücklich machen. Seit Papa fort ist, bin ich nie wieder richtig froh geworden. Nur wenn ich tanze, vergesse ich manchmal alles.« Sie schnäuzte in ein Taschentuch, ehe sie weitersprach. »Ich habe ja versucht, Maman alles leichter zu machen. Heiterer. Aber das hat nichts genützt. Wenn Papa sie zum Lachen bringen konnte, gelang mir das noch lange nicht. Sie war immer nur wütend auf mich. Vielleicht erinnere ich sie an die Liebe, die sie verloren hat. Ich glaube, ich bin Papa sehr ähnlich.«

Mimi legte Louise den Arm um die Schultern. Valentin schwieg noch immer. Er sah auf den Boden, als blicke er ins Nichts, aber er hörte konzentriert zu. So war es immer, wenn er ihr lauschte. Er war weg und doch ganz nah.

»Wo ist deine Maman jetzt?«, fragte Mimi leise. »Ist sie ins *Moulin Rouge* gekommen, um dich tanzen zu sehen?«

Louise lachte auf. Kieksend hoch und bitter. Mimi ließ den Arm von ihrer Schulter sinken und sah sie irritiert an. Louises Mundwinkel zuckten. In ihrem Magen braute sich, einem Gewitter gleich, unglaubliche Wut zusammen. Sie stand auf und ging mit langen ausfallenden Schritten in der Garderobe auf und ab. Das stampfende

Geräusch gefiel ihr. Also stampfte sie noch mehr und noch fester auf. Valentin erhob sich und schloss sich Louises Marsch durch die Garderobe an. Gemeinsam tigerten sie, Seite an Seite, auf und ab und stampften und hüpften und kreischten. Mimi beobachtete die beiden stumm. Sie schien darauf zu warten, dass der Sturm sich legte. Und tatsächlich, allmählich ebbte er ab, bäumte sich zuvor aber noch ein letztes Mal auf: Louise setzte sich vor den Kostümhaufen, hielt sich vorsorglich selbst die Ohren zu und brüllte und schrie all ihre Wut und den Schmerz heraus – unartikuliert und unverständlich, aber das war ihr egal. Niemand musste sie verstehen. Dann setzte der Regen ein. Sie weinte, einen Sturzbach an Tränen, der nur langsam versiegte. Mimi hockte zu ihrer rechten und Valentin zu ihrer linken Seite auf dem Boden und Mimi wiegte Louise in den Armen, bis alle Tränen geweint waren und sie wieder Luft bekam.

»Wo ist deine Maman jetzt?« Valentin wagte noch einmal, Mimis Frage aufzugreifen.

»In Clichy. Sie wird mich nicht sehen wollen. Ich habe mich für das Tanzen entschieden und gegen die Ehe mit einem Widerling. Sie wollte mich zwingen und ich habe mich gewehrt. Erfolgreich. Vic war damals schon fort. Maman hat uns beide verstoßen. Aber wozu besitze ich ein Haus, wenn sie dort nie ihren Lebensabend genießen kann? Ich habe sie im Stich gelassen. Und ich weiß nicht mal, ob sie noch lebt.«

»Ich komme mit dir«, sagte Mimi. »Du musst das wissen, Louise, ob sie dich liebt, meine ich. Und ob du ihr vergeben kannst.«

Louise schüttelte den Kopf. »Ich werde nicht das Risiko eingehen, dass sie mich zurückweist. Ich habe euch, und ich tanze und lebe, wie ich will.« Sie erhob sich schwankend und griff nach der Streichholzschachtel. »Und jetzt, Freunde, machen wir ein kleines Feuerchen.«

Valentin erblasste und Mimi riss die großen dunklen Augen auf. Louise legte die Zündhölzer beiseite und zog Mimi auf die Füße. Dann küsste sie die verdutzte Freundin auf die Lippen. »Keine Angst, Schäfchen. Das Einzige, was ich heute Nacht anzünde, sind meine

Erinnerungen. *L'oubli et plaisir*, das wisst ihr doch. Aber ich habe mich gehen lassen. Das hätte ich nicht tun sollen. Jetzt bin ich wieder ganz die Alte. Also kommt schon. Lasst uns wieder tanzen gehen. Und noch ein wenig mehr trinken. Oder Valentin holt uns aus dem Elefanten ein bisschen was von seinem Zauberzeugs. Opium soll glücklich machen, habe ich mir sagen lassen. Und gegen ein bisschen Glück hätte ich im Moment nichts einzuwenden.«

»Besser als der ständige Wein ist Opium allemal. Also gut, ihr beiden. Ich besorge uns ein wenig von dem Mittelchen, und dann fahren wir zu Louise nach Hause. Ich werde dich jedenfalls nicht allein lassen.«

»Und ob du das wirst.« Louise beugte sich zu Valentin und flüsterte ihm ins Ohr: »Ich mag Mimi und sie hat unglaublich weiche Lippen, wenn du verstehst, was ich meine.«

Mimi hatte sie gehört. Sie starrte Louise mit geröteten Wangen an und sah dann nervös zu Boden. »Ich rauche kein Opium«, sagte sie. »Aber ich würde heute gern bei dir übernachten. Freundinnen lässt man nicht allein, wenn sie traurig sind.« Mimi zwang Louise, sich zu setzen und sich einen Moment auszuruhen. Mit Valentin beseitigte sie das schlimmste Chaos in der Garderobe. Als sie damit fertig waren, fuhr Valentin Mimi und sie zu ihr nach Hause. Er brachte sie bis zur Tür, gab Louise einen Wangen- und Mimi einen Handkuss und dann ließ er sie allein. Da standen sie nun. Louise umklammerte ihren Haustürschlüssel. Ein leise plätschernder Regen hatte eingesetzt. Sie hätte aufschließen und einen Tee anbieten können, aber Louise war auf einmal außerstande, sich zu bewegen, geschweige denn eine bewusste Entscheidung zu fällen. Alles war gleichzeitig da, ihre Gedanken rasten über sie hinweg. Kometenschauer, kleine glitzernde Kristalle am Nachthimmel. Ihre Beine, fest auf der Erde, fühlten sich ganz leicht an. Mimis Augen und das ewige Spiel der Gezeiten. Am Nachthimmel stand ein beinahe voller Mond und beleuchtete die Wolken, die der Wind vor sich hertrieb. Sie bildeten immer wieder neue Formationen. Minutenlang tat Louise nichts. Sie schwieg und sah Mimi an, die ihren Blick hielt. Louise sank, Augenblick für Augenblick, tiefer in den Sog ihrer Verbindung, die über nichts sonst gehalten wurde, als über die nährende Berührung ihres Blicks. *Lieb mich.* Sie erschrak über sich selbst. Für einen Augenblick kam sie wieder zu sich. Niemand konnte, niemand durfte sie lieben. Louise hatte Valentin an ihrer Seite, das musste reichen, mehr war vom Leben nicht zu erwarten, wenn man ihren Weg gewählt hatte. Mimi sah Louise noch immer an, ohne die Hand nach ihr auszustrecken und sie zu sich zu ziehen, in einen Kuss, der das Feuer löschen würde. Der Moment dehnte sich aus. Niemand hatte Louise jemals so lange angesehen, vor einem ersten Kuss. Und niemandem hatte sie vorher jemals einen so intensiven Blick geschenkt. Was zwischen ihnen geschah, ohne dass sie sich von der Stelle rührten, war mit Worten nicht zu erklären. Es war zu herrlich, dieses bebende Gefühl, das von ihrem Bauch langsam anstieg und sich dann im ganzen Oberkörper ausbreitete, bis hinauf zu ihrer Kehle. Wie gern wäre Louise nur einen einzigen Schritt auf Mimi zugegangen und hätte sie beide erlöst. Wie Begehren sich anfühlte, wusste Louise, und sogar wie Freude auf der Haut tanzte und Ekstase. Was hier aber geschah, lag außerhalb aller Zeit und hatte, wo immer das auch sein mochte, seinen Platz. Manche nannten es Schicksal, andere Fügung, und einige glaubten, sie könnten Einfluss darauf nehmen. Louise hätte auf Letzteres geschworen. Im Angesicht der Liebe oder der Bestimmung aber streckte sogar die Zeit ihre Waffen. In jener Nacht, da Mimi Louises Haus betrat, walteten beide Kräfte zur selben Zeit am selben Ort. Ohne die Liebe und ohne die Bestimmung geriet die Welt aus den Fugen, keine Geschichte hätte mehr erzählt werden können, und alles Leben wäre erloschen. Gegen dieses Gesetz war nichts auszurichten.

Keine Grenze lag mehr zwischen ihnen, so unterschiedlich sie auch sein mochten. Es spielte keine Rolle mehr. Im Regen, in jenem Moment, waren sie eins. Louise spürte das Wesen der Dinge ganz nah, das Leben ein kostspieliges und unglaublich großzügiges Geschenk. Die kleinen Feldmäuse, die im Haselnussstrauch ihr Unwesen trieben, die Fledermäuse, die am Nachthimmel entlangzogen, die Fische in ihrem Teich und das hohe Gras, das sie sich stets weigerte, zu mähen, allem fühlte Louise sich tief verbunden. Eine einzelne Träne rann ihr die Wange herunter. Sie wischte sie nicht fort. Dieses Weinen befreite und erlöste.

Langsam streckte sie die Hand nach Mimi aus. Die tat es ihr gleich. Ihre vom Regen feuchten Fingerspitzen berührten sich und die Zeit löste sich endgültig auf. Irgendwie glückte es Louise, zwischen Küssen, Tasten, Streicheln und beredtem Stöhnen die Haustür aufzusperren. Es war immerhin dunkel, und kein Nachbar hätte bezeugen können, dass sich im Mondschein wirklich zwei Frauen geküsst hatten.

Mimis Lippen wussten von der ganzen Welt zu erzählen, diesem Tanz, der eigentlich aus gehauchten und närrisch sich verbeißenden Küssen bestand.

Louise ließ die Tür leise hinter ihnen ins Schloss gleiten und drückte Mimi sanft gegen die einzig freie Wand. Sie küsste Mimis Stirn, ihre Nasenspitze, ihre Wange, ihr Kinn und zuletzt ihren Mund. Niemand war je unter Louises Hand erblüht, sie aber tat es. Louise löste sich von Mimi, drehte sie sanft von sich weg und küsste ihren freiliegenden Nacken. Im Dunkeln mühte sie sich, die vielen Schnüre von Mimis Mieder zu lösen, aber sie verhedderte sie nur noch mehr. Wie unglaublich kompliziert es doch war, die Geliebte daraus zu befreien.

Sie war indes wesentlich geschickter als Louise. Nur ein paar Handgriffe benötigte sie und die Schnüre waren entknotet. Louise konnte Mimis Mieder nun leicht vollständig lösen. Ein wenig beschämt über ihr Unvermögen, lachte sie darüber. Mimi beugte sich zu ihr und schwankte dabei leicht, vielleicht vor Glück, vielleicht vom Wein, stolperte beinahe über Louises dickbauchige Vase, die im Weg stand. Sie hatte die fetten Stängel und Dolden eines bunten Blumenstraußes beherbergt, den Louise zur jüngsten Premiere von einem Verehrer überreicht bekommen hatte.

Irgendwie fanden sie den Weg ins Schlafzimmer. In der Schublade ihres Nachttischchens ertastete Louise eine Streichholzschachtel. Sie nahm ein Hölzchen heraus, es ratschte und der vertraut-angenehme

Geruch nach leicht Verbranntem machte sich breit, als sie den Docht einer Kerze entzündete. Mimi hatte sich in der Zwischenzeit ihrer restlichen Kleidung entledigt und sich seitlich auf dem Bett ausgestreckt, den Kopf auf eine Hand abgestützt. Ihre Beine ruhten locker aufeinander, ihre Knie waren angewinkelt und leicht nach hinten weggestreckt. Ihre Brüste, ihre schmale Taille, ihr weicher Po. Ihr Bauchnabel wölbte sich nach innen. Mimi streckte Louise im spärlichen Licht der Kerze eine Hand entgegen, sie ergriff sie und Mimi zog sie zu sich aufs Bett, wo sie ihr geschickt das Mieder öffnete. Louise konnte endlich frei atmen.

Von all den unterschiedlichen Körpern, die Louise je begehrt hatte, war sie doch nie satt geworden. Von ihr konnte Louise unmöglich ins erstarrte Nichts gleiten oder in eine Tiefe stürzen, in der sie sich selbst abhandenkam. Keine musste tun, keine etwas sein, wozu sie nicht auf der Welt war. Ein Kuss auf die Wange, ein zartes Streicheln über Louises Rücken bis zu ihrem Po, ihr warmer Atem auf Louises Hals. Mit jedem Millimeter, den Mimi Louises Haut liebkoste und auf immer mit sich besetzte, legte sie Schicht für Schicht ihres vergrabenen Selbst frei. Jede Erinnerung, alles, was sie einmal gefühlt und gewagt hatte, jeder Schmerz und jedes Glück waren wieder da. Louise wagte kaum zu atmen, um das Wunder, das ihr widerfuhr, nicht doch noch zu verscheuchen. Niemals zuvor hatte Louise sich selbst betrachtet und für wahrhaftig und dennoch schön empfunden. In jener Nacht drehte sie den Spiegel. Sie war angreifbar und gab sich hin, ohne dass sie in der Lage gewesen wäre nach dem Preis zu fragen. Es wäre geradezu absurd gewesen. Wer zögerte schon, wenn er bekam, wonach es ihn immer verlangt und wonach er ein Leben lang gesucht hatte. Auch wenn danach das Sterben einsetzen sollte. Nichts währte ewig, nur der Augenblick. Für jene Nacht war Louise selbst die atmende Welt; der Sehnsüchtige im Zuschauerraum, die treibende Lust, der webende süße Schmerz und die bröckelnde Fassade einer ungezügelten Spielerei. So also fühlte sich das Glück an.

KAPITEL 19

Am nächsten Morgen rauschte der Regen vor ihrem Fenster. Louise wachte vor Mimi auf und betrachtete einen Moment deren perfekten Körper, der sich Atemzug für Atemzug hob und senkte. Sie streckte die Hand aus, um Mimis Rücken zu streicheln, versagte es sich aber doch, sie wollte sie nicht wecken. Louise stand auf und schlich auf Zehenspitzen in die Küche, schloss die Tür hinter sich und begann, Frühstück zu machen. Leise deckte sie den Tisch, setzte Kaffee auf und erwärmte Milch, schnitt Brot und holte Marmelade aus dem Vorratsschrank. Vor sich hin summend schlug sie Eier in die Pfanne und ließ sie zu Rührei stocken. Sie fühlte sich derart beschwingt, sie hätte die ganze Welt umarmen können. Da wurde die Küchentür geöffnet. Mimi tapste auf nackten Sohlen herein, umarmte sie von hinten und küsste sie auf den Nacken. Louise drehte sich um und streichelte ihrer Freundin zart über die Wange. »Guten Morgen. Hast du gut geschlafen? Schau, ich habe Frühstück gemacht.«

Mimi ließ sich neben Louise nieder, streichelte mit der einen Hand ihren Unterarm und goss ihnen beiden Kaffee ein. »Neben dir ist an Schlaf kaum zu denken. Aber gegen Morgen habe ich dann selig geschlummert und geträumt.«

Louise griff nach einer Scheibe Brot, die sie mit Butter und Erdbeermarmelade vom Markt bestrich. Sie ließ erst Mimi abbeißen und nahm dann selbst einen Bissen. »Mit dir an der Seite schmeckt gleich alles doppelt so gut.« Mimis Wangen färbten sich ein wenig rot und Louise gab ihr einen marmeladensüßen Kuss auf ihre herrlich weichen Lippen.

Just in diesem Moment klingelte es. Louise war ehrlich überrascht, so früh am Morgen erwartete sie keinen Besuch. Sie erhob sich, um die Tür zu öffnen – und starrte dann ungläubig die Frau an, die da vor ihr stand. »Lily!« Ihre längst verloren geglaubte Freundin. Louise fiel ihr um den Hals. »Was machst du denn hier? Wie hast du mich gefunden?«

Mimi war ebenfalls vom Frühstückstisch aufgestanden. Neugierig und mit einem leisen Hauch von Misstrauen sah sie Lily an.

»Darf ich reinkommen?«

Louises Freude über den unerwarteten Besuch ihrer alten Freundin verschwand schlagartig, als deren Miene wie versteinert blieb. »Was ist passiert?« Noch während sie die Frage stellte, wusste sie bereits die Antwort. Lilys Worte gaben Louises düsterer Ahnung nur noch Gewissheit.

»Louise, es tut mir furchtbar leid, deine Mutter ist letzte Nacht gestorben.

Louise fühlte den Boden unter ihren Füßen schwanken. »Maman«, flüsterte sie. Das eben noch sanft-flutende Morgenlicht begann seltsam zu flackern, als habe es kein Zentrum mehr. Die Welt löste sich auf und verschwamm vor ihren Augen. Maman war tot. Und Louise war nicht bei ihr gewesen. Mimis lebendige Lippen. Haut, die sich an Haut rieb und Wärme erzeugte. Ein Frühling war nichts wert, wenn man ihn mitten im inneren Winter beging. Maman hatte für immer die Augen geschlossen, und nichts war mehr aus der Welt zu schaffen. Es würde keine Aussprache mehr geben, keine Versöhnung, keine Umarmung. Louise hatte doch zu ihr fahren wollen. Warum hatte sie es nicht längst getan? Vielleicht hätte sie Maman ja ohne Betty angetroffen. Vielleicht wäre Maman sogar auf sie zugekommen? Sie hätte ein viel besseres Leben haben können, wenn sie nur nicht so stur gewesen wäre. Maman hatte sie kein einziges Mal auf der Bühne tanzen sehen. Mimi nahm sie wortlos in die Arme, doch Louise befreite sich daraus. Sie sah erst Mimi, dann Lily an. »Fahren wir nach Clichy«, sagte sie. Ihre Stimme klang beherrscht, obwohl es in ihrem Inneren toste. »Aber vorher müssen wir bei Vic vorbei, sie muss es auch erfahren.«

Bevor Louise allerdings aufbrechen konnte, klopfte es erneut an der Tür. Valentin war gekommen, eine innere Unruhe habe ihn angetrieben, ließ er verlauten, ob sie ihn vielleicht brauche? Louise fiel ihm wortlos um den Hals. »Was ist geschehen, Louise?«

»Maman …« Mehr brachte sie nicht heraus. Sie würde in Tränen ausbrechen, wenn sie nur ein weiteres Wort sprach.

»Sie hat das Zeitliche gesegnet?«

Louise nickte. Die Tränen kamen nun doch und von ganz allein. Valentin nahm sie fest in die Arme. »Es tut mir so leid«, flüsterte er in ihr Haar.

»Du willst nach Clichy, nicht wahr? Ich kann dich fahren.«

»Uns«, warf Mimi ein. »Ich und …« Fragend sah sie Lily an.

»Lily«, sagte die leise. »Ich heiße Lily. Ich bin eine alte Freundin von Louise.«

»Ich und Lily, wir kommen auch mit«, erklärte Mimi bestimmt.

Louise warf ihr einen dankbaren Blick zu. Valentin betrachtete nachdenklich seine Kutsche. »Mit Vic und Louis wären wir dann zu sechst. Das könnte eng werden.«

»Ach, was«, sagte Mimi. »Lily und ich sind schmal, und Louis nehmen wir einfach auf den Schoß, das klappt schon.«

* * * * *

Vic starrte sie mit offenem Mund an und schüttelte vehement den Kopf. »Niemals fahren Louis und ich dorthin, niemals.«

Die Nachricht von Mamans Tod hatte ihre Schwester stärker getroffen, als Louise gedacht hatte. Sie war kreidebleich. Doch Vic war die Ältere. Sie musste sie nach Clichy begleiten. Nur gemeinsam würden sie Abschied von Maman nehmen können. Louise lehnte den Kopf an die Schulter ihrer Schwester, und Vic streichelte ihr über das Haar. Aber Louise weinte nicht, das übernahm Vic für sie, die auf einmal zitterte und von heftigen Schluchzern geschüttelt wurde.

Louis stand neben ihnen und sah verwirrt zwischen Vic und Louise hin und her. Er begriff nicht so recht, was geschehen war, er hatte seine Großmutter schließlich nie kennengelernt.

Sie stiegen alle zu Valentin in die Kutsche. Eng mussten sie zusammenrücken, aber es ging. Louise nahm ihren Neffen auf den Schoß und vergrub das Gesicht in seinem Rücken. Der Kleine drehte sich um, schlang seine Ärmchen um sie und brachte sie eben damit zum Weinen. Unsicher reichte er Louise sein eigenes zerdrücktes Stofftuch, und diese rührende Geste ließ Louise nur noch mehr wimmern.

Sie drückte ihren Neffen an sich. Mimi nahm Louis aus ihrem Klammergriff und setzte ihn sich selbst auf den Schoß. Sie sah Louise an und legte ihr eine Hand auf den Rücken. »Du musst atmen.« Sie machte es ihr vor. Ein und aus, ein und aus. »Atme, Louise!«

Mimis Rufen weckte Louise aus ihrer Starre. Sie öffnete den Mund und ließ die angestaute Luft entweichen. Der Sauerstoff strömte ganz von allein in ihre Brust zurück. Auch wenn er es zwischen ihren Weinkrämpfen schwer hatte. Ob sie um Maman oder um sich selbst trauerte, vermochte Louise nicht zu sagen. Vielleicht war es auch bloß die Last, die von ihr abfiel. Jetzt, wo Maman tot war, musste sie niemandem mehr gefallen.

Valentin stoppte die Kutsche vor ihrem alten Zuhause in Clichy und öffnete ihnen die Tür. Vic stieg zuerst aus, dann Louis und Mimi, anschließend Lily und zuletzt sie. Ihre Knie zitterten. Sie machte einen ersten Schritt auf den Boden und knickte um. Um ein Haar wäre sie der Vorsteherin vor die Füße gefallen. Alle hatten sie sich in Trauben vor dem Haus versammelt. Der Pfaffe, die Nachbarn, und ein wenig abseits, aber gut auszumachen, der Widerling Rémi. Alle starrten sie an, als wäre sie eine Aussätzige.

Was kümmerte Louise das dämliche Geglotze der Vorstadtbewohner und Wäscherinnen? Was hatte sie noch mit deren Weltordnung zu schaffen? Es konnte ihr doch gleich sein, ob sie sie ins Schwanken versetzte. Maman war tot – und niemand war daran ohne Schuld. Sie alle hatten ihren Teil dazu beigetragen. Louise war feige und dumm gewesen. Sie hatte Maman nicht mehr wiedergesehen. Es war zu spät, es ließ sich nicht rückgängig machen. Lily stand immer noch neben ihr und sah sie mitleidsvoll an. Sie hatte die ganze Zeit kein Wort gesprochen. Louise bahnte sich ihren Weg durch die umstehende Menge ins Treppenhaus. Niemand umarmte sie oder sprach ihr sein Beileid aus, aber alle machten sie ihr Platz, keiner hielt sie auf. Sie schritt die wie einst knarzenden Stufen nach oben. Noch immer hing der Kohlgeruch im Treppenhaus. Noch immer roch es nach Abwaschwasser und Mief, nach Schmutz und nach Schweiß. Sie nahm zwei Stufen auf einmal. Es drängte sie weiterzugehen, auch wenn der aufdringliche und penetrante Geruch, süßlich und klebrig mit einer seltsam würzigen Note darin, einen Fluchtinstinkt in ihr wachrief. Sie war einmal geflohen, vor langer Zeit schon. Sie würde es nicht noch einmal tun. Der Wunsch, Maman noch einmal zu sehen, war übermächtig. Der Suppenlöffel lag auf dem Boden. Neben ihm ein paar krumme, schlecht geschälte Möhrenbrocken und ein fetter Film Brühe. Maman war mal wieder ausgerutscht. Nur dieses Mal war niemand bei ihr gewesen. Maman hatte Gestank immer verabscheut. Nun roch sie selbst nach dampfendem Kot und der widerwärtigen Süße, die dem Verwesungsgeruch zu eigen war. Auf der alten Matratze hatten sie sie aufgebahrt. Bis zu ihrem Aufbruch hatte Louise dort, Nacht für Nacht, neben Maman gelegen. Die Trauergäste waren Louise von der Straße bis ins Zimmer gefolgt. Die blanke Neugier musste sie hierhergeführt haben. Sie lechzten nach Louises Erschütterung, wollten mit eigenen Augen sehen, wie höllisch sie litt. Und wenn sie sich vor ihnen zusammennahm und keine Regung zeigte, würden sie sich eben darüber das Maul zerreißen. In der Vorstadt geschah nie etwas und wo nichts geschah, gierte man nach jeder Aufregung, die sich bot. Sie trauerten nicht um die Frau aus ihrer Mitte und fühlten nicht mit deren Töchtern. Die waren bloß ein gefundenes Fressen für den Verrat und die Einsamkeit, die in ihnen selbst wohnte.

Der Pfarrer, Lily, Betty und einige Nachbarn drängten sich ins Zimmer. Mit einigem Abstand folgte ihnen Rémi. Sie erkannte ihn am Rhythmus seiner leicht schlurfenden Schritte und dem Klang seiner Stiefel. Louise drehte sich nicht um. Die Anwesenheit der anderen machte sie aber nicht an den Schritten fest, die sich ihr näherten, sondern an den Kerzen, die sie trugen. Ihr flackernder Schein erhellte den düsteren Raum. Louise beachtete sie nicht. Sie hatte einiges zu erledigen. Sie schnappte sich den Eimer in der Ecke am Fenster und trug ihn zum Waschbecken, neben dem ein fein bemalter Porzellankrug mit Wasser stand. Der einzige Gegenstand im Raum, den sie nicht von früher kannte. Jemand musste ihn nach ihrer Flucht hierhergebracht haben. Louise füllte etwas Wasser in den Eimer. Einen frischen Waschlappen und ein sauberes Handtuch fand sie in der kleinen Kommode. Sie brauchte nicht lange zu suchen, Maman hatte diese Dinge immer dort aufbewahrt.

»Geht jetzt.« Louise drehte sich zu den Menschen um, die einmal zu ihrem Leben gehört hatten. »Ich muss Maman waschen.« Sie zischte die Worte mehr, als dass sie sie sprach. Die Nachbarn leisteten ihrer Aufforderung umgehend Folge. Sie schüttelten weder ihr noch Vic die Hand und sprachen ihnen auch kein Beileid aus. Einerseits schienen sie froh darüber, nicht dabei helfen zu müssen, die Tote zu waschen, andererseits wirkten sie enttäuscht, nicht weiter miterleben zu dürfen, wie die treulosen Töchter sich grämten. Rémi machte seinen Froschlippenmund in Zeitlupe auf und wieder zu. Er hatte wohl etwas äußern wollen, verstummte aber, als sein Blick auf Valentin fiel. Er war eindeutig der besseren Gesellschaft zuzuordnen und legte schützend seinen Arm um Louise. Lily suchte in Louises Blick nach etwas wie Verständnis oder Vergebung, aber Louise hatte keine Kraft, sich mit ihr auseinanderzusetzen. Ihre Leben hatten sich gekreuzt, berührt und verloren. Es war nicht die Zeit, das zu ändern. Zuletzt ging auch der Pfaffe, der sich wohl überflüssig vorkam. Alle seine Schäfchen hatten den Ort des Frevels schon verlassen. Er zog den Hut vor Maman, betete ein Vaterunser und ging grußlos von dannen. Nur Betty blieb stur und eisern zwischen Vic, Louis und Valentin stehen. »Ich habe sie bis zuletzt gepflegt, ich gehe nicht, nur weil die verlorenen Töchter meinen, aus dem verfluchten Montmartre in unserem beschaulichen Clichy auftauchen zu müssen. Eure geheuchelte Reue bringt eurer Mutter nun nichts mehr.«

Louise trat dicht an Betty heran und verschränkte die Arme vor der Brust. Schweigend standen sie sich gegenüber.

»Ich bereue gar nichts.« Louise ballte die Faust in der Tasche ihres Kleides. Ihre Stimme klang gepresst und um Beherrschung bemüht. »Du hast sie in ihrem eigenen Dreck liegen lassen. Wenn du glaubst, es besser zu können, tu dir keinen Zwang an.« Louise hatte Betty noch nie geduzt, das Privileg stand der Vorsteherin zu. Sie hielt ihr den tropfenden Waschlappen entgegen.

Betty schüttelte sich. »Von einer wie dir lasse ich mir gar nichts sagen. Du warst immer schon aufsässig und unverschämt. Was du, deine verkommene Schwester und das restliche Gesindel hier tun, ist Hausfriedensbruch. Diese Wohnung ist noch immer mein Eigentum.« Damit drehte Betty sich auf dem Absatz um. An der Tür hielt sie noch einmal inne. »Ich gehe zur Polizei. Ihr werdet nicht viel Zeit haben. Hier ist nichts zu holen. Und damit du es weißt, Louise, ich habe dich gesehen, wie du hinter der Trauerweide auf sie gelauert hast. Wie eine Diebin. Du hattest nie den Mumm, aus dem Schatten zu treten und zu deinen Taten zu stehen. Du trägst einen falschen Namen und lässt dich für äußerst zweifelhaften Ruhm bezahlen. Du warst ein Nichts und bist ein Nichts geblieben.«

Vic schloss die Tür hinter Betty, die es offenbar nicht für nötig empfand, sie zuzumachen. Die Vorsteherin rauschte davon und rief noch im Stiegenhaus: »Verfluchte Huren, macht, dass ihr aus meiner Wohnung kommt. Eure Mutter hat genug gelitten. Sie braucht eure Schande nicht auch noch im Tod ertragen. Vermaledeites Pack. Schert euch zum Teufel!« Bettys Stimme wurde mit jeder Etage, die sie sich entfernte, leiser.

Louise atmete tief durch. Noch immer hielt sie den nassen Waschlappen in der Hand. In der Zwischenzeit hatten Vic und Mimi Maman von ihren schmutzstarren Kleidern befreit. Dünn und nackt lag sie vor ihnen auf der Matratze. Die fahle Haut übersät mit kleinen Falten und Flecken, die der Tod ihr gemalt hatte. Valentin schloss Mamans Augen. Er gehörte längst zu Louises Wahlfamilie. Er war der große Bruder, den sie sich immer gewünscht hatte. Daran war

nichts Frevelhaftes, auch wenn Maman einen Fremden sicher nicht
an ihrem Totenbett geduldet hätte. Louise duldete ihn nicht nur, sie
liebte ihn, wie sie einen Mann nur lieben konnte. Louis saß stumm
am Küchentisch und sah dem Treiben zu. Das arme Kind, hoffentlich
verstörte ihn das Ganze nicht allzu sehr.

Louise wusch Mamans Gesicht mit kaltem Wasser. Sie wrang den
Waschlappen immer wieder aus. Sie kippte das dreckige Eimerwas-
ser aus dem Fenster auf die Straße, füllte neues aus dem Krug nach
und tauchte den Waschlappen mit hochgekrempelten Armen wieder
ein. Ihre Hände wurden rot von der Kälte, aber sie spürte es kaum.
Mamans Hände, ihren Bauch und ihr Geschlecht, ihre Beine und ihre
Füße reinigte sie mit einer Gewissenhaftigkeit, die sie nicht einmal
an den Tag legte, wenn sie sich selbst wusch. Valentin half Louise,
die Tote zu wenden. Sie wusch ihr auch den Rücken, den Hals und
den Po. Sie tat es zärtlich, es war ihr Gebet um Vergebung. Jede Falte
ihres Körpers trocknete Louise, bevor sie Maman das Sonntagskleid
anzogen, das fein säuberlich auf einem Bügel im Schrank hing. Dann
legte sie ihr eines ihrer feinen Seidentücher um die Schultern. Später
platzierten sie sich rund um Mamans Matratze herum. Vic nahm
Mamans Hand und Louise kämmte ihr das aschgrau gewordene
Haar. Es war noch immer voll und schön, und es glänzte lebendig.
Mimi summte vor sich hin, eine zarte und zugleich wilde Melodie.
Louise erhob sich, um das Fenster zu öffnen.

Das letzte Mal, als sie hier gestanden und den Himmel über Clichy
betrachtet hatte, war sie eine andere gewesen. Von einem neuen, wa-
gemutigen Leben hatte sie geträumt – und es bekommen. Sie hatte
getanzt und getobt, war über Grenzen gegangen, die man ihr gesetzt
hatte – und über sich selbst hinausgewachsen. Von dort, wo sie nun
war, erkannte sie ihre Wurzeln nur noch schemenhaft. Das war auch
nicht nötig. Wer sah schon gern auf den Boden, wenn er den Sternen so nah war? Und doch saß sie nun in jenem Zimmer, das sie mit
Maman geteilt hatte. Hier hatte alles angefangen, in diesem Bienen-
stock. Vic und sie waren von hier ausgeschwärmt und hatten einen
neuen Staat gegründet. Sie hatten ihre sterbende Königin ihrem

Schicksal überlassen. Louise war ihre Nachfolgerin, selbst eine Königin, die Königin des *Moulin Rouge*. Maman hatte sie nicht retten können, denn sie hatte nicht gerettet werden wollen.

Louise sah Mimi an. Sie wusste, dass ihre Freundin fest daran glaubte, dass die Seele nach dem physischen Tod dem Körper entstieg. Mimi begegnete ihrem Blick, nickte Louise zu und lächelte. Louise hätte sich am liebsten in dieses warme Lächeln hineingelegt und geborgen in Mimis Armen geschlafen, um alles zu vergessen. Und wenn Mimi am Ende doch recht hatte? Dann würde Mamans Seele bald Abschied von ihr nehmen und fliegen lernen.

Im Stiegenhaus lärmten Schritte. Sie kamen näher. Fäuste donnerten gegen die Tür. »Öffnen Sie! Hier spricht die Polizei.«

Louise griff nach Mimis Hand und rührte sich nicht mehr vom Fleck. Vic blieb wie erstarrt neben Maman auf der Matratze sitzen. Wieder war das Donnern der Fäuste auf dem Holz zu hören. Würde die Tür nachgeben und splittern? Valentin setzte sich in Bewegung und öffnete sie einen Spaltbreit. »Die Herren? Was kann ich für Sie tun? Haben Sie bitte Verständnis, wir halten Totenwache.«

Einer der Polizisten stieß Valentin unsanft zur Seite und verschaffte sich Zutritt, die anderen beiden folgten ihm. Die Beamten trugen Schnauzbart, eine hochgeschlossene Uniform und ein Käppi auf dem Kopf. In der Hand hielten sie einen Säbel und in ihrer Tasche steckte ein Schlagstock. Den Dienstälteren schätzte Louise auf Mitte vierzig. Der andere war deutlich jünger. »Unser Beileid«, sagte er und fuhr ungerührt fort: »Es ist unsere Aufgabe, Eigentum zu schützen. Madame Mouron konnte nachweisen, dass sie die Besitzerin dieses Wohnblocks ist. Wir müssen Sie daher auffordern, augenblicklich zu gehen. Madame verzichtet auf eine Anzeige wegen Hausfriedensbruches, wenn Sie dieser Anordnung unverzüglich Folge leisten. Sie sieht davon ab, weil sie sich der Toten verpflichtet fühlt.«

»Die Verstorbene, Gott hab sie selig, ist unsere Maman.« Louise zeigte auf sich und Vic. »Wir wollen uns doch nur von ihr verabschieden.«

»Meine Damen, es tut mir aufrichtig leid, aber wir dürfen Hausfriedensbruch auf keinen Fall dulden. Die Beerdigung findet am Sonntag in unserer Kirche statt. Ihre Mutter wird auf dem angrenzenden Friedhof beigesetzt. Dort können Sie Abschied nehmen. Madame Mouron hat bereits alles Nötige veranlasst.«

»So einfach ist es leider nicht.« Betty klopfte dem Älteren auf den Oberarm und lächelte süßlich. Auch mit ihren Stiefeln reichte sie ihm nicht einmal bis zu den Schultern. »Der Herr Pfarrer duldet keine Kokotten auf dem Friedhof und schon gar nicht in seiner heiligen Kirche.«

»Wir werden da sein«, entgegnete Vic. »Wir sind angesehene Tänzerinnen des *Moulin Rouge*, keine Damen des horizontalen Gewerbes.«

Louise kramte eine Zigarette aus ihrer Handtasche hervor, entzündete sie und blies dem Jüngeren der beiden den Rauch ins Gesicht. »Wir werden uns von ein paar Vorstadtpolizisten nicht verbieten lassen, unsere Mutter mit gebührendem Glanz und Gloria zu verabschieden.«

»Glanz und Gloria.« Betty zeigte mit dem Finger auf sie und lachte spöttisch. »Dass ich nicht lachte.«

Da wandte Mimi sich an Betty und stemmte die Hände in die Hüften. Sie war die ganze Zeit still im Hintergrund geblieben. »Es ist absolut widerwärtig, wie Sie sich vor der Toten gebärden. Sie sollten sich schämen!«

»Und Sie sind?«, fragte Betty.

Louise drängte sich zwischen die beiden und stellte sich schützend vor Mimi. »Das geht dich einen feuchten Kehricht an, Betty.«

Die Vorsteherin überging Louises Provokation. »Schaut euch doch hier nur mal um. Von Glanz und Gloria keine Spur. Bloß ein vergebliches graues Leben, das verblichen ist.«

Louise verstand sich trefflich aufs Fluchen und Schimpfen, war ansonsten aber nicht unbedingt eine Meisterin der Worte. Sie ballte die Hand zur Faust, holte einmal kräftig aus und schlug Betty mitten ins Gesicht. Die beiden Polizisten waren derart konsterniert ob der Tatsache, dass eine Frau auf eine andere einschlug, dass sie erst mit deutlicher Verzögerung reagierten. Da hatte Louise sich schon in Bettys Arm verbissen, in ihren Haaren festgekrallt und die ehemalige Vorsteherin brutal zu Boden gerissen.

»Auseinander, die Damen, das ist eine polizeiliche Anordnung. Störung der Totenruhe ist es obendrein.«

Louise hörte die Stimme des Jüngelchens nur im Hintergrund. Mit Aicha lieferte sie sich regelmäßig Kämpfe auf der Brücke unweit des *Moulin Rouge*, doch Betty war keine würdige Gegnerin. Sie wehrte sich kaum, zerrte nicht an ihrer Kleidung und versuchte nicht einmal, Louise zu kratzen. Es war leicht, sie zu überwältigen, sodass sie auf dem Rücken zu liegen kam. Louise setzte sich auf sie und spuckte ihrer ehemaligen Vorsteherin mitten ins Gesicht.

* * * * *

Am vierten Tag nach dem Eklat kroch sie aus dem Bett. Ihre Vorräte waren aufgebraucht, der Rotwein neigte sich dem Ende zu und Valentins Sturmklingeln konnte sie nicht länger ignorieren. Sie sah furchtbar aus. Dafür hätte sie nicht einmal in den Spiegel blicken müssen. Sie tat es dennoch. Ihr Haar stand in alle Richtungen ab, sie stank nach einer Mischung aus saurem Schweiß und dem alten Käse, von dem sie sich in letzter Zeit ausschließlich ernährt hatte. Und sie war dehydriert. Sie brauchte dringend Wasser.

Nach dem Vorfall in Mamans Wohnung hatte Valentin es irgendwie geschafft, die Polizisten davon zu überzeugen, von einer Anzeige abzusehen. Wahrscheinlich hatte er ihnen Geld zugesteckt, käuflich waren sie schließlich alle. Es war immer nur eine Frage des Preises. Anschließend hatte er sie alle nach Hause gefahren und Louise dann auf ihre Bitte hin allein gelassen. Sie hatte niemanden sehen wollen, kein Mitleid ertragen können.

Sie öffnete, als es erneut klingelte. Vor Valentin brauchte sie keine Geheimnisse zu haben. Draußen stand aber nicht Valentin, sondern Mimi. Sie war ganz in Schwarz gekleidet und atmete sichtlich auf, als sie Louise sah. Louise war kurz davor, die Tür wieder zuzuschlagen, aber die Erleichterung in Mimis Blick rührte sie.

»Dann komm eben rein, wenn es anders nicht geht.«

Mimi hatte zwei Körbe dabei. In einem lag strahlend weiße Wäsche, ordentlich aufeinandergeschichtet, im anderen befanden sich zwei Flaschen Wasser, Trauben, frisches Brot, Butter und Erdbeermarmelade.

»Woher weißt du, dass ich am Verdursten bin?«

Mimi strich ihr übers Haar. »Wusste ich nicht. Ich dachte nur, wir könnten zusammen frühstücken. Heute Nachmittag ist die Beerdigung eurer Maman. Das halbe *Moulin Rouge* ist auf den Beinen. Sogar Aicha zeigt sich solidarisch und Oller höchstpersönlich hat uns seine Unterstützung zugesagt. Wir werden Vic und dir unser Geleit geben. Die Polizei kann uns ja nicht alle ins Zuchthaus stecken. Wir gehen nicht zum Trauergottesdienst, aber auf dem Friedhof werden wir sein, wenn sie eure Maman bestatten.«

Louise winkte ab. »Dieses Kapitel meines Lebens ist endgültig vorbei. Jetzt beginnt ein neues. Lass uns frühstücken.« Wenn Louise einen Entschluss gefasst hatte, hielt sie daran fest. Keinen Fuß würde sie mehr nach Clichy setzen. Genug war genug. Sie ließ sich auf einen Stuhl fallen und trank bereitwillig Glas um Glas Wasser, das Mimi ihr vorsetzte.

»Von den Trauben kannst du ruhig essen, ich habe sie gewaschen«, sagte Mimi.

Louise holte Teller und Besteck, mehr schaffte sie nicht. Ihre Beine trugen sie kaum mehr und ihre Glieder waren schwer vom tagelangen Im-Bett-liegen.

»Willst du es dir nicht doch noch mal überlegen?«, fragte Mimi. »Wegen der Beerdigung, meine ich.«

Louise antwortete nicht. Es war alles gesagt, ihr Entschluss stand fest. Das musste auch Mimi verstehen. Louise brauchte keinen Rat, und sie gehorchte niemandem. Dieses Privileg hatte sie sich hart erkämpft.

»Schmeckt dir die Erdbeermarmelade?«, fragte Mimi.

»Etwas Besseres hättest du nicht mitbringen können.«

»Ich habe sie selbst gemacht.« Mimi schien zu spüren, dass es besser war, diese harmlosen Gesprächsthemen fortzuführen.

Louise stand auf, schob ihren Stuhl zurück und leckte sich über die marmeladenverschmierten Lippen. Reste klebten noch an ihrem Mund, als sie Mimi küsste.

* * * * *

Louise hielt an ihrem Entschluss fest. Auch als Oller, Aicha, der gute Henri – mit Auguste, Adolphe, Paul, Francine und dem *Pétomane*, dem begabten Kunstfurzer, im Schlepptau – nach Clichy aufbrachen. Sie umarmte Vic. »Verzeih mir, dass ich nicht mitkomme.« Louise sah es in Vics Augen. Ihre Schwester begriff, was keinem ihrer Freunde und Kollegen einleuchtete: Es war allein Louises Entscheidung. Sie musste damit weiterleben – und sie konnte sich einfach nicht überwinden. Zu Mamans Beerdigung zu fahren wäre geheuchelt gewesen. Valentin hatte die Kutschen organisiert. Er und der Konvoi hinter ihm hielten vor ihrem Haus. Sie ließ Vic los, die sie zum Abschied noch einmal auf die Wange küsste, bevor sie zu Valentin und Mimi in die Kutsche kletterte.

»Du stehst doch sonst immer in der ersten Reihe, wenn du etwas unrecht findest. Ausgerechnet jetzt drückst du dich vor einem Pfaffen und einer sturen Vorstadtgemeinschaft. Willst du das wirklich auf dir sitzen lassen?« Aichas unangenehm hohe Stimme tönte aus dem Kutschenfenster. Aber Louise hatte heute keine Kraft für eine Auseinandersetzung mit Aicha. Wofür hätte sie sich auch verteidigen oder gar kämpfen sollen? Es war ja nicht so, dass sie sich dem Druck der anderen oder gar einem Verbot beugte. Es war bloß kein Wille mehr in ihr, für Maman aufzubegehren. Das mussten Vic, Valentin und die anderen für sie erledigen. Aicha schüttelte den Kopf über ihr Schweigen, und Valentin winkte ihr lächelnd zu, bevor er mit Vic und Louis davonfuhr.

Louise blieb allein in ihrem Haus zurück. Sie winkte der langen

Reihe Kutschen nach und flüsterte: »*Au revoir*, Maman. Flieg weit, weit fort.«

Das erste Mal in ihrem Leben war sie wirklich frei und niemandem mehr verpflichtet.

* * * * *

Die Probebühne war leer. Nur Monsieur Robert war mal wieder über dem Klavier eingenickt und schnarchte. Das *Moulin Rouge* hatte Ruhetag und das Ensemble hatte das genutzt und war beinahe geschlossen nach Clichy gefahren. Louise schlich sich auf Zehenspitzen zu Monsieur Robert und tippte ihm von hinten auf die Schulter. Der Alte brummte und hob leicht den Kopf.

»Spielen Sie für mich, Monsieur? Ich muss wieder auf die Beine kommen. Ich habe mich lange genug verkrochen.«

Es kam Leben in den überalterten Korrepetitor, als er ihre Stimme vernahm.

»Kindchen«, sagte er, drehte sich zu ihr um und musterte sie mit freundlichem Blick. »Es tut mir so leid mit deiner Maman. Dass die Schweinenasen und Pfaffen und Seligmacher die Töchter nicht zur Beerdigung ihrer Mutter lassen wollen! Grausam ist das! Aber warum bist du hier? Du solltest doch mit den anderen den Aufstand proben. Kindchen, was ist denn los?«

Louise zuckte mit den Schultern und legte den Kopf schief. Sie war kein Kind mehr, niemandes Kind. »Gar nichts. Ich will nur keinem dieser Heuchler ins Gesicht schauen. Ich mache lieber, was ich am besten kann: Tanzen. Spielen Sie für mich, Monsieur Robert?«

»Es tut mir leid, wenn ich dir das sagen muss.« Monsieur Robert kämpfte sich mit zittrigen Beinen vom Klavierstuhl hoch und schob ihn sacht zurück. Der Korrepetitor schüttelte bedächtig den Kopf. »Den wesentlichen Dingen entkommt man nicht durchs Tanzen. Man wird es einfach nicht los, wenn man es nicht ganz genau unter die Lupe nimmt und lange genug anschaut.« Er drehte sich um und schlurfte in seinen Hausschuhen im Schildkrötentempo davon.

Louise holte ihn rasch ein. »Ich muss aber tanzen, Monsieur, und ohne Sie fehlt die Musik. Bitte, Sie retten mir damit das Leben.«

Monsieur Robert ließ sich nicht beirren. Sicher schmerzte jede Bewegung in seinen alten Knochen, aber er blieb nicht stehen. »Du schadest dir selbst, Kindchen. Merkst du das nicht? Fahr nach Clichy, bevor es zu spät ist.«

Louise blieb hinter Monsieur Robert zurück. Verstehe doch einer die Alten. Sie hatte Besseres zu tun, als zuzusehen, wie sie Maman in ein kaltes, einsames Loch hinabließen. Warum sollte Louise einem leblosen Körper ihre Aufwartung machen, warum dabei Vics Hand halten und den Schmerz noch einmal erleben? Louise brauchte den alten Robert gar nicht mehr, um die Musik zu hören, die in ihrem Inneren erklang. Erst das Klavier, dann die Tuba und schließlich die wilden Flötenläufe. Nichts passte zusammen, aber genau so war es richtig. Sie musste nur die Schritte zu ihrer eigenen Musik finden. Für die Choreografie war immer Valentin zuständig gewesen. Er kreierte die herrlichen und gewagten Kombinationen und durch Louise fanden sie ihren Weg in die Welt und hallten dort in den Menschen nach. Nun war sie allein. Monsieur Robert war fort und Valentin beerdigte mit ihren Freunden Maman.

Die Erde war schon ausgehoben und Louise starrte ins offene Grab. Ein Paukenschlag. Ihr Bein schnellte in die Höhe und dann sprang sie. Sie wirbelte um sich selbst. So ähnlich hatte sie es einmal im klassischen Ballett gesehen. Louise löste ihren Dutt. Sie wollte, dass ihre Haare flogen. Einer warf die erste Schaufel mit bröckelnd feuchter Erde in das dunkle Loch. Der Haufen Erde krachte auf den Sarg. Die Trompeten spielten dazu leise singend im Chor. Louises Haare fielen auf ihre Schultern und einzelne Strähnen in ihr Gesicht. Dicke Tränen nässten ihre Wangen. Sie rannte einmal quer über die Bühne. Ein Tanz war das nicht, und schon gar kein Tanz, der für Zuschauer bestimmt war. Aber Louise würde nicht nachlassen. Sie würde schneller sein als der verdammte Tod, dieser Gevatter, den sie noch lange nicht willkommen heißen wollte. Wenn es nach ihr ging, konnte der sich in Luft auflösen. Etwas Sinnloseres als den Tod konnte sie sich nicht vorstellen. Ein letzter hoher Sprung. Sie kam leicht schräg auf dem Tanzboden auf. Ihr Fuß knickte um. Sie fiel zur Seite und blieb atemlos liegen. Es fiel Louise schwer, die Augen offen zu halten, die Bühne drehte sich, das Bild stand einfach nicht still; als säße sie in einem Kettenkarussell und die Welt flöge an ihr vorüber. Schweiß stand ihr auf der Stirn und sie fror. Es war mal wieder an der Zeit. Louise würde sich später etwas Stärkeres als Tee oder Wasser genehmigen. Valentin hätte sie schon für den Gedanken gerügt. Sie hatte ihm versprochen, nicht allein zu trinken – und ein Versprechen an ihn war ein Versprechen an sich selbst. Sie beide erzählten sich jedes Geheimnis, verbargen nichts voreinander und muteten sich alles zu. Das war das Beste an ihrer Freundschaft. Miteinander konnten sie sich selbst besser ertragen. Aber dieses eine Mal? Maman war tot, Louises früheres Leben endgültig ausgelöscht. Wie schnell alles vorüberging. Sie hatte allen Grund, das Glas auf das Leben zu erheben. Auch auf Valentin, der ihr die Aufgabe abnahm und in Mamans offenes Grab starrte. Er würde es ja nicht erfahren. Dieses eine Geheimnis würde Louise für sich behalten, so wie Valentin ihr auch nicht erzählt hatte, dass er viel zu häufig Opium im Elefanten rauchte, wenn sie nicht dabei war. Aicha hatte es ihr verraten. Valentin, der nicht mal den herausragenden Cabernet Sauvignon oder den herrlichen Grenache Noir anrührte, ließ sich im Elefantenbauch gehen und gab sich dieser Droge hin. Das *Moulin Rouge* war eben ein Ort der Sünde und des Glücks, sie beide würden das nicht ändern.

»Mademoiselle *Goulue*, was ist mit Ihnen?«

Das musste Monsieur Robert sein, der zurückgekommen war. Warum sprach er sie so seltsam an? Mademoiselle, so nannte sie hier niemand.

»Mademoiselle?«

Er schlug ihr mit der flachen Hand mehrmals sanft auf die Wange. Seine Stimme klang viel heller und jugendlicher als sonst.

»Mademoiselle?«

Sie schlug die Augen auf. Monsieur Roberts hatte keine Halbglatze mehr, seine Haare waren voll und von einem schimmernden

Goldblond. Seine Augen lagen auch nicht mehr unter einem Faltenberg und seine Iris hatte die Farbe gewechselt. Sie changierte zwischen frischem hellem Grün und einem glasklaren Bergseeblau. Er half Louise ins Sitzen zu kommen. »Ich habe Sie tanzen sehen, Mademoiselle *Goulue*. Was für eine Kraft treibt Sie nur an? Bemerkenswert ist das, wirklich bemerkenswert.«

Vor Louise stand ein von der Natur mit ebenmäßiger Schönheit verwöhnter Fremder. Er schien jünger als sie selbst und voller Tatdrang. Nichts an ihm wirkte verkehrt ins Leben gebaut, nichts war schon aus der Form geraten, ein kleines vollkommenes Wunderwerk. Ein paar Ecken und Kanten hätten Louise durchaus gefallen, aber da war nichts, was sie erkennen konnte. Nur ein freundliches Lächeln und gegen das war nichts einzuwenden.

»Und Sie sind? Was tun Sie auf meiner Bühne?« Sie klang schroffer, als sie beabsichtigt hatte.

Er machte eine Verbeugung. »Nicolas Droxler, Mademoiselle. Ich arbeite auf den großen Jahrmärkten und halte die Augen und Ohren auf für wahre Talente. Über Sie munkelt man, Sie könnten sogar Raubtiere in Ihren Bann ziehen und Sie befehligen. Ich muss sagen, wenn ich Sie betrachte, glaube ich das Gerücht gern.«

Mit Schmeicheleien brauchte man ihr nicht zu kommen. Er spulte sein Programm ab, wie jeder, der probierte, bei ihr zu landen. Sie waren alle gleich, entweder scharf auf ihr kleines Vermögen oder sie wollten ein Stück von ihrem Ruhm abhaben. Dieses Exemplar, mit seinen goldblonden Locken und den Lachfältchen um seine leuchtend hellen Bergseeaugen, war aber verlockend jung und geradezu naiv in seinem ungetrübten Glauben daran, jede Frau mit ein wenig herzerweichendem Geflüster und Gesäusel betören zu können.

»Mademoiselle nennt mich hier niemand – und von einem wie dir lasse ich mir meinen Ruf als Königin der Halbwelt sicher nicht kaputt machen. Was willste von mir, Schönling?«

Er half ihr auf und verbeugte sich abermals.

»Jetzt reicht es aber mit der Verbeugerei. Raus mit der Sprache, was willst du von mir?«

Er pfiff durch die Finger. Von Weitem bellte es. Fantome! Sie rappelte sich auf und lief zur Tür, öffnete sie und trat auf den langen Gang. Da sah sie Fantome, ihren Pudellockenkopf, schon auf sie zu flitzen. Louise ging in die Knie, ein wenig taumelte sie noch dabei. Ihr war noch immer schwindlig. Fantome sprang freudig an ihr hoch, leckte ihre Nase und sprang ihr dann in die Arme. »Ich habe ihn doch extra zu Hause eingesperrt, damit er nicht wieder davonläuft.«

Der Fremde war ihr gefolgt, stand nun vor ihr und lächelte auf sie herab. »Mademoiselle *Goulue*, ich will aufrichtig sein. Ich bin einen Umweg gelaufen, an Ihrem Garten vorbei. Ich war neugierig darauf, wie Sie wohl wohnen, und wollte mich bei der Gelegenheit persönlich bei Ihnen vorstellen. Es war niemand da, nur Ihr Hund, und der ist einfach über den Zaun gesprungen, als er mich sah, und mir vorausgelaufen. Als hätte er gewusst, dass ich zu Ihnen will, hat er mich hierhergeführt.«

Sie musterte ihn. Er wirkte, als könne er kein Wässerchen trüben. »Du hast mir also meinen entlaufenen Hund gebracht.« Louise küsste ihn auf die Wange. Sein Gesicht lief nicht rot an, wie das vieler junger Verehrer, die kein Geld und keinen Anstand hatten. Er zitterte auch nicht vor Aufregung, weil er seinem Idol gegenüberstand, und er schwärmte offenbar nicht so von ihr, wie es die Männer taten, die sie wahrhaft besitzen wollten. All das zusammengenommen weckte einen Funken Neugier in ihr.

»*Exactement.*« Er lächelte breit.

»Schön, aber du bist ja immer noch da. Falls du meinen kleinen Kuss nicht verstanden haben solltest, ich habe mich bloß bei dir bedankt. Für einen Mann mit Manieren wäre es nun an der Zeit zu gehen.«

Er tat einen Schritt auf sie zu und schlang seine Arme um ihre Taille. Sie holte schon zur Ohrfeige aus, da küsste er sie auf die zweite Wange, auf die Nasenspitze und die Augenlider. Fantome war das zu eng, er sprang Louise vom Arm und bellte. Dann legte er sich auf ihre Füße. Sie ließ ihre Hand wieder sinken. Die Küsse des Fremden legten sich wie Balsam auf ihre offenen Seelenwunden. Es war einfach alles zu viel gewesen. Zu viel Nähe, zu viel Tod. Ihm aber hatte sie nichts versprochen und er war unverschämt genug, dass sie ihn jederzeit einfach wieder vor die Tür setzen konnte. Ihm war sie nichts schuldig. »Wie war noch mal dein Name?«

Er antwortete nicht, sondern küsste stattdessen ihre Lippen, ihren Hals. Er fasste nach ihrer Hand und streichelte mit seiner freien Linken ihren Rücken hinab, bis zu ihrem Po. Wieder bellte Fantome und stand von ihren Füßen auf. Sie beachtete den Hund nicht weiter.

»Hier also bist du? Ich wollte nicht stören. Ich … ich hab mir nur Sorgen gemacht.«

Louise löste sich aus der engen Umarmung. Verdammter Mist! Das war Mimi, die da vor ihr stand.

»Hey, spionierst du mir etwa nach?«, fragte Louise.

Mimi schwieg.

»Ich habe dich etwas gefragt.«

Mimi schniefte in ihr Taschentuch und tupfte sich einige Tränen fort. Sie wäre bei ihr zu Hause gewesen und hätte sich gewundert, dass weder Fantome noch sie da gewesen seien. Sie hätte ja nicht ahnen können, dass … Sie wäre ins *Moulin Rouge* gekommen, weil sie Louise alles hatte erzählen wollen, von Clichy und der Bestattung und dem Chaos dort, bevor sie es von den anderen erfahren würde. Die Trauergäste hatten mit den Fingern auf Vic und ihren Sohn gezeigt und *Verräterin* gerufen. Wäre Valentin nicht gewesen, keine von ihnen hätte für Vics Unversehrtheit garantieren können. Sie hatten alle nur am Rand stehen dürfen, von dort aus hatten sie ihrer Maman ein Lied gesungen. Mimi öffnete die Arme und suchte nach ihrem Blick. Doch der Fremde zog Louise an sich und hielt sie fest. Sie ließ es geschehen. Das musste Mimi Zeichen genug sein. Über die Ereignisse auf Mamans Beerdigung wollte sie kein Wort mehr verlieren. Aber Mimi verstand offenbar nicht. Es verging eine kleine Ewigkeit, in der niemand sprach. Nicolas Droxler presste Louise an seine Brust, küsste sie auf Stirn und Wangen und lenkte sie dann sanft in den Proberaum zurück. Der Raum, der zwischen ihr und Mimi entstand, füllte sich mit aufgewirbelten, ungeordneten Gefühlen.

Nichts war mehr zuzuordnen, alles ging durcheinander und ineinander über.

»Komm schon, Louise.« Mimi war ihr in den Proberaum gefolgt. Sie griff nach Louises Hand, doch Louise wich ihr aus. Sie sollte mit ihr kommen, so viel begriff sie. Mimi wollte sie für sich allein haben. So lief das Leben und Lieben im *Moulin Rouge* aber nicht, auch nicht zwischen ihnen beiden. Niemand würde je von der *Goulue* Besitz ergreifen, niemandem war sie eine Erklärung schuldig. Es ging Mimi nichts an, wo sie sich aufhielt und wie lange sie fortblieb. Sie würde sich nicht rechtfertigen, wen sie küsste, nach welchem Körper und nach welcher Seele es sie verlangte. Sie hatte sich diese Freiheit erkämpft, Maman war darüber ohne sie gestorben. Niemals wieder würde sie ihr Leben an jemanden hängen. So etwas ging immer schief.

Louise zog Mimi näher zu sich heran. Mimis weiche, volle Lippen würden im Wechsel mit denen des Fremden besonders zart schmecken. Doch Mimi entwand sich ihr. Ohne ein weiteres Wort verließ sie die Probebühne und schloss sanft die Tür hinter sich.

KAPITEL 20

So ein Horoskop war doch ausgesprochener Unsinn! Wer wie sie an einem 12. Juli das Licht der Welt erblickt hatte, war offenbar unter der Sonne des Krebses geboren. Und was man Krebsgeborenen so alles nachsagte! Nichts davon traf auf sie zu. Empfindsam und mitfühlend, fürsorglich, planvoll und ausdauernd sollten Krebse angeblich sein. Dass sie nicht lachte. Sie legte das Schmierblatt beiseite. Sie interessierte sich mehr für die Moderne und den damit einhergehenden Fortschritt. Für Letzteres gab es immerhin eindrückliche Belege. Wenn sie sich recht erinnerte, war im März dieses eindrücklichen Jahres 1891 ein erstes Telefongespräch zwischen Paris und London geglückt. Wissenschaftler hatten, unterstützt von den Regierenden, extra dafür ein Nachrichtenkabel durch den Ärmelkanal legen lassen. Ein gewisser Otto Lilienthal hatte kurz darauf für Aufsehen gesorgt und einen erfolgreichen bemannten Gleitflug in Derwitz bei Potsdam gewagt. Wieder einmal gewannen die *boches* durch solche Wagnisse an Ansehen. Und was taten die Franzosen derweil? Louises Lieblingsmaler Gauguin, den sie leider noch nicht persönlich kennengelernt hatte, schiffte sich nach Tahiti ein, auf der Suche nach Licht und Farben. Sie hätte darauf schwören können, dass es ihm – wie allen Männern – bloß um Abwechslung bei den Frauen ging. Exotische Schönheiten ließen sich nicht nur lieben und malen, sondern fanden bestimmt auch Absatz. Am 1. April, daran erinnerte Louise sich genau, war die Meldung gekommen, dass eine Eisenbahnbrücke, die der große Gustave Eiffel für Münchenstein in der Schweiz entworfen hatte, über der Bris zusammengebrochen war. Ihr Nationalheld, dessen Eiffelturm zum Wahrzeichen von Paris geworden war, hatte mit seiner Brücke achtundsiebzig Menschen das Leben gekostet – und es gab mehr als einhundert Verletzte. Nun stand der Sommer schon wieder in den Startlöchern. Darauf würden, wie jedes Jahr, ein unwirtlicher Herbst und Winter folgen. Mit nichts anderem war zu rechnen. Immer dasselbe. Sogar der *butte* wurde Louise allmählich langweilig. Sie hatte alles schon gesehen, alles schon erlebt. Was zählte der Exzess noch, wenn man ihn täglich wiederholen konnte, und was die Freunde, wenn man sie in- und auswendig kannte? Im Alten lag keine Neuerung und im Neuen schimmerte das Altbekannte immer wieder auf.

Es klopfte an der Tür. Louise erhob sich seufzend von ihrem Sessel. Sie hatte zugenommen, seit sie ein finanzielles Polster hatte, und ihre drallen Rundungen hatten sich in Fettpolster verwandelt. Damit fiel ihr das Tanzen schwerer, aber es half ja nichts, es musste weitergehen. Louise schlurfte barfuß zur Tür. Wer kam zu so früher Stunde? Im *Moulin Rouge* war doch noch nichts los, heute gab es keine Probe, nur den Ball am Abend. Vielleicht war es ja Mimi, die Frühstück brachte und sich eine morgendliche Kuschelstunde erhoffte?

Louise öffnete. Draußen stand Henri. Die Freundschaft zu ihm rangierte gleich nach der zu Valentin. Kein Vergleich zu ihrem ersten Kennenlernen. Damals hatte sie ihn für einen Lackaffen ohne Talent gehalten. Aber seit er beinahe täglich ins *Moulin Rouge* kam, hatte sie ihre Einschätzung revidieren müssen. Henri zeichnete ein aufrichtiges Interesse für ihre Welt aus. Er sah Licht, wo Schatten regierten, und Schönheit nicht in den Fassaden der Mädchen, sondern in ihrer ganz eigenen Lebensrealität, die in allem ein Gegenbild zur bürgerlichen Gesellschaft darstellte. Henri wusste wohl, dass die Existenz der Tänzerinnen nicht immer bloß eine schillernde war, dass die Frauen an sich selbst und den Umständen litten, in denen sie lebten, tanzten und feierten. In eben dieser Gebrochenheit aber, im Gegensätzlichen vermochte er, wie kein anderer, ihre Wahrhaftigkeit zu erkennen. Er blendete ihren Schmerz nicht aus. Ohne Schmerz gab es keine Lust und die schimmernde Ambivalenz seiner Bilder machten sie erst interessant. Louise hatte Henri ins Herz geschlossen. Wie aus dem Ei gepellt sah er wieder aus, auch wenn er sich Mühe gab, unter den Bohemiens und Nachtvögeln nicht aufzufallen. Dass seine Mutter ihm regelmäßig Geld zukommen ließ – und dass er davon gut lebte –, konnte er allerdings nur schlecht verbergen, auch wenn er ansonsten alles daransetzte, seine adelige Herkunft zu verheimlichen.

Louise ließ ihn eintreten und schüttelte dabei den Kopf. »Mit dir habe ich nun wirklich nicht gerechnet.« Sie schlurfte zurück in die Küche und setzte sich vor ihre Kaffeetasse. »Komm rein und mach die Tür hinter dir zu. Den Kaffee musst du dir selbst zubereiten. Du weißt ja, wo du ihn findest.«

Sie hörte, wie Henri die quietschende Tür schloss. Er folgte ihr in die Küche, beugte sich zu ihr hinunter und küsste sie auf die Stirn. Dann machte er sich, ohne ein weiteres Wort darüber zu verlieren, daran, heißes Wasser für seinen Kaffee aufzubrühen.

»Ein Stelldichein kannst du heute vergessen, Henri. Ich bin noch fix und fertig von der Nacht. Und ja, ich habe sie allein zugebracht. Aber ich werde alt, Henri, alt und hässlich, und meine Knochen tun vom Tanzen weh.«

Henri lachte laut auf. Sein Lachen klang warm und freundlich. Louise hätte ihn stundenlang lachen hören können. Der Porzellanfilter in seiner Hand schepperte davon, er schlug ihn immer wieder gegen die Kanne.

»Nun pass doch auf. Ich habe keine Lust, einen neuen Filter zu erstehen.«

»Du wirst in drei Tagen gerade mal fünfundzwanzig, wenn ich dich daran erinnern darf. Von alt kann also keine Rede sein. Wenn du weniger Pralinen futterst, gehen die Pfunde ganz von allein fort und du springst wieder wie ein junges Reh. Dein Publikum liebt dich, Louise. Du hast schon jetzt geschafft, wofür andere ein Leben brauchen, den meisten gelingt nie, was du mit Leichtigkeit vollbracht hast.«

Louise griff in die Schachtel vor ihr, in der in buntem Einwickelpapier die Näschereien lagen. Sie wickelte eine Praline aus und steckte sie sich in den Mund. »Marc de Champagne«, nuschelte sie und kaute. »Willst du auch eine?«

Henri griff zu. »Cassis«, sagte er. »Eine so leuchtende Farbe. Solltest du öfter auf der Bühne tragen. Passt perfekt zu dir.« Er goss das heiße Wasser über den Filter. Ein Duft von karamellisierten Haselnüssen wehte Louise an.

Henri stellte die Kanne mitsamt Filteraufsatz auf den Küchentisch, brachte das Kännchen mit erwärmter Milch, das noch auf dem Herd gestanden hatte, mit und setzte sich Louise gegenüber. Er strahlte übers ganze Gesicht. Sie würde ihn nicht fragen müssen, was geschehen war, er würde es ihr gleich von selbst erzählen. Blieb nur die Frage, ob er sofort ausplappern würde, was ihn so glücklich stimmte, oder ob sie Geduld beweisen musste. Henri goss ihr Kaffee nach und schenkte sich selbst eine Tasse ein. Keine zwanzig Sekunden dauerte das. An das Tischbein hatte er seine große, schwere Mappe gelehnt. Die enthielt seine Skizzen, Zeichnungen und Gemälde, an denen er arbeitete. Er schleppte sie überallhin mit, auch ins *Moulin Rouge*. Ein wenig zitterte Henris Hand, als er die Kaffeetasse zu seinen Lippen führte, vorsichtig trank und sie wieder absetzte.

»Ich habe ein vorgezogenes Geburtstagsgeschenk für dich.«

»Ist es da drin?« Louise zeigte auf seine Mappe.

Er gab ihr keine Antwort, stand aber auf, nahm seine Mappe unter den Arm und ging geradewegs in ihr Schlafzimmer.

»Muss ich neuerdings schon für meine eigenen Geschenke in Naturalien bezahlen?« Sie zwinkerte ihm zu. Henri ging nicht darauf ein. Er legte die schwere Mappe auf ihr Bett und öffnete sie feierlich. Dabei zitterten seine Hände, als entkleide er eine anspruchsvolle Geliebte. »Ich habe so etwas noch nie gemacht. Ich wollte es nie tun, das schwöre ich dir. Aber Zidler hat auf mich eingeredet und mich bekniet. Die Kritiker werden sagen, dass so eine Lithografie keine Kunst ist, und sie haben recht. Aber etwas ist daran, ich weiß nur nicht genau, was. Lithografien sind genauso neu für mich wie für alle, verstehst du? Sei also nachsichtig mit mir. Die Plakate hängen in ganz Paris, und du und Valentin seid darauf zu sehen, verstehst du? Also mehr noch du als Valentin.«

Von was faselte er da? Hatte Henri gestern einen über den Durst getrunken? Das war nichts Neues, das tat er ständig. Beinahe zärtlich deckte er Zeichnung um Zeichnung, Skizze um Skizze und einige halbfertige Gemälde auf und legte sie nach kurzer Betrachtung auf einen Stapel. Ein Bild aber hielt er länger in der Hand als die anderen. »Das ist es«, sagte er. Er machte keine Anstalten, ihr das Bild zu zeigen, geschweige denn, es ihr zu überreichen. Stattdessen hielt er es dicht vor seine Augen. Louise trat hinter ihn. Was er da umklammerte, war kein Gemälde, keine Skizze und auch keine Zeichnung. Es war eine Art Druck und zeigte den in gelbes Licht getauchten Tanzsaal des *Moulin Rouge*. In dessen Mitte stand sie selbst, oder vielmehr ihr Alter Ego, *La Goulue*. Sie war als Einzige klar erkennbar. Valentin war bloß eine graugrüne Silhouette, die Umrisse der Zuschauer waren in Schwarz gehalten und befanden sich im Hintergrund. »Das soll ich sein? Eine Matrone mit weit schwingendem Rock, roten Strümpfen und in skurriler Verrenkung? Ist das dein Ernst? Du hast mich nie gesehen, wie ich wirklich bin, schon bei unserer ersten Begegnung nicht. Mit dem einen Unterschied: Damals konnte ich dein Bild einfach zerreißen, du warst ein Niemand, wie ich selbst. Aber nun hängt diese Scheußlichkeit überall in Paris und du besitzt auch noch die Frechheit, sie mir als Geburtstagsgeschenk anzupreisen? Soll ich etwa in Jubel ausbrechen?«

Henri stand da wie ein geprügelter Hund und blickte zu Boden. Dann machte er sich schweigend daran, seine Skizzen und Zeichnungen wieder in die Mappe zu räumen. Er tat es möglichst geräuschlos und unauffällig. Er betrachtete die Lithografie und sagte leise: »Ich hatte die Hoffnung, sie könnte dir gefallen.«

Wie kam er nur auf einen solch abwegigen Gedanken? Wollte er sie zum Gespött der Leute machen? Dieser wahnwitzige Träumer mit seinem schonungslosen Blick glaubte offenbar, der Welt nicht nur einen Spiegel vorhalten zu müssen, sondern hoffte auch noch darauf, dass Louise es ihm dankte. Er sah eine Getriebene in ihr, eine, die alles wollte, aber nichts war und auch nie etwas sein würde. Vielleicht reizte das Bild, das er von ihr entwarf, tatsächlich die Männer? Vielleicht verführte Zügellosigkeit und Hingabe? Und vielleicht übersah das Publikum ihre Verzweiflung? Henri hatte sie glänzend eingefangen. Louise jedenfalls erkannte sich überdeutlich wieder – und eben das stieß sie ab. »Trinken wir, mein Freund!« Etwas Besseres fiel ihr nicht ein, wollte sie Henri für das, was er ihr angetan hatte, nicht bis zur Ohnmacht ohrfeigen. Aus dem Schränkchen neben dem Bett holte sie zwei Gläser und eine Flasche selbst gebrannten Marillenschnaps. »Das ist der beste Marillenschnaps, den ich je getrunken habe.« Sie füllte ihre Gläser bis zum Rand und gab eines davon Henri. »Prost.« Sie kippte ihr Glas in einem Zug hinunter. Henris Glas jedoch drohte überzuschwappen. Er hielt es noch immer in der zittrigen Hand.

Da klopfte es viermal kurz an der Tür. Das konnte nur Valentin sein. »Komm rein, ich habe nicht abgeschlossen«, brüllte sie durchs Haus. Ihr leeres Glas versteckte sie rasch im Schränkchen, bevor Valentin eintrat. Er war nicht allein. Einer Frau, die Louise nicht kannte, ließ er den Vortritt.

»Ich sehe schon, diesen Morgen werde ich wohl oder übel in größerer Gesellschaft verbringen müssen.« Louise küsste Valentin rechts und links auf die Wange. Die Unbekannte reichte ihr die Hand. Louise war noch immer im Nachthemd – und roch wohl oder übel nach Marillenschnaps.

»Ihr habt getrunken?«, fragte Valentin mit gerunzelter Stirn.

»Ich musste Henri in unser beider Namen vergeben. Er hat uns nämlich gemalt und nun hängen deine Silhouette und ich in meiner prallen Schönheit überall in Paris. *Salute*, sage ich da nur.« Sie schlurfte voraus ins Schlafzimmer und Valentin folgte ihr. Die Frau aber rührte sich nicht vom Fleck. »Wen hast du denn da mitgebracht? Und warum bleibt deine Begleiterin im Flur stehen?«

Valentin drehte sich nach der Frau um, die stocksteif im Flur wartete, und betrachtete sie. »Wenn du mich fragst, Louise, ich kann mich beim besten Willen nicht an die Dame erinnern. Da ich gestern dem Elefanten keinen Besuch abgestattet habe, müsste ich an einer schweren degenerativen Erkrankung leiden, wenn ich mich heute schon nicht mehr an eine Liebesnacht erinnerte. Und wie du weißt, hege ich keine besondere erotische Vorliebe für Frauen. *Quod erat demonstrandum*, wie also glasklar bewiesen wäre, ich kenne die Dame nicht.«

Louise öffnete noch einmal das Schränkchen und füllte drei Gläser mit dem Klaren. Eines davon gab sie Henri, der dankend den Kopf schüttelte, was sie aber nicht interessierte, das andere leerte sie selbst und mit dem dritten machte sie sich auf zu der fremden Frau im Flur. »Ich frage besser nicht, wer Sie sind, aber kommen Sie rein, bei uns ist es lustig.« Sie reichte ihr das Glas. Die Dame wollte es ihr zurückgeben, aber Louise bestand darauf, dass sie es trank.

»Ich bin wegen der Stellenausschreibung gekommen.«

»Welcher Stellen…« Mitten im Satz erinnerte sie sich. Vor Wochen schon hatte sie die Anzeige aufgegeben. Ein Hausmädchen hatte sie gesucht und niemand war gekommen. Louise besaß zwar Geld, aber ihr Ruf eilte ihr voraus.

»Ich sehe, Sie könnten Hilfe gebrauchen.« Die Frau spähte in die Küche, wo sich das schmutzige Geschirr stapelte. Ihr Blick glitt weiter über die schmutzstarrenden Vorhänge und die Fenster mit den Schlieren darauf. Auf dem Boden lagen dicke Staubflusen. Louise hasste Hausarbeit. Sie schlief lieber länger aus, als dass sie die Böden auf Hochglanz polierte.

»Werden Sie nur nicht frech, Mademoiselle. Ich kann Sie auch gleich wieder fortschicken.«

Die junge Frau neigte den Kopf und murmelte eine Entschuldigung und dass sie es so ja nicht gemeint habe.

Das junge Ding war hübsch. Ihr Gesicht von zarten Wellen umrahmt, die dunklen Augen keck und wach und ein paar Sommersprossen prangten auf ihrer Nase. Louise würde es genießen, eine wie sie bei sich zu haben und sie ihre Anweisungen ausführen zu lassen. »Also gut, dann legen Sie mal ab und fangen Sie gleich an. Ich zahle zwanzig Franc in der Woche und keinen Centime mehr. In der Kammer in der Küche ist das Putzzeug. Ist vielleicht schon etwas alt, ich brauche es nicht oft. Kaufen Sie, was Sie für die Arbeit brauchen. Ich komme dafür auf.«

Damit ließ sie die Frau stehen und drehte sich nicht wieder nach ihr um. Ihre Laune aber hatte sich schlagartig gebessert. Sie würde ein sauberes und vorzeigbares Haus bekommen und wenn sie Glück hatte, würde ihr die Frau morgens den Kaffee zubereiten, wenn sie ihr dafür etwas extra zahlte.

Im Schlafzimmer zeigte Henri Valentin gerade das *Moulin-Rouge*-Plakat.

»Schätzchen«, sagte Valentin, legte seine Hände auf Louises Schultern und sah sie fest und ernst an. »Ich verstehe deine Sorge, aber ich bin überzeugt, das Publikum wird dich nur noch mehr lieben. Sollte das überhaupt ein denkbares Szenario sein.« Er küsste Louise auf die Stirn. »Stell dir das doch einmal vor, unser Bild hängt in ganz Paris. Die Menschen werden in Scharen zu uns kommen, nur um dich, ihre Legende, tanzen zu sehen.« Er warf Henri, der offenbar etwas sagen wollte, einen vielsagenden Blick zu und legte den Zeigefinger auf die Lippen. Zu ihr gewandt fuhr er fort: »Ich sehe keine Matrone. Ich sehe eine Frau, die im Leben bekommt, was sie will, die allen anderen Frauen sagt: Schaut her, nehmt euch, was ihr braucht! Lasst euch von keinem in die Suppe spucken. Ihr könnt euch befreien und, frei nach Shakespeare, leben, wie es euch gefällt. So ist dein Plakat doch gemeint, nicht wahr, Henri?«

Henri sagte nun gar nichts mehr. Er saß auf dem Bett und barg seinen Kopf in beiden Händen. Louise spürte bereits, wie sich der Knoten in ihrem Herz löste. Valentin fand immer die richtigen Worte. »Ist mir egal. Wer um alles in der Welt ist Shakespeare?«

Henri hob den Kopf und schüttelte ihn langsam.

»Fahren wir an unseren See, Louise«, sagte Valentin lachend. »Draußen scheint die Sonne. Wir mieten uns ein Ruderboot, du hältst die Beine ins Wasser und am Nachmittag angeln wir ein wenig. Und du, Henri, kommst zum Abendessen wieder, ja? Mit ein bisschen Glück gibt es Forelle satt und dann ist dieser dumme Zwischenfall schon vergessen.«

»Und das entscheidest du?« Wenn Louise etwas an Valentin auszusetzen hatte, dann, dass er immer und überall Harmonie verbreiten musste. Aber nicht immer war das das Mittel der Wahl. Manchmal musste man für seine Ansichten einstehen und ein kleines bisschen Auseinandersetzung aushalten. Man konnte es nie allen recht machen, also sprach nichts dagegen, für das Wesentliche zu kämpfen.

»Abgemacht. Ich komme zum Abendessen und bringe einen Sauvignon Blanc mit – und Mimi.« Henri wandte sich zum Gehen.

Louise verdrehte die Augen. »Wenn es sein muss, dann komm halt zum Abendessen. Ich habe dich nicht eingeladen, das war Valentin.«

»Komm schon, Louise, es tut mir aufrichtig leid. Ich bin sicher, es wird heute Abend ein Fest werden, wenn wir vier uns unter deinem Dach versammeln.«

Louise lächelte nicht, aber sie musste den Ärger nicht einmal mehr herunterschlucken, er war so schnell verflogen, wie er gekommen war. Nur musste Henri das ja nicht wissen. Sie wandte sich ab. »Gehen wir also, Valentin?«

»Du bist noch im Schlafaufzug.« Valentin zeigte auf den Standspiegel.

Da endlich lachte Louise los. »Steht mir doch vorzüglich. Ich gehe mich dann besser mal umkleiden. Wartest du im Garten auf mich?«

Valentin deutete eine Verbeugung an. »Mit dem größten Vergnügen.«

* * * * *

Das neue Hausmädchen hieß Sylvie und erwies sich als ihre beste Entscheidung seit Langem. Slyvie hatte offenbar mitbekommen, dass sie zu einem Ausflug aufbrechen wollten und in einer unglaublichen Geschwindigkeit vier kleine Flaschen mit Himbeerlimonade, frische Baguettes mit Kräuterbutter, würzige Gartentomaten und drei Stückchen Kuchen in einen hübschen Picknickkorb gepackt. Den musste sie zwischen all dem Gerümpel im Keller gefunden haben. Sylvie lief Louise sogar noch hinterher, um ihr einen Sonnenhut mit breiter Krempe zu bringen und Valentin zwei Picknickdecken und

Handtücher in die Kutschezu reichen. Es war einer der ersten milden Tage. Die knallig orangefarbenen Tulpen, die unweit des Sees blühten, verströmten einen unwiderstehlichen Honigduft und die Darwin-Hybriden rochen gleichwohl süß und zart und in der Kopfnote nach einer Spur Pfeffer. Am Wegesrand wogten Ranunkeln gleich neben leuchtend violetten Hyazinthen im Wind.

Als sie am Bootshaus ankamen, ging Valentin gleich auf den Verwalter zu und entlieh ein schnittiges dunkelblau gestrichenes Ruderboot. Es lag am Ufer und war mit dem weißen, geschwungenen Schriftzug *Marie* gekennzeichnet. Louise lief voraus und sprang ins Boot. Es schaukelte wild auf dem Wasser und trieb, nachdem Louise die Leinen gelöst hatte, so rasch davon, dass selbst Valentin mit seinen langen Beinen es nicht mehr erreichen konnte. Louise mühte sich mit aller Kraft, zurück ans Ufer zu rudern, aber Valentin hatte sich schon zügig bis auf die Unterhose entkleidet und schwamm Louise hinterher.

Bis auf den grimmigen Bootshausbesitzer, der sich schon wieder in seiner Hütte verschanzt hatte, verirrte sich nur äußerst selten jemand hierher. Wie der Bootsmann unter diesen Umständen ein ordentliches Geschäft betreiben konnte, war ein Rätsel, das zu lösen Louise aber nicht sonderlich reizte. Valentin holte sie mit wenigen Kraulzügen ein. Er zog sich am Rand des Bootes hoch und hievte sein Federgewicht hinein. Zusammen ruderten sie die wenigen Meter bis zum Ufer zurück. Valentin stieg wieder aus und schob die Hälfte der *Marie* auf Land. Louise blieb sitzen, während er Picknickkorb, Angelruten und seine Kleidung einsammelte und sie Louise reichte. Danach erst ließ Valentin das Ruderboot wieder zu Wasser und stieg ein. Er war noch immer nass und übernahm, wohl auch um schneller zu trocknen, die Ruder. Vielleicht wollte er Louise auch einen Gefallen tun oder verstand sich einfach nicht darauf, still zu sitzen. Zum Landschaft betrachten war Valentin genauso wenig geboren wie sie. Louise spüre den Sonnenstrahlen auf ihrer Haut nach. Das neue Hausmädchen hatte an alles gedacht, nur den Schirm hatte sie vergessen. Sie würde eine leichte Bräune oder ein paar Sommersprossen riskieren. Im Zweifel ließen die sich wegschminken. Die ungewohnte Wärme tat ihr so wohl und erhitzte leicht ihre Wangen. Ein traumhaftes Wetter war das, genau richtig für eine leichte Abkühlung. Natürlich war es unziemlich für Damen und bestimmt verboten, sich auszuziehen, nur um ins Wasser zu springen, aber was kümmerte Louise das? So bekäme der grimmige Alte vom Bootsverleih immerhin auch einmal etwas zu sehen.

»Darf ich fragen, was du vorhast?« Das wusste Valentin doch genau. Nicht zum ersten Mal würde sie in seiner Anwesenheit baden. »Bei einem Wetterchen wie diesem, wäre es doch geradezu eine Schande, nicht schwimmen zu gehen, *n'est-ce pas*?« Sie wartete seine Antwort nicht ab, sondern knöpfte sich rasch die Bluse auf, löste ihr Mieder und stieg aus dem schweren Rock. Vom schaukelnden Boot sprang sie in den See. Ein kurzer Kälteschock, bis sich ihr Köper an die Temperatur gewöhnt hatte, dann stellte sich das befreiende Gefühl ein, das sie immer überbekam, wenn sie schwamm. Die Schwere ihres Körpers löste sich auf, das Wasser umfing und hielt sie. Sie winkte Valentin zu und tauchte dann auch mit dem Kopf unter Wasser. Nur zum Luftholen kam sie kurz hoch. Vor ihr erhoben sich die Spitzen der groben Felsen, die aus dem dunklen Grund wie kleine Berge herausragten. Überwuchert von glitschigem Moos und sonnengetrockneten, leblosen Algen, bewohnt von Miniaturkrebsen, Wasserflöhen und Mücken. Louise schwamm auf einen der Felsen zu. Valentin summte eine gleichsam traurige wie schillernde Melodie. Er folgte ihr mit dem Boot. In einem gleichförmigen Rhythmus bewegte er die Ruder. Am Felsen machte Louise Rast. Nackt wie sie war, kletterte sie darauf und ließ sich von Valentin ein Handtuch reichen. Nicht etwa, um sich abzutrocknen oder zu bedecken, sondern, um es auszubreiten und sich darauf auszustrecken.

»So müssten alle Menschen die herrlichen Sommertage genießen dürfen«, sagte Valentin. »Alle sollten sich, wenn nötig per Dekret, die Sonne auf den Pelz scheinen lassen und die viel zu kurze helle Zeit im Jahr dösend und von Wasser umspült an irgendeinem Sandstrand verbringen. So wie wir damals.« Der letzte Satz war ihm rausgerutscht, er hatte ihn nicht laut aussprechen wollen. Erschrocken über sich selbst, hielt er sich eine Hand vor den Mund.

»Wer ist wir?«

Er überhörte ihre Frage und sah den Kreisen nach, die er ins Wasser malte. Sie wurden größer und größer und verloren sich schließlich auf dem See.

»Wer ist wir?« Louise hob ihren Kopf aus der Liegeposition auf dem Rücken an und suchte Valentins Blick. Er sah an ihr vorbei, starrte in ein unsichtbares Nichts.

»Der eine Teil dieses Wirs ist genau dort, wo ich hinschaue«, flüstere er. Sie verstand gerade so, was er murmelte, musste sich aber anstrengen. »Die Sonne ist damals aufgegangen wie an jedem anderen Tag. Am Abend zuvor hatte ich in einem geschmackvoll eingerichteten Restaurant mit ausgezeichneter Küche gegessen und zwischen den Gängen, unterm Tisch, die Hand eines jungen, äußerst gut aussehenden Mannes gehalten. Es war meine Entscheidung und darum trage ich Verantwortung, verstehst du das?«

Louise nickte in der Hoffnung, ihn damit zu beruhigen, aber das Gegenteil war der Fall. Valentin ereiferte sich nur noch mehr.

»Ich hätte bei ihr bleiben können, ich war nicht unglücklich, es gab keinen Grund, sie zu verlassen. Nur dass ich mir mehr vom Leben erhoffte als ein einfaches Glück. Meines sollte mir auf der Zunge schmelzen vor köstlicher Lust. An jenem Morgen nach dem Restaurantbesuch, als ich glaubte, die Zukunft läge vor mir, bereit für meinen Aufbruch, da war Heloise bereits tot. Allein, ich wusste es noch nicht. Dass das überhaupt möglich ist, dieses höchste Glück zu erleben, während deine Liebe zur selben Zeit den Tod wählt. Ist dir klar, was ich meine? Ich habe im Restaurant nicht weiter an Heloise gedacht. Dass mein zweites Liebesleben einen derartigen Schnitt für sie bedeutete, dass sie ernsthaft glaubte, unser Zusammensein wäre deshalb vorbei, wo es doch eben erst begonnen hatte.«

Valentin hielt inne. Er starrte auf einen Punkt in der Unendlichkeit des weiten Himmels, der sich über ihnen spannte, und tat drei tiefe Atemzüge. Louise glaubte schon, seine Beichte wäre zu einem natürlichen Ende gekommen, da fuhr er fort.

»Ich hatte reichlich getrunken an jenem verhängnisvollen Tag, das tat ich sonst nie. Ich frönte dem Genuss von Austern und Flusskrebsen. Youne hatte mich so herzlich dazu eingeladen, ich konnte und wollte nicht Nein sagen. Später stellte ich mir vor, Heloise hätte an diesem Abend durch die Scheiben des Restaurants geschaut und uns dabei zugesehen, wie wir mit hitzigen Wangen lachten und tranken, das Glück der dritte Gast an unserem Tisch. Sie hätte gesehen, wie Youne nach meiner Hand griff und auf welche Weise ich ihn ansah. Nichts davon wäre ihrem Adlerblick entgangen. Du musst wissen, dass ich Heloise stets mit Respekt behandelt habe. Wenn ich sie ansah, war sie alles, was ein Mensch erhoffen konnte, mein warmes, kontinuierliches Glück. Youne aber war das Leben und die Versuchung, alles, was ich nicht sein konnte – und nicht sein durfte. Wenn sein Duft mich umnebelte, setzte mein Verstand aus. Ich habe Heloise immer geliebt und nun kehrt sie nie wieder zurück.«

Valentin hielt sich eine Hand auf seine Brust, als schmerze sie, aber er sprach weiter. »Ich kann Heloise nicht mehr sagen, dass Youne mit ihr nicht zu vergleichen war. Dass es ein Frevel gewesen und einem widerwärtigen Witz gleichgekommen wäre, so etwas auch nur zu versuchen. Youne liebte ich, wie einer das Wasser liebt. Wenn es dein Element ist, hast du keine Wahl, du brauchst es, um zu existieren. Ich habe es in deinem Gesicht gesehen, Louise, als du gesprungen und untergetaucht bist. Wasser lässt dich lebendig fühlen. Youne war mein Wasser, meine Seele, mein Leben, aber Heloise war meine einzige Sonne – und ohne Sonne ist alles nichts.« Valentin schluchzte bitterlich.

Louise richtete sich auf, zog ihr rechtes Knie an den Körper und umklammerte es. »Wie ist Heloise gestorben?« Sie bemühte sich gar nicht um Trost. Louise war nicht herzlos, aber schon den Versuch, Valentin über einen solchen Verlust hinwegtrösten zu wollen, empfand sie als geschmacklos. Es gab auf dieser Welt keinen Trost, wenn ein Mensch, den man liebte, starb. Er würde Heloise immer vermissen.

Ganz egal, wie die Umstände auch gewesen waren. Dass sich seine Schuld über das Vermissen lagerte, machte die Sache noch verworrener und das Ziehen im Herzen größer.

Valentin schüttelte den Kopf und schniefte in sein Stofftaschentuch, das er aus der noch feuchten Hosentasche zog. »Tut das etwas zur Sache? Heloise ist ins Wasser gegangen, einen schweren Stein hat sie sich vorher an den Fuß gebunden. Sie hat diese grässliche Todesangst bewusst auf sich genommen. Auch wenn man auf ein ewiges Nichts hofft und bereit ist, dafür zu sterben, muss einen doch eine maßlose Angst befallen. Was glaubst du denn, Louise? Wie Heloise dagestanden haben muss, an einem Ufer wie diesem hier, aber in einer kalten, einsamen Januarnacht. Wie die Eiseskälte an ihr abgeperlt sein muss. Schon da wird sie lebendig tot gewesen sein.«

»Was ist aus Youne geworden?« Sie las in Valentins Mimik und wusste, gleich nachdem sie ihre Frage laut ausgesprochen hatte, dass sie überflüssig gewesen war. Für ihn und Youne hatte es keine gemeinsame Zukunft geben können. Nicht unter diesen Umständen.

»Ich kann nie wieder Austern essen, und Januarnächte hasse ich. Ich rühre keinen Tropfen Alkohol mehr an und meide Menschen, wo ich kann. Mit dir ist das anders. Vor dir muss ich mich nicht verstecken, Louise. Keine Ahnung, weshalb. Wenn wir tanzen oder wenn du, ohne dich weiter um das Gerede der Leute zu kümmern, nackt auf einem Felsen liegst, und wir über die Unmöglichkeit des Glücks sprechen, dann ist mein Leben nicht mehr ganz so schlimm.« Er lächelte sie an. »Wo Youne ist, weiß ich nicht. Er hat sich in Paris nie sonderlich willkommen gefühlt. Wahrscheinlich ist er einfach fortgegangen.«

Die vielen spitzen Steinchen, über die Louise ihr Handtuch ausgebreitet hatte, stachen ihr in den Rücken, und auch der Po tat ihr davon weh. Sie stand auf und streckte sich der milden Nachmittagssonne entgegen. Am Ufer hatte sich eine kleine Menschenmenge gebildet. Sie stierte zu ihr herüber. Einige gestikulierten aufgebracht und erhoben drohend die Fäuste, wieder andere johlten.

»Verdammt!« Valentin reichte Louise die Hand und half ihr aufs Boot. Sie eilte sich jedoch nicht. Ein paar Männer mehr, die ihren Körper zu sehen bekamen, waren weder Hektik noch falsche Scham wert, und bis die Polizei ins Spiel käme, wäre sie längst wieder angezogen und von der Bildfläche verschwunden.

»Zieh dich besser an, wer weiß, was in deren Köpfen vor sich geht.« Valentin ruderte in die Mitte des Sees hinaus. Sie winkte der Menschentraube zu, als wäre sie eine Königin, der gehuldigt werden musste, dann erst trocknete Louise sich ab und schlüpfte in Rock und Bluse. Nur die Schuhe zog sie nicht wieder an, sondern ließ, mit den Beinen über Bord, ihre Füße ins Wasser baumeln. Die johlende Menge am Uferrand zerstreute sich wieder. Das Spektakel, das Louise ihnen geboten hatte, war vorbei. Valentin atmete hörbar auf. »Die wären wir also los.« Aus dem Picknickkorb nahm er ein Glas und schraubte den Deckel auf. Dann griff er nach der Angel und klaubte mit bloßen Fingern dicke Maden heraus, die er mit dem Angelhaken durchstach. »Das sind Bienenmaden, mit das Beste, wenn man Forellen fangen will.« Er reichte Louise die Angel, die sie nahm und auswarf. »Um mal auf etwas anderes Wichtiges zu sprechen zu kommen, mein Bruder kennt sich mit Immobilien aus, wie du weißt.« Es war eine der wenigen Unarten Valentins, unvermittelt das Thema zu wechseln. Louise aber hatte sich im Laufe ihrer Freundschaft daran gewöhnt. Wie hätte sie ihm darum zürnen können? Sie selbst tat es ihm oft gleich, wenn ihr etwas unangenehm war.

»Yves ist Makler. Du musst dein Geld anlegen, wenn es für dich arbeiten soll. Wie wäre es, wenn du ihn damit beauftragst?«

Louise gähnte demonstrativ. »Ich besitze doch längst ein Haus.«

»Dass du glaubst, das wäre ein Argument, zeigt nur, dass du Yves' Dienste gut brauchen kannst. Wer mehrere Immobilien besitzt, vermehrt sein Geld durch Vermietung. Auch wenn du teurer verkaufst, als du einkaufst …«

»Hör auf damit, bevor ich mich zu Tode langweile. Sag deinem Bruder, er soll einfach machen, was er für richtig hält. Ich vertraue ihm, weil du ihm vertraust.«

»Willst du Yves denn nicht erst kennenlernen und das Vorgehen mit ihm abstimmen?«

Sie schüttelte den Kopf, ein Fisch hatte angebissen und zappelte an ihrer Angel. »Komm und hilf mir!«

Valentin zog ihre Regenbogenforelle aus dem See, löste sie vom Haken und legte sie auf den Boden des Ruderbootes. Sie wand sich auf dem Trockenen. Louise mochte nicht hinsehen. Sie griff sich eine der Limonadenglasflaschen und schlug, ohne weiter darüber nachzudenken, auf den Kopf des Fisches ein, bis der aufhörte, nach Luft zu schnappen.

»Du hast unverschämtes Glück, dass die Flasche noch ganz ist. Sonst hätten wir Fisch auf Glas zum Abendbrot servieren müssen.« Valentin zog aus seiner Hosentasche einen schweren Stein, den er zwischen sie in die Mitte legte. »Fürs nächste Mal. Ich denke, ein Stein eignet sich besser für unsere Zwecke.«

Die Sonne ging unter. Sie löste sich vor Louises Augen am Horizont auf und an ihre Stelle trat flächiges Orange, durchzogen von flammendem Rot. Sie sprachen nicht mehr viel. Valentin fing zwei weitere Forellen und bei Louise bissen noch zwei Saiblinge an. Ihre Kiemen und ihr Kopf glänzten silbern im Abendrot.

»Wäre ich ein Fisch, ich würde niemandem an den Haken gehen und mich in keinem menschlichen Netz verfangen.« Louise holte die Angel ein, griff nach dem Ruder und fuhr zurück zum Bootshaus.

KAPITEL 21

Zu Hause öffnete ihnen Sylvie. Sie trug eine strahlend weiße Schürze und nahm erst Louise den fast leeren Picknickkorb und dann Valentin das Jackett ab. Die Böden hatte sie gewienert, sie glänzten – und auch die Fenster waren frisch geputzt. Sie brachten erneut Schmutz herein. Sylvie würde wieder von vorne beginnen müssen.

»Wollen Sie sich noch in Ruhe umkleiden, Mademoiselle *Goulue*, bevor die Gesellschaft eintrifft? Und soll ich Monsieur Valentin vielleicht von zu Hause Kleidung bringen lassen?«

Louise zog erstaunt die Augenbrauen nach oben. Das Mädchen war sein Geld wert, aber ein paar Dinge musste sie dringend lernen. »Es kommen ein paar Freunde, nicht mehr und nicht weniger. Ich gebe keine Gesellschaften, ich habe einfach nur Spaß. Und falls du dich fragst, was so fischig riecht, Sylvie, dann schau in den Picknickkorb. Die Forellen und die Seesaiblinge sind unser Abendessen.«

Sylvie bemühte sich, keine Anzeichen von Ekel zu zeigen, aber Louise erkannte ihre Abscheu vor den Fischen dennoch. Trotzdem nickte sie höflich und verschwand in der Küche, nur um kurz darauf mit zwei Gläsern frischen Apfelsaftes zurückzukommen. Eines reichte sie Louise, das andere Valentin. »Eine kleine Erfrischung für die Herrschaften«, sagte sie.

Louise nahm das Glas entgegen und drehte sich zum großen Flurspiegel. Dort prostete sie sich selbst zu. Vor Schreck wich sie zurück. Die Frau im Spiegel hatte keine Ähnlichkeit mit ihr. Sie wirkte ungepflegt und stierte ihr aus einem hässlichen Gesicht entgegen. Feuchte Haarsträhnen klebten an ihrem Gesicht. Sie passte kaum in Louises Kleid, die Brust quoll aus ihrem Mieder und dicke Backen schaukelten bei jeder ihrer Bewegungen. Vom sonnenverbrannten roten Ge-

324

sicht der Fremden mochte Louise gar nicht erst anfangen. Mit dem Bild, das sie von sich erinnerte, hatte das Walross im Spiegel nichts zu tun. Man hätte es auf der Weltausstellung als Absonderheit vorführen können, schön war es aber mitnichten anzusehen. »Ich gehe mich frisch machen«, sagte sie und bat Valentin, solange im Wohnzimmer auf sie zu warten.

»Einen Aperitif, Monsieur?«

»Er verabscheut Alkohol, er trinkt Limonade«, entgegnete Louise an seiner Stelle. »Und Sylvie, sei so lieb und hänge ein Tuch vor den großen Spiegel.«

Sylvie sah sie fragend an.

»Meine Maman ist neulich erst gestorben.«

Im oberen Stock hatte Louise sich ein Ankleidezimmer eingerichtet. Was hätte sie als junges Ding dafür gegeben, eines zu besitzen. Das war also die Güte des Erwachsenseins. Man war zwar abgeklärt, nahm die Sternstunden, wie sie fielen, und konnte froh über ein paar gute Freunde sein, aber mit ein bisschen Glück besaß man das nötige Kleingeld, um sich eine Hausangestellte leisten zu können, seine Wäsche nicht selbst mangeln zu müssen, und wenn es außerordentlich gut lief, hatte man zudem ein geräumiges Extrazimmer für Bühnenkostüme und Abendgarderobe. Louise ließ sich auf den Polsterstuhl vor ihrem Schminktisch sinken. Die Wände waren in einem warmen Roséton gestrichen, dem sie längst entwachsen war. Sie wagte erneut einen Blick auf ihr Spiegelbild. Zum Glück sah sie sich dieses Mal aus einem kleinen Schminkspiegel mit hübschem goldverziertem Rand entgegen. Aus ihren Augen ließ sich etwas machen. Es fehlte nur ein wenig Farbe für Lider und Brauen. Ihre Wimpern färbte sie mit einer Mischung aus Ruß und Holunderbeersaft. Rouge brauchte sie auf keinen Fall, die Sonne hatte ihr schmutziges Werk vollbracht. Weiße Farbe musste her, damit Louise ein einigermaßen angemessenes Aussehen wenigstens vorspielen konnte, und ihre Lippen brauchten dunkles Rot. Dann würde sie sich besser gefallen. Erst die Sache mit Henris verunglückter Lithografie, dann ihr entsetzliches Selbst im Spiegel. Nicht jeder Tag konnte ein Glückstag sein, aber auch jene Tage, die aus dem Ruder liefen, musste man zu begehen verstehen. Louise stand auf und schlurfte mit hängenden Schultern zum Kirschholzschränkchen, in dessen Bauch sie stets Zigaretten, ein Streichholzschächtelchen und eine ungeöffnete Flasche Branntwein aufbewahrte. Für Abende wie diesen, denen ein schöner, wenngleich herausfordernder Tag vorausgegangen war. Valentins Gesellschaft hatte Louise fraglos genossen, seine Aufrichtigkeit und Zugewandtheit. Wie konnte er an ihrer Seite stehen und sie ertragen? Sie selbst hielt ihr grässliches Konterfei im Spiegel kaum aus. Hässlich war sie geworden und aufgedunsen von den vielen Pralinen und dem Alkohol. Niemandem, nicht einmal Valentin, konnte eine haltlose und genusssüchtige Frau, wie sie eine war, wirklich etwas bedeuten. Sie war eine Hochstaplerin, die sich auf Drama und Wirkung verstand. Eine, die immer das Maul aufriss und hinter deren Fassade es nichts zu entdecken gab. Mit einer wie ihr konnte auch Mimi unmöglich glücklich werden. Sie musste ihre Freundin vor einem Fehler bewahren. Mimi rannte sonst in ihr Unglück. Henri mochte sie erst recht nicht mehr in die Augen schauen. Zwar glaubte er aufrichtig, er bewundere Louises wahres Wesen, aber sein Pinsel erkannte intuitiv, was sein Verstand nicht zu fassen bekam. *La Goulue* war genauso hässlich, wie Henri sie malte – von innen wie von außen. Und nun ging sie auch noch aus der Form.

Blieb Louise noch Valentin, der sie sah, wie sie war, der sie liebte und doch nicht verklärte. Besser sie fragte nicht weiter nach, weshalb er das tat, sonst würde sie ihre Freundschaft womöglich auch noch über Bord gehen lassen müssen. Eine wie sie tat niemandem gut, auch sich selbst nicht. Nur für ihr Publikum verwandelte sie sich in eine andere. Auf der Bühne konnte sie aufatmen, und ihr Leben – gerade weil sie eine Rolle spielte – genießen. Louise schenkte sich gleich dreimal hintereinander ein und trank die klitzekleinen Gläser zügig aus. Wärme floss zurück in ihren steifen Körper und machte ihn weich und geschmeidig. So ließ sich arbeiten, so würde sie den Abend meistern.

Zurück an ihrem Schminktisch malte sie sich eine Maske. Sie beherrschte die richtigen Schwünge und Linien. Von Vic hatte Louise gelernt, dass warme Pastelltöne sie jünger machten. *Himmel*, hätte Valentin sie gerügt, *du bist erst fünfundzwanzig und keine sechzig*. Sie erhob sich vom Stuhl. Ihre Füße sackten im weichen Teppich ein. Sie öffnete eine der vielen Schranktüren, hinter denen ihr öffentliches Leben – in Form ihrer Bühnenkleidung – hübsch aufgereiht auf Stangen hing. Nach kurzem Zögern wählte sie ein Georgette-Kleid mit prächtigem Ausschnitt und fast durchsichtigen Chiffonärmeln. Leicht und frei würde sie sich darin fühlen und doch sicher und geerdet. Insgeheim hoffte sie mit ihrer Wahl, Mimis Aufmerksamkeit zu bannen.

Schon von der Treppe hörte sie ihre Stimmen. Valentin, Henri und Mimi – Louise hätte sie aus Hunderten herausgehört. Aber da war noch jemand. Auf einen Abend zu viert hatte sie sich eingestellt, aber Henri hatte diesen Nicolas Droxler im Schlepptau. Am Tag von Mamans Beerdigung waren sie schon einmal auf der Probebühne aufeinandergetroffen. Sie erinnerte sich leider nur zu gut daran. Er grinste sie an und verbeugte sich vor ihr. In diesem Moment quetschte sich noch eine weitere Person durch die Haustür: Thérésa.

»Louise!« Thérésa zog ihren Namen in die Länge, als rolle sie einen fetten Klumpen Teig zu einem dünnen Stück aus. »Endlich sehen wir uns wieder.«

Sylvie schwirrte emsig um die geladenen wie ungeladenen Gäste. Sie nahm Henris Hut und Thérésas Seidenumhang entgegen. »Ich habe im Garten eingedeckt, wenn die Herrschaften mir dorthin bitte folgen würden.«

Henri und Nicolas Droxler kamen Sylvies Aufforderung nach. Und auch Mimi folgte den anderen nach draußen, nachdem sie Louise zärtlich auf die Wange geküsst hatte. Thérésa aber blieb mitten im Flur stehen und sah sich neugierig um. Dann nickte sie Louise anerkennend zu. »Ein hübsches kleines Haus hast du da. Du hast es weit gebracht, das muss man dir lassen.«

Louise überhörte die spitze Bemerkung und überlegte, wie sie reagieren sollte. Sie könnte Thérésa zuckersüß entgegnen, dass Sylvie heute nur für fünf Gäste eingedeckt hätte, ihr einen wunderschönen guten Abend wünschen und die Tür zum Abschied öffnen. Doch das gelang ihr leider nicht. Noch immer brachte diese Frau sie gehörig durcheinander und das ärgerte sie. Thérésa tauchte aus dem Nichts auf, sobald Louise nicht mehr an sie dachte und folglich auch nicht mit ihrem Erscheinen rechnete. Sie beleidigte und forderte sie heraus – und reizte sie gerade dadurch. Was Louise nicht haben konnte, war ihr immer besonders begehrenswert erschienen. Ehe sie jedoch weiter darüber nachsinnen konnte, gellte aus dem Wohnzimmer ein schriller Schrei und kurz darauf zerbarst Porzellan auf ihrem Marmorboden. Louise stürmte in den Wohnbereich. Thérésa folgte ihr. Vor dem Kamin lag edles Geschirr in Scherben und mitten im Chaos – auf dem Rücken, die Beine seltsam verdreht – Sylvie. Die Augen hielt sie weit aufgerissen vor Schreck. Sie suchte Valentins Blick, der in eine Decke gehüllt und mit formvollendet übereinandergeschlagenen Beinen im Ohrensessel saß. Louise hielt auf ihn zu, ging in die Knie und beugte sich zu ihrem Freund. »Was ist passiert?«, flüsterte sie.

»Ich wollte mich nur rasch umziehen, Sylvie hat mir frische Kleidung bringen lassen. Sie hatte nicht geklopft. Als sie hereinkam, war ich splitterfasernackt. Die Arme hat sich wohl ziemlich erschrocken.«

»Das kann ich bestätigen.« Henri musste, trotz ihres Geflüsters, wohl alles mitbekommen haben. »Deine Haushälterin ist einfach kein Theatervolk gewöhnt.«

Sylvies Bein stand in einem abnormen Winkel von ihrem Körper ab. Sie weinte. Nicht vor Schmerz, wie sie alle wissen ließ, sondern weil sie sich schämte. Sie habe doch nur alles richtig machen wollen, sie träume schon so lange vom *Moulin Rouge* und wolle dazugehören, wenn auch vorerst nur als Hausmädchen der berühmten *La Goulue*. Einen nackten Mann aber habe sie noch nie gesehen, es täte ihr leid, sie habe nicht schreien und erst recht nicht das gute Geschirr fallen lassen wollen. Ob Louise ihr verzeihen könne? Sie würde Abbitte leisten, ganz bestimmt. Louise wäre eine begnadete Tänzerin und schillernd schön obendrein. Wegen ihr habe sie sich nach Paris aufgemacht, um von ihr zu lernen. Später einmal wolle sie werden wie die *Goulue.*

Betont langsam klatschte Thérésa. »Ein hervorragendes Schauspiel, meine liebe Louise. Und all das bloß, um mir zu imponieren. Ich staune.«

Louise stand auf, ging zu Sylvie und kniete sich neben sie. Für einen Augenblick geriet ihr Thérésas Gerede zum Hintergrundrauschen. Louise starrte auf Sylvies Bein. Gliedmaßen, die ihren Dienst verweigerten, das war das Schlimmste, was einer professionellen Tänzerin passieren konnte – auch wenn Sylvie keine war. Louise streichelte mitfühlend Sylvies Wange, reichte ihr ein gut gefülltes Glas Wasser, das Henri aus der Küche brachte, und half ihr, ins Sitzen zu kommen. Dann hockte sie sich – inmitten der Scherben – neben ihre Haushälterin. »Würdest du Thérésa bitte zur Tür geleiten, Valentin? Natürlich nur, wenn sich unsere talentierte Bänkelentensängerin nicht vor einem mit einer Decke bekleideten Mann fürchtet.« Zu Thérésa gewandt, sagte Louise: »Es ist nicht der Tag, um in meinem Garten den Vollmond zu bewundern, verstehst du?«

Thérésa erwiderte nichts. Widerstandslos ließ sie sich von Valentin zur Tür bringen. Als sie außer Hörweite war, legte sich Mimis warme Hand auf ihre Schultern. Die Freundin half ihr, Sylvie in den Ohrensessel zu befördern, und legte ihrem Hausmädchen eine Decke über die Beine und ein Kissen in den Nacken.

»Du hast heute das zweifelhafte Vergnügen, in meinem Sessel zu schlafen. Und morgen schauen wir, ob du einen Arzt brauchst, abgemacht?«, fragte Louise.

»Abgemacht«, entgegnete Sylvie.

Später am Abend brachte Louise Sylvie etwas von der Forelle und dem guten Rotwein und trug gemeinsam mit Henri, Mimi und Valentin das Abendessen auf der Terrasse auf. Ihr Hausmädchen hatte nicht nur die Forelle mit Zitrone, feinstem Pfeffer und Thymian gefüllt, sondern auch Pariser Karotten blanchiert und junge Kartoffeln in Olivenöl gebrutzelt. Nach einem solchen Tag sorgte dieser Umstand für Frieden. Mit dem vierten Glas Rotwein schwand allmählich auch Louises Magengrummeln, das sich nach Sylvies Sturz in ihr breitgemacht hatte. »Du hast einen Wunsch frei!«, rief sie ihrem Hausmädchen durch die offene Terrassentür zu. Der weiche, buttrige Geschmack auf ihrer Zunge erfüllte sie mit einer eigenartigen Dankbarkeit.

Von ihrem Lehnstuhl auf der Terrasse aus beobachtete Louise, wie Sylvie im Wohnzimmer die Augen aufschlug. Ihr Hausmädchen hatte wohl schon im Halbschlaf gedämmert, allein die Möglichkeit, sich etwas wünschen zu dürfen, hatte es aufgeweckt. Sylvie verschwendete keine Zeit mit Grübeleien. »Wenn ich wieder tanzen kann, darf ich dann einmal Ihre Bühnenkleidung tragen, Mademoiselle Weber? Es wäre mir eine so große Ehre.« Sylvie murmelte hinter vorgehaltener Hand, Louise verstand sie dennoch. Aus Sylvies Traum von einer Karriere im Pariser Nachtleben würde nach so einem Sturz sicher nichts mehr werden. Es war also an Louise, ein Auge zuzudrücken und Sylvie Zuversicht zu spenden, auch wenn sie deren Wunsch als anmaßend empfand. Niemals würde eine andere als sie selbst in ihrem Kostüm auftreten. Louise fächelte sich mit der Stoffserviette Luft zu. Es kostete sie sämtliche Kraft, auszusprechen, was sie sagen musste. »Vorausgesetzt, der olle Zidler lässt dich überhaupt auf seiner Bühne tanzen.«

Zidler würde ein unscheinbares Mädchen wie Sylvie niemals im *Moulin Rouge* tanzen lassen. Und sie konnte froh sein, wenn ihre Füße sie überhaupt jemals wieder problemlos tragen würden, vielleicht würde sie auch ein Krüppel bleiben, und für die hatte Zidler nichts übrig. Aber natürlich sagte Louise ihr das nicht.

»Es ist also abgemacht?«, fragte Sylvie.

Louise deutete ein Nicken an. In der mondbeschienenen Dunkelheit hätte ihre Bewegung auch nur dazu angedacht gewesen sein können, ein unerwünschtes Insekt zu verscheuchen.

Später in der Nacht, Sylvie war im Sessel bereits eingeschlafen, verabschiedeten sich Valentin und Henri. Zurück blieben Mimi, die auf etwas zu warten schien, und Droxler, der Louise mit Komplimenten überschüttete, je mehr er trank. Er bot Mimi an, eine Kutsche für sie zu besorgen – wohl um mit Louise allein zu sein –, aber Mimi lehnte sein Angebot ab. Sie wolle im Gästezimmer nächtigen, wenn Louise es ihr gestatte. Während Mimi sprach, schenkte sie Louise lange und intensive Blicke. Louise schwirrte der Kopf davon. Sie hatte über den Durst getrunken und wollte Mimis Gefühle nicht entschlüsseln müssen. Sie verstand sich einfach nicht darauf. Droxler legte plötzlich seine Hand auf Louises Arm und streichelte ihn. Sein Oberschenkel kippte sacht gegen ihren. Er legte es darauf an, die Nacht mit ihr verbringen zu dürfen, und sein Interesse tat Louise gut. Er begehrte sie, und sie konnte sich davon mitreißen lassen. Bei Tagesanbruch wäre er verschwunden und sie hätte einen Verehrer mehr gewonnen. Einen, der ihr Champagner ausgab und regelmäßig das *Moulin Rouge* mit seinem Besuch beehrte. Es wäre so einfach, aber Mimi ließ sie nicht aus den Augen. »Herr Droxler, verzeihen Sie, wenn ich für meine Freundin spreche, aber sie braucht ihren Schönheitsschlaf. Es war ein angenehmer Abend.«

Ganz Ehrenmann, erhob er sich. Er verbeugte sich tief vor Louise, dankte ihr für den bezaubernden Abend, rühmte ihre Gastfreundschaft und betonte, wie sehr er hoffe, sie alsbald wiederzusehen. »Im *Moulin Rouge* habe ich einen ganzen Abend an Henris Tisch verplaudert. Nicht, dass er mich gelangweilt hätte, aber – unter uns – ich harrte dort aus, um Ihnen, meiner sagenumwobenen Legende, etwas näherkommen zu dürfen. *Et voilà*, das Glück war mir hold. Heute durfte ich Henri begleiten.« Was nun folgte, war eine Ode an sie und der hätte Louise gut und gerne noch einige Zeit lauschen mögen. Aber Mimi unterbrach Droxlers Loblied mit ihrem beharrlich mahnenden Blick auf die Standuhr und ihrem geseufzten: »Es ist schon reichlich spät geworden«.

Sobald Mimi die Tür hinter Droxler geschlossen und wieder auf die Terrasse zurückgekehrt war, brach es aus ihr heraus. »Was für ein Schwätzer! Merkt der etwa nicht, wie betrunken du bist? Der nutzt deine Hilflosigkeit schamlos aus.«

»Höre ich da etwa eine Spur Eifersucht?« Louise legte Mimi die Hand auf den Unterarm. »Das hast du doch gar nicht nötig. Und fürs

Protokoll: Ich bin niemals hilflos, mein Küken.« So wie Mimi sich gebärdete, kam sie ihr tatsächlich wie ein aus dem Nest gefallenes Junges
vor, das – aus Angst am Boden zurückgelassen zu werden – aufgeregt
mit den Flügeln schlug. Wie konnte Mimi ernsthaft glauben, sie be-
beschützen zu können? Vor was musste sie überhaupt beschützt werden?
Der Gedanke war lächerlich. All ihre Liebhaber, auch die Liebhaberinnen, wollten doch bloß ihren Vorteil aus ihrer Berühmtheit ziehen.
Da war dieser Droxler nicht anders als Mimi. Warum sonst hätten
sie beide mit ihr schlafen wollen? So dreckig und abgeschmackt, wie
sie im Innersten war, und so hässlich, wie ihr Äußeres sich verändert
hatte. Mimi trat dicht an sie heran, kraulte ihr den verspannten Nacken und umarmte sie. Vielleicht tat sie ihr unrecht? So war die Liebe
immer, ungerecht – und herzlos obendrein. In den Nächten mit Mimi
hatte Louise tatsächlich daran geglaubt, dass ihr Leben anders werden
würde. Aber niemand konnte aus seiner Haut, niemand je ein anderer
sein, als er eben war.

»Du musst dich nicht so aufspielen. Glaub ja nicht, dass du Macht
über mich hast, nur weil ich dich in mein Bett gelassen habe. Was
glaubst du, wer du bist, dass du meine Gäste aus meinem Haus wirfst?«

Mimi sah zu Boden. »Wenn das so bei dir ankommt. Ich wollte
deine Grenzen nicht übertreten. Dann gehe ich wohl besser.«

Ihre Freundin schulterte ihre Tasche und huschte leise – bedacht
darauf, Sylvie nicht zu wecken – durchs Wohnzimmer. Ließ Mimi
sie tatsächlich allein zurück? Louise erhob sich und rannte ihr hinterher. Sie packte Mimi, bevor sie das Haus verlassen konnte, am
Arm und zog sie in den Flur zurück. »So gehst du nicht mit mir um,
hörst du? Erst machst du mich scharf, verscheuchst den Mann, mit
dem ich Aussicht auf eine ausgedehnte Liebesnacht habe – und dann
verschwindest du einfach?« Sie schubste Mimi, die leicht zitterte, erst
ins Schlafzimmer und dann aufs Bett. »Bleib, wo du bist, und rühr
dich nicht vom Fleck!« Sie griff sich eine Streichholzschachtel vom
Regal und entnahm ein Zündholz, mit dem sie die Petroleumlampe
entfachte, die sie auf dem Nachttisch neben dem Bett abstellte. Dort
blieb Louise stehen und betrachtete ihre Freundin, die wohl fror –

zumindest aber bibberte. Kalt war es nicht. Der Grund dafür mochte
ein anderer sein. »Zieh dich aus, Mimi. Aber mach langsam, dass ich
sehe, wie du dich schämst.«

»Was meinst du damit? Wofür sollte ich mich denn schämen?
Etwa dafür, dass ich dich vor Droxler, diesem Widerling, schützen
wollte oder dass ich über deinen Kopf hinweg entschieden habe oder
etwa dafür, dass ich eine Frau liebe?«

Was hatte Mimi da gesagt – *dass ich eine Frau liebe? Lieben?* Hatte
sie nun den Verstand verloren?

Draußen kam Wind auf, er heulte ums Haus und lachte sich über
sie beide kaputt. Wie hätte man da auch an sich halten sollen? Es war
nichts weiter gewesen zwischen Mimi und ihr. Ein bisschen Lust und
Glück, das kurze irritierende Gefühl, in einem anderen Menschen anzukommen, eine Heimat zu finden, wo keine Heimat war. Nirgends.
Dass ich eine Frau liebe? Hatte Mimi wirklich diese Worte gewählt?
Sie war mutiger, als Louise es je sein würde, oder sie war schlicht ge-
mütskrank. Eine andere Erklärung gab es für Mimis Verhalten nicht.
Louise spürte keinen Boden mehr unter ihren Füßen. Sie musste
schnell etwas tun, bevor dieses Gefühl sich festsetzte. »Nun mach
schon. Erst die Bluse, hörst du? Langsam aufknöpfen. Sieh das als
Gratisübung, solltest du jemals Aktaufnahmen machen wollen. Schau
mich dabei an, ich bin das Auge der Kamera, mich musst du verführen. Ich kann übrigens Paul fragen, ob er dich vor seiner Linse haben
will.« Was redete sie da? Egal. Einfach weitersprechen, bis all das hier
verschwand und die irrwitzige Situation sich auflöste. Mimi durfte
bloß keine Antwort von ihr einfordern. Dann nämlich hätte Louise
ihr Zusammensein endgültig beenden müssen. *Lieben.* Sie liebte
nicht, sie lebte – und ihre hart erkämpfte Freiheit war es wert. Dann
blieb sie eben allein. Jeder Verlust hatte seine positiven Seiten. Jede
seelische Verletzung würde sie wilder und ekstatischer tanzen lassen.
Und jede Freundschaft band sie und hielt sie so viel kleiner, als sie
werden konnte. Sie durfte niemandem verpflichtet sein – wenn es
darauf ankam, nicht einmal Valentin. Nur allein würde sie über sich
selbst hinauswachsen.

Mimi grinste breit. Die Freundin schien nicht vorzuhaben, etwas von ihr einzufordern, auch ihr Zittern hatte sich ein wenig gelegt. Was davon übrig war, war umso schöner anzuschauen.

Mimis leises Zittern glich einem Liebestanz, den sie nur für Louise aufführte, weich und rund, mit einem Hauch Scheu auf den Lippen. Langsam löste sie Knopf für Knopf ihrer Bluse. Unbegreiflich, welches Glück Louise da ins Haus geflattert war, ohne ihr Zutun. Wie herrlich Mimi anzuschauen war. Louise würde die Wunderbare ins Unglück stürzen, sie konnte unmöglich bei ihr bleiben. »Und nun den Rock und das Spitzenhöschen, nichts davon bleibt an. Später das Mieder. Nur die Stiefel, die behältst du an den Füßen, die gefallen mir, die werde ich dir höchstpersönlich ausziehen.«

Mimi stand im Rampenlicht, einem schummrigen zugegebenermaßen, und tat, was Louise ihr flüsternd befahl. Louise legte sich zu Mimi aufs Bett und betrachtete sie. Ihre kecken Lippen, die wachen fröhlichen Augen, ihre dunklen Höfe um die Brust und ihre gelockte Scham. Mimi sah sie ebenfalls an. Dieses Betrachten unterschied sich von dem der Herren, die sich in Louises Glanz bloß sonnten oder die sich allzu schnell erregen ließen, entblößte sie ihre Brust oder berührte sie unter ihrem Spitzenrock einen nackten Schenkel. Mimi studierte sie genau. Den Liebhaberinnen, die die *Goulue* küssten, weil sie hofften, etwas abzubekommen von ihrem Ruhm, war Mimi ganz unähnlich. Während des Liebesaktes lösten sich alle Grenzen zwischen ihnen auf. Niemand sonst kannte Louise oder wollte erfahren, was sie ausmachte. Der erotische Reiz hatte immer darin bestanden, sich selbst aufzulösen im anderen, die eigene Haut abzustreifen, um sie den anderen spüren zu lassen. Manchmal freilich wollte Louise schlicht bewundert werden – was sprach schon dagegen? Mimi zog ihre Stiefel aus. Sie ignorierte Louises Murren ob der Nichtbefolgung ihrer Anweisung, und legte sich auf die Seite. Mimi sah Louise in die Augen und schob ihr sanft eine Haarsträhne hinter die Ohren. Louise legte ihre Hand auf Mimis Po und streichelte ihn. Er war warm und weich. Sie gab keinen Laut von sich, rückte stattdessen näher an sie heran und schmiegte sich in Louises Rundungen. Etwas daran rührte Louise. Mimi ging es nicht darum, zu wirken. Was sie nach außen trug, war tatsächlich Teil von ihr, war authentisch. Und alles, was zwischen ihnen geschah, nahm Mimi ganz in sich auf. Auf jede ihrer Bewegungen reagierte Mimi wie ein Seismograf, nichts ließ sie unbewegt. Jeden Kuss erwiderte sie, jedes Geräusch, das Louise verursachte oder von sich gab, kam mit ihr in Resonanz. Mimis Körper antwortete unmittelbar.

Hatte Louise sich, wenn sie sich sonst mit einem Mann verband, auf das schnell entzündliche Element des Feuers verstanden oder sich, wenn sie Frauen küsste, der wirbelnden und kühlenden Kraft der Luft hingegeben, vertraute sie der Erde, wenn sie wen bezirzte, der sie nur reizte, weil sie sich einen Vorteil von dessen Bekanntschaft versprach – so hatte sie in der Liebe doch noch nie das wilde Rauschen von Wasser vernommen, das sie nun umspülte und barg, das sie verschlang und erlöste. Ihr eigenes Herz hörte sie in der Brust schlagen. Es war ihr, als lägen darin zwei Herzschläge, als hätte sie Platz in sich geschaffen, als wäre dort Raum und alle Endlichkeit vorüber. Nie hatte sie das für möglich gehalten, solchen Fluten Tür und Tor zu öffnen, und noch weniger hatte sie geglaubt, sich darin freiwillig treiben lassen zu wollen.

KAPITEL 22

Louise erwachte mit rasenden Kopfschmerzen. Sie hörte Mimi in der Küche mit Tellern hantieren. Ihre Freundin pfiff das Liebesduett, das die *Rigolboche* – von *Pétomanes* Fürzen begleitet – in der aktuellen Revue so schmachtend sang. Louise huschte ein Schmunzeln über die Lippen, das, dem Himmel sei Dank, niemand sah. Eine zufrieden schmunzelnde *Goulue*, so weit käme es noch. Sie streckte sich noch ein letztes Mal im Bett aus und gähnte herzhaft. Mimis Stimme drang aus der Küche zu ihr, sie klang ein wenig gedämpft durch die Wände, war aber dennoch gut zu verstehen. »Du solltest dich doch ausruhen. Lass mich das Frühstück bereiten, nach einem Unfall so schnell auf die Beine zu kommen, kann nicht gut sein, *n'est-ce pas?*«

Ein deutliches »Non« erklang und das Scheppern von Besteck. Kurz darauf schlüpfte Mimi zurück zu ihr ins Bett. »Du hast eine Verrückte als Hausmädchen engagiert. Sie besteht darauf, uns Frühstück ans Bett zu servieren.« Mimi beugte sich zu ihr und küsste sie. Erst auf die Stirn, dann auf die Nasenspitze. Louise war mit einem Schlag hellwach, das wohlige Gefühl löste sich augenblicklich auf. »Sie besteht worauf? Woher weiß sie überhaupt von uns?«

Mimi lachte aus vollem Hals. »Das mit uns ist unmöglich zu übersehen. Und dann teilen wir ja auch die Schlafstatt …«

Rasch stieg Louise aus dem Bett, warf sich einen Morgenmantel über und bestand darauf, dass Mimi sich anzog und ihre Sachen packte. »So läuft das nicht. Sylvie sieht uns niemals zusammen. Uns wird überhaupt niemand je zusammen sehen. Ich bin doch nicht von allen guten Geistern verlassen und verderbe es mir mit meinen Stammgästen. Weder das Ensemble noch Oller dürfen von uns Wind bekommen, hörst du? Bitte sag mir, dass du das verstanden hast!«

Mimi sah traurig dabei aus, wie sie sich widerwillig aus den guten Laken schälte und sich für Louises Geschmack viel zu gemächlich ankleidete.

»Ich dachte …« Mimi begann den Satz, sprach ihn aber nicht zu Ende.

Sie schwiegen. Ganz still war es nun zwischen ihnen geworden. Nicht einmal der Wind von draußen war zu hören, kein Geklapper von Geschirr, das aus der Küche zu ihnen herdrang. Beide wagten sie kaum zu atmen. So schnell zerschlug man, was eben erst erblüht war.

»Du dachtest, dass heute die Vorstellung ausfällt? Dabei sind gleich Proben, wichtige Proben, Mimi. Sieh zu, dass keiner etwas bemerkt. Um Sylvie kümmere ich mich. Und wenn du wieder mal zu mir ins Bett kriechst, sorg dafür, dass uns keiner sieht. Kann ich mich darauf verlassen?«

Mimi reagierte nicht, sah stattdessen auf ihre Stiefel, die sie gestern achtlos auf die Dielen geworfen hatte. »Hilfst du mir damit?«

»Mit den Stiefeln?«

Wieder dieser Blick, wie aus den Tiefen eines Sees. Dabei hatte sie braune Augen, die so gar nicht an Wasser erinnerten, außer dass sie schwammen, so feucht glänzten sie. Louise kniete sich vor Mimi und streichelte ihre kleinen Füße. Sie hatte nicht vorgehabt, sie leiden zu lassen. Das hatte ihre Geliebte nicht verdient. Sie half Mimi in die Stiefel und schnürte sie ihr. »Ich wollte nicht …«

Sylvie betrat das Schlafzimmer mit einem Tablett.

»Kannst du nicht anklopfen? Hast du denn gar nichts aus dem Vorfall gestern gelernt? Und warum, um alles in der Welt, bist du schon wieder auf den Beinen?«

»Pardon, Mademoiselle *Goulue*. Es tut mir leid, wirklich, sehr leid. Ich wollte Sie nicht kompromittieren.« Das Tablett mit den beiden Tellern, auf denen jeweils zwei Croissants und Marmelade lagen, und die beiden vollen Kaffeetassen wackelten gefährlich.

»Kompromittieren, ernsthaft? Von wem hast du solche Worte gelernt? Spricht man dort so, wo du herkommst? Nun stell das Tablett ab, Sylvie, und dann geh.«

Das Hausmädchen zitterte nur noch mehr.

»Für heute kannst du gehen, meine ich. *Vite, vite.* Erhol dich, ich komme schon allein zurecht. Wir sehen uns morgen. Und dass das klar ist, Mimi ist heute Nacht nicht hier gewesen.«

Sylvie stellte das Tablett auf dem Nachttisch ab, schüttelte vehement den Kopf und verließ schleunigst das Schlafzimmer. Mimi erhob sich auch, ihre Stiefel waren fertig geschnürt. Auf ihrem Weg nach draußen griff Louise nach ihrer Hand. »Es tut mir leid, wirklich.« Mehr brachte sie nicht zustande.

Mimi versuchte sich an einem langen Blick und einer Art verführerischem Zwinkern zum Abschied, aber beides misslang. Louise ließ langsam ihre Hand los. An der Tür wandte Mimi sich noch einmal um. »Wir sehen uns also heute Abend bei der Aufführung.« Es klang wie eine Frage, die Louise jedoch nicht aufgriff. Natürlich würden sie sich über den Weg laufen und später sogar zusammen auftreten. Aber es wäre nicht mehr dasselbe. Sie sah ihr nach, bis Mimi die Tür schloss.

* * * * *

Der Abend kam und mit ihm die Vorbereitungen. Sie wählte ein flaschengrün schimmerndes Mieder. Die Farbe stand für Hoffnung, auch wenn Louise nicht wusste, worauf sie hätte hoffen sollen. Dazu trug sie eine weiße Bluse mit Rüschenkragen und einer Knopfleiste am Rücken. Die Ärmel lagen eng am Handgelenk an, aber vom Ellenbogen ab fielen sie glockig. Solche Keulenärmel standen auch etwas üppigeren Frauen wie ihr gut zu Gesicht. Louise steckte die Bluse in den Rock, der – passend zum Oberteil – ab Kniehöhe weiter wurde, und band sich einen breiten Gürtel um die Taille. Sie verdiente mittlerweile derart gut, dass sie modisch mit der besseren Gesellschaft mithalten konnte. Es lag ihr nichts daran, für eine feine Dame gehalten zu werden, aber wenn sie die edlen Stoffe auf der Haut fühlte, ging es ihr gleich besser. Sie wusch schon lange nichts mehr selbst, aber demnächst würde sie ihre Garderobe noch nicht einmal mehr eigenhändig in die Wäscherei bringen müssen. Das erledigte Sylvie. Einen Moment dachte sie darüber nach, ihr Hausmädchen mit der nächsten Wäsche zur Blanchisserie Noiset zu schicken, verwarf den Gedanken aber schnell wieder. Betty sollte keinen Sous an ihr verdienen. Sie setzte sich den Hut mit dem flaschengrünen Band und den prächtigen Pfauenfedern auf und verließ das Haus.

Als sie eintraf, herrschte im *Moulin-Rouge*-Garten bereits ausgelassene Stimmung. Es war halb acht und halb acht war traditionell Absinth-Zeit. Auf einigen Tischen standen schon die Absinthfontänen, die ein gallischer Hahn schmückte. Eisgekühltes Wasser tröpfelte hübsch langsam auf Zuckerstückchen, die auf Absinthlöffeln über den Kelchen lagen, und löste sie auf. Es dürstete Louise nach einem ordentlichen Schluck von der grünen Fee. Eine leichte Schwere würde in ihre Glieder fahren und ihre Gedanken in einen angenehmen Nebel verwandeln. Nur stand Zidler dummerweise am Eingang zum Elefanten und hatte sie genau im Blick. Vor der Quadrille, die in einer Stunde starten würde, hatte der Direktor ein striktes Trinkverbot ausgesprochen. Wer sich nicht daran hielt, konnte von heute auf morgen gefeuert und ersetzt werden. Sogar eine *Goulue*. Deshalb – und weil sie Valentin auf sich zukommen sah – zügelte Louise ihren Durst. Die Musiker spielten auf und Yvette betrat in ihrem gelben Kleid und den langen Handschuhen die Bühne. Wie immer ruhte sie vollkommen in sich selbst, als sie zu singen anhob. Sie musste sich kaum bewegen, um die Menschen zu erreichen. Louise erstaunte das Phänomen Yvette Guilbert immer wieder aufs Neue. Nur die Gesten ihrer Arme unterstrichen, wovon sie sang. Vom perlenden Versprechen des Champagners und der Sehnsucht, etwas zu werden, was man nie sein würde, von grässlicher Armut und Liebesleid. Die Männer rückten ein Stück näher an ihre Begleiterinnen heran und dann klatschte man voller Wehmut über Yvettes grandiose Stimme. Der Absinth wogte die Gäste in schummriger Wärme.

Louise stand inmitten des Gartens. Sie wollte sich nicht setzen, ehe sie Mimi gesichtet hatte. Valentin und die *Rigolboche* waren fast gleichzeitig bei ihr. Küsschen hier und Küsschen da, ein bisschen Geschnatter. Valentin trug zum Zylinder eine gestreifte Hose und einen Gehrock und die *Rigolboche* war mit ihrer kurzen Hose, der weiten Bluse und dem Hütchen auf ihrem Lockenkopf schon im Bühnenkostüm. »Falls du deine Freundin suchst, Mimi ist wohl krank«, sagte sie und gähnte herzhaft. Sie hielt es offenbar nicht für nötig, sich die Hand vor den Mund zu halten. »Entschuldigt, Freunde, ich habe die letzte Nacht durchgetanzt und gehöre eigentlich nicht unters Volk, sondern ins Bett. Du musst übrigens nicht so entsetzt dreinblicken, Louise. Es ist nichts Ernstes mit Mimi, sagt Zidler. Deine Môme Fromage wird bestimmt morgen in alter Frische zurück sein. Sie hat es dem Direktor jedenfalls hoch und heilig versprochen.«

»Wahrscheinlich hat sie eine Magenverstimmung.« Aicha hatte ihre kleine Unterhaltung offenbar belauscht und sich unaufgefordert zu ihnen gesellt. »Oder … wenn ich so recht darüber nachdenke, plagen die Gute bestimmt Kopfschmerzen.« Sie schenkte Louise einen vielsagenden Seitenblick. »Ist ja kein Wunder, wenn man sich seine Liebhaberinnen schön trinken muss – die Ärmste!«

Louise kochte vor Wut. Sie hätte der blöden Pute am liebsten gleich an Ort und Stelle eine verpasst, aber dann hätte sie schon wieder eine Standpauke von Zidler kassiert. Die Luft um sie herum sirrte von den Gesprächen an den Tischen, dem Geklapper der Teller und Tassen, dem Knirschen von Kies unter den Sohlen und den Geigen, die aufspielten. Für Louises Sinne war das heute alles zu viel. Sie waren angespannt, alles kam in vielfacher Lautstärke zu ihr zurück. Ein wenig übel war ihr und ein brennender Geschmack lag ihr auf der Zunge. Die Welt drehte sich einfach zu schnell, kaum geschah etwas, war es im nächsten Augenblick schon wieder vorbei. Sie fühlte sich wie auf einem Karussell, das einfach nicht anhielt, sodass es ihr unmöglich war, auszusteigen. Im Gegenteil. Sie fuhr immer schneller und schneller und die Welt rauschte nur so an ihr vorbei. Wäre sie eine der Ziegen gewesen, die im *Moulin-Rouge*-Garten grasten, sie hätte Aichas Kleidersaum geschnappt und der blöden Schnepfe das Gewand zerrissen. So aber musste sie sich damit begnügen, sie anzuherrschen. »Ich muss mir gleich dich schön trinken.« Louise tat einen Schritt auf Aicha zu. Hypnotisch dunkle Augen hatte sie. Kein Wunder, dass die Männer ihr reihenweise verfielen und ihr einen Champagner nach dem nächsten im Elefanten bestellten.

»Na, hier ist ja mal wieder Bombenstimmung!« Valentin bemühte sich, die Atmosphäre zwischen ihnen aufzulockern, aber wie immer, wenn er sich zu sehr engagierte, ging das nach hinten los. »Es hat dich keiner um deine Meinung gebeten, Großer«, sagte Louise.

Er verzog keine Miene, hakte sich bei ihr unter und führte sie durch den noch leeren Ballsaal zur Hinterbühne. Dort blieb er stehen, entzündete eine Zigarette und reichte sie ihr. »Nimm einen Zug, ich kenne dich doch, das wird dir guttun.«

Louise zog an der Zigarette und tatsächlich entspannte sie sich sofort. »Danke«, sagte sie. Er nickte ihr zu und setzte sich wieder in Bewegung, ein Stück weit den schmalen Gang entlang bis vor ihre Garderobe. Valentin hielt ihr die Tür auf und Louise huschte hinein, aber ihr Freund blieb an der Schwelle stehen. Sie hatte keine Geduld mehr, mit niemandem, auch mit ihm nicht. Am besten würde er sie nun allein lassen. »Geh jetzt besser, du kennst mich. Ich bin nicht auszuhalten, wenn ich ich bin.«

Valentin tat nichts dergleichen, im Gegenteil. Er kam auf sie zu und streckte ihr seine Hände entgegen. Zögernd ergriff sie sie.

»Du hast recht, ich kenne dich. Und genau deshalb lasse ich dich jetzt auch nicht allein!« Er ließ ihre Hände für einen Moment los, schloss die Tür und setzte sich in den Schaukelfauteuil. Louise hatte ihn in einem Katalog der Gebrüder Thonet entdeckt und sich gleich in das Modell Nummer eins verliebt. Mit dem neuen Verfahren war es den Thonets gelungen, Holz unter Wasserdampf zu biegen. Frühere Modelle aus Metall hatten kalt gewirkt, ihr Schaukelstuhl hingegen strahlte Wärme und Geborgenheit aus. Es ließ sich ganz ausgezeichnet darin träumen. Zidler hatte ihr den extravaganten Wunsch nicht abschlagen können und so war das Möbel mit einigem Aufwand bestellt und in ihre Garderobe geliefert worden. Wenn Louise im Alter die Kräfte schwänden, dann würde sie einfach in diesem Stuhl sitzen bleiben. Der Tod hatte es schwer mit denen, die nicht stillstanden. Er erhaschte sie nicht so schnell.

»Du tust ja doch, was du willst, du Sturkopf«, sagte Louise.

»Dasselbe könnte ich zu dir sagen.« Valentin zwinkerte ihr zu, aber sie verzog keine Miene. Also schwiegen sie lange. Valentin schaukelte und summte ein Liedchen. Er hatte die Angewohnheit, weder für sich noch für andere nach Rechtfertigungen zu suchen. Es genügte ihm offenbar, dass er dafür Sorge tragen konnte, dass sie an solchen Tagen nicht allein blieb. Ein bisschen dankbar war Louise ihm insgeheim schon dafür. Es fühlte sich besser an, in einer solchen Stimmung nicht gänzlich sich selbst überlassen zu sein – und Valentin ertrug sie immerhin. Sie schob die Vase mit den weißen Madonnenlilien, die ein gewisser Guy de Maupassant ihr neulich geschenkt hatte, bis an den Rand ihres Schminktisches. Der berühmte Schriftsteller hatte merkwürdigerweise einen Narren an ihr gefressen und beschenkte sie zu jeder Premiere und immer mal wieder dazwischen mit zauberhaften Sträußen. Den Anblick der feinen, auserlesenen Blüten hatte Louise gern, aber dass Maupassant immer zu der duftenden Art greifen musste, ging ihr nicht in den Kopf. Zwar roch diese Sorte nicht gar so aufdringlich wie Königslilien, aber doch immer noch stark genug. Ihr Duft erinnerte Louise entfernt an Honig. Der Blütenstaub verfing sich in ihrer Nase. Sie musste niesen und schnäuzte sich in ein Stofftaschentuch, das Valentin ihr reichte.

»Ich habe es mit Mimi verbockt«, murmelte sie in das Taschentuch. »Für etwas so Echtes bin ich einfach nicht gemacht.«

Valentin blickte in Richtung ihres Spiegels. Dort konnte er nur sich sehen – schaukelnd im Stuhl.

»Ich habe ihr deutlich gemacht, dass niemand von unserer Liebelei wissen darf. Und dann erzählt sie mir so nebenbei, als wäre das keine große Sache, dass das Hausmädchen uns gesehen hat. Womöglich hat sie uns sogar beim Liebesakt gehört. Das war doch Absicht, Valentin! Ich hatte mich letzte Nacht nicht unter Kontrolle. Und nun weiß Sylvie von uns beiden. Thérésa hat es gestern vielleicht auch mitbekommen und dieser Droxler wirkte auch misstrauisch. Es ist doch nur eine Frage der Zeit, bis das halbe *Moulin Rouge* darüber redet.«

Louise hatte sich in Rage geredet und dabei so wild mit den Händen gestikuliert, dass die Vase vom Tischrand fiel und schmetternd auf dem Boden zerbarst. Die Blütenstängel der Madonnenlilien knickten um und die geköpften Blüten schwammen in den seichten Pfützen, die sich bildeten. Louise bückte sich nach den Scherben. »Verdammt.« Sie verzog das Gesicht und steckte den blutenden Finger in den Mund, der noch pulsierte. Valentin reichte ihr ein zweites Stofftaschentuch und machte sich dann daran, die Scherben aufzusammeln und die kleinen Pfützen am Boden aufzuwischen. Es hatte etwas Anrührendes an sich, wie er da auf dem Teppich herumkroch und sich um sie kümmerte.

»Wäre es denn wirklich so schlimm, wenn die anderen wüssten, was sie ohnehin längst ahnen?«

Louise schüttelte den Kopf. »Schlimm, was heißt schon schlimm? Ich will eben auch weiter etwas gelten. Das lasse ich mir nicht kaputt machen. Und was ich in meinen eigenen vier Wänden tue und lasse, geht nun wirklich niemanden etwas an.«

Valentin legte den Putzlappen zur Seite, ließ sich wieder auf dem Schaukelstuhl nieder und breitete die Arme aus, in die sich Louise flüchtete. Sie setzte sich auf seinen Schoß und schaukelte stille Minuten, in denen ihre Gedanken müde wurden vom Einlullen in den immer selben Rhythmus.

* * * * *

Sie stürmten gerade noch rechtzeitig in den Ballsaal. Louise war wieder ganz Herrin ihrer Sinne. Nach außen hin würde keiner einen Unterschied zu sonst feststellen. Die alte *Goulue* war zurück! Die, die immer Spaß hatte, der niemals etwas zu viel wurde und die das Mundwerk genauso weit aufriss wie ihre Röcke hoch. Im Vorübergehen küsste sie einen Polizeibeamten auf die Stirn, der im *Moulin Rouge* eigentlich nur seinen Dienst tun sollte und hierhergekommen war, um nach dem Rechten zu sehen. Von Staats wegen war es seine Aufgabe, die Länge ihrer Röcke zu prüfen. Aber allzu genau nahmen es die Herren dann doch nicht, wenn sie ihnen hin und wieder einen Extrawunsch erfüllten. Sie verlor sich in der aufwühlenden Musik und warf die Beine so hoch, dass die Besucher voll auf ihre Kosten kamen und gelegentlich einen Blick unter ihre Röcke erhaschen konnten. Die Kerzen auf den Tischen schimmerten rötlich. Die zusätzlichen elektrischen Lichter wurden von einem großen Spiegel zurückgeworfen und spendeten gerade so viel Licht, dass das *Moulin Rouge* glitzerte und funkelte, aber noch immer schummrig schön war. Zwischen den illuminierten Wandpfeilern und den Tischen wirbelte Louise herum, die Beine warf sie immer höher und höher, immer geschwinder und leichter ging das. Die bekannte Schauspielerin Sarah Bernhardt war zugegen, Louise erkannte sie rechts außen an einem der schmalen Ecktische. Sie stierte in die Ferne und rauchte, als ginge sie das Geschehen um sie herum gar nichts an. In unmittelbarer Nähe zu der großen Schauspielerin entdeckte Louise den Humoristen Alphonse Allais und Tristan Bernard. Soviel Louise wusste, war auch er ein bekannter Schriftsteller. Er hatte schon ordentlich Schampus bestellt. Louise tanzte sich in die Richtung der Bernhardt, schnappte ihr, an ihrem Tisch angekommen, das Champagnerglas unter der Nase weg und leerte es in einem Zug. Sarah Bernhardt schenkte dem Spektakel keine Aufmerksamkeit, was Louise maßlos ärgerte und ihr gleichzeitig einen Schauer über den Rücken jagte. Bernhardt hielt sich eine Hand an die Wange und sah wie durch Louise hindurch. Diese Schauspielerin hatte eine Aura, die sich mit Louises glühendem Feuer biss. Die Bernhardt spielte gar nichts und schob nichts vor. Sie war wie ein klarer Fluss, in dessen Tiefe jeder Stein und jedes Fischlein zu sehen waren. Ganz anders als Louise, die daher mit solchen Persönlichkeiten nichts anfangen konnte. Sie hielt sich lieber fern von ihnen. Mitten im Tanz überkam Louise eine Art Schüttelfrost. Dagegen half nur ein weiterer Schluck Wein. Dieser Tristan mit seinem Vollbart und seinem lichten Haar würde sich, im Gegensatz zur Bernhardt, sicher freuen, wenn sie ihm näherkäme.

Als die Musik auf ihren Höhepunkt hinsteuerte, griff sie in letzter Minute nach seinem Glas, leerte auch dieses in einem Zug und kickte dem Mann mit einem gezielten Tritt den Zylinder vom Kopf. Dabei grinste sie keck und landete auf den Punkt genau zum Abschlussakkord im Spagat.

Das Publikum tobte und trampelte vor Begeisterung mit den Füßen. Manche standen sogar auf und der halbe Saal brüllte »Zugabe!« Für heute aber hatte Louise genug. Sie würde sich ausnahmsweise entfernen, ohne dem Mann, dem sie den Zylinder weggekickt und dessen Glas sie geleert hatte, noch länger Gesellschaft zu leisten. Sollte Zidler ruhig sauer auf sie sein! Sie wollte nur noch im schummrigen Licht des Elefanten versinken, Absinth schlürfen und die Welt vergessen. Im sicheren Gefühl, dass Valentin bei ihr wäre. Sie verbeugte sich noch einmal tief, küsste Tristan Bernard auf die Stirn und lief dann, noch im Bühnenkostüm, Richtung *Moulin-Rouge*-Garten.

Valentin stand noch nicht wie versprochen vor dem Elefanten und erwartete sie. Sie trippelte von einem Fuß auf den anderen. Auch wenn Sommer war, abends wurde es in manchen Nächten bereits empfindlich kühl und so fror sie in ihrer leichten Kleidung. Wer nicht kam, war Valentin. War er mit seinen langen Beinen schneller als sie gewesen? Sie hätte darauf wetten können, dass er schon warm und behaglich im Bauch des Elefanten saß. Nur warum hatte er nicht auf sie gewartet? Sie musste sich also selbst ihren Weg in die Höhle des Giganten erschleichen. Der Eingang wurde von einem Mann bewacht, der sie schon die ganze Zeit über beobachtete. Er hatte sie bestimmt bei einer ihrer Vorstellungen gesehen und fragte sich nun, was sie hier trieb. Sie näherte sich vorsichtig und bot ihm eine Zigarette an. »Was für eine miese Aufgabe ist das denn? Du sollst hier stehen und mit Argusaugen den Elefanten bewachen, und was hast du davon? Ich wette, Zidler bezahlt dir einen Hungerlohn dafür, habe ich recht?« Er antwortete nicht und sie nutzte die gespannte Stille, um einen weiteren Schritt auf ihn zuzumachen. Viel zu lange sah sie ihn an. Er wandte den Blick nicht von ihr ab. »Ich bin deine Überraschung«, flüsterte sie und streichelte ihm über die Wange. »Du musst mich nur einlassen und dann sehen wir später weiter.«

Der junge Mann wirkte ungläubig. »Was wollen Sie denn im Elefanten?«

Sie kniff ihm sanft in die Wange. »Es muss ja nicht alles einen klaren Nutzen haben, oder? Und so förmlich muss es zwischen uns auch nicht zugehen. Ich bin Louise.«

Der Mann wich schließlich zur Seite und ließ sie passieren. Sie war ja schon einmal hier gewesen. Er leuchtete ihr mit einer Handlampe den Weg und so konnte sie im Halbdunkeln die Wendeltreppe ausmachen, die sie eilig erklomm. Im Herzen des Elefanten angekommen, war kaum etwas zu erkennen, so abgedunkelt lag der Raum vor ihr. Ihre Augen hatten einige Mühe, sich an das spärliche Licht zu gewöhnen. Nach und nach wurde es aber leichter, sich zu orientieren. Erst sah sie Schemen und dann Gestalten. Aicha tanzte nicht, sie schmiegte sich mit halb geschlossenen Augen an die Schultern eines Mannes, der sein Sakko ausgezogen hatte. Durch seine Finger glitt ihre Perlenkette. Er küsste Aichas Hals. Die Drei-Mann-Kapelle spielte passend zur schummrigen Beleuchtung sehnsuchtsvolle Melodien. Die anderen Paare kannte Louise nicht, die Männer mussten aber von Stand sein, dass sie es sich leisten konnten, in den Elefanten geladen zu werden.

Auf einem Fauteuil in der Ecke machte Louise im Schummerlicht Valentins Umrisse aus. Es war offenbar einem Handel mit Zidler zu verdanken, dass er im Elefanten sein durfte, wann immer es ihm beliebte. Eine Art Honorar in Naturalien, denn Geld für seine Vorstellungen lehnte Valentin stets aufs Neue ab. Er war hierhergekommen, ohne Louise mitzunehmen, und das, wo er seine Versprechen sonst immer hielt. Valentin zog gerade genüsslich an einer Pfeife, Louise ging geradewegs auf ihn zu. »Du hattest mir versprochen …«

Er legte die Pfeife zur Seite und erhob sich leicht schwankend, als habe er zu viel Wein, Champagner oder Absinth getrunken. Louise musste ihn stützen, sonst wäre er womöglich gestürzt.

»Du trinkst doch nie … Was ist passiert?«

Daraufhin sank er vor Louise auf die Knie, nahm eine Kerze vom Tisch und faltete seine Hände darum wie zum Gebet. Aberwitzig sah das aus. Sein seltsames Gebaren war gänzlich wider seine Natur. Er raunte ihr etwas zu, das Louise beim besten Willen nicht verstand – dafür war die Musik zu laut und seine Worte viel zu leise. Was ging hier vor sich? Die beiden Paare drehten die Köpfe in ihre Richtung und verharrten in dieser Position. Aicha öffnete die Augen, auch sie starrte sie an. Wenn Louise so stocksteif stehen blieb, würde sie nicht hören, was Valentin ihr sagen wollte. Sie beugte sich also zu ihm und hielt ihm ihr Ohr an die Lippen.

»Ich wollte nicht, dass du mich so erlebst.« Seine gemurmelten Worte, mehr zu sich selbst als an Louise gerichtet, kitzelten sie warm in der Ohrmuschel. Er zeigte auf seine Pfeife. »Ich rühre keinen Alkohol an, aber es gibt Tage, da kann ich nicht auf dieser Welt sein. Dann hilft mir nur das Opium. Von Zidler bekomme ich es frei Haus.« Seine Pupillen waren geweitet. Er suchte einen festen Punkt im Raum, aber nichts schien ihm Halt zu geben. Louise versuchte, seinen Blick aufzufangen, aber Valentin wich ihr aus. Er musste es nicht aussprechen, sie verstand auch so, dass er sie um Verzeihung bat, dafür, dass er ihr ein falsches Versprechen gegeben hatte, weil er ihr einerseits eine Bitte nicht abschlagen, ihr diese Seite seines Ichs, den Abgrund, aber ersparen wollte. Es zerriss Louise das Herz bei seinem Anblick. Sie wusste, wie sich Scham anfühlte, wie tief sie unter der Haut brannte und dass, wenn sie sich langsam ausbreitete, nichts anderes mehr zählte. Scham machte einen klein und ließ einen zugleich ungewollt im Rampenlicht stehen. »Heute Nacht«, flüsterte sie ihm zu, »vergessen wir die anderen da draußen, da machen wir unsere eigene Welt riesengroß. Also sag mir, woher bekomme ich so eine grüne Fee zum Anstoßen auf unsere Freundschaft? Ich brauche jetzt was Hochprozentiges.«

»Du sollst nicht so viel trinken.« Valentin hiekste zwischen seinen Worten. Louise musste an sich halten, um keinen Lachanfall zu riskieren. Es war zu komisch, dass Valentin sich um sie sorgte, wo seine Sorge eigentlich ihm selbst hätte gelten müssen. Aber er durfte sich auf keinen Fall von ihr ausgelacht fühlen. Sie half ihm auf die Beine und platzierte sich neben ihm in einem freien Fauteuil. Taulant, der heute als Kellner im Elefanten arbeitete, steuerte auf sie zu. Seltsamerweise wies er sie nicht an, schleunigst den sagenumwobenen Ort zu verlassen, zu dem Frauen eigentlich keinen Zutritt hatten.

»Eine grüne Fee für meine Freundin und für mich – ausnahmsweise – einen Merlot.«

Taulant brachte wenig später die Bestellung. Er schüttelte nur den Kopf, als Valentin ihre Getränke bezahlen wollte. »Geht aufs Haus«, sagte er. Taulant bediente sonst im Ballsaal, Louise kannte ihn von dort. Er deutete eine kleine Verbeugung an, zwinkerte Louise zu und verschwand wieder hinter der Bar. Sie lehnte sich an Valentins Schulter und schloss für einen Moment die Augen.

»Man könnte fast glauben, du bist im Elefanten die heimliche Berühmtheit des *Moulin Rouge* und ich bloß deine Dreingabe. Noch nie hat Zidler mir – außer dem sonntäglichen Essen, zu dem er alle Tänzerinnen einlädt – etwas ausgegeben. Warum tut er das bei dir? Nur weil du kein Geld von ihm nimmst? Sieht ihm gar nicht ähnlich, so viel Großzügigkeit. Will er dich abhängig machen? Damit du ihm Bares einbringst und er dich für immer ans *Moulin Rouge* ketten kann?« Sie lachte über ihren Gedanken und tat ihn mit einer Handbewegung ab.

Valentin stimmte nicht in ihr Gelächter ein. Er schaute ernst drein. »Das Zeug bringt mich fort in ein Wattewolkenwunderland. Dort lebt es sich gut, Louise. Aller Schmerz ist fort. Was bedeutet dagegen schon das bisschen Abhängigkeit von Zidler?«

Wut stieg in ihr hoch. Valentin war ihr bester Freund. Sie hätte auf ewig und drei Tage mit ihm tanzen und stets an seiner Seite sein können. Aber Louise war kein bisschen froh darüber und das lag an den Umständen, die gegen ihre tiefste Überzeugung gingen: Niemand, schon gar nicht Valentin, sollte jemandes Knecht sein.

Was wusste sie schon über Opium? Wenn die Wirkung der Droge auch nur ein wenig der von Alkohol glich, würde Valentin sie brauchen, wollte er am Trubel und am Leben hier teilhaben. *Aller Schmerz ist fort,* hatte er gesagt. Louise schloss erneut die Augen. Sie konnte nichts dagegen tun, die inneren Bilder, woher auch immer diese kamen, fluteten ihr Bewusstsein. Plötzlich sah sie ihren geliebten Vater wieder im Sarg liegen. Sah sich selbst als Kind davorstehen. Damals hatte sie geglaubt, nie wieder froh werden zu können.

Sie öffnete die Augen. Valentin saß zusammengesunken auf dem Fauteuil und starrte einen Punkt an der Wand an. Was sah er da bloß? Den Schatten eines Bildes, das ihn nicht losließ? Es war gruselig. Louise griff nach dem Glas mit Eiswasser, das eigentlich dafür gedacht war, den Absinth zu verdünnen, und schüttete es Valentin ins Gesicht. »Wach auf!«, brüllte sie. »Noch ist es für uns beide nicht zu spät!«

Valentin erwachte aus seiner Trance. Er sah sie verdutzt und eine Spur verletzt an. Er durfte sie nicht falsch verstehen, sie hatte das tun müssen, um ihn vor Schlimmerem zu bewahren. Sie beugte sich zu ihm und küsste ihn auf seine heiße Stirn. »Morgen ist ein neuer Tag und den verbringen du, Mimi und ich zusammen.« Sie erhob sich. Es war weder eine Bitte noch eine Frage gewesen, sondern eine Aufforderung, die keinen Widerspruch duldete. Valentin nickte. Louise wandte sich von ihm ab und ging durch den Bauch des Elefanten, bis sie bei der Wendeltreppe ankam. Sie drehte sich nicht noch einmal um. Erhobenen Hauptes stieg sie die Treppe hinab und huschte dann hinaus ins Freie.

»Schon zurück?«, fragte der Mann, der noch immer den Einlass regelte.

»Ich bin einmal runderneuert worden«, erwiderte Louise und auch wenn das merkwürdig klang, es fühlte sich genauso an.

KAPITEL 23

In dem Fummel schaust du richtig ansehlich aus, Henri!«, rief Louise
ihrem Malerfreund zu, der – wie so oft – bereits um die Mittagszeit
seinen Stammplatz im *Moulin Rouge* bezogen hatte, Zeitung las und
Rotwein trank. Einige der neuen Tänzerinnen standen um ihn herum. Wahrscheinlich genoss Henri diesen Auflauf, denn warum sonst
sollte er stets so zeitig und immer vor Beginn der Veranstaltungen vor
Ort sein? Er behauptete zwar, er brauche das *Moulin Rouge* und sein
bunt-marodes Volk als Inspiration für seine Bilder, aber wahrscheinlich
war das bloß eine Seite der Medaille. Die neuen Tänzerinnen schüt-
teten ihm ihre Seele aus und Henri war ein guter Zuhörer, fragte nach
und spendete Trost. Ihm ging es nicht in erster Linie darum, Bettge-
fährtinnen zu finden, auch wenn er solche Avancen kaum ablehnte. Im
Kern war er jedoch wirklich an den Geschichten der Frauen interessiert, an ihren Hoffnungen und Träumen, genauso wie an ihrem Leid,
das sie tapfer schulterten. »Dieses Wissen ist notwendig, wenn ich
malen will, was sie wirklich ausmacht«, hatte er Louise einmal gesagt.

Louise war zusammen mit Mimi angekommen. Sie hielt sie an
der einen Hand und scheuchte mit der anderen die Tänzerinnen fort.
Wenn sie auftauchte, gehorchte ihr die kleine Schar. Sie alle wollten
einmal werden wie sie, und allein diese Tatsache verlieh ihr eine un-
geheuerliche Autorität.

»Offenbar bist du die unangefochtene Herrscherin. Du befehligst
deine Untertaninnen und sie gehorchen.« Henri war dieser Umstand
jedes Mal aufs Neue eine Erwähnung wert – und immer wieder bewunderte er Louises ungeheure Wirkung auf die anderen. Er nahm
einen kräftigen Schluck von seinem Merlot und bat sie mit Mimi zu
sich an den Tisch. »Ihr trinkt doch mit mir, *n'est-ce pas?*«

»Würden wir gern, aber wir haben heute Abend noch einen Auftritt vor uns«, wandte Mimi ein.

Louise nahm sich eines der Gläser vom Tresen und schenkte sich selbst ein. »Wer nicht will, der hat schon.«

Mimi runzelte die Stirn, sagte aber nichts.

»Hat Valentin also mal wieder recht behalten.« Henri stieß mit Louise an. »Prosit!«

Louise führte ihr Glas an den Mund. Ein herrlicher warmer Himbeergeschmack mit einer würzigen Unternote breitete sich auf ihrem Gaumen aus. »Womit hat Valentin recht behalten?«

»Na, dass du und Mimi euch öffentlich zusammen zeigt. Es wissen doch jetzt alle hier, dass ihr ein Paar seid. Wurde ja auch mal Zeit!«

Louise seufzte und lehnte sich auf ihrem Stuhl zurück. In einem Zug leerte sie ihr Glas. Sie wünschte, Valentin wäre bei ihr. Aber heute kümmerte er sich mit seinem Bruder Yves, dem Notar, um Immobilien, die zu Louise passten und die sie erstehen könnte. Sie war froh, dass er ihr dabei half. Was verstand sie schon von solchen Investitionen? Und sie hatte auch keine Lust, sich um Derartiges den Kopf zu zerbrechen. Umso besser, dass die beiden das für sie übernahmen. Valentin hatte ihr ja schon lange dazu geraten, zu investieren. Bald würde sie stolze Besitzerin mehrerer hübscher Mietwohnungen und vielleicht auch eines Ferienhauses in Südfrankreich sein, selbstverständlich am Meer. Die Anlagen würden ihre Altersvorsorge sicherstellen, zumindest hatte Valentin ihr das versprochen. »Es lässt sich im *Moulin Rouge* ja doch nichts verheimlichen«, sagte sie zu Henri. »Das soll aber nicht heißen, dass unsere Beziehung in aller Munde sein muss. Und davon mal abgesehen, lenk nicht vom Thema ab.« Sie hielt das Foto hoch, das sie gefunden hatte, und das Henri zeigte. »Wann hast du diese Fotografie von dir machen lassen? In Jane Avrils Fummel siehst du nämlich wirklich scharf aus.« Sie leckte sich mit der Zunge über die Lippen, wohlwissend, dass sie Henri mit solchen einstudierten Gesten auf die Palme bringen konnte. Der sagte nichts weiter dazu und gab sich alle Mühe, sich nicht aus der Ruhe bringen zu lassen.

Um ehrlich zu sein, nahm Louise es Henri immer noch ein wenig übel, dass er auch von Jane Avril, der zweiten Berühmtheit des Hauses, Plakate hatte anfertigen lassen. Nicht dass sie plötzlich Gefallen daran gefunden hatte, wie Henri sie porträtierte, aber sie hatte sich damit arrangiert. Seine Plakate lockten die Menschen in Scharen ins *Moulin Rouge* und sie alle kamen, um die *Goulue* zu feiern. Louise hatte Jane Avril stets geflissentlich übersehen. Sie war es nicht wert, sich Gedanken über sie zu machen, war keine echte Konkurrenz, weil sie so gar nicht mit ihr selbst zu vergleichen war. Deshalb hatte Louise auch nie im Clinch mit Jane gelegen, wie sie ihn mit Aicha regelmäßig ausfocht. Die einsame Jane Avril, die nur auf der Bühne auflebte, und danach wieder unsichtbar wurde, hatte sie einfach nicht genug interessiert. Aber seit Louises Streitereien mit Zidler zunahmen und sie dem alten Geizhals offen zeigte, was sie von ihm hielt, bevorzugte der ganz klar Jane. Sie wollte aber jetzt nicht weiter darüber nachdenken und wandte sich wieder Henri zu. »Also, wann ist die Fotografie entstanden? Erzähl schon, uns kannst du es doch anvertrauen! Im Geheimen gefällst du dir als Frau, liebster Henri, stimmt's?«

Mimi barg ihr Gesicht in den Händen. Louises direkte Art war ihr offenbar schon wieder peinlich.

»Es ist nur ein Spiel gewesen, ein herrliches Spiel, zugegeben. Jeder Mann sollte einmal im Leben Seidenstrümpfe tragen. Was für ein prickelndes Gefühl die auf der Haut hinterlassen. Und jeder Mann sollte einmal einen Hut mit Federn wie den einer Jane Avril aufsetzen. So etwas Köstliches dürfen wir Herren bei helllichtem Tage nicht tragen, was ich sehr bedaure.« Er schenkte Louise und sich vom Merlot nach. »Wo hast du das Bildchen nur gefunden? Wir haben es, wenn ich mich recht entsinne, an einem der ersten wärmeren Tage im März dieses Jahres aufgenommen. Paul hat es gemacht. Er hat übrigens neulich erst nach dir gefragt. Scheint ganz betrübt zu sein, der Gute, dass er dich so lange nicht vor seiner Linse hatte.«

Louise erhob sich. »Das Jahr 1892 ist ja noch nicht ganz vorüber. Paul hat also noch eine Chance, auch wenn bald schon wieder

Weihnachten ist. Die Zeit vergeht wie im Flug, Henri. Mein Neffe Louis ist schon sieben, und ich selbst gehe stramm auf die dreißig zu.« Sie streckte Mimi ihre Hand entgegen, in der Hoffnung, sie damit zum Gehen zu bewegen. Sie wollte hier weg. »Bevor wir hier also alt werden, breche ich lieber mit Mimi zu *La Ville de Bruxelles* in die Chaussee d'Antin auf.«

Wie erwartet zeugte Henris verständnisloser Gesichtsausdruck davon, dass er nicht im Mindesten begriff, wovon Louise da eigentlich sprach. Mimi erhob sich vom Stuhl.

»Wir gehen einkaufen.«

Henri sah noch immer nicht aus, als verstünde er, worum es ging.

»Wir müssen etwas für unser Ansehen tun, mein Bester. Bei *La Ville* gibt es die herrlichste Spitze in ganz Paris, auch wenn die Ladenbesitzerin Madame Gauthier etwas gewöhnungsbedürftig ist. Zwölf Meter übereinanderliegende Stoffe. Und jetzt frag uns mal, wie wir damit tanzen.«

Henri fragte nicht, er grinste nur vor sich hin, nahm dann seine Zeitung vom Tisch und raschelte geräuschvoll damit. »Davon verstehe ich allerdings nichts. Aber ich könnte die Damen mit einem Artikel über das Arbeiterschutzgesetz beeindrucken, das letztes Jahr verabschiedet worden ist. Kinder unter dreizehn Jahren dürfen seitdem nämlich nicht mehr in Fabriken arbeiten.«

»Und warum erzählst du uns das ausgerechnet jetzt?« Louise winkte ab. »Ist doch nichts Neues, die Meldung ist veraltet. Schon ein gutes Jahr lang ist das so. Genutzt hat das Gesetz mir auch nichts. Ich musste mich mit zwölf Jahren schon in der Wäscherei placken. Aber nun habe ich genügend Schotter, dass mein Neffe so früh nicht arbeiten muss. Hast du etwa Kinder, Henri? Verschweigst du uns da etwas?«

Henri stierte weiter in die Zeitung und schüttelte den Kopf. »Ich dachte einfach nur, es interessiert dich. Wenn du von Louis sprichst, klingst du immer, als würde dir das Herz aufgehen.«

»Das stimmt. Aber eigentlich mag ich Kinder nicht besonders. Louis ist eine Ausnahme, er ist etwas Besonderes. Vic hat wirklich

Glück, ihn bei sich zu haben. Es tut ihr so gut, dass er um sie herumspringt. Unser kleiner Louis ist besser als wir alle zusammen.«

Louise zog ihre Taschenuhr aus der Bluse und schaute kurz darauf. Es war vierzehn Uhr und zwei Minuten. »Wir sollten endlich losgehen, Mimi. Madame Gauthier hat uns extra einen Termin freigehalten – und du weißt ja, wie sie ist.«

»Es tut mir leid, wir müssen wohl aufbrechen«, sagte Mimi zu Henri und verabschiedete sich mit einem angedeuteten Knicks von ihm, wie um Louises Verhalten wiedergutzumachen.

* * * *

Mit der Kutsche waren sie rasch vor Ort. Louise hatte sie erst für fünfzehn Uhr angekündigt, sie trafen also viel zu früh ein. Als sie die Tür zum *La Ville de Bruxelle* aufstießen, hielt Madame Gauthier dort wieder einmal Hofstaat. Mutter und Tochter irgendeiner gutbürgerlichen Familie waren zugegen. Die Mutter, eine Frau mit verhärmten Gesichtszügen und schmalen Lippen, saß auf dem Kanapee, einige cremeweiße Zierkissen mit edler Klöppelspitze im Rücken. Eine von Madame Gauthiers Verkäuferinnen servierte Tee und goss ihn aus einer bauchigen Kanne in zierliche, königsblau bemalte Porzellantassen. Offenbar hatte die Mutter ihre eigene Ausstattung bereits aufgestockt, vier riesige Kartons mit roséfarbener Tüllschleife blockierten jedenfalls den Eingang und ließen diesen Eindruck entstehen. Vielleicht begleitete sie aber auch nur ihre Tochter und wollte ihr Püppchen mit den Korkenzieherlocken neu einkleiden. Die Tochter schien ihrerseits wenig Freude an dem ausufernden Einkaufserlebnis zu haben. Sie stand halb verdeckt hinter einem goldverzierten Paravent und atmete schwer, als ihr die Hilfskraft von Madame Gauthier das Korsett immer enger schnürte. »Lassen Sie sich von der Überempfindsamkeit meiner Tochter nicht beeindrucken, eine schmale Taille ist jede Anstrengung wert«, sagte die Mutter reichlich herzlos und schlürfte genüsslich ihren Tee.

Soviel Louise erkennen konnte, war die junge Frau hinter dem

Paravent mit recht hübschen, proportionalen Gesichtszügen beschenkt. Sie wirkte unnatürlich blass. Es galt zu befürchten, dass sie ohnmächtig werden könnte.

»Nun befreien Sie doch das arme Ding, Sie sehen doch, dass sie gleich umkippt«, fuhr Louise die Assistentin von Madame Gauthier an, kaum dass sie durch die Tür getreten war. Die Tochter presste die Lippen zusammen und schielte nun hinter dem Paravent hervor, erst zu Louise und dann abwechselnd zu Madame Gauthier und ihrer Mutter. Letztere nippte wieder am Tee. Madame Gauthier seufzte hörbar und kam, mit in die Hüfte gestemmten Armen, auf Louise zu. »Guten Tag, Mademoiselle Weber. Sind Sie nicht noch ein wenig früh? In einer Viertelstunde sind wir für Sie beide da. Gehen Sie doch noch eine kleine Weile spazieren oder bummeln. Ich habe mir sagen lassen, dass der Laden nebenan ein paar Souvenirs anbietet, die sonst nur das Kaufhaus Printemps im Angebot hat.«

Louise machte den Mund schon auf, um etwas Bissiges zu entgegnen, aber Mimi sah sie so flehentlich an, dass sie es einfach nicht übers Herz brachte. Also verließ sie den Laden mit Mimi im Schlepptau wieder – jedoch nicht ohne Madame Gauthier vorher einen verärgerten Blick zuzuwerfen und die Eingangstür möglichst geräuschvoll hinter sich ins Schloss fallen zu lassen. Später würde Madame sie und Mimi bestimmt umschmeicheln, damit sie ordentlich einkauften, so viel stand fest. »Die sind uns als treue Kunden los, Mimi. Wir gehen da sicher nie wieder hin. Soll die Schnepfe doch bleiben, wo der Pfeffer wächst.«

Mimi legte ihr eine Hand auf den Rücken. Sie sprach leise, aber eindringlich auf sie ein. »Der Laden ist einfach zu klein. Wir hätten doch wirklich nirgends Platz nehmen können.«

Louise kochte noch immer vor Wut. Wie schnell ihr das in letzter Zeit passierte, wenn etwas nicht so lief, wie sie sich das vorgestellt hatte. Sie fuhr rasend schnell aus der Haut. Neulich erst der Streit mit Zidler. Der Idiot hatte es nicht anders verdient, jemand musste ihm einfach mal die Meinung sagen und für die Rechte der Tänzerinnen einstehen. Zidler gebärdete sich im *Moulin Rouge*, als sei er ein Gott.

Louise bemühte sich, etwas Sanftheit in ihre Stimme zu legen. »Hätte Madame Gauthier nicht eindeutig die qualitativ hochwertigsten und herrlichsten Stoffe von ganz Paris zu bieten, wäre ich auf jeden Fall die längste Zeit ihre Kundin gewesen. Aber so …« Sie umfasste Mimis Hand. »Du hast ja recht, wir sind zusammen hier, lass uns den gemeinsamen Tag genießen. Ich werde dir Unterröcke in den neusten modischen Farben und den edelsten Stoffen kaufen. Sie werden dich in deiner ganzen Schönheit erstrahlen lassen.« Wie gerne hätte sie Mimi in diesem Moment auf die Lippen geküsst, aber ob es ihr recht gewesen wäre, vermochte Louise nicht einzuschätzen. Vielleicht wäre ihr die offen zur Schau gestellte Zuneigung unangenehm? Wahrscheinlich würde Mimi es lieber sehen, wenn sie niemandem zu nahetraten und keine unnötige Aufmerksamkeit auf sich lenkten. Im *Moulin Rouge* war das etwas anderes, das Varieté sah Mimi als ihr Zuhause an – und in ihrem Zuhause hasste sie es, sich zu verstellen.

Louise fasste einen Entschluss. Sie war nicht der wohlanständigen Maskerade Clichys entkommen, um sich später wieder davon einfangen zu lassen. Sie war, was sie war – und sie ließ sich in keine Schublade pressen, von niemandem. Also beugte sie sich vor und küsste Mimi auf die zartroten Lippen. Mimi wich – ob aus Irritation oder vor Schreck – zurück. Dann aber lächelte sie und drückte Louises Hand. »Ich liebe dich«, sagte sie und küsste sie auf die Stirn. Louise verharrte – ungläubig darüber, was soeben geschehen war – inmitten der Bewegung. Mimi hatte doch immer gewollt, dass sie zu ihr stand und nun wich sie tatsächlich vor ihr zurück? *Ich liebe dich*, hatte sie gesagt. Doch was zählten schon Worte. Körper waren immer schneller als Gedanken, Körper sprachen immer die Wahrheit. Wenn Louise eines im Leben gelernt hatte, dann das. Ihr Herz stach ihr unter der Brust. Auch ihr hatte man, wie dem Mädchen bei Madame Gauthier, wieder und wieder das Korsett zu eng geschnürt. Sie ließ Mimis Hand los.

In diesem Augenblick kam die Mutter aus dem *La Ville* heraus, dicht gefolgt von ihrer Tochter. Zwei der Verkäuferinnen balancierten in jeder Hand drei riesige Schachteln die schmale Treppe zum Laden herunter. Madame Gauthier winkte nach einer Kutsche. Der Fahrer ließ sofort die Pferde lostraben. Madame Gauthiers falsches Lächeln klebte ihr im Gesicht. Louise konnte nicht hören, was sie sagte, dazu standen sie zu weit von ihr entfernt, aber sie sah, wie sie immer wieder der Mutter zunickte und ihr später, als sie sich in Richtung Kutsche entfernte, zuwinkte.

Madame Gauthier hätte Schauspielerin werden sollen und keine Ladenbesitzerin. Dann wäre es ihr vielleicht möglich gewesen, die Rollen, die sie übernahm, auch wieder abzustreifen. In ihrem Leben würde ihr das wohl kaum gelingen. Louise schüttelte es vor Abscheu vor dieser Frau. »Jetzt sind wir an der Reihe«, sagte sie zu Mimi und eilte ihr voraus.

Louise betrat den Laden und blieb stumm, als Madame Gauthier sie beide aufs Herzlichste begrüßte. »Verzeihen Sie, ich wollte Sie eben nicht verärgern. Aber nun sind wir ja ganz für Sie und Ihre Freundin da. Womit können wir behilflich sein, Mademoiselle *Goulue*?«

Louise ließ sich auf das Sofa fallen, auf dem die Mutter vorhin noch gesessen und sich hatte bedienen lassen. »Heute wird es ausschließlich um meine Busenfreundin Mimi gehen.« Sie zeigte auf sie. Mimi sah mit hochrotem Kopf zu Boden und sagte nichts. »Ich bezahle jedes Stück, das mir an Mimi gefällt. Sparen Sie also ja nicht an Seide, Rüschen, Spitzen und veredelten Säumen, nur das Feinste ist auch gut genug.«

Sie hasste sich selbst dafür, wie sie sich inszenierte, aber der Teil von ihr, der sich noch immer roh und verletzt fühlte, hatte sich in eine Schale zurückgezogen, die sich nun verschloss und verhärtete. Louise würde daraus so schnell nicht wieder hervorkriechen. Was ihr blieb, war die Rolle der *Goulue* und die übernahm nun und genoss ihren Auftritt. Sie winkte Mimi herbei und hieß sie, sich hinter dem Paravent zu entkleiden.

»Wollen wir es für heute nicht gut sein lassen?«, fragte Mimi und klang dabei weder vorwurfsvoll noch gekränkt, höchstens ein wenig entrückt, als wäre sie gar nicht wirklich zugegen. Sie bewegte sich eine

Spur zu langsam, als käme sie nicht recht vom Fleck oder verharrte in einer anderen Zeit.

Nun waren sie schon einmal hier, nun würden sie es auch durchziehen. Die *Goulue* schüttelte vehement den Kopf. »Ich verlasse den Laden nicht, bevor wir nicht mindestens zehn Kartons voll von Spitzenröcken und Unterwäsche erstanden haben.« Sie sagte das zu Mimi, wusste aber wohl, dass Madame Gauthier hinter ihr stand und jedes Wort mit anhörte.

»Louise, ich habe nicht so viel Geld bei mir und ich will auch gar nicht so viel ausgeben. Ich kann mir das überhaupt nicht leisten.« Mimi strich sich durchs Haar. Kleine Schweißperlen traten ihr aus den Poren. Sie schloss einen Moment die Augen.

»Wer hat denn gesagt, dass du zahlen sollst, Mimi? Du trägst die Sachen zu meinem Ergötzen und was wäre ich für eine Freundin, wenn ich sie dir nicht zu Füßen legte?« Sie spitze die Lippen und warf ihr eine Kusshand zu.

Madame Gauthier rief ihren Verkäuferinnen zu: »Ihr habt es ja gehört, Mademoiselle *Goulue* wünscht einen Großeinkauf zu tätigen. *Vite, vite*, die Damen. Holt unsere neusten Stücke herbei.«

So also fühlte sich Macht an. Mimi bat um ein Glas Wasser, während ihr eine der Verkäuferinnen die ersten Mieder, Hemdchen, Unterröcke und Pantalons brachte. Die *Goulue* bestand darauf, dass sie Mimi nicht nur alles in unschuldigem Weiß, sondern auch in zarten Pastelltönen brachten. Altrosé, hellblau und mintgrün standen Mimi ausgezeichnet zu Gesicht. Modefarben wie Lila und Scharlachrot wollte sie an Mimi aber nicht sehen. »Die passen eher zu mir«, sagte sie. »Wir beide sind zwar ganz vernarrt ineinander, aber doch von recht unterschiedlichem Naturell, nicht wahr, Mimi?« Die *Goulue* klatschte in die Hände. »Komm doch mal vor den Paravent und lass dich ansehen!«

Mimi tat ihr den Gefallen. Ihre Wangen waren immer noch hochrot, ihre Augen sahen verweint aus und sie blickte an ihr vorbei ins Leere. Sie hielt sich am Paravent fest, der bedenklich wackelte. Die Pantalons und die Chemise, die sie trug, waren mintgrün, am Unterrock mehrere Volants und eingenähte Taschen angebracht. Durch die Schnürung kam Mimis schmale Taille hervorragend zur Geltung. »Was schaust du so traurig drein? Wenn du mich fragst, gibt es keinerlei Grund dazu. Verführerisch siehst du aus. Zum Vernaschen.«

Mimi sagte nichts dazu, sie trat hinter den Paravent, nur um kurz danach gänzlich angekleidet wieder hervorzukommen. Auch ihr Samt-Cape hatte sie wieder umgehangen und ihren Hut aufgesetzt.

»Was hast du vor?« Louise blickte sie überrascht an.

»Wenn du mir tatsächlich eine Freude machen und etwas schenken willst, dann darfst du mir das Retikül da kaufen.« Mimi griff nach einem runden mintgrünen Beutel und holte ihn vom Regal. Er war wie all die anderen schlichten Exemplare mit einem Kordelzug versehen und kostete – im Vergleich zu den spitzenverzierten ausgefalleneren Stücken – recht wenig. »Über dieses Täschchen würde ich mich freuen.«

»Sicher«, sagte Louise. Was blieb ihr auch anderes übrig. »Ich schenke es dir.«

Mimi holte ihren Perlmuttfächer aus der Seitentasche ihres Capes hervor und fächerte sich Luft zu. Sie wich ihrem Blick nicht mehr aus und ihre Wangen waren nur noch leicht gerötet.

Die *Goulue* erhob sich vom Kanapee. Sie wollte Mimi unbedingt in die Arme schließen und um Verzeihung bitten. Was hatte sie nur geritten, sich derart gehen zu lassen? Mimi hatte das nicht verdient. Sie durfte nicht herhalten müssen für all die Verletzungen und Demütigungen, die Louise in ihrem Leben widerfahren waren. Mimi konnte doch am allerwenigsten dafür. Doch sie machte zwei Schritte zurück und ließ ihr Versöhnungsangebot ins Leere laufen.

»Komm erst mal wieder zu dir, Louise. Ich werde eine Kutsche nehmen und mich zu Hause ein wenig erholen. Dasselbe würde ich dir raten.« Mimi sprach in einem Ton, der keinen Widerspruch zuließ. Sie nahm das Retikül an sich, drehte sich um, nickte noch einmal der verdutzt dreinschauenden Mademoiselle Gauthier und ihren emsigen Verkäuferinnen zu und verließ den Laden. Die *Goulue* blieb allein zurück. Mit einem Seufzer erhob sie sich von der Récamiere und trat zum Bezahlen an die Kasse. Auf dem kurzen Weg dorthin deutete sie auf einen mit Federn beklebten Fächer, bestellte zwei bestickte Taschentücher mit Mimis Initialen und kaufte außerdem die mintgrüne Unterwäsche, die Mimi so gut zu Gesicht gestanden hatte.

* * * * *

Weil sie nicht wusste, was sie Besseres hätte tun können, ließ sie sich zurück ins *Moulin Rouge* fahren. Das Licht war angenehm gedämpft, als sie den Ballsaal betrat. Ein wabernder Teppich aus hohen und tiefen Stimmen empfing sie und eine krude Mischung aus Rosen- und Tabakduft hüllte sie ein. Das Orchester spielte auf. Einige Damen in aus der Mode gekommenen Redingotes, diesen schicken Mänteln im Empirestil, und solche, die ihre Muffs noch nicht abgelegt hatten, stürzten sich neben Louise ins Getümmel. Sie fühlte sich gleich wohler in ihrer Haut und ihre Schultern entspannten sich. Von einem der hinteren Tische winkte ihr jemand, den sie aus der Entfernung nicht ausmachen konnte. Sie hielt auf den Tisch zu, aber erst beim Näherkommen erkannte sie ihren alten Freund Adolphe Willette. Seit ihrer Begegnung im *Chat Noir*, nach der Adolphe die Flucht vor ihr ergriffen hatte, waren sie sich zwar hier und da auf Bällen oder in Café-concerts über den Weg gelaufen, aber nie hatten sie länger miteinander gesprochen. Louises Herz schlug schneller und ihre Hände schwitzten. Damals hatte sie Adolphe tief verletzt und sich nie bei ihm entschuldigt. »Es tut mir leid.« Die Worte platzten aus ihr heraus, sie waren schneller, als der Anstand es vorgab. Louise hätte auf eine der gängigen Begrüßungsfloskeln zurückgreifen sollen und so das Gespräch eröffnen. Adolphe erhob sich von seinem Stuhl und zog den Hut vor ihr. Er hielt die förmlichen Regeln ein, seine Haltung wirkte dabei aber entspannt, kein bisschen nervös, wie er es sonst in ihrer Gegenwart immer gewesen war.

»Ich habe den zweitschlimmsten Liebeskummer meines Lebens überlebt. Dank dir habe ich gelernt, dass es sich nicht lohnt, so lange zu leiden. Nun schau nicht so entgeistert, Louise, ich bin froh, wieder unter den Lebenden zu weilen. Stößt du darauf mit mir an?« Er wartete ihre Antwort nicht ab. Stattdessen setzte er sich wieder, beugte sich über den Tisch, griff nach der Flasche Wein und schenkte ihr reichlich ein. Da er sie nicht bat, Platz zu nehmen, setzte sie sich unaufgefordert ihm gegenüber. »Ich weiß ehrlich nicht, ob das, was du eben gesagt hast, ein Kompliment sein soll oder das genaue Gegenteil davon, aber ich trinke mit dir. Es geht dir offenbar gut und das freut mich!« Sie meinte, was sie sagte. Sie hasste es, wenn Menschen, die sie mochte, litten. Er schüttelte den Kopf. »Es geht mir keineswegs gut, aber ich lebe, ich lebe!« Er war indes wieder aufgesprungen und erhob sein Glas. Dann drehte er sich einmal rechts- und einmal linksherum, als heische er nach Applaus. Er war immer eher der stille Typ Künstler gewesen. Sein neues Verhalten passte gar nicht dazu und irritierte Louise.

»Wer steht heute auf dem Vorprogramm? Hast du es zufällig da, Adolphe?«

»Jaja.« Er nickte überflüssigerweise und reichte ihr den Programmzettel. »Eine junge Tänzerin soll ihr Debüt geben, eine gewisse Sylvie Martin.«

Louise starrte ihn entgeistert an. Dann sprang sie auf, rückte ihren Stuhl vom Tisch weg und kletterte darauf, um bessere Sicht auf die Bühne zu haben. »Sylvie Martin? Bist du sicher? Ich sehe niemanden.«

Adolphe schmunzelte. Sie sah es ganz genau, auch wenn er sich wahrlich bemühte, seine Emotionen zu verbergen.

»Sylvie Martin, so heißt auch mein Hausmädchen«, fügte Louise als Erklärung hinzu. »Ihr Traum ist es, irgendwann einmal im *Moulin Rouge* aufzutreten, aber dann hat sie sich das Bein verletzt, es sah einfach furchtbar aus, weißt du. Sie hat mir nichts von einem Auftritt erzählt. Was grinst du denn so blöd?«

»Also wenn ich dein Hausmädchen wäre, würde ich einen Teufel tun und ausgerechnet dich einweihen.«

Louise stemmte die Hände in die Hüften. Schon wieder loderte die Wut in ihr auf und ließ ihren Magen rumoren. Aber sie ignorierte sie. Dass sie so leicht aus der Reserve zu locken war, hatte heute schon für genug Aufregung und Probleme gesorgt.

»Komm wieder vom Stuhl herunter, Louise. Noch hat der Abend doch gar nicht richtig angefangen.« Adolphe reichte Louise eine Hand, sie nahm sie und stieg hinunter. Sie trat dicht an Adolphe heran. »Du würdest es keine zwei Tage bei mir als Hausmädchen aushalten. Ich hätte dich Liebeskranken bestimmt längst gefeuert.«

Das saß. Adolphe, der bis eben noch in bester Laune gewesen war, wurde blass um die Nase. Eine kleine Ewigkeit sah er sie an, ein Erschrecken in den Augen, das Louise schaudern ließ. Sie konnte es körperlich spüren. Für diesen Augenblick waren sie beide eins, und das gleiche Grauen, das er fühlen musste, kroch auch ihr kalt über die Schultern. Adolphe schüttelte sich, als wäre sie das personfizierte Unbehagen, das es um jeden Preis abzuschütteln galt, dann nahm er sein Glas, zog mit der freien Hand abermals den Zylinder vor ihr und trat den Rückzug an. Wieder ließ man sie allein zurück. Sie würde immer nur sich haben und auf sich selbst vertrauen können. Louise setzte ihr Glas an die Lippen und leerte es. Im selben Augenblick trat aus dem Schatten, als habe er dort auf seinen Auftritt gewartet, ein Mann. Sie kannte ihn, wenn auch lange nicht so gut wie Adolphe. Am Tag der Beerdigung ihrer Maman war er ihr schon einmal auf der Probebühne begegnet. Später hatte sie ihn als Henris Begleitung in ihrem Haus empfangen. Wie war noch gleich sein Name gewesen?

»Nicolas Droxler.«

Sie schrak ein wenig zurück.

»Ich hoffe, Verehrteste erinnern sich an mich?«

Er zog seine Kopfbedeckung vor ihr, eine Melone. Im Gegensatz zum Zylinder wirkte die wesentlich moderner und fescher.

»Durchaus, nur Ihren Namen hatte ich vergessen.« Louise zuckte mit den Schultern, der schöne Mann war ihr gleichgültig, ihr geisterte genug anderes im Kopf herum. Außer seiner glatten Schönheit und der Melone fiel auch nichts an ihm besonders auf, jedenfalls war da nichts, was Louise sofort im Gedächtnis geblieben wäre. Die Haare trug er ordentlich geschnitten, mit einer Tolle über der etwas zu hohen Stirn. In seinen Augen blitzte eine Neugierde, die nicht so recht zu seinem Erscheinungsbild passen wollte. Kerzengerade und fast ein wenig steif stand er vor ihr. Die Füße in Stiefeln, schulterbreit auseinander. Die eine Hand hielt Nicolas Droxler in der Hosentasche. Vermutlich sollte das lässig wirken, aber Louise gewann eher den Eindruck, er halte etwas vor ihr zurück, und das wiederum interessierte sie. Ein seltsamer Gedanke, wo sie diesen Droxler doch kaum kannte. Er hätte ebenso gut hier wie woanders sein können, er störte sie aber auch nicht weiter. Wenn er bei ihr Platz nahm, würde wenigstens niemand sonst auf den Gedanken kommen, sie zu belästigen. Ein kleiner Zeitvertreib könnte er vielleicht für sie sein – zumindest so lange, bis Valentin käme. Mit ihm musste sie unbedingt sprechen, nur ihm konnte sie von ihrem Einkauf und von Mimis Reaktion erzählen.

»Verständlich, allzu verständlich. Wer bin ich schon im Gegensatz zu Ihnen?«

Das Orchester spielte einen Tusch und der Conférencier kündigte mit großer Geste Sylvie Martin an. Das Publikum klatschte vereinzelt, aber die Gespräche an den Tischen setzten sich fort.

Als Sylvie aber in Erscheinung trat, verstummten die Unterhaltungen augenblicklich. Vor allem das Stammpublikum hielt die Luft an, und der Grund hierfür war eindeutig. Sylvie trug tatsächlich das einzigartige dunkelrote Kostüm der *Goulue*. In diesem war Louise bereits unzählige Male aufgetreten und hatte es auch heute Abend vorgehabt. Ihre Gesichtszüge entglitten ihr. Wie um alles in der Welt hatte Zidler auf die Idee verfallen können, ausgerechnet ihr Hausmädchen zu engagieren? Hatte Sylvie ihm brühwarm erzählt, für wen sie arbeitete? Konnte er das wirklich gewusst haben und sie mit Absicht reizen wollen? Louise stand der Mund noch immer offen vor Schreck.

»Geht es Ihnen nicht gut?«, fragte Droxler. Er nahm ihr Handgelenk und fühlte ihren Puls. »Beruhigen Sie sich doch, trinken Sie einen Schluck.« Er reichte ihr ein Glas Wasser, aber sie schlug es ihm aus der Hand.

»Eine *Goulue* lässt sich die Butter nicht vom Brot nehmen und

Wasser kann ich noch genug auf dem Sterbebett saufen.« Louise deutete auf die Weinflasche und Droxler schenkte ihr ein.

»Sie haben recht, wie außerordentlich unbedacht von mir.« Er reichte ihr das Glas. Schluck für Schluck trank sie, bis es auf den letzten Tropfen geleert war. In ihrem Bauch flutete der Alkohol den brodelnden Hass auf Sylvie und ertränkte ihn. Sie fühlte sich gleich viel besser. Es gelang Louise sogar, Nicolas Droxler ein wenig schöne Augen zu machen, eine Kunst, die sie bis zur Perfektion beherrschte. Doch sie allein war die Berühmtheit des Hauses und eine solche Unverfrorenheit würde sie sich nicht bieten lassen.

»Wenn Sie mich nun entschuldigen, Nicolas, wir werden sicher noch eine Möglichkeit finden, uns besser kennenzulernen.« Sie zwinkerte ihm zu. »Nur muss ich erst die richtigen Verhältnisse wiederherstellen.«

Nicolas nahm ihre Hände in seine und küsste sie. »Ich kann Ihnen gar nicht sagen, wie sehr ich Sie bewundere.«

Sie löste sich von ihm und erhob sich. »Na dann warten Sie mal ab, bis Sie mich in Aktion erleben.« Mit großen, eiligen Schritten durchquerte Louise den Saal, und weil die meisten die *Goulue* erkannten, machten sie ihr Platz. Das immerhin hatte sie erreicht, jetzt musste sie bloß ihren Rang verteidigen. Sie würde Sylvie auf offener Bühne das Kostüm vom Leib reißen, es selbst anziehen und dann an ihrer statt tanzen. Eine solche Lektion musste bekommen, wer sie, die *Goulue*, zum Gespött der Leute machte.

Im Saal war es mucksmäuschenstill. Alle Aufmerksamkeit war auf sie und Sylvie gerichtet. Wer die *Goulue* kannte, hoffte vielleicht auf einen ausgewachsenen Skandal. Und sie würde ihrem Publikum bieten, wonach es verlangte. Niemand trug ungestraft das Kostüm der *Goulue*!

Louise erinnerte sich zwar dunkel daran, dieses dumme Versprechen gegeben zu haben, Sylvie ihr Kostüm zu leihen, aber doch nur, weil sie ihr in dem Moment leidgetan hatte. Und weil es ihr unmöglich erschienen war, dass man mit einer solchen Fußverletzung jemals wieder tanzen können würde. Sylvie hatte sie zum Narren gehalten und sie vorgeführt. Doch da kannte sie Louise schlecht. Noch bevor ihr Hausmädchen auch nur einen einzigen Takt tanzen konnte, baute Louise sich so vor ihr auf, dass Sylvies Silhouette im Halbdunkel verschwand und das Licht Louise traf. Das Publikum, das um diese frühe Zeit keinesfalls mit dem Auftritt der Königin des *Moulin Rouge* gerechnet hatte, erhob sich von seinen Plätzen und applaudierte ihr. »*La Goulue, La Goulue, La Goulue*«, brüllten sie und feuerten sie an. Sie wollten sie tanzen sehen. Sie ließ sich nicht lange bitten, machte ein paar erste Schritte und die Zuschauer grölten vor Freude auf. Der arme Kapellmeister hatte offenbar nicht mitbekommen, was sie vorhatte, also setzte das Orchester selbstständig ein. Die Flöten vor den Geigen, was allein schon für genügend Disharmonie gesorgt hätte, aber dann erwachten auch noch die Blechbläser, derart verspätet, dass sich der Missklang nur noch ausweitete. Der Dirigent machte einen vollkommen hilflosen Eindruck. Er hüpfte aufgeregt von einem Fuß auf den anderen und mühte sich redlich, sein Orchester wieder in den Griff zu bekommen. Sie lachte breit. Dem Publikum war der Schlamassel egal, es liebte den Aufruhr und die *Goulue* sowieso. Sie hielt inmitten ihres kleinen Tänzchens inne, verzog das Gesicht, als leide sie echte Schmerzen angesichts der schiefen Musik und hielt sich demonstrativ die Ohren zu, bis das Orchester endlich verstummte. Üblicherweise sprach Louise während ihrer Auftritte nicht, das ungewohnte Szenario aber machte eine Ansprache nötig. »Darf ich vorstellen, *Mesdames et Messieurs*, dies ist meine Haushälterin Sylvie Martin.« Sie trat zur Seite und zeigte auf die zitternde Gestalt hinter ihr, die wohl liebend gern im Erdboden verschwunden wäre. »Sie glaubt, mein Kostüm tragen zu dürfen. Was meint ihr dazu?«

Sehr verhalten klatschten einige Gäste, die große Mehrheit aber buhte Sylvie aus. »*Poufiasse*«, brüllten sie. »Ziege, Schlampe, *casse-toi*, zieh Leine.« Ihre Haushälterin stand mit gesenktem Kopf da und versuchte, mit kleinen Trippelschritten die Bühne zu verlassen, aber Louise packte sie am Handgelenk. So leicht würde Sylvie ihr nicht davonkommen! Dass die blökende Menge nicht noch mit Tomaten nach ihrem Hausmädchen warf, war das eigentliche Wunder.

»Mein Hausmädchen hat sein Bestes gegeben, *n'est-ce pas?* Aber nun ist es an der Zeit, dass die Königin des Cancans übernimmt.«

Die ersten Gäste jubelten, während andere noch verhalten klatschten. Die, die zum ersten Mal hier waren, hatten offenbar noch nicht verstanden, dass sie in den Genuss eines zusätzlichen Auftritts der *Goulue* kommen würden. »Haben Sie nur einen Moment Geduld. Ich muss mir nur rasch mein Kostüm zurückholen.« Der Saal tobte und beklatschte sie. Endlich hatte auch der Letzte begriffen, welch großes Glück sie hatten. *La Goulue* würde heute gleich zweimal auftreten. Louise zerrte an Sylvie, aber die verharrte stumm und starr am selben Platz, als wäre sie dort fest mit dem Boden verwurzelt. Louise musste dem Miststück gehörig in die Arme kneifen, damit sie hinter ihr her stolperte.

»Sie hatten es mir doch versprochen, Mademoiselle *Goulue* …«, flüsterte sie und ihre Worte überschlugen sich dabei fast. Sie hatte noch immer nicht begriffen, welchen Frevel sie soeben begangen hatte.

»Papperlapapp, gar nichts hab ich! Dass du es wagen konntest. Damals, das war kein Zugeständnis an dich, das waren höchstens Trostworte. Ich habe ja geglaubt, du seist verletzt und würdest nicht mehr tanzen können. Im Traum wäre mir nicht eingefallen, dass du mich beim Wort nehmen und dich an meinem Kleiderschrank bedienen würdest.«

Sylvie sah Louise mit weit aufgerissenen Augen an, in ihrem Blick lag echtes Erstaunen. Begriff sie wirklich erst jetzt?

»Ich …, es tut mir leid, ich mach das wieder gut.«

Was Louise noch mehr anwiderte als ihre Dreistigkeit, war Sylvies zur Schau gestellte Dummheit. Dumm war sie selbst nie gewesen. Wer dumm war, kam unter die Räder der Geschichte, der wurde von der Menge zum Frühstück verspeist. »Zieh jetzt mein Kleid aus und quatsch nicht doof.«

Sylvie zitterte, aber sie mühte sich sogleich, die Schnüre ihres

Korsetts zu lösen. Ihre Arme verschränkte sie hinter ihrem Rücken, aber die reichten nicht weit oder sie war nicht biegsam genug, um sich selbst aus dem Mieder zu befreien. Louise lehnte sich an eine Säule und betrachtete Sylvies Bemühen mit wachsendem Vergnügen. Warum hatte Sylvie sie auch ausgerechnet im *Moulin Rouge* bloßstellen müssen? Dort, wo sie gerungen hatte, wo sie bereit gewesen war, alles hinter sich zu lassen; nicht nur ihre Herkunft, die gehörte mit dem Tod Papas und ihrer Großeltern ohnehin längst der Vergangenheit an, sondern auch Maman. Louise hatte sie im Stich gelassen, sie war über deren Leiche gegangen für ein besseres Leben. Da tröstete es sie auch nicht, dass Maman bereit gewesen wäre, sie an Rémi zu verschachern, dass sie der gleiche Wunsch angetrieben hatte wie Louise, die Sehnsucht nach einer verheißungsvollen Zukunft. Mamans Schuld machte ihre eigene nicht kleiner. Louise hatte einen hohen Preis für ihren Erfolg bezahlt. Sie hatte alles auf eine Karte gesetzt, aber niemals andere für ihr Vorwärtskommen benutzt. Jedenfalls nicht so dummdreist, wie Sylvie es getan hatte.

Sylvies ganzer Körper bebte vor Anspannung. Sie versuchte, die Schnüre zu greifen, aber wenn es ihr einmal zufällig gelang, zitterten ihre Hände dabei so sehr, dass ihr die Bänder rasch wieder entglitten. Ein am Rücken geschnürtes Korsett allein zu lösen war für gewöhnlich schon eine recht herausfordernde Aufgabe. In Sylvies Fall war das Unterfangen von vornherein zum Scheitern verurteilt. Damals, in Pauls Atelier, kurz vor Louises erster Aktaufnahme, hatte sie selbst vor dem gleichen Problem gestanden. Auch sie hatte Hilfe gebraucht, um ihr Mieder zu lösen. Das Mieder, das eigentlich Francine gehört hatte und mit dem alles begonnen hatte.

Nicolas Droxler war Louise gefolgt. Er stand unweit von ihr auf der Hinterbühne und beobachtete das Geschehen. Aus seinem Jackett fischte er eine silberne, hübsch verzierte Dose, öffnete sie und schnupfte eine Prise Tabak. »Hilft gegen Kopfschmerzen. Mögen Sie auch?«

»Nein, ich rauche lieber Zigaretten. Aber Sylvie könnte Ihre Hilfe gut gebrauchen. Sie hat sich in eine recht missliche Lage gebracht, sehen Sie?« Louise deutete auf ihr Hausmädchen. »Und ich brauche doch dringend mein Kostüm.« Sie seufzte, vielleicht eine Spur zu theatralisch und hielt sich eine Hand ans Brustbein.

»*La Goulue, La Goulue, La Goulue!*« Draußen skandierte das Publikum weiter nach ihr.

»Sie hören es ja selbst. Würden Sie meinem unbedachten Hausmädchen also bitte helfen, die Schnüre meines Korsetts zu lockern, damit ich endlich auftreten kann?«

Sylvie schüttelte vehement den Kopf. »Auf keinen Fall, das ziemt sich nicht!« Sie wich einen Schritt vor Nicolas zurück.

Louise zeigte mit dem Finger auf sie und lachte. »Wenn ich immer dem gefolgt wäre, was sich ziemt, stünde ich heute mit Sicherheit nicht im *Moulin Rouge* und träte als die Königin des Cancans vor meine Bewunderer. Was sich ziemt, dürfte für eine wie dich auch längst keine Rolle mehr spielen. Nicolas, nun stehen Sie doch nicht einfach nur herum, helfen Sie meiner Bediensteten aus ihren Kleidern!«

In Nicolas kam Leben. Sylvie wich erneut vor ihm zurück, aber Louise stellte sich ihr in den Weg. »Wir machen kein großes Ding daraus. Ich werde von einer Anzeige absehen, wenn du Folgendes tust: Du gibst mir mein Kleid zurück, dann gehst du in mein Haus und packst deine Sachen. Wenn ich heute Nacht zurückkomme, bist du verschwunden und hast den Schlüssel auf den Tisch gelegt. Na, wird's bald?«

Sylvie kreischte, als wolle man ihr ans Leben, hoch und unangenehm schrill. Sie fuchtelte wild mit den Armen, als Nicolas sich ihr näherte, und schlug nach Louise, als sie den Hinterausgang blockierte. Im Saal spielte das Orchester wieder auf und übertönte ihren lautstarken Streit.

Über die Bühne kam Mimi zu ihnen gestürmt. »Was ist denn hier los?«

»Mademoiselle Mimi.« Droxler verbeugte sich vor ihr. »Das Hausmädchen hat Ihre Freundin beklaut. Sehen Sie nur, was sie auf dem Leib trägt? Ihre Freundin war so gütig, von einer Anzeige wegen

Diebstahls abzusehen, aber das Hausmädchen will das Kleid nicht wieder hergeben.«

»Schön haben Sie das zusammengefasst, Nicolas.« Louise klopfte ihm auf die Schultern.

»Diebstahl?« Mimi sah ungläubig aus. Für einen kurzen Moment keimte in Louise die Sorge, dass sich die Freundin an jene Sommernacht in ihrem Haus und an Louises Versprechen erinnern würde. Aber dann kam Mimi langsam auf sie zu und griff vorsichtig nach ihrer Hand. Sie fühlte sich warm an und es tat gut, Mimis Präsenz zu spüren. »Dass dir das passieren musste, tut mir leid«, flüsterte sie ihr zu. Louises Herz schlug unregelmäßig. Am liebsten hätte sie die Auseinandersetzung mit Mimi ungeschehen gemacht. Ohne ihre Freundin war alles nichts, ohne sie war sie ein Niemand – ob sie nun die Königin des Cancans war oder nicht.

»Ich habe dir längst verziehen. Du hast ein gutes Herz, Louise, und nur darauf kommt es an. Manchmal gehen die Pferde eben mit einem durch. Wir sind doch alle nur Menschen.«

Die mit dem großen Herz und der unerschöpflichen Liebe war Mimi. Louise sah beinahe beschämt zu Boden. Sie durfte ihre Freundin auf keinen Fall noch einmal verärgern. Sie musste Größe zeigen. Auch deshalb wäre es besser, Sylvie verschwände auf Nimmerwiedersehen aus ihrem Leben. Schnell genug, dass Mimi sich nicht doch wieder an die Sommernacht und ihr Versprechen erinnerte. *La Goulues* Kostüm, um das es doch ursprünglich gegangen war, war ihr längst zum Nebenschauplatz geworden. Sie würde sich ein neues schneidern lassen.

Louise schloss Mimi in ihre Arme und küsste ihre weichen Lippen. Alles war gut, wenn sie nur bei ihr war. Sie musste nicht immer weitermachen, nicht schneller und größer werden, sie musste sich nicht ständig selbst überholen. Für Mimi reichte es offenbar aus, wenn Louise einfach sie selbst war. Mit all ihrem Dreck und all ihren Fehlern.

Eine einzelne Träne lief Louise über die Wange. Sie wischte sie mit dem Handrücken fort, als ihr Blick auf Sylvie fiel. »Weißt du was?« Louise wandte sich zu ihr um. »Behalt das Kleid, es ist dein Lohn – solange du noch heute Nacht mein Haus verlässt.«

Sylvie brach in Tränen aus. Sie krümmte ihren schmalen Oberkörper über die vor ihrem Bauch gekreuzten Arme, als habe sie grässliche Magenschmerzen. Louise ignorierte ihr Gebaren.

»Lass uns eine Kleinigkeit essen, bevor wir heute Abend auftreten«, sagte sie stattdessen zu Mimi.

Mimi schielte zu Sylvie. Wahrscheinlich tat sie ihr leid, wie ihr immer jeder leidtat, der weinte. Sie küsste sacht Louises Wange und streichelte sie. Das war Antwort genug. Da Louise ohne passendes Kleid unmöglich sofort auftreten konnte, musste ihr Publikum nun also doch noch bis heute Nacht ausharren, wollten sie die berühmte *La Goulue* tanzen sehen. Sie hakte Mimi unter und verließ mit ihr durch den Hinterausgang das *Moulin Rouge*, um am Boulevard de Clichy eine Kutsche anzuhalten. »Fahren Sie uns auf direktem Weg nach Hause.«

Kapitel 24

Es tut gut, dass wir diesen dummen Streit begraben haben«, sagte Mimi. Sie saßen im Salon am Kaminfeuer und tranken heißen Tee, aus einem goldumrandeten Service, auf dem sich Tukane zwischen Blättern tummelten. Auf einer Tortenplatte lagen Macarons in leuchtenden Farben. Sylvie hatte sie gestern Nachmittag von Louises Lieblingspattisserie mitgebracht. Es gab welche mit einer feinen Buttercremeschicht zwischen zwei nach Frühling duftenden Mandelbaisers und andere, die eine Ganache verband.

»Ich bin so dumm gewesen.« Louise hielt die Porzellantasse mit dem heißen Tee in den Händen und nippte vorsichtig daran. Die Flüssigkeit wärmte sie von innen. »Ich wusste vorher nicht, was Freundschaft und Liebe bedeuten, erst jetzt …« Sie ließ den Satz unvollendet. *Liebe*, sie hatte das Wort wirklich in den Mund genommen.

Mimi lächelte, so warm und herzlich, wie nur sie es konnte und legte den Kopf auf ihre Schulter. Louise streichelte ihr Haar. Es duftete nach sonnenwarmem Holz und Honig.

»Ich werde zukünftig besser zuhören und mehr Rücksicht nehmen, ich kann das lernen, wirklich, Mimi. Wir drei: du, Valentin und ich gegen den Rest der Welt. Es wird uns gut gehen, ich werde schon dafür sorgen. Das verspreche ich dir.« Louise hob Mittel- und Zeigefinger in die Höhe als Zeichen ihres Schwurs. »Valentin hat übrigens mit seinem Bruder nach einem Häuschen für mich Ausschau gehalten. Es liegt in Südfrankreich. Magst du den Süden, Mimi? Vielleicht bin ich schon bald stolze Eigentümerin. Dann machen wir Ferien am Meer, ja? Wir werden die glücklichsten Menschen sein, die auf Erden je gewandelt sind.«

Mimi legte ihr den Zeigefinger auf die Lippen, zum Zeichen, dass

Louise schweigen solle. Sie tat Mimi den Gefallen. Die biss genüsslich in ein mit Ganache überzogenes Macaron, kaute und als sie fertig
war, nahm sie endlich ihren Finger von Louises Lippen und schmunzelte. »Ich brauche kein Haus am Meer, du reichst mir völlig aus.« Sie
küsste ihre Nasenspitze.

Louise schwieg. Was würde ihr bleiben, wenn sich das einmal änderte?

Als hätte sie Louises Unsicherheit gespürt, wiederholte Mimi:
»Du reichst mir völlig aus.« Sie legte eine Hand auf ihre Stirn. »Ein
wenig fiebrig wirkst du, willst du dich nicht lieber ausruhen?«

Louise fühlte sich nicht fiebrig, sie dachte bloß nach und das
strengte eben an. Wenn sie ehrlich war, hatte sie sich die ganze Zeit
selbst belogen. Sie hatte hart gekämpft, sich nie beirren lassen – und
die halbe Welt feierte sie nun als die Berühmtheit des *Moulin Rouge*,
das war wohl wahr. Wer aber hinter die Fassade blickte, würde sofort
erkennen, dass sie eigentlich ein Niemand war und alle getäuscht
hatte. Nicht einmal zu Mimi war sie aufrichtig gewesen. Noch dazu
war sie launisch und herrisch. Sie ging rasend schnell in die Luft. Was
an ihr sollte ein so wunderbares Wesen wie Mimi lieben können?

Sie nippte noch einmal an ihrem Tee und studierte Mimis entspannte Züge. Bei niemandem, den sie kannte, spiegelten sich alle
Emotionen augenblicklich auf dem Gesicht wider. Wie Wolkenbil-
der wandelten sie sich mit dem Wind und der Umgebung. Mimis
Mimik wurde nie langweilig, weil sie sich ständig veränderte. Andere
mochten ihre Gefühle beherrschen und sich und ihre Nächsten auf
diese Weise kontrollieren. Mimi verstand davon nichts. Sie war nicht
nur aufrichtig, sie nahm auch alles wahr, ihre Sinne waren geschärft,
selbst jetzt, da sie die Augen halb geschlossen hielt und zu träumen
schien.

»Was hältst du davon, wir schwänzen heute den Abend im *Moulin
Rouge*. Auf das Geld kommt es nicht an, ich habe genug davon. Wir
bleiben einfach vor dem Kaminfeuer sitzen, hüllen uns beide unter
eine dicke Decke und halten Ausschau nach Sternschnuppen. Dann
wünschen wir uns was.« Sie würde sich wünschen, eine andere Ver-

sion ihrer selbst zu werden, dann würde Mimi sie für immer und ewig lieben und alles wäre gut. Wie im Märchen.

»Papperlapapp«, sagte Mimi und grinste. Sie wusste, dass *Papperlapapp* eines von Louises Lieblingsworten war. Mimi küsste sie fröhlich auf beide Wangen. »Ich weiß doch, wie sehr du das *Moulin Rouge* liebst, mehr als mich, vermute ich.« Sie lachte. »Wenn du dich nicht krank fühlst, wirst du heute Nacht tanzen, ganz wie geplant. Valentin wartet sicher schon auf uns.« Mimi seufzte, griff nach einem weiteren Macaron, das sie sich in den Mund steckte, und ging in den Flur. Louise tat es ihr nach, wenn auch widerwillig. Mimi nahm ihr Samtcape vom Bügel an der Garderobe und streifte sich die Handschuhe über, die auf der Fichtenholzanrichte lagen.

»In Ordnung. Ich komme mit dir.« Louise schlüpfte in ihren pelzbesetzten Mantel und die Schnürstiefel und nahm ihren Schlüssel vom Bord. Sie folgte Mimi in die Nacht und ins *Moulin Rouge*.

* * * * *

Draußen war es bitterkalt, aber Mimi bestand darauf, zu Fuß zu gehen. Im Dunkeln schlenderten sie Hand in Hand den kleinen Hang vor Louises Haus hinunter. Still gingen sie nebeneinanderher, bis sie sich den Lichtern des großen Boulevards näherten, wo Louise plötzlich innehielt. Dort angekommen ließ sie Mimis Hand los. Die Freundin ging noch eine Weile allein weiter, dann bemerkte sie, dass Louise ihr nicht folgte, und drehte sich zu ihr um. »Was ist denn?«

Louise sah zu Mimi, hinter der Trauben von Menschen auf ihrem Weg ins Theater oder in ein Café Concert vorüberzogen, sie hörte das Geklapper der Pferdehufe und Wortfetzen aus Gesprächen vorbeieilender Leute drangen zu ihr, sie roch den Schnee, der noch nicht gefallen war. Sie setzte sich in Bewegung, hin zu Mimi, und als sie vor ihr zum Stehen kam, strich sie ihr eine Haarsträhne hinters Ohr, die sich aus ihrem Dutt gelöst hatte. »Es wird wie immer sein heute Nacht.«

Mimi blickte sie verwirrt an und wartete, dass sie weitersprach.

»Ich kann nicht plötzlich eine andere werden, verstehst du? Wenn ich also den Herren schöne Augen mache, gehört das zu meiner Arbeit, das bin dann auch ich. Ich möchte, dass du das weißt. Es hat nichts mit uns zu tun.«

Eine Weile starrte Mimi schweigend zu Boden, schließlich nickte sie. Dann setzte sie den Fußmarsch fort. Sie wartete nicht auf Louise und streckte auch nicht mehr die Hand nach ihr aus.

»Bist du mir böse? Sag doch bitte etwas.«

Mimi schüttelte den Kopf. Sie schwieg beharrlich weiter, und Louise würde einen Teufel tun und noch länger in sie dringen. Als sie endlich den Boulevard de Clichy erreichten, sich unter die vielen Nachtschwärmer mischten und Mimi doch wieder nach ihrer Hand griff und sie anlächelte, hatte sich beinahe unmerklich eine graue Traurigkeit in ihre Augen geschlichen. Aber vielleicht bildete Louise sich das auch nur ein. So oder so, sie hatte keine Wahl. Die *Goulue* musste bleiben, wer sie war. Nur so verlor sie sich nicht selbst und dieses Selbst war es doch, was Mimi angeblich liebte. Sie atmete die Schwere also weg, wie Mimi es auch getan hatte, und küsste sie ein letztes Mal hinters Ohrläppchen, bevor sie in die Menge, die sich vor dem *Moulin Rouge* versammelt hatte, eintauchten und sich ihren Weg in den Ballsaal ebneten. Louise machte Valentin schon von Weitem aus. Mit seiner stattlichen Größe war er einfach nicht zu übersehen. Sie zog Mimi hinter sich her in seine Richtung, und als sie bei ihm angekommen waren, fiel sie ihm um den Hals. »Endlich!« Louise hätte weinen können vor Erleichterung, ihn wieder um sich zu wissen. »Das war vielleicht ein Tag, mein Freund, du ahnst ja nicht, was schon alles geschehen ist.«

Valentin umgab wie immer eine bläuliche Aura und das nicht nur der Zigarette wegen, die er paffte. Seine Ausstrahlung ließ sie inmitten des Gewimmels aufatmen und zur Ruhe kommen, auch wenn sie nie verstand, wie ihm das gelang. Er beugte sich zu ihr hinab und flüsterte ihr ins Ohr: »Es wird dein Herz höherschlagen lassen, dass meinem Bruder ein kleines Kunststück gelungen ist. Er hat nämlich das Geschäft deines Lebens angebahnt. Du musst nur noch unterschreiben, Louise, und dann darfst du ein herrliches weinumranktes Häuschen im warmen Süden Frankreichs dein Eigen nennen.«

Außer in ihrer Kindheit ins Elsass war Louise noch nie verreist. »Wir machen Urlaub am Meer.« Mehr zu sich, als zu Valentin oder zu Mimi sagte sie das, aber beide sah sie dabei abwechselnd an. »Zu dritt, ohne das Dauerrauschen unserer Welt.«

»Dort schäumen nur die Wellen, wenn sie ans Ufer brechen. Darauf stoßen wir an.« Valentin winkte einen Kellner herbei und orderte eine Runde Champagner für sie drei.

»Was wird denn hier gefeiert?« Nicolas Droxler hatte sich ihnen von hinten genähert, Louise bemerkte ihn erst jetzt.

»Verzeihen Sie.« Er lüpfte seine Melone. »Ich wollte keinesfalls aufdringlich wirken, aber ich musste mich versichern, dass es Ihnen nach dem Skandal heute Nachmittag gut ergangen ist.« Er rückte dicht an sie heran, zu dicht für ihren Geschmack, sie mochte ihn nicht besonders leiden. Er roch nach abgestandenem Wasser und Staub, ein wenig muffig und fad. Aber er gab sich charmant und um sie besorgt, sodass er eine gute Belastungsprobe für Mimi war. Würde ihre Freundin es aushalten, wenn sie mit Nicolas schäkerte? Zur Schau gestellte Leichtigkeit, Lebensfreude und Lust gehörten dazu, wenn sie weiterhin Erfolg haben wollte. Allein aufs Tanzen würde sie sich nicht verlassen können. Die *Goulue* war immerhin bekannt für ihre Unersättlichkeit, und Louise hatte die Bühnenfigur auch dann zu verkörpern, wenn ihr ausnahmsweise einmal nicht der Sinn danach stand. Sie schenkte Nicolas einen tiefen Blick. Der sah nicht etwa fort, wie manch einer es schon getan hatte, dem ihr Blick zu intensiv und durchdringend gewesen war. Nein, er schien es zu genießen, so von ihr betrachtet zu werden. Damit hatte Louise nicht gerechnet. Doch sie konnte nicht beides gleichzeitig, Mimi beobachten und Nicolas in ihren Bann ziehen. Also konzentrierte sie sich auf ihn: Kein ernst zu nehmender Abgrund lag in ihm, genau wie sie vermutet hatte. Der Mann war gewieft, mehr aber auch nicht. Er trug keine Persönlichkeitsanteile in sich, die sie noch nie in anderen entdeckt hätte, und kaum etwas, das sie nicht von sich selbst kannte. Da war ein Streben nach Anerkennung, der Wunsch, die Welt aus den Angeln zu heben und etwas zu gelten, ein bisschen Talent und das Wissen darum, wie Komplimente auf das andere Geschlecht wirkten. Seine Gaben würde dieser Nicolas bereitwillig für seine Ziele einsetzen. Einer, der sich selbst näherstand als anderen. Gerissen war er, aber kein Unmensch. Er würde den Frauen reihenweise das Herz brechen, ließen sie es zu. Louise war klug genug, sich ihm nicht ganz zu zeigen und den Spieß umzudrehen. Sie würde ihn für ihre eigenen Ziele einspannen. Ein kleines Kräftemessen würde das werden, das reizte sie, auch wenn sie selbstverständlich gewinnen würde. »Auch wenn Sie andere Frauen mit ihren Komplimenten beeindrucken können, mich lassen sie kalt.« Sie sah über seinen Kopf hinweg und nahm den Champagnerkelch entgegen, den der Kellner ihr reichte. Valentin hob eine Augenbraue. Er versuchte offenbar zu verstehen, welches Spiel sie da spielte und was sie vorhatte. »Mimi hast du bereits verscheucht, Louise. Sie sagte, sie würde sich lieber schon mal für die Quadrille vorbereiten.«

Louise hatte tatsächlich nicht bemerkt, dass Mimi aufgestanden war. »Ich schau gleich nach ihr«, flüsterte sie ihm zu und zu Nicolas sagte sie: »Sie sind mir ebenbürtig, mein Freund, ich freue mich darauf, unsere Bekanntschaft zu vertiefen.« Nicolas nahm den ursprünglich für Mimi vorgesehenen Champagnerkelch dankend entgegen.

»Auf den Hauskauf«, sagte Valentin und weil Champagner nicht schal werden durfte und Mimi nirgend mehr zu sehen war, stießen sie beide mit Nicolas an. »*Chin-Chin*, Louise. *À votre santé*, Monsieur.«

Eigentlich war doch alles gut. In den Spiegeln tanzten die Lichter und auf dem Parkett drehten sich die Paare im Tanz. »Ihr entschuldigt mich, ich muss mich auch umkleiden.« Auf dem Weg zur Garderobe begegnete ihr nicht etwa Mimi, wie sie gehofft hatte, sondern Zidler. Der Theaterdirektor lief ihr immer zum falschen Zeitpunkt über den Weg, er hatte dafür ein untrügliches Gespür. In seinen Händen hielt er eine Schachtel, die er stolz vor sich hertrug, warum auch immer. Er strahlte übers ganze Gesicht und entblößte dabei eine Reihe blitzender Zähne. »Gut, dass ich dich persönlich zu fassen bekomme, *La Goulue*.«

»Niemand fasst mich, es sei denn, dieser jemand ist ein Hund, Zidler. Und mit dem würde ich auch noch fertig werden.«

»Mal wieder Haare auf den Zähnen, was? Aber dieses Mal wird es dich freuen, wenn du siehst, was ich dir bringe.« Er streckte ihr die dunkelblaue Schachtel entgegen. Louise betrachtete die fette rote Schleife, die auf ihrer Oberseite prangte.

»Für die Königin des Hauses, ganz wie gefordert.«

Sie nahm das Kästchen entgegen und öffnete den Deckel. In einer ihrer letzten Streitereien hatte sie Zidler wissen lassen, wenn er sie am Haus behalten wolle, müsse er seiner Königin ein glitzerndes Diadem mit echten Diamanten anfertigen lassen. Das hatte Louise über all dem Trubel und Lärm der letzten Tage ganz vergessen, auch wenn sie ihre Androhung durchaus ernst gemeint hatte. Und Zidler hatte tatsächlich daran gedacht. Fast war sie ein wenig gerührt. Sie schlug das Goldpapier im Innern der Schachtel zur Seite. Darin lag auf rosa glänzendem Seidenpapier ein schmaler Haarreif. Entgeistert blickte sie ihn an. Er kam ihr billig und lieblos angefertigt vor. Wahrscheinlich produzierte irgendeine Firma die Dinger in Massen. Von exquisit konnte jedenfalls keine Rede sein. Zidler, der selbstgefällig die Hände in den Hosentaschen vergrub, beobachtete sie.

»Nimm das herrliche Stück Handwerkskunst doch mal genauer in Augenschein und dann setz es auf! Du wirst heute damit auftreten. Wir kündigen immerhin unsere Königin an.«

Wollte er sie auf den Arm nehmen? In Louises Magen brodelte es, ihr Blick verengte sich. Sie hätte einiges darum gegeben, Zidler nicht im *Moulin Rouge*, sondern in einer echten Arena gegenüberzustehen. Dort würden die Zuschauer sie von den hinteren billigen Rängen aus anfeuern. Immerhin kämpfte Louise auch für sie und ihre Rechte, niemals nur für sich allein. Sie war ihre Ikone und verkörperte alles, was sie nie erreicht hatten – und nie erreichen würden. Aber auch für die Reichen und Berühmten war sie eine Art Wunder. Eine, die es geschafft hatte und die alles in sich vereinte: die Kraft und Wut des Volkes, den Zauber der Tanzkunst und eine ungeheure Leidenschaft für das Leben, von der sie reichlich abzugeben hatte. Glaubte Zidler

ernsthaft, nur weil er im Theater den Impressario gab, er könne sie
vorführen? Mit spitzen Fingern hob Louise die falsche Krone hoch
und hielt sie ins Licht. Drei schmale Diamanten zählte sie. Sollte das
ein dummer Scherz sein? Sie hatte nie etwas von Zidler verlangt –
ganz im Gegensatz zu den anderen Tänzerinnen. Keine Broschen,
keine Ohrringe, keine Halsketten hatte sie erbettelt. Damit ließ sich
nämlich nicht gut tanzen. Aber ein Diadem war etwas, das ihr stand;
ein aufsehenerregendes Stück, das nur tragen durfte, wer aus dem
Raster der Gewöhnlichkeit fiel. »Schaffe ich dir nicht zu jedem deiner
Bälle, zu jedem deiner Feste genügend Leute herbei? Kommen nicht
die meisten nur wegen *La Goulue*, von der man schon so viel gehört
hat? Machst du nicht reichlich Zaster mit mir? Und ist das hier dein
Dank?« Louise hielt ihm das Billig-Diadem vor die Nase. »Bei welchem Pfuscher hast du es in Auftrag gegeben? Der Reif ist viel zu
schmal, ich zähle drei klitzekleine Diamanten und die sind nicht einmal ordentlich geschliffen. Hat deine Kasse nicht mehr hergegeben
oder bist und bleibst du ein Geizhals?« Es wäre wahrlich besser gewesen, sie hätte das Diadem einfach vergessen, dann hätte ihr das
nutzlose Stück nicht einen derartigen Stich versetzen können. Aber
sie hielt die Schachtel nun einmal in Händen und musste damit umgehen, wie wenig Zidler sie offensichtlich schätzte, wie wenig sie ihm
galt. Dabei hatte sie sich alles so schön ausgemalt. Wie er ihr das Diadem überreichen würde, nicht auf der Hinterbühne, wo niemand sie
sah, sondern inmitten der Gästeschar, damit alle mitbekämen, was der
Theaterleiter seiner ersten Tänzerin am Haus schenkte. Die Herren
von der flinken Feder wären natürlich gleich darauf aufmerksam geworden. Ein Diadem, das diesen Zweck erfüllen würde, musste schon
in der Schachtel glänzen und funkeln, erst recht aber dann, wenn sie
es sich zwischen ihre Haare gesteckt hätte. Dafür reichten drei klitzekleine, schlecht bearbeitete Diamanten beim besten Willen nicht aus.
Wäre die Übergabe so verlaufen, wie sie es sich ausgemalt hatte, hätte
keiner je wieder angezweifelt, dass Louise Weber, die *Goulue* vom
Montmartre, die vor dem Schah getanzt und ihn bezaubert hatte,
auch in Wahrheit eine waschechte Königin war: Vielleicht vertauscht

bei der Geburt, vom Schicksal gebeutelt und in armen Verhältnissen aufgewachsen, aber unter eigener Kraft neu geboren. Wer eine Krone aus glitzernden Diamanten trug, hatte es geschafft, daran gab es keinen Zweifel, der galt etwas in Frankreich und über Frankreich hinaus, der war unersetzlich. So aber … Zidler musste sie bis aufs Blut verachten, wenn er zuließ, dass ein dahergelaufener Goldschmied so etwas Erbärmliches für die Königin des Hauses anfertigte. In ihr wütete bittere Enttäuschung, die sie mit aller Macht niederzukämpfen suchte. Sie hatte Tränen in den Augen, aber sie hielt sie eisern zurück.

»Du bist wirklich unersättlich, grässlich und undankbar – und fett wirst du auch langsam«, brüllte Zidler sie an. Er musterte sie missbilligend, kramte nach einem Stofftaschentuch und tupfte sich damit dicke Schweißperlen von der Stirn. Was bildete er sich ein? Warum durfte er sich einen fetten Wanst anfressen und seine Tänzerinnen wie Puppen springen lassen? Was gab ihm das Recht dazu? Sie aber sollte schön und jung bleiben und nie zu viel für sich einfordern. Damit war jetzt ein für alle Mal Schluss. »Fett werden wir alle, schau dich nur mal an!« Sie zeigte auf seinen Bauch, der sich über dem Hosenbund wölbte. »Nur weil du ein Mann mit Vermögen bist, glaubst du, das Sagen zu haben? Ich bin selbst vermögend. Ich besitze ein Haus in Südfrankreich und Mimi, die mich liebt.« Ihr Kopf glühte. Sie musste knallrot angelaufen sein und schwitzte grässlich. Von hinten schlang jemand die Arme um ihre Taille und schmiegte sich an sie. »Pst …« Das war Mimi. »Zwar besitzt du mich nicht, aber ich bleibe freiwillig bei dir.«

»Ts, ts, ts …« Zidler verschränkte die Arme vor der Brust. »Ich bitte dich nicht noch einmal darum, das Diadem aufzusetzen. Du bist als Königin angekündigt, und damit basta. Da kannst du Publikumsmagnet sein, so viel du willst, du tust, was ich sage, oder ich werfe dich eigenhändig hinaus. Niemand ist unersetzbar, auch du nicht!«

Mimi nahm Louise sanft das Diadem aus der Hand und betrachtete es. »Das Krönchen ist doch eigentlich ganz hübsch.« So wollte sie wohl verhindern, dass Louise noch mehr außer sich geriet und es gar auf den Boden donnerte.

»Ein hübsches Krönchen für eine mittelmäßige Person, du sagst es. Und genau das wäre ich, wenn ich mich damit präsentierte. Wenn es dir allerdings so gut gefällt, dann schenke ich es dir.« Ihre Worte hatten schärfer geklungen, als sie es gemeint hatte. Verdammt, schon wieder beleidigte sie Mimi, die mit der Angelegenheit doch gar nichts zu schaffen hatte. Aber was musste sie sich auch immer wieder um des lieben Friedens willen in Sachen einmischen, die sie – Himmel, Arsch und Zwirn – einfach nichts angingen? Louise bemühte sich um ein entschuldigendes Lächeln, das wahrscheinlich gänzlich misslang, jedenfalls lächelte Mimi nicht zurück. Dann schob sie der Freundin den Reif auf den Kopf, bemüht, einen versöhnlichen Ton anzustimmen. »Es geht nicht bloß um irgendein Schmuckstück, verstehst du das denn nicht? Es ist meine Auszeichnung, es sagt alles über mich. Und wenn es das ist, was ich dem Haus wert bin, und wenn Zidler mich zwingt, das zu tragen, einen Makel quasi, dann werde ich ihn verklagen. Wir hatten eine Abmachung und die kann ich auch einfordern.« Louise sprach über Zidler, als wäre er gar nicht zugegen. Sie hatte die anderen nicht kommen hören, so sehr war Louise auf den Streit konzentriert gewesen. Aber plötzlich waren sie alle da und umringten sie. Ihre Auseinandersetzung musste die Schar aus Freunden und Kollegen auf sie aufmerksam gemacht haben; Valentin, der sich nicht einmischte, sondern – an eine Säule gelehnt, als stiller Beobachter – die Szene studierte; Nicolas, der hinter der Bühne so gar nichts zu suchen hatte, aber ihr den Rücken zu stärken versuchte und wild auf Zidler einredete. »Aber verstehen Sie doch ihre Sicht, mir erginge es ebenso, steckte ich in ihrer Haut.« Adolphe und Auguste waren auch da und zwei oder drei unbekannte Herren von der Journaille, die ihre Stifte und kleinen Notizblöcke zückten und eifrig darauf kritzelten. Außerdem Aicha, die auf dem blanken Boden hockte und so tat, als ginge sie das alles nichts an, aber insgeheim ganz sicher schadenfroh war. Dem Kapellmeister, der wohl erkunden wollte, woher der Lärm kam, stand der Mund offen und die *Rigolboche* schnitt Grimassen, was wohl ihre Art war, Situationen zu entschärfen, auch wenn sie damit allen auf die Nerven ging. »Verehrte Damen und Herren«, sagte

Zidler, »bitte begeben Sie sich alle wieder in den Tanzsaal zurück. Das Ensemble kleidet sich für die nächste Nummer um. Ich zähle darauf, sonst kann ich für nichts garantieren.« Zidler sah bei seinem letzten Halbsatz nur Louise an. Glaubte er etwa, ihr drohen zu können?

»Gegen Unrecht muss man sich zur Wehr setzen. Das bewundere ich, ganz besonders bei Frauen. Und Louise …«, Nicolas hielt sie am Arm fest, »so eine Frau bist du.« Er reichte ihr ein Glas mit Kräuterschnaps. Sie leerte es, und bekam gleich darauf noch ein zweites. »Ich werde dich jetzt nach Hause bringen, wenn es dir recht ist«, sagte er.

Adolphe hob einen Arm in die Luft, als müsse er seinen Redebeitrag anmelden. »Überleg dir das besser noch mal, Louise. Zidler wird rasen vor Zorn, wenn du nicht auftrittst. Wenn du aber tatsächlich nach Hause willst, kann ich dich ebenso gut bringen wie der Fremde hier.«

Valentin löste sich von seiner Beobachterposition an der Säule und schob sich an den anderen vorbei, bis er dicht an Louises Seite stand. Er verbeugte sich vor Nicolas, bat um Entschuldigung, dass er an dieser Stelle übernehmen müsse, aber er sei Louises Vertrauter und trage die Verantwortung für seine Tanzpartnerin. Er reichte ihr seinen Arm. Sie musste nicht lange überlegen. Wenn sie die Wahl hatte, fiele die immer auf Valentin oder Mimi. Und Mimi war weit und breit nicht zu sehen. Louise hakte sich bei ihm unter.

»Das wird schon wieder. Ich fahr dich rasch mit der Kutsche nach Hause.«

Zidler tobte, als er erfuhr, dass Louise abgehauen war, so jedenfalls erzählte es ihr später Mimi. Er warf sie dennoch nicht raus. Ohne die *Goulue* hätte dem *Moulin Rouge* das Herz gefehlt. Aber der Riss zwischen ihnen war nicht mehr zu kitten, es war nur noch eine Frage der Zeit, bis er ganz aufbrechen würde.

KAPITEL 25

Am 12. April 1893 war es endlich so weit. Joseph Oller, mit dem Louise seit ihrem Bruch mit Zidler wesentlich enger zusammengerückt war, hatte sich entschlossen, das *Montagnes Russes*, das seit 1889 existierte, in *Olympia* umzubenennen und seinen Gästen ein bunteres Programm anzubieten. Neben Musikern sollten dort auch der Zirkus und das Ballett gastieren und Operetten aufgeführt werden.

Oller hatte Louise gebeten, sein neues Etablissement mit der Quadrille zu eröffnen – und Valentin und Mimi sollten an ihrer Seite auftreten. Es war ein Fest, dieser 12. April 1893! Henri hatte schon Wochen vorher das Plakat zur Eröffnung entworfen und die Menschen folgten seiner Ankündigung, sie strömten scharenweise herbei. Vielleicht lag es auch daran, dass der lange Winter endlich vorüber war, die Blüten an den Bäumen Knospen trugen und das Leben auf die Straßen von Paris zurückkehrte. Auch am Boulevard des Capucines und vor dem *Olympia* drängten sich die Menschen auf der Suche nach ein wenig Abwechslung und Überraschung. Die neuen Automobile pufften ihre Abgase in die milde Frühlingsluft und streiften dabei beinahe Radfahrer und Passanten, die erschrocken zur Seite sprangen und mit Gehstöcken und Schirmen ihren Platz verteidigten. Dazwischen drängten sich die Kutschen, deren vorgespannte Pferde scheuten, wenn mal wieder eines der neuen motorenbetriebenen Gefährte laut hupte oder vom Weg abkam. Der Verkehr war in den letzten Jahren dichter geworden, aber heute fiel er Louise besonders auf. Ein Automobil hielt dicht vor ihr an und parkte. Sie blieb verwundert stehen und ihre Verwunderung wuchs nur noch, als sich wenig später die Wagentür mit so viel Schwung öffnete, dass sie zur Seite springen musste, um nicht von ihr getroffen zu werden. Eine Dame, deren schallendes Lachen Louise sofort vertraut war, noch bevor sie ihr Gesicht sah, entstieg dem Gefährt: Thérésa.

Ihr war mit einem Mal speiübel und ihr Herz schlug schneller. Und das nach all den Jahren und obwohl sie sich bei ihrer letzten Begegnung wacker geschlagen und Thérésa aufgefordert hatte, ihr Haus zu verlassen. Diese seltsame Anziehung, die von ihr ausging, war noch immer da, auch wenn in diesem Leben aus ihnen keine Liebenden mehr werden würden.

Mimi stand unweit von Louise am Eingang des Olympia und unterhielt sich angeregt mit Valentin. Es lief gut zwischen Mimi und ihr. Das war keine despektierliche Beschreibung, sondern weit mehr, als Louise sich je von der Liebe erhofft hatte. Sie würde Mimi nicht wieder verletzen, nicht sie.

Der Winter mit ihr war zauberhaft gewesen. Eng aneinandergeschmiegt waren sie fast täglich zusammen eingeschlafen. Wenn sie nicht arbeiteten und tanzten, kochte Mimi. Louise half ihr, die Zutaten zu zerkleinern. Sie schnitt Möhren und Äpfel in kleine Scheiben, zupfte Salbei und hackte den Knoblauch klein. Die Gespräche, die sie unterdessen führten, wurden ihr nie lang. Louise floh Mimis Nähe auch nicht, wenn es dunkelte und sie am Kamin ihre Unterhaltung fortsetzten. Neben der Freundin, die gerne in Schmonzetten versank, konnte Louise aber auch Stunden zubringen, in denen sie beide kein Wort aneinander richteten, die eine angelehnt an den Körper der anderen oder nebeneinander spazierend, wenn sie noch einmal frische Luft schnappen wollten, bevor sie zu Bett gingen. Kurzum, Louises Zuhause war auch Mimis geworden. Ohne sie wollte Louise sich die Zukunft nicht denken. Das Leben war von einer angenehmen und kontinuierlichen Wärme, seit Mimi es belebte, und die Gefühlskurven schlugen nur noch aus, wenn es um Glück und Wohlbefinden ging. Leid und Schmerz nisteten sich bei Louise weit weniger ein und sie konnte nicht behaupten, dass sie die beiden Altbekannten vermisste. Valentin kam regelmäßig vorbei. Sie übten dann zu dritt neue Schritte und planten ihre Reise in den Süden, in Louises neues Domizil am Meer.

»Na?«, fragte Thérésa in ihre Gedanken hinein. »Noch immer dieselbe Träumerin von früher, wie?«

»Beobachtungen verraten ja weit mehr über die, die sie treffen, als über ihren Gegenstand, nicht wahr, Thérésa?« Thérésa strich mit dem Handschuh über das Metall ihres Automobils, als sei es eine verheißungsvolle Geliebte. »Ich bin immer aufgeschlossen für das moderne Leben, das weißt du. Und du tanzt immer noch die Quadrille? Immer noch mit Môme Fromage und diesem langen Lulatsch?« Sie deutete auf ihre beiden Liebsten. Aus ihrer Manteltasche zog sie ein Zigarettenetui und eine Streichholzschachtel. »Rauchst du eine mit mir, bevor du wieder losmusst? Ich schaue mir später die Eröffnung an.«

Louise nickte, nahm die ihr angebotene Zigarette entgegen und beugte sich leicht nach vorn zur Flamme, die Thérésa entzündete. »Wir beide sind uns zu ähnlich, wir hätten nicht glücklich werden können, ohne uns zu zerfleischen. Aber ich wusste immer, was in dir steckt, Louise. Wir wollten beide alles, sind aus demselben Holz geschnitzt und könnten noch immer ein Feuerwerk entzünden, wenn wir wieder miteinander im Bett landen würden.« Ihre Augen lachten, auch wenn ihr Mund ein gerader Strich blieb. Louise sah sie an, ohne das Wort an sie zu richten. Thérésa hatte recht. Sie waren aus demselben Holz geschnitzt. Was sie unterschied, war einzig, dass Louise hatte erfahren dürfen, wie gut es tat, geliebt zu werden und zu lieben. Dass Mimi bei ihr war, dass sie sie niemals fallen ließ, egal was geschah. Louise nahm einen tiefen Zug von ihrer Zigarette, küsste Thérésa ein letztes Mal in Gedanken, und trat dann die noch brennende Zigarette mit den Füßen aus. »Danke«, sagte sie und ging, ohne abzuwarten, ob Thérésa etwas entgegnen würde. Sie drehte sich nicht noch einmal nach ihr um. Es war gut zu wissen, dass es Geschichten gab, die keines Abschlusses bedurften, weil sie sich wieder und wieder von Neuem entspinnen würden. Louise gesellte sich zu Mimi und Valentin, die über die neuen Schrittkombinationen für ihren Auftritt sprachen. »Wie kann es helfen, darüber zu sprechen? Man muss die Schritte tanzen, dann fällt einem auch wieder ein, wie der eine auf den anderen folgt. Nur im Tun begreift man das.« Louise küsste Mimi auf die Stirn. Die schlang die Arme um ihre Schultern und lehnte den Kopf an ihre Brust. »Ich höre, wie dein Herz schlägt.«

Ein Gong erklang und die Menschenmenge strömte zum Eingang des neu eröffneten *Olympia*. Mit Valentin und Mimi fühlte sich das Leben leicht und echt an, so wie es sein sollte. Louise streckte eine Hand aus, und dann lagen sie sich zu dritt in den Armen. Louise hatte wieder eine Familie, eine Wahlfamilie bekommen. Sie würde diese Chance auf keinen Fall vermasseln. Aber wo blieben denn nur Vic und Louis? Wahrscheinlich saßen sie schon im Zuschauerraum – Louis in dem hübschen kleinen Anzug, dem sie ihm gekauft hatte, neben Vic, die möglichst unauffällig von den edlen Champagnerpralinen naschte, die sie ihr für diesen besonderen Abend geschenkt hatte. Es sollte nicht nur ihr gut gehen, auch ihren Liebsten. Es stimmte sie heiter, sie gut versorgt zu wissen. Leider sah sie die beiden nicht mehr so häufig, nachdem Vic ihren Traum wahrgemacht hatte und mit Louis aufs Land gezogen war. Das Leben dort bekam ihr offenbar gut, sie hatte rosige Wangen und strahlte in einem fort.

»Kommt, wir müssen uns umziehen«, sagte Louise zu ihren Freunden. »Ich will, dass wir Joseph Oller die beste Eröffnung schenken, die er sich nur wünschen kann. Der wahnsinnige Zidler soll vor Neid erblassen, falls er unter den Gästen sein sollte.«

Louise hakte sich bei Mimi und Valentin unter und so drängelten sie sich zu dritt durch die Menge hindurch bis zum Künstlereingang.

Oller erwartete sie schon. Er hatte sich ehrlich gefreut, als Louise, Valentin und Mimi ihm für die Eröffnung zugesagt hatten. Er war so ganz anders als Zidler. Herzenswärmer, zugewandter und nicht ausschließlich auf den eigenen Profit bedacht. Er hatte sich eine Menschlichkeit bewahrt, die mehr war als bloße Pose. Und er brannte für den Zauber des Varietés.

Louise nickte dem Impressario zu, und er zwinkerte verschwörerisch zurück. Es kam auf sie alle an, Louise verstand ihn gut. Oller wies ihnen den Weg zu den Garderoben, dann drehte er sich um und begrüßte die nächsten Künstler. Er hatte Garderobieren engagiert, die ihnen ins Kostüm halfen, und Maskenbildner, die sie für ihren Auftritt schminkten und ihnen die Haare machten. »Ihr konzentriert euch ganz auf euch und euren Auftritt. Mehr müsst ihr nicht tun. Entspannt euch.« Das war seine Devise.

In Louise hingegen wuchs die Aufregung. Sie trat ja nicht zum ersten Mal auf und sie kannte nicht nur die Choreografie in- und auswendig, sie hatte auch mehr als einmal erfahren, dass alles von allein kam, wenn sie sich nur dem Rhythmus der Musik hingab, sich in die Emotionen fallen ließ, wenn sie auslebte, was sie im Leben zurückhielt. Aber dieses Mal war es anders. Sie war schon wer, sie musste nicht erst jemand werden. Der Zauber der Unbekannten, die mit Talent wie Temperament gesegnet war, war nicht mehr neu und die Erwartung, sich immer wieder selbst zu übertreffen, riesig. Sie hatte edle Wäsche erstanden und sich darauf ein riesiges, leuchtend rotes Herz auf den Po nähen lassen. Ihr Zeichen blieb ihr Erkennungsmerkmal, auch wenn es nun galt, ein teils fremdes Publikum in ihren Bann zu ziehen. Im *Moulin Rouge* war sie die unangefochtene Königin, egal in welcher Verfassung sie den Saal betrat. Aber Zidlers grässliches Diadem und dass er versucht hatte, sie zu nötigen, damit aufzutreten, hatten sie innerlich geschwächt. Louise hatte das niemanden wissen lassen, nicht einmal Valentin. Sie klagte nicht, sie machte einfach weiter. Umso mehr kam es aber darauf an, auch im *Olympia* zur gefeierten Königin zu werden – nicht für sie allein, sondern auch für Mimi. Die sollte stolz auf sie sein. Louise würde den Saal schon für sich einnehmen. Während sie so ihre Gedanken spann, war Mimi bereits fertig geschminkt worden. Sie beugte sich zu dem mintgrünen Retikül zu ihren Füßen, das Louise ihr nach dem Streit gekauft hatte. Sie suchte nach etwas, fand es aber nicht auf Anhieb und hob die kleine Ballontasche auf ihren Schoß.

»So groß ist das Täschchen ja nicht … Kann ich dir vielleicht helfen, *mon ange?*« Mein Engel, so nannte sie Mimi, seit sie so viel Zeit miteinander verbrachten und fast immer gemeinsam einschliefen. Wenn Mimi bei ihr war, zählte nichts anderes. Louise spürte kein Verlangen nach äußerer Entgrenzung, sie trank seltener, und wenn, dann gemeinsam und zum puren Genuss. Mit Mimi lebte sie im Augenblick, und der hätte schöner kaum sein können. Louise streckte die Hand nach ihr aus und lächelte sie an. Mimi wühlte weiter in der Tasche, bis sie endlich fand, was sie so dringend gesucht hatte: Sie zog eine kleine, filigran mit Blumenmustern bemalte Verpackung hervor, atmete mit einem Stoßseufzer aus und hielt sich die freie Hand auf die Brust. Ihre Augen glänzten feucht. »Das wäre es noch gewesen, dass ich mein Geschenk verlege. Ich hoffe, du weißt, was ich damit sagen will. Du …« Sie führte den Satz nicht zu Ende.

»Ein Geschenk für mich?« Louise liebte Geschenke. »Was ist es denn?«

Mimi reichte ihr das schmale Päckchen. Es passte gut zweimal in Louises Hand und wog nicht viel. »Ich hoffe, du erwartest nicht …, ich meine, ich habe es mit Liebe ausgesucht.« Louise riss ungeduldig am Papier. Sie brannte darauf, zu sehen, womit Mimi sie überraschen wollte. Für ein Diadem war es zu klein, und Diamanten waren zudem unerschwinglich für ihre Liebste. Die Verpackung löste sich nur schwer. Louise musste fest daran zerren, bis sie mit einem dunklen Ratschen nachgab. Mimi hielt die Augen geschlossen, sie blinzelte nur ab und zu. Wollte sie nicht sehen, wie sehr sie sich freute? Hatte sie Angst, das Falsche gewählt zu haben? Zum Vorschein kam eine Schmuckdose, die in denselben Blumenmustern bemalt war wie die Verpackung. Hatte sie ihr die herrlich exzentrische Reversnadel in Schlangenform oder das zauberhafte Lachskorallenarmband gekauft, das Louise bei ihrem gemeinsamen Bummel über den Bazar de la Charité bewundert hatte? »Du hättest dich doch nicht in Unkosten stürzen müssen, Mimi.« Louise hob den Deckel der Dose an und starrte gleichermaßen irritiert wie fassungslos auf die hässlichste Brosche, die sie je gesehen hatte, einen gedrungenen Elefanten in geschmacklosem, gelbstichigem Porzellan. Er wirkte fast schmutzig, wie von der Sonne ausgeblichene Gardinen, und einer seiner Stoßzähne war abgesplittert. Louise nahm die Brosche aus der Dose und drehte und wendete sie. Vielleicht hatte sie etwas übersehen? Eine Gravur vielleicht, die das seltsame Geschenk erklärte, oder vielleicht war die Brosche von einer bekannten Firma hergestellt worden und das hatte Mimi zum Kauf verleitet? Dass der Stoßzahn des Elefanten abgebrochen war, war vielleicht bloß auf ein Missgeschick zurückzuführen.«

»Gefällt er dir?« Mimi hatte ein Auge geöffnet. »Ich habe ihn in der Auslage eines Trödelladens im Montmartre entdeckt und musste gleich an dich denken.«

Louises Herz zog sich schmerzhaft zusammen. Mimi war nicht etwa mit dem Vorsatz losgezogen, ihr etwas zu kaufen; sie hatte nicht allerlei Geschenke betrachtet und einen Tag und eine Nacht lang angestrengt darüber nachgedacht, mit was sie ihrer Freundin eine große Freude machen könnte. Mimi war lediglich durch Zufall an einem Laden vorbeigekommen, der alte Sachen verramschte, und hatte ausgerechnet bei einem grässlich kaputten Elefanten, der kaum etwas wert war, an sie gedacht.

»So sag doch etwas.«

Louise hob den Blick von dem Monstrum. Sie bekam ihre Lippen kaum auseinander, so kalt und gefroren fühlten die sich an, dabei herrschten doch frühlingshafte Temperaturen – auch in der Garderobe. »Was soll ich dazu sagen? Dass ich nicht weiß, worauf du anspielst und welche Beleidigung die schlimmere ist?«

»Wovon sprichst du?« Mimi wirkte verunsichert. Jetzt gab sie also auch noch das Dummerchen. Wenn Louise eines hasste, dann das.

»Warte mal, was stünde da zur Auswahl: die schiere Körpermasse dieses Riesen? Seine Schwerfälligkeit? Dass es ihm an jeder Eleganz fehlt? Dass er nur auffällt, weil er alles andere verdrängt oder weil die Menschen sich vor ihm fürchten? Dass er alt ist und fehlerhaft? Ihm fehlt ein Zahn, falls du es noch nicht bemerkt hast. Findest du mich etwa derart hässlich?«

Mimi schluckte. »So war das nicht gemeint.«

»Und wie dann, wenn ich fragen darf? Ich würde dir die Welt zu Füßen legen. Ich habe es schon getan.«

»Louise, bitte. Deine Stimmungen sind manchmal nicht auszuhalten! Wie du dich Menschen gegenüber verhältst, die es nur gut mit dir meinen. Wenn ich dich nicht besser kennen würde, könnte ich glauben, du trampelst absichtlich auf den Gefühlen der Menschen herum, die dich lieben, und du machst alles klein, was sich dir in den Weg stellt. Es ist dir ganz egal, wen du zurücklässt und wie sehr du anderen wehtust.« Mimi zitterte.

Louise sprang auf. Sie stemmte die Hände in die Seiten und baute sich wütend vor Mimi auf. Erst weckte die Freundin die Hoffnung in ihr, dass sie ihr wahrhaftig etwas bedeutete, gab vor, Louise zu beschenken, nur um zu sehen, wie sie sie im Innersten verletzen konnte und welche Macht sie über sie genoss und dann – und das war der Gipfel – glaubte Mimi auch noch, sie wie ein Kind belehren zu können? Louise spuckte vor Mimis Füße. Dass sie ihr nicht ins Gesicht spie, war der Zeit geschuldet, die Louise sich frei und glücklich mit ihr gefühlt hatte. »Sag mir nie, nie wieder, wie gut ich dir tue, wie du die Zeit mit mir genießt, was ich alles für dich bin! Und jetzt verschwinde, bevor ich Oller rufen lasse und er dich höchstpersönlich rauswirft.«

Mimi schluchzte auf. Ihre Tränen flossen ungehindert ihre Wangen hinab bis zu ihrem Dekolleté und verschmierten ihre Schminke. »Im Garten des *Moulin Rouge* …« Unter ihrem erstickten Weinen war sie kaum zu verstehen. »… da steht doch der riesige Stuckelefant. Im *Moulin Rouge* sind wir uns nah gekommen, und der Elefant ist ein Zeichen für unzerbrüchliche Liebe, für Treue und Zuverlässigkeit. Er ist nichts von dem, was du meinst.« Mimi fasste sie leicht an der Schulter, aber Louise schlug ihre Hand weg.

»Was du nicht sagst, das wäre mir allein natürlich nie aufgefallen, dass im Garten vom *Moulin Rouge* ein Elefant steht. Und weißt du auch, was in seinem Bauch geschieht? Ich lass mich nicht für dumm verkaufen!« Louise stapfte mit dem Fuß auf, griff nach der eingestaubten Cognacflasche, die auf der Kommode stand, und schraubte sie auf. Sie brauchte kein falsches Mitleid, aber einen Schluck, der ihr das Herz wieder wärmte, bevor sie auftreten musste. Louise trank direkt aus der Flasche und Mimi starrte sie an. Noch immer ging sie nicht, aber Worte hatte sie auch keine mehr übrig.

»Du hältst es mit mir also nicht aus, ich verstehe. Du weißt, wie ich lebe, ich habe nie einen Hehl daraus gemacht und jetzt glaubst du, dass ich mich zusammennehmen und mich ändern muss? Du liebst nicht mich, sondern die Vorstellung, die du dir von mir machst. Ich habe dich also enttäuscht. Weil ich nicht allen auf die Nase binde, dass wir zusammenleben, weil ich den Skandal scheue oder weil ich Männer vögle und Schwänze genauso begehre wie Brüste und Muschis?«

Mimi hielt sich die Ohren zu. Minutenlang herrschte Stille im Raum, die sie beide beinahe zu verschlucken drohte. Langsam nahm Mimi die Hände von den Ohren. »Ich verstehe dich nicht mehr. Wer bist du, Louise? Die Tage, an denen du dich selbst feierst, da feiere ich gerne mit, und an den anderen, wenn du trinkst, wie jetzt, wenn du Menschen anbrüllst, die das nicht verdient haben, oder sie zurückstößt, wenn du grinst, obwohl du todtraurig bist und mir nicht erzählst, was mit dir los ist, weil du deinen Schmerz nicht fühlen willst, da bleibe ich an deiner Seite. Ich muss nicht alles verstehen, um dich zu lieben. Es reicht, dich zu kennen. Aber du vertraust mir nicht. Du trägst deine Masken auch vor mir.«

»Weißt du eigentlich, wie ekelhaft anmaßend du bist? Merkst du nicht, wann du besser deinen Mund halten solltest? Verschwinde jetzt endlich!«

»Ich sage Valentin, dass du hier bist.«

»Ich sagte, du sollst verschwinden!« Louise ballte die Hände zu Fäusten. Da endlich duckte sich Mimi vor ihr weg und verließ die Garderobe.

Was danach geschah, daran erinnerte sie sich nur bruchstückhaft. Valentin stürmte in die Garderobe, nahm ihr die Flasche aus der Hand und umarmte sie. »Es wird alles wieder gut. Nur hör auf zu trinken.«

Sie funkelte ihn böse an.

»Bitte, Louise. Für heute Abend wenigstens.«

* * * * *

Der Cognac jedenfalls verhinderte ihren Erfolg nicht. Und dass sie mit Mimi auftrat, blendete sie aus. Nur so konnte sie tanzen. Wie eine Göttin, hieß es später, es wäre ein Weltereignis gewesen, so hätte man noch nie jemanden sich der Musik hingeben sehen. Sie habe getanzt, als ginge es um ihr Leben.

Louise hatte sich dem Strudel überlassen. Im Tanz war möglich, was im Leben nie glückte. Alles zu fühlen, alles zu spüren, hautnah, und sich darin zu bewegen. Sie verwandelte alles in Kraft und Energie, sogar lähmende Trauer, Wunden, die sich nie schlossen und Wut, die sonst alles vernichtete. Auf der Bühne ließ sie all das präsent wirken, da war nie etwas zu viel. Wenn sie ehrlich war, hatte sie nicht für Mimi getanzt, und auch nicht für den Ruhm und die Anerkennung, die ihr der Erfolg brachte. Sie hatte das nur immer geglaubt. Sie tanzte, weil das die einzige Existenz war, in der sie das sein durfte, was die Menschen sonst an ihr ablehnten; was Louise im Leben vernichtete, verwandelte sie, wenn sie tanzte, in etwas anderes. Sie war eine Alchemistin der Bewegung, glänzte und strahlte und die Menschen sahen all das in ihr, lasen all das in sie hinein, was sie selbst gern gewesen wären, was sie sich nicht trauten, zu leben oder wovor sie so unendliche Angst hatten. In Louise sahen sie sich selbst.

Und nun war sie frei. Sie brauchte niemanden mehr. Sollten sie doch alle gehen und sich abwenden. Sie liebte Mimi, aber sie hatte nie für sie oder irgendjemand anderen getanzt. Nicht einmal für sich selbst. Und wenn Mimi sie schon nicht liebte, liebte das Publikum sie eben. Es war ganz aus dem Häuschen. Drei Zugaben musste die *Goulue* tanzen und vier Vorhänge lang verbeugte sie sich. Dass sie während der Vorstellung gestrauchelt und fast gefallen war, bekam sie nicht mit, Valentin erzählte ihr später davon. Auch dass Mimi sie aufgefangen hatte. Mimis scheußlichen Elefanten hatte sie noch in ihrer Rocktasche. Sie spürte seinen Zahn, der sich leicht in ihre weiche Haut bohrte. Es schmerzte. Vom Schmerz hatte Louise genug, dem war sie eben erst entkommen.

In der Garderobe schminkte sie sich ab, wusch und parfümierte sich und zog ein neues Kleid über. Sie puderte sich das Gesicht, gab ein wenig Rouge auf die Wangen und tupfte sich die Lippen rot. So ein lauer Frühlingsabend eignete sich hervorragend für den *Moulin-Rouge*-Garten. Zidler war ihr egal. Heute würde seine Königin zu Gast sein, nicht als seine Tänzerin, die er ausbeuten konnte, sondern als sein Gast, der trinken, feiern und sich amüsieren wollte.

Auf dem Flur traf sie Oller. »Ich gratuliere zur Spitzenneuer- öffnung. Hätte nicht besser laufen können, oder?«

»Du sagst es, in erster Linie liegt das aber an dir. Du bist eine leibhaftige *Goulue* – umwerfend und anbetungswürdig.«

»Vom Leibhaftigen sprechen wir lieber nicht.« Louise lachte und Oller und die Umstehenden stimmten mit ein.

»Wenn ich mich den Glückwünschen anschließen darf?« Hinter ihr stand Nicolas. Er trat aus dem Schatten, verbeugte sich und küsste ihre Hand.

»Dieses seltsame Phänomen musst du mir erklären, Nicolas. Überall, wo ich bin, tauchst früher oder später auch du auf. Gib es zu, du bist für mich entflammt.«

Er lächelte und dieses Lächeln war das Besondere an ihm. Louise war es bisher nur nie aufgefallen. Es hatte anbiedernd auf sie gewirkt und unaufrichtig. Aber sie hatte ihm unrecht getan, die ganze Zeit über. Mimi hatte ihr das Gleiche vorgeworfen, Unaufrichtigkeit. Aber wer Masken trug, war noch lange nicht unehrlich, er offenbarte sich nur nicht gleich. Und nur weil Nicolas diese Art Charme besaß, war er deshalb noch kein Betrüger. Er hatte Louise noch nie beleidigt oder in den Dreck gezogen, ganz im Gegenteil.

»Du hast mich ertappt. Wie könnte es auch anders sein, ich brenne für dich.«

»Du wiederholst meine Worte. Bist du ein Papagei, oder was?«

Jetzt kam es darauf an, wie er reagierte. Konnte er mit Frauen umgehen, die die Herren der Gesellschaft herausforderten?

»Darf ich vorstellen«, sagte er und zwinkerte ihr zu, »ihr getreuer Kakadu.«

Sie verzog einen Mundwinkel zu einem angedeuteten Lächeln.

392

»Kakadus gelten nicht als sonderlich sprachbegabt, wie zum Beispiel Graupapageien es sind. Das hat mich der Mann meiner Schwester gelehrt, als er noch bei ihr lebte. Er besaß – und besitzt wahrscheinlich noch immer – eine Wandermenagerie.«

»Dann muss er es ja wissen.«

»Ich warte nur noch auf meine Schwester und meinen Neffen. Dann wollen wir in den *Moulin-Rouge*-Garten und feiern. Begleitest du uns?«

Nicolas verbeugte sich noch einmal, tiefer dieses Mal, und küsste erneut ihre Hand. »Es wäre mir eine Ehre.«

* * * * *

Das Leben wiederholte sich. Es wurde Tag und Nacht und immer wieder ging die Sonne auf. Man stritt und versöhnte sich, man gewann und verlor Freunde, und nur wenige blieben. Eine Konstante waren die Nächte, in denen ihre Wangen glühten und sie gleichzeitig sie selbst und so viele andere war. Wie in jener Nacht. Nicolas saß neben ihr im Garten des *Moulin Rouge*. Vic war schon im Aufbruch begriffen, weil Louis quengelte. Er war übernächtigt. Mit dem Jungen war nach Mitternacht nicht mehr viel anzufangen, er war schließlich erst zehn Jahre alt. »Schaffst du es ohne mich nach Hause?«, fragte Vic und sah Louise dabei an, als wäre sie ihr zweites Kind, für das sie Sorge tragen musste.

Louise hob das Glas: »Auf dich, meine Schwester, und die Unzerbrüchlichkeit der Familie! Ich komme schon klar.« Sie zeigte auf Nicolas.

»Ich kümmere mich um Ihre werte Schwester, ich verspreche es.«

Sie umarmte ihren Neffen, dem schon die Augen zufielen. Sie würde ihn vermissen, es würden sicher wieder Wochen ins Land gehen, bis sie sich wiedersahen.

Vic warf Nicolas einen misstrauischen Blick zu. »Ich zähle auf Sie«, sagte sie.

»Wie ich bereits sagte, ich kümmere mich um Ihre werte Schwester«, wiederholte Nicolas sein Versprechen und deutete eine Verbeugung an.

Die Laken bei ihr zu Hause rochen nach Mimi und mit ihrem Duft in der Nase würde Louise unmöglich Schlaf finden. Keine Frage, dieses Versprechen würde er einlösen müssen. »Wenn man vom Teufel spricht …«, murmelte sie. Im Lichterglanz des Gartens sah sie Mimi, die gemessenen Schrittes auf sie zuhielt. Wie immer wirkte sie vollkommen im Reinen mit sich – und hielt eine angemessene Balance zwischen den Extremen, weder hastete noch zögerte sie. Früher hatte Louise dieser Wesenszug an ihr gefallen, nun regte er sie auf. Konnte Mimi denn gar nichts aus der Ruhe bringen? »Neuerdings reicht es wohl aus, an den Leibhaftigen nur zu denken«, sagte sie lauthals, in der Hoffnung, Mimi würde sie hören. In ihrer Rocktasche tastete sie nach dem Stein des Anstoßes für ihren Streit. Der Porzellanelefant war noch da. Sie hatte sich ihre Auseinandersetzung also nicht bloß eingebildet. Vielleicht kam ihre Freundin, um sich zu entschuldigen? Mimi ließ sich neben ihr nieder, fragte nicht, ob es ihr recht war, und küsste sie, als wäre nichts geschehen, nur sehr knapp neben ihre Lippen. Die Herren in der Runde staunten nicht schlecht, einer machte seltsame Schnalzlaute, andere feuerten sie an. Die Damen hielten sich die Hand vor den Mund, ob vor Überraschung und Erstaunen oder aus einem Entsetzen heraus, ließ sich nicht sagen. »Bist du gekommen, um mich in aller Öffentlichkeit zu brüskieren? Was glaubst du, wer du bist?«

Nicolas griff nach ihrer Hand und streichelte sie. »Kann ich etwas tun, um die Gemüter der Damen zu beruhigen?«

»Lass mich nur machen.« Ihre Stimme klang seltsam zischend, als beschwöre sie eine Schlange. Sie erhob sich in der Absicht vom Stuhl, sich ins Getümmel im Saal zu stürzen, aber Mimi tat es ihr gleich und stellte sich ihr in den Weg. Diese Nacht gehörte ganz allein der *Goulue* und ihrem Erfolg, sie würde sich nicht einfangen lassen, von niemandem. Nicht von ihrer Maman, die – Gott hab sie selig – friedlich unter der Erde ruhte, und erst recht nicht von Mimi. Niemand sagte einer *Goulue*, wie sie zu leben und zu lieben hatte,

394

niemand nahm ihr die Butter vom Brot. Dafür hatte sie zu hart darum gerungen.

»*Mon ange*«, flüsterte Mimi, »mein Engel. So nennst du mich doch immer. Das bist du aber auch für mich, und so vieles mehr. Auch wenn ich dich nicht immer verstehe. Lass uns nicht streiten, sondern uns versöhnen. Ich liebe dich, mit allem was du bist. Deinen Schatten liebe ich und dein Licht.«

Worte, es waren nur Worte. Wie konnte Louise auf sie vertrauen? Mimi gab sie damit vor allen Gästen der Lächerlichkeit preis. Auch wenn sie im Flüsterton gesprochen hatte, der Tisch hinter und vor ihnen würde so einiges aufgeschnappt haben. Die Herren hatten Stielaugen bekommen und die Damen tuschelten aufgeregt miteinander. Was Mimi ihr gestanden hatte, würde rasch die Runde machen und morgen stünde alles schwarz auf weiß in der Klatschpresse. Louise sah die Schlagzeile schon vor sich: *Männermordende* La Goulue *hat eine Schwäche für die Damenwelt.* Ihre Verehrer würden sich von ihr abwenden und die Damen der Gesellschaft würden sie meiden. Auch wenn Homosexualität in Frankreich legal war und man sie in ihren Kreisen sogar zelebrierte, es war eine Sache damit zu kokettieren, eine andere nur das Eine und Einzige zu leben. Mal abgesehen davon, dass es eine Lüge war. Sie begehrte nicht nur Frauen. Sie liebte, wen und wie sie wollte, darin lag ihre Freiheit. Außerdem war es ja so, Gerüchte befeuerten die Fantasie, Tatsachen vernichteten *La Goulue* als Kunstfigur. Um sie herum waren die Gespräche verstummt. Das halbe *Moulin Rouge* starrte auf sie und Mimi. Sie beide hatten einfach keine Chance. Mimi würde nie verstehen, was das *Moulin Rouge* ihr bedeutete. Hier war ihr Zuhause. Zidler hin, Zidler her. Mimi würde nie begreifen, dass Louise das Erreichte bis aufs Blut verteidigen würde. Ohne das bunte Volk des *Moulin Rouge*, ohne die herrlich krude Mischung aus Artisten, Bauchtänzerinnen, Sängerinnen und Komikern, würde sie aufhören zu existieren. Nichts, wofür sie gelebt hatte, würde dann noch zählen. Alles verlöre seinen Wert, wenn sie auch hier von ihrem Thron gestürzt würde.

Für ein zurückgezogenes Dasein, in dem sie nur hinter verschlossenen Türen einer Liebe frönen durfte, war sie nicht gemacht. Sie konnte unmöglich der kleinen Seligkeit ihr ganzes Leben opfern. So funktionierte das eben nicht mit dem Glück.

Sie wich zwei große Schritte vor Mimi zurück und klatschte. »Bravo, mein Liebe. Du wirst immer besser. Beinahe hätte sogar ich dir geglaubt, dass du mich aufrichtig liebst.« Louise sprach laut und deutlich, damit auch der letzte Gast am hintersten Tisch mitbekäme, was hier vor sich ging. Mit den Armen fuchtelte Louise dabei in der Luft herum, so war ihnen alle Aufmerksamkeit sicher. »Du kannst wirklich stolz auf dich sein. Aber nun ist die Vorstellung beendet und du kannst dich getrost zu uns setzen und dich mit uns amüsieren. Einmal muss auch für die größte Schauspielerin Feierabend sein.«

Mimi war über ihren Worten kreidebleich geworden. In dem von Lämpchen erleuchteten Garten wirkte sie in ihrem luftig weißen Spitzenkleidchen und ihrem ungeschminkten Gesicht wie aus der Zeit gefallen. Louise wandte sich von ihr ab, ging zurück zum Tisch und erhob ihr Weinglas. In einem Zug trank sie es leer und ließ sich dann von Nicolas noch einmal nachschenken. »Und nun zu dir, mein Liebster.« Wenn er überrascht war, dass sie ihn so bezeichnete, ließ er es sich nicht anmerken. Er streckte seinen Rücken durch und hielt beide Hände auf dem Rücken, als wäre er beim Militär und nähme einen Befehl entgegen. »Du warst immer dort, wo ich war, du bist mir gefolgt und heimlich habe ich das sehr genossen.« Er blinzelte, wurde aber kein bisschen rot und wirkte mitnichten verunsichert. Hoffentlich ging auf, was sie vorhatte. Sie nahm seinen Kopf in beide Hände, zog ihn zu sich heran und küsste ihn. Von einem der hinteren Tische kam Applaus.

Mimi würde gleich in Tränen ausbrechen. Wie gern hätte Louise ihr all das erspart. Hoffentlich brach sie nicht in aller Öffentlichkeit zusammen. Da war etwas in Louise, das sich um Mimi sorgte, beinahe mehr als um sie selbst. Wenn sie Mimi Schmerz zufügte, traf er Louise doppelt. Aber sie hatte ihre Entscheidung getroffen. Wer eine Vorstellung begonnen hatte, musste sie auch zu Ende bringen. Sie durfte jetzt nicht auf halber Strecke klein beigeben. Das wäre erbärmliches Theater gewesen. Sie durfte nicht bloß einknicken, weil sie Mimi liebte. Eigentlich tat sie ihr sogar einen Gefallen. Frauen waren ungebunden stärker und Liebe war eine Schwäche. Um ein Haar hätte sie ihr all das genommen, wofür sie gekämpft hatte: ihren Erfolg, ihren Glanz und ihre Freiheit. Das ging nicht. Auch wenn sich ihr Herz zusammenzog und ihr Magen rebellierte.

Gott sei Dank gab es Wein im Überfluss. Sie stieß mit Nicolas an. Er war da, er widersprach ihr nicht und er war gut auszuhalten. Etwas an ihm kam Louise unheimlich vertraut vor. Sie konnte nur nicht sagen, was genau das war. »Du und ich«, tönte sie und Mimis Bild schob sich vor seines, »wir gehören zusammen.« Ein bisschen wacklig war Louise auf den Füßen. Sie schlang ihre Arme um Nicolas' Hals und hielt sich an ihm fest. Zu ihrer rechten Seite saß Valentin, der das Geschehen bis dahin schweigend beobachtet hatte. Ihm konnte sie nichts vormachen. Er kannte sie in- und auswendig, was daran lag, dass er ihr Verhalten nicht nur von außen erlebt, sondern ihren Schmerz am eigenen Leib gespürt hatte. Seine große Liebe war gestorben und er trauerte immer noch um sie. Zwar lebte Mimi weiter, aber ihr Herz war gebrochen, Louise hatte sie zum Geist gemacht. Dieser Umstand war allein ihre Schuld.

»Du hast getrunken«, sagte Valentin und ergriff Louises Arm. »Lass uns jetzt aufbrechen. Morgen ist ein neuer Tag.«

Wahlfamilie hin, Wahlfamilie her, jetzt war Schluss. Niemand stahl ihr den Auftritt. Glaubte Valentin etwa, er wisse besser, was gut für sie wäre? Sie schüttelte ihn ab. »Lass mich in Ruhe!«

»Morgen wirst du alles bereuen, ich kenne dich, Louise. Du bist mir wie eine Schwester.«

»Schwafel nicht! Ich kann auf mich allein aufpassen, *merci bien.*« Sie schüttelte seinen Arm ab und wandte sich Nicolas und dem abgebrochenen Kuss zu. Küssen war wie tanzen, man vergaß dabei die Schranken, die die Welt einem vorgab. Nicolas küsste gut. Nicht wie Mimi, mit Mimi wurde sie eins und vergaß alles um sich herum, mit Nicolas war sie ganz bei sich und nahm die Dinge, die sie umgaben, schärfer und besser voneinander abgegrenzt wahr. Den Frühlingsduft der blühenden Kastanie, seinen weichen Bart, den Wein, der sie fliegen ließ, aber auch Valentin, der ihr jetzt auf die Schultern klopfte. »Wir gehen, glaub mir, es ist besser so.«

Sie löste sich von Nicolas und fuhr herum. Mit der Hand holte sie schon zum Schlag aus, dessen Ausführung sie nur mit unheimlicher Willenskraft widerstand. Gerade noch rechtzeitig ließ sie die Hand sinken. »Das sagt wer? Der Mann, der es zugelassen hat, dass seine große Liebe stirbt? Der seitdem wahllos Männer in sein Bett zerrt? Nicht weil er auf sie steht, sondern weil ihre Küsse ihn in einen Rausch versetzen, der ihn von den rasenden Schuldgefühlen ablenkt? Ernsthaft? Ausgerechnet dieser Mann will mir sagen, was gut und was richtig ist?« Treffer, versenkt. Das saß. Ein Raunen ging durch die Tischreihen. Valentin ließ ihren Arm los, schaute sie verletzt an und verließ das *Moulin Rouge* ohne ein weiteres Wort. Mimi starrte noch einen Augenblick mit schreckgeweiteten Pupillen ins Leere, bevor sie Valentin hinterherlief.

* * * * *

Als Louise wieder zu sich kam, roch es nach Erbrochenem. Sie wollte die Augen gar nicht aufmachen und lugte nur vorsichtig unter den halb geöffneten Lidern hervor. Der Streifen Licht, der von draußen auf sie fiel, war gleißend grell. Sie brauchte eine Weile, um auszumachen, wo sie war. In ihrem breiten, gut gefederten Bett lag sie jedenfalls nicht. Sie schielte auf den Platz neben ihr und tastete mit einer Hand dorthin. Das Laken war kalt, niemand hatte dort geschlafen. Sie atmete erleichtert auf. Ins Bett hatte sie sich nicht erbrochen, sie durfte also liegen bleiben und musste nicht hinaus in die noch morgenkalte Luft, um nach einem neuen Laken zu suchen. Mimi! Jetzt fiel es ihr wieder ein. Was hatte sie da gestern nur geritten? Louise drehte sich zur Seite in Richtung Wand. Sie würde besser nicht darüber nachdenken. Ihr Kopf schmerzte, ein gleichmäßiges dumpfes Hämmern an ihren Schläfen – und ihr war speiübel. Valentin hatte natürlich recht behalten, sie hätte wirklich mit ihm gehen sollen. Er war ein wahrer Freund, er würde ihr auch dieses Mal verzeihen.

Eine kleine Weile gelang es ihr, wieder wegzudämmern. Sie träumte von wild gewordenen Hunden, die über sie herfielen. Die massigen Körper über ihr, Pfoten, die sich in ihren Bauch drückten, Sabber, der aus ihren Mäulern auf sie tropfte. Sie fletschten die Zähne und knurrten. Von diesem Geräusch erwachte sie und setzte sich mit einem Ruck im Bett auf. Ihr Magen knurrte. Wie spät es wohl war? Womöglich schon mittags? Dann hätte sie mal wieder die Probe verschlafen und Zidler einen Grund mehr gegeben, sauer auf sie zu sein. Egal. Zidler sollte bleiben, wo der Pfeffer wächst. Sie hatte ihn nicht nötig. Sie war bekannt genug, um auch ohne ihn ein ordentliches Auskommen zu erwirtschaften. Für einen noch halb im Traum verhangenen, nebligen Moment sah sie sich, wie sie gemeinsam mit Valentin eine eigene Jahrmarktsbude betrieb und dort mit ihm zusammen auftrat. Die Leute würden nicht mehr ins *Moulin Rouge* strömen, sondern zu ihnen. Sie würden die ganzen Einnahmen für sich behalten können und genug verdienen, dass sie eines Tages die Konkurrenz Zidlers wären, mit ihrem eigenen Tanzsaal, gleich neben dem *Moulin Rouge*. Sie würden ihre Cabarets so gut wie er betreiben, nein besser noch. Pujol käme mit ihnen, genau wie die *Rigolboche* und einige der besten Tänzerinnen. Und sie würde sie – im Gegensatz zu Zidler – anständig behandeln und ordentlich bezahlen.

Ein Schwall bitterer Magensäure stieg Louises Kehle empor. Sie sprang auf, trat in die Pfütze aus altem Erbrochenen, fluchte, griff sich den Eimer, der neben der Liege stand, und übergab sich. Tränen stiegen ihr in die Augen. Sie zitterte. Verdammt, was hatte sie gestern bloß alles gesoffen? Sie hinkte zum Waschbecken, neben dem – dem Himmel sei Dank – ein zweiter Eimer mit frischem Wasser stand, und füllte etwas davon ins Becken. Langsam dämmerte ihr, weshalb sie sich hier auskannte. Gestern Nacht musste sie Nicolas doch noch losgeworden sein, auch wenn sie sich daran nicht erinnerte. Das immerhin war ihr geglückt, auch ohne Valentin. Danach war sie wohl in ihre Garderobe gewankt und auf dem Sofa eingeschlafen. Louise griff nach dem Waschlappen und säuberte sich die Füße vom Erbrochenen. Dann ließ sie das Wasser ab und füllte neues hinein. Sie spülte sich den Mund aus und wusch sich übers Gesicht. Eine kurze Katzenwäsche musste genügen. Sie würde möglichst unauffällig ihre sieben Sachen packen und verschwinden, bevor Zidler sie hier fände. Angezogen war sie noch, auch wenn sie erbärmlich stank.

Sie säuberte den Boden und schlüpfte dann in ihre Schuhe. Nun nur noch den Mantel … Ihr Blick blieb am Schminkspiegel hängen. Auf dem Tischchen davor lag ein Brief. Als sie nähertrat, um zu schauen, von wem er stammte, musste sie den Absender gar nicht erst lesen. Sie erkannte die zarte geschwungene Schrift sofort. *Zum Abschied*, stand darauf, *für meine Louise*. Augenblicklich setzte der hämmernde Kopfschmerz wieder ein. Nach dem Waschen war er doch fort gewesen. *Zum Abschied*. So ein Unsinn, Mimi würde doch wiederkommen. Vielleicht nicht zu ihr, aber sie hatte eine Übereinkunft mit Zidler, sie würde auch weiterhin im *Moulin Rouge* tanzen. Mimi konnte nicht fortgehen, sie nicht von heute auf morgen verlassen. Louise war immerhin die Königin des Cancans. Auch wenn sie Mimi gestern vor aller Welt bloßgestellt hatte, niemand ließ eine Königin einfach so hinter sich. Ihr Streit war auch nicht vor aller Welt geschehen, so dramatisch war es auch wieder nicht gewesen, nur vor den Gästen im *Moulin-Rouge*-Garten – und die vergaßen schnell.

Ich liebe dich. Hatte Mimi ihr das gestern wirklich in aller Öffentlichkeit gesagt? Dann war sie selbst schuld! Das konnte sie einfach nicht machen. Louise griff nach ihrem Mantel, der über dem Stuhl hing, schlüpfte hinein und nahm Mimis Brief an sich. Sie wog ihn eine Weile in ihren Händen. Wut kochte in Louise hoch, mehr noch auf sich selbst als auf Mimi. Sie zerknüllte den Brief und steckte ihn dann doch in die Manteltasche zu dem Porzellanelefanten.

Im Garderobenspiegel blickte Louise sich an. Nichts an ihr passte. Ihre Nase war krumm, ihre Augen lagen zu tief und sie hatte Schweinsbäckchen, die ganz hervorragend mit ihrem Doppelkinn korrespondierten. An ihr war wirklich keine Schönheit verloren gegangen. Innen wie außen hässlich anzusehen. Alles, alles war vorbei!

Der herrliche Apfelbaum in Großelterns Garten, von dem aus sie das Land hatte überschauen können, Papas Freude, wenn seine kleine Louise getanzt hatte, alles nur ein Trugbild! Sie ließ sich im Mantel auf den Stuhl vor dem Schminktisch fallen. Wenn sie schon so scheußlich war, dann sollte auch alle Welt sehen, mit wem sie sich da einließ. Sie tunkte den Schminkpinsel in die schwarze Farbe und umrandete damit ihre Augen. Nicht einmal, nicht zweimal, bestimmt an die fünfzehnmal, bis die feinen Striche zu grotesken Balken wurden. Sie weinte, so scheußlich fand sie sich. Durch die Tränenflüssigkeit zerrann auch die schwarze Umrandung, sie sah aus wie ein bis zur Unkenntlichkeit geschminkter tieftrauriger Pierrot. Louise wusch den Pinsel aus und tunkte ihn dann kräftig ins Kirschrot für die Lippen, die sie größer malte, als sie waren. Einen fetten Kussmund konnte man immer brauchen. Küssen, das konnte sie! Sie rieb Rouge auf die Wangen und gab Grün auf die Augenlider, was über dem vielen Schwarz aber verschmierte. Louise war ein missratener und obendrein melancholischer Papagei. So passte er nicht in die Wälder des Amazonas, obwohl er da doch eigentlich hingehörte. Auch Louise gehörte nirgendwohin.

Auf dem Boden standen noch einige geöffnete Flaschen Wein, Cognac und abgestandener Sekt. Louise griff blind nach einer bauchigen Flasche. Sie setzte sie an die Lippen und trank und trank von der klebrig alkoholischen Süße, bis sie sich betäubt fühlte. Der Kopfschmerz hämmerte nun etwas weniger und ihr kam es vor, als schwebe sie über einem dunklen Abgrund. Immerhin schwebte sie und stürzte nicht hinein.

Sie nahm die leere Flasche mit und schwankte zum Sofa hinüber. »Weißt du, du bist keinen Deut besser als ich und darum hast du es nicht anders verdient!« Louise verzog angewidert das Gesicht und schleuderte die Flasche weit von sich weg in eine Ecke. Sie prallte klirrend auf und zerbarst in Hunderte Scherben. Das laute Scheppern erschreckte Louise. Es war damit zu rechnen gewesen, aber seltsamerweise überraschte sie die Gewalt des Aufpralls. Sie selbst war gar nicht mehr wirklich anwesend, sie hatte sich in sich zurückgezogen und beobachte aus der Ferne eine ihr vage bekannt erscheinende Frau, die betrunken war und seltsame Sachen tat. Sie konnte sich mit sich selbst nicht mehr verbinden. Sie war da und gleichzeitig auch nicht da. Sie war frei und gefangen. Louise sah diese fremde Frau, die mit ihr nichts zu schaffen hatte und die sie nicht loswurde. Und wenn sie sich ihrer nun gewaltsam entledigte? Würde sie dann ohne sie zurückbleiben oder mit ihr verschwinden?

Es klopfte an der Tür. Sie verstummte. Wenn das nun Zidler war oder eines der Ballettmädchen, auf der Suche nach ihr? Sie konnte in diesem Zustand unmöglich tanzen, nicht auf eine Probe gehen und erst recht keine Vorstellung bestreiten. Es klopfte wieder. Louise stöhnte auf, aber was aus ihrer Kehle drang, war ein unterdrückter Schmerzensschrei. Was tat diese Frau, in deren Körper sie steckte, mit ihr?

»Ich bin es, Valentin. Mach auf!«

Wen meinte er, sie oder die fremde Frau? Mit wem war er befreundet?

»Ich komme jetzt rein, Louise.« Er drückte die Klinke. Es war nicht abgeschlossen.

»Mein Gott«, sagte er, kein Wort mehr.

Dabei war doch alles wieder gut, seit er die Garderobe betreten hatte. Valentin war ihr Freund. Er war gekommen, weil er sich um sie sorgte. Louise spürte ihren Körper wieder.

»Louise …«

Was immer er zu sagen hatte, jetzt war nicht der richtige Augenblick. Sie warf sich ihm in die Arme und weinte. Die Tränen kamen von allein. Endlich! Valentin war immer da gewesen, er war geblieben, ganz egal, was sie wieder verbockt hatte. Dass sie kein Liebespaar waren, was zählte das schon? Louise hatte einen besten, einen allerbesten Freund. Nicht alle konnten das von sich behaupten. »Du bist der Beste, der Einzige, der zu mir steht, und du hattest recht. Danke, dass du mich immer wieder rettest.« Er führte sie zum Sofa, hieß sie die Beine hochzulegen, brachte ihr Wasser und fegte die Scherben zusammen. So etwas taten wahre Freunde. Sie lächelte, aus vollem

Herzen, auf diese Weise vielleicht das erste Mal in ihrem Leben. »Danke.« Er setzte sich zu ihr und nahm ihre Hand. »So geht das nicht weiter. Ich habe schon einmal einen Menschen verloren, den ich nicht halten konnte. Das hast du gestern ganz treffend auf den Punkt gebracht.«

Sie holte Luft, um etwas einzuwenden, aber er hob die Hand, als Zeichen, dass er nun an der Reihe sei zu reden. »Ich schaue mir nicht noch einmal an, wie sich der Mensch, den ich am meisten liebe, meine beste Freundin, selbst zugrunde richtet. Ich halte das nicht noch einmal aus, Louise.«

Er war um sie besorgt, aber sie würde ihn nicht allein lassen, sie nicht. »Es wird alles gut, das schwöre ich dir. Es ist gestern mit mir durchgegangen und das tut mir leid, ehrlich.« Mehr konnte sie nicht sagen. Sie schämte sich, und das wusste er bestimmt und würde daher nicht weiter in sie dringen. Aber das tat er doch.

»Bitte, Louise, du musst dich ändern.«

War er nicht immer derjenige gewesen, der sie nahm, wie sie nun einmal war? Was wollte er von ihr?

»Hör auf zu trinken, ich meine das ernst. Du hast schon Mimi verloren.«

Woher wusste er davon? Ach ja, Mimi war Valentin gestern nachgelaufen, sie erinnerte sich wieder. Über was hatten die beiden hinter ihrem Rücken gesprochen? Was verbarg er vor ihr? Hatte er Mimi vielleicht sogar geraten, sie aufzugeben?

»Drohst du mir jetzt damit, dass du mich auch im Stich lässt?« Louise war plötzlich hellwach. Glasklar nahm sie alles um sich herum wahr. Valentin stand vor ihr und sah auf sie hinab, ein Häufchen Elend mit der blöden Schminke und dem noch immer rasenden Kopf.

»Ich drohe dir nicht. Ich will dir helfen.«

»Geh besser! Lass mich allein und mach dir keine Gedanken. Ich bin es nicht wert, hörst du?«

Er seufzte und ballte die Hände zu Fäusten.

»Es tut mir leid«, sagte sie. »Komm später wieder.«

»Wirst du dich ändern?« Noch einmal führte er ihr vor Augen, dass sie so, wie sie war, nicht genügte. Dass sie eine andere werden musste, wenn er weiter an ihrer Seite bleiben sollte. Aber sie war sie. Sie würde nicht sterben und noch einmal auferstehen, sie war kein Phönix, bloß ein gewöhnlicher Mensch. Auffällig und abnorm zu sein, nicht dazuzugehören, enthob sie nicht von der Bedingtheit ihrer Existenz. »Ich bleibe, wer ich bin.«

Minutenlang stand der große Valentin still vor ihr in der Garderobe. Draußen vor dem Fenster eilten zackige Schritte vorbei und aus der Ferne hörte man die Tuba blasen. Vom Tanzboden her drang Grille d'Égouts Stimme zu ihnen und kurz darauf der dumpfe Klang leichtgewichtiger Körper, die nach dem Sprung auf der Erde aufkamen. Valentin verbeugte sich vor Louise und zog seinen Hut. Rückwärts ging er zur Tür. Er drehte sich nicht um, sondern hielt den Blick bis zuletzt auf sie gerichtet. Dann verschwand er. Nur sein Schatten wachte noch eine kleine Weile über ihr. Die Tür ließ er offen stehen. Sie schwang in der Zugluft, begleitet von einem leisen Quietschen, leicht hin und her.

DRITTER TEIL

KAPITEL 26

Was schaust du so trübsinnig vor dich hin? Man könnte glauben, du hättest mich gebeten, eine Trauerfeier zu fotografieren. Das ist deine Hochzeit, Louise!« Paul lachte breit. Er wirkte reichlich unsicher, wie er von ihr weg auf seinen Fotoapparat schaute und von dort auf seine Hände, die das schwarze Gehäuse berührten. Sicher hatte er sich die Hochzeit seiner berühmt-berüchtigten Freundin *La Goulue* ganz anders vorgestellt. Mit leicht bekleideten Frauen zum Fest, mit Musik und Tanz und vielleicht sogar einem waschechten Elefanten. Aber sie waren bloß zu dritt in der Kirche und beim Standesamt gewesen. Und sie hatte dem auch nur zugestimmt, weil sie zwingend einen Trauzeugen brauchten. Paul war dafür ihre erste Wahl. Henri hätte alles ausgeplaudert und dann wäre womöglich doch noch das halbe *Moulin Rouge* erschienen. Auf den Trubel, die Glückwünsche und das Händeschütteln konnte sie aber getrost verzichten. Sie hatte einen Fehler gemacht, aber wer tat das nicht? Hier in Pauls Atelier fühlte sie sich immerhin heimisch. Es waren noch dieselben Räume wie damals, als er ihre erste Aktaufnahme gemacht hatte.

Paul hatte noch immer dieses Dauergrinsen im Gesicht. Vielleicht hoffte er, dass es Louise dabei half, sich endlich zu entspannen und sich eine erinnerungswürdige Pose einfallen zu lassen, anstatt stocksteif neben ihrem frisch Angetrauten zu stehen und mit leerem Blick in die Kamera zu starren. Damals, bei ihrer ersten Begegnung, war sie noch ein Niemand gewesen. Ein Niemand, der Paul vom ersten Augenblick an für sich eingenommen hatte. Louise hatte das mit Gemälden, Skizzen und Apparaten zugestellte Atelier mit einem inneren Leuchten erhellt. Sie musste es immer schon in sich getragen haben, aber erst hier, an diesem zauberhaften Ort, war es zum Leben erweckt worden. Nichts war davon mehr übrig, seit Mimi und Valentin fort waren. Das Leuchten kam auch nicht zurück, es hatte sie – wie die beiden Freunde – zurückgelassen. Wieso sollte sie jetzt für ein Foto posieren, dessen Zweck sich darin erschöpfen würde, in einen Rahmen gepresst auf irgendeiner austauschbaren Anrichte in einem Wohnzimmer zu stehen, in dem sie zufällig lebte? Nicolas würde nicht bei ihr einziehen, das war ihre Bedingung gewesen, als sie in die Ehe mit ihm eingewilligt hatte, und damit war ihre Ehe quasi nichtig. Vor Gericht hielt solch eine Absprache sicher nicht stand. Nicolas hatte für das Foto sein strahlendstes Lächeln aufgesetzt, aber nun stemmte er die Hände in die Hüften und kräuselte die Stirn. Ein bitterer Zug lag um seine Mundwinkel, wenn er derart finster dreinblickte. »Ich könnte eine Pause vertragen«, sagte sie und löste sich von seiner Seite. Wie hatte sie sich bloß auf die Heirat einlassen können? Doch es war ihr nur Nicolas geblieben. Er hatte sie vor Zidler und Aicha verteidigt und ihrer Seele geschmeichelt. »Du bist schön«, hatte er ihr nach der Trennung von Mimi immer wieder bestätigt. Er hatte zärtlich ihren Po umfasst, als wäre das Beweis genug für seine Worte. Sie mochte es, wenn Nicolas sie berührte, auch wenn seine Liebkosungen keinen Sturm verzehrender Leidenschaft in ihr auslösten, sondern nur eine gleichmäßige warme Welle, die Louise ihren Schmerz ein wenig vergessen ließ. Sie tat wohl, aber von ihr hing Louise nicht ab. Nicolas, so hatte sie gehofft, würde ihr die Freiheit schenken, jemanden zu lieben, ohne sich selbst, mit allem was sie war, hingeben zu müssen.

»Wer hat den schönsten Hintern von ganz Frankreich?«, hatte er Louise einmal gefragt. Sie hatte lachen müssen und das war es doch, was eine Frau in ihrer Lage dringend brauchte, ein wenig Ablenkung und Erleichterung. »Die Besitzerin dieses herrlichen Hinterns will ich heiraten.« Louise hatte nie heiraten wollen, aber was sprach eigentlich dagegen? Sie besaß eine Menge Geld und neben ihrem Haus in Paris noch die Immobilie in Südfrankreich. Mit Mimi und Valentin hatte sie dort Ferien machen wollen, nun stand sie leer. Nicolas würde ihr nichts vorschreiben können. Er brachte kaum etwas in ihre Ehe mit.

Eine reiche Frau konnte sich erlauben, zu heiraten. Es hatte den Vorteil, dass Louise nicht allein bleiben würde und außerdem unterstützte Nicolas ihre neuerlichen Pläne, sich mit einer eigenen Jahrmarktsbude selbstständig zu machen. Seine Bekräftigung hatte ihr gut getan, er war auf ihrer Seite. Im *Moulin Rouge* wartete hingegen nichts mehr auf sie, bloß ein zorniger Zidler, der sie bei jeder sich bietenden Gelegenheit als Trinkerin beschimpfte, und Erinnerungen, so bunt und lebendig, dass sie wehtaten. Sie hatte all das aufs Spiel gesetzt. Sie war selbst schuld daran, dass Valentin und Mimi ihr den Rücken zugewandt hatten. Im *Moulin Rouge* konnte sie unmöglich bleiben. Es gab Dinge, die vergab man sich nicht. Danach musste es einfach eine Zäsur geben. Außerdem deuteten alle Zeichen darauf hin, dass sie schwanger war. Die Übelkeit am Morgen, die Abscheu vor Gerüchen, besonders vor Fisch und Kaffee, beides hatte sie früher geliebt. Nicolas war nicht der Vater, sie hatte mit ihm noch nie das Bett geteilt. Der Vater musste einer der hübschen Jünglinge aus dem *Moulin Rouge* sein. Sie hatte sie letzten Monat reihenweise in ihr Bett gezerrt und sie am nächsten Morgen wieder vergessen. Vielleicht der mit dem dunklen Lockenkopf und den grün schimmernden Augen?

»Bekomme ich jetzt dein freches Grinsen, Louise? Ich will deine Grübchen sehen!« Paul hatte noch kein einziges Mal den Auslöser gedrückt. Sie entblößte versuchsweise die Zähne.

»Jetzt siehst du aus, als wolltest du uns alle zerfleischen. Was ist eigentlich los? Das Foto wird mein Hochzeitsgeschenk, also gib dir ein bisschen Mühe. Wo ist die vor Leben strotzende Louise, die ich kenne? Wo ist meine Muse?«

In einem besseren Leben hätte sie Mimi geheiratet. Von ihr war ihr nichts geblieben als der Brief, den sie noch immer nicht geöffnet hatte und der zusammen mit dem Porzellanelefanten – in ihrer Manteltasche steckte. Louise hatte sich nicht überwinden können, ihn zu lesen, schon dreimal nicht vor ihrer Hochzeit.

»Na schön, dann mache ich stattdessen Aufnahmen von dem glücklichen Ehemann. Geh mal zur Seite, Louise! Und du, Nicolas, bitte besonders schön lächeln!«

Louise trat aus dem Bild. Fast schien es ihr, als atme Nicolas auf. Er stellte sich in Positur, eine Hand an der Hüfte, die andere zwirbelte an seinem Schnurrbart. Die Füße hüftbreit. Er trug den schicken maßgeschneiderten Anzug, den sie ihm für die Hochzeit gekauft hatte. Offenbar gefiel Nicolas sich darin und in seiner neuen Rolle. Er hatte *La Goulue* erobert und sich damit selbst an die Spitze befördert. Sogar aus dem Hochzeitsbild hatte er Louise erfolgreich verdrängt. Nicolas schaute sich nicht ein einziges Mal nach ihr um.

Louise hatte niemandem außer Paul von ihrer Hochzeit erzählt und noch hatte sie niemand darauf angesprochen. Sie hoffte nur, Mimi wäre weit genug fort, um nicht doch davon zu erfahren. Wenn man sich erst einmal in etwas verstrickt hatte, war es schwer, die selbst geknüpften Knoten wieder zu lösen.

»Dein Zukünftiger macht sich ganz hervorragend. Auch wenn er dich als meine Muse sicher nicht ersetzen kann«, sagte Paul.

Sein Fotoapparat war im Laufe der Zeit kleiner, der riesige Kasten durch einen schmaleren ersetzt worden. Der Verschluss ging automatisch zu und Paul brauchte keine helfende Hand wie damals die von Thierry. Wie lebendig die Erinnerung an früher plötzlich war. Ob alles, was man zum ersten Mal tat, im Gedächtnis tiefe Spuren hinterließ und man sich deshalb so gut daran entsann? Dieser Polarforscher kam Louise wieder in den Sinn. Sie hatte im hiesigen Januar 1895 in der Zeitung über ihn gelesen, nur an seinen Namen erinnerte sie sich nicht. Als erster Mensch hatte er antarktisches Festland betreten. Er würde sich wohl immer an seine Expedition erinnern. Kälte und Nässe wären ihm nichts angesichts seines großen Abenteuers. Das Glück lag im Losgehen und Wagen, nicht im Ankommen. Es lag im Versuch, nicht im Ergebnis.

Nicolas' Stirn und Wangen glänzten rot, er schüttelte den Kopf, etwas schien ihn aufzuwühlen. »Nichts für ungut, Paul, aber ich kann ebenso gut wie meine Ehefrau eine Muse sein, vielleicht sogar noch präsenter als sie.«

Paul wandte sich um und suchte Louises Blick. War ihr Ehemann wirklich ein derart eitler Gockel, dass er so etwas an ihrem Hochzeitstag hatte sagen können? Sollte sein ganzes Interesse da nicht ihr, seiner Braut, gelten? Aber wer, wenn nicht sie, verstand diese Sehnsucht nach ungeteilter Aufmerksamkeit? Die Härte in Nicolas' Mimik und das beinah Stählerne darin ließ Louise dennoch zurückschrecken. Dieser trommelnde Wunsch zu gefallen war bloß ein Spiel, ein Stachel, der Antrieb schenkte, aber nichts Unabdingbares, kein festgeschriebenes Gesetz, nach dem zu handeln war. Was, wenn Louise ganz falsch gelegen hatte? Wenn Nicolas mehr von ihr wollte, als ein kleines bisschen an ihrem Luxusleben teilzuhaben? Wenn er sie für seine Zwecke einzuspannen gedachte und sein ursprünglicher Charme dieser Härte wich?

»Es reicht, Paul«, sagte sie und stellte sich wieder an Nicolas' Seite. »Wir sind schließlich hier, um eine gemeinsame Hochzeitsfotografie aufzunehmen. Lass uns also beginnen.«

* * * * *

Sie hatte es im Gefühl gehabt, und vielleicht hätte sie darauf vertrauen müssen. Nun war es zu spät. Louise hatte all ihre Ersparnisse in diese verdammte Jahrmarktsbude gesteckt und sie hätte glücklich sein sollen. Henri war extra gekommen, um sie für sie zu bemalen. Quasi ein verspätetes Hochzeitsgeschenk. Er war einer der Wenigen aus dem *Moulin Rouge*, die sie gelegentlich noch traf.

»Ich vermisse dich, das Publikum vermisst dich«, sagte er, und tauchte seinen Pinsel in die Farbe, um *La Goulue* im Spagat ganz auf die Spitze ihres ersten eigenen Theaters zu malen, das zugegeben eher eine Bretterbude war. Aber ein Blickfang sollte sie dennoch werden, einer, der ihr gebührte! Sie zündete sich eine Zigarette an und beobachtete die Passanten, die hinter dem Zaun vorbeiliefen und ihnen neugierige Blicke zuwarfen. Einige hielten inne, staunend, manche mit offenem Mund, andere gingen einfach vorüber, als stünden sie nicht der Königin des Cancans leibhaftig gegenüber. Um ehrlich zu sein, nur wenige erkannten sie. Wie lange hatte sie schon keine Autogramme mehr gegeben? Wie lange keine schmachtenden Blicke mehr erhascht? Sie konnte nur hoffen, dass man sich von ihrer Jahrmarktsbude erzählte, der sie den klangvollen Namen *Théâtre de la Goulue* gegeben hatte. Neuigkeiten brauchten Zeit, bis sie die Runde machten. Das Publikum würde schon kommen und dann würden die Münzen in der Kasse klingeln. Ins *Moulin Rouge* brachten Louise jedenfalls keine zehn Pferde mehr. In jeder Ecke lauerten dort die Erinnerungen: Mimis weiche Hände, ihr warmer Atem, wenn sie dicht beieinandergestanden hatten, ihr ruhiger, liebender Blick. Wie sehr das Vermissen schmerzen, wie sehr die Bilder vergangener Tage Louise ohne Vorwarnung bei hellstem Sonnenschein überfallen konnten. Sie begleiteten sie dann oft über Stunden. Wie die Erinnerungen sie nachts umklammert hielten, sie schlaflos zurückließen, wenn sie doch eigentlich zur Ruhe kommen sollte.

Nicolas schlief nun – entgegen ihrer ursprünglichen Vereinbarung – bei ihr im Bett. Seine Hände auf ihrem Körper waren nicht unangenehm und auch nicht feuchtkalt wie es Rémis Küsse gewesen waren, aber sie berührten Louise nicht im Innern, sie ließen sie kalt. Und weil sie sie kalt ließen und sie das nicht gelten lassen wollte, forderte sie jede Nacht seine Berührungen ein. So lange, bis es ihm lästig wurde. Er sagte das nicht wortwörtlich, sondern eher in einen Scherz verpackt, der wie ein Kompliment verkleidet war, unter dem Gewand aber die Messer wetzte. »Meine Frau ist noch immer eine echte *Goulue.* Glaub es oder nicht, Henri. Sie ist unersättlich – vor allem im Bett. Dass ich einmal satt werden würde, hätte ich vor ihr nicht für möglich gehalten.«

Henri sagte nichts dazu. Er war noch immer ein feiner Kerl und ihr Freund, auch wenn er Valentin und die Seelenverwandtschaft mit ihm niemals würde ersetzen können. »Gib es ruhig zu, Henri«, sagte Louise, »Zidler hat mich ausgetauscht.«

Henri schüttelte vorsichtig den Kopf, aber sie hatte es längst gehört. Die Menschen kamen neuerdings ins *Moulin Rouge*, um den Aufstieg einer unverbrauchten, neuen Tänzerin zu feiern. Jane Avril hatte ihren Platz eingenommen. Zidler hatte seine Ankündigung wahr gemacht: Keine war unersetzbar.

»Mach mal eine Pause, mein Freund. Der Frühling ist da. Wir setzen uns auf die Stufen meines Theaters und stoßen auf die Zukunft an. Haben wir noch Wein, Nicolas?«

Nicolas döste in der Hängematte, die er zwischen zwei nah stehenden Bäumen aufgestellt hatte und schob seine Kautabakpastille von einer in die andere Backe. »Musst du halt nachschauen«, sagte er und schloss wieder die Augen. Seit der Heirat sparte er mit Komplimenten und vor allem damit, irgendetwas für sie zu tun. »Du bist doch die Frau und für unsere Gäste zuständig.«

»Und du bist der Mann und solltest für unseren Lebensunterhalt sorgen, *n'est-ce pas*? Stattdessen liegst du faul in der Hängematte und lässt dir die Sonne auf den Pelz scheinen.«

Mit einem Mal kam Leben in Nicolas. Er fuhr aus der Hängematte hoch, sprang auf seine Füße und baute sich vor ihr auf: »Wag es noch einmal und treib mich auf diese Weise an. Du hast mich geheiratet. Wahrscheinlich trägst du längst ein Kind in deinem Bauch, das nicht meines ist. Jedenfalls frisst du für zwei. Und du säufst schon am helllichten Tag. Sieh doch zu, wie du klarkommst.«

Nun waren doch ein paar Schaulustige am Zaun stehen geblieben. »Wer starren will, zahlt auch«, schrie Louise zu ihnen herüber, was die kleine Ansammlung sofort auseinandertrieb. Sie umklammerte Nicolas' Oberschenkel und hielt sich an ihm fest: »Du darfst mich nicht allein lassen. Das weißt du doch, du hast es mir versprochen.« Sie zitterte. Ihre Kehle brannte, weil sie nach Alkohol verlangte, und in ihrem Magen flatterte etwas. Es war, als würden Schmetterlinge dort auffliegen und mit ihren Flügeln an die Mageninnenwand stoßen. Nicolas hatte ja recht. Sie war ihm ebenso wenig oder ebenso viel schuldig wie er ihr.

»Ich besorge uns einen guten Rotwein«, sagte Henri, und weder Nicolas noch sie hielten ihn auf.

* * * * *

Das neue Jahrhundert, schrieben die Zeitungen, stünde im Zeichen der Geschwindigkeit. Schon deshalb hatte es Louise weit hinter sich gelassen. Es gab nichts, wofür es sich lohnte aufzustehen, die Tage krochen zäh und dickflüssig dahin und auf nichts war zu hoffen, auf nichts zu warten. Ihr Rücken schmerzte und der Kopf brummte, sobald sie die Augen aufschlug und zu Bewusstsein kam. Früher war alles wie von selbst gegangen, eines hatte sich ins andere gefügt, und Trauer um Verlorenes und Neugier auf das Kommende hatten sich die Waage gehalten. Jetzt war alles aus dem Gleichgewicht geraten. In einer Welt wie dieser spielte sie keine Rolle mehr. Ihre besten Jahre waren vorbei, dabei war sie erst vierunddreißig. Noch keine Zeit zum Sterben, aber genauso fühlte es sich an. Etwas stimmte nicht mit ihr. Louise saß an ihrem runden Küchentisch, die Füße in dicken Wollsocken und dem Seidenmorgenmantel, der ihr von früher geblieben war, und studierte die Zeitung. Ohne ihren Kaffee mit Schuss ging gar nichts. Bevor sie den pissigen Raubtierkäfig gegen Mittag betreten konnte, musste sie Kraft sammeln. Was hatte sie an der Arbeit als Dompteurin bloß gereizt? Die Tiere waren kaum unter Kontrolle zu bringen. Was ihr als junge Frau mit der Gepardin geglückt war, diese eigenartige Verbindung zwischen ihrer beider Wildheit zu spüren, ging ihr mit den Löwen völlig ab. Alle starrten nur auf die Königstiere, ihr galt kaum Bewunderung.

»Wenn du in dem Tempo weiterliest, schaffst du es vielleicht im Nachtgewand zur Vorstellung«, sagte Nicolas und zündete sich eine Zigarre an. Sie musste von dem vielen Rauch husten, aber wenigstens vernebelte er Nicolas' harsche Mimik hinter einem wohlmeinenden Schleier. Louise sah von ihren Zeilen auf, die vor ihren Augen tanzten. Sie hatte Mühe, die Buchstaben zusammenzusetzen, in letzter Zeit machten die auch, was sie wollten. Über den Gedanken musste sie kichern wie ein kleines Mädchen.

»Du wirst auf deine alten Tage auch immer kindischer. Nimm dich mal ein bisschen zusammen.«

Sollte Nicolas doch meckern, der Dummkopf! Louise hörte gar nicht hin. Sie tat noch einen ordentlichen Schuss aus der Cognacflasche in ihre dampfende Kaffeetasse und trank. So war die Welt – und sie darin – erträglicher. Sie musste kräftig niesen. Der Kaffee lief ihr das Kinn hinunter.

»Das ist widerlich.« Nicolas drehte ihr den Rücken zu und sah aus dem Fenster.

Seit diesem Frühjahr hatte Louise auch noch einen Heuschnupfen entwickelt, der nun im Sommer seinen traurigen Höhepunkt erlebte.

»So vertreibst du uns auch noch das letzte bisschen Publikum. Ich hätte es wissen müssen, du bist dafür nicht geschaffen, etwas allein auf die Reihe zu kriegen. Du wärst besser im *Moulin Rouge* geblieben.«

Er hatte recht. Ihre Ersparnisse schmolzen dahin, und neues Geld kam nicht in die Kasse.

»Maman, Maman …« Das war Simon, der die Tür des Wohnwagens aufriss, auf ihren Schoß sprang und auf das große Bild in der Zeitung zeigte. Dem Jungen hatte niemand Manieren beigebracht. Er nahm sich das letzte Stück Baguette, das auf dem Tisch lag, biss einen riesigen Happs davon ab und sprach, während er gleichzeitig kaute und auf ihren Schoß krümelte. »Schau mal, da, ganz viele Menschen! Und da, Maman, Autos!« Er sprang von ihrem Schoß herunter, machte laute Hup- und Brummgeräusche, rannte immer im Kreis und tat so, als steuere er eines dieser Automobile. Sie hatte keine Kraft dazu. Das war zu viel Leben, das neben ihr existierte, das sie forderte und verschlang. Zu viel, das ihr entgegenschrie: *Hier nicht, du müsstest ganz woanders sein. Du bist nicht richtig, wo du jetzt bist.* Natürlich schrie Simon nichts davon wirklich, aber Louise hörte ihre eigene Stimme in ihrem Kopf herumspuken. Unter der Oberfläche jeden Tages lauerte sie ihr auf. »Geh draußen spielen, Simon.« Er hörte nicht und Nicolas sagte nichts dazu. Er zog eine Augenbraue nach oben und weidete sich an ihrem erzieherischen Unvermögen. »Dein Junge hört ja prima auf dich.«

Es reichte. »Geh endlich raus! Ich brauche auch mal Ruhe!« Simon hielt in seinem Spiel inne und sein Köpfchen sackte auf seine Brust. Dabei hatte Louise doch gar nicht ihn gemeint, sondern Nicolas. Sie schwitzte in ihrem Nachthemd und ihre Haut juckte. Sie war die ganze Nacht wach gewesen und hatte erst in den frühen Morgenstunden Schlaf gefunden.

»Als ob du keine Ruhe hättest. Du tust tagein, tagaus gar nichts.« Nicolas erhob die Stimme. Sie war nicht besser als er, sie hatte ihn verdient.

»Maman!« Simon zerrte an ihrer Hand. Sie beugte sich zu ihm herunter. »Was ist das?« Er griff nach der Elefantenbrosche, die sie seit ihrem Fortgang aus dem *Moulin Rouge* wie ihren Augapfel gehütet, aber nie getragen hatte. Heute früh war die Brosche ihr wieder in den Sinn gekommen. Sie hatte die Schublade aufgezogen, in der sie sie ganz zuhinterst in einem verschlossenen Kästchen aufbewahrte. Lange hatte sie die Brosche betrachtet. Der Stoßzahn war noch immer beschädigt, aber davon abgesehen hatte er alles Leben, das Louise noch in sich trug, gespeichert. Vielleicht rettete die Brosche sie, wenn sie nur fest daran glaubte und sie ansteckte? Wenn man selbst nicht mehr genug Kraft in sich spürte, lag die Rettung vielleicht irgendwo da draußen? Dort gab es nichts, nur den ihr widerwärtig gewordenen Nicolas und Simon, das eigene Kind, das ihr fremd blieb, die Zeitung, die aus der Metropole Paris und von der Welt berichtete und all ihre Erinnerungen, gegossen in diesen kaputten Elefanten. Es ratschte. Simon hatte bei dem Versuch, die Brosche an sich zu nehmen, ein Loch in ihr Kleid gerissen. Das Kind besaß eine ungezügelte Kraft, vor der ihr bange war. War es Maman mit ihr ähnlich ergangen? Hatte sie Angst vor ihr und ihrer Lust auf das große Leben gehabt? Dieses geblümte Kleid war eines der wenigen aus ihrem alten Sortiment, das ihr noch passte. Auch in diesem Punkt behielt Nicolas leider recht, sie ging auf wie ein Pfannkuchen. Bevor die Geschäfte nicht liefen, würde sie sich nichts Neues leisten können. Simon rannte davon, in der Hand die Brosche.

»Heulst du etwa? Wegen einer dummen Brosche und einem Elefanten, dem ein Stoßzahn fehlt? Ich habe wahrhaftig eine Irre geheiratet.« Nicolas tippte sich an die Stirn, pfiff wie ein Vogel und verließ die Bretterbude. Louise atmete hörbar aus, schon wieder ein neuer Morgen, den sie sich hätte schenken mögen. Sie betrachtete erneut die Seite und nahm das Bild endlich wahr, auf das Simon gezeigt hatte. Ihr Herz pochte schneller. Das war sie also, die fünfte Weltausstellung. Menschen standen dicht an dicht auf einem Rollband. *Der rollende Bürgersteig*, titelte die Zeitung. Zum Auftakt der Weltausstellung hatte man die Pariser Metro eröffnet. Ein 10,6 Kilometer langer Tunnel verband nun die Stationen Porte Maillot und Porte de Vincennes. Von überall her strömten Menschen in die französische Metropole, um neue Erfindungen zu bestaunen: den Dieselmotor, den Tonfilm und die Rolltreppe. Die Zeit des Aufbruchs, des neuen Jahrhunderts, von dem sie damals geträumt hatten, war nun gekommen. Und Louise saß in ihrer Bretterbude und zog mit Nicolas und Simon über die Lande, um eine Sensation vorzugaukeln, die keine war. Sie gab sich Schaukämpfen mit Raubtieren hin und schwang ihre verfetteten Hüften als Bauchtänzerin. Aicha hatte die orientalischen Tänze weit besser beherrscht als sie. Sie war nur ein Abklatsch von etwas und wieder dort, wo sie angefangen hatte. Nicht in einer Wäscherei, aber namenlos und unbedeutend. Hatte sie, wovon sie geträumt hatte, auch wirklich gegen alles und jeden verteidigt? War sie glücklicher als Maman oder hatte sie sich – im Gegenteil – noch tiefer ins Unheil geritten als sie? Mit Maman konnte sie darüber nicht mehr sprechen, wohl aber mit Vic. Die aber besuchte sie, seit sie auf dem Land lebte, nur noch selten. Und die herrliche Zeit miteinander wollte Louise nicht durch dunkle Gedanken verderben. Wäre Louise nur ein bisschen umsichtiger gewesen, hätte sie sich einmal beherrschen können, vielleicht wären Mimi und Valentin dann noch an ihrer Seite. Sie hätte sich mit dem ollen Zidler aussprechen sollen, dann würde sie ein angemessenes Leben führen – mit elektrischem Licht, einer Heizung, die sie im Winter wärmte, und einem Telefon, das sie mit der neuen Welt verband. Sie würde tatsächlich daran glauben, wofür die Olympischen Spiele standen, an das Gute und Schöne und Wahre. Sie hätte Anteil an der neuen, besseren Zeit.

Wenigstens besaß sie ein Grammofon, von dem nun die Auftaktmusik zu ihrer Raubtiervorführung erklang. Nicolas musste sie aufgelegt haben.

»Ich komme«, rief sie durch die geschlossene Tür. Es war ihr egal, ob er sie hörte.

* * * * *

Louise hatte den gesamten Vormittag geprobt. Die Sonne stand nun auf ihrem höchsten Punkt und bald würde die erste Vorstellung für heute beginnen. Sie rieb sich den Schweiß von der Stirn. Die Welt drehte sich mal wieder, nicht weil die Bewegung und die Geschwindigkeit, die in Paris herrschte, sie hier draußen erreicht hatte, sondern weil ihre Sinne ganz vernebelt waren. Zu viel war nicht immer berauschend, manchmal war zu viel das reinste Gift. Sie nahm noch einen winzig kleinen Schluck aus dem Becherchen, das sie in ihrem Strumpf versteckt immer bei sich trug. Bevor die Vorstellung losging, musste sie wieder festen Boden unter ihren Füßen spüren. Sie kauerte auf einem Holzstamm am Rand des Raubtierkäfigs und wartete. Es herrschte schon wieder Flaute – in der Kasse und auch was die Besucherzahl anging. Niemand interessierte sich für ihre Jahrmarktsbude. Löwen waren einmal der letzte Schrei gewesen. Wer mit einem Raubtier auftrat, galt als ausgewiesen mutig, insbesondere wenn dieser Jemand eine Frau war. Heutzutage gab es aber weit Spannenderes zu sehen als Menschen, die ihre Kräfte mit einem wilden Tier maßen. Heutzutage rang man mit der Natur, um sich ihre Kräfte nutzbar zu machen. Man lernte von ihrem Vorbild und überwand – mithilfe der Eisenbahn oder der Schifffahrt – riesige Entfernungen. Man gründete Kolonien und träumte von der Verbindung großer Ideen zu einer einzigen, noch viel gewaltigeren. Louise war weit abgeschlagen vom Puls der Zeit, sie fühlte zu niemandem mehr eine Verbindung. Da waren bloß noch Vic, ihr Neffe Louis und Henri, den sie nur noch gelegentlich sah. Er hatte mehr und mehr gesoffen, genau wie sie. Henri war ihr nur etwas voraus. Die Welt, und man selbst darin, war aber auch anders nicht zu ertragen.

»Komm jetzt, unser Publikum wartet.« Nicolas reichte ihr die Hand. Er schien sich beruhigt zu haben. Das Grammofon spielte die

Auftaktmusik zu ihrer Vorstellung ein. Simon war seit dem Morgen nicht vom Spielen zurückgekehrt. Normalerweise war er rechtzeitig zu ihren Darbietungen zurück. Er hatte einen Narren an den Löwen gefressen und wusste obendrein, dass er von den Tageseinnahmen etwas abbekam, um sich ein Baguette zum Mittagessen zu kaufen, wenn er versprach, Louise Schnaps mitzubringen. Besser als die Kohlsuppe, die es bei Maman immer gegeben hatte, war so ein Baguette allemal.

»Das nennst du Publikum?« Louise zeigte auf die Gäste, die sie an einer Hand abzählen konnte, lachte bitter auf und schwankte zum Käfig. »Ich war einmal die Königin des Cancans!«

Nicolas wusste, wann er besser den Mund hielt. Er sagte nicht: »Die Betonung liegt auf *warst*, das ist Vergangenheit« oder »Nun hab dich nicht so.« Er streichelte ihre zittrige Hand und stützte sie. Louise machte sich von ihm los. Sie würde schon nicht aus Versehen ausrutschen und hinfallen. Geradeaus gehen konnte sie noch. Sie hatte schon mit deutlich mehr Alkohol im Blut getanzt und das Publikum hatte sie trotzdem gefeiert. Sie hörte die wilde Menge von damals klatschen, das beflügelte sie. Sie verbeugte sich und weil das Klatschen nicht aufhörte, sondern sich noch steigerte, verbeugte sie sich noch ein zweites Mal. Louise würde heute, den Gästen zu Ehren, etwas wagen. Normalerweise hatte sie sich solche Höhepunkte bei ihren Vorstellungen im *Moulin Rouge* immer bis zum Schluss aufgehoben, aber es war nie zu spät, das Leben zu feiern, wie es eben kam. Sie marschierte bis zum äußersten Rand des Käfigs und hörte wie ein fernes Rauschen Nicolas' Stimme. »Was hast du vor? Hör auf damit!« Das Publikum hielt die Luft an. Das war ihre Stunde. Sie nahm Anlauf und sprang hoch in die Luft. Einen Moment schwebte sie, wie damals, im Glanz der Lichter. Nur mit dem Löwen hatte sie nicht gerechnet. Der sprang zeitgleich mit ihr hoch und auf sie zu. Seine Pranke erwischte sie am rechten Oberschenkel, bevor sie im Spagat landete. Das Tier war außer sich. Nicolas stellte sich ihm in den Weg und hielt es mit einer Eisenstange von ihnen beiden fern. »Steh auf! Jetzt! Lauf weg!«

Der Löwe schlug auf die Eisenstange ein, die Zeit stand still.

Louise besah sich ihre klaffende blutende Wunde, die seltsamerweise kein bisschen schmerzte. Vielleicht war es der Schock oder hatte die Welt auf wundersame Weise beschlossen, ihr kein Leid mehr zuzufügen? Wie war das möglich? War sie etwa schon tot?

»Louise! Raus! Steh auf! Geh langsam rückwärts zur Tür! Nicht stolpern!« Ihr Körper folgte Nicolas' Anweisungen wie in Trance. Sie selbst hatte sich nicht in Bewegung setzen wollen. Sie wäre einfach sitzen geblieben und hätte dabei zugesehen, wie der Löwe zum Sprung ansetzte, um sie zu töten. Einen besseren Tod gab es nicht. Sie würde rein gar nichts mehr spüren müssen. Nicht einmal einen kurzen Schmerz. Ihr Körper war klug, er schützte sie. Aber leider lief er auch weg, wo sie an Ort und Stelle hätte bleiben mögen. Nicolas verpasste ihr einen leichten Schubs, der Löwe schlug noch einmal auf die Eisenstange ein und dann sperrte Nicolas hinter ihnen zu. Das Publikum schrie und floh. Zu allen Seiten strömte es fort.

»Hast du jetzt völlig den Verstand verloren?« Nicolas nahm sie nicht in den Arm, um sie zu trösten. An ihr linkes Bein, das unverletzte, klammerte sich Simon, der schluchzte. Wann war das Kind dazugekommen, was hatte es gesehen? »Es ist nichts passiert. Alles ist gut.« Simon ließ ihr Bein los, in das langsam der Schmerz Einlass fand, und brüllte sie an: »Du lügst. Immer lügst du.« Er warf ihr die Brosche vor die Füße. Sie bückte sich nach dem Schmuckstück, nicht nach Simon, der neben dem Elefanten auf der Erde kauerte und heulte und schrie. Er tat beides gleichzeitig und aus voller Kehle, ohne dazwischen Luft zu holen. An der Brosche war der zweite Stoßzahn abgebrochen und dem Elefanten fehlte ein halbes Bein.

EPILOG

Paris, 1928

Wie gut, dass es dämmerte. Der Tag war wintergrau und diesig gewesen und nur ein paar verirrte Spatzen mischten sich unter die von ihrer Schicht heimkehrenden Arbeiterinnen und Arbeiter. Mütter schoben rasch ihre Kinderwagen über die Straße, um sich vor der Dunkelheit in die Geborgenheit und Wärme ihrer Wohnungen zu flüchten. Louise kannte ihre Straße gut und behielt das Geschehen im Auge. Der Boulevard de Clichy war wieder ihr Zuhause, war es immer gewesen. Sie war zurückgekehrt. Ein paar Männer eilten vorüber und blieben nur kurz bei ihr stehen, ohne sich die Waren, die sie in ihrem Bauchladen feilbot, genauer anzusehen. Sie kauften Zigaretten und Zündhölzer, keiner sah zu ihr auf. Es hätte sich auch nicht gelohnt. Sie war alt geworden und niemand erkannte in ihr, wer sie einst gewesen war. Ihre Wangen waren schon rot von der Kälte. In ihrer Rocktasche klimperten die Münzen. Sie ließ sie durch ihre Finger gleiten und schätzte grob, was sie eingenommen hatte, ob es reichte, um sich Brot und vielleicht Butter fürs Abendessen zu kaufen. Ob sie hier noch eine Weile stand oder sich einen Platz zum Schlafen suchte, spielte keine Rolle. Sie war gern hier. Ein Glanz alter Zeiten umwehte sie. Was aus ihr alles hätte werden können. Ihr letztes gespartes Geld hatte sich Simon unter den Nagel gerissen, auf und davon war er damit. Sie besaß gar nichts mehr, nur die wenigen Münzen in ihrer Tasche. Das Fett, das sie sich über die Jahre angefuttert hatte, schützte verdammt schlecht vor der beißenden Kälte. Was hatte sie nur in Paris gehalten? Sie hätte ihren Lebensabend doch auch im wirtlicheren Süden des Landes verbringen können. Sich das Haus wenigstens einmal ansehen, das ihr einst gehört hatte. Besitz kam und ging, nichts gab es auf der großen weiten Welt, das man festhalten konnte, nicht einmal die Menschen, die ihr etwas bedeutet hatten.

Da kam auf einmal Leben in den Platz vor dem *Moulin Rouge*. Junge Tänzerinnen reihten sich in eine elendig lange Schlange ein. Was taten die da bloß? War ein Vortanzen angesetzt worden? Louise setzte sich mitsamt dem Bauchladen in Bewegung. Mit dem zusätzlichen Gewicht fiel ihr das Gehen schwer. Sie genehmigte sich einen Schluck aus der kleinen Schnapsflasche, die sie für den Fall der Fälle immer unter ihrem Mantel trug. Schnaps wärmte und vertrieb die elendigen Rückenschmerzen. Sie musste zusehen, wie sie zurechtkam, war ja keiner da, der sich um sie sorgte. Da konnte sie auch direkt aus der Flasche trinken, wenn es ihr damit besser ging. Ihr kleiner Becher, auf den sie lange Wert gelegt hatte, war ihr irgendwann abhandengekommen.

Ihr Blick fiel auf eine junge Frau, noch keine sechzehn Jahre alt, schätzte sie, auch wenn sie das bestimmt verneint hätte. Sie war ihr gleich ins Auge gestochen – unter den vielen Makellosen und Langweiligen war etwas an ihr, das sie von den anderen unterschied. Vielleicht lag es daran, wie sie sich immer wieder umsah. Die anderen schwatzen aufgeregt durcheinander, sie aber nahm das aufgeregte Geplapper nicht wahr. Sie war das Zentrum und von dem aus schaute sie in die Welt. Ein junges Ding mit ein wenig zu kurz geratenen roten Wasserwellen und schmalen dunklen Augen. Sie war einen Deut üppiger als der Rest und hatte volle gierige Lippen. Sie trug nichts bei sich, kein Gepäck, nicht einmal eine Handtasche. Ihr Blick traf Louises und verharrte auf ihr. Sie sah nicht fort, es schien sie zu interessieren, was sie vorfand.

»Willste ein paar Erdnüsse kaufen, Kleines?« Louise streckte ihr probehalber ein Päckchen entgegen. »Sind lecker, die Dinger.«

Die junge Frau neigte den Kopf und sah sie skeptisch an. »Ich tanze gleich. Danach vielleicht.«

»Danach bin ich weg. Muss auch mal Feierabend machen.«

Die junge Frau musterte sie noch immer. »Sie kommen mir bekannt vor«, sagte sie. »Seltsam, ich bin ganz sicher, ich habe sie noch nie im Leben gesehen.«

»Bekanntschaft hat nicht immer was mit sehen zu tun.« Louise wollte sich schon abwenden, aber die junge Frau rief sie zurück.

»Bitte, kommen Sie doch ein bisschen näher. Ich kann hier nicht weg, sonst verliere ich meinen Platz in der Schlange.«

Louise trat auf sie zu. Etwa einen halben Meter von ihr entfernt, blieb sie stehen. Wahrscheinlich schreckte das junge Ding spätestens jetzt vor ihr zurück. Die verfaulten Zähne in ihrem Mund, ihr schlechter Atem, wie lange hatte sie kein Bad mehr genommen? Aber nichts dergleichen geschah. Die Frau griff nach ihrem Anhänger und berührte seine glatte Oberfläche.

»Im *Moulin Rouge* soll auch einmal ein Elefant im Garten gestanden haben.«

»Aber doch kein echter.« Es war so aus Louise herausgeplatzt, jetzt schämte sie sich. Sie hatte die junge Frau nicht blamieren wollen. Über die Jahre war sie vorsichtiger mit den Menschen geworden. Sie hatte immer verstanden, wie man sein Gegenüber vor den Kopf stieß, das reizte sie nur nicht mehr.

»Was wissen Sie darüber? Waren Sie früher mal dort? Es muss eine großartige Zeit gewesen sein. Alles war im *Moulin Rouge* möglich, nicht wahr? Der ganz große Aufstieg, die ganz große Liebe, das verdammt große Leben! Erzählen Sie doch!«

»Und du bist sicher, dass du keine Erdnüsse willst?«

Die junge Frau streckte ihr die Hand hin und nickte. »Doch, doch, Erdnüsse und eine gute Geschichte gehören zusammen. Elefanten essen auch Erdnüsse, *n'est-ce pas?*«

Louise musste lachen. Das erste Mal seit Wochen. Das junge Ding hatte Humor. Sie hatte richtig gelegen.

»Ich habe nichts zu erzählen«, sagte sie, und lächelte dabei wehmütig. »Meine Geschichte – davon weiß nur dieser Elefant zu erzählen.» Louise zeigte auf die kaputte Brosche.

»Weißt du was?« Die Frau war zum Du übergegangen, aber Louise störte das nicht. »Ich werde dieses Vortanzen für mich entscheiden. Ich weiß, dass ich das kann und dass ich nicht in meine alte Welt zurückgehe. Nicht, wo ich es bis hierhergeschafft habe. Ich komme aus der Bretagne. Ich kenne mich aus mit Rauheit und ich bin zäh. Aber warum erzähle ich dir das eigentlich?«

Louise zuckte mit den Schultern. In ihr war es plötzlich warm und weich und voller Licht. Das lag an der jungen Frau. Sie glich Louises früherem Ich. Sie war aus dem Nichts gekommen, mit ihren Träumen im Gepäck, bereit dafür zu kämpfen. Louise hielt ihr die Erdnüsse hin, zog das Päckchen aber wieder zurück, als die Frau danach griff. »Ich habe etwas Besseres für dich.«

Das Mädchen starrte sie ungläubig an. »Ich rauche nicht, auch wenn es dazugehört. Mir wird davon schlecht.«

Louise griff sich an die Brosche. Jahrelang hatte sie sie wie einen Schatz gehütet. Nicht im Traum hatte sie sich vorstellen können, sie wegzugeben. Es war alles, was ihr geblieben war. Aber nun war da diese Frau, die die ganze Zukunft noch in sich trug, so voll mit Leben und Lachen und Kraft. Sie war sie. Wie sie tappte sie im Ungewissen, aber sie ging voran. Den Mut einer Gepardin in ihrem Blick, das Glück eines Sommertages auf der Haut und das explodierende prächtige Verlangen nach Mehr auf den Lippen. Die traute sich was, für sie beide. Vorsichtig löste sie die Nadel, mit der die Brosche an ihrer Bluse befestigt war. Louise legte sie in ihre eigene Handfläche und bestaunte den Elefanten ein letztes Mal. Wie perfekt das Versehrte doch sein konnte, wie viel Geschichte darin verborgen lag. Ein ganzes Leben, das bald zu Ende ginge. Es blieb ihr nicht mehr viel Zeit. Aber sie konnte etwas weitergeben. Sie konnte den Elefanten davor retten, mit ihr ins Nichts überzugehen. Sie wollte nicht mit ihm begraben werden, er sollte dort weiterexistieren, wo seine Geschichte ihren Lauf genommen hatte. Sie reichte ihn der jungen Frau, die ihn behutsam entgegennahm. »Er ist einmal zerbrochen, aber er erinnert mich daran, worauf es im Leben wirklich ankommt. Ich war einst eine Berühmtheit im *Moulin Rouge*. Die Menschen kamen, nur um mich zu sehen. Heute bedeutet mir der Anhänger die ganze Welt und die ganze Welt ist meine Freundin Mimi. Wenn du auf sein Raunen hörst, wird er dir meine Geschichte erzählen. Elefanten können das, wusstest du das nicht?«

Die junge Frau schwieg eine Weile. Eine Stille, aufgeladen mit dem Zauber dieses einen Augenblicks, der das Unvorhersehbare auf den Plan zu rufen und die Zeit anzuhalten vermochte. »Ich tanze für dich und Mimi, für alle, die hoffen und bangen, für alle, die zu lieben wagen. Das verspreche ich.« Die junge Frau hatte Tränen in den Augen.

Mittlerweile war die Schlange weit vorgerückt, die junge Frau war an der Reihe.

»Viel Glück«, sagte Louise.

Bevor die junge Frau im *Moulin Rouge* verschwand, drehte sie sich noch einmal um und warf Louise eine Kusshand zu. »Alles wird gut.«

Louise fasste sich an die leere Stelle, wo die Brosche immer gesteckt hatte und fuhr sich über den über die Jahre aufgerauten Stoff. Darunter, im Innenfutter des Mantels, hatte sie vor langer Zeit eine Tasche einnähen lassen. Das Papier darin knisterte. Als junge Frau war sie immer mutig gewesen, sie hatte sich nie im Vorhinein gesorgt, sie hatte stets wissen wollen, wie die Dinge sich verhielten und darstellten. Und sie war niemals ausgewichen. Das war ihre Stärke gewesen. Langsam und bedächtig knöpfte sie ihren Mantel auf. Es war an der Zeit, sich ihrer Vergangenheit zu stellen und Mimi endgültig loszulassen. Anders würde sie sich nie verzeihen, was sie getan hatte. Sie sah sich selbst vom ersten Rang aus zu. Wie hoch sie die Beine schwang, Mimi an ihrer Seite. Wie sie beide glühten vor Leben. Sie löste den Knopf der Innentasche und griff nach dem Papier darin. Es fühlte sich rau in ihren rissigen Händen an. War es vielleicht doch zu spät? Sollte sie das alles besser gar nicht wissen? Mimi beugte sich zu ihr herunter und küsste sie auf die Stirn. »Ich liebe dich«, sagte sie, »mit allem, was du bist.« Louise faltete den Bogen auseinander. Viel stand da nicht. Aber was dort stand, trieb ihr die Tränen in die Augen.

Liebste,

auch wenn ich fortmuss, du bist es immer gewesen und wirst es immer sein, der leuchtende Stern am Himmel meines Lebens. Mein Licht in der Finsternis. Mein Ein und Alles. Wir haben nicht immer die Macht, alles zu leben, wofür wir geboren sind, anzukommen und zu bleiben. Wir sind Menschen. Wir greifen nach dem Glück, und wenn das Schicksal uns hold ist, spüren wir für einige Momente, wie es uns antwortet. Diese Antwort begleitet uns. Wir gehen in ihrem Licht, tappen wir sonst auch im Dunkeln. Ich liebe dich, Louise, mit allem, was einen glitzernden Stern, wie du einer bist, ausmacht. Ich werde dich nie vergessen, auch nicht bei Tage, wenn kein Funkeln am Nachthimmel zu sehen ist.

Für immer die Deine,

Mimi

Louise küsste das Papier und streichelte es. Ob Mimi, wo auch immer sie war, etwas davon spürte? Ob sie einen Moment innehielt, zu den Sternen aufsah und an Louise dachte? Sie schloss die Augen. Über ihr der weite Himmel. Noch einmal sah sie sich mit Mimi im Glanz der Lichter durchs *Moulin Rouge* wirbeln. Ihr Lachen explodierte und gebar Abermillionen neuer Sterne am Firmament. Das Leben war unendlich und schöpfte aus dem Vollen. Und die Liebe tanzte zu ihrem ureigenen Rhythmus.

NACHWORT

Ein Leben ist immer auch die Summe dessen, worauf wir unseren Blick richten. Es ist, was wir uns im Nachhinein erzählen.

Trotz meines Versuchs, der Persönlichkeit Louise Webers, ihren Ansichten, ihrem Fühlen, Denken und Getriebensein auf die Spur zu kommen, ist der vorliegende Text ein Roman und keine Biografie. Er erhebt keinen Anspruch darauf, Louises reales Leben wahrheitsgetreu nachzuerzählen. Zwar habe ich mich von wichtigen Meilensteinen ihrer Biografie und ihrer Zeit inspirieren lassen, im Zweifel aber immer meiner fiktionalen Geschichte vor der Historie Vorrang eingeräumt. So habe ich im Sinne der Dramaturgie, Figuren, Plots, Räume, Orte und Figuren hinzuerfunden, zeitlich teils leicht anders verortet, verdichtet oder ganz gestrichen. Die reale Louise Weber hatte zum Beispiel mehrere Geschwister. Ihre Schwester Victorine war keineswegs älter, sondern drei Jahre jünger als sie. Louise kannte mit dreizehn Jahren bereits den Montmartre, kehrte aber zwischenzeitlich wieder in die Wäscherei zurück. Sie hatte einige – sehr unübersichtliche – Liebeleien mit älteren reichen Männern. In meiner Geschichte hätten diese Bögen jedoch nur für Abschweifung und Verwirrung gesorgt. Wesentlich war mir, die Figur der Louise Weber zu erfassen und dazu gehört vor allem ihr Streben nach Einfluss, Erfolg und Anerkennung, aber eben auch ihre darunter liegende Sehnsucht nach aufrichtiger Liebe; ihre beispiellose Furchtlosigkeit; ihre hinter einer Maske verborgenen Selbstzweifel; ihre Fähigkeit, sich Großes zu erträumen, ihr Ausnahmetalent und ihr beispielloser Aufstieg – und Fall.

Sollten Sie sich nach der Lektüre inspiriert fühlen und mehr über den realen Menschen Louise Weber in Erfahrung bringen wollen, so empfehle ich, in ihrer Biografie weiterzulesen, z. B. in der von Marylin

Martin oder Michel Souvais verfassten – bisher liegen diese leider nicht auf Deutsch vor.

Dies ist auch eine Erzählung über den unschätzbaren Wert der Freiheit – trotz oder gerade wegen der existenziellen Bedingtheit unserer menschlichen Existenz. Meine Zeilen hoffen auch dort zu erblühen, wo jene Freiheit noch immer beschnitten ist oder wieder in Gefahr gerät, beschnitten zu werden. Setzen wir uns alle ein für eine Welt, in der Menschlichkeit, Toleranz und Güte, in der das freiheitliche Streben nach Glück und Liebe unantastbare Bestandteile unseres Lebens sind.

DANK

Zuallererst und vor allem auch, weil der Roman ohne sie gar nicht erst entstanden wäre, meiner fantastischen und mich stets unterstützenden und beflügelnden Agentin Conny Heindl von der großartigen Literaturagentur Drews.

Meinem Lebensgefährten, selbst Lektor und Schreibender, der mich auf die Idee brachte, das *Moulin Rouge* zum Mittelpunkt meines Romans zu machen. Danke, Micha, für deine Inspiration, deine Umsicht, deine Liebe.

Stefanie Zeller von Bastei Lübbe, die von Anfang an an meinen Stoff, an mich und Louise, geglaubt hat. Danke für die vielen wertvollen Lektoratshinweise und vor allem für die Begleitung von der Idee bis zum fertigen Buch.

Anna Hahn, meiner Außenlektorin, gebührt mein besonderer Dank. Was haben wir miteinander um die beste Formulierung und Version dieser Geschichte gerungen. Eine bessere Betreuung hätte ich mir nur schwerlich vorstellen können. Danke für deine Geduld, deine Zugewandtheit, deine Wahnsinnsarbeit. Es war mir eine Freude, mein Buch mit dir zum Bestmöglichen zu machen.

Catherine Raoult, Betreiberin eines wunderbaren Antiquariats in Berlin, Buchliebhaberin, Philosophin, geschätzte Gesprächspartnerin. Tausend Dank für Ihre Begeisterung, Ihr Vertiefen in Louise Webers Biografie und die vielen Impulse und mündlichen Zusammenfassungen der französischsprachigen Literatur, v. a. der beiden Biografien von Michel Souvais und Maryline Martin. Mein Französisch ist mehr als lückenhaft. Ich bin unendlich dankbar, dass Sie mein Sprachrohr zu dieser Welt geworden sind. Danke für die vielen neuen Perspektiven auf *La Goulue*, ihre Künstlerfreunde und den Montmartre.

Meinen Freundinnen und Freunden, Kolleginnen und Kollegen danke ich für ihre vielfältige Unterstützung, sei es in Lektoratsfragen, bei der Vermittlung von Recherchekontakten, fürs Gegenlesen und Feedbackgeben, fürs Aufmuntern, Aufbauen, das Leben feiern und fürs Dasein. Ohne euch wäre alles nichts. Ihr wisst, dass ihr alle gemeint seid. Besonders aber: Susanne Zeyse, Elsa Middeke, Susanne Kliem und Kurt Kliem, Dominique Bals, Guido Nellen, Lisa Kuppler, Kerstin Baehr, Friederike Römhild, Irina Scheidgen, Hans Kleemann, Annette Schamuhn, Johannes Frenzl, Astrid Ule, Sabine Litwinenko, Wen Huan Wang und Jutta Popova, die jetzt bestimmt auf einem Mäuerchen sitzt, eine Zigarette raucht und von nah oder fern doch bei uns ist.

Meinen Schreibhainstudent*innen: für die vielen Impulse und die Auseinandersetzung mit dem, was zählt, den Geschichten. Ich bin dankbar, dass es euch gibt.

Meiner Familie, den Menschen, die ich liebe, weil sie immer an mich geglaubt haben, auch in Zeiten, in denen ich getrieben war, von Ort zu Ort zog, um ein ums andere auszuprobieren. Alles musste immer nur zur Literatur und zum Schreiben führen, auch wenn ich das damals so nicht hätte formulieren können. Allen voran: Mutti und Hans, Carola und Marco, meiner lange verstorbenen Kölner Oma und ihrer unsagbar großen Liebe zur Literatur und zu den Schönen Künsten, die sie mir in die Wiege gelegt hat, meinen Cousins, besonders Oliver (vergiss nicht, du bist wunderbar!), meiner Kölner Verwandtschaft, Ingrid und meiner kraftvoll-lebendigen Uri.

Meinen beiden Söhnen, denen dieses Buch gewidmet ist: Ihr seid das Beste, was mir je passieren konnte. Seid immer, was euch ausmacht, habt keine Angst davor und lasst euch euer Leuchten niemals und von niemandem nehmen. Ihr seid fantastisch – in allem, was ihr seid!

Meinem Liebsten. Weil du die Welt bist und ich dich liebe. Danke für deinen Zuspruch, dein stundenlanges Zuhören, dein ehrliches Feedback, dein Kümmern, wenn ich abtauche, weil ich schreibe und schreibe und schreibe. Du forderst nie und schätzt unsere Gegensätzlichkeit. Du bist mein Gegenpart, mein Licht, wenn ich keines mehr habe. Du bist da.

Die Community für alle, die Bücher lieben

★ In der Lesejury kannst du Bücher lesen und rezensieren, die noch nicht erschienen sind

★ Gemeinsam mit anderen buchbegeisterten Menschen in Leserunden diskutieren

★ Autoren persönlich kennenlernen

★ An exklusiven Gewinnspielen und Aktionen teilnehmen

★ Bonuspunkte sammeln und diese gegen tolle Prämien eintauschen

Jetzt kostenlos registrieren: www.lesejury.de

Folge uns auf Instagram & Facebook:
www.instagram.com/lesejury
www.facebook.com/lesejury